嘉莉妹妹
Sister Carrie

[美] 德莱塞 ◎ 著　李　萍 ◎ 译

煤炭工业出版社
·北　京·

图书在版编目（CIP）数据

嘉莉妹妹/（美）德莱塞著；李萍译. -- 北京：煤炭工业出版社，2016（2022.3 重印）

ISBN 978-7-5020-5339-0

Ⅰ.①嘉… Ⅱ.①德… ②李… Ⅲ.①长篇小说—美国—近代 Ⅳ.①I712.44

中国版本图书馆 CIP 数据核字（2016）第 153805 号

嘉莉妹妹

著　者	（美）德莱塞
译　者	李　萍
责任编辑	马明仁
编　辑	郭浩亮
封面设计	新吉乐夫
封面插画	严文胜
出版发行	煤炭工业出版社（北京市朝阳区芍药居 35 号　100029）
电　话	010-84657898（总编室）
	010-64018321（发行部）　010-84657880（读者服务部）
电子信箱	cciph612@126.com
网　址	www.cciph.com.cn
印　刷	唐山楠萍印务有限公司
经　销	全国新华书店
开　本	710mm×1000mm $^1/_{16}$　印张 $18^1/_2$　字数 280 千字
版　次	2017 年 1 月第 1 版　2022 年 3 月第 3 次印刷
社内编号	8196　　　　　　　定价 58.00 元

版权所有　违者必究

本书如有缺页、倒页、脱页等质量问题，本社负责调换，电话：010-84657880

目　录

第一章　磁性相吸：各种力的摆布 ……………………………………… 1
第二章　贫穷的威胁：商号巍然耸立 …………………………………… 7
第三章　初试命运：周薪四块半 ………………………………………… 11
第四章　想入非非：事实的嘲笑 ………………………………………… 18
第五章　不夜城的明珠：名片的作用 …………………………………… 25
第六章　机器和少女：现代骑士 ………………………………………… 30
第七章　物质的引诱：美的魅力 ………………………………………… 38
第八章　冬天的暗示：特使受召 ………………………………………… 45
第九章　家庭不和的火种：势利眼看人 ………………………………… 50
第十章　冬天的忠告：幸福使者来访 …………………………………… 54
第十一章　时尚在诱惑：情感在自卫 …………………………………… 59
第十二章　华厦灯火：使者求爱 ………………………………………… 67
第十三章　暗结同心：困惑和迷茫 ……………………………………… 72
第十四章　视而不见：一方影响下降 …………………………………… 77
第十五章　恼人的旧纽带：青春的魅力 ………………………………… 82
第十六章　缺心眼的阿拉丁：入世之门 ………………………………… 89
第十七章　初窥门径：希望之光 ………………………………………… 95
第十八章　初登大堂：欢呼与告别 ……………………………………… 101
第十九章　仙境一刻：爱的呼声 ………………………………………… 105
第二十章　灵的诱惑：欲望的追求 ……………………………………… 113
第二十一章　美的诱惑：肉欲的追求 …………………………………… 118
第二十二章　战火突起：家庭和肉欲之战 ……………………………… 121
第二十三章　心灵的创伤：退却 ………………………………………… 128
第二十四章　内战的余火：窗边人影 …………………………………… 135
第二十五章　内战的余火：六神无主 …………………………………… 138
第二十六章　使者离去：自找门路 ……………………………………… 141
第二十七章　水深火热：想入非非 ……………………………………… 148
第二十八章　亡命逃犯：灵魂受困 ……………………………………… 155
第二十九章　旅行的安慰：漂泊的小船 ………………………………… 162
第三十章　大人物的王国：流亡者的梦想 ……………………………… 170
第三十一章　命运的宠儿：百老汇大街的花花世界 …………………… 175

第三十二章	伯提沙撒的宴会：有待应验的预言	181
第三十三章	禁城之外：每况愈下	189
第三十四章	石磨的碾动：第一道糠屑	194
第三十五章	自暴自弃：满面愁容	199
第三十六章	残酷的衰落：虚幻的机会	206
第三十七章	如梦初醒：另谋出路	213
第三十八章	仙境里的游戏：境外的冷酷世界	219
第三十九章	光明与黑暗：分道扬镳	226
第四十章	公开的分歧：最后的求职	233
第四十一章	罢工	238
第四十二章	春意融融：人去楼空	248
第四十三章	赞誉的海洋：黑暗中的眼睛	254
第四十四章	此间并非仙境：黄金难买幸福	259
第四十五章	穷人的奇特生计	265
第四十六章	愁上添愁	274
第四十七章	穷途末路：风中竖琴	284

第一章 磁性相吸：各种力的摆布

　　一天下午，嘉洛丽·梅蓓乘上了去芝加哥的火车。一只已经交给行李车托运的小箱子，一只一看就能看出是廉价的那种仿鳄鱼皮的小提包，里面装了些化妆品，外加一只有弹簧开关的黄皮荷包，那里有着她的车票，有一张写了她姐姐在凡布伦街地址的纸片，此外还有四块钱现金，这些就是她全部的家当。那是1889年的8月，那一年她刚满十八岁，她聪明、害羞，并且年少无知，充满了对未来的幻想。尽管她心中觉得难舍难分，但这种惜别之情显然不是由于眼下要放弃的家乡的种种长处。当她与母亲吻别时，热泪盈眶；当火车轰隆隆地驶过她父亲白天上班的面粉厂时，她有些哽咽；当家乡熟悉的绿野渐渐消逝时，她发出一声伤感的叹息。就这样轻易地，维系着她的家乡以及少女时代的千丝万缕被扯断了。

　　也许她根本不知道，不管人生的变迁有多大仍然是可以挽回的。火车总会在前方一站停下，什么时候都可以在那里下车回去。那座大城市就在前面，因为这些每天开来的火车，她觉得自己和城市的联系更加紧密。即使她到了芝加哥，离哥伦比亚城也近在咫尺。不过几个小时的时间，几百英里的路程，又算得上什么呢？她完全可以回去。她凝望着写着她姐姐家地址的纸条，陷入了深深的思索。她看着车窗外一晃而过的绿野，终于找回了活跃的思路，开始模模糊糊憧憬着芝加哥这座城市的模样。

　　一个女孩如若在十八岁时离开家，她只有两种命运：不是遇上个好人过上好日子，就是很快接受大城市的道德标准而慢慢堕落。在这种情况下，很难在两者之间保持折中的状态。城市的尔虞我诈，一点也不亚于那些教人学坏的男男女女。这里有引诱人的巨大力量，在这里最有修养的人会用看似诚恳的言辞来使人上当。不管人们抱着什么意图与目的，城里闪耀的万家灯火总能像一只乞求爱情的眼睛里流露出的眼波一样成功地诱惑人。一个初涉社会、天真纯洁的心灵如果被诱而上当，一半的原因就是这些完全不是人力所能控制的力量。喧嚣的声音、沸腾的生活、鳞次栉比的楼房，都直接或间接地引诱着那些早已手足无措的人们。如果没有一个智者在旁边提醒她谨慎行事，还不知会有多少谎言会进入那毫无防备的耳朵里呢！如果无法看透它们的本质，那它们就会利用迷人的外表使那些人放松戒备，失去自制力，最后堕落。

　　嘉洛丽——被家里人带着万分亲昵称为"嘉莉妹妹"，她已经具备初步的观察力和分析能力。她有利己的心，但却并不是十分强烈，这就是她主要的特点。青春的憧憬使她充满热情，即使她还没有完全成熟，全部的美貌还没有完全展现出来，却也已初见端倪。与生俱来的一副十分匀称的身材，再加上灵动的眼睛，她显然是美国中产阶级的一个典范——这种家庭移民到美国已经有两代人了。她厌恶读书——知识没有向她敞开大门。在表现自己天生的魅力上，她还仅仅步履蹒跚。她仍然不会把头发优雅地甩到一边，一双小手也因为同样的原因甚至没有打动人的能力。她的那两只脚长得倒是小巧玲珑，但是又很扁平。虽然如此，她仍然喜欢孤芳自赏，也能够很快就了解到生活中更吸引人的乐趣，并且异常渴望得到物质的享受。她犹如一个装备不全的小冒险家，好奇地想要去未知的城里探险，做着一步登天的白日梦，幻想着未来自己能够主宰别人，期冀着猎捕一个男子，并臣服在她的脚下奴颜婢膝。

"那，"一个声音在她的耳边响起，"是威斯康星州最吸引人的旅游胜地。"

"是吗？"她不安地答应。

火车正在开出沃基肖①。她感觉到背后有个男人已经在那里站了许久，而他在盯着她的满头秀发。这个人早就坐卧不安了，而她凭女人的直觉，感到背后那人对她有着无以言说的强烈的兴趣。她那少女的矜持，以及在这种情况应持有的态度，在提醒她要早早提防，拒绝这种亲近。但那个人精通此道，他的大胆和磁性般的魅力占了上风，所以她竟然搭腔了。

他向前探过身来，把胳臂靠在她的椅背上，然后开始搭讪，尽量表现得令人喜欢。

"是的，那是芝加哥人都喜欢去的旅游胜地。那里的旅馆棒极了，这一带你不是太熟悉，对吗？"

"哦，不，我很熟悉这一带，"嘉莉回答道，"我的意思是，我是住在哥伦比亚城的，只是我还没来过这里。"

"这么说你还是头一次去芝加哥喽？"他说。

在谈论的时间里，她也注意到了这个人的一些容貌特征：这个人脸色红润，神采奕奕，留着一撮小胡子，头上有一顶灰色的浅顶菲多拉呢帽②。她转过身来，面对面地望着他，自我防范意识和撒娇卖俏的本能已经在她的脑海里一片混乱了。

"我真的不是这个意思呀！"她说。

"哦，"他用一种让人喜欢的样子回答，还带上一种自知说错了话的神情，"我还以为你是这个意思呢。"

他是一个为工厂到各地揽生意的旅行推销员——这类人在当时被时髦地称为"皮包客"，而且还可以用1880年开始在美国人中突然流行起来的新潮称谓来形容——"小白脸"。这种称呼更直接明白地表达了这类人在那时的人们心目中的形象：他们的言谈举止只有一个目的，就是引起那些容易上钩的姑娘们的憧憬、获取她们的芳心。这个人的穿着本身就很吸引人。他穿着一套在当时很时髦的棕色格子花呢裁剪的西服，后来被人们称为"买卖人穿的套装"，开得很低的背心领口里，露出笔挺的白底粉红条纹衬衣的前胸，上面是白色的高衣领，系着一条精致的领带，上装露出一对与衬衣布料质地相同的亚麻布袖口，上面扣着镀金的袖扣，上面还镶着叫作"猫眼石"的普通的黄玛瑙。他的手上戴着好几个戒指，其中还有一个厚实的印章戒，背心上挂着一条精致金表链，上面挂有"麋鹿会③"的内部徽章。整套打扮显得非常合适，脚上蹬的是擦得锃亮的黄褐色宽底皮鞋，头上戴的便是前面提到过的灰色浅顶软呢帽，就他所代表的那类人而言，他魅力超群。无可否认，嘉莉第

---

① 沃基肖，位于芝加哥以北五十公里，著名旅游胜地。
② 一种折顶软呢帽。
③ 1868年创立，总部设立在纽约，是美国重要的企业业主协会，各大城市都有分支机构，会员都是当地工商业界社会名流。

一眼看他，就已经把他所有的优点都看在了眼里。

为了避免这类人会被人们永远地遗忘，让我先把他们身上最引人注目的特征记下来。最重要的当然是身上精致的衣服，失去这一点他便一文不值；然后自然还要有强烈的肉体魅力，表现出对女性强烈的欲望；要有一颗对世界上任何问题、任何力量都漠不关心的头脑，支配这颗头脑活动的不是贪婪，而是对形形色色的女人永不满足的欲望。他的手法总是很简单，最重要的是大胆，这当然是由于他对异性异常强烈的爱慕和欲望。如果与一位年轻女人有过两次见面，再次见面时，他就会主动走过去为她拉直领带，或者直呼其名。要是有容貌美丽的女人在街上从他身边擦肩而过时，对他稍加留意，他便会走上去，装出相识的样子，然后抓住人家的手，硬说他们以前曾经有过一面之缘，当然基本条件是他讨好的方式能让女人感兴趣，让她想进一步了解他。在商场里，在等着收款员给他找钱的时候，他可以轻易地吸引来一些年轻姑娘对他的注意。在这样的情况下，通常他便会施展出这种人常用的小把戏，打探出姑娘的名字，以及她们所喜欢的花，她的家庭地址，然后就会追求暧昧的"友谊"，直到结果证明完全白费工夫他才会死心。对于那些比较喜欢做作的女人，他的这一套屡试不爽，虽然高昂的费用多少让他有点犹豫。比如说，在圣保罗市一登上一节豪华的列车车厢，他就会选择坐在一位最有可能上钩的女士旁，火车还没有完全出站前，他会叫服务员给她拿来一张脚凳。谈话告一段落时，他会给她找些阅读的书籍，然后，凭借天花乱坠地恭维，述说自己的身世，辅以吹嘘和献殷勤，他会获得她的忍耐，甚至会赢得她的好感。

只要是探寻过女人内心深处的男人，早晚都会碰上那难以理解的奥秘——在女人心理上占着重要位置的衣着。将来应该会有一位女士就这一问题写出一整套长篇大论，就算是一位年龄再小的姑娘，在这一问题的理解上也是非常准确的。在男人的衣服这个问题上，存在着一条隐隐约约、难以言传的界限。这条界限使她把男人分成了两类：哪些她值得看上一眼的，而哪些不值得一看的。一个人一旦走上下坡路，降到了这条模糊的界限之下，他就很难得到女人的眷顾。男人服装的另外一个作用就是可以使女人关注起自己的衣着。嘉莉身边的男人此刻正表现出这个作用。她感到自己的衣服相形见绌，她突然觉得自己身上那镶了黑棉布边的没有花纹的蓝衣服是那么的寒酸，而且脚上的鞋子过于破旧。这种思想上的强烈震动使她收回了目光，继续望着窗外的景色来掩饰尴尬，但他则错以为自己的风度已经取得一些成果。

"让我再好好想想，"他接着说，"我认识城里不少人呢，像布店的老板吉勃生、服装店的老板蒙哥洛思等等。"

"哦，是吗？"她插嘴道，不由自主地眼前浮现出布店里各种陈列的料子，渴望的神情难以言表。

他最终还是找到了她感兴趣的东西，便熟练地继续讲下去，没过一会儿，他就坐在了她的旁边。他谈论起了如何推销衣服，以及他的旅行，谈到了芝加哥，也说起了那座城里有趣的地方。

"你要是去那里会玩得非常开心的，你有亲戚住在那里吗？"

"我是去找我姐姐的。"她解释说。

"林肯公园值得你去看看，"他说，"逛逛密歇根大街，那里有座大楼，简直就是第二个纽约，非常棒。可以看的东西实在是太多了——戏剧啦，行人啦，精美的房子啦——你一定会喜欢的。"

听着他所描绘的这些美好的东西，她心里有些苦涩。面对如此的繁华，她显得那么微不足道，这不能不使她有一些感慨。她清醒地意识到，尽管自己这次出行的目的绝不是逛商店、看风景，但她还是对他在她面前展现的物质前景充满了希望。这位现在正和她说话，并且穿着讲究的男人对她表现出的关心中就有一些是令她满意的东西。当他说到她让他想起某位红极一时的女明星时，她忍不住地笑了，她并不笨，但这样的吹捧总有点作用。

"你要在芝加哥待一段时间吗？"眼看现在谈话进行得如此愉快，他便继续进攻。

"现在不好说。"嘉莉含糊地说，脑子里突然闪过一个想法：她很有可能会找不到工作。

"总要住上几个星期吧？"他一边说，一边紧紧盯着她的眼睛。

这句话里的意思现在已远远超过了这句话本身。他已经看透了那些使她动心的而又无法描绘的东西。她也注意到他对自己感兴趣，这种兴趣可以让女人感到既高兴又害怕。但是她的举止相对单纯，理由很简单，因为她还没有完全领悟女人们种种掩饰自己内心深处情感的装腔作势的小动作——所以她现在的一些行为举止不免显得大胆了一点。如果她以前有过一位伶俐聪慧的小姐妹，那么她就会警告她，绝对不能像现在这样直直地望着一个男人的眼睛。

"问这个做什么？"她问道。

"嗯，由于我要在那里待几个星期，看看我们公司的货色以及领回一些新样品，到时也许我可以带你逛逛。"

"我也不知道可不可以——我是说我不知道自己可不可以，我会和我的姐姐住在一起，而且——"

"哦，如果她觉得不高兴的话，我们可以想个办法。"他拿出一支铅笔和一个小笔记本，就好像一切都已约定好了一样。"你的住所在哪里？"

她往钱包里摸了一下，里面装着那张写着地址的纸条。他从裤子的口袋里拿出一个装得满满当当的钱包，里面装有各种纸条、里程表，还有钞票，以致把钱包都塞得鼓胀了。这些让她永远无法忘记，以前向她献殷勤的人当中没有谁有过这种特别的钱包。事实上，还从来没有一位走遍南北的男人，一位精力充沛、见过世面、待人圆滑的男人同她如此亲近过。他的钱包，他那锃亮的黄褐色皮鞋，他那漂亮的新衣服，还有他为人处世的风度，早已在她的心中筑起了一个模糊的幸福世界，而这世界的中心正是他。这使她非常高兴，并坦然接受他可能做的所有一切。

他把一张印着"巴特列特·坎伊公司"的精致名片递给她，名片的左下角印着"察尔森·H. 托罗奥"。

"这是我的名字，"他把名片递到她手中，指着自己的名字说，"这念作'托罗奥'，我的父亲是法国血统。"

当她看名片时，他收好了钱包，然后从上衣口袋的一叠信中抽出了一封。"我是为这家公司出门推销产品，"他指着信封上的图说，"公司坐落在州街和湖街的拐角上。"他的声音里充满扬扬得意的意味。他认为跟这样的地方联系在一起是件很值得炫耀的事情，并且也确实让她觉得是这么回事。

"你的住址呢？"他问道，并且握着铅笔打算记录。

她看着他的手。

"嘉莉·梅蓓,"她慢慢地说,"希凡·伯利大街的三百五十四号 S. C. 哈斯转。"

他认真地记下这些,然后又掏出钱包,"要是我星期一晚上过来看你,你会在家吗?"他问。

"我想可能会在家吧。"她回答说。

我们通常所说的话只是我们要表达的千言万语的模糊的概念,这是再确切不过的。语言只不过是一些小小的链环,把那些无法说出的各种各样的情感和各种各样的目的连接在一起。这两个人相互交换着只言片语,掏掏钱包,互看名片,但是两个人都没有意识到对方那些真正的情感是多么难以言表。彼此都还没有聪明到能明确地知道对方的心理活动的地步。他自己也不懂他的诱惑怎么会如此的成功,对于她呢,直到他已经记下了她的住址,才觉得自己太不矜持了。她现在意识到自己已有所失——而他却赢得了这个胜利,双方都感到他们之间已经建立起了某种关系。他也早就掌握了谈话的主动权,他说话随意多了,而她的表情也不像最初那么紧张。

很多的迹象表明,芝加哥快到了。一列列火车从他们身旁疾驰而过。穿过一望无际、平坦宽阔的草原,他们可以看见伫立在原野上的一排排电线杆,一直通向芝加哥。远处模模糊糊地出现了一些郊区城镇的迹象,一些烟囱高耸入云。

时不时地还会看到空旷的田野上盖起了一些二层楼的木屋,屋子四周没有栅栏,也没有树木,就像愈来愈近的大片房屋的前哨。

对于具有天才想象力的儿童,或者对于深居简出的人来说,首次来到大城市是一件多么令人心醉的事情啊。要是在黄昏,那就更加令人心驰神往了,因为这是世界明暗交接、生活正从一种热闹的氛围或状态转向另一种静谧的神秘时刻。在这样充满憧憬的夜里,疲惫的人还有什么要求是满足不了的呢!昔日的憧憬与梦想有多少不会在这里再次出现呢!勤劳的人的心灵在呼唤着自我:"我将要重生了,我将要加入欢乐的人群去享受新的生活了。我就要拥有街道、路灯、灯火辉煌的餐厅了,还有戏院、舞厅、晚会,各种各样的娱乐,莺歌燕舞——这些到了夜晚都将属于我。"虽然人还被关在车间里,激动的心早已没有了踪影。到处都能让人意识到这一点,就连心神麻木的人也能感觉到一些他们所不能言喻及描述的东西,这也解除了辛劳和沉重。

嘉莉妹妹望着窗外。人是有情感的,都会被世间万物所感染,她身旁的人见她那么专注,也不免被影响了,对这座城市产生了些许新的兴趣,指给她看种种奇迹。

"这就是芝加哥的西北区,"托罗奥说,"那是芝加哥河。"他边说,边指着一条肮脏的小河。来自各个地方的大帆船停满了整个河道,船头紧挨着黑漆漆的、标着船位的河岸。火车吐出一股气,发出一阵阵叮当声,铁轨震颤起来,小河就被抛在了后面。"芝加哥将会变成一个大城市,"他接着说,"在这里你可以看到很多奇迹。"

她没有完全听懂这几句话,她的心头出现了一种恐惧感,她忽然意识到自己只身一人,背井离乡,正一头扎进这生活的汹涌大海之中,并要独自谋生。她情不自禁地感到有点胸闷——她心跳加快,感到些许的惆怅。她半合上眼睛,想安慰自己这不算什么,因为老家哥伦比亚城离这并不远。

"芝加哥!芝加哥!"车上的司闸员一边大声叫着,一边"哐"的一声把车门打开了。火车正驶进一个拥挤不堪的停车场，喧哗嘈杂的人声把站台变得异常热闹。嘉莉开始收拾她那破旧的可怜的提包，一只手紧紧拽着自己的钱包。托罗奥站起身，伸伸腿以便使裤子挺直起来，接着一把抓起他那干净好看的黄色提包。

"你有亲戚来接你吗？"他说，"让我来帮你提那手提包。"

"哦，不用，"她说，"我不愿让你这么做，要是这样做，等会儿见到我姐姐时我会很不好意思的。"

"那好吧，"他十分关切地说，"但是，我就待在你的附近，要是她没有来，我会负责把你安全地送到目的地。"

"你真是太好了。"嘉莉说，在这异乡陌生的环境中有人向她如此献殷勤，她心里感到真是太好了。

"芝加哥！"司闸员用拉长了的声音喊道。火车进入了一个阴暗的大车棚下面，一盏盏灯事先已亮了起来，四处都是车厢，这列火车也在慢慢减速前行，最后停了下来。车厢里的人们都站了起来，挤到了门口。

"好了，我们终于到了，"托罗奥说，带着她朝门口挤去。"再见了，"他说，"期待我们星期一能再见面。"

"再见！"她握着他向她伸出的手说。

"不用担心，我会在旁边一直看着你的，看到你姐姐来接你，我才会放心离开。"她看着他的双眼笑了笑。

他俩先后下了车，他装作毫不在乎。一位面容蜡黄、十分普通的妇女在站台上看见了嘉莉，慌忙跑上前来。

"嗨，嘉莉妹妹！"她开口叫道，然后就像应付一般拥抱了嘉莉，以表欢迎。

嘉莉顿时感到别扭，浑身都不对劲，干劲一下就没了踪影。看着这迷茫、喧嚣和新奇的一切，她只感到残酷的现实正攥住她的手，别期望有什么灯红酒绿的生活，也别期望什么消遣乐趣，她姐姐身上全部显现出上班的辛劳，生活的严酷。

"家里人都还好吗？"她姐姐开口问，"爸爸妈妈都好吗？"

嘉莉没有什么心思，机械地回答了她姐姐的问题。在走廊另一头去寻找候车室和在大街的大门口站着的托罗奥。他刚好回头望着，当他意识到她也看见了他，并且已经和她姐姐安全地见面了，他留下一个笑容然后转身走开了，这笑容只有嘉莉看到了。看着他走远了，她感到仿佛失去了点什么。等他走得越来越远，直到影子成为一个点的时候，她才真正明白了他的离去的真正含义。虽然和姐姐待在一起，她却觉得孤独，就好像一个孤独的人处在一个波涛澎湃、没有思维的大海上一样。

第二章 贫穷的威胁：商号巍然耸立

嘉莉的姐姐梅妮的"公寓"（这是当时对所有房间都在同一层楼上的套间的名称）位于希凡·伯利大街上。在这里生活的大部分都是工人或者职员，这种人接连不断涌入芝加哥，导致这座城市的人口每年递增五万人。梅妮的"公寓"在三楼，前面的窗子朝着大街，每当夜幕降临、华灯齐放的时候，街上的杂货店里闪烁着明亮的灯光，孩子们四处跑跳玩耍。嘉莉觉得，公共马车上从远到近又从近到远的铃声很动人，有些陌生又有点儿新鲜。梅妮把她领进了前屋，她凝视着明亮的街道，超脱一切般地听着那些声音，望着那车水马龙的情景，为刚刚到来的自己所听到的这座向各个方向延伸数英里的巨大的城市所发出的嗯嗯私语感到惊讶赞叹。

第一次见面时，在相互寒暄之后，嘉莉的姐姐梅妮把孩子交给嘉莉，然后开始准备晚饭。她丈夫没说几句话就一个人看晚报。他这个人比较沉默，他父亲是瑞典人，他出生于美国，目前的工作是在牲畜场清理冷藏车。小姨子的到来，没有给他造成太大的影响，好像他与整件事无关。不过还是问了句关于嘉莉在芝加哥怎样找工作的问题。

"这不是个小地方，"他说，"很快你就能找到活儿干的，这是这个大城市永恒的规律。"

嘉莉将找份工作，自己解决食宿问题，这一点要不是事先和他们商量好的话，嘉莉要来和他们住在一起他是不能容忍的。他没有什么不良习惯，又十分节俭，并且早已在西区远处订购了两块价值两百元的土地，每月分期付款，他最大的理想就是以后在那儿盖上房子，有个属于自己的家。

趁着准备晚饭这一会儿的时间，嘉莉四处打量起公寓来。她生来就具有观察力，而且还具有每个女人都十分敏锐的直觉，也称为第六感觉。

直觉让她知道，姐姐的生活也过得不宽裕。墙上贴的墙纸十分不协调，地板上铺着地席，客厅里只垫了一块薄薄的旧地毯。一眼就能瞧出，家具是当时分期付款买的，而且还是商店里打折出售的那种草草拼制起来的劣质产品。

她抱着孩子，到厨房和梅妮坐在一起。后来孩子哭闹了起来，她只得抱着孩子走来走去，嘴里还哼着歌，哈斯被吵得看不下报纸，就走过来，接过孩子。这时哈斯表现出了他那可爱的一面，他极具耐心，看得出他非常疼爱自己的孩子。

"好了，好了！"他边走边说，"不要哭了，不要哭了。"从他说话的语调里清楚地听得出带有一点瑞典口音。

"你先在城里到处走走，熟悉一下周围的环境吧，"吃饭的时候梅妮对她说，"要不，我们星期天出去逛逛林肯公园吧。"

嘉莉注意到哈斯对此没有异议，他似乎毫不在乎。

"嗯，"她说，"我准备明天就出去找份工作。我还有星期五和星期六两天的时间，要找到工作应该不难，商业区在哪里？"

梅妮刚开始解释，但她丈夫很快就插嘴了。

"在那边，"他一边说，一边指着东面。接着，他解释起了芝加哥市的布局，这是他至今为止话讲得最多的时候。"你最好到河那边，沿弗兰克大街的那些大工厂去问问，"结束时他说，"离这儿很近，你也方便回家，而且很多姑娘在那儿干活儿。"

嘉莉点点头，向她姐姐问起四周的状况。姐姐用较小的声音，把她所知道的很少的情况告诉她，而哈斯又把注意力转到了孩子身上。最后，他突然地跳起身来把孩子还给他妻子。

"我明天要起早，我先睡了。"他走了出去，在走廊尽头黑暗的小卧室里他的身影消失了，他睡觉去了。

"他要去很远的牲畜场上班，"梅妮解释说，"所以必须五点半起床。"

"那你何时起来做早饭呢？"嘉莉问。

"大概在四点四十吧。"

她俩共同干完了当天最后的一点活儿，嘉莉洗盘子，梅妮给孩子脱衣服，哄着他睡觉。梅妮的一举一动都看得出她的辛劳，嘉莉可以想象，梅妮这一辈子注定要操劳一生。

有一件事在嘉莉的脑海里越来越明显：她必须断绝和托罗奥的关系，不能让他到这里来。从哈斯的态度、姐姐卑躬屈膝的神态，还有这套公寓笼罩的氛围之中，嘉莉已经清楚，除了老套的辛勤劳作之外，他们坚决抵制其他事。哈斯要么每晚坐在客厅看报纸，要么早早地去睡觉，而梅妮稍晚一点也会去睡觉，那他们会要求她做什么呢？她已经明白，现在最要紧的是她必须找份工作，有了钱，才能站住脚，然后才能去考虑结交朋友之类的事。她和托罗奥的邂逅，不过是一段美好的回忆，只能放在心底。

"不，"她在心里想，"决不能让他到这里来。"

她向梅妮要了纸笔，这些东西就在餐厅的壁炉架上放着。等梅妮十点钟上床后，她翻出托罗奥给她的那张名片，给他写信。

"我不能让你来这儿看我，"信有一部分是这样写的，"等我下次写信再说，姐姐家实在不宽敞。"

她思索还应该在信中写些什么，她想谈论一下他们在火车上的事情，但又不好意思落笔。在信的结尾处，她先是感谢了他对她的一路照顾，然后，她就不确定该以何种落款，最后决定选用郑重的"您忠实的"，可下笔时又改为了"您真诚的"。她把信封好，写上地址，然后走回客厅，她的床在客厅的凹室放着。她把一只小摇椅搬到开着的窗子旁边，一个人安静地坐下来，沉迷地望着外面的夜色与街景。她回忆起这一天的所有经历，同时听着叮当作响驶过的街车声和街上时时传来的只言片语和笑声。最后她想得累了，坐在椅子上一开始也感到没什么意思，便换上睡衣，上床去睡觉了。

等她醒来的时候，已经是第二天早晨八点。哈斯已经上班去了。她姐姐正在起居室兼厨房里忙碌地缝东西。她穿好衣服后自己吃了些早饭，然后问梅妮应该到哪里去找工作。自从上次分手以后，梅妮发生了很大的变化。她现在不过才二十七岁，身体也还健壮，却很消瘦，对人生的看法受到了自己丈夫的强烈影响，所以对于乐趣和责任的看法比起当初在小地方做少女时还要狭隘。她邀请嘉莉来，并不是因为想念她，而是嘉莉在家不尽如人意，到这里来可以找到工作，自己养活自己。她见到嘉莉时心里多多少少还是有点喜悦的，但是在找工作的问题上却和丈夫的观点如出一辙。只要是有薪水的活儿，什么都可以，哪怕开始每周只有极少的，比如说，五块钱的薪酬。他们为嘉莉计划的目标是当名售货员。她会进一家体面的商店，勤奋地工作，一直到好运到来。夫妻俩都不知道那具体会是什么好运。他们并不指望她依靠婚姻得到什么荣华富贵。但事情总会发展下去，直到好事降临她的头上，嘉莉就会由于来到城里、在城里辛勤劳作而得到回报，这天早晨，她就是带着这些美好的梦想出门去找工作的。

我们暂时先不追寻她找工作的经历，而先来看看她所处的这个环境。1889年的芝加哥具备了得天独厚的崛起条件，许多的年轻姑娘都被吸引而聚集到这里。这里为很多人提供了冒险的机会，同时使它美名远扬的是它那众多的、与日俱增的商业机遇，这也使它成为一块巨大的磁石，吸引着来自各个地方的满怀希望或希望已经破灭的人——那些希望发财的人和那些在别处破产的人。它的人口尽管只有五十多万，却有着可以与拥有百万人口的大都市媲美的抱负、胆识和活力。它的街道和房屋面积早已被扩展到七十五平方英里。它人口的发展，不是依靠已经建立起来的商业，而是依靠它为其他人的到来提供了就业机会的工业。到处都可以听到为修建新建筑物而忙碌的汽锤声，大工业正在迁移过来，那些很早以前就已发觉到其开发前景不可限量的大铁路公司，早已占下了大片土地，用于发展交通运输。贫困的乡村因有了有轨电车线路而得到迅速的发展；少数地区也许只有孤零零的一幢房子，市里却早早地在这些地区铺设了许多的街道和下水道，因为这些地方未来也会十分繁华；还有些地区虽然昼夜饱受风雨的侵蚀，路灯却整夜不灭，一长排一长排的煤气灯眨着眼睛在风中摇曳，狭窄的木板走道延伸出去，在很远处才会看到一个建筑物，最后在空旷的草原上失去了踪影。

大片商品批发区在市中心，零售店铺也聚集在了这里，不清楚真相的人常常会到那里去找工作。芝加哥当时的一个特征就是任何觉得自己会有点作为的商行都独自霸占着一座建筑，这在其他城市是不容易见到的，因为芝加哥有大片的地皮。这样一来，大部分批发商都有豪华的外表，在一楼的办公室，能够看清街上的一切。现在十分普通的大块玻璃窗，当时正被迅速采用，使得一楼的办公室看上去富丽堂皇，生意兴隆。一个悠闲的人路过这里时，可以看见一长排锃亮的办公桌椅和许多毛玻璃，职员们在埋头拼命工作；身穿"时髦"套装和整洁的亚麻布衬衣、充满绅士派头的商人们，在踱来踱去或聚众坐着。用方石砌成的门口，挂着用铜或者镍做的闪闪发亮的招牌，上面用简洁、委婉的语言，告诉人们这家商行的名称和服务性质。整个市中心那高贵的气势，足以让普通的求职者望而生畏，羞愧着离开，这也使贫富差距日趋扩大。

嘉莉这时忐忑不安地走进了这个重要的商业区。她沿着希凡·伯利大街向东走，走过一个一个不太豪华的地区，直到街道变成一大片矮屋和煤栈，最后走到了河边。她鼓足勇气地往前走着，因为她想尽快地找到工作。但是她面前展现的景象又在不断诱惑她，面对这么多她无法明白的权势与威力，她觉得自己孤立无援，于是她停停走走。为什么会有这么多的高大建筑，它们都是用来做什么的呢？那些奇怪的工厂和商行为什么会在这里？她能够明白哥伦比亚城小小的石料加工厂的意义，是把大理石切割成小块出售给私人。但是，她这个刚从小城市走出来的人却对眼前的一切不完全理解：比如说某个石料大公司的场地里的铁路支线和平板车，比如说码头以及在头顶上移动的巨大的起重机……这所有一切与她一无所知的东西联系在一起，在干着她不明白的事。

那些宽大的铁路调车场，以及她在河边看到的一排排船只和沿着河岸排列的那些大工厂，同样让她摸不着头脑。从窗户看进去，她可以看见系着工作围裙的男男女女的身影在忙碌地走动着，她觉得宽敞的大街上那些高墙耸立的商号就像一个个不可捉摸的谜，宽大的办公室就像一些神秘莫测的迷宫，另一头通向远方的大人物。在她的心里面，只有那些富人才会和这些地方有瓜葛。至于他们干的是什么事，他们怎样工作，这一切为了什么，她只有一个模糊的概念。除了找到某个不为人知的角落可以每天在里面干活儿之外，她心中从来没有想过这一切会与她的到来相关。每座大楼里的每家商行肯定都富裕得让人吃惊。那些衣着和托罗奥一样华丽精致的男人们，肯定要钱有钱，要势有势，时尚新潮——这就是报纸上常提到的那些人。这都太过神奇、太过重大、太过高不可攀，想到自己要进入一家这样权势的商行，去求人给个工作——一个她能做的活儿，任何工作——她就会感慨万分，心里直打鼓。

第三章　初试命运：周薪四块半

穿过河，进入了商品批发区，她便立即开始打量四周，想寻找一扇适合她的门进去求职。当她停留在宽大的窗子和庄严的招牌前犹豫不前时，她意识到有人在看着她，并且清楚了她的身份——想找点活儿干的人。她没有求职经历，因此缺少勇气。为了躲避别人的目光，也为了避免让人发现她在悄悄寻找工作而感到的某种难以言表的羞涩，她走得更快了，装出一副有公务在身的人的那种悠闲冷漠的神态。就这样，她走过了很多工厂和批发商行，都没有朝里面看上一眼。走过几个街区以后，她发现这不是一个办法，于是开始重新寻找，但是她并没有放慢脚步。又向前走了很久，她看到一扇大门，不知为什么，这扇大门吸引了她的注意力。一块小小的铜招牌挂在这扇门的上面，看起来好像是一幢六七层大楼的入口。"可能，"她想，"他们需要个人。"于是她穿过大街向它走去，一边走一边给自己鼓劲。走到距她的目的地只有大约二十尺的地方，她看到一位身穿灰色格子西装的年轻绅士，手里玩弄着表上的饰物，朝外张望。她不清楚这个人与这家商行有没有关系，但由于他刚好朝她这个方向看来，她的心打起了退堂鼓，感到很不安。她急忙走过去，却没有勇气再进去。又经过了几个街区之后，街上的繁华和新鲜的环境慢慢缓解了第一次失败带给她的挫败感，她又开始到处张望起来。街对面矗立着一幢六层的大厦，招牌上刻着"司塔玛·金公司"，她又充满希望地看了起来。这是家专门批发纺织品的商行，它雇用妇女。她能看见员工在楼上不停地走来走去。她想不管怎样一定要走进去碰碰运气，她穿过大街，直直向大门走去。就在她朝那儿走去的时候，从里面走出来了两个男士，在门口驻留了一会儿。一个身穿蓝衣服的电报递送员跑过她身边，踏上门口的台阶，进去了。正当她犹豫着站在那里时，人行道上慌忙走路的拥挤人群中又有几个人经过她的身边。她无可奈何地环顾了一下周围，发现有人在注视着她，于是她又退了回来。这是件令她很难堪的事，她无法当着这些人的面去求职。

这次的惨败使她心情沮丧。她的双脚机械地带着她前进着，每走一步都让她感到轻松，因为她巴不得马上离开这儿。走过了一个又一个街区，经过不同的街角处时，她看到了街灯下这些街道的名字：麦迪逊、门罗、拉萨尔、克拉克、狄尔伯恩、斯台特……她继续往前走着，双脚踩在宽阔的石板路面上，已经开始感觉力不从心了。这时候，街上的明亮、整洁使她觉得有点喜悦。上午的日光越来越强烈，街道背阴的一面变得凉爽宜人。她抬头望着蓝天，感觉它比以前任何时候都迷人。

她多少开始为自己的胆怯而生自己的气了。她回过身，顺着刚才来的街道走回去，心中打定主意要找到"司塔玛·金公司"，并且要进去尝试一下。走在路上，她注意到一家鞋类批发公司，穿过这家公司宽敞明亮的玻璃窗，她看见被毛玻璃隔栏围起来的经理部。在经理部的外面，大门口里面的一张小桌旁边，坐着一位头发花白的老年绅士，他的面前摆着一本打开着的大账簿。她在这家公司门前犹豫了好一段时间，但是发现没有人注意到她，于是就鼓足勇气，胆怯地穿过纱门，谦卑地站在那里等待。

"你好，小姑娘，"那位老绅士十分和气地看着她说，"你有什么事情吗？"

"我是，我是说，你们——我是说，你们这儿需要人手吗？"她支支吾吾地说。

"眼下暂时不需要，"他微笑着亲切地回答，"眼下暂时不需要，下星期有时间再来问问吧。我们偶尔也需要一两个帮手的。"

她默默地听完这一答案，难堪地退出去了。受到这种客气地接待反而令她十分吃惊。她原来以为事情要比这困难得多，她以为会听到冷言冷语或者粗声大气地拒绝。没有受到羞辱，也没有让她觉得自己不幸，对她来说这真是个了不起的奇迹。

心里得到了一点鼓励，她又进了另一座大楼。这是一家服装公司，人手明显更多。四十多岁、穿着精致的男人们围在黄铜栏杆里，各自忙着自己的工作。

这时一个勤杂工向她走来。

"您有什么事吗？"他问。

"我想找经理。"她答道。他快步过去，跟正在谈论什么事的三个人中的一个说了几句话，有个人就停下谈话，向她这边走来了。

"什么事？"他冷冰冰地说，这样的口气立刻把她那少得可怜的勇气吓得无影无踪。

"你们需要人吗？"她吞吞吐吐地说。

"不要！"他粗暴地答道，立刻转过身走开了。

她尴尬地走出去，勤杂工殷勤地给她打开门。她很欣慰自己淹没在不被人关注的人群中。但对于她刚才兴冲冲的情绪，这算是一个残酷的打击。

她漫无目的地向前走着，这儿看一下，那儿转一下，她看到了一家又一家的大公司，但是却没有勇气去提出那最平常不过的询问。转眼到了正午，她的肚子也已经饿了，她找了一家不怎么样的餐馆，走了进去，却吃惊地发现，那价格对于她那少得可怜的钱来说太高了。她发觉自己只能买得起一碗汤，所以就买了碗汤，很快地喝完了，接着又回到街上。这碗汤多少能给她补充一些体力，也增加了她继续寻找新的希望的勇气。

她想找一个机会更多一些的地方，于是又走过了几个街区，忽然又看见了"司塔玛·金公司"，这一次她走了进去。有几位绅士在聊天，可都没有看到她。她独自一人站在那里，低着头目不转睛地盯着地板，她的紧张和精神上的沮丧一下子增长了不少，最后她准备转身离开。就在她的困窘快要达到极限的时候，她听到有人在叫她，一个坐在旁边栏杆内的一张写字台前的人。

"你要找谁？"他问。

"不好意思，无论谁都可以，"她回答说，"我想找点事儿做。"

"噢，那你应该找迈考蒙那瑟先生的，"他说，"坐吧！"他指着旁边一张靠墙的椅子对她说，然后像什么也没发生过一样继续写着。又过了许久，才见一位矮胖的绅士从外面进来了。

"迈考蒙那瑟先生，"写字台旁的好心人说，"这位姑娘想找您。"

矮个子绅士回过身来望着嘉莉，她起身向他走去。

"有什么事吗，小姐？"他问，然后用好奇的眼光打量着她。

"我想在这儿找份差事做。"她说。

"什么差事？"他问道。

"什么都可以。"她吞吞吐吐地说。

"你有在纺织品批发店干过的经历吗?"他问。

"没有,先生。"她老实地回答。

"那你会速记、打字吗?"

"先生,这个我也不会。"

"那么,我们这儿没有工作可以让你干了,"他说,"我们只要有经验的。"

于是她开始朝门口走去,这时她美丽而忧伤的神情感动了他。

"你以前做过什么事?"他问。

"没有,先生。"她说。

"这样啊,你在批发商行里找到事做是很难的,你有没有去百货店看看?"

她承认还没去过。

"那么,要是我是你,"他相当热情地看着她说,"我就会去百货店看看,他们时常找年轻姑娘做店员。"

"太感谢您了。"她说,这样亲切的关怀让她感到很温暖。

"好吧,"他说,望着她向门口慢慢走去,"你到百货店去碰碰运气吧。"他说完就转身离开了。

当时,百货店正处于萌芽状态,数量还很少。芝加哥有美国1884年最早创立的三家店①。通过《每日新闻报》的广告,嘉莉知道了其中几家的名字,她决定去找它们。迈考蒙那瑟先生刚才的那些话,或多或少又鼓起了她削减下去的勇气,她热切期望这条新线索会帮她得到一份工作。她来来回回地走在这些街区,心中设想着会碰巧遇到这些商店。她一心只想着完成这困难但又必须做的任务,因此做出一副找工作的样子,但她实际上并没有真的在找,只是在自欺欺人,让自己心安理得一些。最后她向一个警察打听,警察告诉她要找到"大商场"需要再向前走两个街区。根据指点,她很快找到那家商场,走了进去。

百货公司是庞大的零售联合体,即使以后会永远消失,它们也将会在美国商业史上留下有趣的一页。在此之前,世界上还从未见过一个像零售这样规模不大的贸易行业会变得如此生机勃勃。每个百货公司都遵循最具效率的零售组织形式:由几百家商店相联合,组成一家大商店,以最繁荣、最经济为基础建立起来。它们一个个都装潢华丽、门庭若市、生意兴隆,拥有很多店员和大批顾客。嘉莉沿着柜台间的廊道向前走着,十分羡慕地看着摆放在柜台上的那些琳琅满目的饰品、服装、鞋子、文具和珠宝。每一个独立的柜台都是一个令人目不暇接的展馆,使人久久驻足不前。每个饰物,每样值钱的东西都在深深吸引着她,可是她却没有停下脚步。所有的东西她都能用上,所有的东西她都想拥有。精美的拖鞋和长筒袜,带有诱人褶边的裙子和衬裙,花边、缎带、梳子、钱包,一切都撩动她内心的欲望,可她十分清楚,这些东西没有一样她能买得起。她继续到处求职,仍然属于无所事事的流浪者,随便一个人都不难看出她很穷困,急于找到一份工作。

绝对不要认为所有的人都会把她当作一个胆小、敏锐、紧张、楚楚可怜的人,认为她不适合被遗留在一个冷冰冰的,有太多算计,毫无美感的社会里。她绝对不是这样的人,但是女人,就算是最迟钝的女人,对于身上的衣着打扮也是十分在意

---

① 芝加哥第一家百货商店创始于1886年。实际上,纽约之前已经开设了两家。

的，更不要说年轻姑娘。

嘉莉不仅欢喜地看着一切时尚悦目的东西，而且还注意到那些挤来挤去，与她擦肩而过时毫不把她放在眼里的美丽的女人，也被商店里的东西深深吸引住了。看到这，嘉莉心中突然一动。嘉莉不清楚比她更幸运的城市女人是如何打扮自己的。她以前也不知道所谓的女店员的样子，但现在相比之下，她显得很寒酸。这些女店员大多数长相普通，但有几个长得非常漂亮，她们一个个带着一种独立不羁、毫不在意的神气，至于那些长相漂亮一些的，还带有一种泼辣劲。她们的衣服都十分整洁，许多人穿得很时髦，无论嘉莉与哪一个女店员的眼睛相接，她总能从中发现对方在打量她——她衣服上的种种不足，再加上气质的缺乏。她知道这些是明摆在她身上的，让人一眼就能看清她的身份。她的心中燃起一股嫉妒的怒火。她隐隐约约地感觉到城里具有很多东西——金钱、时髦、悠闲——一切使女人企盼的东西，她一心渴求得到的衣着与美貌。

二楼是经理室，经过几轮询问之后她才被告知去那儿。到了那里，她看到有其他姑娘比她来得早。她们和她一样，也是来找事情做的，但是比她显得更自信、更有想法，这是在城市生活的结果。这些姑娘用一种蔑视的眼光打量着她。等了足足三刻钟后，才轮到她被叫进去。

"喂，"窗子旁一张有拉盖的写字台边坐着一位看上去很精明强干、办事勤快的犹太人说，"你有经验吗？"

"没有，先生。"嘉莉回答说。

"哦？你没有？"他边说边看了她一眼。

"没有，先生。"她胆怯地回答说。

"我们需要的是有经验的人，而你却从没做过，我们是不能用你的。"

她站在那里怯懦地等待了一下，不知道面试是否已经结束。

"不用等了！"他大声说，"我们这里很忙。"

嘉莉立刻朝门口走去。

"等等，"他叫住了她，"把你的名字以及地址留下，我们有时也会雇些女孩的。"

当她强作镇定地走出商店，重新来到街上时，她的眼泪止不住地流了下来。这倒并不是因为刚刚所遭到的冷酷的拒绝，而是由于这一整天令人沮丧的经历。她感到筋疲力尽。她打消了再去别的百货店求职的念头，毫无目的地向前走着，混杂在人群中让她感到很安心，也很自在。

在漫无目的的闲逛过程中，她走进了河附近的杰克逊街，沿着这条堂皇的大道南侧往前走着。突然，一扇门上钉着的一张招贴吸引了她的目光，那是张用包装纸写的启事，上面用不褪色的墨水写着："招聘女工——包装工和缝纫工。"

她犹豫了一下，下定决心要进去看看。

这家森菲戈亨摩公司是生产童帽的，占了整整一层楼面，宽五十尺，前后长大约八十尺。这个地方非常昏暗，只有最黑暗的地方安装了一盏白炽灯，屋子里面一部分被机器装满了，一部分摆着工作台。工作台旁有许多姑娘和几个男人在工作。姑娘们沾满了油污和灰尘的脸暗淡蜡黄，身上穿的只有薄薄的、破旧不堪的棉布衣，脚上穿着破烂不堪的鞋子。她们大都挽着袖子，露出胳膊，有些人嫌太热，就敞开了衣服领子。她们应该是最低级的那种车间女工了：衣衫不整、无精打采，并且因为长期在室内，脸色显得很苍白，但她们毫不怯懦，好奇心极强，说话粗野泼辣。

嘉莉打量四周，心中很不安，她肯定是不想在这里工作。除了有人用眼角瞥了她一眼，使她感到不舒服之外，没有任何人愿意搭理她。她一直等到整个工厂的人都注意到她。这时有人来传话了，一个工头向她走来，他系着围裙，上身只穿着衬衣，袖子一直挽到肩膀。

"你找我吗？"他问。

"你这儿需要人吗？"嘉莉说，她已经学会了开门见山地表明自己的来意了。

"你会缝帽子吗？"他问道。

"我不会，先生。"她老实答道。

"那你以前有没有干过类似的活儿？"他又问。

她还是回答没有。

"嗯，"工头搔着耳朵思考着，"我们这里确实需要一个缝纫工，但我们想要一个有经验的，因为我们没时间培训新手。"他停下来，看看窗外。"不过，我们也许可以让你干些最后的收尾工作。"他想着什么似的慢慢地说。

"你们每周的工资是多少？"这个人态度随和，说话开门见山，嘉莉也鼓起了勇气，她继续问道。

"三块半。"他答道。

"哦——"她差点喊出声来，但她忍住了，把自己的想法按在了心里。

"我们现在并不真正需要人，"他假装满不在乎地说下去，就像看一个包装箱一样看着她，"但是，你星期一早上就可以来上班，"他补充说，"我可以给你找活儿干。"

"谢谢你。"嘉莉无精打采地说。

"你若是要来，记得带一条围裙。"他又说。

他走开了，她仍然站在电梯旁，对于她的名字他问都没问。

尽管这家工厂的情况以及所给的每周少得可怜的工钱对于嘉莉的幻想是很大的打击，但是，经过这样一段令人尴尬的经历之后，她总算找到了活儿干，这一点还是很令人高兴的。虽然她的抱负并不大，但她也难以置信自己会去接受这份工作。她过去习惯了的生活比这好很多。她平淡无奇的人生经历，再加上乡下悠闲的户外生活，使她本能地讨厌被这样困在室内的工作。她还从来没有接触过这样的污秽和肮脏，她姐姐家的公寓总是打扫得干干净净，而工作的地方肮脏矮旧，女工们衣衫不整、神情冷漠。她想：她们一定心术不正，可是毕竟找到了一份工作。要是像她这样一天就能找到一个工作，在芝加哥还算是不错的，也许她今后会找到一份更好的工作。

然而，随后发生的事情却并不让人满意。在那些讨人喜欢、外表精美的地方，她被人用刻薄的话迅速打发走了。在她寻找工作的另外一些地方，人家只要有经验的。她一次又一次遭到令人尴尬的拒绝，最令人难堪的是在一家专做披风的商行里，她爬到四楼去寻找事情做。

"不要，不要，"工头说，这是一个态度粗暴、身材高大的家伙，正在经营着一个灯光暗淡的工厂，"我们谁都不需要，别到这儿来。"

随着时光的流逝，她的希望、勇气和精力一点都不剩。她执着得令人惊讶，这样真心实意地努力理应得到很好的回报。对于她那疲惫不堪的知觉来说，这个大商业区在各个方面变得越来越巨大、越来越冷漠，也越来越无情。它看上去好像向她关闭了所有的希望之门，里面的无情争斗非常惨烈，她完全无力应付。男男女女从她身边一闪而过。她觉察到人们的努力、人们的追求的浪潮在奔腾咆哮着，而自己只是孤身一人，却没有发现自己也是这股浪潮中的一朵小小的浪花，显得那么渺小。她徒然地到处张望着，想找个有希望的地方去谋个事做，却发现自己怯懦得闯不进任何一扇门。结果都是一样的，她卑微地请求，回答她的却只有冰冷的拒绝。她已筋疲力尽，于是转过身来向西走，朝梅妮家方向走去，这就是她现在心中的唯一目标。她就像寻求职业的人在黄昏时常有的情况，开始筋疲力尽、垂头丧气、毫无斗志地往家走。她打算去希凡·伯利大街南面的第五大街坐车，当穿过第五大街时，她经过一家鞋子批发商行的门口。穿过大玻璃窗，她看见一张小写字台旁坐着一位中年绅士。人们一般能从注定的败局中产生一些难以言喻的拼劲，这是多次受到挫折、希望濒临破灭的最后的一次拼搏，她现在就处于这种情况。她执意穿过大门，朝那位绅士走去。他非常有兴趣地看着她疲倦的脸。

"什么事？"他问。

"能给我一个工作吗？"嘉莉诚恳地问。

"我不能确定，"他和蔼地说，"你想要怎样的工作？你会打字吗？"

"哦，不会。"嘉莉答道。

"哦，我们只要速记员和打字员。你可以去边门，到楼上去打听打听。楼上几天前似乎需要人手，你去找勃拉先生。"

她快速地绕过边门，坐电梯来到了四楼。

"维廉，叫一下勃拉先生。"开电梯的人朝站在旁边的勤杂工喊道。

维廉走了出去，一会儿就回来说："勃拉先生要她等等，他一会儿就过来。"

这里只是库房的一个角落，从这无法看出这层楼的一个总体的样子，嘉莉更想不出工作的情况。

"你想找工作吗？"勃拉先生在了解到她的意图后问道，"你有经验吗？"

"没有，先生。"嘉莉回答。

"你叫什么？"他问，嘉莉回答之后他又说，"嗯，我不知道是否有适合你的工作，每周四块半工钱，你可以干吗？"

嘉莉早已被一次又一次的挫折弄得筋疲力尽，也就顾不上工资的多少了。她本以为他至少会给她六块钱。但即使是这样她也可以接受了，就写下了她的名字和地址。

"那么，"他最后说，"你下周一早上八点就来报到，我想我可以给你找点事情做。"

他走开了，她意识到自己最后还是找到了工作，所有希望又在她身上重新有了生命力。她立刻感到自己全身热血翻滚，紧张的情绪放松了下来。她走出商店来到外面的街道上，发现气氛已经完全改变了。看哪！街上的人正迈着轻快的步子散步；她观察到男男女女脸上都挂着笑容，向她送来零零星星的交谈声与欢笑声；空气清新，人们已经结束了他们当天的工作，开始从一座座大楼涌出。她看到大家兴高采烈的样子，想起了她姐姐的家，想起了等待着她的饭菜，便加快了脚步。她匆匆地赶着路，累是肯定的，但是脚步却变得轻快了。姐姐会说什么呢？啊，芝加哥的冬天是这样的漫长啊——那些灯光、人群、娱乐……这终究是座庞大的、惹人喜欢的大都市。这家新公司是个不错的单位，窗子上镶嵌着巨大的玻璃块。她也许可以在那里做得很不错。她又想到了托罗奥,回想着他告诉她的一切。她现在觉得生活变得比以前美好,充满着生机。她快乐地搭了辆电车,感觉血液愉快地流淌着。她会留在芝加哥的,她心里不停地这么想着。她会过上比以前更美好的日子——肯定会得到幸福的。

第四章　想入非非：事实的嘲笑

在接下来的两天里，嘉莉一直沉浸在放肆的憧憬中。

她幻想着种种特权和享乐。要是她出身高贵人家，这些想法还实际一些。在她的想象中，她那少得可怜的四块半的周薪已经大方潇洒地花了出去，为她买来了各种她想要的东西，各种她一眼看中的东西。真的，在那几个晚上，当她在睡觉前独自坐在摇椅上，望着外面令人愉悦的灯光照亮的街道时，这些钱为其将来的主人拓宽了女人心里希望得到的一切欢乐和小玩意儿的通道。"我会有好日子过的。"她不停反复地叨咕着。

她姐姐梅妮对于这些幻想完全没有感觉，虽然这些想法包括了人间的一切美事。她正为擦洗厨房的木质家具而忙碌着，心里在盘算星期天的晚餐仅靠八毛钱该怎样安排。当嘉莉回家时，初次的成功使她高兴得面色通红，她顾不上辛苦，急于向她姐姐诉说成功的有趣过程，而她姐姐只是赞许欣慰地笑笑，问她是否需要花钱坐车上班，这一点倒是嘉莉先前没有考虑到的，但也没有怎么影响到嘉莉高兴的心情。她心中在盘算她那模糊的计划，抽出一笔钱用在别的事上，一点也没让她感到总数有什么减少，所以她分外高兴。

哈斯七点钟到家时，好像有些生气——晚饭前他通常都这样。表明这一点的并不是他开口说了什么话，而是他拉长着的脸和他对任何事都毫不作声的态度。他有一双黄拖鞋是在地毯上穿的，他特别喜欢，刚回到家就会换下脚上的硬皮鞋。换鞋，然后洗脸，这便是他晚饭前所做的唯一工作。他用普通洗衣皂洗脸，而且总是把脸擦得既红又亮。然后，他就会拿起晚报，沉默地看起来。

对于一个年轻人而言，这是一种不健康的性格，这也影响了嘉莉。其实，它影响的是整个家里的氛围。这种事情常常就是如此，但这使他妻子变得十分有克制力，十分有办法，尽自己最大的能力避免尴尬的场面。但在嘉莉的好消息的感染下，他的脸色多多少少好转了一些。

"你倒是挺会抓住机会的，对吧？"他笑着问道。

"对！"嘉莉带着几分自豪说道。

他接着又问了两个问题，然后就去和孩子玩儿了，不再提起这个话题了，直到吃晚饭的时间，梅妮才又重新说起来。

只是，嘉莉很不想降低到这家人习惯的平淡无奇的谈话水平上。

"那应该是家很好的公司，"她在谈论中发表意见，"公司的门面有很多玻璃窗，职员也有很多。我见到的那些人说，他们一直需要很多人。"

"现在找到工作也很容易，"哈斯插嘴说，"只要你模样不差。"

在嘉莉高涨的兴致和自己丈夫有说有笑的积极情绪的感染下，梅妮开始告诉嘉莉一些有趣的著名的景点，当然是那些可以免费旅游的地方。

"你一定要到密歇根大街去看看，那里房子精致极了，街道也很宽敞。"

"H. R. 雅可布戏院在哪儿呢？"嘉莉插嘴，指的是一家专演情节剧的戏院，当时它就叫这个名字。

"哦，离这儿挺近，"梅妮回答说，"在霍尔斯泰德街，向前走一点就到了。"

"我好想去瞧瞧。我今天路过霍尔斯泰德街了，对吗？"

谈话到了这里略有停顿，没人立即回答她。思想真是一种容易变化的奇怪的东西，听到她提出想要去戏院，虽然没有说出来，但对任何需要花钱的事情绝对反对的阴影——这种心理异常变形的阴影，最先出现在哈斯心里，然后才出现在梅妮心里——多少影响了饭桌上的气氛。这个话题暂时放下了，直到哈斯吃完饭，拿着报纸走进客厅，她们才重新提起看戏的事。

她们姐妹两个独处时，谈话就自在多了。她们一起洗盘子，把东西放回原来的地方，嘉莉一边干着，一边时不时地还念叨上几句。

"要是挺近的，我十分想去逛逛霍尔斯泰德街，"嘉莉过了一会儿说，"我们今晚怎么不去看戏呢？"

"哦，我想哈斯今晚是不愿意去的，"梅妮回答，"他需要很早起床。"

"他不会反对，他很喜欢看戏的。"嘉莉说。

"不，他很少去看戏。"梅妮回答。

"但我很想去，"嘉莉接着说道，"就我们两个人去吧。"

梅妮思考了一下，并不是在想她是否去或者她愿不愿意去，因为在这个问题上，她早已做出了不去的决定，她在想如何才能够把妹妹的这种想法转移到别的话题上。

"以后再说吧。"她找不到别的什么合适的理由，最后只好这么应付。

嘉莉马上看出了梅妮不想去的原因。

"我还有一些钱，"她说，"陪我一起去吧。"

梅妮很无奈地摇了摇头。

"只要他愿意，他可以和我们一起去的。"嘉莉说。

"不，"梅妮叹了一口气回答，故意把碟子盘子弄得叮当响，来掩饰谈话的声音，"他肯定是不会愿意去的。"

梅妮已经很多年没有和嘉莉见面了，在这几年里，嘉莉的性格中养成了一些阴暗的东西。对于任何与她自己上进有关的事，她生来就怯懦不前，这在无钱无势的时候更加明显了，但是她又那么强烈地渴求享乐，把它变成了自己性格中的最有力的精神支柱。别人对享乐毫无兴趣的时候，她会为其抗争狡辩。

"试着问问他吧。"她轻声细语地恳求道。

梅妮却正在考虑嘉莉的食宿费可以为自己减轻多少负担。这笔钱可以付房租，还可以让她在跟丈夫商量开销这个问题时，不再那么难于开口。但是，如果嘉莉从一开始就想着到处去玩，那就一定会出现什么问题。除非嘉莉能够整天严谨、勤劳地工作，除非她意识到不贪图享乐、努力工作的重要性，否则她到城里来对他们没有任何好处。这些想法实在算不上是冷漠无情，而是一个从不抱怨社会、安于现状、勤劳谋生的心灵的严肃思考。

但最后她还是做出了退让，去问问哈斯。这是件敷衍了事的活儿，使她心里一点也不高兴。

"嘉莉要请我们去看戏，"她说，并探过头去小心翼翼地看着她的丈夫。哈斯慢慢地抬起头来，他们心领神会地彼此对望了一眼，一切都心照不宣："这可不是我们想要的。"

"我不想去,"他回答说,"她想干什么呢?"

"她想去 H. R. 雅可布戏院。"梅妮轻声回答。

他低下头来继续看着报纸,不赞成地摇了摇头。

嘉莉看出他们对待这个想法的态度冷淡,对他们的生活习惯有了十分清楚的认识。她感到十分压抑,但她没有表现出丝毫的不满。

"我想下去到楼梯口附近走走。"过了一会儿,她说。

梅妮对此没有任何异议,于是她戴上帽子下楼去了。

"嘉莉到哪儿去了?"哈斯听到关门声,随即走进餐厅来。

"她说,她想到楼下的楼梯口附近走走,"梅妮说,"我想她可能是去看看外面的夜景。"

"她不该现在就开始想着把钱花在看戏上,你说呢?"他问。

"她也许不过是有点好奇罢了,"梅妮大着胆子说,"她对一切都感到那么新奇。"

"我不清楚。"哈斯说着微微皱着眉头向孩子走过去。

他在心中想的是年轻姑娘多少都会沉迷于充满享受的奢侈生活,并且感到新奇,嘉莉现在还什么都没有,应该不会想走这条路的。

星期六,嘉莉自己出去了。先向使她倍感兴趣的河边走去,接着又沿着杰克逊街走了回来,漂亮的房子和油绿的草坪分布在这条大街的两侧,正因为这些,后来这条街道变成了一条林荫大道,她被这里象征财富的房子吸引了,尽管住在这条街上的人或许没有财产超过十万元的。她很高兴离开姐姐的家,因为她早已厌倦那个狭窄、枯燥、缺少乐趣和进步的地方。她的思想这会儿活跃多了,她偶尔也会猜想托罗奥现在会在哪里,也许他星期一晚上还会来找她,这种可能性虽然使她感觉有点忐忑不安,她还是抱有希望,期待他能来。

星期一,她起得很早,准备去上班。她穿一件带蓝点的旧棉布衬衫,一条褪了颜色的浅褐色裙子,头上戴着她在哥伦比亚城带了一个夏天的小草帽。她的鞋子有点破旧了,尤其是鞋尖和鞋跟,她的领带也由于经常带而变得皱巴巴、软绵绵的。她看上去很像一个平平常常的女店员,但是这不包括她的容貌,她的容貌比一般妇女漂亮,她给人一种安静又略带矜持的气质,非常让人喜爱。

如果有人像嘉莉在家时所习惯的那样,睡到七八点钟才会起床的话,早晨起早可是件很难的事。早上六点钟,当她在迷迷糊糊中朝餐厅看去,看到了哈斯在默默吃早饭时,她对他的生活习惯有了一些了解。等她穿戴完毕的时候,他早就出门了,于是她和梅妮以及孩子一起吃早饭,孩子此时已经能坐在高椅子上,用匙子舀盘子里的饭菜来吃了。想到自己即将融入一个陌生的环境,干不熟悉的活儿这一现状,她的兴致迅速被打击了下来。她所有一切美好的憧憬现在都化成了灰烬——但这灰烬的下面还残留着没有扑灭的几丝希望之火。因为精神不好、情绪沮丧,她沉默地吃着,心里一遍遍想象着制鞋公司的境况,想着工作的内容,想着老板的态度。她模糊感觉到她将会看到一些大老板,时常会有一些表情严肃、衣着考究的人来视察或参观她工作的地方。

"嗯,祝你好运!"在她快要离开时,梅妮说。她们已经达成了一致,最好的办法是步行去,至少第一天早上应该如此,以后再观察一下她是否能每天坚持下去,因为在当时的状况下,每星期六毛钱的车费对她们来说是笔不小的支出。

"我今晚告诉你工作的情况。"嘉莉说。

走在阳光明媚的街上,嘉莉看到上班的人慌慌张张地走向不同的道路,公共马车从身边经过,就连车栏旁都挤满了大批商行里的小职员们和勤杂工,男男女女都离开了家,慌忙在外面走动。看到这种景象,嘉莉心里似乎有了些勇气。在早晨的阳光里,在蔚蓝的天空下,在和风的吹拂下,除了那些没有选择的事情之外,人们的胸中还会遗留着什么不安呢?在夜间,或是白天在昏暗的房间里,恐惧和焦虑会越来越强烈,可是在明媚的阳光下,即使是对死亡的恐惧都会消失殆尽。

嘉莉稳稳地向前走着,一直穿过了河,走进第五大街。这条大街的一部分是用褐色石块和深红色砖块砌成的,很像一条峡谷,巨大的平板玻璃窗既明亮又整洁。货车轰轰隆隆地愈来愈多,男男女女,正朝各个方向急急忙忙地赶路。她遇到了和她年龄无差的姑娘,她们瞧着她,好像瞧不起她的羞怯。她为这种生活的宏大气势感到吃惊,也吃惊地想到一个人该需要多少知识和本领才可能在这里干出名堂来。于是一种担心自己胜任不了工作的强烈不安的感觉涌上了她的心头,她害怕自己不会干,又怕自己干得不够快。别的地方拒绝她的原因,不都是由于她不会做吗?她会被呵斥,会受辱,会颜面尽失地被开除。

她最终来到坐落于亚当斯街和第五大街转角处的那家制鞋大公司,登上电梯时,她双腿开始发软,有点气喘吁吁。她来到了四楼,这里没有一个人,只有一排排堆得高到天花板的盒子,她很恐惧,傻傻地站在那儿等着有人过来。

勃拉先生很快走了过来,他好像不认识她了。

"有什么事?"他问。

嘉莉的心一抖。

"你说过让我今天早晨来做事……"

"唉,"他打断她的话说,"哦——是的,你的名字?"

"嘉莉·梅蓓。"

"啊,"他说,"跟我来吧。"

穿过黑暗的过道(一排排盒子堆在走道两旁,散发出来新鞋子的气味),一直走到一道铁门前停下,工厂就在里边。工厂是一间天花板很低的很大的房间,这里有运转时轰隆作响的机器,机器旁有位身穿白衬衣,系着蓝格子围裙的男人正在工作着。她胆怯地跟着他穿过那些咔哒咔哒作响的机器,双眼直愣愣地盯着前方,脸微微涨红。他向远处的一个角落走去,又坐电梯来到了六楼。穿过那长排的机器和长凳,勃拉先生打了个手势,把工头叫来了。

"她就是那个姑娘,"他说,又回过身来对嘉莉说,"你跟他去吧。"接着他就离开了,嘉莉便跟着她的新上司向角落里的一张小写字台走过去,他的办公处就在这个角落。

"你没到这种工厂里干过,是吗?"他十分严厉地问她。

"是的,先生。"她回答道。

他似乎因为不得不为这样的工人操心而感到非常厌烦,但还是无可奈何地记下了她的名字,而后领着她来到一排女工面前,她们全都坐在一排凳子上,摆弄着一排咔嚓作响的机器。他拍了拍其中一个女工的肩膀,这个女工正用机器在鞋面上打眼儿。

"你,"他说,"把你干的活儿教给这个姑娘,她学会了就到我这里汇报一下。"

那位女工迅速站起了身，让嘉莉坐自己的座位。

"这活儿很容易做，"她弯下腰说，"你像这样拿着这个，用这夹子固定住它，然后开动机器。"

她一边说着一边做示范，用一些有固定作用的小夹子夹住一小块皮子（这块皮子最后是一只男鞋面的右半片），然后使劲推一下机器旁边的小钢柄。机器马上开始打孔，发出十分尖锐的咔嚓咔嚓声，在鞋面上切下一个个圆形的小孔，留下以后用来系鞋带的洞眼，示范了几遍之后，那女工便让嘉莉独自做。看着嘉莉干得还行，她就离开了。

皮子接连不断地从她右边机器旁的女工那里传过来，做完后再传给她左边的女工。嘉莉马上知道，一定要和大家保持相同的速度，否则活儿就会在她这儿停下来，而在她后面的人就会闲在那里。她没有工夫左顾右盼，只有埋头尽力干活儿，尽量干得好些。坐在她左右两边的女工非常明白她的困境和心情，所以她们尽可能地干得慢一些，这样可以帮她一把。

她就这么手脚不停地干了一会儿。机器单调、机械的反复动作使她忘掉了刚才心中的那些恐惧和本不该有的憧憬。随着时间的流逝，她开始觉察到屋子里光线很暗，而且还有一股新鲜的浓烈的皮革气味，只是她没有时间想这一切。她感到其他工人都在盯着她，她害怕自己的活儿干得不够快。

有一次，她放皮革时出了点小差错，正手足无措地摆弄着小夹子时，一只大手伸到了她面前，帮她夹好了夹子，这人正是那个工头。她紧张得不知所措。

"开动机器，"他说道，"开动机器，不要让别人等着你。"

这句话使她回过神儿来，她连忙继续干活儿，不敢有丝毫的放松，直到那个影子从她身后消失，她才松了一口气。

上午缓慢地过去，屋子里越来越热。她想自己需要呼吸点新鲜空气，应该喝点水，可是她动都不敢动。她坐的是没有靠背的凳子，更没有搁脚的东西，她开始感到些许不舒服。又过了一小会儿，她觉得背有点痛，她挪了挪身子，微微地从一个姿势换到另一个姿势，但这也没有使她舒服多久，她开始感到疲倦不堪。

"你可以站起来，"在她右边的女工说，也没有什么自我介绍，"没关系的。"

嘉莉感动地看着她，说道："好吧。"

她站起来，干了一小会儿，可这种姿势让她更难受。她的脖子和肩膀弯着，疼痛更加难以忍受。

这地方的气氛让她觉得有点俗气，她也不敢到处张望，但是她还是能伴着机器的咔嚓声时不时地听到一两句话，她也能从眼角看到一两件事。

"你昨晚见到哈里了吗？"她左边的女工对另一个女工说道。

"没有。"

"你应该注意到了他经常带的那条领带，哎哟！他可真吸引人啊。"

"嘘——"另外那个女工说了一声，马上低头干活儿。第一个女工立即闭上嘴，装出一副严肃谨慎的样子。工头慢慢地寻过来，一个接一个地打量着所有人。待他一离开，刚才那谈话又继续了。

"我说，"她左边的女工开口说，"你想得出他说了些什么吗？"

"我不知道。"

"他说他昨晚看见我们和艾迪·哈里斯一起在马丁戏院。"

"得了吧！"两个人一起咯咯咯地傻笑着。

一个左臂下紧紧贴着肚皮夹着一篮子散乱的制皮工具的小伙子，穿过机器蹒跚着走了过来，他那褐色的头发有必要好好地修剪一下。当快走到嘉莉身旁时，他伸出右手，拧了一下一个女工的胳膊。

"噢！松手，"她恼怒地叫道，"可恶的家伙！"

他冲着她咧嘴笑笑，作为回答。

"你看什么？"看到嘉莉盯着他，他回过头来叫道，这个人没有一点绅士风度。

最后，嘉莉实在是坐不住了，她的双腿开始难以挪动，她非常想站起身，伸伸腰。怎么还不到中午？她觉得自己好像已经干了一整天了。她一点儿饿的感觉也没有，只是觉得十分虚弱，眼睛也由于一直盯着打孔机打鞋孔的地方，现在也不愿意动弹了。在她右边的女工注意到了她浑身不自在的样子，替她感到难受，她的注意力过于集中了——她所干的活儿实际上并不需要让她在精神上和肉体上如此的紧张，但是谁也帮不了她。半片的鞋面皮接连不停地堆积起来，她的双手，最开始手腕那里痛，接着是手指痛，到最后她就犹如一堆毫无生机、疼痛难忍的肉块。长时间保持着一种姿势，做着同一种机械的重复动作，让她越来越厌倦，她简直都快要呕吐了。正当她想着这种紧张状态是否有结束的时候时，一阵沉闷的铃声从电梯下的某个地方传来，终于看到尽头了，随即便是一阵人们活动和交谈的喧哗声。所有女工马上离开了凳子，急忙走进隔壁的房间，男人们也从某个车间走出来，旋转着的机轮奏起了和谐的调子，最后在一片嗡嗡声中消失了。一切都安静了下来，使得人们平时说话的声音听起来大了很多倍。

嘉莉兴奋地站起身，准备去找自己的午饭盒。她身子僵硬，而且有点头晕，也感到非常口渴。她走向用木板隔开的小房间，那里存放着每个人的外衣和午饭。她在路上遇到了工头，他看着她的手。

"我说，"他问，"你能行吗？"

"我想应该可以。"她恭恭敬敬地回答。

"哦！"也没什么话好说，他哼了一声就离开了。

如果工作条件舒服一点的话，这种工作也许不会这么让人难以忍受，但是为工人们创造舒适工作条件是属于社会主义的新思潮，还未在产业公司里时髦起来。

这地方充满机油和新皮革的气味——这两者混合在一起，再辅以大楼里陈腐的气味，即使是在冬天也让人难以忍受。地板虽然每晚照常打扫，还是垃圾遍地。公司在为工人们创造舒适条件方面不会有任何行动，他们的看法是：为了能获得更多的利润，给工人的东西就得越少越好。没有人想到要为她们准备搁脚板、靠背转椅、女工餐室、无偿提供的干净围裙和烫发钳，以及像样的衣帽间。盥洗间和厕所就算说不上是肮脏不堪的地儿，也是恶心、粗糙、恶劣的，并且整个气氛给人一种束缚的感觉。

嘉莉从角落的桶里舀了一铁罐水喝了以后，打量了一下四周，想找个干净的地方坐下来吃饭。其他女工有的三三两两围坐在窗边，有的坐在那些男工们的长凳之上。她看到到处都坐着两三个女工，可是她又太羞涩，不好意思走上前去主动示好，于是她只能找到自己的机器，坐在凳子上，在膝盖上打开饭盒准备进餐。她独自坐在那里，听着屋里各个不同的地方传来的流言蜚语和妄加评论的谈话。这些话大部分都没有任何意义，而且还夹杂着时髦的俚语。屋里还有几个男工，即使隔着很远的距离也和女工们打情骂俏。

"喂，杰婷，"一个男工直呼一个女工的名字，这名女工正踏着华尔兹的步子，在一扇窗子旁几英尺见方的空地上来回挪动，"跟我一块儿去跳舞好吗？"

"小心点，杰婷，"另一个男工叫道，"你会失身的。"

"别乱说，你这个浑蛋！"她回了一句。

嘉莉听到这些，还有男女工人之间更多类似的玩笑，她本能地恐惧起来。她厌恶这种玩笑，认为所有这一切带着些肮脏、下流的思想。她害怕旁边的小伙子也会对她说出同样的话——这些小伙子和托罗奥相比，显得如此没有素质，也就是所谓的庸俗。她像平常的女人一样以貌取人，认为穿礼服的一定富有，一定庄重，穿工作服的人肯定品性恶劣。

短短的半个小时很快就过去了，机轮又重新开始运转起来。嘉莉觉得很欣慰。尽管很疲倦，但她可以不被人注意。可是这种想法马上就破灭了，一个小伙子顺着过道向她走过来，毫无顾忌地用拇指在她肋部戳了一下。她转过身来，怒气充满着她的双眼，但他已经走开了，只是回过头来完全不在乎地咧嘴笑笑。她难以忍受，差点哭出来。

她旁边的女工注意到了她的情绪。

"别管他，"她说，"他就是个厚脸皮的家伙。"

嘉莉没有回答，只是低下头继续干活儿。她觉得自己似乎无法容忍这样的生活。她心目中想象的工作完全是另外一种样子。整个单调漫长的下午，她都在想窗外的城市，想着它那壮丽恢宏的外表，想着外面自由的人群和华美的建筑。她又想到了哥伦比亚城，想到了故乡生活中单纯美好的方面。到三点钟时，她觉得一定是六点了；而到了四点钟时，她感到人们可能忘了计时，在让大家加班加点地干活儿。工头成了一个十足的恶魔，不停地来回走着，逼着她一直看着这倒霉可恶的工作。她听着旁边漫不经心的谈话，只加深了她的肯定——自己不想和他们中的任何人有任何交情。六点钟终于到了，她急忙冲了出去，两臂火燎般的疼痛，四肢因为一直保持着一个姿势而僵硬了。

当她拿着帽子打算沿着门厅往外走时，一个年轻的机床工人被她的美貌所吸引，厚着脸皮跟她主动搭讪。

"喂，姑娘，"他喊道，"等一下，我和你一起走。"

这句话是直朝着她的方向说，所以她清楚地知道是对谁说的，可是她连头也没回。

在拥挤的电梯里，有一个满身是灰尘和油渍的脏兮兮的青年向她抛媚眼，想得到她的垂青。

一个在外面人行道上等人的小伙子，看到她走过来时，朝她咧嘴一笑。

"你碰巧和我同路，是吗？"他无聊打趣地搭讪道。

嘉莉感到心神不宁，把脸向另一面转去。来到街角处时，她的目光透过锃亮的大窗户，看到了自己以前求过职的小写字台。街上的人群仍然熙熙攘攘，精力十足地匆匆走着。她感觉轻松了很多，但这仅仅使她暂时得到了解脱。面对擦肩而过的穿着比她精美的姑娘，她觉得羞涩惭愧，甚至有些许的妒忌。她觉得自己的境遇似乎应该更好一点，眼下的处境让她不甘心。

第五章　不夜城的明珠：名片的作用

托罗奥星期一晚上没有来看她。这位大人物在收到来信之后，把对嘉莉的思念先都放到了一边，一个人漫无目地四处游荡，过着他梦想中的快乐日子。那天晚上，他在当地很有名气的烈克托饭店吃的晚饭，这家饭店坐落在克拉克街和门罗街转角处的一幢大楼的底层。饭后，他去了罕那·哈哥酒店，这家酒店在亚当斯街上，就在十分华丽的联邦大厦对面。他倚着酒店里装修华丽的吧台，喝了一杯没有加水的威士忌，又买了几支雪茄，顺手点上一支。这对他来说应该是上层社会的生活——是整个上层社会的生活中习以为常的一个典型的例子。

托罗奥不是个嗜酒如命的人，他不是一个"很富有的"人。他只是按照他的理解，追求着高雅的生活。烈克托饭店以光滑的大理石装饰墙壁与地板，有着碧火灿烂的灯火，还有刺眼的瓷器和银器，当然还有着不菲的名气，是演员和商业界人士时常光顾的地方。这在他看来，应该是一个事业有成的人时常去的地方。他喜欢华美的衣服，喜欢美味的佳肴，更喜欢结识和陪伴那些名声斐然的人。吃饭的时候，听别人说约瑟夫·杰弗逊[①]有时也常来这地方，还听到亨利·E. 迪克西[②]，这位当时红透半边天的演员就坐在与自己相隔几张桌子的地方，他感到极其的心满意足。在烈克托饭店，他总能满足自己内心的渴望，因为在那里，特别是在晚上，人们经常能遇到政治家、股票经纪人、演员和当地年轻有为的"公子哥"，大家都在庸俗的欢声笑语中吃着、喝着。

花钱到这里奢侈地进餐显示着一种身份。"那边那个是著名的某某某"是这些绅士们常讲的一句话，特别是那些还未达到，却渴望能达到这一境界的人，这话更是被当作口头禅。

"你没骗人吧？"对方会半信半疑地问道。

"当然了，你难道不知道他吗？他就是歌剧院的经理啊。"

如果这些话被托罗奥听到，他就会把腰杆挺直，吃得更加心满意足。如果说他有虚荣心，这便增添了他的虚荣；如果说他有野心，这更会激发了他的野心。总会有一天他也能亮出一大叠钞票来的，只是现在，他所能做的只是在他们吃喝的地方吃喝罢了。

他喜欢光顾亚当斯街上的罕那·哈哥酒店的理由，当然还是如出一辙。以芝加哥的水平来说，这可真是豪华到极点的酒店。与烈克托饭店一样，它也装饰着很多刺目的白炽灯，它们装在精美的枝形吊灯中，挂在店中最精致的地方，色彩斑驳的瓷砖铺在地上。墙壁的下半部镶以贵重的黑漆木板，将灯光向四处散射，上半部刷着彩色灰泥，使这里显得色彩缤纷。长长的酒吧柜台上点着一排灯光，彩色的雕花玻璃器皿放在喷漆的木架上，还衬以许多漂亮的瓶子。这真是家有品位的酒店，有

[①] 约瑟夫·杰弗逊（1829—1905）出身演员世家，19世纪后半期红极一时。
[②] 亨利·E. 迪克西，美国著名喜剧演员。

着华丽漂亮的窗帘，珍贵稀少的酒类，以及许多全国一流的酒吧货品。

在烈克托饭店，托罗奥认识了G.W.霍森沃先生，他就是亚当斯街罕那·哈哥酒店的经理，被人们公认是个事业有成、人际宽广的知名人士。霍森沃看起来不到四十，他体格健壮，十分活跃，有着一种稳重的神情，一方面是因为他身上华丽的外衣、整洁的衬衫和珠宝饰物所彰显的，更重要的是由他的气度造成的。托罗奥看到他时觉得这是值得结交的人物，很庆幸自己不仅与他结识了，而且从那以后，每当想喝杯酒或者想抽支雪茄时，他便一定去亚当斯街的酒店。

霍森沃虽然不同寻常，却也是个风趣幽默的人。他在许多小事情上显得既狡黠而又精明，擅长给人留下好印象。他的职位很不平常，是个经理——一个操控一切的位置，但是虽然威风，却没有经济权势。他经历多年辛劳，凭着坚韧不拔的毅力和勤勤恳恳的工作，从一个普通酒吧的掌柜爬到了目前的位置。酒店里有个属于他的小办公室，被光亮的樱桃木和铁栅栏隔开，里边有张拉盖写字台放着这家店里的简单的账本——记录着已订购或还需要的供应品等。只是管理和财务上的主要职能都要转让给店主——罕那先生和哈哥先生，以及一个管财务的出纳员。

他大部分时间在店里徘徊溜达，穿着用进口料子缝制的漂亮礼服，手指上戴着好些个戒指，领带上别着一颗美丽的蓝宝石，里面穿着一件令人关注的时髦背心，再装饰以一条挂着一件设计精美的小饰物和一个样式最新颖雕刻最奇特的挂表的纯金表链。关于几百个演员、商人、政治家和许多交际特别广泛的人物，他都能准确无误地叫出名字，甚至可以用"喂，老伙计"向他们寒暄，这是他获得成功的一部分原因。他在待人接物上掌握着严格的亲热的尺度，对于那些时常见面、知道他身份的、周薪十五元的普通职员和办事员，他只招呼一声"你好"，而对于那些知道他、也乐意于同他交往的友好的名人或有钱人，他便以"喂，老伙计，你还好吗？"来招呼他们，只是还有一些人，或者过于有钱，或者过于有名，或者过于走运，使他不敢同他们过分亲近地打招呼。对于这些人来说，他会摇身一变成为一位老练的行家，装出一副庄重的神情向他们表示敬意，这样不仅赢得了他们的好感，又完全无损自己的风度和见识。最后，还有一些普通顾客，这些人不是太富有也不穷困，有点小名气但还不算太红，他便和这些人亲热的称兄道弟。他时不时地和这些人进行长篇大论的探讨，和他们聊得也许最真心实意。他喜欢放松地出去玩玩——去看赛马，或者看戏，或者去俱乐部赌博，或者也去一些不好意思说出口的下流的地方——当下芝加哥正在批判的那些装饰庸俗艳丽的妓院。他拥有一匹马和一辆豪华的双轮轻便马车。妻子和两个孩子被安排在林肯公园旁，位于城北区的一幢气派精美的房子里。不管从哪个角度看，他都是我们美国了不起的上层社会中一个极其受欢迎的人——仅次于富豪贵族的重要人物。

霍森沃喜欢托罗奥，喜欢托罗奥平易近人的神情和衣冠整洁的样貌。他明白托罗奥只是个旅行推销商，从事这一行的时间也很短暂，可是巴特列特·坎伊公司规模很大，而且生意红火，所以托罗奥可以混得很好。霍森沃跟坎伊老板关系很亲密，时常陪他和几个人一起喝上几杯，随意地聊天。托罗奥有着天生的幽默感，这对他这一行是很有益处的，如果有必要，他还能天南地北地滔滔不绝地说上一番。他可以和霍森沃一起讨论赛马，谈论一些自己的趣事和风流艳遇，分析一下他所到城市的生意状况，所以，他总是很受欢迎。今晚他十分高兴，因为他汇报给公司的建议得到了很高的重视，新样品也都很令人满意，而且这以后的六个星期的全部安排都已经确定了下来。

"哦,你好,察尔森老伙计,"托罗奥那天晚上八点时分走进酒店时,霍森沃说,"你还好吗?"

托罗奥亲切地和他握了握手,然后两人向酒吧走去。

"哦,很好。"

"我们已经有足足六个星期之久没有见面了,什么时候回来的?"

"上星期五,"托罗奥说,"这趟旅程收获不小。"

"那就好。"霍森沃说,他那双黑的眼睛里流出一股热情,一改平时表现出来的装腔作势的冷漠神情。"你们要喝点什么?"身穿雪白衬衣、打着白领带的酒吧招待员殷勤地从酒吧后面向他们探出了身子,追问了一句。

"我要陈轩尼诗酒①"托罗奥说道。

"我也是一样。"霍森沃插嘴说。

"这次打算在城里待多长时间?"霍森沃问。

"只能待到星期三,我将要到圣保罗去。"

"丘詹·伊凡斯上星期六来过,他说上星期在密尔沃基②见过你。"

"是啊,我碰到丘詹了,"托罗奥说,"他可真是个不错的人!我们在那儿一起玩得很开心。"

酒吧侍者在他们面前摆上了玻璃杯和酒瓶,他们一边谈着一边喝酒,托罗奥往杯里倒了三分之一的酒,这是当时人们认为最体面的分量,而霍森沃不过是象征性地倒了一点威士忌,然后加入矿泉水使它变淡。

"坎伊怎么样啦?"霍森沃问,"他已经有两个星期没有来了。"

"听说生病了,"托罗奥解释说,"总之,这老家伙染上了痛风病!"

"可他这辈子也没少赚钱,是吗?"

"是啊,大把大把的,"托罗奥回答说,"他没有多少时间可以活了,现在连办公室也很少来。"

"他有一个儿子,不是吗?"霍森沃问。

"是啊,一个挥霍无度的浪荡子。"托罗奥笑着说。

"我想他对公司也没多少影响,其他股东都还好好地活着呢。"

"是啊,我想他也影响不了什么的。"

霍森沃在吧台跟前,敞开外套,大拇指插在背心口袋里,灯光把他领带的钻石和戒指照得越发柔美,看起来他就是一个追求舒适享受的人。

"你好!乔治。"听到有人在打招呼,霍森沃就转过身,把手伸了过去,让另一个身穿华服、风姿潇洒、来自国内某地的大阔佬握住了。这时,他们两个还是照样在乱扯淡,可德鲁埃却掏出钱包来要去付账。不过,吧侍一见他的动作,就打了个手势。

"记在经理账上算了。"他莞尔一笑,说道。赫斯特伍德对下属进行培训,所以他们全都知道如何办事。

"我来给你介绍一下我这儿的一个朋友。"霍森沃一边说,一边走过来,把新来

---

① 一种名贵威士忌酒,从英国进口。
② 密尔沃基,威斯康星州东部的港口城市。

的人推给了托罗奥。托罗奥跟这个人握握手,马上问他要喝点儿什么。他们在一块儿闲聊,开头是三个人,霍森沃也包括在内,稍后只留下他们两个,因为霍森沃走进了他的小写字间,跟几个等着见他的脸色红润、身子发胖的绅士交谈。托罗奥一眼就看见,他们的会晤是既友好又有趣的,因为他们先是头碰头地交谈,继而俯身咯咯大笑,后来又开始唠唠嗑儿,没完没了,可跟托罗奥只不过是来一番寒暄客套罢了。

"今儿夜里,您打算做何消遣?"不一会儿,新来的人说。"哦,过一会儿,我想上大剧院去。"托罗奥回答。"那儿在上演什么?"

"《地上一个洞》。①"

"哦,要不是我看过好几回了,我准跟您一块儿去。"他说话时露出一见如故的神态,这看来正是那些没头没脑的人的特点。就在这个时候,突然出现了一个第三者,此人原来认得新来的人,领着他走了,却把托罗奥扔下了。托罗奥只好独自在他觉得很惬意的气氛里举目四望,面露笑容,心满意足地抽烟小歇。

对于一个不喜欢喝酒、天生思想就很严肃的人来说,这样一个浮华、吵闹、华丽夺目的房间,肯定显得很不合时宜,这是自然与生活的一种相对的反应,就好像成堆的飞蛾结队扑来,来火光中汲取温暖。在这里听到的谈话,是无法让人从理智的角度来赞扬这地方的。很明显,阴谋家们会选择更隐蔽的场所去筹划;政治家们聚集到这里除了客套话外绝不谈政事,怕耳朵尖的人会听到。也不能说是想喝酒而来到这儿,因为总是光顾这些奢侈地方的人,大部分并不喜欢酒。即使如此,人们总是到这里来,聚集在一起,谈谈天。他们愿意在这儿夸夸其谈,其中肯定有他们的理由。这种独特的社交地点,肯定是激情和某些模糊的欲望神奇地融合在一起的产物,否则它不会存在。

对托罗奥来说,他被吸引到这儿来的缘由,一半是为了追求快乐,另一半是想在比他地位高的人中显露自己,引人关注。他在这里认识的很多朋友来这儿的原因,是他们希望在这里能找到交际、炫耀的气氛,这一点也许他们自己都没有想到。总而言之,人们可以把到这里来看作是领略上流社会的生活。他们在这里享受到的尽管是感官上的东西,却并不算罪恶,向往富丽堂皇的宫殿并不会产生罪恶。最坏的结果是在被权益蒙蔽双眼的人身上诱发起一种野心,激起他们也要过同样奢华生活的野心。归根结底,这一切根本算不上是由豪华装饰引起的,而是由人的天性造成的。如果这样的场面会诱使服饰较差的人去模仿服饰华丽的人,那也只能归咎于那些受到影响的人的不合实际的野心,而不能归咎于其他东西。除去酒——这个遭人非议和怪罪的因素,没有人会否认美和热情的本质。我们现在有特色的饭店之所以惹人喜欢,就说明了这种看法的正确性。

可是,灯火灿烂的店堂,衣冠鲜亮又极其贪婪的人群,自我沉醉的自我空谈,这地方所表现的凌乱不堪、毫无目的、狐疑不决的心理活动——这一切说起来就是对灯火、对繁华、对精美服饰的眷恋。而所有这些对于一个站在冷清星光下的局外人来说,肯定是个光彩夺目却又令人不解的事。在静谧的星光下,在柔和的夜风中,它是多么迷人的火树银花呀——一朵奇异的、在黑暗中绽放光芒的花朵,一朵发出幽然香气,诱惑着昆虫,又被昆虫侵蚀的安逸享乐之花。

---

① 美国剧作家查尔斯·霍伊特(1860—1900)的著名闹剧,1887 年首演于费城。

"那边进来的那个人,看到了吗?"霍森沃转过头来说,他瞄了一眼正在向里走的一位绅士,这位绅士戴着大礼帽,穿着阿尔伯特亲王款式的外套,肥胖的脸圆滚滚的露在外面,红润润的,这是吃惯了美食的表现。

"我没看见有人进来呀!"

"那儿呢,"霍森沃一边说一边用眼一瞥指明方向,"那个戴大礼帽的。"

"哦,瞧见了,"托罗奥回答,又装出一副没朝那看的样子,"是谁?"

"他是招魂法师朱尔斯·华莱士。"

托罗奥的目光跟随着他,非常感兴趣。

"他看上去不像是个能看见鬼神的人,对吧?"托罗奥说。

"哦,这我可不清楚,"霍森沃回答说,"反正他赚了许多钱,这就够说明问题了。"说罢,他狡黠地眨了一下眼睛。

"我不相信那些事,你呢?"托罗奥问。

"唉,这种事情不好说,"霍森沃说,"那或许还有一些道理,但我自己是不会去打听的。顺便问一下,今晚你还出去吗?"

"去戏院看《地上一个洞》。"托罗奥说,他指的是眼下流行的那部闹剧。

"那你该出发了,现在都已经八点半了。"他边拿出表来边说。

店里的人早已经走了大半——有的人去了戏院,有的人去了俱乐部,还有一些人去了最令人逍遥快活的地方,至少对去那里的那种人而言是这样的——有情妇等着他们。

"那我就告辞了。"托罗奥说道。

"看完戏后麻烦你再过来一下,我有个东西想让你看。"霍森沃说。

"好的。"托罗奥兴致盎然地回答。

"你今天有什么约会吗?"霍森沃添上一句。

"根本没有!"

"那么,你一定要来呀!"

"上星期回来时,我在火车上遇见一个小姑娘,"托罗奥要走时说,"天哪,她真是可爱极了,我出门前一定要去看望她一下。"

"哦,算了吧。"霍森沃说。

"听我说,那确实是个美丽的姑娘。"托罗奥认真地继续讲,想给他朋友留下个不错的印象。

"十二点钟。"霍森沃说。

"好的。"托罗奥说着便离开了。

嘉莉的名字就在这样的情况下,在这个最轻浮、最放荡的地方从一个人口中传给了另一个人的耳朵。而此时此刻,这个小苦工正在哀叹命运,她此时的生活完全和她将要面临的命运不可分割了。

第六章　机器和少女：现代骑士

那天晚上，嘉莉在姐姐家里感到了一种新的气氛。家里没什么改变，而嘉莉的情感已经有所变化，这一点让她对这个家有了新的看法。由于当初嘉莉在找到工作时表现出了很高的兴致，梅妮这时当然也希望能听到她的好消息。

"怎么样？"哈斯身穿工作服从门厅向餐厅走过来，透过餐厅的门看着嘉莉说："你的工作如何？"

"唉，"嘉莉说，"活很累，我不想做了。"

她的神态已经把答案完全表现出来，她又疲倦又沮丧。

"是怎样的工作？"当他转身打算去卫生间的时候，又停下来问。

"是在一架机器上干活儿。"嘉莉回答。

显然，他所关心的只是自己家的情况，对别的没有任何兴趣。他有点愤怒，因为他觉得嘉莉运气还算可以，但她却仍然感到不满足。

梅妮干活儿时的情绪也没有嘉莉回来之前那么高涨了。听到嘉莉说明了她的不如意，连煎肉的咝咝声此时此刻也没有那么动听了。对嘉莉而言，劳累了一天下来，最大的安慰就是拥有一个舒适温馨的家，细致的关怀，一顿丰盛的晚餐，然后有人会对她说："哦，好了，忍耐一下吧！你会渐渐好起来的。"但现在，这对她来说只是空想。她开始清楚，他们觉得她的抱怨是没有道理的，她应该满足地继续工作下去，而不是满腹怨言。她知道自己必须支付四块钱的食宿费，但她现在觉得同这些人住在一起将会很抑郁。

梅妮不是她妹妹的好伴侣——她太老了。她的思想因某种环境的严重影响而变得固执、不通情达理。至于哈斯，如果有什么愉快的念头或快乐的情感，也是将它们埋藏在心底，他一切的心理活动好像都不借助行动来表达。他平静得犹如一汪死水，不会产生任何涟漪。相反嘉莉却充满着青春的活力，还拥有一点想象力。她还没有谈过恋爱，谈情说爱对她来说还是一个神秘的谜题。她憧憬一切她想做的事，她想买衣服，还想去有趣的地方游玩。她的心思就奔驰在这些事情上面，可是在这里没有人唤起她的兴趣，也没有人对她的情绪产生共鸣，这里和她毫无交集。

她在回想并分析着白天的经历，忘记了托罗奥也许会来。现在见到的这两个人都是这么不热情，于是她便希望他最好不来。如果他果真来了，她倒还真的不知道该怎么办，更不知道该怎么向她姐姐一家人介绍托罗奥。吃完晚饭后她换了套衣服，她打扮完后还真是个娇滴滴的可爱小姑娘，有着大大的眼睛和性感的双唇，她的脸上流露出一种复杂的表情，又是希望，又是害怕，当然还夹杂着不知所措。碗碟收拾好后，她就这边走走，那边靠靠，在屋里转悠了一会儿，和梅妮说了几句，然后，灵光一闪，决定下楼到楼梯口去看看。如果托罗奥来了，这确实是避免困境的一个办法。她可以在那儿和他见面。她戴上帽子下去的时候，脸上仿佛流露出了欢快的表情。

"嘉莉看上去对她工作的地方很不满意。"梅妮对丈夫说道，她丈夫手拿报纸，要去餐厅坐上一阵子。

"不管怎样,她总得干一阵子,"哈斯说,"她下楼去了?"

"是的。"梅妮回答。

"我要是你,就会让她继续干下去。她在这儿也许再花很长时间也找不到别的工作。"

"我会跟嘉莉说的。"梅妮说。

"要是我是你的话,"他过了一会儿接着说,"我就不会让她到楼下的门口站着,太不雅观。"

"这些话我也会说的。"梅妮说。

街上喧闹的行人吸引着嘉莉,她看了很久。她不断猜想着车上的人会到哪里去,又有些什么样的消遣娱乐。她的想象力实在有限,最后还是归结到金钱、打扮、服饰或享乐这些东西。她有时也会想起哥伦比亚城,或者为自己目前的经历感到十分伤心难过,但是在这个时候,她周围的小小世界霸占了她所有的注意力。

哈斯家是在这幢楼房的三楼,一楼是家面包店,正当她站在那里的时候,哈斯下楼来买面包。直到他离她很近了,她才发现他。

"我来买面包。"他走过时只是说了这一句。

思想的感染在这里有着很大的作用。虽然哈斯的确是来买面包的,但他心中却有个疑虑,他想知道嘉莉在做什么。他带着这个想法一走近她,她就感觉到了。虽然她不能解释清楚自己是怎样产生这一想法的,但不管怎样,这使她心里对他第一次有了真正的厌恶。她讨厌他,因为他背后充满着对她的不信任。

我们对世界的想法会因为一个念头而有所改变。嘉莉的思绪被打断了,所以,哈斯前脚刚上了楼,她后脚便跟了上来。经过这一刻钟的等待,她已经发现托罗奥是不会来了,她感到有些失落,甚至有点觉得自己好像被抛弃了,自己高攀了。她回到楼上,里面一片安静。梅妮借着桌上的灯光在缝补着什么,哈斯早已经回房上了床了,嘉莉满是疲倦和沮丧,只说了一声她要睡觉去了。

"是的,还是早点睡的好,"梅妮应和着,"你明白,你还要早起的。"

第二天早晨也没有什么好心情。嘉莉出房间时,哈斯正打算出门。梅妮在吃早饭时想和她聊聊,但她们姐妹俩没有什么共同感兴趣的话题可以谈论。跟前一天早上没有什么区别,嘉莉一路走着到市里去,因为她现在很清楚,她那四块五毛钱付完食宿费后,剩下的钱连车费都付不起,这对她来说无疑是沉重的心理负担。但是,早上的阳光和平时一样,清除了这一天开始时的烦恼。

她就像昨日一样,在鞋厂干了整整一天,虽不像前一天那么疲倦,但新鲜感也不像前一天那么强烈了。工头在巡视车间时,在她的机器前停了下来。"你从哪里来的?"他问道。"我是勃拉先生雇的。"她回答道。

"哦,是他雇的,唉!"然后他又说,"继续努力干吧!"

操作机器的女工们给她留下的印象都非常差。她们不会反抗命运,可以用"庸庸碌碌"来形容。嘉莉比她们要更具想象力,她讨厌她们的粗鲁。她对衣着这个问题的敏感度,天生要远比她们好。听她身旁的那个女工说话,她觉得十分不舒服,因为那个女工的话里充满俚语,而且因为过去的经历变得非常冷酷。

"我快要不干了,"嘉莉听到她身旁的女工这么说,"钱拿得少不说,还要经常干到很晚,身体肯定受不了。"

她们同厂里的工人，不论老少，都很随便，用粗俗的话相互开着玩笑，嘉莉初来乍到时吓了一跳。她不愿意大家把她当成同一类人，更不喜欢她们打招呼的方式。

"喂，"中午一个手臂壮硕的鞋底工对她说，"你真是一个奇怪的人。"他本以为一定会听到司空见惯的"哼！去你的！"可结果是嘉莉默默地走开了，这让他颜面尽失，他尴尬地笑了笑。

那天晚上在家里，她感到更加难以忍受——家里沉闷的气氛越来越让她感到压抑了。她明白地了解，哈斯夫妇家里几乎没有——几乎可以说是从来没有客人。她站在楼下的门口向外打量时，大着胆子到附近转了转。她那轻松的神态和悠闲的脚步吸引来一些想动手动脚的登徒子的注意。她面对一个衣着整洁的三十岁左右的男子的挑逗，感到十分的吃惊，这个人经过她身边时看着她，放慢步伐，转过身来说：

"今晚，和我出来走一走，好吗？"

嘉莉吃惊地望着他，然后回过神儿来说："你想干什么？我不认识你。"一边说，一边转身往回走。

"哦，那没有关系。"那人用暧昧的口气说。

她不再理睬那个人，慌忙走开，跑到家门口时有点喘不过气。那人的眼神里有些东西令她感到害怕。

这个星期的后来几天的一切和平常没什么两样。只是有时她实在太累了就坐车回家。她瘦弱的身体常常觉得腰酸背痛，有天晚上她竟然睡得比哈斯还要早。

花木移植后也不一定就会茁壮地成长下去，当然少女也是一样的道理。有时想使其生长下去，就需要更肥沃的土壤和更温和的环境。假如让她慢慢适应环境，条件不那么严峻，事情可能会好一点。如果她没有这么快就找到合适的工作，如果能多看看她非常迫切想了解的城市，她可能会有更好的生活。

第一次遇到下雨的早上时，她才知道自己没有带雨伞。梅妮借她一把自己的伞，这把伞好是好，就是不好看。嘉莉身上的那残存的虚荣心让她对此感到十分不悦。她去一家大百货店，用自己不多的积蓄中的一块五毛钱给自己买了一把漂亮的伞。

"你干吗要买伞呢，嘉莉？"梅妮看到伞时问。

"哦，我也要用嘛。"嘉莉回答。

"你这个孩子。"梅妮用略带责备的语气说。

尽管嘉莉嘴上没说什么，心里却十分反感。她想，她可不要做个普普通通的女工。

在第一个星期六的晚上，嘉莉支付了她的生活费——四块钱。这是梅妮事先在给家里的信中说明过，让她住在这儿她应该付的生活费用。梅妮拿过钱时，心里或多或少感到了难过，但要是要的少了又如何向哈斯解释呢？那位古板的人带着满足的微笑少给了四块钱的家庭开支，他准备增加"建房贷款"分期付款的数目。但对于嘉莉，她却在努力地计算怎样用每星期节约下来的五毛钱来实现买衣服和消遣的目标。她打算来打算去，直到想得心里充满反抗和厌恶的情绪。

"我到街上去透透气。"她吃了晚饭后说。

"你自己去吗？"哈斯问。

"自己去。"嘉莉回答。

"如果是我就不去。"梅妮带着厌烦的口吻说着。

"我想出去看看。"嘉莉说，从她最后两个字不满的语气里，他们第一次感觉到她并不高兴。

"她怎么啦？"嘉莉起身到客厅拿帽子时，哈斯问。

"不知道。"梅妮回答。

"唉，她应该懂点事，不应该独自出去。"哈斯无奈地摇着头说。

嘉莉只是在附近徘徊。她拐回来后，就站在门口。第二天他们一起去了加菲尔德公园，但她并没有因此感到高兴。星期一仍然是在车间里，她听着女工们绘声绘色地讲着她们小小的娱乐，她们过得很充实很快乐。接着一连几天下雨，她把钱都花在了车费上。有一天晚上，她到西范布伦街搭车时，全身都被淋得湿透了。她浑身湿漉漉的坐在客厅，望着雨中的街道，不禁心生感慨。

到第二个星期六，她又付了四块钱的住宿费，然后绝望地将剩下的五毛钱放进口袋里。她开始向车间里几个女工搭腔了。最后她明白一件事：她们挣的钱中留给自己用的比她多。她们年轻帅气的男友还会带她们出去玩，可是这些男人，她自从认识托罗奥后就再也看不上眼了。她变得分外讨厌车间里那些年纪轻轻的小青年，他们没有一个人具备丝毫的文雅气质，她只知道他们工作时候的样子。

终于有一天，预示着冬天到来的第一阵劲风吹进了这座城市。它吹得朵朵轻云在天空中急速行驶，吹得高高的浓烟拖着一条条长长的轻烟，以不加掩饰的劲头侵占了每个角落。嘉莉现在开始为冬衣的问题发愁。她该如何是好呢？她没有冬天的外套，没有帽子，更没有冬天穿的鞋子。这事很难对梅妮开口，但最后她终于还是鼓起了勇气。

"我不知道我冬天的衣服该怎么办才好，"有天晚上，只剩下她和梅妮时，她说，"我需要一顶帽子。"

梅妮表情严肃。

"你为什么不留一点钱自己去买一顶呢？"她提议说，但心里为嘉莉少交钱而可能引起的后果感到非常不安。

"要是可以的话，我想这一两个星期攒够钱。"嘉莉壮着胆子说。

"你能不能至少付两块钱？"梅妮问。

嘉莉毫不犹豫地答应了，她为逃过了这关而高兴，同时也为找到一条出路而感到愉快。她扬扬得意，马上开始计算起来。她最需要买顶帽子。她一直不知道梅妮是怎样向哈斯解释的。他一句话也没有说，但心中的恼怒却是明摆着的。

若不是疾病的到来打乱一切，这新的安排就可以实现了。一天下午，先是下了雨，后来又刮起了寒风，当时嘉莉还没有自己的外套。六点钟时，她从温暖的车间里走出来，冷风吹得她不停地打战。第二天早上她开始不停地打喷嚏，走到城里去上班加重了她的病情。那一天她全身疼痛，并且感觉头重脚轻。到了晚上她难受得连吃饭的胃口都没有。梅妮看到她憔悴的神态，便问她是否生病了。

"我也不知道，"嘉莉说，"我只是觉得特别难受。"

她待在火炉边，但仍然冻得牙齿咯咯直响，就这样抱病上床去睡了。第二天早上，她便高烧不退。

梅妮对此真的很苦恼，但还得尽量装作和气的态度。哈斯说："可能她还是回家去住一阵比较好。"等到她三天后能下床时，那份工作自然已经丢掉了。冬天就在眼前，她没有御寒的衣服，而且现在还没了工作。

"我不知道，"嘉莉说，"我周一进城去找找看能否有点事做。"

如果说这次找工作和上次有什么不同的话，可能就是结果比上次还要糟糕。她的衣服在冬天穿一点也不合适。她最后的一点钱也已经花在了帽子上。整整三天，她到处奔波，情绪跌落到谷底。姐姐家里的情况正快速地变得让人难以忍受。她每天晚上回到那里都会让她觉得自己快要被压抑的气氛压得窒息，哈斯还是那么冷漠。她想这种情形不会再持续很久了，很快她将只能离开这里，回老家去。

第四天，她又到市区找了整整一天，午饭还是用从梅妮那里借来的一毛钱吃的。就算她到报酬最低的地方去求职也没有什么结果。她甚至绝望地到一家小餐馆去应聘当女招待员，因为她在橱窗里看见了一张招聘启事，结果他们要的是有经验的。她走在冷漠的陌生人群中，万念俱灰。忽然，有个人抓住了她的手臂，将她拉转过身来。

"喂！喂！"一个声音说，她一眼就认出他是托罗奥。这个大人物不但面色红润，并且容光焕发。他简直就是阳光和欢乐的代表。"我说，嘉莉，你好吗？"他说，"你这个漂亮的小姑娘，最近去了哪里？"

嘉莉在他难以抵挡的热情的影响下微笑了。

"我出来逛逛。"她回答。

"嗯，"他说，"我在街那边就看见了你，我猜想会是你的，我刚出来，本来想要去你那里的。你现在怎么样？"

"还可以吧。"嘉莉笑着说。

托罗奥上下仔细打量了她一番，觉得事实似乎不像她说的那样。

"好了，"他说，"我想跟你谈一下，你有什么特别想去的地方没有？"

"目前没有。"嘉莉回答。

"我们到那边吃点东西去吧，天哪！我真高兴再次见到你。"

他热情洋溢的神态使她感到很快乐，他对她如此照顾、如此关心，所以她爽快地同意了，尽管还带着些许的矜持。

"走吧。"他一边挽起她的手臂一边说——这个动作包含着绵绵深情，一阵温暖从她心底荡漾开去。

他们走过门罗街，来到老温莎餐厅，这在当时算是家豪华的馆子，烹调精美，服务周到。托罗奥在一张靠窗的桌子旁边坐下，这样可以看到街上来来往往的人群。他喜欢热闹繁华的街景——他吃饭时，一边看人，一边被人看着。

"我说，"他说着，试图让自己和嘉莉都轻松下来，"你想吃点什么？"

嘉莉看着侍者递上来的大菜单，心里并没有什么想法。她饿得不行了，看到的那些东西马上勾起了她的食欲，但昂贵的价格使她惊呆了。"嫩烤子鸡——七毛五，蘑菇烧牛腰肉——一块两毛五。"她好像听说过这些东西，但要她点菜，还是显得不很熟练。

"我来吧，"托罗奥大声说，"喂，招待。"

一个胸部宽大的圆脸黑人来为他们这张餐桌服务，他走过来侧耳听着。

"蘑菇烧牛腰肉，"托罗奥说，"番茄塞肉。"

"是，先生。"黑人点着头。

"来份烤土豆丁。"

"好，先生。"

"再加份芦笋。"

"是，先生。"

"再来一壶咖啡。"

托罗奥把脸转向嘉莉，"早饭之后我还没吃过饭呢，刚刚从洛克岛①回来，看见你的时候我正要去吃饭。"

嘉莉只得笑了一笑。

"你一直都在做什么？"他继续问，"把一切事情都告诉我，你姐姐可好？"

"她非常好。"嘉莉只回答了他最后的一个问题。

他盯着她看。

"我说，"他问道，"你生病了吗？"

嘉莉点点头。

"噢，那实在是太糟糕了，你看上去气色挺不好的。我刚才就觉得你脸色很苍白，你一直在干什么？"

"打工。"嘉莉说。

"别开玩笑了，在哪儿？"

她告诉了他。

"罗兹·蒙哥索·斯格特公司——我当然知道那家公司，就在这边的第五大街上，对吗？可是那是一家很吝啬的商号，你为什么要去那里呢？"

"因为我找不到别的工作。"嘉莉照实回答。

"嘿，太令人气愤了，"托罗奥说，"那些人不该要你给他们干活儿，店面的后面就是他们的厂房，对吗？"

"对。"嘉莉说。

"那是家不怎么样的公司，"托罗奥说，"再说，那也不应该是你想去工作的地方。"

他滔滔不绝地讲道，一会儿问她问题，一会儿又讲有关他自己的经历，一会儿又告诉她这是家多出色的餐馆等等，一直到侍者端着一只巨大的托盘走了进来，他们点的菜肴摆放在托盘上，热气腾腾、香气诱人。（托罗奥在招待人方面很是擅长）他的餐桌上摆着白色的餐巾和银制的餐具，他手里摆弄着刀叉，显得很有风度。他切肉时手上的戒指十分引人注目，当他伸手去取盘子、掰面包、倒咖啡的时候，他身上的新西装就哗哗直响。他给嘉莉装了满满一盘子菜，与此同时，他那高涨的兴致也感染了她，使她完全像是变了一个人，他确实是人们心目中的大好人，把嘉莉完全吸引住了。

这个渴求幸运的小兵当然接受了命运的转折。她感到有点不自在，但宽大的房间很快使她平静了下来，并且，看看外面衣着华丽的人群似乎也是件令人高兴的事。唉，没钱是多么令人难以忍受的事情啊！能来这儿吃饭是多么幸福的生活啊！托罗奥一定是幸运的，他时常坐火车，穿着这么华丽的衣服，身材这么完美，而且还能在这么高档的地方吃饭。他看上去是个非常了不起的人物，她不理解他对她的友谊与关心。

"这么说来你是因为生病而丢掉工作的？"他说，"你现在准备怎么办？"

"到处看看。"她说，眼睛里流露出她的恐惧与无力——一旦走出这雅致的餐

---

① 洛克岛，伊利诺州西北部的一个城市。

馆，贫困就会像一只饿狗一样尾随着她。

"哦，不。"托罗奥说，"那可不行，你找了多长时间了？"

"今天已经是第四天了。"她回答。

"让我想想，"他说，好像并不确切地针对某个人。"你不应该再干那种活儿了。那些姑娘们，"他挥着手示意包括所有女工以及女店员，"什么都得不到，你没法依靠那工作生活，不是吗？"

他现在的样子看起来像个兄长。等他弄清楚那种工作的实质后，他便开始采取另一种措施。嘉莉长得非常动人，尽管这个时候，她身上穿着非常普通的衣服，但她的身材也显然不错，一双眼睛又大又温柔。托罗奥凝视着她，她感觉到了他的想法，感觉到了他对她的倾慕，这种倾慕是以他的慷慨大方和温柔脾气作为坚实的基础的。她发现自己倾心于他，会永远这么喜欢他，而且还有一些更深一层的东西深藏在她的心里，并且在那里奔涌着。有时，她的眼睛会与他的眼睛不期而遇，双方通过眼神交融着。

"你怎么不留在市区和我去看场戏呢？"他一边说，一边把椅子往前挪了一点。本来就很窄的桌子现在显得更窄。

"哦，我不可以。"她说。

"你今晚要做什么？"

"什么也不做。"她回答，带着躲闪与无助。

"你讨厌现在住的地方，是吗？"

"哦，不好说——"

"如果找不到工作，你该怎么办呢？"

"我想也许会回老家去吧。"

当她说这句话时，声音里略微有些颤抖。不知怎么，他对她的影响实在是很大。双方不用讲明就已经互相了解了，他清楚了她的处境，她也已经清楚他明白了她的处境。

"不，"他说，"你不需要这么做。"他当时心里充满了真诚的同情，"让我来帮助你，我可以给你一些钱。"

"啊！不。"她说着，身子往后一退。

"那你打算怎么办？"他说。

她坐在那里思索着，无可奈何地摇了摇头。

他用相当温柔的眼神凝望着她。在他背心口袋里放着些零钱——美钞，这些钞票质地柔软，他用手指抽出，在手里把它们攒成了一卷。

"好了，"他说，"我会帮你渡过难关的，给自己买点御寒的衣服吧。"

他首次提到这个话题，现在她才发觉到自己是多么寒碜。他一语道破了她的窘相，她的嘴唇有些颤抖。

在这个只坐着他们两人的角落里，他用自己温暖的大手握住了她放在桌上的那双苍白冰冷的小手。

"哦，没关系，嘉莉，"他说，"你一个人是没有任何办法的，还是让我来帮助你吧。"

他轻轻握着她的手，但她想抽回去。于是，他便用力握住它，而她自然也没有反抗。就这样，他把手里的钞票塞进了她的手掌里，见她有推辞的神色，他就咬着嘴唇说：

"不用担心，就当是我借给你的。"

嘉莉勉强收下了。她现在认为自己和他被一条神奇的感情纽带联系在了一起。他们一起走出了餐馆，他一路话语不断，一直陪她朝南走到波尔克街。

"你要是不想跟那些人住在一块儿，就来找我吧。"走到一个地方时，他随意地说。嘉莉听见了这句话，不过没有太在意。

"明天到市区来找我，"他说，"我们去看场戏，好吗？"

嘉莉沉默了一会儿，但最后还是答应了。

"不要想那么多，先给自己买双漂亮的鞋子，然后再买件外套。"

她根本没有考虑他走后她可能遇到的麻烦。和他在一起时，她同他一样充满希望，无忧无虑，心情畅快。

"别理会家里人的看法，"分别时他说，"我会给你帮助的。"

嘉莉离开他时，只觉得仿佛有只大手伸到了她的前方，为她清除了一切困难。她接受下来的是两张柔软、绿色、漂亮的十美元钞票。

第七章　物质的引诱：美的魅力

　　金钱的真正含义还要等待大家去解释。当我们每个人都清楚地意识到，这东西就其本质来说包含着，并且也应该被当作一种应得的报酬时——应该把它作为辛苦劳作而储存起来的精力支付出去，而不应该把它当作被一些人独占的特权——这样许多社会、宗教和政治问题将会永远消失。对于嘉莉，她对金钱的道德意义的看法与一般人没什么两样，并不比他们强多少。她对金钱的见解完全可以用一句老话来概括："金钱是人人都有的，包括我。"这时她的手里就拥有一些钱，两张柔软的十块钱绿美元钞票。她觉得，有了这二十块钱，她的日子会好过多了，金钱本身就是一种权力。她心里有个想法，只要有一大堆钱，就算是被扔在一个荒岛上，她也会满心欢喜的，只有遭受到长期饥饿才会使她发觉到，在某些情况下，金钱也是无用的。但即使是到了那时候，她也只会对自己无法使出那么多的权力而惋惜，而不会真正明白金钱的价值。

　　在他们分别后，她的心还在一直怦怦直跳。虽然她为自己软弱地收下那些钱而觉得有点羞愧，可是她实在是太需要了，所以心里还是很高兴的。现在她可以买一件新外套了。此时此刻她想买一双漂亮的鞋。她还计划要再买双长筒袜，买裙子。买，买，买……直到最后，就像她第一次拿工资前憧憬的一样，她的欲望大大超出了手中金钱的购买力。

　　她对托罗奥产生了一个新的看法。在她看来，甚至于整个世界看来，他是个热心肠的大好人，这个人没有任何坏主意。他给她钱完全是出于一片好意——出于对她的需要的理解。当然对一个如她一样贫困的小伙子，托罗奥是绝不会给他这么多钱的，因为我们不得不记住：事实上，一个贫穷的小伙子绝不会像一个贫穷的姑娘那样令他心驰神往。女性激起了他的温情，他是个与生俱来就有极强欲望的人。可是，要是某个乞丐想引起他的注意，对他说"天哪，先生，我快饿得不行了"，他也会很乐意地掏出惯常打发乞丐的钱给他，然后就不会再去想它，他不会幻想，更不会思考。他没有进行这两种心理活动的能力，从他考究的衣着和健壮的身体来看，他像个乐天的、无忧无虑的飞蛾。如果一旦失去了自己的地位，受到会捉弄人的一些复杂的、令人懊恼的力量的打击，他也会像嘉莉一样孤独无助——换句话说，也就是像她一样六神无主、一筹莫展、楚楚可怜。

　　说到他对女人的追求，他对她们倒没有什么不好的念头，因为他并不认为自己希望和她建立关系是什么坏事。他喜欢和女人接近，使她们被他的魅力所折服。这倒不是由于他是个冷漠无情、冷血黑心、不择手段的流氓，而是由于他天生的欲望在驱使他，他把这当作一种重要的精神支柱或者说是深藏的虚荣。他骄傲，喜欢吹嘘，像任何没有涵养的姑娘一样被精美的衣着迷惑。一个真正十恶不赦的恶棍可以轻易骗到他，正如他能轻易讨到一位美丽女店员的欢心一样。作为推销员，他和蔼可亲的态度与他那家公司显赫的名声是他成功的关键。他周旋在人群中，除了热情外什么都没有。萨福夫人①会称呼他为猪猡；莎士比亚会叫他为"我那快乐的孩子"；嗜酒的老坎伊却认为他是个有想法、有成绩的商人。总之，他自认为自己很不错。

这个人身上仍然具备些坦率、可敬的东西，最能说明这一点的是，他让嘉莉收下了钱。没有任何一个居心叵测、口蜜腹剑的人，能打着友谊的幌子让她收下一毛，甚至五分钱。没有才智并不一定就意味着会任人压迫，大自然使田地里的野兽学会在遇到突如其来的危险时能够飞快逃跑，愚笨的小栗鼠在头脑中也会对毒药产生本能的恐惧。"吾主使万物不受残害"，不单单是对野兽而说的，这只是运用宗教的话语来说明引导万物进化的一种物质和精神真理。如果这还不是真理的话，那么万物在学会运用逻辑思考之前——在它们获得栖身的智慧之前，到底是什么东西在指导和调教它们呢？嘉莉是不聪明，犹如缺少智慧的绵羊一般，感情十分强烈。她的自我保护的意识——这种一切生灵身上都非常强烈的东西，并没有由于托罗奥初步的调情而被唤醒，即使有所唤醒的话，也是微不足道的。他身上不存在那种邪恶的东西，正好相反，他身上只有善意、疑问、强烈的肉体欲望、虚荣、对异性的爱羡、欢笑，甚至是眼泪，而女人是绝不会在这些东西前害怕的。在他身上，飞蛾、猪猡、小丑、蝴蝶、演员、商人、肉欲主义者浑然一体，他集中地表明了这一切。

嘉莉离开了之后，他为自己已获得她的好感而感到非常庆幸。她是那么的高兴啊！这惹人怜爱的小东西，生得也实在漂亮。天哪，让年轻姑娘们这样四处碰壁，真是可恶之极。寒冷的冬天来了，却没有冬衣，真是让人痛心。他打算到罕那·哈哥酒店去抽支雪茄，他要回忆一下自己是怎样劝她收下钱的，再计划下一步怎么走。心里思索着这件事，他便觉得脚步轻盈多了。

嘉莉到家时也是一副欣喜若狂的样子，怎么掩饰都掩饰不住。但是手中拿着这笔钱也带来了很多苦恼，让她觉得不知该如何是好。在梅妮知道她身无分文的情况下，她如何能去买衣服呢？她一走进家门，心里就打定了主意，不能这么做。她不知道该用什么办法来解释她的新外套是如何来的。

"怎么样？"梅妮问，指白天寻找工作的事情。

那种心里思索着一回事，嘴上却说着另一回事的技巧，嘉莉现在还不精通。她要应付一下，但至少要符合她的情绪才行。心里这样高兴，嘴上也就没有多少抱怨，于是她说：

"有人说了可以给我一份工作。"

"哪儿？"

"在波士顿商店。"

"你答应了吗？"梅妮问。

"嗯，明天还要再去问问看。"嘉莉回答，她讨厌把谎扯得太离谱儿。

梅妮感觉到了嘉莉带回来的愉快气氛，她感觉现在正是时机，可以告诉嘉莉哈斯对她来芝加哥闯一下的看法。

"如果你得不到那工作的话——"她停住了，不知该如何开口才好。

"要是我再找不到工作就回家去。"

梅妮看到机会来了。

---

① 萨福夫人，古希腊女诗人，著有抒情诗、哀诗等著作。

"哈斯也认为这样最好,至少这个冬天只能这样。"

嘉莉马上意识到了自己的处境,由于她失业了,他们不愿意让她继续留下去,她不责怪梅妮,也不那么恨哈斯。此时,她坐在那里仔细考虑着那句话,心里很庆幸自己收了托罗奥的钱。

"是啊,"她过了好一会儿说,"我也想过回去。"

但是,她没有说清楚,回老家去这一想法引起了她很大的反感。哥伦比亚城,她在那儿又能干什么呢?她对那里单调乏味的生活很了解,而芝加哥是座引人入胜的大城市,对她仍有前所未有的吸引力,她所见到的一切都表明了它的光明前途。可是现在要离开它,回到从前那里去过狭小的生活——想到这,她几乎反对地叫出声来。

她到家时还算早,就走进客厅去盘算。她该怎样才好?她决不能买新鞋子在这里穿。她需要储存一部分钱来做回家的路费,因为她不想为这件事向梅妮借钱。但是,她怎么说明钱的来处呢,就算是买车票的钱,要是她能赚到一些钱能让她顺利地掩饰过去就好了。

她一遍又一遍地想着这个难题。托罗奥想要第二天早上就看到穿着新外套的她,可这是绝不可能的。哈斯想要她回家去,她也打算离开这里,可是又不想回家去。她没有工作却弄到了钱,他们会如何看她呢?她开始感到拿了那笔钱好像是件可怕的事,并为此烦躁不安,整个处境使她情绪十分的低落。她和托罗奥在共处的时候,一切都那么明朗,但是现在,一切都这么困难复杂,一切都这么令人心神不宁——比起以前,现在的处境更为糟糕了,这都是由于她手里有笔类似于资助的钱,但是却不敢使用,这真叫人难熬。

这些困扰让她的情绪一下子跌落到了谷底,所以在吃晚饭时,梅妮觉得这又是她辛苦了一天的结果。嘉莉最后决心把钱还回去,收下它是不应该的。她一大早就进城去找工作,中午时,她会和约定的一样去见一见托罗奥,把事情讲给他听,做好决定后,她的心一直往下沉,最后她又变成了起初那个处境艰难的嘉莉。

奇怪的是,只要手里握着那笔钱她就会感到很轻松。就算在做出所有那些痛苦的安排之后,她仍然能把一切烦恼忘得一干二净,于是这二十块钱看上去便成了那么美妙、那么令人高兴的东西。啊,金钱,金钱,金钱!要是有钱该多么好啊!有足够的钱就可以把这些麻烦事全都解决。

她在天亮了不久之后就起床了,提早一些出去。她找工作的决心还是很强烈,只是她口袋里那笔叫她进退两难的钱,并没有让找工作的事变得轻松一些。她来到批发商行区,可每当她站在一家商行的外头,想到要去求职,心里便揪起来。她心中觉得自己真是个胆小鬼。她以前有过几次求职的经历,可结果还不是一样?她一直往前不停地走呀走,最后终于走到了一个地方,结果还是一样,她走了出来,感到自己倒霉极了,什么都没有用。

她没有过多犹豫就来到迪尔伯恩街。那家大商场就在这里,到处都停着送货的马车,橱窗有长长的一排,顾客也热热闹闹。这商场使她的心情改变了,她早已厌倦了那些困扰。她一开始就是想要来这儿买东西的,现在为发泄一下,她打算进去看看,她要看看外套。

这个世界上,最令人高兴的就是我们心中的一种中间状态,我们有时在这种状态中左右摇摆,一方面受金钱掌握,被欲望所左右。而另一方面又被理智控制,或者左右犹疑。当嘉莉开始在店里精美的陈列品中来回观赏时，她就正处在这样的心理状态中。上一次在这家店里的体会，使她对这里有很高的评价。这一次她在每一件精美物品前都驻足不前，而上一次她是慌忙经过。她那颗女人的心急切地渴望拥有它们，这件衣服穿在她身上会好看吗？那件穿在她身上又会如何？她来到内衣柜，看到那里摆放着琳琅满目、色彩斑斓、装饰有花边的精美的成品，停下脚，心里充满了向往。啊！要是她下得了决心，她现在就能买一件。她在珠宝柜前也看了许久。她看到了耳环、手镯、胸针、表链。若是能得到这些，她还有什么不能放弃的呢？如果她能有几样这些东西，她肯定会显得非常漂亮的。

最吸引她的就是外套了——当她走进商店时，她心里早已相中了那种漂亮的棕色小皮外套，上面钉着那年秋天最时尚的珍珠大纽扣。她高高兴兴地说服自己，她最想要的就是这件，她在摆放这些衣服的玻璃柜和挂衣架之间来来回回，心里感到非常满足，她看中的那一件最适合她。在这段时间里，她在心里犹豫不决，一会儿说服自己要是选好一件的话能够立即买下来，一会儿又提醒自己要考虑实际的境况。最后，就要到中午了，她还什么都没有买，现在她不得不去退回那些钱。

她到约好的地点时，托罗奥已经在街角处等候了。

"嘿，你的新外套和鞋子呢？"他打量了她一遍后说。

嘉莉原本打算用一些巧妙的办法来说出她的决定，但他的这句话打乱了她原来计划好的整个步骤。

"我到这里来是为了告诉你，我不能要你这笔钱。"

"哦，原来如此，是吗？"他回答说，"好了，我们一起去吧。我们去那里的施烈辛格·迈耶公司。"

他带着嘉莉走了过去。瞧，一切疑虑和犹豫不定在嘉莉心里都已烟消云散。她无法把那严肃的话题说出口，那个她打算向他解释的那个难以开口的话题。

"你吃过饭了吗——你一定没有，我们进去吧。"托罗奥说着就带着她进了门罗街上离斯台特街不远的一家布置华丽的饭馆。

"这些钱我不能用，"嘉莉说，他们已经坐在了一个安静的角落，托罗奥也已经点好了菜。"我在家里无法穿那些东西，他们——他们不知道这些钱是从哪里搞来的。"

"你有什么想法吗？"他笑着说。

"我想回老家去。"她无可奈何地说。

"哦，好啦！"他说，"你考虑得太多了，我来教你怎么做。你说你没法在家里穿，那你自己可以租一个带家具的房间，把东西在那里放些日子。"

嘉莉不同意地摇了摇头。她像所有女人一样先是要拒绝，然后才被说服。现在要由他来打消这些担忧的念头，如果他有能力办到的话。

"为什么想要回老家去？"他问。

"哦，因为现在我在这儿没有事情干。"

"他们不愿意让你住下去？"他凭直觉说。

"他们也没什么能力。"嘉莉说。

"听我的吧，"他说，"你跟我走，我来照顾你。"

嘉莉安静地听了这句话，她现在困难的境况使他这句话听起来像是敞开的门外吹进的一阵令人清爽的和风。托罗奥的性格脾气和她一样，也很让人喜欢。他忠诚、英俊、衣冠楚楚，又极有同情心，他的声音让她听起来像个很久没见面的朋友。

"你回哥伦比亚城又能做什么呢？"他接着说，这句话在嘉莉的心中唤起了她所抛弃的家乡那毫无生气的景象。"那里什么也没有，芝加哥才是你该待的地方。你能够在这儿住一间漂亮的房间，买一些衣服，而后你可以找份工作。"

嘉莉透过窗子望着外面繁华喧闹的街道，外面就是那令人心驰神往的大城市，一切都那么好啊！不过你得有钱。两匹栗色马昂首挺胸地拉着一辆豪华的马车从窗外驶过，一位年轻太太坐在车上。

"你要是回去，能获得什么呢？"托罗奥问，这个问题没有一点隐晦的暗示。他在想，她一旦回去，就没有机会得到那些他认为有价值的东西。

嘉莉沉默地坐着，眼睛望着窗外，她在考虑她该如何是好，他们巴望她这个星期就回老家去。

托罗奥把话题转到了她想买的衣服上。

"怎么不给自己买件漂亮的小外套呢？你必须买一件，我借给你钱，你用不着因为拿钱而感到羞愧。你还可以给自己租一间舒适的房间，我不会做伤害你的事的。"

嘉莉清楚他话里的意思，但她自己内心真正的想法却难以说出来，她比任何时候都更清楚地感觉到了自己处在一个绝望的境况下。

"我如果能找到事做就好了。"她说。

"也许你可以找到，"托罗奥接着说，"但是你必须先在这儿住下去。要是你走了，肯定就找不到。他们不同意你住在那里，那么，为什么不让我帮你找一间漂亮的房间呢？我不会打扰你的，你可以放心。然后，等到你一切安排好以后，或许你就能找到事情做了。"

他看着她美丽的脸蛋，情绪荡漾。在他看来，她真是个可爱到了极点的小东西，那是不容置疑的。她的一举一动的背后好像有着某种神秘的力量，她不像那些平凡的女店员，她很乖巧。

其实，嘉莉的想象力比他更丰富，情趣也比他高雅得多。她会觉得消极又孤单，感到沮丧和孤单，正是由于她拥有一颗比他更为精明的头脑。她的衣服虽然破旧，却很整齐干净，她还有一种浑然忘我的神态。

"你认为我会找到事情做吗？"她问。

"那当然，"他说，伸手帮她倒茶，"我会帮助你的。"

她看着他，他很有信心地笑了笑。

"我来教你我们该怎么做吧，我们先去商场买你要买的东西，然后找间房子，最后去看戏。"

嘉莉摇了摇头。

"唉，你可以回你姐姐家去，这没什么关系。你不需要住在新房间里，不过租下它，把你的东西放在里面。"

她对此始终犹豫不决，一直到吃完了饭。

"我们现在去看看衣服吧。"他说。

他们一起去了。他们在店里看到了流光溢彩、沙沙作响的新货物，这些立刻捕获了嘉莉的心。饱餐一顿美味之后，又有托罗奥兴高采烈地陪伴，使她觉得刚才提出的计划好像是不错的选择。她左看看右挑挑，终于选定一件跟她在大商场里看中的那件差不多的外套。当她拿在手里,却发现它比想象的要好看很多。在女店员的帮助下她穿上那件外套,无巧不成书,刚好合身。看到这件衣服给她增添的风韵,托罗奥笑得开心极了,她看上去实在很漂亮。

"就买这一件。"他说。

嘉莉在镜子前仔细打量,她望着自己的身影,不由得欣喜若狂,她的双颊泛上了一缕红晕。

"我们就要这一件吧,"托罗奥说,"付钱吧。"

"但是要九块钱呢。"嘉莉说。

"没关系,买了吧。"托罗奥说。

她从钱包里掏出一张钞票,女店员问她是否要穿着走,然后她就走开了。几分钟后,她走了回来,东西就这样买了下来。

从施烈辛格·迈耶公司走出来后,他们又去了一家鞋店,嘉莉试穿了鞋子。托罗奥站在旁边,当他看到鞋子穿在嘉莉脚上很不错时,就说:"就这双吧。"可是,嘉莉这一次摇了摇头,她在想着回姐姐家的事。他在这时给她买了钱包,又给她买了手套,接着让她再去买长筒袜。

"明天,"他说,"你自己来这儿买条裙子。"

嘉莉带着一丝不解看着所有的一切。她在这种左右不是的处境中挣扎,而且越陷越深,她觉得一切都还有赖于那些她还没有做的事。既然她目前还没有做那些事,总还有抽身的机会。

托罗奥知道沃巴什大街上有一个地方正在出租房间。于是他带着嘉莉看了看房子的外观,然后说:"现在,你就是我的妹妹了。"在选择房间时,他细细察看,评头论足,表示他的看法,顺顺利利地把一切都安排好了。"她的箱子在这两天就能运来。"他对房东太太说,后者听了很满意。

等只剩他们俩的时候,托罗奥的态度一点也没有改变,他还是用以前的语气说话,好像他们依旧在街上一样,嘉莉把买的东西放在了那里。

"我说,"托罗奥说,"你为什么不今晚就搬进来?"

"那不行。"嘉莉回答。

"为什么不行?"

"我不能不打招呼就离开姐姐家。"

他们在大街上走着的时候,托罗奥又提起了这件事。这是一个慵懒的下午,太阳出来了,风已经安静下去了。在和嘉莉的交谈中,他对她姐姐家的情况有了很清楚的了解。

"搬出来吧,"他说,"他们是不会管你的,但我会帮助你。"

她听他说着这几句话,最后打消了所有顾虑。他将带她到各处看看,然后帮她找工作,一方面,他心里有这样的打算,要她工作;另一方面,他出门做生意时,她就不会无聊了。

"现在,让我教你该怎么做吧,"他说,"现在回去收拾好东西,我们马上离开。"

她花了很长时间思考这件事,最终她答应了。他们一路来到皮奥里亚街,他在那里等她。她说好八点钟跟他会面,五点半她回到了家,到了六点,她下定了决心。

"那么说,你没有找到工作?"梅妮说,明显说的就是嘉莉编的波士顿商店的那个谎话。

嘉莉用眼角余光看着她，回答说："没有。"

"那我想今年冬天你最好还是不要再去找了。"梅妮说，她觉得哈斯想让嘉莉回去，所以她最好马上劝嘉莉那么做。

嘉莉没有说话。

哈斯回到家时，脸上还是那种令人琢磨不透的冷漠表情。他默默地洗了脸，然后去看报。吃晚饭时，嘉莉感到浑身不自在。她的安排压在心头，并且在这里不受欢迎的感觉更加强烈。

"找到合适的工作了吗？"哈斯问。

"还没有。"嘉莉说。

他又继续吃饭，心里一直存着一个想法——让她住在这里不过是一个累赘，她只能回老家去，就是这么回事。只要她一回去，明年春天就再也别打算回来了。

嘉莉对自己要干的事有些害怕，但想到这种困境将要走到尽头时，她依然是很高兴的。他们不会管她的，等她走后，哈斯会十分高兴，他才不在意她活得怎样呢！

晚饭后，她走进卫生间，趁人不注意时写了一张纸条。

"再见了，梅妮，"她在纸条上写着，"我不想回老家，我打算在芝加哥继续待一阵子，找事做，不用担心，我会过得很好的。"

哈斯此时正在客厅里看报，他像往常一样帮梅妮洗完碟子，整理干净。然后，他朝临街的窗外看了一会儿，对着叮叮当当驶过的街车愣愣地出神。眼看时间马上到了，他又走进餐厅。

"我想到楼下门口去走走。"嘉莉说，她的声音忍不住有些发抖。

梅妮想起了哈斯的话。

"哈斯觉得站在楼下不大雅观。"她说。

"是吗？"嘉莉说，"但这是最后一次。"

她把帽子戴上，在小卧室的桌旁来回走着，不知道该把条子放在哪里。最后，她决定把它放在梅妮的发梳下。

当她把前门关上时，她犹豫了一下，心中想着他们会有什么反应。想着自己这一行为带着奇怪的意味，她的心情被影响了些。她慢慢走下楼梯，街上街车在快速地驶过，孩子们在高兴地玩耍，来到拐角处时，她加快了步伐。

就在她快步走远的时候，哈斯来到他的妻子面前。

"嘉莉又到楼下门口去了，是吗？"他问。

"是的，"梅妮说，"但是她说这是最后一次了。"

他来到了孩子那里，看见孩子正在地上玩耍，便伸出指头来逗他一起玩。

托罗奥正急不可待地等在街角。

"喂，嘉莉，"看到一个女孩美丽的身影向他走过来时，他说："一切都还好，是吗？好了，我马上叫辆车。"

第八章　冬天的暗示：特使受召

面对宇宙中肆虐的力量，没有开化的人只是随风摇摆的一株小草。我们的文明还处在中层阶段——它既不是感性的，因为它已不再完全受到本能控制；它也不是理性的，因为它还没有完全受到理性控制。老虎是没有任何责任感的，我们在它们身上只看到了大自然赋予它的生命力，它生来就拥有这种力量，并且完全不用思索就会受到这些力量的保护。我们看到人类早早搬出了他们在丛林中的巢穴，他天生的本能就是由于过于接近自由意志而渐渐迟钝，而他的自由意志却远没有发达到能取代他的本能，给他指出光明道路的地步。他正变得十分聪明，不愿总是听从本能和欲望的控制；同时他又过于软弱，不能一直战胜它们。对于野兽，生命的力量把自己和它捆绑在了一块儿；对于人，他却还没有彻底学会把自己与这些力量融合为一体。他在这过渡阶段左右摇摆——既没有因本能的驱使与自然融为一体，也还没有因自己的自由意志驱使他与自然达成协调。他平静得就如风中的一棵小草，为所有的热情而热血沸腾，有时靠意志行事，有时靠本能活动，这一边犯了错误就靠那一边去补偿，那一边跌倒了又靠这一边扶起来——人是一种千变万化的动物。我们多多少少感到欣慰的是，我们知道变化时时刻刻都在发生。理想是盏长明灯，人类不会永远在善与恶之间摇摆不定。只有当这种自由意志和本能之间的矛盾得到和谐统一之后，只有当人们完全明白这一点，让自由意志能全部取代后者时，人类才会停止摇摆不定。理智的指针将准确地指向遥远的真理之极。

在嘉莉心里，世上没有多少人心中不是如此——本能和理智，欲望和觉悟，在互相征战，想要占上风。在嘉莉身上，欲望指向哪里，她就走到哪里。她现在更多的是被动，而不是主动。

梅妮一晚上都处于疑惑焦虑之中，这并不完全因为伤心或爱心。第二天早晨她见到纸条时大喊了起来："哎呀，这是怎么了呀？"

"什么？"哈斯迷惑地问。

"嘉莉妹妹住到别处去了。"

哈斯以比平时更为快的速度从床上跳了起来，看着那纸条。唯一表现他思想的是从他舌头上发出的"嗒"的一声——这是一些人用来催马前进时发出的声音。

"你认为她会去哪里？"梅妮问，她毫无倦意。

"我不清楚，"他的眼睛里满是不屑与嘲讽的神情，"我就猜到她会做出这样的事。"

梅妮费解地摇摇头。

"嗨！她可能也不明白自己在干什么。"

"好了，"过了一会儿哈斯说，并且往前把手一伸，"你还能有什么办法呢？"

梅妮的第六感比他要强，她想了想在这种情况下可能会发生的事情。

"哦，"她最后说，"那可怜的嘉莉妹妹。"

就在这段对话发生的同时，嘉莉在她的新房也难以入眠。

我们有时会因为别人的处境感到十分悲哀、失望，但是在当事人心里并非会就他自己的处境持和他人相同的看法。人们有的时候并不像我们想象的那样对自己的处境感到如此恐惧。她忍受泪水，却像男子汉一样忍耐着。她们是凄苦的，但可能是由于别的事，而不是为她们当时所处的境况。我们在为她们伤心时所看到的景象如同小说中的悲剧一样。同时，受苦的人在这一两天里并没感到真正的痛苦。人只有在灾难临头时才会看到痛苦展现的一切。

嘉莉的新处境与别人不同的一点就是，她从中看到了希望。她绝对不是肉欲主义者，并不希望沉睡在安逸的环境中。她在床上难以入眠，为自己的大胆感到难以平静，也为自己的自由感到兴奋，一会儿想着她是否能够找到事做，一会儿又想着托罗奥会怎么样，那位大伟人肯定早已为他自己的生活做出了什么安排。他已经等不及要走下一步了，对于他自己的行为，他实在是身不由己，他天生的欲望在控制着他去扮演追逐女性的陈旧角色。他需要嘉莉带给他快乐，就好像他需要吃顿丰盛的早餐一样。他无论做任何事都不会感到一点的内疚，在这一点上他毫无疑问是邪恶的。但就算他感到有一丁点内疚，那也是十分肤浅的，你完全可以确定这一点。

第二天，嘉莉在她的房间里接待了来访的托罗奥。他还是那样欢快、充满生气。

"噢，"他说，"你怎么这么不高兴？出去吃早饭吧！你今天还要买别的衣服呢。"

嘉莉望着他，大大的眼睛里流露出犹豫的神情。

"我想去找份工作。"她说。

"你能找到的，"托罗奥说，"但先别急，到城里逛一逛，请对我放心，我不会伤害你的。"

"我知道你不会。"她半信半疑地说道。

"穿新鞋子了是吗？伸出脚来，天哪，真是漂亮！穿上外套。"

嘉莉照他说的做了。

"嗨，好像专为你定做的一样，太合适了，不是吗？"他边说着边用手摸摸外套的腰身，往后退几步，用高兴的眼光上下打量着说："你现在还缺少一条漂亮裙子，我们现在出去吃早饭吧。"

嘉莉把帽子戴上了。

"你的手套在哪儿呢？"他问。

"在这儿。"她边说边从梳妆台的抽屉里拿出了手套。

"快走吧。"他说。

最初的疑虑就这样被轻易地解除了。

第二次事情就是这样开始的。托罗奥没有让她太寂寞。虽然她也有时间独自一人思索一下，但大部分时间他都带着她四处游逛。在卡尔逊·皮里公司，他给她买了一条漂亮的裙子和一件流行的衬衫，她又用他的钱买了一些必需的化妆品，一直到最后，她看上去完全改头换面了。镜子向她展现了一些造就了她的自信的东西：她实在是太美丽了，那帽子戴着多好看，还有她那眼睛，难道不好看吗？她用小小的牙咬着红红的小嘴唇，第一次为自己的魔力而感到兴奋不已，心里感激托罗奥的好。

那天晚上，他们先去离嘉莉住处很远的温莎餐馆用餐，然后又去看了当时特别流行的那个歌剧——《日本天皇》①。寒风正在肆虐，透过窗子，嘉莉可以看见西面的天空还泛着正在消逝的红霞，可是在头顶上却是一片深邃的蓝色，慢慢融进了夜色，半空中挂着一朵薄薄的粉红色云朵，形状很像浩瀚大海中的某个岛屿。不知什么时候，窗外几根摇晃的枯枝唤起了嘉莉对过去的回忆，她回想起了在老家的12月里，从临街的窗子向外看时经常看见的单调的景色。

她犹疑了一会儿，绞扭着她的小手。

"怎么了？"托罗奥问。

"哦，我不知道。"她说，嘴唇轻轻颤动。

他感到有点不对头，便伸出手握着她的肩膀，轻轻拍着她的手臂。

"走吧，"他低声说，"你会没事的。"

她披上了外套。

"今晚最好围上你的皮围巾。"他说。

他们向北沿沃巴什街走到亚当斯街，然后向西走。店铺里的灯射出了一道道金色的光芒，弧光灯在他的头顶上光彩熠熠，再往上是高大的办公大楼的透明的窗户。寒风一阵接着一阵刮着，六点钟下班的人们杂乱无章地匆匆赶回家，薄大衣的领子翻了上去以便裹住耳朵，帽子被低低地往下拉。年轻的女工们三五成群地匆匆走过去，又是说又是笑。这真是一幅温暖的人间欢快景象。

忽然，有一双熟悉的眼睛和嘉莉的目光对视了一下，这双眼睛来自一群衣衫破旧的姑娘们。她们的衣服褪色了，不整齐地穿在身上，整个打扮都很寒酸。

嘉莉顺着那目光认出了那个人，是在鞋厂开机器的一个女工。这个女工看着她，心里不敢肯定，又回过头来朝她看着。嘉莉觉得她们之间好像隔了一条无法逾越的鸿沟，她又回想起了过去的衣服，过去的机器，她真的被吓了一跳。托罗奥没看到这些，一直到嘉莉和一个行人相撞。

"你肯定有什么心事。"他说。

他们吃完了饭，然后就去戏院。戏里壮观的场面让她的心情变得很好。舞台上的流光溢彩、优雅风姿把她深深地吸引住了。她对地位和权势，不可触及的国度和达官贵人，都抱有幻想。戏结束时，华丽的马车和窈窕的淑女让她眼睛一动不动。

"等一等，"托罗奥说着拉住她，在装饰考究的休息厅站着，绅士淑女们正在那里来来回回，像往常一样进行着社交应酬。衣裙沙沙作响，戴着花边帽的人互相点头打招呼，微启的双唇露出优雅的笑容。"我们先瞧一会儿。"

"六十七号，"管马车的人喊道，声音非常悦耳，"六十七号。"

"棒极了。"嘉莉说。

"确实棒极了。"托罗奥说，他和她一样，也被这轻松的气氛吸引了，他兴奋地握住她的手臂，她突然抬起了头，微启的双唇露出洁白的牙齿，眼睛里精光闪烁，他感到一股欲望涌上了心头。在出去的时候，他在她耳边轻轻说："你看上去真是可爱极了。"他们一直走到管马车的人旁边，他正拉开车门，让美丽的女士先上车。

"我们一起走吧，我也叫一辆马车。"托罗奥说。

嘉莉根本没注意，她的头脑被眼前的壮观景象充满了。

他们停在一家餐馆前，进去吃了夜宵。嘉莉只是觉得天色有些不早，但现在已

---

① 英国作家威廉·吉尔伯特（1836—1911）创作的剧本，1885年首次演出。

经没有什么家规来约束她了，要是她身上曾经养成过什么习惯的话，这些习惯现在也根本不起什么作用。习惯是奇妙的东西，它们能把一个没有半点宗教信仰的人从床上叫起来，让他祈祷，但是这种祈祷不过是一种习惯，绝不是虔诚。一个受习惯控制的人，一旦忽略了经常做的事，心里就会有些许的不安，就会为越出常规的一些事感到些许烦躁，就会把这看作是对良知的责备，把它当作监督自己走正路的一种默默告诫。如果这种越轨的行为太过分，习惯的影响就会很大，就会把那没有理智的人拉回来，让他按老规矩办事。"现在，上帝原谅我吧，"这种人就会说，"我已经尽最大的努力了。"实际上，他只是把无法改变的老把戏再演一次。

　　嘉莉身上并没有什么因为有好家规而养成的习惯，如果她有，她现在一定饱受良心的责备而痛苦不堪了。而这顿饭是在快乐的气氛中吃完的，走马灯般变换的场景，托罗奥身上那无形美好的东西，以及美味佳肴，豪华饭店，在这种种因素的影响下，嘉莉轻松了一些，备感舒服，她成了大城市诱惑力的又一个受害者，成了超越理性力量催眠的牺牲品。

　　"好了，"托罗奥最后说，"我们应该走了。"

　　两个人的目光在吃东西时频频相撞，嘉莉不自觉地感到他的目光带着一种灼热的力量包围着她。在他说话时，他总会装作漫不经心似的碰到她的手，好像要把什么东西深深印在她心头。就像现在说到走时，他又碰了碰她的手。

　　他们站起来，来到外面的街上。市中心这一块现在行人已经很少了，只剩下几个吹着口哨游荡的人，几辆夜车，几家窗户还亮着、还没有关门的娱乐场所。路上托罗奥一直都在说话，他手挽着嘉莉的手臂，边说边紧紧挽住。有时，他会说上一些俏皮话，然后再低头一看，他的目光就会如期待的一样和她的相撞。最后，他们走到了台阶旁，嘉莉站到了第一级台阶上，这个时候她的个头跟他一样高，他抓起她的手饱含深情地紧握着，当她到处张望时，他的目光痴痴地盯着她。

　　而这时候，梅妮因睡得不踏实而做起了她和嘉莉的梦。她梦见自己和嘉莉站在一座破旧的煤矿旁边。她能望见那高高的斜坡滑道和被挖出来的土堆、煤堆。那里有一口很深的矿井，她们正在往下看着——她们能够看到井底的一些奇形怪状的潮湿的石头，在那下面，还有一些模糊的影子，还有几乎快断了的绳子系着一只下井用的旧篮子。

　　"我们一起下去看看。"嘉莉说。

　　"噢，不！"梅妮说。

　　"没关系的，快下去吧！"嘉莉说。

　　她随即把那篮子拉过来，全然不顾自己的反对，就跳进篮子，向下滑了，一直滑了下去。

　　"嘉莉，"她叫道，"嘉莉，回来。"但嘉莉的身影被黑暗包围了。

　　她摇了摇自己的手臂。

　　忽然又换到她从没到过的水边。她现在站在一块木板，或者陆地，或者一个未知东西的上面，这东西一直伸展到了远方，站在另一端的正是嘉莉。她们打量着周围，这东西正在下降，梅妮听到了水涨上来时的沉闷的声音。

　　"快点，嘉莉。"她喊道，但嘉莉正朝更远处走过去。她一直在向后退、向后退，已经听不到她的呼喊声了。

　　"嘉莉，"她叫着，"嘉莉——"但她自己的声音听起来似乎很远，而那奇怪的水正把一切都变得一片模糊。她走开了,心里就像失去了什么东西似的非常痛苦,她还从来没有过这样难以言喻的伤心难过。

就这样,那些奇怪的精神幻象,终于通过这样的景象呈现了出来,不断地变化着那些奇幻的场景,最后梅妮由于看到嘉莉从岩石上滑下去的画面而喊了出来。

"快醒醒,梅妮!"哈斯叫道,他被梅妮吵醒了,正在摇晃着她的肩膀。

"怎……怎么了?"梅妮睡眼蒙眬地问。

"醒醒,"他说,"你刚才说梦话了。"

大约一个星期之后,托罗奥来到了罕那·哈哥酒店,打扮得风度翩翩,更加显得神采奕奕。

"你好,察朗。"霍森沃从办公室探出头来说。

托罗奥走过去,望着坐在写字台边的经理。

"你什么时候走啊?"他问。

"马上吧。"托罗奥回答。

"这次回来你好像很忙呀!"霍森沃说。

"哦,你知道我向来都是很忙的。"托罗奥说。

他们没有目的地谈了一会儿。

"我说,"托罗奥说,好像一下子想到这念头似的,"我想请你哪天去玩玩。"

"去哪里?"霍森沃问。

"当然是我的家啦!"托罗奥微笑着说。

霍森沃惊讶地抬起头来,嘴唇上挂着一丝微笑,他仔细地观察着托罗奥的脸,然后带着绅士的气派说:"好啊,我很乐意去。"

"我们可以尽情玩玩尤卡牌①。"

"我再带一小瓶香槟去,可以吗?"霍森沃问。

"好极了!"托罗奥说,"我要给你介绍一个人。"

---

① 一种有 2—4 人玩的游戏。

第九章　家庭不和的火种：势利眼看人

　　霍森沃的家是在当时非常流行的砖结构建筑中的三层，坐落在城北区，临近林肯公园。二楼是一只突起在外部的大凸窗，屋前点缀着一小块二十五尺宽，十尺长的草坪。屋后有个被邻居的栅栏围起来的小院子，院里安放着他的马和马车。

　　屋子里共有十个房间，分别住着他自己、他妻子朱丽亚、他儿子小丘詹和女儿詹希康。除了这些人之外，家里还雇了个女用人，这一角色时常由不同血统的姑娘担当，因为霍森沃太太非常难侍候。

　　"丘詹，昨天玛丽被打发走了。"这种招呼在饭桌上是经常听得到的。

　　"好吧。"这就是他唯一的回答，他早已对这个经常听到的问题不感兴趣了。

　　一个温馨的家庭氛围在世界上可以算得上是一朵奇葩，没有任何东西比它更温柔、更娇艳，也没有什么东西能让那些在这种环境中成长的人的性格坚定而富有正义感。不管用怎样的语言都不能让没有体会过美好家庭生活的人理解那种力量。对于那些在其中从没找到过宽容与爱心的人，家庭这部情景剧是索然无味的，因为组成它的必要条件正是宽容与爱心。这些人将永远不会明白为什么泪水会在听到一些音乐时流淌出来，他们永远也听不懂那些把一个民族之心相连在一起并使之荡漾的神秘琴弦。

　　霍森沃的家里不能说带有这种温馨的气氛。他的家缺乏宽容与体贴，家里有奢华的家具，以这家人的眼光来看，布置得很是典雅：有名贵柔软的地毯，有装饰华美坐垫的椅子与长沙发，有一架三角钢琴，有一座某位不出名的艺术家雕刻出的不被人知道的维纳斯大理石像，有一些青铜的小摆设，没有人知道这些是从何处收集来的，但按常理来说，大家具商店在卖出其他能布置出一个陈设精美的家庭的东西的时候，也把它们一起售出。

　　一只餐具柜陈列在餐厅里，里面放满了无数的酒瓶和其他玻璃用具及装饰品，摆设得漂亮精致，这是霍森沃擅长的。每次有初来乍到的女仆人，他都十分乐意对她说一些他研究多年的陈设艺术的知识。他肯定不是个多话的人，正好相反，他对整个家庭经济生活持以不过问的态度，这是人们经常所说的"绅士风度"的所有含义。他对事情的态度总有些冷漠与武断，只要是他认为无法改变的事，他就不再过问。他身上有种遇到无法应对的事就会逃避的倾向。

　　他过去有一段时期比较宠爱詹希康，特别是在他年纪还轻、事业也没有现在成功的时候。但是现在詹希康十七岁了，养成了冷漠、不受管教，甚至连父母都不喜欢的性格。她现在还在读高中，对人生却持有完全贵族的看法，她常吵着要买华美衣服。她头脑里充满了谈情说爱和建立豪华小家庭的设想。她在学校结识了一些父母亲十分有钱的姑娘，她们身上都带有特别的骄傲，和她们的富贵家庭十分相称。

　　年轻的小霍森沃现在恰好二十岁，在一家大房地产公司工作，前途光明。他不负担家里的任何开支，据说是在攒钱要投资到房地产之中去。他有一定的能力，喜欢出风头，也喜欢寻欢作乐，但是到现在还没有损害他的一切责任心与利益。他在家里只与他们泛泛地聊些平常话题,他不向别人谈及自己的渴望,在家里没受到特别的关注。

霍森沃太太是那种爱出风头的女性,最不能忍受别人比她高出一等。她对生活的理解局限于小小的传统社交圈子,虽然她自己现在不算是这个圈子里的人,却希望有一天能成为其中的一员。当她发觉到自己无法实现这个梦想时,不得不把全部希望寄予她儿子身上,希望靠他来提高一些自己的社会地位,她也希望小丘詹能成功,并给她一个机会让她到人前去夸耀一番。虽然霍森沃干得也不坏,她依然迫切地希望着他的小房地产生意能兴旺红火。霍森沃目前的产业还不算大,可是他的收入还是令人满意的,并且与罕那和哈哥的关系也是稳固的,这两位绅士对他友好而且十分密切。

人人都能猜到,这样的家庭能创造出什么样的氛围。这家人无数次的闲谈中都能感受到这种气氛,这些谈话的内容大部分都相同。

"我明天要去福克斯湖①。"一个星期五的晚上,小丘詹在餐桌上说。

"什么事?"霍森沃太太问道。

"埃迪·法尔韦让我去看看他要下水的那艘新船怎么样。"

"他花多少钱买的?"他母亲问。

"哦,大约两千多块钱吧,他说船挺好。"

"老法尔韦肯定赚了很多钱。"霍森沃插嘴说。

"是吧,杰克跟我说,他们现在正忙着把一种成品药运往澳大利亚去卖,并且,他们上个星期已经把一整箱运到开普敦去了。"

"想想看,"霍森沃太太说,"四年前,他们还住在麦迪逊街的地下室里呢。"

"杰克还说,他们明年开春打算在罗比街盖一幢六层楼的大房子。"

"真是了不起。"詹希康说。

但是今晚,霍森沃却要早点出门。

"我想我要到市中心去了。"他站起身来说。

"星期一我们会去麦克维克家吗?"朱丽亚坐在那里问。

"去。"他毫无表情地说。

他们接着吃饭,他上楼去拿帽子和外衣,没过一会儿,门咔哒响了一下。

"我想他已经走了。"詹希康说。

詹希康在学校里的新闻又是另一类闲聊内容。

"学校要在楼上的大礼堂上演一台戏,"她有一天向家里人报告说,"我也去参加。"

"是吗?"她母亲问。

"真的,所以我必须准备件新衣服。学校里的漂亮的姑娘都会参与的。帕默尔小姐将出演波希霞这个角色。"

"是吗?"霍森沃太太又说。

"他们又让那个玛莎·格列丝伍尔德参加演出了,她还以为自己演得好。"

"她家不是没钱吗?"霍森沃太太假装同情地说,"她家什么也没有,对吧?"

"是的,"詹希康回答,"穷得好像教堂里的老鼠。"

---

① 福克斯湖,芝加哥以北的著名游览区。

学校里有许多男生都倾倒于她的美貌之下，可是她很谨慎地对他们加以区别对待。

"有个赫伯特·克兰想和我交往，妈妈。"她有天突然对母亲说。

"他是什么人呀，亲爱的？"霍森沃太太问。

"哦，什么都不是，"詹希康噘着漂亮的嘴巴不高兴地说，"他只是一个学生，他什么都没有。"

当肥皂厂老板布里福的儿子小布里福陪同她回家时，她的态度则完全不同。霍森沃太太那时正坐在三楼的摇椅上看书，恰巧朝外看了看。

"那个人是什么人，我的孩子？"詹希康上楼时，她问。

"是布里福先生，妈妈。"她老实回答。

"是吗？"霍森沃太太问。

"是的，他邀我跟他一起到公园去散步。"詹希康解释说，脸色飞红，不知是由于跑着上楼，还是因为什么其他的原因。

"好吧，亲爱的，"霍森沃太太说，"不过不要去太久。"

当那两个人沿着街离开时，她十分有兴致地隔着窗子四处张望，那真是令她最为高兴的情景。

霍森沃在这样的家庭环境中度过了很多年，早已司空见惯。他天生并不一定要去努力追求什么更舒适的生活，除非那种更舒服的生活能马上与他现在的生活形成鲜明对比，就现在来说，他有付出，也有收获，自然也会为一些其他的事情担心，有的时候也会为尊严和地位感到满足。他所管理的那个酒店就是他生活的全部，他一天中大部分时间都是在那里打发的。晚上回来时，家中的一切显得温馨动人。除了少数例外，饭菜总是美味的，虽然也只是一般用人所能做到的那种。事实上，他对儿子和女儿的谈话还是很有兴致的，他们看上去很有出息。太太总是因为虚荣心而打扮的花枝招展，但在他看来还不错。他们之间的爱没有消失，两个人也没有什么特别难以调和的冲突。她对任何事情都没有独到的看法，他们之间的谈话也很少会在任何问题上发生争执，就大家所公认的说法，他们各自有各自的看法。偶尔，他也会遇上一个令自己的妻子自愧不如的女人，可是这种相遇所带来的痛快是短暂的，会因他的社会地位和一些准则而抵消。他不能打乱自己的生活，因为那样就会破坏他与老板之间的关系，老板们可不想听到任何丑闻。一个人要想保住他的地位的话，就必须有道貌岸然的气度，清白的名声，和一个受人尊敬的家庭避风港。所以，他在每件事情上都小心谨慎，每周日的下午都会和他的家人如例行公事般出现在公共场合，偶尔他也会去当地的一些观光胜地，或者去威斯康星州那些离得很近的胜地，有模有样、规规矩矩地过上几天舒心日子，在人们惯走的路上散散步，做一些普通人的事，他知道这样做是十分有必要的。

当他所结识的那些有钱的中产阶级人士中有谁出了什么乱子的时候，他总是惋惜地摇摇头，他不愿对这些事有所评论，要是那些可算作是他亲密朋友的人谈起这些事的话，他就会对这种蠢事说出批评性的意见——事情倒无所谓，大家都会做，可是他怎么这么粗心呢？做是没什么大碍的，但要做得不被人发现——他并不同情那个做了错事又被发现的人。

正由于这样，他仍然需要花时间带上太太到各处走走——如果不是为了有可能会认识一些人，如果不是还有一些和她在不在场有关的娱乐，这些时候的确是会令人厌烦的。他有时十分好奇地看着她，由于她风韵犹存，男人们仍然会朝她望去，他很清楚自己太太的缺点会使她这样的女人酿出什么悲剧来。由于他有理智的大脑，他对女人没有多大的信任。他的太太就从来不具备那些能让他这样的男人信任、倾心的美德。在她还热情高涨地爱着他的时候，他能看到信心是怎样一回事。可是，当维系着两人的关系已不再是爱情之时——那么，就有可能会出现一些意料之外的事。

近一两年来，家庭开销似乎很大。詹希康渴望华丽衣服，而霍森沃太太不想输给女儿，也频频添置衣物。霍森沃对此没说什么，但是有一天他终于开口了。

"詹希康这个月必须买件新衣服。"霍森沃太太一天早上说。

霍森沃当时正站在镜子前穿一件非常别致的背心。

"我记得她前不久刚刚买了一件。"他说。

"那一件是晚上穿的。"他太太完全不在乎地回答。

"我想，"霍森沃答道，"她在衣服方面实在花得不少。"

"是啊，但是她的应酬比以往多了。"他太太最后说，她发现一个结论：他的语调里有些她从未听到过的东西。

他不喜欢总是在外面跑，可是，只要他出门远行，他就一定会带她一起去。上面这段谈话过后不长的一段时间，当地的参议员旅游团打算到费城去旅游十天。其中有几个人是霍森沃的朋友，他们邀请他一块去，他决定去了。

"那里谁都不认识我们，"其中有个人对他说，这位绅士一脸蠢相，一副被声色场所迷惑的样子，头上还戴着一顶大得离谱的丝质礼帽。"我们可以尽情地玩一玩。"他的左眼不怀好意地眨了一下。"一起去吗，丘詹？"他最后问。

第二天，霍森沃把自己的想法告诉了太太。

"这几天我要出去，朱丽亚。"他说。

"去哪里？"她抬起头来问。

"去费城，有点事。"

她看着他，安静地等着回答。

"但这一次我不能带你去。"

"好吧。"她回答说，但他清楚，她在心里觉得这件事有点蹊跷。在他出发之前，她又问了他几个问题，结果弄得他很不高兴。他开始发现她是个讨厌的累赘。

这次旅行，他玩得非常愉快，等到旅行结束时，他都不想回家。他不是个喜欢撒谎的人，也绝不想对这次旅行做出任何解释，用三言两语就把这件事情搪塞了过去，可是霍森沃太太却十分介意。她坐车出去的时间比以前多很多了，衣服也穿得比以前更好，并且，任意上戏院看戏，想以此来作为对自己的补偿。

这样的氛围很难被称为和谐的家庭生活。这种缺少活力的生活，一切都是靠着陈旧的力量来支撑，随着时间的推移，它肯定会越来越乏味，直到最后变成火种，这个火种很容易被点燃，烧毁一切。这是霍森沃内心以外的一个世界。这是他毫不关心的事情。整个事情可能按照传统的习俗发展到老年，直到死亡。也可能不是这样。

第十章 冬天的忠告：幸福使者来访

就这个社会对女人及其为人处世的态度来看，嘉莉的心态很有研究的价值。像她这样的行为总是被人们作为谈论的焦点，当时的社会有着评判所有事物的传统标准，男人们都应该是风度翩翩的绅士，女人们都应该是贤良淑德的淑女。凭什么？是什么样的理由，你怎么就做不到呢？

虽然斯宾塞[①]和我们现代的自然哲学家们对此作过许许多多大胆推测，我们对于道德的理解还停留在幼稚的层次。我们至今都无法完全、深刻地理解道德观念。首先请回答，心弦因为什么而会颤动？请解释，一个悲哀的曲调为何会被世界传唱，经久不衰？请说明，玫瑰花通过什么奥妙的魔法，能不分晴雨绽开它娇艳的花蕊？在这些事实的本质中就存在着道德最本质的准则。

"啊，"托罗奥想，"我的胜利多么惬意。"

"啊！"嘉莉带着深深的悲伤想，"我失去了什么？"

在这古老问题的面前我们是没有什么办法的，我们试着寻找人类道德真正的理论——有关对与错的终极解释。

从下层人的方面看，嘉莉已经被保护在一个舒适的避风港里了。托罗奥在那个空气清新的，芝加哥最美丽的西区联邦公园对面的奥格登公寓为嘉莉租下了三间带家具的漂亮房子。它的景色清新动人，最好的那间房面对着公园的草地，这时草木已经发黄，掩盖着一个小湖。公园的对面便是阿什兰道与华伦大街，一幢幢由有钱有身份的中产阶级建造的舒服豪华的房子耸立在那里。光秃秃的树枝在冬日刺骨的寒风中来回摇曳，联邦公园中的公理会教堂的尖顶高耸在树枝上面，再远一些是其他几座教堂的钟楼。虽然街车不从门前经过，可就隔着一个街区，就是当时西区商业最繁华的麦迪逊大街。

房间里的家具布置得十分悦目。地上铺着昂贵漂亮的布鲁塞尔地毯，深红和柠檬黄的颜色使它显得非常高尚雅致，上面还织着大花瓶，里面插满了美丽的奇花异草，两扇窗子之间安放着一面大穿衣镜，是在这种镜子十分流行的时候安装上去的，一只上面罩着绿绒毯的柔软大躺椅放在房间的一角，周围随便地摆放着几张摇椅，几幅画，几张小地毯和几件小摆设，房间里的东西就是这些。

托罗奥为嘉莉买的箱子放在前厅卧室里，壁柜里挂着一长排衣服——都是与她相配的款式并且数量是她以前的数倍。剩下的第三间房可以当作厨房，托罗奥和嘉莉共同在里面架起了一只轻便的小煤气炉，可以在上面做些小便餐，做托罗奥最喜欢吃的牡蛎、威尔士式烤奶酪等。最后还有一个卫生间，整套房间非常舒适，里面点着煤气灯，可调节温度的火炉也烧得十分暖和，还有一个用石棉砌成的小壁炉，是当时人们最常用的采暖方式。由于她的勤劳，再加上现在养成的爱洁净的性情，这地方总是有着一种令人十分惬意的气氛。

[①] 斯宾塞（1820—1903），英国哲学家，主导思想优胜劣汰。

嘉莉就在这里愉快地安顿了下来。她逃离了一些会给她带来厄运的痛苦，与此同时又背负起了一些新的心理压力，所有的这一切完全改变了她的人际关系，足以把她变成一个新人。在镜子中她看到了一个比以前漂亮许多的嘉莉，但她的内心只看见了一个没有以前单纯的嘉莉，她在这两个形象之间犹豫不定，不确定该相信哪一个。

"天哪，你真是个迷人的姑娘！"托罗奥常常看着她惊讶地说。

每当她听到这话时会睁着大眼睛盯着他。

"你心里清楚，是吗？"他会接着说。

"哦，我不知道。"她总会这样答复，心里为有人这样欣赏而十分欢喜，尽管她自己其实也是这样认为的，她却没有勇气相信自己真的美丽到这种地步，她就这样左右摇摆。

可是她的良心不会像托罗奥一样称赞她，她的良知告诉她的是另外一个声音，她总会与这种声音辩论，向它哀求，求它宽恕。这个声音只是代表着她过去的那些世俗环境，并不是什么智慧。人的声音由于有了它而变成上帝的话语。

"嘿，嘉莉，你还没有成功。"这个声音说。

"为什么？"她问。

"看看你周围的人，"这声音低声回答，"看看你周围的那些正直的人，他们会多么蔑视你做的一切啊！看看那些正派姑娘，她们会在知道你的懦弱时抛弃你的，你还没有行动就已经放弃了努力。"

嘉莉一个人待在家，看向外面的公园时，这个声音才会跳出来。它也不是总是出来，只是在她独自一人或觉得生活不那么美好的时候出现。每次来访时，它总是在开头时十分清晰，但从来没有能彻底说服她，她总能找到答案，总是什么12月的天气在逼迫她啦！她孤独啦！她希望能过好日子啦！她恐惧呼啸的寒风啦……总是穷困落魄替她做了回答，她总是在这样的心理挣扎中过生活。

夏天晴朗的日子一走，整个城市便披上忧郁的外衣，就这样走过一整个冬天。那无数的建筑都变成了灰色，天空、街道也都涂上了那暗淡的色泽，四处飘落了叶子的枯枝和狂风刮起的尘埃与纸片更使颜色增添了几分凄凉，犹如人的心情一样。寒风肆虐又长又窄的大街，好像也夹杂着能唤起苦恼思绪的事物。这种感觉不仅属于那些敏感的人，即使是极其普通的人，甚至一只狗都可以感觉得到。他们的感觉与诗人没什么区别，他们所缺少的不过是语言的表达能力。那些动物都能感觉到漫长冬天的气味，冬天能够一下子击中一切生命的心脏，不管这生命是否具备灵性。一阵接连一阵卷起的烟尘，一片接连一片低垂的云朵，一家挨着一家工厂的浓烟，把初冬深秋的日子变得单调而又没有生机。要不是有了打开的人工火炉，唯利是图的商业活动和给人兴致的娱乐活动。要不是商人们在积极地搞活动，再加上顾客的来去匆匆，我们很快便会被冬天的灰色压抑得喘不过气来。我们对光和热的留恋要比我们平常想象的更严重，我们是依靠热量和光明而生存的。

在这样漫长阴暗的日子里，那个令人烦躁的声音会再次出现，但随着日子的流逝而变得日益衰弱。

内心这样的矛盾并不常常占上风，嘉莉当然不是个悲观的人，并且，她也没有充分的智慧来认定某条真理。当她就某个问题思考而又察觉到自己不能走出那迷宫时，她就会选择完全不管不顾。

托罗奥在这段时间的言行举止，完全可以作为他这类人的一个典型代表。只要在他经济能力的范围以内，他做什么事都会带上她，有些时候，他也经常为生意跑几趟短途，这时她就不得不独自在家待上几天。但总体来说，他们俩在一起的时间最多。

"我说，嘉莉，"他们安顿下来一段时间后，一个早上，他说道："我已经邀请了我的朋友霍森沃到我们这里来玩玩，时间倒是还没确定。"

"他是什么人呀？"嘉莉不解地问。

"哦，他是个很好的人，是罕那·哈哥酒店的经理。"

"怎样的酒店？"嘉莉问。

"是城里最好的酒店，生意红火，财源广进。"

嘉莉犹豫了一会儿，她在想着托罗奥告诉她的话，还有她该以怎样的态度来应付。

"不要紧，"托罗奥看出了她的想法，便说，"他什么也不清楚，你现在是我的太太。"

嘉莉觉得这句话不太合适，但她看得出来，托罗奥的感觉并不十分敏锐。

"那我们为什么还不结婚呢？"她说，心里又回忆起了他以前做过的种种允诺。

"等我处理完手边的生意，我们就去结婚，好吗？"

他指的是他之前说过的自己拥有的某个产业，这个产业需要他投入很多的精力，以至于他没有足够的时间处理自己的事。

"1月份，我从丹佛出差回来，我们就结婚。"

嘉莉把这个承诺当作希望的基础——是对她良心的安慰，一条令人憧憬的出路。在结婚的前提下，这些都会是符合情理的，她的行为也可以算是符合道德标准的。

事实上她并不喜欢托罗奥，和他住了几天，她就看清了这一点。她比他要有想法，她已经开始模模糊糊地看出他的缺点。要不是她能做到这一点，也许她现在会更糟。她也许会敬仰他，也许会害怕失去他的欢心，害怕得不到他的疼爱，害怕被赶走而无处可去，甚至会恐惧有一天会失去他。现在的情况是，她刚开始有点不能下定决心，着急想把他彻底抓住，但是后来就放心地等待着，她并不完全明了自己对他的看法，当然也不清楚自己的打算。

等到霍森沃来拜访时，她看到了一个在任何方面都比托罗奥明智的人。尽管霍森沃不像托罗奥那样对女人来者不拒，但他却更能获得女人的好感。每个女人都会喜欢他的那种特别的殷勤，他对女人不卑不亢，他对女人细致入微地关怀是他最大的魔力。他周旋在那些光顾他酒店的商人、职业人员和上等绅士中，能轻车熟路地取得他们的好感，因此，一旦遇到某个他喜欢的人，他可以施展更多的才能来使自己显得亲切。不管一个漂亮女人有着怎样的情趣美德，对男人总是一种非常大的刺激。他温和、安静、自信，给人留下他只想为人效劳的印象，只想做让那个女人能够更加喜欢的事。

托罗奥只要发现有值得追求的目标的时候，他就会想尽办法得到，可是他太过于以自我为中心，缺少霍森沃所拥有的那种高雅风度，他过的都是俗不可耐、毫无品位的生活。对那些在恋爱方面缺少经验的女人，他总是能轻易得手，但是一旦遇到在恋爱方面稍有经验或与生俱来就有高尚气质的女人，他就会一筹莫展，无从下手。他发现嘉莉绝对属于前一种类型的女人，而不是后一种，他实在一路顺风，艳福不浅，如果她再过几年，积累了一些这方面的经验，他可就彻底没机会了。

"你应该买架钢琴，托罗奥，"那天晚上霍森沃说，他带着询问的目光向着嘉莉微笑着，"那样你太太就可以弹弹琴了。"

托罗奥完全没有意识到这一点。

"是呀，我怎么没有想到呢？"他马上说。

"遗憾的是，我不会弹琴。"嘉莉插嘴说。

"弹琴其实很容易，"霍森沃回答，"相信你几个星期后就能弹得很好。"

那天晚上，他兴致很高地玩着。他的衣服看上去很新，并且也特别有气派，上衣的领子挺直地向上翻着，好衣料质地总是这样的，背心是用上等的苏格兰格子花呢做的，上面钉着双排用贝壳珍珠做的圆形纽扣，他的领带是很有光泽的丝织品，干净却不素雅。虽然他身上的衣服不如托罗奥的那样夺目，嘉莉还是清楚地看出料子的华美。霍森沃的鞋子的皮革是柔软的黑色小牛，擦得半亮，可是托罗奥穿的却是漆皮鞋，嘉莉忽然感到还是软皮的鞋和华丽的衣服才能相配。她几乎是不知不觉地注意到这些的，这些都是自然而然流露出来的东西，她习惯了托罗奥的装扮，也不过是因为她天生对美审视的敏感。

"我们玩一会儿尤卡牌好吗？"一阵闲聊之后，霍森沃提议说。他十分熟练地避开一切有可能暗示他对嘉莉的过去十分好奇的话题。他完全避开谈论私人的事，而把话题限制在与私人根本无关的事情上，他的态度很讨嘉莉欢心，也十分愉快地见到他的尊重和风趣。他装出对她的答话十分有兴趣的样子，尽量让谈话轻松地继续下去。

"我没有玩过呢。"嘉莉说。

"托罗奥，你可没有尽到责任啊，"他亲切地对托罗奥说，"幸好没外人，"他接着说，"你不介意的话，我们可以教你。"

他用这些手段让托罗奥觉得他很欣赏自己的选择，他的态度中有些东西表示他来这儿很快乐，托罗奥觉得自己和他比什么时候都友好无间。他也因此更加喜欢嘉莉，她的形象因为霍森沃的欣赏有了另一番光彩，整个气氛一下子活跃起来了。

"让我看看，"霍森沃说，用很尊敬的姿势从嘉莉的肩头看过去，"你拿的是什么牌？"他看了一会儿，"运气很好，现在我教你如何赢你的丈夫，你按我说的做。"

"我说，"托罗奥说，"要是你们俩联手对付我，我可就玩完了，霍森沃可是很聪明的。"

"不，是你太太。她给我带来了好运气，她为什么赢不了呢？"霍森沃说。

嘉莉感激地看着霍森沃，又向托罗奥笑了笑。霍森沃摆出一种只是个朋友的神态，他到这儿来的目的只是消遣，嘉莉做的事都让他高兴，仅此而已。

"看，"他说，留住自己的一张好牌，故意让嘉莉赢了一局，"你太太真是聪明。"

嘉莉看到自己赢了，兴奋地笑了起来，似乎只要霍森沃帮她，她就会永远赢下去。

这个大人物并不总是看她，但当他看她时，他的眼睛里总带着温柔的眼神，那眼神里除了友善与和气外，没有夹杂着任何别的东西。他收起了狡诈、乖巧的眼光，代之以天真的表情。嘉莉必须承认，和他一起打牌是一件痛快的事情。她很高兴他认为她打得很好。

"我们来玩点刺激的吧,"玩了一会儿他说,把手指伸进上衣的口袋里,里面放着硬币,"我们来玩一毛钱一局的好吗?"

"好的。"托罗奥边说边掏钞票。

霍森沃动作很快,他把手里抓的一堆一毛硬币平均分给了每个人。

"我们这是在赌博,"嘉莉微笑着说,"这可不太好。"

"不,"托罗奥说,"不过是玩玩,只要你只赌10美分,你还是可以上天堂的。"

"不要讲大道理了,"霍森沃和气地对嘉莉说,"看看这些钱最后会落入谁手中。"

托罗奥笑了笑。

"要是你丈夫赢了,他就会告诉你这有多坏。"

托罗奥听了这话忍不住大声笑起来。

霍森沃的声音里明显流露出讨好的语气,甚至嘉莉都听出了它的含义。

"你准备什么时候离开?"霍森沃问托罗奥。

"周三。"他回答。

"丈夫总这么忙碌真是不应该,对吧?"霍森沃对嘉莉说。

"这次她会跟我一块儿去。"托罗奥说。

"你们俩出门之前得跟我一块去看一场戏,如何?"

"好的,"托罗奥说,"你觉得怎么样?"

"我很愿意。"她回答。

霍森沃用各种方法让嘉莉把钱赢到手。他为她获胜而感到高兴,一直数着她赢的次数,把全部的硬币都放进了她的手中。他们一起吃了一顿小便餐,他为他们斟酒,然后他就识相地告别。

"听着,"他说,眼睛看着嘉莉和托罗奥,"你们七点半准备好,我会来接你们。"他们送他到门口,他的马车在那里等待,车上的红灯愉快地闪着。

"我说,"他用老朋友的口气温和地对托罗奥说道,"如果你以后再将太太一个人留在家里时,必须允许我时常来看看她,带她出去逛逛。"

"好的,"托罗奥说,他为这种真心的关怀感到很快乐。天啊,霍森沃对他的嘉莉非常赞赏。

"你真是个大好人。"嘉莉说。

"这不算什么,"他说,"我也希望你丈夫这样报答我。"

他笑着迈着轻松的步子走了,嘉莉为能够与这样高雅的人接触而感动。

而托罗奥也是同样高兴。

"这个人真好,"当他们回到舒服的房里时,他对嘉莉说,"也是我的好朋友。"

"似乎是如此。"嘉莉说。

第十一章　时尚在诱惑：情感在自卫

　　研究嘉莉的心态，分析她到如此奇怪的避风港安身的结果时，如果说那些微妙的影响——不是人人都有的，而是当一个年轻人的想象飘忽出现时，就把这种想象包围和吸引住的那些影响——掉以轻心的话，我们肯定不能做出正确的评价。虽然看起来像是老生常谈，但还是应该记住，我们一生中毕竟完全是受欲念所支配的。迎合欲念的东西并不总是看得见的。切不可把它与自私混为一谈，它要比自私略高一筹。欲念是多变不定的风，有时惠风和畅，有时大风呼啸；和风鼓起我们的船帆，驶向远方的某个港口，在阳光普照的大海上，懒洋洋地吹动着船帆，无奈有时疾风会扯破我们的船帆，让我们遭到重创，丢盔弃甲似的，在某一个被人遗忘的港口留下煞是好看的沉船残骸；不过，在疾风之前，我们时不时会顺风行驶，没有多久便大功告成了。如果说人类好比是一艘汽船，那么，自私就是汽船上的一台双螺旋推进器。它只管永远不变地、机械刻板地往前冲去，但它有估计错误的危险。诸如嘉莉这样的个性应该说属于前一种。她对权利和义务的认识相当模糊，要意识到采用何种方法才能加以克服，还是很不容易哩！

　　在所有这一类人的思想发展中，环境是一个微妙的、诱人的主导因素，它是和欲念同时起作用的。比方说，由于她的主观思维几乎克制不了的某些因素，她被推向这样一种环境，在那里她生平头一遭看见了跟她自己截然不同的生活方式。漂亮的衣饰、丰美的饮食、高雅的住宿，以及别人十分露骨地表现出来的优越感——这一切她全都看在眼里。嘉莉观察这些东西，也不见得比随便一个女店员高明多少。女人对这些东西总是心明眼亮的，不管她们了解别的事物有多么迟钝。明摆着人们到哪儿都是在为了这些东西搏斗，嘉莉方才认为这些东西是最可贵的，这也不算太出格吧。要是看到了这些东西才激起了她心中的欲望，这又有什么奇怪呢？

　　再说还必须考虑到，人们满脑子都是欲念，但满足欲念却没有门道，如果说有雄心，虽然不太强烈，但没有经过良好的行为准则和礼数的规诫教育——而又没法加以阐明的话，那就会学会人世随俗那一套。应该说，后者所得到的教训并不常常是令人振奋的。我们知道，当今芸芸众生都在为了幸福而拼搏。难道这种说法还嫌不够吗？

　　最后，人人都该记住，人世间的道德基本上还从来没有经受过考验。为什么他善良——是上天将美德洒向哺育他的大地的缘故。哪儿经受严峻的考验，哪儿就有一些不幸的失败者。我们往往不知道我们对别人提出批评时，自己同时也会受益。其原因就在于：我们并不理解生活中的奥妙之处。你认为邪恶是某个对象的属性，那肯定就是一种幻象——最能说明你自己缺乏理解力——你自己的思想已经乱成一团。

　　嘉莉学起有钱人的各个方面是非常聪明的，特别是模仿有钱人那些肤浅的方面。她看见一样东西，立刻就会问自己，要是配上这东西自己会变得多么美丽，可以说，这绝对不是什么高尚的情操，更说不上是智慧。那些伟大的灵魂不会因此烦恼，相反，那些愚笨的头脑却会因此自讨烦恼。华美的衣物对她具有很大的吸引力：它们用甜言蜜语替自己招揽顾客。当靠近它们时，她能听到它们恳求的声音，她心中的欲望会促使她俯身倾听。啊！那些平常所说的无生命东西的声音。有谁能帮我们把宝石的甜美语言翻译过来呢？

"亲爱的，"来自帕德里基公司的花边衣领说，"快看我配在你身上多么协调。"

"看看你精巧的小脚，"刚买的软皮鞋说，"我把它们保护得非常好，如果没有我的帮助，它们就不会这么有价值的！"

当这些东西拿在她手里，穿在她身上时，她也许考虑过放弃这些，它们的来路可能会刺痛她的自尊，这使她强烈地想要去除这块心病，但是她还是不希望放弃。"快把以前那破旧的衣物穿上，"她的良知正在有气无力地对她叫着。她本可以克服掉对饥饿的害怕，回老家去，在最后那点良知的警醒下，过着原本的痛苦日子。这个想法本可以成功，可是那要糟蹋她的外貌，要穿破旧衣服，显出一副寒酸样，这是她绝不会允许的。

托罗奥的存在使她根本丧失了摆平这些影响的力量。当我们想的事情与欲望相符合时，我们做起来就非常顺手。他强烈地要求她精心打扮，他倾心地看着她，她也明白其中全部的含义。在这样的条件中，她没有那些美丽女人故意摆弄的必要，她自己很快就掌握了其中的窍门。托罗奥有一个习惯，就是总是盯着穿着打扮时髦美丽的女人看，然后再对她们评价一番。他了解女人对衣服的喜爱，可以当个优秀的评判官，不是评论她们的才智，而是评判她们的衣服。他看到她们如何移动小巧的双脚，如何抬起她们的下巴，又是如何优雅而又轻柔地摆动着婀娜的身姿。一个女人故意把臀部温柔地摆动着，这对他而言，正如名酒的色泽对酒鬼一样具有巨大魔力。他的目光会随之而去，尾随那渐渐消失的身影。他会像个孩子一样因不能掌控内心的激情而面红心跳。他喜欢女人们自我陶醉的样子，他也像虔诚的信徒一样，和她们一起倾倒在这神龛面前。

"你注意到刚才走过去的那个女士了吗？"他们第一天一起出去散步时，他对嘉莉说。

他们遇见的是一个很一般的女人，年轻、美貌，打扮得却十分得体。托罗奥从没在纽约见过特别时髦的，否则他会觉察到这个女人的缺点的。嘉莉早就看了她一眼，虽然仅仅是瞟了一眼。

"走路的姿势是不是很漂亮？"

嘉莉又看了一眼，发现了他所喜欢的走路姿势。

"是啊，很好看。"她高兴地回答，心中已经感觉到，自己在这方面可能有些不足。如果那姿势果真是那么好看的话，她就有必要更加细致地看看，她本能地产生了一种模仿的欲望，她自然也能做到这点。

当她看到许多事情被人们再三地强调和赞许时，她就能够掌握其中的诀窍，然后效仿。以托罗奥的精明还没有看出她的失落，他没有发觉应该让她知道要与她自己相比，而不是与比她更好的人相比较。对有些经验的女人，他是绝不会这样评价的，但在嘉莉身上，他只觉得她是个新手。他不像她那么聪明，因而也就无法明白她的情感。他接着点拨她，也继续伤害她，对于一个越来越倾慕他的学生和受害者而言，这是极其不明智的。

嘉莉心平气和地接受了这些教诲。她清楚了托罗奥喜爱什么，她也隐约察觉到他的缺点所在,当一个女人发现,一个男人明显而又慷慨地展现自己对女人的倾慕,她对这个男人的看法就会打折。她意识到在这个世界上只有一样东西应该备受赞赏,那便是她自己。要是一个男人要博得大众女人的欢心,他就不得不竭力讨好她们每一个人。

有一天,他带她坐马车出去,既为了他自己娱乐,也为了使她高兴。他有不少东西要指点给她看。其中主要的是一些百万富翁的华贵的住宅,当时差不多都造在草原大街上。他认为金钱是一种最可爱的东西。有百万富翁这个头衔就像拥有爵位一样伟大。像所有的美国人一样,他对于爵位有些瞧不起,但是对于与之相当的百万富翁的头衔,却几乎是羡慕不止的。他知道阿穆尔[①]住在哪里,普尔曼[②]住在哪里。他常常看见波特·帕尔默[③]和马歇尔·菲尔德[④]的住宅。现在他就在这些房子的前面赞不绝口地注视着。在他看来,这简直是妙极了,太妙了。

"喂,嘉莉,"他说,"你看见前头的那所房子了吗?"

他指着一所形状有些笨拙的砖石建筑,从装饰上看一点也不美丽,矗立在一片相当广大的草坪上——这是当时这个城市所特有的说不准是哪种风格的多种风格混杂在一起的建筑中的典型。

嘉莉点点头。

"那是普尔曼的住宅。"他说。

两个人带着显而易见的兴趣凝望着这伟大的卧车大王的住宅。

"说起来,他的确是有钱。两千万块钱,你想想!"

他同样地指出别的许多人——银行家、商人的住宅,这都是他从生意的经历中得知的。

"多好呀!是不是?"是他常用的一种赞扬语。

在一道堂皇的大铁门外,有三辆丁零作响的双轮轻便马车在转过来——一对优美的栗色马和一辆闪闪发亮的、镀镍的轿车。里面坐着一个二十三岁左右的青年和一个和嘉莉差不多年纪的年轻姑娘。姑娘有几分姿色,她给人的主要印象是她傲慢顾盼的神情,更确切地说,是旁若无人的风度。她凝视着前方,噘起她美丽的小嘴,对她的同伴所说的什么话,毫不在意地点点头。

托罗奥出神地看着,这才是他向往的女人。同这个姑娘一样的人坐在一起,面前是这么一对好马,该是多么了不起呀!啊,闪闪发亮的支制马具——丁当作响的镀镍带扣。他在想象中跟这年轻女郎一起走了,在广阔的大街上哒哒地行驶,摆出一副百万富翁应有的姿态。嘉莉也感觉到了这一点,虽然他并没有多说话。她羡慕这个身子笔挺,服饰华丽的苗条姑娘。她甚至看到了和那个姑娘在一起的青年的优越的气度,这对托罗奥是不利的。原来这就是有钱人的派头。一所宽大的房屋带一片漂亮的草坪,窗上挂着厚厚的花边窗帘,一辆华丽的马车配上欢跃的马,能在一道华贵的大门里出来,门内有喷泉在喷水,就是在寒天也如此。嘉莉看在眼里,记在心里。她那敏锐的印象既是由托罗奥吐露出来的感想引起的,也是这些事物本身

[①] 菲利普·阿穆尔(1832—1901),美国内战末期靠猪肉期货交易发了大财,创办公司,专营肉类加工,采用冷藏工艺,其肉类产品远销世界各地。
[②] 乔治·普尔曼(1831—1897)是美国企业家,首创高级轿车,名普尔曼车厢。
[③] 波特·帕尔默(1826—1902),是芝加哥大商人,百货店林立的斯台特街的开发人。
[④] 马歇尔·菲尔德(1834—1906),1856年到芝加哥,后来成为马歇尔·菲尔德欠百货公司的主人。

的形貌造成的。她像蜡一样被这景象打上了烙印，使旧衣服、破鞋子、向商店求职以及一般的穷苦生活显得更悲惨，更卑贱，更受不了。她怎么能不喜欢得到前者——她怎么能不尽力躲避后者呢？

从她自己的处境着眼，有些地方甚至更有说服力。这不是比范布伦街好得多吗？他们回家的路上，托罗奥无意中驱车走过杰克逊街，嘉莉突然发现竟来到了哈斯家的对面，中间只隔着一排房子。她能够越过几片空地望见哈斯的家，前面窗帘半垂着，梅妮在厨房里准备晚饭。

嘉莉显然一下子给惊呆了，像是挨了一下耳光。

"以后兜风再也不要到这里来了。"等他们走过了一段路以后，她说。

"说得是，"他说着，就转弯了，"这里不像华盛顿街那么漂亮，那才是西区最繁华的街道。"

在他们自己的公寓里，嘉莉看到的一些事物也给了她相同的感觉。

某家戏院的职员弗兰克·A.亨奥先生和他的太太和她住在同一幢房子里面。亨奥先生是标准戏院的经理，他太太是位长相漂亮、皮肤黝黑的三十五岁上下的女人。他们这类人现在在美国随处可见，日子过得很舒适，挣多少就使用多少。亨奥先生每周领四十五块的薪水。他太太尚有姿色，总是摆出年轻人的派头，不安于做一个家庭主妇。像托罗奥和嘉莉一样，他们夫妇租了嘉莉楼上的三个房间。

嘉莉搬来后不久，就和亨奥太太有了交往，两人常常结伴出去。在很长的一段时间里，亨奥太太是她唯一的伴侣，这位经理太太的只言片语成了她认识外部世界的方式。那些烦琐的小事，那些对财富的赞扬，那些对传统道德的想法，从这个顺从的女人心里流淌出来，落进嘉莉的心中，一时间使她意识混乱起来。

在另外一方面，她自己的意识却起到一种修改的作用。人总是不停地追求更美好的东西，这是不可否认的，她总是回想那些呼唤她心灵的东西。走廊对面的公寓里住的是一位来自印第安纳州的埃文斯维尔的年轻姑娘和她母亲，她们是一位铁路会计的妻子与女儿。母亲陪着学音乐的女儿，母女俩相互为伴。

嘉莉和她们没有交情，但她经常可以看到那女儿进进出出。她有几次看见她坐在客厅的钢琴旁，有时还听到她弹琴。这位年轻姑娘穿着比现在的地位更时尚的衣服，白皙的手指上还戴着一两只宝石戒指，弹琴时不停闪烁光芒。

嘉莉现在也接受了音乐的熏陶，她那敏感的心弦对某些曲调产生共鸣，正如钢琴上某个键被按下时，竖琴上的几根弦会因此产生振动一般。她不多愁善感，可是情感却十分丰富，能够使她对一些悲伤的音乐产生共鸣，唤起她对所缺乏的东西的期望，也使她对已获得的东西更加珍惜并紧紧地抓住不放。有一首短歌，被那个年轻姑娘弹得特别悦耳动人，嘉莉是开着门时听到曲子从下面的客厅传上来的。那是临近黄昏的时刻，对于没有事做的人和流浪者来说，这时的事物往往带着一种哀怨。嘉莉倚靠在窗边，向外看着。托罗奥早晨十点就出去了，到现在也没有回来。她出去散了一会儿步，看了一会儿托罗奥遗留在那里的一本伯莎·M.克莱写的书（虽然她不很喜欢这本书），然后换上睡袍，就这样自我打发时间。当她倚靠在那里，远望着外面的公园，心烦意乱，渴望活力。正当她思索着自己的新环境时，琴声便悄悄从楼下客厅里传了上来，她回忆起自己来芝加哥以后短暂的遭遇，她突然变成了一个忏悔者。

正当她处于这种悲哀心情中的时候，托罗奥带着截然不同的心情走了进来。这时天已是黄昏，嘉莉忘记点灯了，壁炉的火也小了很多。

"嘉德，你在哪里？"他说，用他给她起的昵称亲密地喊她。

"我在这里。"她回答。

她的声音里包含一些微妙和孤独的东西，可是他没有听出来。他身上缺少看出女性这样的情绪的能力，也不会因为她感到生活悲惨而安慰她，这些都是因为他肤浅。他只是划了一根火柴，把煤气灯点着了。

"嗨！"他叫了起来，"你在哭啊？"

她的眼睛里仿佛残留着几滴泪水。

"嘘，"他说，"你不需要这样。"

他拉起她的手，从他善良的个人主义出发，觉得也许是自己的外出使她感到孤单。

"好了，"他接着说，"没关系，我们和着音乐跳一会儿华尔兹吧。"

这个最不合时宜的建议使嘉莉察觉到两人之间的差别，她永远无法从他身上获得安慰。她表达不出反映他的缺点或者清楚地区别他们之间的差别的话，但是她感到了这一点。这是他犯的第一个错误。

一天晚上，那个姑娘在母亲的陪同下迈着轻松的步子出去时，托罗奥赞扬起了她的风度，他的话使嘉莉清楚了女人自以为是时常用的那些流行的小动作的性质与意义。她照着镜子，噘起嘴巴，与此同时，模仿着她所看到的那位铁路会计的女儿的样子，照着托罗奥夸奖过的动作把头稍稍一摆。她开始明白了爱虚荣的美丽女人毫无例外都会做出来的那些小动作的真正目的。总之，她对于风度的知识快速地增长着，她的外貌也随之而变化。她变成了一个十分具有鉴赏力的姑娘。

托罗奥也觉察到了这点。一天早晨，他看到她头上有个新的蝴蝶结，头发也换了新的发型。

"你这样打扮十分好看，嘉德。"他说。

"是吗？"她可爱地回答，她在这一天又尝试了一些别的装扮方法。

她现在脚步比从前轻快多了，这就是模仿那位司库女儿的结果。很难说清那位年轻姑娘到底给她带来了什么影响，这是说不尽的。但正是因为这样，当霍森沃再次来访时，他见到的年轻女人早已蜕变的不再是托罗奥第一次搭讪时的嘉莉。她的衣着和举止的缺点都已成为历史。她漂亮，优雅，由于不太自信而非常谦卑。一双大眼睛里还流露着孩子般的天真，让这位在男性中道貌岸然、装模作样的家伙大为倾倒，这就是所说的"英雄难过美人关"吧。要是他身上对青春魅力的灿烂和天真还保留一点鉴赏力的话，那现在它已经复燃了起来。他望着她漂亮的脸庞，感到青春的奇妙光辉正从那里射出来，在那清澈的大眼睛里，他看不到丝毫他纵情声色的天性可以看懂的那种阴险。如果他能看到里面有一点虚荣心的话，他也会把它当作一种令人感兴趣的东西。

"真难以想象，"他坐上马车离去时说，"托罗奥是怎么把她追到手的。"

他一眼就看出，她的思想感情要比托罗奥的高明丰富很多。

马车迅速地向前急驶，两旁的煤气灯急速地向后退。现在他的眼前都是嘉莉的脸庞，他在默默地思索着青春之美的乐趣。

"我想托罗奥是不会介意我送她一束花的。"他在心里盘算着。

霍森沃沉迷于嘉莉了，他对这一点没有任何的掩饰。他也根本不为托罗奥的先行一步或独特的个性感到忐忑不安，他只是让这个想法不断加强。他不知道，也难以想象出，那将会是什么后果。

几天以后，托罗奥到奥马哈出了一趟短差，回来的时候在芝加哥遇到一位以前相识的穿着华贵衣服的女士，是他众多老相好中的一个。他本来想赶快回去给嘉莉一个惊喜，但现在他对这个女人的兴致令他改变了原本的打算。

"我们一起去吃晚饭吧。"他说，从来没有想过可能会遇上的麻烦。

"当然好啦！"他的伴侣说。

他们一起进了一家比较富丽的饭店，想随意聊聊。他们相遇时还不到下午五点，两个小时很快就过去了，吃晚饭时已经是七点半了。

托罗奥刚刚结束一段故事，笑容满面，忽然看到了霍森沃的眼光。霍森沃恰好和几位朋友一起进来，当他意识到和托罗奥在一起的女人不是嘉莉时，他便得出了一个结论。

"啊，这个浑蛋，"他想，接着又带着一丝打抱不平的同情，"真是太委屈那个小姑娘了。"

托罗奥对霍森沃的目光完全不在乎，他并不感觉有什么不好的地方，但他看到霍森沃脸上假装没有看到这个场面的神情时，他的表情中有些东西使他幡然觉醒过来，他记起了嘉莉，记起了他们上一次的会面。天哪！他不得不向霍森沃解释一下。但作为一个老朋友见上半个小时面并没有什么值得大惊小怪的。

他第一次觉得不安。他难以解释道德上复杂的问题。霍森沃会笑他用情不一，他会和霍森沃一起大笑。虽然嘉莉和眼前的这位伴侣都不清楚，他还是不禁感到情况糟透了——这里多少有些误解，可是他没有错。他突然失去了兴趣，匆忙吃完饭就把他的伴侣送上了街车，接着他回家去了。

"这些后来的艳遇他从未告诉过我，"霍森沃在心中考虑着，"他觉得我以为他对那姑娘十分关心。"

"他不应该会认为我又在寻花问柳，他可是好朋友。"托罗奥想。

"我那天看到你了。"托罗奥又一次走进亮堂堂的酒店的时候，霍森沃温和地说。托罗奥十分喜欢这家酒店，霍森沃用手对着他指指点点，就如同父母对待孩子一样。

"那是我出火车站的时候碰到的一个老熟人，"托罗奥解释说，"她以前是十分漂亮的。"

"现在也是非常漂亮！"霍森沃调侃地回答。

"哦，不，"托罗奥说，"这次只是没办法。"

"这次回来待多长的时间？"霍森沃问。

"只有几天。"

"你一定要把那姑娘带来和我一起吃顿饭，"他说，"你不能总让她一个人待在家里。我会去订一个包厢看乔·杰斐逊的表演。"

"我可没有关着她，"托罗奥回答，"我们一定会来。"

这使霍森沃十分高兴。他并不觉得托罗奥对嘉莉有什么感情。他嫉妒他，他用情敌的眼光看着他，他开始从智慧与风度的方面来评价托罗奥。他开始思考着找出他的缺点，无可争议的是，无论他认为托罗奥是一个怎样的好人，他多少有点看不起他在爱情方面的行为。他根本是可以骗他的。是的，如果他让嘉莉见到星期四那样的小事，所有的事情就会迎刃而解。他还在谈笑风生，心中却在计划着这些，几乎要高兴得发狂。托罗奥却什么也没有意识到，他对霍森沃这样的人根本没有分析能力，他在那里站着，微笑着接受了邀请，却不明白他朋友心里真实的想法。

而我们的女主人公却对这些根本没有感觉。她正为调整她的思维和感情忙碌着，以便适应更新的环境，她还没有为任何一个人觉得烦恼，或是痛苦。

那天晚上，托罗奥看着她在镜子前换衣服。

"嘉德，"他拉住她说，"我认为你开始爱出风头了。"

"没有。"她笑着反驳。

"哦，你漂亮极了，"他接着说，伸出手去抱住她，"穿那件海军蓝的衣服吧，我带你去看戏。"

"哦，可是我已经和亨奥太太约好了，今晚要陪她去看展览。"她不好意思地回答。

"是吗，"他说，一面随意地看着风景，"如果是我就不会去。"

"嗯，我也不清楚。"嘉莉回答，虽然徘徊却并不打算因此就毁约。

就在此时，有人敲门，女仆送进来一封信。

"他说他会等着回信。"她解释说。

"是霍森沃寄来的。"托罗奥看到了信上的笔迹。

"邀请你们俩今晚跟我一起去看乔·杰斐逊的表演，"信中说道，"我们那天约好的，该我请你们，别的应酬都不要接受。"

"你看怎样是好？"托罗奥一副天真的样子问，这时嘉莉心中只想答应。

"你决定吧，托罗奥。"她含蓄地说。

"我想还是取消楼上的约会比较好。"托罗奥说。

"哦，我能取消。"嘉莉快速地回答。

托罗奥拿着信笺回信，嘉莉在换衣服时完全没想过为什么她会对这个邀请有兴趣。

"我是不是把头发梳成昨天那样？"她拿着几件衣服走出来问。

"哦，好。"他高兴地回答。

他没有觉察到什么，这令她松了口气。她并不觉得自己乐意去是因为霍森沃对她有什么吸引力，似乎霍森沃、托罗奥和她三个人在一起，比任何其他的事情都更吸引她。她特别精心地打扮了一下，而后上楼道了声歉，他们就向戏院前进了。

他们刚走进戏院大厅时，霍森沃说："你们看到了吧？今晚我们将最引人注目。"

嘉莉看到他赞许的目光，十分高兴。

"我们走吧。"说着，他带他们穿过休息室进入戏院。

这里简直就是个富丽繁华的地方，这里简直是老话所说的奇装异服的化身。

"你以前看过杰斐逊的表演吗？"在包厢里，他朝嘉莉倾过身来问。

"没有。"她回答。

"他的节目非常有趣。"他继续说，用的是这种人所知道的普通的赞赏的话。他让托罗奥去拿份节目单，然后开始向嘉莉详细地说起他听到的关于杰斐逊的趣事。嘉莉真是说不出的兴奋，戏院的环境、身旁的伴侣，这些使她陶醉了。他们的目光有几次无意中相碰，他的眼睛里流露出一种她以前从未接触过的感情。她当时说不明白那是什么，但是在下一次的目光或手势中，又似乎什么也没有，只有万分平易近人的殷切，掺杂着无动于衷的表情。

托罗奥也加进来说话，但他相比之下显得十分乏味。霍森沃对他们俩都亲切地应酬着，嘉莉这时心里感觉到，这个人十分厉害。她本能地察觉到，他更强大，更高雅，同时又那么亲切。等到第三幕落幕时，她已确定，托罗奥除了拥有一颗善良的心之外，在其他方面有好多缺点。面临如此巨大的对比，她每对比一次，他的地位就下降一级。

"今晚我过得十分愉快。"戏演完他们往外走时，嘉莉说。

"是啊，确实令人愉快。"托罗奥说，他丝毫没有注意到，一场战斗也已经随着戏剧的落幕而结束，他的防御已经减弱了。他如同中国的皇帝，仅仅是坐在那里自我陶醉，却不知自己最好的身份已经被他人偷走了。

"非常感激你们陪我度过了一个愉快的夜晚，"霍森沃说，"晚安。"

他握着嘉莉的纤手，好像可以感觉到一股热流从他们的手上滑过。

"我累坏了。"当托罗奥开口说话时，嘉莉边说边把身子在车上往后面一靠。

"那好，你休息一下吧，我先去抽根烟。"说着，他站起身来，然后愚蠢地走到车子前面的平台上，对这些爱情的游戏听之任之。

第十二章　华厦灯火：使者求爱

霍森沃太太不太了解自己丈夫在道德上的弱点，虽然她完全可以猜出他有这种习性，因为她非常了解他。你永远不能明确地说出女人发怒时会干出什么事情。例如，霍森沃就一点也不明白，在某些情况下他太太会采取何种手段，他还从未看到过她大发雷霆。事实上，她不是那种随便发怒的女人，她对人信心不足，清楚人都会犯错误。她的个性不会让她无缘无故发脾气，她总是会先盘算一番。她的怒火也绝不是一锤定音，她会等待、审查、思索各种细节，添枝加叶，一直到她的力量满足她报复的欲望。到时候，她会当机立断地给她的复仇目标一些伤害，让他吃尽苦头，却不让他知道祸从哪里来。她是个冷淡、自满的女人，心中有诸多想法却从不表现出来，哪怕是眼光里也不会流露出来。

霍森沃对她的这种性情有所感觉，却并没有真正弄懂。他和她和平相处，从中获取一些满足，他一点也不担心她——因为没有理由怕她。她仍然多多少少为他感到骄傲，而她想保持社会地位的渴望又加重了这份自豪，她心里感到高兴的是，丈夫的财产基本上都在她名下，这是霍森沃在把家庭利益看得比金钱重要时采取的一个防御措施，虽然他妻子没有什么理由担心家里会发生什么变故，但她觉得这样做是最好不过的。她由于占着这种优势变得难以驾驭，而霍森沃任何事都小心谨慎，因为他清楚，一旦她不满意，他的一切就岌岌可危了。事情就是这么巧合，霍森沃、嘉莉、托罗奥坐在麦克维克戏院包厢中看戏的那个晚上，小丘詹正和芝加哥一家纺织品批发商行的第三合伙人 H. B. 卡迈克尔的女儿坐在正厅的第六排。霍森沃没有发现他儿子，因为他平时总是尽量坐在后边，这样前排的人是没有办法看清他的。他在每家戏院都乐意这么坐——他不希望让自己太显露，那样没有任何好处。

他从来不走动，除非他认为他的行为有被人误解或者谣传的危险，这时他就会谨慎地打量周围，盘算一下露一点面要付出的代价。他的行动很难令人明白，除了一些他愿意见的人外，别人是见不到他的。这一次，他的儿子看到了他，于是第二天早上吃早餐时他说：

"嘿！老爸，我昨晚看见你了。"

"你也在麦克维克戏院吗？"霍森沃用最自然的口吻说。

"是的。"小丘詹说。

"和谁一起呀？"

"卡迈克尔小姐。"

霍森沃太太向她丈夫投去怀疑的目光，可是从他的神态上看不出他是否常常去那家戏院。

"戏好看吗？"她问。

"很好，"霍森沃回答，"只是还是那出老戏《瑞普·凡·温克尔》。"

"你跟谁一起去的？"他太太装出满不在乎的样子问。

"我的朋友察朗·托罗奥和他太太，他们是到这里来玩的。"

由于他的职位，这样的说法一般不会引起什么麻烦。他太太也认为他的地位要求他参加一些社交活动，有的时候可以不让她参加。只要他确实工作，他的家人是不会注意他另外的时候做什么的。可是，近来有好多次当他太太让他陪她出去娱乐一个晚上时，他都说公事繁忙。就像昨天晚上，他太太昨天早上问他时，他也一样推说公务繁忙。

　　"我记得你说昨晚没空。"她很小心地说。

　　"我是很忙！"他叫了起来，"他们突然到来，打断了我，我也没有办法。我后来一直忙到凌晨两点钟。"

　　谈话虽然结束了，可是里面还是残留下了没有解开的疙瘩，以前他对太太提出的要求还从来没有这样断然拒绝过。这么多年以来，他一直在努力调整着自己对太太的爱，最后却发现她很乏味。如今他的天空出现了新的朝阳。他高兴地把脸彻底转过去，所有让他回头望的呼声都是令人讨厌的。

　　而她却正好相反，她坚决要求他严格履行他们夫妻之间的一切义务，虽然这种关系已没有任何意义。

　　"我们今天下午要进城一趟，"几天之后她说，"我想让你到金斯利饭店来和菲利普斯夫妇见面。他们住在特烈芒饭店，我们要和他们逛逛。"

　　因为发生了星期三的事，他现在不能拒绝，虽然菲利普斯夫妇由于虚荣、无知而显得如此乏味，他也只好勉强地答应了。他离开家的时候，心里非常烦躁。

　　"我不能继续这样下去了，"他想，"我不能因为他们而不去做自己的事。"

　　过了不久，霍森沃太太再次提出了一个同样的要求，不过这一次只是去看戏。

　　"亲爱的，"他回答道，"我实在是太忙了。"

　　"可你却有时间与别人一起去。"她十分生气地说。

　　"完全没那回事，"他回答，"生意上的应酬我无法推辞，事情就是这样。"

　　"好吧，那就算了！"她嚷道，她双唇闭紧，从此以后开始对他产生敌对情绪。

　　另一方面，他对托罗奥那个小女友的兴趣，正在以几乎同样的比例同步增长。这位年轻貌美的姑娘，在环境的压力和新朋友的开导之下，有了巨大的变化。她拥有了争取解放的战士一样的能力，她并没有放弃自己对更美好生活的追求，但是她知识的增长不如欲望的觉醒那么快，不过亨奥太太关于金钱以及地位这些问题上发表的高见，教会了她怎样去识别财富的等级。

　　天气很好的时候，亨奥太太喜欢在午后阳光的照耀下慵懒地坐着马车去兜风，看看她自己住不了的大厦与草坪，自我安慰。那时在北区，顺着今天为人们熟悉的湖滨北大道，建起了很多漂亮的大厦。那时还没有现在那条用石块与花岗石砌的湖堤，但马路铺得十分好，间隔着的草坪看上去十分美丽，一幢幢住宅都是新建的，气势雄伟。在早春晴朗的天气里，亨奥太太租了一辆马车，然后邀嘉莉一起度过了一个愉快的下午，她们首先穿过林肯公园，然后一直朝埃文斯顿走去，四点钟往回赶，大概五点钟到达湖滨大道的北端。这个季节，仍然是昼短夜长。路灯开始射出诱人的光芒，看上去呈水汪汪状，是半透明的。空中有一种温和的气息，正以万种风情诱惑着肉体，也诱惑着心灵，嘉莉在这个美好的一天中收获良多。当她们走在大道上时，一辆马车从旁边经过。停下后，从里面走下一位看上去刚消遣完的绅士来，经过泛着嫩绿的草地，她看到灯光隐隐约约照亮了华丽的居室。她只是有时看到一张椅子，有时看到一张桌子，又或华美的壁角，却已让她羡慕不已，她儿时幻想的豪华景象又跑出来。这些雕刻精美的门廊上，球形的水晶灯照亮大门，门上嵌着色彩斑斓有图案的大块玻璃，嘉莉幻想着住在那里面的人肯定没有什么可担心的，想要什么就有什么，欲望总是得到满足。她完全确定那里就是幸福的所在。如果她能够踏上那宽广的走道，穿过那道在她眼中如同珠宝一样美丽的门廊，摆出优雅的姿态，让奢侈来做主，来发号命令该多好啊，忧伤就会逃遁，心痛就会马上停止。她在那里看呀看，心里既是渴望，又是快乐，又是羡慕，此时此刻，身旁那个不安分的人用诱人的话语一直在她耳边低语。

"若是我们拥有这样一个家，"亨奥太太羡慕地说，"那该多好啊！"

"可人们还说，"嘉莉说，"没有人会一生一世幸福的。"

对于这种酸葡萄的心理，她听的已经够多的了，不愿再听了。

"可我看到，"亨奥太太说，"人们一个个都在全力以赴，要到高楼大厦里去忍受他们所谓的痛苦。"

回到家中，嘉莉感到相比之下这里是多么的狭窄。她并不笨，她早已看出自己的家不过是装修普通的公寓里面的三个小房间。她不是拿它与自己以前相比较，而是拿它跟最近看到的繁华相比较。她的眼睛里还残留着那宫殿般大门的光辉，她的耳朵里还回荡着软垫马车的滚动声，这永远也满足不了欲望的沟壑，托罗奥又算是什么呢？她又算是什么呢？她坐在窗边的摇椅上一前一后来回地摇着，眼睛眺望着灯光照耀下的公园，望着华伦大街和阿什兰大道上那些灯光灿烂的住房，心中又回忆起了这些事，她心情难以平静，除了在摇椅上唱歌外，什么都不愿意做。她不禁地哼起了几句老歌，唱着唱着，心情又低落起来。她憧憬着，她的心情摇摆不定。她感到很难过，但依然在犹豫、在渴望、在幻想。最后，她的整个处境似乎充满了寂寞和凄凉，她忍不住嘴唇发抖。她就这么坐在窗边的阴影里哼着、唱着，让时间溜走，觉得十分愉快，尽管她不知道为什么高兴，也不知道为什么忧伤。当嘉莉处在这种心境中时，公寓的仆人跑过来告诉她，霍森沃先生在会客室里等着要见托罗奥先生和太太。

"我想他也许不知道察朗出门了。"嘉莉想。

整个冬天她很少看到这位经理，但常常有一些事使她想起他——特别是他给她留下的深刻印象。她突然为自己的装扮感到惴惴不安，于是快速借助镜子打扮了一下，觉得满意后才走下楼去了。

霍森沃像往常一样风度翩翩。他真的不知道托罗奥出门去了，当听到这个消息的时候，他略显诧异，然后又马上谈起了一些嘉莉平常感兴趣的话题，他悠然自得地谈论着——实在令人惊讶，他好像所有富有讲话经验的人一样，知道与人怎样互通感情。他知道嘉莉在很有兴趣地听他讲，所以，不费吹灰之力就接连不断地说下去，让她听得出了神。他把椅子向前拉了拉，换了下语气，似乎他讲的全是知心话。他的话题基本上全是他对男人与乐趣的想法，他到过各种各样的地方，见过很多的世面。不知为什么，他弄得嘉莉也渴望见到这种地方与世面，让她在心中一直惦记着他，她一分钟也忘不了他的个性以及他这个人。他会微笑着而后抬起眼睛来强调某一点，而她则会目不转睛地追寻他眼中的魅力。他能够以既随便又大方的风度博得她的赞赏，他似乎散发出一种气息，把她整个人都包围了起来。他的言谈一直富有趣味，连她似乎也变得灵活了。至少，她在他的影响下变得活跃且表现出了全身的优点，她觉得自己跟他在一起要比跟别人在一起更聪明。至少，他似乎在她身上发现了很多值得赞赏的东西。霍森沃身上没有一点恩人的表现，而托罗奥却全身上下都散发这种气息。

不管托罗奥在不在场，他们之间的每一次相见都有一些十分亲密、十分微妙的东西，让嘉莉觉得有些害羞。她不擅长表达自己，从来没有把她的思想变成滔滔不绝的话语。她身上有的仅仅是一种激烈而又深沉的感情，而不会在眼神和情感上流露出什么东西。她和托罗奥之间从未发生过这样的情况。事实上，也永远不会发生，她当时正经受苦难，而托罗奥正好在这关头诠释着热心拯救她的力量，她因此才倾心相随。现在却有一种托罗奥总是不理解的感情暗流在对她游说，霍森沃的眼光就像情人嘴里的话一样甜蜜，甚至更令人疯狂，但是你不会为它做出决定，它也不会有一点回报。

很多人都太注重言语。他们有一种错误的意识，以为语言能产生巨大的效果。而事实上，语言一般来说不过是一切交流中最肤浅的部分。它们只能模糊地代表着隐藏在后面的巨大、汹涌的感情和欲望。只有当语言的聒噪过去以后，才能听到安静的心声。

在此次的交谈中，她听见的是隐藏在语言背后的事物的声音。他对她产生的越来越强烈的欲望，如同一只温柔的手，抚摸在她的心灵上。她没有必要因此而战栗，因为这是肉眼所看不见的，她也没有必要担心别人会说什么，或者她自己会怎么想，因为它是无形抽象的。语言没有办法捕捉，它在强烈地恳求她，说服她，带领她去否定原有的权利，获得新的权利，然而这一切又不是什么言语能够作证的。他们所沉浸的这种交谈，对两个人实际的心理活动来说，是一种慢慢的增添色彩的关系。

"你去看过北区湖滨旁边的那些房子吗？"霍森沃问。

"是的，我今天下午刚刚去了那里，亨奥太太和我一起去的，那些房子实在是好看。"

"真的很好看。"他回答。

"它们实在太美了，"嘉莉又让虚荣心占了上风，不自觉地说，"真希望我也能住到那种地方去。"

"你生活得并不快乐。"霍森沃稍微停顿了一下，慢慢地说。

他认真地抬起头来看着她的眼睛，他觉得自己已经打动了她内心深处的感情。现在有了一个可以表明自己的好机会。他安静地探过身去，继续紧盯着她，他觉得这是极其重要的关键时刻。她想挪动一下身子，却没有任何帮助。这个男人生命中的全部的力量正在此时发生作用，他有充足的理由催促着他发起攻势。他看着，看着，这种情况拖得越久也就会变得越窘迫，这位小女工正在向深渊滑去，她正让自己仅有的一些支柱和理智飘然而去。

"啊，"她最后说，"你不应该那样看着我。"

"我没办法控制。"他回答。

她稍微松了口气，让这种情景继续下去，这样一来倒给他增添了些许的勇气。

"你对生活不满意，是吗？"

"是的。"她无力地回答。

他清楚自己已经掌握了这个局面——他感觉到了，他轻轻抚摸着她的手。

"你不能这样。"她大叫着跳了起来。

"我不是有意的。"他漫不经心地说。

她有逃走的机会，可是她并没有这样做。她也没有中断这场会面，可是他却已心不在焉地任由思绪随处乱窜。过了好一会儿，他站起来准备离开，她知道他已经掌握了主动权。

"你不要不开心，"他温柔地说，"一切都会慢慢好起来的。"

她没有说话，其实也没有什么话可以说。

"我们是好朋友，是不是？"他说着伸出手来。

"是。"她答道。

"好的，不要告诉别人我们见面的事，我下次再来看你。"

他紧紧地握住她的手。

"我不能答应你。"她犹豫地说。

"你应该放开一些。"他说得那么真诚，让她很感动。

"我们别再谈论这些了。"她回答。

"那好吧。"他满脸笑容地说。

他走后，嘉莉把门关上，上楼回到房间。她在镜子前脱掉宽大的花边衣领，接着解下她新近买的一条漂亮的鳄鱼皮腰带。

"我变得更加不像我自己了，"她说，并从心里感到不安与羞愧，"我什么事都没有做对。"

过了一会儿，她在心中又回想了一遍晚上发生的事。

她最后呢喃地说："我要怎么办才好呢？"

霍森沃驱车离去时对自己说："我就知道她会真的喜欢我。"

这位神情振奋的经理，在回办公室去的整整四英里路上一直高兴地吹着口哨，那支旧曲子他已经十五年没有吹起过了，这好像唤醒了他年轻的回忆，实在让他高兴。

第十三章　暗结同心：困惑和迷茫

　　发生了微妙的那一幕过后还没有两天，那位大人物再次拜访了。在分开的这段时间里，他对她的思念一刻都没有停过。她的宽容在某种程度上燃起了他的倾慕之情，他觉得他一定要成功地把她搞到手，而且要迅速，这种不能等待的感觉越发强烈。

　　这位极有心机的人之所以一往情深，当然还说不上是神魂颠倒，也不仅仅是因为单纯的欲望，这或许是由于嘉莉和以前吸引他的女人完全不一样。从最后以婚姻而结束的那次恋爱以后，他从没有过别的恋情，并且，时间和人情世故也已告诉他，当初的选择是多么轻率以及令人后悔。当他想到这一点，他就警告自己，要是他能回到从前，他坚决不会娶这样一个女人。同时，他与普通女性的交往也降低了他对女性的尊敬感。数不清的经历使他有了一种玩世不恭的态度，他所结识的女人全部都属于一种类型：自私、无趣、华而不实。他朋友们的太太个个看上去也都俗不可耐，他自己的太太则已经形成了一种冷漠、庸俗的个性，一想起来就令人心生厌恶。他清楚在他熟悉的下层社会中有着多少流氓，他还结识了许多这类人，这使他硬起心肠来。他对大部分女人存有怀疑，只看她们的美貌和服装，他自己是不会试图去解释圣女这种奇遇的。他会脱下帽子，让那些说话轻浮、心怀不轨的人在他面前沉默不语，就像波维里街①小客栈的爱尔兰守门人，在慈善修女会②面前俯首称臣，心甘情愿地伸出虔诚的手，奉献上慈善捐款，可是他不会去考虑自己要这样做的原因。

　　如他这样的人，在遭遇过一长串没有任何意义，叫人变得冷漠的事情之后，如果遇到一位年轻、涉世不深、天真烂漫的姑娘，要么会因为觉得自己跟她相去甚远而不去接近，要么就会凑上前去，为自己的发现而兴奋异常，高兴异常。这种男人用迂回曲折的手段接近她们，他们不会也不明白该如何去讨好这样的姑娘，除非他们发现这单纯的姑娘已经走入他们的圈套。因此，妙龄女郎如果流浪到城里来做工，一旦落入无业游民或者酒色之徒的手里，就算是在最外边的边缘，这些人也会跟随而来，展示他们骗人的权术。

　　霍森沃受托罗奥的邀请，本来以为去看一个盛装艳服、美貌动人的女人，他进门时还只想着轻松快乐地玩一个晚上，然后不会记得什么人。结果，他看到了一个青春和美貌都打动了他心弦的女人，嘉莉温和的眼睛里完全没有做人情妇的那种沉着狡黠，在她羞涩的神情中根本没有任何高级妓女的矫揉造作。他一眼就明白这是一个失误，某些困难的环境把这个苦难中的姑娘推到他的跟前，引起了他内心翻滚的兴趣，同情心使他伸出了援助之手，但其中并不是没有夹杂任何的私心。他想得到嘉莉，因为他觉得他能够带给她更好的命运，他嫉妒这位推销员拥有她，比他一生中嫉妒任何人都更加强烈。

---

　　① 波维里街，纽约曼哈顿一个低档街区，以下等酒巴、赌场、妓女卖艺出名。
　　② 慈善修女会，爱尔兰修女凯瑟林·麦考利（1787—1841）创办的慈善组织，1843年在美国设立分会。

第十三章　暗结同心：困惑和迷茫

嘉莉自然要比托罗奥强，因为她在精神上要比托罗奥高尚。她刚从小镇的环境中走出来，眼睛里还保留着一片天真无知，那里面既无奸诈，也无贪婪，虽然她身上看得出些许继承了两者的迹象，但这也是很微小的。她心中充满了惊奇和欲望，根本不可能有什么贪婪，她仍然还在充满迷惑地看着这座迷宫般美丽的城市。霍森沃发现了她的青春活力，他迫不及待地想要得到她。她和她的太太多么不同啊！她和那些熟悉城市生活、仿佛同一个模子里刻出来的庸俗女人相差多么的远啊！他如口渴的旅行者走近泉水一样靠近她，他在她面前觉得焕然一新，就像一个人从夏天的烈日下，突然沐浴在初春的凉风里一样。

自从那一幕发生之后，嘉莉独自一人，没有能够商量的人。刚开始难免胡思乱想，得出各种的结论，最后想烦了就干脆不再继续去想它。她心中的想法是：托罗奥对她有恩情，在她最困难最无助的时候救助了她，这些好像就发生在昨天。他在每个方面都对她关怀备至，她承认他长得英俊，有颗慷慨善良的心，甚至只是当他不在眼前时，她就会忘记他的利己主义，可是她并不觉得有什么约束力非要把她和他捆绑在一起，不让她倾慕于别人。事实上，这样的想法根本没有根据，即使连托罗奥也没有这种想法。

事实上，这位英俊的推销员是没办法与任何女性建立长久的关系的，至少和嘉莉是如此。一切女人观察他长久一些，都会发觉他是那种"眼不见，心不思"之人，他没有办法也不能离开他生活的轻浮的上流社会，来到这庄严的情感世界。他没有任何高尚的想法，自以为能获得所有人的喜欢，认为他到哪里都会有人喜欢他，以为一切都会一成不变地永远供他享受。当他见不到某个熟悉的面孔，或者就算发现某处永远向他关闭了大门时，他并不会感到很难过。他还很年轻，还没有受过什么挫折，他这个人就算到死也会在精神上永远保持这么年轻。

嘉莉依附托罗奥的程度，和他这种天性的人让每个人依附他的程度一样。她对他的习惯了解得还不很深，因此根本无法就这个问题形成什么见解。自从他们头一次见面以来，他还没有做过一件让她烦恼的事。要是找出什么缺点的话，那即是指他还没有做出来的事，或者他没有能力做的事情。

至于霍森沃，他满脑子都是和嘉莉有关的想法与感情。他对她没有具体的安排，可是他决心要让她承认对他有感情，他觉得他已经从她的神情中看出了爱情初绽的光芒。他要站在她身旁，让她伸手给他；他要知道她下一步的计划，她对他感情的下一个表现会是什么。他已经许多年没有体会过如此的焦虑和激情了。他在感情上又变回了一个小伙子，在行动上变成了一个勇武的骑士。

以他这样的职务，晚上找机会出去是很方便的。就他支配自己的时间来说，他还是恪守其职，能得到老板们的信任。他可以自由地离开店里，因为大家都明白他将工作安排得十分圆满；他还可以随自己的喜好想在外待多久就待多久。他的风度、手段和华丽的外表给那店里创造了一种不可缺少的气派，同时，他多年的丰富的经验又使他能十分熟练地看出店里缺少一些什么货物。只要他在场，那些老顾客们就几乎看不出酒吧有何改变，他给这酒店带来了他们所习惯的氛围。这样一来，他按照自己的方便来计划时间，有时下午不来，有时候是晚上不来，可是在十一点到十二点之间肯定会赶回来，关照一下最后一两个小时的生意，料理关门时的小事，这也是他责任的一小部分。

"丘詹，你回家时要确定店里一切都安全，所有员工都已经离开。"哈哥有一次对他这么说。在这些年的任职中，他从来没有忽略过这一点。多年来，他的两个老板下午五点之后再也没到酒店来过，虽然这样，这位经理仍是忠诚地履行这一原则，就好像他们常常要来检察一样。

这个星期五下午，离上次的拜访过去不到两天，他下决心要出去和嘉莉谈谈。他已经迫不及待了。

"埃文思，"他对酒吧领班说，"如果有人找我，就说我四五点钟会回来。"

他急匆匆地走到麦迪逊街，乘上一辆马车，半小时以后就到达了奥格登公寓。嘉莉准备出去散步，穿了一身浅灰色的套装，衣服上身装饰着双排灰色大纽扣。她已经把帽子和手套拿出来了，暂时放在面前的五斗橱上，正当她在脖子上系一条白色的花边领带时，女仆上来说霍森沃先生前来拜访。

嘉莉听到这消息感到有些惊讶，可是她让女仆传话说她马上就下来，然后就加快速度打扮起来。

听说这英俊的经理在等待她，嘉莉自己也说不明白心里究竟是高兴抑或紧张。她觉得有点慌张，脸色绯红，但这主要是因为紧张，而不是由于害怕或者喜爱。她并不试图猜测谈话会朝哪个方向发展，她只是觉得自己需要很小心，霍森沃可能对她有一种说不清的迷恋。她最后整了整领带，就下楼去了。

这位为爱痴狂的经理，因为完全了解自己的来意，精神上也有一点点紧张。他感到他这一次要更好地表现一下，可是现在已经事到临头，听到嘉莉在楼梯上的脚步声传来，他却突然丧失了勇气。他的决心不像刚才那么大了，因为他不明白她的意见是怎么样的。

可是，当她走进房间时，她的外貌又给他注入了勇气。她看上去单纯、妩媚、楚楚动人，足够让任何一位男人胆气豪生。她明显的局促不安，这反而打消了他紧张的念头。

"这两天过得还好吗？"他轻松地说，"今天下午天气很好，我很想出来走走。"

"是啊，"嘉莉说着，在他面前停止了脚步，"我自己也正想出去走走。"

"哦，是吗？"他说，"那么，把你的帽子戴上，我们一起出去好吗？"

他们向西沿华盛顿街走着。这条街有宽敞的碎石子路，一幢幢框架式的大房子在离人行道稍远的地方矗立着，看上去很有特点。这条街上的西区住着许多富有的人家。霍森沃怕被人瞧见，禁不住感到紧张，虽然他安慰自己，在这个时候大部分商人都会在办公室里面，并且，他们的太太和儿女们很少到这儿来，他还是希望自己不要引人注目。

他们不过走了几个街区，就看见一条小街上有出租马车的招牌，这可帮了他大忙：他可以带她坐马车逛逛新的林荫大道。

那条林荫大道在当时和任何一条乡间大道差不多。他想带她看的那一段，在离西区很遥远的地方，那里基本上连一座房子也没有。道格拉斯公园和华盛顿公园（又叫南公园）被这条大道连接了起来，这只是一条铺设得十分整齐的马路，越过一片广阔的平原向正南方延伸大约五英里，接着又跨过同样的草原，向正东延伸一样的距离。沿途大部分地方都没有任何建筑，不管什么谈话都不会被人打扰。

他在车行选了一匹温驯的马和干净的马车，不一小会儿，他们就远远地离开了热闹的街区。

"你会驾驶马车吗？"他过了一会儿问。

"我从来没试过这种事。"嘉莉说。

他把缰绳放在她手里,接着叉起双臂。

"你瞧,这其实特别容易。"他笑着说。

"它是匹温驯的马,当然挺容易啦。"嘉莉说。

"稍微练习一下,你可以和任何人一样驾驭马。"他带着鼓励的口气补充道。

他一直在尝试着把话转到正题上去。他有一两次不开口,希望在沉默中她的心里能受到他的影响,可是她还是继续轻松地谈论着。但是,他的沉默不久就控制了局面,他思想上的活动开始起了作用,他的目光紧紧地盯着什么地方,似乎他在想着什么与她完全不相干的事。但是,他的思想是很容易就被看出来的,她很明白,高潮快要来了。

"你知道吗?"他说,"自从与你认识以后,我度过了几年以来最快乐的晚上。"情况已经变得非常紧张了。

"是吗?"她装作轻松地说,可还是为他语气中所流露的感觉而心存激动。

"那天晚上我原本想对你说的,"他又说,"但不知为何还是放弃了机会。"

嘉莉保持沉默听着,她想不出该如何说才好。虽然上次见到他后,她总是被一些不清楚的情绪所困扰,可此时却又一次强烈地受到他的影响。

"我今天之所以到这里来,"他认真地说,"是想告诉你我的感受,不知你想不想听。"

霍森沃可以算得上是一个浪漫的人。他会产生浓烈的带有诗意的情感,在欲望的驱动下,就像此时一样,他就会变得滔滔不绝,口若悬河。换句话说,他的感情与声音都染上了那种好像是压抑和忧伤的色彩,这正是雄辩口才的精华。

"你知道,"他说,同时把手轻轻地放在她的手臂上,一面斟酌词句,一面维持着紧张的沉默,"我爱你。"嘉莉听到这句话时没有丝毫反应。她已经彻底被这个人的气度震慑了。他需要教堂里一样的宁静来表达他的感情,她于是也就保持着这份安静。她没有把目光从眼前这平坦开阔的景色中移开,霍森沃等待了片刻,又说了一遍相同的话。

"你不该这样。"她无力地说。

这句话缺少自信的成分,她只是心虚地认为需要说点什么才这么说,他完全不在乎她要说什么。

"嘉莉,"他带着恳求的语气叫着她的名字,"我真的很希望你能爱我,你不知道我是多么渴望有个人能给我一点爱,我实在是可怜孤独,我的生活中除了工作之外没有其他乐趣,只不过是为那些与我没有关系的人担心。"

霍森沃说这番话的时候,心中真的感到自己处境很可怜。他具备一种可以客观审视自己的力量,可以在创造他的个人事迹时,发现他想要看到的东西。他在说话时,声音里带着因心情紧张而有的特殊颤动,这在嘉莉心中产生了很深的影响。

"啊,我还以为,"她说,充满同情的眼神转过来看着他,"你是很幸福的,你对这世界了解得那么多。"

"就是这个原因,"他的声音变得轻柔低沉,"就是因为我看到的太多了。"

她听到他讲这番话十分惊讶。她情不自禁地感到她的处境是多么神奇。在短短的时间里,乡村狭隘的生活在她身上找不到什么影子,取代的是异常神秘的城市生活,这是怎么形成的?眼前就是一件最令人费解的事:一个拥有权势的男人正坐在她的旁边，在向她表达爱慕之情。看啊，他生活悠闲、舒适，他不仅有钱而且有势，衣服华丽，可他在向她表达爱意。这对她有着无法想象的影响，她想不出一个公正、合理的缘由，她不再为这件事去费神，她只是沉浸在他感情的温煦中，就像一个冻坏的人得到了渴望的火焰。霍森沃被自己强烈的感情弄得热血沸腾，他的激情早已把他伴侣的各种各样的疑虑像雪一样融化了。

"你觉得，"他说，"我幸福，我不会对你诉苦。要是你每天面对的都是些对你冷漠的人，如果你反复地去一个除了炫耀和冷漠外就没有其他事物的地方，如果你认识的人中无人会对你表现出同情，或者能让你放松开心地与之谈心，那么你同样也会感到不幸福的。"

他的话语字字敲击着她的心弦，她自然清楚他所处的境况，她能明白。她不是遭受过吗？他们不正处于相同的境况吗？一个人也没有，她只能一个人在那里发愣。

"我也会很容易满足的，"霍森沃接着说，"要是有你喜欢我，如果你可以陪在我身旁，我就不会孤独地过日子。在你到来之前，我没有任何事可以做，不过是在消磨时光、逢场作戏罢了，自从遇见你之后，我心里就只有你。"

嘉莉的心里又产生了似曾相识的幻觉，有人渴望她的帮助。她是真心实意同情这个伤心、孤单、痛苦的人。想想看，由于没有她导致他所拥有的都没有任何意义，他在她自己也孤独寂寞的时候居然对她提出这样的请求，这真是太糟糕了。

"我这个人其实不坏，"他腼腆地说，似乎他必须要在这一点上向她解释，"你也许会觉得我游手好闲，所有事都干，但这些是不难改掉的。我需要你拉我一把，这样我的生活才会更有意义。"

嘉莉温柔地望着他，希望这种温柔表现能够战胜罪恶。如他这样的一个人还需要她去做什么呢？他即使有缺点，那也是不值一提的。不过是些纨绔人物之间的不痛快，而人们对于这种微不足道的缺点，又是怎样的大度呀！

她之所以感动是他对她讲他的孤单。

"真的像你讲的那样吗？"她沉思着。

他伸出一只手臂把她的腰揽住，她无法下决心来挣脱，他又用空着的那只手把她的手指紧握住。一阵温和的春风为他们增添了些许氛围，马轻松地朝前走着。

"对我说，"他充满温情地说，"说你爱我。"

她装腔作势地低下眼睛。

"亲爱的，告诉我，"他饱含深情地说，"你爱我，是吗？"

尽管她没有回答，但是他觉得自己已经取胜了。

"告诉我，"他温柔地说，紧紧地抱住她，两个人的嘴唇几乎贴住。他充满感情地握着她的手，而后松开去抚摸她的脸颊。

"你爱我。"他说着，把嘴唇靠近她。

她用嘴唇做了回应。

"现在，"他高兴地说，漂亮的眼睛里充满柔情，"你是我的了。"

她轻轻把头靠在他的肩膀上，用这个行动作为进一步的回答。

第十四章　视而不见：一方影响下降

那个晚上，当嘉莉在家门口下车的时候，感到整个身心都处于异常兴奋中。她陶醉在新情感的喜悦中，并急切地盼望着下次约会的到来。他们约定好要她进城去见他，虽然他们并不认为需要特别保密，可是话说回来，他们如此约定却也正是为了这个原因。

亨奥太太正好从楼上的窗口望着她走进了家门。

"唉，"她心中想，"她的丈夫最好还是对她小心点，她怎么可以趁他不在和别的男人出去呢！"

其实，并不只有亨奥太太一个人对这事有感触。为霍森沃开门的女仆也有她的想法，她不喜欢嘉莉，觉得她冷漠，同样不能让人可怜。与此同时，她非常喜欢那善良开朗的托罗奥，由于他不时地会对她说上一两句有趣的话语，偶尔还对她表示出他对所有女性都有的那种可爱的态度。霍森沃则恰恰跟他相反，态度较为含蓄，比较不好接近，他并不像托罗奥那样用亲切的态度来对待这个穿着紧身胸衣的女用人。所以，他拜访几次之后，女仆对他没什么好感。她感到惊讶，他为什么来得这么频繁？托罗奥太太怎么可能在先生不在家时和他出去这么长时间。她在厨房里对厨子透露了她的想法，结果，就像所有流言传播的方式一样，一连串闲话就在整个公寓里悄悄传开去了。嘉莉正处在极度高昂的精神状态中。既然她已经向霍森沃表明了她的感情，她就不必再为对他的态度感到惴惴不安。她暂时不去考虑托罗奥，头脑里只想他对她的脉脉柔情。整个晚上，她什么也做不了，只是回忆着那天下午的详细经过，结果总是回想到那温馨的高潮，正是她用行动向他表明自己充满同情的那个时刻。这是她头一次激发起全部的同情心，这些同情心为她的性格添加上了新的亮点，她原来就有些潜在的主动能力，现在已经发挥出来了。她越加现实地思考自己的处境，开始找到隐隐约约的出路，霍森沃就是帮她出人头地的那股力量。她的感情绝对是合情合理的，最近发生的这些事给她带来了一些希望，能够使她摆脱现在的生活。她不明白霍森沃下一步会怎样做，她只是把他的爱当作一件美好的东西，从中能够取得更好、更丰盛的果实。

然而霍森沃此时仅仅有不负责任的寻欢作乐的想法。他不认为他所做的事会给他的生活带来怎样的后果。他地位稳固，他的家庭生活，即使不是令人满足，至少也是没有波折的，他的个人自由是不怎样受束缚的，嘉莉的爱情仅仅是他生活中的娱乐，对他的事业不会产生任何影响。

一个星期天的晚上，嘉莉和他在东亚当街的一个地方进餐，接着，他们坐马车去了一家当时很舒适的夜间娱乐场所，就在靠近三十九街的别墅丛林街上。在他倾诉衷肠的时候，他马上感觉到，嘉莉把他们的爱情看得比他预想的更重。她真心地与他保持一段距离，只接纳与没有经验的情人才相称的那些热情温柔的表示。霍森沃看出很难将她搞到手，因此不敢轻易动作。他用一种更像是年轻人的交流而不是诱惑的方式向她求爱。

因为他过去假装相信她已经结过婚，他现在知道自己只能继续装到底。他不清楚自己离胜利还有多远。

当他们的马车快到奥格登公寓时，他问：

"我们何时再见面？"

"我不知道。"她回答，心里思索着。

"我们可以去逛逛'大商场'，"他建议说，"下星期二吧。"

她觉得不行。

"我们见的太频繁了。"她回答。

"我倒是有个想法，"他补充说，"我写信给你，通过西区邮局转交，星期二你去那里取好吧？"

嘉莉同意了。

他让马车在公寓不远的地方停下。

"晚安。"他轻轻地说道。

不幸的是，事情没有像他所预料的那样发展，托罗奥回来了。就在第二天下午，霍森沃正坐在他那很有气势的小办公室里面，却看见托罗奥走了进来。

"嗨，察朗，你好！"他温和地喊道，"回来了啊！"

"是啊。"托罗奥微笑着走进来，朝办公室里看着。

霍森沃站起来。

"我说，"他把推销员上下仔细打量一番说，"你总是那么神采奕奕。"

他们开始谈论起一些熟人，还有近来发生的事情。

"回过家了吧？"霍森沃最后问。

"还没有，正打算去呢。"托罗奥回答。

"我没忘记那里的那个小姑娘，"霍森沃说，"去拜访了她一次，我想你不愿让她太孤独吧。"

"当然，"托罗奥表示同意，"她最近可好？"

"很好，"霍森沃说，"只是很挂念你，她一定很高兴现在看见你。"

"我马上回去。"托罗奥笑着说。

"我想邀请你们周三过去看戏。"霍森沃分手时说。

"谢谢你，朋友，"他的朋友说，"我得先问问那姑娘的打算，然后才能告诉你。"

他们很友好地分手。

"他真是一个好人。"托罗奥拐弯后朝麦迪逊街走去的时候心中这么想。

"托罗奥确实是个好人，"霍森沃回办公室时心中想，"可嘉莉配他真是太可惜了。"

一想到嘉莉，他的心情就十分快乐，他在想如何才能打败那无知善良的推销员。

托罗奥一看见嘉莉，就像以前一样把她拥抱起来，可是她对他的亲吻用一点拒绝应付过去了。

"唔，"他说，"这一趟跑得特别好。"

"哦？"她回答，"你跟我说过拉克劳斯①的那个人，跟他生意做得如何？"

"哦，十分成功，把一整批卖给了他，还有一个代表伯恩斯坦公司的人在那

---

① 拉克劳斯，位于威斯康星州西部，濒临密西西比河的一个农贸的港口城市。

里——一个勾鼻子犹太佬,可是他没有得手,我把他弄得鬼都不信任他。"

他一边准备洗脸换衣服,一边唠唠叨叨地讲述着旅途的事,嘉莉听着他绘声绘色的描述,不禁感到非常有意思。

"听我说,"他说,"我让公司里的人都大吃一惊,我仅上个季度推销出去的货物就比公司里其他的推销员都多,只是在拉克劳斯,我就卖出去了价值三千块钱的货物。"

他把脸伸进脸盆中的水里,小心地吹着气,用手搓着脖子和耳朵。嘉莉凝望着他,过去的事和对眼前的审视在她心头交织,他在擦脸的时候又继续往下说下去。

"6月份我要向他们提议增加工资。他们必须得付,因为我给他们做了这么多生意。你看着吧,我也会成功的。"

"我希望你成功。"嘉莉说。

"要是到时我的那块小房地产交易成功的话,我们就可以结婚了。"他表现出极大的热忱说。

"我以为你从来没有想过要娶我。"嘉莉哀怨地说,霍森沃近来的表白使她有勇气如此说。

"哦,我当然想,你怎么会有这样的看法?"

他停下了在镜前的梳理,向她走去,她第一次觉得她似乎应该离开。

"这句话你说过好些次了。"她说,抬起她美丽的脸蛋望着他。

"我是真心的,但是我要过上我理想的生活,那就要很多钱。等我这次增加了薪水,我几乎就可以把事情都处理得很好,那时候我们就结婚。现在,请安心好吗?"

他拍拍她的肩膀要她放心,但嘉莉却感到她的希望是那样的遥远。她十分清楚,这个喜欢玩乐的家伙并不打算和她结婚。他只是随便说说,因为他更喜欢目前这种自由自在的生活,而不愿意被任何法律约束。

跟他形成鲜明对照的是,霍森沃就表现得比较坚强、真诚,她强烈地感觉到霍森沃在任何方面都更胜一等。他不是随便地就把她打发掉,他同情她,让她发现了自己真正的价值,他离不开她,而托罗奥却对她丝毫不在乎。

"啊,不,"她带着几分哀怨说,语气里更多的是她的无奈,"你永远不会。"

"那么,你看着吧,"他最后说,"我一定会娶你。"

嘉莉看着他,觉得自己有理。她正在考虑能让她心安理得的理由,那就是他漫不经心地、轻浮地不理会她对他提出的合理的要求。他以前发过誓会和她结婚,可是最后却总是这样打发她。

"喂,"他说,自以为已经轻松地把结婚问题解决了,"我今天碰到了霍森沃,他邀请我们和他一起去看戏。"

嘉莉听到那名字吓了一跳,但马上就回过神来,没引起托罗奥的怀疑。

"什么时候?"她装出满不在乎的样子问。

"星期三,去吗?"

"如果你想去,我们就去吧。"她回答,态度有点勉强,几乎要引起别人的怀疑。托罗奥注意到了她的语气,可是他以为这也许是由于刚才的话题而产生的情绪。

"他说,他来过一次。"

"是的,"嘉莉说,"他星期天晚上来过。"

"是吗?"托罗奥说,"听他的语气,我还以为他是大概一个星期前来过呢。"

"他是来过。"嘉莉回答,她一点也不知道她的两位情人都谈了什么,她手忙脚乱,担心她的回答会引起某些不必要的麻烦。

"哦,那他来过两次。"托罗奥说,脸上第一次流露出疑惑的神情。

"是的。"嘉莉天真地说,现在她察觉到霍森沃肯定说仅仅来过一次。

托罗奥觉得肯定是自己误会了朋友的话,他压根儿没有特别重视这件事。

"他来干什么?"他问道,显出些略微的好奇。

"他说只是怕我孤单,所以过来看一看,你已经许久没有到他那里去了,他不知道你怎么样了。"

"丘詹太好了,"托罗奥说,得知这位经理如此关心他而感到很骄傲,"好了,我们去吃饭吧。"

霍森沃明白托罗奥已经回来,便马上给嘉莉写了一封信,其中一封信是如此写的:

"我亲爱的,我对他说过,我在他出门的时候来拜会过你。我没说去了几次,但他可能认为来过一次。把你对他说的话都告诉我。拿到这封信后,让专差送回信给我。亲爱的,我必须要见你。告诉我,星期三下午两点你能否在杰克逊街与斯洛浦街的街角来见我,我想在戏院见面之前先和你谈谈。"

星期二上午,嘉莉去西区邮政分局时拿到了这封信,并马上写了回信。

"我说你拜访了两次,"她写道,"他似乎毫不在意。要是没有什么意外的事,我会想办法去斯洛浦街,我似乎变得越来越坏了,我知道自己这样做是错的。"

当霍森沃如约和她见面时,他消除了她在这一点上的忧虑。

"放心吧,亲爱的,"他说,"等他再次出门,我们就做些计划,我们把事情规划好,那样你就用不着隐瞒什么人了。"

嘉莉认为他很快就会娶她,尽管他没有直接这样说,她还是感到十分兴奋。她要尽自己最大的努力熬过这一阵,等到托罗奥再次去工作。

"别总是看着我,像平常一样就可以了。"说到晚上去看戏时,霍森沃提出忠告。

"那么,你也不要总是盯着我看。"她说,心中回忆起了他眼神的力量。

"我会控制的。"他说,分手时紧握着她的手,用她刚才告诫过他的目光望着她。

"看你。"她微笑地说,用手指指着他。

"戏还没有开始呢。"他回答。

他依依不舍地望着她离去,这样的青春,这样的美貌在他身上唤起的反应要比醇香的美酒更微妙。

在戏院中,一切都如同上一次一样,这对霍森沃是有好处的。如果说他以前就很让嘉莉喜欢的话,那他现在更是如此。他的风度更轻易地表现出来,因为其对象更乐于接纳。嘉莉开心地看着他的言行举止,她快要忘了可怜的托罗奥,而托罗奥正滔滔不绝地说着,好像是他在请客。

霍森沃很聪明,一点儿也没有流露出什么变化。硬要说有什么变化,那便是他对他的老朋友比以前更为关心，完全也不像一个扬扬得意的情人，在他心上人面前悄悄摆弄的那样，让他丢丢面子，他意识到了这场游戏的不公平，不乐意降低身份再给他增加什么精神上的嘲弄。

不过他们看的戏却造成了讽刺的局面，而这都是托罗奥一手造成的。

当他们看到《海誓山盟》中的一幕，戏中的丈夫出了门，他的太太在倾听着情人的醉人的倾诉。

"那是她应该得到的，"托罗奥甚至在后来看到戏中的她为自己的过失忏悔时还说，"那个笨蛋不需要她可怜。"

"嗯，那不一定，"霍森沃亲切地说，"他可能还觉得自己没有错呢。"

"一个男人应该对他太太作出更多的关注。"

他们出了大厅，从门口衣着精美的人群中挤过去。

"喂，先生，"霍森沃的身旁响起了一个声音，"施舍些钱吧。"

霍森沃正饶有兴致地和嘉莉说着话，完全没听到这声音。

"事实上，先生，我没有地方过夜。"

乞求声的主人是一个面容消瘦、二十八岁左右的男人，看上去一副贫穷落魄的样子。托罗奥最先看到他，他心中涌起同情，给了他一角钱，霍森沃没有注意这件事，嘉莉不久也忘记了。

第十五章　恼人的旧纽带：青春的魅力

　　随着霍森沃对嘉莉的爱情渐渐升温，他对自己的家也就完全不顾了，他对家人的所有行为完全是搪塞家人。早晨，他和妻子儿女坐在一块儿享用早饭，心中却陶醉在自己的幻想中，全然超出了他们的兴趣范围。他看报时，儿子和女儿无聊肤浅的话题只增添了他看报的兴趣，他和太太之间也被一条不能逾越的鸿沟隔开。

　　如今，他的生活中又有了嘉莉，他有信心可以重新得到幸福。每晚到市区去他都感到心情舒畅。他开始明白那种失而复得的感觉，那种催促情人脚步的感受。当他看着自己精美的衣服时，他是用她的眼神来看的，她的眼光正如早晨的太阳般冉冉升起，活力四射。

　　当他陶醉在这些感情中却突然听到太太的声音时，当夫妻关系中那些丢弃不了的义务把他从梦幻中召回到颠倒的现实中时，他才发现婚姻关系是捆绑他前进的锁链。

　　"丘詹，"霍森沃太太说，他听到这熟悉的口吻就明白她又要提要求了，"我需要你给我们弄一张看赛马的季票。"

　　"你们每一场都想看吗？"他用怀疑的口气问。

　　"是的。"她回答。

　　他们谈的是马上将在华盛顿公园举行的赛马比赛，对那些自以为不那么虔诚，不那么守旧的人来说，这种赛马被看作是件非常重要的交际活动。霍森沃太太以前从来没有要求买一张整个赛季的票，可是今年出于某些想法，她下定决心预订一个包厢。首先，他们家邻居买了，这家是什么兰姆赛夫妇的邻居，做煤炭生意发了笔财；其次，她所信任的医生比勒大夫是位热衷于赛马和赌马的绅士，他有次和她不经意间谈起过打算送一匹两岁的马去参加大奖赛；第三，由于詹希康越来越性感，越来越动人，她想带詹希康去露露脸，希望她能够嫁给一个有权有势的男人；她自己的动机就是想要在熟人和一般人中露露脸。

　　霍森沃思考了一下这个建议，可是没有回答。他们那时在二楼的起居室里，等着用人叫他们去吃晚饭。也正是在这天晚上，他约了嘉莉和托罗奥去看《海誓山盟》，他为此回家来换衣服。

　　"单张票不行吗？"他问，不想说出会引起争执的话。

　　"不行。"她厌烦地回答。

　　"喂，"他说，很不喜欢她的态度，"不要生气，我不过是问问而已。"

　　"我哪有生气啦，"她快乐地说，"我只是想要一张季票。"

　　"那么我跟你说吧，"他转过身来，盯着她，"这不容易搞到手，我不能确定跑马场的经理会不会给我一张。"

　　他一直在思考自己与赛马场巨头们之间的关系。

　　"那我们可以自己买嘛。"她恼怒地喊了起来。

　　"你说得倒容易，"他说，"那张票要花一百五十块钱呢。"

"我不想跟你吵架，"她坚决地回答，"我要票，就是这样。"

她已经站起来，一脸怒气地走出了房间。

"那你就去买吧。"他拉长着脸说，可是语气舒缓了一点。

那天晚上，餐桌上照常又缺少了一个人。

第二天早晨他恢复了平静，后来又及时给他太太弄到了票，可这并没有缓解矛盾。他不在乎把大部分收入花在家庭开销上，但他不喜欢他们不顾他的反对要这要那的做法。

"妈妈，你知道吗？"某一天，詹希康说，"斯宾塞一家准备去旅游了。"

"不知道，他们要去哪里？"

"去欧洲，"詹希康说，"昨天我见到乔金，她告诉我的，她为这事四处炫耀。"

"她什么时候到欧洲去？"

"可能是星期一，报纸上又要刊登他们的新闻了。"

"别理那些，"霍森沃太太安慰她说，"过一阵子我们也会去那里的。"

霍森沃把目光在报纸上慢慢移动着，可是他没有说话。

"我们坐船从纽约去利物浦！"詹希康模仿她朋友的口气大声说，"要在法国过整个夏天呢，那自大的东西，似乎去欧洲是什么了不起的大事。"

"如果你这么嫉妒她，那肯定是件了不得的事。"霍森沃插嘴说。

看到女儿表现出来的不愉快，他真的十分恼怒。

"别提他们的事情了，亲爱的。"霍森沃太太说。

"丘詹走了吗？"某一天詹希康问她的母亲，要不是她问起，霍森沃完全不知道这件事。

"他去哪里了？"他抬起头问，家里有谁出门，他还从未不清楚过。

"他去惠顿。"詹希康说，没有发现到父亲略微不高兴。

"去干什么？"他问，心里情不自禁为自己要这样问才知道情况而感到伤心和恼怒。

"参加网球比赛。"詹希康说。

"他从没有和我说过。"霍森沃说，忍不住带了些许不满的情绪。

"我想他可能是忘了。"他太太温柔地解释说，曾经，他在家一直受到某种程度的尊敬，这种尊敬不仅是钦佩，还有敬畏。他一直努力维持他与女儿之间还保留着的一点情感。实际上，这种亲密感也只是在言语之中的表现，只是说话的语气一直维持温和罢了。可是，不管和家人的这种亲密感曾经是什么样，虽然这里面没有丝毫真切的感情，现在他觉察到自己正在对他们的行为失去了解。他的了解已不是那么深入，他没有办法每天在饭桌上看到他们，他有时能得知他们的去向，但更多的时候是毫无办法，有时候，他发现自己完全不知道他们所谈的事，或者在他出去的时候已经做完的事。让他更伤心的是，他感到有许多琐事都在发生而他却不清楚。詹希康已经开始认为她的事情用不着别人管。小丘詹四处参加活动，好像已全然长大成人，应该有自己的事情。霍森沃能感受得到所有这些变化，心里有些感伤，由于他一直是受到尊敬的，最小程度是作为家长的地位，心里觉得他的威信不应该就此减少。让他最悲伤的是，他太太也变得同样的冷淡、目空一切，可他却没有办法地眼睁睁地看着，承受着家庭全部开支。

不过，他又安慰自己，他自己毕竟也不是没人爱，仍然有人喜欢他。家中的所有事情只好由着他们来了，反正他在家庭之外还有嘉莉呢！他心里回想着她在奥格登公寓那惬意的房间，他曾经在那里挥霍了几个那么快乐的晚上。想着要是她能完全离开托罗奥，天天都在安乐窝里等待他，那会是多么美好啊！他希望不会有什么变故使得托罗奥把他已婚的背景告诉嘉莉。一切进展得都这么顺利，他相信不会再发生意外。他不久就要去说服嘉莉，那么一切就会像计划一样顺利进行。

从他们看完戏后的第二天起，他就开始有规律地写信给她，每天早上一封，并希望她也努力为他这么做，这些信他都经西区邮局转交，嘉莉自己去取。他这个人没有多少文墨，可处世的经验和他渐渐增加的感情，使他写的信饱含深情。他就在办公室写字桌旁思索着每一个字每一句话，练着这种文笔。他买了一盒精致的香信笺，锁在一只抽屉里。他的朋友们现在都对他处在经理的地位还在做书写工作、一副办公事的态度觉得十分不解。五个酒吧招待带着尊敬的态度看待他的工作，以为经理需要一个人做许多的案头书写工作。

霍森沃对自己行云流水般的文字也深感意外。按照主宰一切人类活动的自然规律，他所写的一切在他身上起了影响。他开始体会到了他用言语表述的那些奇妙的感情，每当他写出一句话，他的体会就会增加一层。那些他用文字流露出的内心最深处的情感在他身上扎根生长，他觉得嘉莉配得上所有他这样表达的感情。

如果青春和风姿在最旺盛的时候应该从生活中得到认可，那么嘉莉的确是值得让人喜爱的。在她还未变得庸俗前仍能感受到她的娇媚，她那诱人的眼睛里没有任何东西显示她过去的无助、失败的滋味。她曾经饱受过疑虑和渴望，可是除了在看人和说话时有些显而易见的企盼之外，这些在她身上没有残留下一丝一毫的痕迹，她有时表现出一种快要伤心落泪的神情。这种特征让她看起来就像是哀怨的代表，非常动人。

并且，她的举止怯懦，没有一丝泼辣。生活还没有让她学会傲慢无礼，这种傲慢的仪态正是某些女人装腔作势的力量。她不会强求别人的重视，就算现在，她也没有自信心，但她的经历已经使她没有再像原来那样害怕。她并不清楚地知道自己期待的是什么，也不清楚自己追求的是什么。人类活动的万花筒时时刻刻都把新的光泽照到某些事物的上面，这便成了她所渴求的东西——她所要的全部。当万花筒转动的时候，另一样东西又变得美妙绝伦。

她在精神方面也是这样，对她这种天性的人来讲情感丰富是合理的，任何景象都会引起她的愁苦，对懦弱与落魄的人，她会无来由地表示哀伤。她总是为颓废绝望、毫无生机的男人感到忧伤。对于晚上从她窗边匆忙赶过的那些衣衫褴褛的姑娘，她从内心深处同情她们，她们经过的时候，她会站在那里咬着双唇，摇摇她美丽的脑袋，出起神来。她想，她们的生活是如此的悲惨，披着破旧衣服的人，也会让她心里难过一阵。

"可他们却还得那么卖命地工作！"是她仅有的评论。

有时候，她会在街上注意到男人们在工作：拿着镐的爱尔兰人，不得不铲运大堆煤炭的运煤工人，忙着干一些体力劳动的美国人，他们都唤起她的幻想。虽然她现在不用干什么活儿，可却比自己干活儿时更加痛苦。她是通过幻想来观察的，惨白、昏暗的微光，是诗情的精华。看到窗口的脸，她有时会想起自己的老父亲在磨坊干活儿，穿着粘满面粉的工作服；看到鞋匠在往鞋子里打鞋楦，看到地下室的窗子里铁匠正在炼铁；或者看到高处的窗子里木匠脱了外套，袖子卷得高高地在干活儿，这一切都令她回忆起磨坊的景象，使她伤心不已，虽然她很少说出来。她永远同情那些干苦力活儿的下层社会的人，因为她自己才刚刚从那里脱身，很明白其中的不幸。

可霍森沃并不知道，他在和一个情感如此温柔细致的人交往。他也没有意识到，自己正是由于这一点才被吸引的，他从来没有去分析她这种感情的本质。她的眼睛似水柔情，举止胆怯保守，思想善良积极，只要有这些就足够了。他亲近这朵未被玷污的睡莲花，因为他从来不曾领悟过的流水深处吸取了它蜡质般的美貌和芬芳，从他所不知道的软泥和模型中成长了起来。他靠近它，因为它艳丽、清新，它让他心情愉快，也赋予了晨光价值。

她的外貌也有了很大的变化，她那焦虑不安的神情早已成为过去，要是说还剩下一点的话，只不过这一点让人感觉不到痕迹，和完美的风姿一样讨人喜欢。她那精美的高跟鞋穿在脚上既合脚又漂亮，对于花边以及那些能给女人外貌增添魅力的小饰品，她已十分熟悉。她的体型已经完全发育好了，丰满、凹凸有致，令人惊艳。在托罗奥的经验和建议指导下，她已经深谙合理搭配的技巧。她的衣服十分合身，因为她穿着最精美的紧身胸衣，还细致地镶上花边。她的秀发长得比过去还要茂密有光泽，对于种种梳理的方法她了然于心。她天性爱干净，现在既然环境允许，她就把自己收拾得整洁可爱。她牙齿洁白，指甲红润，头发常常往上面梳，露出饱满的前额。她脸颊绯红，长着一双会说话的动人的大眼睛，再加上丰满、优雅的下巴和不仅长而且细的颈项，所有的一切，都让她极为楚楚动人。

有天早上霍森沃给她写信，要她到门罗街的杰斐逊公园与他会面。他认为，就算托罗奥不在家，他去拜访也是很不明智的。

第二天下午一点钟，他就到了那个漂亮的小公园，在一条小路旁的一簇紫丁香的绿叶下，他发现了一条粗糙的长椅。在这个季节，春季的氛围还没完全消逝。旁边几个穿着整洁的孩子正在小水池旁放着小白帆船。在绿塔的阴影中，一位腰上系着警棍、纽扣紧扣的警察正交叉着双臂在偷懒睡觉，一位年纪很大的花匠拿着一把修理树枝的剪刀在草坪上修剪灌木。头顶上是初夏蔚蓝的天空，繁忙的麻雀在欢叫。

霍森沃那天早上离开家的时候像平常一样感到烦恼，不写信的话他就无事可做。他是带着欢快轻松的心情到这地方来的，就像那些脱离了疲倦的人一样。这时他坐在这绿树下的阴凉处，带着一个恋人的梦想到处张望着。他听到马车在附近的街道上慢慢过去，可是那些离得较远，只在他耳朵中隐约响着。在四周微弱的喧闹声中他做着与地位完全没有关系的梦，他又变成了婚前那个没有固定地位的霍森沃。他记起了他以前追求姑娘们时的那种悠闲的心情，他如何跳舞，如何陪她们回家，如何站在她们家门口恋恋不舍。他几乎渴望自己回到过去，在这迷人的景象中，他感到自己似乎摆脱了一切。

两点钟时，嘉莉满脸绯红、全身整洁，迈着轻快的步伐朝他走来。她戴着一顶时尚的水兵帽，上面点缀着一条好看的白点蓝绸带。她的裙子是用华丽的蓝色衣料做的，衬衫跟裙子很搭配，雪白的衣料上蓝色的条纹细得就像发丝。她脚上踩着棕色鞋子，手上戴着手套。

霍森沃高兴地抬起头来肯定地望着她。

"你来了，亲爱的。"他一边热情高涨地说，一边站起身来欢迎她，握住她的手。

"当然了，难道你觉得我不会来吗？"

"我不确定。"他回答。

他看着她，她的前额因为走得急已渗出了汗水。于是他用一条香喷喷的柔软的丝手帕为她擦着因走得急而出的细汗珠。

"好了，"他满怀深情地说，"这下好了。"

他们在一起，四目相对，感到很幸福。等刚见面的兴奋平静一些后，他说：

"察朗下一次什么时候去出差？"

"我不知道，"她回答，"他可能最近都会待在这儿办事。"

霍森沃马上表情严肃起来，陷入了深思。不久，他抬起头来说：

"你怎么不离开他呢？"

他转过头去看那些玩船的小男孩，似乎这个问题只是随口说说。

"那么我们去哪儿呢？"她用同样的口气问，望着旁边的一棵树。

"你想去什么地方？"他问。

他讲这句话的口气中有些东西使她觉察到，似乎她必须表明她不想住在本地。

"我们不能再待在芝加哥。"她回答。

他倒是没有意料到她心中会有这样的想法，并会提出到其他城市生活。

"为什么要走呢？"他轻声问。

"嗯，因为，"她说，"我不愿再住在这儿了。"

他没有完全明白其中的寓意，认为这些话听起来并不重要，还没到必须做决定的时候。

"那我就得辞去我的工作了。"他说。

他说话的语气让人觉得好像这件事情并不需要过多的考虑，嘉莉一边望着眼前的美景，一边思索了一下。

"由于托罗奥在这里，所以我想离开。"她说，心中想起托罗奥。

"这是座不小的城市，亲爱的，"霍森沃回答，"搬到南区就和搬到另一座城市差不多。"

他已经把南区当作了目标。

"不管说什么，"嘉莉说，"只要他还在这里，我就是不想结婚，我不愿意私奔。"

提到结婚，霍森沃大吃一惊。他清楚地感觉到这是她的想法，他感到这不是轻易能应付过去的。他模模糊糊的思想领域中，刹那间亮起了"重婚"这两个刺眼的字，他在考虑着这一切究竟会带来什么样的结果。他看到，除了博得了她的爱慕之外，自己没有获得什么。他这时看着她，觉得她十分美丽，倾国倾城。虽然事情有些不好办，可是如果能得到她的爱，那会是多美好啊！因为她提出反对意见，她在他的心目中变得更具有价值，追求她是值得付出的，这就是全部。她和那些轻易得手的女人多么不同啊！他把那些女人从头脑里全部赶了出去。

"这样说你不清楚他下次什么时候出去？"霍森沃微笑着说。

她摇摇头。

他叹了叹气。

"你是个意志坚强的小姑娘，不是吗？"他过了一会儿说，抬起头来坚决地盯着她的眼睛。

她听到这句话，感到一股柔情扫过她的心里。这是为他对自己所流露出的真情而觉得自豪，是对一个这么了解她的男人的喜爱。

"不，"她羞怯地说，"可是我能怎么做呢？"

他又在胸前抱起双手，目无一物越过草坪看着街上。

"我希望，"他可怜巴巴地说，"你能和我在一起，我受不了这样和你分离着，等待下去没有什么好处。你也不会因为这样就更幸福，是吧？"

"更幸福？"她温柔地问道，"你心里很明白这是不可能的。"

"那我们现在就是，"他以柔和的语气说，"在浪费我们的时间，你认为你不幸福的时候，你以为我就幸福吗？我一天大部分时间都在给你写信。你知道吗，嘉莉？"他大声说，突然加重语气，两眼直盯着她，"我生活里不能离开你，事情就这么简单。现在，"他最后说道，摆出一副非常无奈的样子，朝她摊开一只白皙的手掌，"我该怎么办呢？"

他就这样把责任推卸到她身上，深深地打动了嘉莉。这个不存在的重任，打动了这个完全没有心机的女人的心。

"你能等一等吗？"她温柔地说，"我尽量问出他什么时候出门。"

"那又有什么用呢？"他带着相同的语气说。

"嗯，也许我们可以考虑去什么地方。"

事实上她并不清楚该怎么办，只是由于怜惜的心态而做出退让。

霍森沃并不明白她的想法。他全心全意地想着如何说服她，如何做才能够让她放弃托罗奥，他开始思索，她对他的感情究竟有多深，他在想该问什么问题才可以让她流露心迹。

最后，他打算用一个试探的问题去探寻嘉莉的内心。这种提议既能掩饰自己的意愿，又能试探出对方对我们的意愿有多大的阻力，以便寻找出一条出路。他的提议只是信口开河，并没有经过认真思考，和他的真实打算毫无联系。"我说，"他说，看着嘉莉的脸庞，装出认真的神情，"如果我下个星期，或者这个星期因为此事来找你——比如说今晚，告诉你我要离开了，我已经连一分钟都待不下去了，而且不会再回来了，你会跟我一起走吗？"

他的情人带着最温情的目光望着他，装模作样地在思索，尽管她早已有了答案。

"愿意。"她说。

"你不会为此和我争论，或需要安排安排再走吗？"

"不会，要是你等不及的话。"

看着她严肃认真的表情，他露出了笑容，他想，最好有机会到哪里一起出去玩耍一两周。他原本打算告诉她，他只是随口说说罢了，不过这样一来会赶跑她那可爱的严肃态度，可是刚才这番话的效果使他太愉快了，他也就不说穿了。

"要是我们等不及在这儿结婚呢？"他忽然又想到一点。

"要是我们一到旅行目的地再结婚，那也可以。"

"我也是这么想的。"他说。

"我当然明白。"

他觉得今天是最快乐的一天。他在思考自己到底是如何想到这个主意的，他正在为这个完全没有实现的点子而暗暗高兴。他证明了她真的爱他，他现在心中已完全没有怀疑,他必须要想个办法把她得到手。

"那么,"他玩笑似地说,"某天晚上我就过来把你带走。"说完,他大笑了起来。

"可是,如果你不和我结婚,我是不会和你共同生活在一起的。"嘉莉想了想又加上一句。

"我也不强迫你那么做。"他温柔地握着她的手说。

她现在清楚了这状况,觉得分外幸福。想到了他的态度,她对他的爱更加深刻了。事实上他什么念头也没有,他在想的是,有了如此的爱情,他最终的幸福就不会再有什么障碍。

"我们走走吧。"他心情愉快地说,站起身来打量了一下公园。

"好的。"嘉莉说。

当他们走过一个年轻的爱尔兰人的身旁,引起了他的嫉恨。

"很相配的一对,"他在心里想,"他们肯定非常有钱。"

第十六章　缺心眼的阿拉丁：入世之门

这一次留在芝加哥的时候，托罗奥特别留意了一下他所属的那个秘密社团，参加了在这个期间举行的每月一次的例会，还参加了本地支部的一些活动。他这一次感兴趣的原因，是他在明尼阿波利斯无心听到的一次谈话，那次谈话说明了社团支部身份的价值与代表高级会员资格的内部徽章的深刻影响。

"我告诉你，"他记得说话的人对他的朋友非常神秘地说，"这可是件非常重大的事，你看看哈曾施塔勃，他并不比别人聪明。当然，他是一家很大的商行的代表，可是那还不够，都是因为他在社团中的级别，他在共济会会员里面可是老资格，这可十分有用途，他拥有一枚内部徽章，足够证明一切问题。"

托罗奥听完当时就下定了决心，他得多费心些支部的事了。所以，他回到芝加哥后就时常去支部的办事处走动。

"我说，托罗奥，"哈里·考司尔先生说，他在麋鹿会这个支部身居要职，"你可以帮我们解决一个问题。"

当时正式会议刚开完，大家正积极地进行着交际活动。托罗奥穿梭于众多他认识的人之间，和他们有说有笑。

"你们有什么打算？"他温和地问，并向会中的老大哥露出爽朗的笑容。

"我们正准备一周后演一场戏，不知你是不是认识哪个年轻姑娘，能参演角色——一个不太难演的角色。"

"好的，"托罗奥说，"什么样的角色？"他完全没有想起自己可以去请谁。可是，天生的好心肠促使他答应了下来。

"让我来告诉你我们的安排吧，"考司尔先生接着说，"我们想给支部买一套新的家具，可是目前财务处的钱不够，所以我们便想搞点娱乐活动来募集资金。"

"嗯，"托罗奥插嘴说，"这真是个好主意。"

"我们这儿有些小伙子很有才华，有一个叫哈里·伯贝克，他的反面角色演得很好，麦克·刘易士演悲剧演得也很好。你听他朗诵过《越过山丘》吗？"

"目前还没有听过。"

"那么我告诉你，他朗诵得棒极了。"

"你让我找个女人来担当一个角色，对吗？"托罗奥问，急切地想结束这个话题来讨论点其他的事情，"你们打算演什么戏？"

"《煤气灯下》"考司尔先生说，因为这就是奥古斯丁·戴利演出的名剧，这出戏已从十分受人欢迎的盛大演出降格为业余剧团最愿意演出的剧目，一些困难的细节都被删掉了，剧中人物也被减少到了最低限度。

托罗奥以前看过这场戏。

"这样啊，"他说，"那是出不错的戏，会演好的。你肯定能从中募集到不少钱。"

"我们也觉得能演好的，"考司尔先生回答，"你可不能忘记啊，"他最后说，因为托罗奥已流露出了厌烦的神态,"找个女人来出演劳拉这个角色。"

"好的,等我的好消息吧。"

他正打算着出去,考司尔先生刚说完,他就几乎忘完了。他甚至都没有记得要问一下时间和地点。

一两天之后,托罗奥收到一封信,告诉他第一次排练定在了周五晚上,并请他马上把那位年轻女士的地址转告他们,为了方便把她的台词转给她,这时他才想起自己承诺的事。

"天哪,我能找谁呀?"推销员挠着后脑勺在心里思考,"我可不认得什么懂得业余表演的人。"

他回想了一下他所认识的所有女性的名字,最后决定了一个,主要是由于她住在西区,找起来很方便,然后决定晚上回家时顺便去探视她。可是,当他坐上朝西去的公车的时候,他忘了这件事,直到看到《新闻晚报》上的一则消息才想起自己的失职。这条仅三行字的小消息登在《秘密社团通告》栏中,报道麋鹿会科斯特支部将于十六日在艾弗里会堂上演《煤气灯下》。

"啊!"托罗奥叫了起来,"我居然把这件事忘了。"

"什么事?"嘉莉问。

他们正坐在当作厨房的那件屋子里的小餐桌旁,嘉莉今晚心血来潮,在小桌子上摆满了可口的饭菜。

"啊,我那支部的一个娱乐活动。他们打算演一场戏,让我给他们找个年轻女士来出演一个角色。"

"他们打算演一部什么戏?"

"《煤气灯下》。"

"什么时候?"

"本月十六号。"

"你怎么不去找呢?"嘉莉问。

"我没有认识的人。"他回答。

忽然,他抬起头来。

"嗨,"他说,"你去演那角色怎么样啊?"

"我?"嘉莉说,"我可对演戏一窍不通啊。"

"你怎么知道?"托罗奥想了想说。

嘉莉回答:"我以前从没演过。"

虽然这样,她还是由于他会想到她而感到激动。她眼睛里闪烁光芒,如果说有什么东西能吸引她的话,那就是舞台表演。

托罗奥按照自己的想法,打定了这个念头。

"没有关系,你一定能演好戏里的角色。"

"不,我不行。"嘉莉没有力气地说,她已经被这建议动摇了,心里却又有些害怕。

"你能,你去试试吧!反正他们就差一个人,而且你会觉得非常有趣的。"

"哦,不,不行。"嘉莉严肃地说。

"你不会讨厌它的,我知道你会喜欢的。我看过你在这儿模仿别人跳舞,因此我才想到你,而且,你又很聪明。"

"我可算不上聪明啊。"嘉莉腼腆地说。

"现在我告诉你如何做,你去那里瞧瞧,就会觉得很好玩的,其他人也不怎么样,他们也没有经验,他们才不理解什么叫戏剧表演。"

想到他们的无知,他皱起了眉头。

"把咖啡给我。"他又说。

"我不觉得我能演戏,察朗,"嘉莉撒娇似的说,"你也认为我不会演戏,是吗?"

"你肯定能演,没有关系。我能保证,你会轰动舞台的,你现在愿意去了,我知道你想去,我回家时就想到了,因此我就问了你。"

"你刚才说是哪部戏?"

"《煤气灯下》。"

"他们要我演什么样的角色?"

"喔,一个主角吧——我不清楚。"

"这是部怎样的戏?"

"嗯,"托罗奥说,他对这些事并不很在意,"讲的是一个姑娘被一对流氓夫妇(住在贫民窟里的一男一女)拐走的故事。她手里有钱或其他什么东西,他们想抢走,具体情节我记不清了。"

"你不知道我演的是什么角色吗?"

"是的,事实上,我不知道。"他想了会儿,"噢,我记起来了,劳拉,正是这个角色,你要演劳拉。"

"你想不起来那是一个什么样的角色了?"

"放过我吧,嘉莉,我记不清了,"他回答,"我应该记得的,我看过那么多次。戏里有个姑娘,儿时被人拐走了,或是被人从街上抢走了,或者其他的什么的,我刚才告诉你的那两个老罪犯骗走的正是她。"他停了停,用叉子把一小块馅饼放在嘴边。"她几乎要被人淹死——不,不是这么回事。我告诉你怎么办吧!"他最后差不多绝望地说,"我给你把剧本拿来,我现在是死也想不起来了。"

"哦,我说不上自己行不行,"他讲完后嘉莉说道,她想在舞台上表现的想法正和她的胆怯在斗争着,看谁要占上风,"如果你觉得我能演,我会去试试的。"

"你肯定能演,"托罗奥说,他在鼓励嘉莉的时候,自己也产生了兴趣,"你认为我会回家来,要你干一件我觉得你干不了的事情吗?你能演得很好,这对你很有好处。"

"我什么时候过去?"她想了一下说。

"最先排演是在周五晚上,我今晚把台词拿回来。"

"好的,"嘉莉做出了退让,"如果我演砸了那可不是我的错。"

"你不会,"托罗奥继续给她打气说,"只当你在家里一样就好了,自然一点,你能做好的,我时常想,你也许可以当一个很优秀的演员。"

"你说真的?"嘉莉问。

"当然。"推销员说。

当天晚上当他出发的时候,他没有意料到留在家里的那个小姑娘的心中点燃了怎样的秘密火焰。嘉莉有着很强的可塑性,这种天性发展到极致的境界,便是戏剧的精髓所在。她生性被动,总是像镜子一样反映出活泼的世界,她天生具有模仿人的嗜好，而且模仿力也十分强。虽然没有受过专业培训，她也能在镜子前把戏中各个人物的表情重新排演出来，以此来重现某一个戏剧场面。她喜欢按照落魄女主角常用的语气来调整自己的语音，朗诵最引发她同情的那些忧伤的台词。最近，在欣赏过几出情节跌宕的戏剧后，戏里无辜的少女们活泼的神情深深感染了她，使她不为人知地进行模仿，她还时常躲在自己的家里，认真地揣摩着身体上的小动作、小表情。好多次，托罗奥看到她在照镜子，以为她在孤芳自赏，事实上她只是在思考从别人身上看到的娇媚。听到他轻微的苛责，她错把这看作虚荣，带着稍微做错了事的表情，接受他的呵斥，可实际上，这只是一个艺术天性最开始的萌芽，只是在试着把某些诱惑她的美的形态彻底地展示出来。要知道，这些细小的倾向，还有再现人生理想的表现，正是一切戏剧艺术的基础。

现在，嘉莉听到托罗奥对她戏剧表演能力的认同，全身上下都充满能量。犹如火焰能把松散的金属碎块融化成一个坚固的固体一样，他的话让她觉得从未相信自己有演戏才能的一些踪影，变成了一丝多彩的希望。正像所有人一样，她也具有虚荣心，她认为只要有机会，她也能成功。有好几次，她看着舞台上衣着精美的女演员，幻想着要是她能处在她们的地位，她会是怎样的，她又会感到多么欢乐。诱人的魔力，起伏的情节，华丽的服装，热烈的掌声——这些东西吸引着她，直到她相信她也能演一出戏剧，她也能让人们看到她的能力。如今他告诉她，说她真的能演戏，她在家中偷偷做的那些小动作，竟使他看到了她的潜能。这真是一种令人感动的感觉。

托罗奥走了之后，她坐在窗边的摇椅上不断思考着这件事。像平常一样，幻想使她觉得能力倍增，就好像他在她手里放了五毛钱，她却把它当作一千块钱来使用。她幻想着自己出现在种种悲伤的场景中，用颤抖的声音说话，做出备受煎熬的神情；她幻想着豪华优美的场面，想到自己是众所瞩目的，是一切命运的决定者，就这样愉快地浮想联翩。她在摇椅中一前一后摇摆着，心中想到被抛弃后的沉痛，受骗后的狂怒，失败后的郁郁寡欢。她回忆起了和斯坎伦①一起散步的那位少妇，她又回忆起了她在戏中看到过的全部的美女。她对舞台的一切幻想，现在又在她的心头重温，就好像退潮后的回潮一样，她产生的感情实在超出了这次演出机会的需要。

托罗奥去市中心的时候顺便路过支部，见到考司尔时，他摆出了一副傲慢的姿态。

"让你帮忙找的姑娘在哪里呢？"考司尔问。

"我找到了。"托罗奥说。

"是吗？"考司尔说，为他的办事效率感到惊讶，"太好了，她的地址呢？"他掏出记事本，准备记下来，以便把台词本交给她。

"你打算把台本给她送去吗？"推销员问。

"是的。"

"那给我吧，我明天早上要经过她家。"

"我明白。"托罗奥说。

"你把地址告诉我，有什么通知的话可以送去给她。"

"奥格登公寓二十九号。"

---

① 威廉·斯坎伦（1856—1898），美国喜剧演员。

第十六章　缺心眼的阿拉丁：入世之门

"她的名字叫什么？"

"嘉莉·玛黛蒂。"推销员随便编了一个名字。支部的会员们都知道他没有伴侣。

"这名字听起来像个擅长演出的人，是吗？"考司尔说。

"是啊，的确是。"

他把剧本带回家，带着那种做了好事邀功的神态把它交给了嘉莉。

"给你。"

"就是这个剧本吧？"嘉莉说，便一页页地翻着。

"他说这是最重要的角色，你能演得了吗？"

"没看完前我如何知道呢？你知道吗？我说过我要演，可是却又紧张起来了。"

"哦，没事，你担心什么呢？这些人都不是行家，别人还比不了你呢。"

"好吧，我考虑一下。"嘉莉说，虽然有些疑虑，心里还是为得到这个角色而兴奋。

他换了衣服，焦虑不安地在屋里来回走动，接着，他说出了下面的话。

"他们正打算印节目单，"他说，"我告诉他们你的名字是嘉莉·玛黛蒂——这样可以吗？"

"应该没问题吧。"他的伴侣抬头望着他说，她觉得这事情有一点蹊跷。

"万一你演得不好，你知道——"他接着说。

"哦，是的。"她回答，现在却为他的谨慎感到高兴，托罗奥真是很聪明。

"我没告诉他们你是我妻子，因为万一你演得不好了，你会感到更难过的，他们跟我都很熟，可是你会演成功的。再说，你可能永远不会再见他们。"

"哦，我不在乎。"嘉莉毫不在乎地说，她现在决定去试一试这诱人的玩意儿了。

托罗奥放轻松了，他原来还担心又会陷入到一场关于结婚的这个问题的讨论中去。

嘉莉开始认真地看剧本，她这时才发觉劳拉这个角色饱含困苦和眼泪。正像剧作家戴利先生描述的那样，这个戏符合通俗剧的最神圣的传统，这些传统从他当剧作家起就没有变过。悲戚的人物形象，颤动的音乐，长篇解释性的长长的道白，应有尽有。

"实在太可怜了，"嘉莉一边看着剧本，一边用悲伤的语调读台词，"马丁，在他走之前，千万别忘记了给他一杯酒。"

这个角色的台词并不是很多，使她感到很诧异。她并不知道别人讲话时，她也不得不在舞台上，并且不仅仅要在这里，还要配合各个场面的戏剧动作。

"我想我可以演得出来。"她说。

第二天晚上，托罗奥回到家的时候，嘉莉非常满意自己在这一天的努力。

"哦，怎样，嘉莉？"他问她。

"很好，"她微笑着说，"我想台词几乎都能背下来了。"

"那太好了，"他说，"背一段来给我听听看。"

"啊，我不确定在这里能不能脱口而出。"她腼腆地说。

"嗯，为何不能呢？在家里可要比在那里容易得多了。"

"我可不确定。"她回答。

最后，她总算带着极大的激情演了跳舞厅里的那个片段，愈来愈投入，几乎忘却了托罗奥的存在，深深陶醉进了自己的表演当中。

"好，"托罗奥说，"太好了，真是令人意外！你一定会成功的，嘉德，相信我。"

她极具表演的天赋，还有她那最后昏倒在地的那悲恸欲绝的神情，确实深深感动了他，他跳起来拉她，高兴地把她紧紧地抱在怀里。

"你不害怕会摔伤吗？"他问。

"一点都不怕。"

"嘿，你真是了不起，我倒是从来没意料到你还有这本事。"

"我自己也从来没有发现。"嘉莉高兴地说，脸上闪烁着兴奋的光芒。

"你一定会演得很好的，"托罗奥说，"相信我，你不会失败的。"

第十七章　初窥门径：希望之光

对嘉莉来说，最重要的是这次戏剧演出将在艾弗里会堂如期举行，那里的条件将让这次演出比之前想象的要更加吸引人。我们这位学戏不久的新手，在接到剧本的那天早上就给霍森沃写了信，告诉他她将在一出戏中担任一个角色。

"我当真要表演，"她写道，害怕他会认为这是一个玩笑，"我已经拿到剧本了，不骗你。"

霍森沃看到这里，骄傲地笑了。

"不知道这是发生了什么事情，我得弄个明白。"

他立即回信，赞美她有这方面的才华。"我没有丝毫的怀疑，你会演好的。你明天早晨一定要到公园来见我，把具体情况和我说说。"

嘉莉痛快地答应了，把她所了解的详细情况都告诉他。

"呵，"他说，"真好，我非常高兴听到这件事，你肯定会演好的，你这么的聪明。"

他倒是真的从未见过这个姑娘这般高兴过。她那经常带有一丝忧郁的神情这时一扫而光，她说话时眼睛闪动，脸颊红润，时时刻刻散发着不少这个角色给她带来的欢愉之感。虽然她每时每刻都感到恐惧，但她依然高兴，她压抑不住自己要做这件事的冲动，虽然这在一般人看来是件无足轻重的小事。

霍森沃因为得知这姑娘的多才多艺而十分欣慰。生活中没有什么比看到正当的雄心壮志更振奋人心的事了，虽然这雄心是如此的幼稚。但它给拥有这种雄心的人们带来了希望、力量和美感。

嘉莉现在被这种上帝恩赐的灵感激励着。她轻而易举地就从欣赏她的两个人身上得到了赞美。他们爱慕她，自然而然地会把她要干的事情看得重要一点，也自然而然地对她做过的事大加赞赏。她初来乍到，还保留着丰富的幻想，只要得到机会就会展开幻想的翅膀，把它当作一根神圣的点金棒，可以用来发掘人生的宝藏。

"让我考虑一下，"霍森沃说，"那个支部我应该知道几个人，我本来就是麋鹿会会员。"

"啊，你可不要让他知道是我告诉你的。"

"那是自然的。"这位经理说。

"如果你想去的话，我真的希望你能去。可是我不知道你怎么才能去看演出，除非他邀请你。"

"我会去的，"霍森沃很有把握地说，"我会安排好一切的，不让他发现是你告诉我的，你就放心吧。"

这位经理顿时有了兴致，这对于这次演出来说可是件重要的事，由于他在麋鹿会中的地位是大家都清楚的。他心中早已打算和几个朋友预订一个包厢，然后给嘉莉准备鲜花，他要把它变成一件非凡的事，让这小姑娘一试身手。

过了几天，托罗奥走进了亚当斯街上的酒店，马上被霍森沃看见了。那时是下午五点钟，酒店里满是商人、名流、经理、政客，大部分是大腹便便、红光满面的人物，头戴呢帽，身着浆洗过的衬衫，手上戴着戒指，领带上扣着别针，打扮得光鲜动人。拳击家约翰·L. 沙利文①在那干净的酒吧柜台的一端，被一群打扮得很惹人注目的运动员围着，正在激烈地交谈着。托罗奥踏着神气十足的步子走了过来，脚上一双褐色新皮鞋随着步伐发出嘎吱作响的响声，人们都听得清清楚楚。

"嗨，老兄，"霍森沃说，"我正在想你最近好不好呢，我还以为你又出门去了。"

托罗奥笑了起来。

"如果你再不经常过来，我们可要把你从名单上除名了。"

"没办法，"推销员说，"我一直都很忙。"

他们挤过嘈杂、拥挤的知名人士的人群，朝酒吧走去。这期间这位衣冠楚楚的经理和别人握了三次手。

"我听说你们支部要举行一场演出什么的。"霍森沃漫不经心地说。

"是啊，你怎么知道？"

"没什么，"霍森沃说，"有人给我送了两张票，向我要两块钱，有什么可看的吗？"

"我不清楚，"推销员回答，"他们还让我帮忙找个女人去扮演一个角色。"

"我不打算去，"经理假装说，"票我自然会买的，那边的情况怎么样？"

"很不错，他们想通过这次活动的收入来贴补一下经费。"

"哦，"经理说，"我预祝你们成功，再喝一杯吧。"

他不想再继续说下去了，这样要是他和几个朋友一起来看戏，他可以解释说是被别人硬拉去的。托罗奥却不想有任何误解。

"我想我那姑娘要在里面担任一个角色。"他想了一下接着说。

"别开玩笑了，怎么会有这种好事？"

"嗯，他们人不够，让我帮他们找个人。我告诉了嘉莉，她似乎很想去试一试。"

"那好呀，"经理说，"这倒真是件好事，对她也没有坏处，她曾经演过戏吗？"

"完全没有。"

"哦，不过，那也没任何关系。"

"可是她的确很聪明，"托罗奥说，要打消任何对嘉莉才能的否定，"她立刻就背熟了台词。"

"是吗？"经理说。

"是的，老兄，前天晚上她吓了我一大跳。天哪！我真是大吃一惊。"

"那我们一定要给她送上一些小礼物，"经理说，"我给她买花吧。"

托罗奥为他的热情而笑了。

"看完戏后，你们必须要跟我一起去吃点宵夜什么的。"

"我想她一定会成功的。"托罗奥说。

"我会去看她演的戏，她肯定会演得很好的，我们去捧捧场。"经理脸上的微笑一闪而过，笑里既表现出好心肠，又深藏着精明。

---

① 约翰·L. 沙利文，美国拳击家，1882 年获得全美重量级冠军。

此刻，嘉莉参加了头次排演。排演由考司尔先生主持，他的助理是米利斯先生，这位年轻人过去有过经验，可是谁也无法弄清楚究竟是怎样的经验。可是他却显得那么的严肃，那样一板一眼，差不多到了粗俗的程度——他忘记了这一点，他在指导的这些人只是一些业余演员，不是拿薪水的手下。

"喂，玛黛蒂小姐，"他大声对嘉莉说，她正站在一边思索着下一步该怎么做。"别光站在那儿发呆，脸上要带着表情。要记得，你正为这位陌生人的打扰而心神不安。这样走——"他摆出一副焦躁的模样，从艾弗里会堂舞台的这一边踱到另一边。

嘉莉并没有真正觉察到这个提示，可是面对这奇怪的场面，有那么多陌生人都在，再加上她一心只想着成功，不想失败，便真的胆怯起来了。她按照他自己的说法，模仿着导演的样子缓慢走过去，内心却奇怪地总觉得缺少一点什么东西。

"喂，蒙哥太太，"导演对那位扮演邦莱的少妇开火了，"你坐在这儿，鲍勃戈先生，你要站在这儿，这样。好吧，你的台词是什么？"

"你得解释清楚。"鲍勃戈先生懦弱地说。他扮演的是劳拉的情人——烈，这位公子哥儿一旦知道劳拉竟然是个流浪儿，出身并不那么高贵，便徘徊着不想和她结婚。

"怎么回事？你的台本上是怎样的？"

"你得解释清楚，"鲍勃戈先生又讲了一遍，眼睛看着他的台本。

"没错，但是台本上还说，"导演指出，"你要装出很惊奇的样子，现在再说一遍，看看你能不能装出很惊讶的样子来。"

"你得解释清楚！"鲍勃戈先生愤怒地叫着。

"不，不，你这样可不行。是这么说——'你得解释清楚'！"

"你得解释清楚！"鲍勃戈先生严厉地说，学得好像有点那么回事了。

"这样好一些，往下吧。"

"某一天傍晚，"蒙哥太太接着说，接着就是她的台词，"爸爸与妈妈打算去听歌剧，他们在百老汇大街上行走的时候，仍然有一群孩子围拢上来讨钱——"

"停，"导演说着，飞快地跑了过来，突然地伸出一条胳膊说道："说的时候要包含一些情感。"

蒙哥太太恐怖地望着他，似乎怕他要打人，她流露出厌恶的眼神。

"别忘记了，蒙哥太太，"他补充道，不去看她的眼光，可是态度却温柔了一些，"你在详细地讲一个痛苦的故事，一件使你十分失落的事。这就需要饱含感情，需要有所调节，像这样：'仍然有一群孩子围拢上来讨钱。'"

"好吧。"蒙哥太太没办法地说。

"现在接着演出吧。"

"妈妈把手插进口袋里面准备掏钱，她的手指却接触到了一只冰冷、颤抖的手，这只手居然已经抓住了她的钱包。"

"很好。"导演插嘴说，满足地点着头。

"噢！一个扒手！"下面的台词就是鲍勃戈先生说的，他高声念了出来。

"不，不，鲍勃戈先生，"导演走过去声色俱厉地说，"不是这样的，'噢？一个扒手！'像这样，你明白了吗？"

"你不觉得，"嘉莉觉察到，参加演出的人有没有熟记台词还是个问题，更别说诠释具体的表情变化了。所以,她觉得如果大家读一遍台词,心里可能都有点底,也许要好很多,便轻声建议说,"如果我们能过一次台词,看看大家有没有记住,这样是不是会好一些? 也许我们能找出些毛病。"

"这是个很好的主意,玛黛蒂小姐。"考司尔先生说道,他正坐在舞台的一边,温和地看着,偶尔提出一些自己的看法,可是导演不接受。

"好吧,"导演说,他感到大家对台词是有点不熟悉,"这样做也好。"然后接着摆出一副严肃的模样说:"我们就从这儿开始,全部过一遍,尽力多加些感情进去。"

"没问题。"考司尔先生说。

"这只手,"蒙哥太太接着充满情感地念下去,一边念一边抬头看着鲍勃戈先生,接着又低头看自己的剧本,"我母亲用力地攥着,攥得那么紧,只听见一个微弱的声音叫起痛来。母亲低下头,只看见旁边站着一个衣衫破烂的小女孩。"

"很好。"导演认同地说,他现在已经完全没事干了。

"小偷!"鲍勃戈先生喊道。

"大点声。"导演插嘴道,感觉自己总要说些什么。

"小偷!"鲍勃戈先生大声嚎了一声。

"是的,一个六岁的小偷,好像天使一样。'住手!'我母亲放声喊道,'你想干什么?'"

"'我想偷钱。'那孩子说。"

"'你难道不知道偷东西是坏事吗?'我父亲严厉地问。"

"'不,'那女孩说,'但是饥饿更可怕。'"

"'谁叫你偷的?'我母亲问她。"

"'是她!'孩子一边说一边指着对面门洞里的一个脏兮兮的女人,那个女人马上顺街跑了。'那是个犹太老女人。'女孩子带着哭腔说。"

蒙哥太太这一段念得很单调,导演觉得非常失望,他焦急地来回走了一会儿,然后直直地朝考司尔先生走了过来。

"你认为他们如何?"他问。

"哦,我觉得我们会把他们训练好的。"后者带着挑衅的口气说。

"那可难讲,"导演说,"我觉得那个叫鲍勃戈的家伙演情人一点都不合适。"

"我们就能找到他了,"考司尔先生无奈地说,眼睛往上一翻,"哈里森临时改变的主意,我们到哪儿去找别人呢?"

"我不知道,"导演说,"我怕他永远也演不好。"

就在这时候,鲍勃戈放声喊起来了:"邦莱,你在耍我吗?"

"你瞧瞧,"导演用一只手捂住嘴悄声说,"天哪!对于说话这样慢吞吞的人,你能怎么样?"

"尽自己最大的努力吧!"考司尔先生安慰他说。

他们接着念下去,直到嘉莉扮演的劳拉准备走进房间来向烈解释。烈听邦莱说完了劳拉的身世以后,写了一封信给她,要与她断绝关系,可是这封信他却没能寄出。鲍勃戈继续把烈的台词念完:"我必须要在她回来以前离开。啊,她的脚步声。太晚了!"他正把信往口袋里塞,嘉莉这时用温和的声音说:

"烈。"

"考——考特兰小姐。"鲍勃戈吞吞吐吐地小声说。

嘉莉安静地朝他看了一会儿,完全忘记了身边的人。她开始把握到了自己所饰演的这个人物的感情,她嘴上挂着毫不在乎的笑容,按台本所说的转身走向一扇窗前,似乎他不在场一般。她表现得十分特别,妩媚动人。

"那个女人是谁?"导演诧异地说,凝视着嘉莉和鲍勃戈的那一场小戏。

"玛黛蒂小姐。"考司尔答道。

"她的名字我当然是知道的,"导演说,"可她是做什么的?"

"我不知道,"考司尔说,"她是我们的一个会员找来的。"

"哦,她的上进心比这儿所有人都强很多——她好像很有演戏的天赋。"

"长得也非常漂亮,不是吗?"考司尔立即说。

导演什么也没有说,转身走了。

在第二幕里,在跳舞厅里她在全部人面前,努力地把戏演得最好,这样她获得了导演的信任。导演由于被她吸引,就走过来和她搭讪。

"你以前上过舞台吗?"他殷切地问。

"没有。"嘉莉老实地说。

"你演得可真不错,我还以为你有过这方面的经验呢。"

嘉莉只是对他笑了一下。

他走过去听鲍勃戈无聊地读台词,后者仍然在没什么力气地念几句充满感情的台词。

蒙哥太太觉察到了事情的变化,眼里都是嫉妒,朝嘉莉恶狠狠地瞪了一眼。

"我敢确定她是个职业跑龙套的。"她安慰自己,也因此而歧视她,讨厌她。

一天的排演最后还是结束了,嘉莉感觉自己表现得很好,便带着这种好心情回到家中。导演的话还留在她的耳边,她希望能有机会告诉霍森沃。她想让他知道她演得多么出色,她还打算告诉托罗奥。她好像迫不及待地等待他来问她,可是她又不方便自己先聊起这个话题。然而,推销员今晚在思索着别的事,她的小小经历对他来说并不算十分重要。除了嘉莉主动和她说的一些小事外,他就把这个话题放到了一旁,而嘉莉刚好又不喜欢自我吹捧。他想当然地认为嘉莉会演得特别好,因此他现在不用再担心了。这样一来,嘉莉就没法说下去,心里觉得相当懊恼,她明显地觉察到了他的不热心,所以就急于地想见到霍森沃。这个大人物已然成了她在世上唯一的朋友。第二天早晨托罗奥又有了兴致,但是她的内心已经被伤害了。

她收到了经理一封殷切的来信,说当她打开这封信时,他已经在公园等她了。她到达那里时,他像清晨的阳光一样驱散了她的不愉快。

"哦,我亲爱的,"他问,"你排演得怎么样?"

"还行。"她说,因为托罗奥的原因还感到不愉快。

"不,告诉我你排得怎么样,是不是很有趣?"

嘉莉毫无兴致地讲起了排演时发生的事,可是讲着讲着,情绪便好转了起来。

"嗬!还真的十分有意思,"霍森沃说,"我真替你高兴,我一定要到那里去看看你。下次是什么时候排演?"

"星期二,"嘉莉毫不迟疑地说,"可只有内部人才能去看。"

"我想我肯定进得去。"霍森沃话里有话地说道。

他这番好意使她完全恢复了过来,并且心情非常好,但是她还是让他承诺不去那里。

"现在,你一定要大显身手,让我满意,"他鼓舞她说,"别忘了,我等待着你成功,我们要让这次演出获得满堂彩,现在全都靠你了。"

"我尽力吧。"嘉莉充满期待地说。

"真是我爱的好姑娘,"霍森沃十分爱怜地说,"记住,"他摸了摸她的头说,"一定要尽自己最大的努力喔!"

"我会的。"她回答,努力地向他点点头。

那天早上,整个大地充满了阳光,她愉快地走着,蔚蓝的天空把七彩的光照进了她的心头。啊,为这世上所有努力的孩子们祝福吧——他们在奋斗,充满期待。也祝福那些理解他们、鼓舞他们、赞美他们的好人吧!

第十八章　初登大堂：欢呼与告别

16 日的晚上终于到了，霍森沃的帮助在这次演出的宣传上大显神通。他在自己很多地位显赫的朋友中散布消息，说他们应当去看看这次演出，所以，支部管事考司尔先生的门票卖出了很好的成绩。相当多的日报都时常刊登出一些四行字的公告，说麋鹿会正在筹备一次不错的演出，说所有的事情都已安排妥当，演出从各个方面来看肯定都能获取成功。这些都是他拜托报社的一位朋友帮助安排的，这位朋友是时报的编辑部长——哈里·迈克隆先生。

"喂，哈里，"霍森沃那天晚上突然对他说，那时哈里正站在酒吧里，打算趁着回家前喝上一杯，"我觉得你可以帮朋友一个忙。"

"什么？"迈克隆说，很高兴这位有钱的经理和他说话。

"科斯特支部为集资想搞一次小演出，他们希望在报上刊登一则小消息，你明白我的意思——就登那么一两则消息，宣传一下。"

"好的，"迈克隆爽快地说，"我会帮助你安排好的，丘詹。"

"他们全都是些好人，"经理指出，意思是说会员们尽是商人与有身份的人士，"他们不需要锦上添花的东西，你知道——只要一条简明扼要的告示。"

"我们报纸经常报道这样的事，"迈克隆说，他很乐意效劳，"怎么说也是麋鹿会的事情嘛，你知道，可是我还是亲自为您安排一下。"

这期间，他一直彻底躲在幕后。科斯特支部的人完全不知道，他们一个小小的活动如何进展得如此顺利。哈里·考司尔先生便被看作干这类事的天才。

等到 16 日终于来到的时候，霍森沃的朋友们就好像罗马人听到了元老院议员的号召似的聚集了起来。从他最开始想要帮助嘉莉起，他就确定能担保有一批性情随和、愿意捧场的观众。

那位戏剧界的小学生已经完全掌握了她的角色，自己感觉特别满意，但是想到要在舞台脚灯的光芒下面对着人群，她又不禁为自己的演出感到担心。她打算自我安慰，心中想到别的那些演员也都在为他们自己的命运而颤抖不已，可是她还是没法忽略自己的失误会带来失败这种悲惨的命运。她担心自己会遗忘台词，害怕自己会把握不住自己在戏里做动作时的神态。有的时候她真希望自己根本没有参与这件事，有的时候她又担心自己会害怕得手脚无法动弹，面色发白地站在那里喘气，不知道该说什么，并由此弄垮整台演出。

在演员方面，鲍勃戈先生退出了。这个没用的家伙在导演的责骂下完全被打垮了。蒙哥太太倒是没走，可是心里充满了嫉妒，决心就算是为了出口气，至少也要演得和嘉莉一样好。一个到处客串的职业演员被请来担任这个角色，他尽管是个二流的戏子，却不像那些从来没有在观众面前上过舞台的人们那样，会由于紧张而焦躁不安。虽然有人提醒过他，要他对自己以前在戏剧界的人事往来保持缄默，但他还是十分自信地夸奖自己，似乎只需要通过这些间接的凭证就可以让人相信他的职业演员身份一样。

"这十分简单，"他用念台词的口气对蒙哥太太说，"我才不害怕观众呢！知道吗？最难的地方就是把角色的神态表现到位。"

嘉莉一点都不想看见他，可是她知道自己晚上还必须忍受他那假惺惺的爱情，作为一个优秀演员，她只好容忍他的恶行。

六点钟的时候，她打算起身。演戏的衣服都已准备好，不用她操心。嘉莉早上试了妆，然后又是排演，准备晚上要用的道具，一直忙碌到一点钟，接着又回到家最后看了一次台词，安静等待着夜幕降临。

这一次，支部派了一辆马车过来接她。托罗奥陪同着她一直坐到了会堂门口，接着他就去了附近几家商店，打算买几支上好的雪茄。这位小演员慌张地走进化妆室，开始她盼望已久的化妆，好把她这个普通的姑娘变成劳拉，一个社交界的美女。

煤气灯的闪烁，打开的衣箱（令人想起旅行和排场），胡乱地放着的化妆盒里的东西——胭脂、白粉、珠粉、软木炭、眉笔、黑墨、剪刀、假发、镜子、围罩——总之所有一切叫不上名字的打扮的东西，都有着自己独特的作用。来到这个城市以来，很多东西都影响到了她，可那些总是只能远远地看着。如今这种新的氛围却要现实许多，它完全不像那些华丽的大厦，只会冷漠挥手要她离开，让她远远地看着。这新的气氛友好地包围着她，好像在说："我亲爱的，来我这儿吧。"它没有任何保留地朝她打开着。她早就诧异海报上那些名字是怎样的伟大，报上的长篇消息是这么的奇妙，舞台上的服装是这么华美——还有马车、鲜花、高贵的气氛。如今在她面前的不再仅仅是幻想，而是通向一切理想的一扇打开的大门。她就像一个人偶然走进一条神秘通道一样，到达了这门口，接着，她已走进一座满是钻石珠宝与充满着欢乐的宫殿之中。

她在后台这个斗室里惴惴不安地化妆，侧耳听着外面的嘈杂声，看着考司尔先生一刻不停地奔走，看到蒙哥太太与哈哥兰太太在急切地做准备，看到参加演出的二十名演员都在来来回回，为演出的结果而担心。她忍不住地想，要是时间就在这时候停下，那该多好啊！要是她现在能获得成功，然后有一天能当一个真正的演员，那该是何等的幸福啊！这个想法在她心里埋下了深深的种子，它就如一首老歌一样在她耳边反复吟唱着。

外面的小休息室里却又是另一个模样。即使没有霍森沃的关怀，这小小的会堂也许仍然会坐满观众，因为支部的会员们对支部的福利还是非常关心的。可是霍森沃的话传了出去，这将是一次特大的活动，于是四个包厢都被预订了，诺曼·麦克尼尔·亨奥医生与他太太预订了一个。另一个包厢也被至少拥有二十万的纺织品商C. R. 沃克预订了，一位著名的煤炭商被说服预订了第三个，霍森沃和他的朋友们包了第四个，霍森沃的朋友中包括托罗奥。此时涌进剧场来的人并不是什么有权有势的人，甚至于都不能说是当地的人物。可他们是某一个圈子里的前台人物——那个颇有点资产的阶层及秘密社团中颇有名气的人。这些麋鹿会的绅士们彼此了解对方的底细，他们尊敬彼此，因为他们都凭自己的本事，创了一份小家业。他们都有一小笔钱财，有一个精美的家园，有四轮大马车或两轮小马车，穿着华贵的衣服，并且在商界有个稳固位置。一切能做到这些并又属于他们支部的人，都算得上是个有权势的人。自然，霍森沃在这些人中可以说是佼佼者，由于他比满足于上面条件的人要更厉害一些，由于他精明，显得很稳重，由于他占有一个令人羡慕的充满权势的地位，在与人来往中，能依靠天生的手腕获得别人的信任。他比这个圈子里大多数的人都更让人熟悉，人们接受他是由于他有着极大的影响力和殷实的财力。

今夜他是如鱼得水，他与几个朋友是从烈克托饭店直接坐马车来的。他在休息室里见到了托罗奥，而他刚好又去买了些名贵的雪茄回来。这五个人就开始兴奋地谈论着到场的人物与支部事务的一些情况。

"谁来啦？"霍森沃一边说一边走进剧场，剧场里灯火辉煌，一群麋鹿会的绅士们正在座位后面的空地谈笑风生着。

"嗨，霍森沃先生，你好呀！"第一个认出他的人马上向他打招呼。

"很高兴见到你。"他说，漫不经心地握了一下对方的手。

"看样子很庄严，是吗？"

"是啊，的确是。"这位经理点头赞同地说。

"科斯特支部好像非常受会员们的欢迎。"这位朋友说。

"确实是这样，"这位知道缘由的经理说，"我很欣慰看到这样的情况。"

"喂，丘詹，"另一个体型肥胖的人说，他那庞大的腰围让浆洗过的衬衫前胸露出好大一片，"近来怎样？"

"很好。"经理随意说。

"你怎么来了？你可不是科斯特支部的会员。"

"一时兴起，"经理回答说，"想来见见各位朋友。"

"你太太来了吗？"

"她今晚来不了，身体抱恙。"

"很难过听说此事——希望只是小病。"

"是的，只是感到稍微不舒服而已。"

"我可记得你太太，有一次她与你一起去圣乔——"这位新来的人开始回忆一些旧事，可是又来了一些别的朋友，打断了他们的谈话。

"喂，丘詹，还好吗？"另一个温和的西区政客、支部会员说，"天呀，我真荣幸再见到你，怎么样，一切还算顺利吗？"

"很好，我知道你前阵子被提名为市参议员了。"

"是啊，在那儿，我们很容易就把他们打垮了。"

"那你认为亨尼西现在会采取什么行动？"

"哦，他会继续做他的砖瓦生意。你清楚，他还拥有一家砖瓦厂呢。"

"这我确实是不清楚的，"经理说，"我想，他肯定在为自己的失败感到很不高兴吧。"

"或许吧。"另一位说，狡黠地眨眨眼睛。

他所邀请的和他交情亲密的朋友现在坐着马车一个接着一个地来了。他们都穿着名贵的衣服，流露出骄傲与趾高气扬的神情，用夸张的动作走了进来。

"你们都来了。"霍森沃离开正与之聊天的这些人，转过身去和另一个人说。

"是啊。"这位刚到的人答道，这是位年纪在四十五岁左右的绅士。

"听我说，"霍森沃的肩膀被他转过来，然后轻声地在他耳边说，"如果敢演得不好，我就打破你脑袋。"

"来看看老朋友总得花点钱吧，管他戏是否精彩。"

另一个人问："果真是好戏吗？"经理对此的回答是："我不清楚，我想不是很好吧。"然后他随意地挥起手来，大声呼喊，"为了支部嘛。"

"很多朋友都来了吧?"

"是啊,你去找找沙纳汉吧!他刚刚还在寻找你呢!"

这小剧场里就这样充斥着成功者的嘈杂声、华美衣服的摩擦声、善意的客套话,而这一切全是由于这个人的命令。开幕前半小时,只要你向他看去,就总是能看见他与一大群地位显赫的人在一起,这些人三三两两,他们肥胖臃肿的身躯、肥大的白色衬衫硬胸和闪闪发光的胸针都表明了他们的成功。那些带了夫人来的绅士们和他打招呼或是过去和他握手。座椅发出噼啪的响声,领座员鞠着躬,他随和地望着。他明显是他们中的一盏明灯,他的随和反映着那些向他打招呼的人的勃勃雄心。他得到人们的尊敬,接受他们的奉承,被他们当作重要人物恭维。通过全部的这一切,人们能够看到这个人的价值。这个价值尽管说不怎么高,可也算得上是不容小觑的。

第十九章 仙境一刻：爱的呼声

　　终于要开始了。化妆方面的一切细节都已搞好，观众都坐好了，新雇来的小乐队指挥员用指挥棒在乐谱架的上面重重地敲了几下，轻柔的序曲展开了。霍森沃停止了谈话，和托罗奥以及朋友萨加·莫里森一起走进包厢里。

　　"现在我们看看这小姑娘演得如何。"他对托罗奥说，声音低得让人难以听到。

　　舞台上，六个角色已经陆续进场，开始了最开始的会客室的一场戏。托罗奥和霍森沃立刻就看到嘉莉并不在其中，接着便窃窃私语。蒙哥太太、哈哥兰太太和那位取代了鲍勃戈的演员，正饶有兴致地演着这一场里的主要角色。那位职业演员的名字是巴顿，除了一张厚脸皮以外几乎是一无是处，可在这重要关头，最需要的正是厚脸皮，扮演邦莱的蒙哥太太已经惊呆了，哈哥兰太太紧张得嗓子沙哑，全班人马都手脚僵硬，不过是站在那里背着台词，完全没有表情。观众们忍耐地看着表演，没有流露出一切烦躁之态，没有为令人难堪的演出表示遗憾。

　　霍森沃对此完全不放在心上，他早已相信这没什么精彩的，他所关心的只是戏演得还可以就行了，这样他事后就能有理由向嘉莉表示恭喜。

　　可是在最初的一阵惊慌之后，演员们克服了垮台的担心。他们硬撑着继续往下演着，完全忘却了早前所准备的一切神情，把戏演得沉闷异常，就在这时，嘉莉登场了。

　　霍森沃和托罗奥一眼就看出她也是腿脚发软。她怯懦地走到台前，说：

　　"啊，先生，我们从八点钟起就在找你。"可是她说得毫无感情，声音也低，真令人担心。

　　"她吓傻了。"托罗奥对霍森沃悄声说。

　　经理并没有说话。

　　她下面有一句台词本来应该是很幽默地说道：

　　"那么，这就犹如说我是颗救命丹了。"

　　可是这句话讲得乏味至极，没有任何灵性。托罗奥感到焦躁不安，可霍森沃却没有任何动作。

　　还有一处，劳拉本应该站起来，意识到灾难马上就要临头，十分伤心地说："我真想你没有说出来，邦莱。你应该听过'张冠李戴'这句老话。"

　　这句话说得不带丝毫感情，听起来真是可笑，嘉莉完全没有诠释出来。她好像是在说梦话，看样子，她好像非演砸了不可。她比蒙哥太太更要恐惧，由于蒙哥太太多少有点找到感觉了，至少现在台词念得非常清晰。托罗奥的目光从舞台移到了观众身上，观众在安静地忍受着，当然希望整个局面能有所改善。霍森沃的眼光看着嘉莉不放，好像在暗示她要演得更好一些，他把他的信心朝她那个方向传过去。他为她感到失落。

　　几分钟过去了，已经到她读那个神秘的恶棍寄来的那封决定命运的信的时刻了。之前那位职业演员与一个叫斯诺基的角色之间的一段谈话，让观众稍微来了一点兴致。担任这个角色的是一位身材矮小的美国佬,他在饰演剧中这位以送信谋生的、有点癫疯的独臂军人时,的确让大家高兴了一下。他放开胆子念着台词,尽管缺少几分应当表现出的幽默感,可是也很滑稽。不过他现在离了场,戏又恢复了忧伤的格调,嘉莉却成了其中的关键人物。她竟然还没有回过神儿来。她在自己与那位不请自来的恶棍这场戏中,神志不清地演着,考验着观众的耐心,最后还是下场了,让观众松了一口气。

"她实在太紧张了。"托罗奥说,连自己也意识到他这温和的评论事实上是在撒谎。

"你到后台去鼓励她一下比较好。"

托罗奥为了解围是干什么都心甘情愿的。他基本上是一路挤着才到了边门口,让善良的看门人放了进去。嘉莉正站在舞台的一边,沮丧地等着她下一次上场的提示,身上的活力完全消失了。

"嘿,嘉莉,"他看着她说,"你不要紧张,振作起来,外面那些家伙不算什么。你在担心什么呢?"

"我不知道,"嘉莉说,"我可能扮演不好了。"

虽然如此,但她还是很感谢推销员来看她。看到其他演员一个个紧张的样子,她自己的勇气也没有了。

"得了,"托罗奥说,"打起精神来,不要紧张。现在上场去好好表现一下。你有什么可害怕的!"

在推销员那强烈渲染人的情绪的鼓舞下,嘉莉似乎有点恢复过来了。

"我真的演得那么糟吗?"

"不!你不过是需要加一些激情,只要像你演给我看的那样就行了,像那天晚上那样摆头。拿出精神来!"

嘉莉想起了在家里的感人的演出,她在努力说服自己,她肯定能演好。

"下面是哪一场?"他说,看着她正在埋头练习的剧本。

"噢,就是我与烈的那场戏,他被我拒绝的那一场。"

"现在要演得自然一些,"推销员说,"加油,就这样!要忘却一切地演。"

"下面该到你了,玛黛蒂小姐。"舞台监督焦虑地说。

"哦,天哪!"嘉莉紧张地说。

"你要是担心,那就完蛋了,"托罗奥说,"好了,拿出精神来。我就在这里看着你,我会一直看着的。"

"当真?"嘉莉问。

"真的,现在上场来吧。不用害怕,我相信你。"

舞台监督向她做了个手势。

她走上场去,像刚才一样无力,可是她现在有点回过神儿来了。她感到托罗奥在看着她。

"烈。"她充满柔情地说,说话的神态比刚才在台上时要镇静得多。这正是排演时让导演大为赞美的那场戏。

"她自然多了。"霍森沃心中想道。

虽然她演得不如排演时那么优秀,可比刚才要好。观众至少不再感到难以忍受。由于全体演员的表演都有了很大程度的改进,观众们也就不只注视她一个人了。他们现在演得好看多了，看样子这出戏可以继续下去，至少那些不太难演的部分是这样。

嘉莉高兴又紧张地走下台来。

"嗯，"她看着他，担心地说，"演得好一点了吗？"

"可以说好一点了。就这样，把它演活，你刚刚要比上一场演得强多了。现在上场去，尽你最大的努力，你可以成功的，让他们一饱眼福吧。"

"真的演得比刚才好一些了吗？"她难以相信地问。

"我说了，是好一点。下一场是什么？"

"跳舞厅的一场戏。"

"这一场你一定会演好的。"他说。

"我可没把握。"嘉莉垂头丧气地回答。

"怎么啦，姑娘！"他大声喊叫了起来。"你不是才给我演过吗？你现在上场去好好演，你肯定会觉得有趣的，就如你在家里那样投入去演。如果你能演到那个样子，我敢保证你定会引起轰动的。你现在还有什么可想的？上去演吧。"

推销员总是习惯让自己善良的好心来调配他的言语。他倒是真的觉得嘉莉这一场戏过去演得不错，所以要她在观众面前再演出一遍。他的热情来自于现在的特殊境遇。

到了她快要上场的时候，他已成功地鼓舞了她。他让她感到自己似乎真的演得很好。他和她谈话的一刹那，原本那种令人兴奋的欲望又开始回到了她身上，到她上场时，她已充满了信心。

"我想我肯定能演好。"

"你一定能，现在快上去让人大饱眼福吧！"

舞台上，范·达姆太太正在骄傲地对劳拉进行暗示性地攻击。

嘉莉听着，一下子好像被什么感染了似的，她不清楚那是什么，她感到有点心酸。

"也就是说，"那位扮演烈的职业演员说，"社会对于欺骗的行为都要进行让人恐惧的报复。你们知道西伯利亚的狼群吗？狼群中如果一旦有一只虚弱地倒下去，其他的狼就会把它吃掉。尽管这个比喻不是很文明，可是这社会中真是有着这种狼的本性。劳拉就由于弄虚作假欺骗了这个社会，而这个习惯弄虚作假的社会却痛恨这种欺骗。"

听到她在戏中的名字，嘉莉惊讶地愣住了。她开始感到了处境的辛酸，身上产生了被社会抛弃的幻觉。她安静地站在舞台一边的边上，万千思绪在汹涌。除了她心潮的跌落以外，她似乎什么也听不到。

"来吧，姑娘们！"范·达姆太太严厉地说，"我们都瞧瞧属于自己的东西，这样一个精明的盗贼闯进来，那些东西还能够安全吗？"

"上。"舞台监督在她身边焦急地说，可是她却没有听到。她早已在心灵的支配下，落落大方地走了上去，她坦然地在观众面前露面，美丽而骄傲。在这群社会的豺狼带着轻蔑离她远去时，她按剧情所讲的，变成了一个冷淡、苍白、没有依靠的女人。

霍森沃眨了眨眼睛，似乎受到了感染。她身上散发出来的情感和真诚的波涛，已经汹涌到了剧场最遥远的角落。那可以融化世界的感情，它的魔力正在发挥作用。

观众们的注意力都被吸引住了，原来散漫的感情现在被集中在了一起。

"烈，烈！你怎么不向她走去？"邦莱叫喊着。

几乎所有人的眼睛都盯着嘉莉，她站着，一动不动，高傲又轻蔑。他们都跟随着她。他们都盯着她的淡漠的眼神。

扮演邦莱的蒙哥太太直走到她身旁。

"我们回家去吧。"她不带任何感情地说。

"不，"嘉莉确定地说，她的声音里头一次出现了动人的气质，这是至今没有出现过的，"你留下来，和他在一起！"

她几乎如控诉一般伸手指着她的情人。接着，她用极其朴实和非常感人的悲凉声音说："他受辱的日子不会很长久。"

霍森沃深刻感觉到自己在看一出极其不错的好戏。落幕时观众的雷动般的掌声，再加上知道这是嘉莉在演戏，更令他觉得十分精彩，他现在觉得她美得难以形容。她出乎他的意料之外，可是再一想到她属于他，他感到无比快乐。

"太棒了！"他说，于是跳起身来朝舞台门口走去。

当他走进去看见嘉莉时，她正和托罗奥在一块儿。他对她的感情马上要流露出来，他完全被她表现出来的勇气与气质所驾驭。他热切地希望能用一个恋人的无限温情，不停地赞美她，但是这里毕竟还有托罗奥，这个人的感情也正在很快地恢复。要说有什么不同的话，托罗奥比霍森沃更加陶醉。至少，在行为上，他的感情表现得更为热烈。

"好！好！"托罗奥说，"你演得实在好极了！真是太好了！我就相信你会演好的。啊，你真是美丽极了！"

嘉莉美丽的眼睛里充满着成功的光芒。她激动得心不停地跳，她双唇发烫，脸颊绯红。

"我演得可以吗？"她激动地说。

"可以吗？我想你也许是没有听到那掌声吧？"

现在外面还有隐隐约约的掌声。

"我觉得我似乎感受到了这一切，是的，我感受到了。"

正在此时，霍森沃走了进来，他感觉到了托罗奥身上的变化。他看到推销员站在嘉莉身旁，胸中马上燃起了嫉妒之火。顷刻间，他后悔自己打发他到后台去，同时又恨他是个这么多余的人。他很难使自己以一个普通朋友的身份去为嘉莉祝贺。可是，他还是控制住了自己，掩饰得非常好，他的眼睛里又充满着昔日那微妙的光芒。

"我想，"他看着嘉莉说，"我应该到后台来为你祝贺，你演得真是太棒了，托罗奥太太，实在是太好了！"

嘉莉对这个暗示了然在心，回答说：

"哦，谢谢你。"

"我正在告诉她，"托罗奥说，此刻为她属于他而非常兴奋，"我觉得她演得实在太好了！"

"她确实演得好。"霍森沃热切地说，嘉莉从他投来的目光中感到了言语以外的东西。

嘉莉会心地笑了。

第十九章 仙境一刻：爱的呼声

"要是你在后面的戏里演得一样好，大家就一定会觉得你生来就是个演员。"

嘉莉又微笑了起来。她察觉到了霍森沃特别的处境，因此也特别希望自己能和他单独在一起，可是她没有觉察到托罗奥身上的变化。霍森沃努力控制着自己的感情，又由于一直为托罗奥的在场而嫉妒他，所以弄得说不出话来，只好带着如同浮士德般的风度鞠了一躬，走出去。可是托罗奥没有跟出来，霍森沃走到了外面，咬牙切齿，十分生气。

"浑蛋，"他愤愤地说，"难道他要一直妨碍着我吗？"他回到包厢的时候情绪十分不好。意识到自己尴尬的境况，他沉默着。

下一幕开始时，托罗奥回来了。他非常兴奋，十分想跟人说说悄悄话，可是霍森沃却假装沉醉于戏里。他把眼睛紧紧地固定在舞台上，尽管嘉莉还没上场。台上正上演着她上场前的一小段轻松的场面，可是他根本没在意演的是什么，他在思考着自己的心事，都是些烦恼的事。

剧情的发展并没有改善他的心情。从这时起，嘉莉轻易地成了人们关注的焦点。观众在看了最初那个糟糕的演出以后，大家原本认为没什么东西值得看了，可现在却从一个极端走向了另一个极端，在并无功力的地方竟然看出了功力。这种情绪影响了嘉莉，她卖力地演着她的角色，虽然没有像刚刚的第一幕结束时那样热烈地激起人们的感情。霍森沃和托罗奥两个人都以更热烈的眼神望着她美丽的身姿。她身上居然会拥有这样的能力，他们竟然能在这样有限的环境里欣赏她发挥出来的惊人才华，在这种充满优美的情节和上等人士光辉的环境里看着她流露出来的才华，他们觉得她更娇媚动人。对托罗奥来说，她已不再是最初的那个他认识的嘉莉。他期盼着可以与她一起回家，告诉她他的感想。他焦虑地等待着戏演完，他们就可以单独回家，可是相反，霍森沃却通过她的新魅力，意识到了自己处境的悲惨。他真的想诅咒身边这个男子。天哪！他几乎都不能够尽情地喝彩。这一次，虽然觉得不自然，他还是不得不要装出一副无动于衷的样子来。

在最后一幕里，嘉莉的两个情人被她的魅力弄得神魂颠倒，简直到了登峰造极的地步。

霍森沃看着剧情的发展，心里急切地想知道嘉莉何时出场。剧作家安排剧中的其他人兜风取乐去了，因此现在嘉莉独自出场。霍森沃这是第一次看见她独自一人面对观众，因为在其他戏里总会有几个配角在台上。望着她上台时，他会突然感觉到，她刚才那股热情，在第一幕结束的时候彻底感动他的那股魔力，此时又回来了。戏即将结束，施展才华的机会正在流失，可是她好像越来越投入角色了。

"可怜的邦莱，"她带着自然而悲怆的语调说，"缺少幸福是件多么可悲的事情，可是看到一个人盲目地追求幸福，却和幸福失之交臂，这更是件令人悲伤的事情。"

她现在正忧郁地看着大海，一只手臂无力地靠在闪亮的门柱上。

霍森沃对她也对自己产生了深深的怜惜。他甚至感觉她是在对他诉说。因为种种感情和困惑混杂在一起，他差点要在她的声音与态度中失去自我，正如一段伤感的音乐，似乎永远是那么友好，那么了解心灵一样。悲伤就拥有了这种魔力，它似乎永远只是对一个人诉说。

"但是，她跟他在一起可以得到幸福，"这个小演员继续往下说下去，"她那明朗的性格和动人的笑容，可以使得每个家庭充满生机。"

她缓慢地向观众转过身来，无视他们的存在。她的动作是那样的自然，似乎只有她一个人站在那里，接着她在桌子边坐下来，随便翻翻几本书，浏览了一下。

"我已经不再期望那些我无法得到的东西了。"她最后轻轻地说，就像是在叹息，"在这广阔世界里，除了两个人之外，谁都没有感觉到我的存在，那个马上要成为他妻子的无辜女孩的欢乐也正是我的快乐。"

因为这时有一个叫桃花的角色打断了她的话，霍森沃感到很遗憾。他不耐烦地动了一下身子，渴望她继续讲下去，他沉迷在她那由于眼睛下抹了一点青色而显得惨白的脸庞，沉迷于那穿着珠灰色衣裙、颈项上挂了一串仿珍珠项链的优美身段。嘉莉幽幽地流露出一种疲惫不堪、期待有人保护的神态。由于这场戏演得实在逼真，竟使他好像置身其中，在精神上想要走到她身边，减少她的痛苦，增加她的幸福。

这个叫桃花的小角色在这出言情剧中是一个有趣的人物，她是个街头顽皮的孩子，一直被劳拉照顾着，所以也就到处跟着她跑，透露那些谋害她的阴谋者的秘密，干着其他一些不可能却又有助于剧情发展的事，这类事在言情剧中平常也都是由街头顽童的角色担任的。可豪斯·霍森沃不喜欢这样的打岔，他的眼睛紧紧盯着嘉莉，她的角色在这里不再像前面那样忧伤。这场戏一结束，他便竖起耳朵仔细倾听剧中更扣人心弦的对白。

台上再次只剩下了嘉莉一个人，她心情激动地说：

"我必须回到城里去，即使那里隐藏着危险。我一定要去，要是可能，就悄悄地去，要是不能，就大方地去……"

这时，马蹄声和烈的说话声从外面传来了：

"不，我不骑了，快把它带走吧。"

烈上场了，接下来的一场戏使霍森沃感觉到了爱情的凄惨，就好像他感受到自己那特别而又复杂的生活一样真实，霍森沃与托罗奥都感到了她表演中越来越丰富的感情。

"我原本认为你和邦莱一起走了呢！"她对她的情人说。

"我确实陪她走了一段路，不过仅走了一英里，我就把她扔下了。"

"你没有和邦莱吵架吧？"

"没有——发生了，我是说，我们总是吵。我们之间的天气表总是'多云转阴'。"

"那么，到底是谁的过错呢？"她不露声色地问。

"不是我的错误，"他负气地说，"我清楚我已经尽了最大的努力——我是说我尽了最大的努力——但是她……"

巴顿这句话说得很奇怪，可是嘉莉却以非常高尚的气度做了补充，稍微挽救了一下。

"但是她就要成为你太太了，"她说，把注意力都放在这个蹩脚的演员身上，说话的声音也放温柔了一些，听上去又像从前那样悦耳，"烈，我的朋友，夫妻生活中全部的约束，都是从谈情说爱的话语中得到的，不要让你的恋爱生活由于不和而不快。"

她合起两只小手，祈祷似的贴在胸前。

霍森沃稍微张嘴十分凝神地看着，托罗奥兴奋得难以坐得安稳。

"作为我的太太，不错，"男演员继续往下说着，相比之下，他说得丝毫没有感情，可还没能破坏嘉莉创造并保持的温馨氛围，她好像没有感觉到他的惨样，现在她面前就算是一块木头，她也会演得一样好。她所需要的配角完全在她的幻想中，其他人如何演对她根本没有影响。

"你现在就已经后悔了？"她慢慢地说。

"你离开了我，"他说着迅速抓起她的小手，"我只能听从一个情愿向我卖弄风情的女人摆布，这都是你的错，你知道得很清楚！你为何要遗弃我？"

嘉莉把脸慢慢转过去，好像在默默地压制着内心的情感，接着她又转回身。

"我觉得最大的幸福，就是想到你把所有的爱永远给予一个温和的女人，一个与你门当户对，无论财产还是能力都很般配的女人，你现在向我抱怨什么呀！到底什么缘由让你总是跟你的幸福过不去呢？"

这最后一个问题问得是那么无辜，对观众与这情人似乎都是一个切身的问题。

最后，她的情人大声喊道："请像过去那样对我吧！"

嘉莉带着感人的柔情说："我已经不能再像曾经那样对待你，过去的劳拉已经死了，我只能通过劳拉的灵魂和你说话。"

"随你的便吧！"巴顿愤怒地说。

霍森沃把身子朝前倾过去。观众现在都已被她高贵的风度打动了，看样子这又要有像第一幕的高潮情绪那样动人的一幕。

"不论你所倾心的女人是聪明，抑或是虚荣，"嘉莉说，她的眼睛平静而又悲伤地望着她的情人，他沮丧地坐到了椅子上，"不论她是美若天仙或者相貌平常，不论她是富是穷，她都有一样珍贵的东西可以给你，或者不给你，那就是她的心。"

托罗奥觉得喉咙有点哽咽了。

"她的美貌，她的智慧，她的能力，她全部都可以给你——可是她的爱情不可估价，是多少金钱都买不到的。"

经理悲伤地感到这是对他一个人的倾诉，他感觉好像只有他们两个单独在这里，他几乎忍不住要为他所爱慕的这个绝望、忧伤而又美丽动人的女人悲伤地掉下泪水来。托罗奥也是同样思绪万千，他下定决心要用与过去完全不一样的态度来对待嘉莉。天啊，他发誓要和她结婚，她绝对配得上的！

"作为回报，她的唯一要求是，"嘉莉说，好像没有听到她情人那低声的、意料之中的回答，而是让自己与乐队此刻正在演奏起的悲戚曲调配合得更为和谐，"当你望着她时，你的眼睛里应当静静地诉说着对她的无限深情；当你对她说话时，你的声音应该温柔、友善、充满爱心；不要由于她暂时难以理解你活跃的思想和远大的抱负而看不起她，因为当不幸的命运和邪恶粉碎了你最大的抱负时，只有她的爱会留下来安慰你。你看那些树，"她接着悲伤地说着，霍森沃尽了最大的努力才将自己满腔的感情控制住，"它们是如此结实，如此壮观，但是不要由于花朵只能散发芬芳就无视它们。不要忘记，"她最后温柔地说，"爱情就是一个女人所能给予的全部，"她把全部这两个字念得特别感人，"可是，这也是上帝能让我们带入天堂的唯一的，属于尘世间的东西。"

这两个男人正处于被爱情的烈火烘烤的状态中，他们完全没有听清这一场戏结束时的最终的几句话，他们只看到属于自己的女神，带着无限动人的美丽在舞台上走动，继续展露着他们意料之外的无限魅力。

霍森沃做出了坚定的决定，托罗奥也是这样。他们一起忘我地和大家鼓掌，高呼嘉莉出来谢幕。托罗奥两只手都拍麻木了，接着他又跳起来，跑了出去。就在他出去的瞬间，嘉莉出来谢幕，她看到一只超大的花篮正被人快速地顺着走道朝她送来，她便等在那里。这些鲜花是霍森沃送来的，她望了一会儿经理的包厢，碰到他的目光，然后笑了。他真希望立刻跳出包厢去拥抱她，他早忘记了自己还有妻室，必须行为检点；他全然忘记包厢里还有他的熟人。天哪！他真想现在就把那可爱的姑娘弄到手，哪怕是牺牲一切也不在乎。他知道他得赶快行动。托罗奥的终结日到了，你别忘了这一点：他已经急不可待了，不能让那推销员继续占有她，绝不！

他激动得一刻都不能待在包厢里，他一路思索着走到休息室，然后又走到街上。托罗奥还没有回来，几分钟后，最后一幕演完了，他只想单独和嘉莉在一起。他诅咒着命运，在他急切想向她倾诉爱意，想和她单独聊天的时候，他却满脸微笑，彬彬有礼，装模作样。看到自己的渴望是如此难于登天，他痛苦地诅咒着，他甚至只能继续装模作样地带她去吃饭。他最终走了进去，跟她问好，演员们此时有的换衣服，有的聊天，有的走动。托罗奥正非常兴奋地闲聊着。经理用无法想象的毅力克制住了自己，他真想高声喊叫出来。

"我们当然是要去吃饭啰。"他说话的声音对他的内心根本就是一种讽刺。

"哦，肯定去。"嘉莉笑着说。

这位小演员心里很高兴，她正在享受被宠爱的滋味。这时，她受人奉承，被人追求，成功给她带来的独立感已被唤醒。现在情况发生变化，她已经是俯视而非仰望着她的情人，显然她自己还没有完全意识到，她身上表现出了一些受宠若惊的神情，使她显得非常迷人。等她整理好后，他们乘上了等候已久的马车，朝市中心驶去。她只能找到一次机会来表达她的情感，经理在托罗奥之前上了车，就坐在她身边。她趁着托罗奥还未上车，深情而兴奋地握了一下霍森沃的手。经理高兴得快要发疯，只要能够和她单独在一起，即使要他出卖灵魂也是值得的。"唉，"他想，"真难熬啊！"

托罗奥不停地缠着嘉莉说话，自以为自己是她唯一的情人，他的这种高涨的热情也破坏了餐桌上的气氛。霍森沃在回家的路上，想着要是他的感情不能表达出来，他就无法活下去了。他热情地在嘉莉耳边悄悄说了一声"明天"，她马上领悟。他和推销员——以及他的宝贝分手时，他真恨不得杀了他，嘉莉也感受到了他的痛苦。

"晚安。"他说，摆出一副真心的样子。

"晚安。"小演员满是柔情地说。

"这个傻瓜，"他说，他这时恨透了托罗奥，"这个白痴！我一定得把他除掉，并且要快，我们明天走着瞧吧。"

"你实在是厉害，"托罗奥紧握着嘉莉的臂膀，高兴地说，"你真是这世上最美丽的姑娘。"

第二十章　灵的诱惑：欲望的追求

像霍森沃这种性格的人，激情会表现得非常强烈。这根本不是什么苦思冥想出来的东西，他根本不会到情人的窗外去大唱情歌，也不会碰到困难就困扰难当。晚上，他因为想的太多，很晚才入睡，早晨，很早就醒来，想起那个问题，就会情不自禁地费劲地想下去。他全身难受，心绪很混乱，因为他对嘉莉产生了新的兴趣，而托罗奥不正是在阻碍着他吗？一想到他的心上人还归于那头脑简单四肢发达的推销员，他就有不能言说的痛苦。他感到，要是能结束这个难题——让嘉莉接受一种安排，能永远离开托罗奥，他愿意付出任何代价。

该怎么做呢？他边穿着衣服边想，他在和妻子同住的卧室里徘徊着，根本没有察觉到她在场。

吃早饭时，他感到自己根本没有胃口，连盘子上的肉也都没动。他的咖啡也凉了，他却漫不经心地看着报。他看到报上各个角落登了很多小消息，可是一条也没有看进去。詹希康还未下楼，他太太正坐在餐桌的另一边，静静地考虑着她自己的事情。家里新近雇的仆人不记得摆餐，因此，他妻子一声让人厌恶的责备打破了沉默。

"我以前跟你说过，曼绮，"霍森沃太太说，"我不想再重复一遍。"

霍森沃向他太太看了一眼，她皱着眉头的样子让他很恼怒。她下一句话是针对他的：

"你到底有没有拿定主意，丘詹，你现在能休假吗？"

"还没有，"他说，"我现在很忙。"

"那么，如果还想出去的话，你就得尽快拿定主意了，是不是？"她回答说。

"我想还得再等些日子吧！"他不耐烦地说。

"哼，"她回答，"可别错过了季节。"

她说这句话的时候生气地扭动了一下身子。

"你又这样了，"他说，"你说话那样子，让人认为我似乎一件事也没做过似的。"

"但是，我想弄清楚你的安排。"她大声重复了一遍。

"你们不是还有时间吗？"他固执地说，"你们总不会赛马还没有完就起程吧。"

他很是气恼，在他烦恼于其他事情的时刻，居然会有这样的事来打扰他。

"哦，我们应该会吧！詹希康并不准备等到赛马结束。"

"那么，你们怎么非要季票不可？"

"呃！"她说，她习惯用这种声音表达她的不满，"我不和你争辩，"说着站起身来打算离开餐桌。

"喂，"他站起身来说，口气非常生硬，使她停下了脚步。"你最近究竟是怎么回事？难道我连和你说话都不可以了吗？"

"当然可以，你自然可以和我说话。"她回答说，专门强调"说话"两个字。

"那么，你那副样子已经说明了你并不这样想，你现在迫切想知道我何时能准备好——一个月以后吧，到那时或许还不一定。"

"好，我们就只好自己去了！"

"你们自己，呢？"他不满地反问道。

"对，我们自己。"

这个女人的决心让他非常意外，也让他分外气恼。

"好，那我们走着瞧吧，我看你最近想要发号施令，为所欲为了。听起来你好像要替我决定我的事情，嘿，你想都别想。我的事情你根本别想管，你要想去就去，只是别想用这种口气来逼我。"

他的身子因为生气颤抖着。他的黑眼睛里燃烧怒火，报纸被揉成了一团扔在地上。霍森沃太太没有再说话，他一说完，她就转过身，穿过走道上楼去了。他愣了一下，好像在犹豫什么，而后又坐下来，喝了一杯咖啡，接着站起身到楼上去拿帽子和手套。

他的太太根本没有料到会发生这样的争吵，她下楼来去吃早饭时感觉有些别扭，反复思考她心里的一个计划。詹希康以前提醒过她，赛马并不像她们所想的那样有趣，今年那里的社交机会也不像她们期望的那么多。这位漂亮的姑娘认为每天去那里很无趣，今年一些有名气的人，都提早去了水边圣地或者欧洲。在她自己的朋友堆里，有几个她感兴趣的小伙子都去了沃基肖，她也想去，她的母亲也赞同她的想法。

因此，霍森沃太太便下决心议论这件事。当她下楼来吃饭的时候，心中正在思索这件事，可是不知什么原因，气氛不对，争吵之后，她还是无法确定这矛盾是怎么开始的。只是，她如今已经了解到，她丈夫是个脾气很差的家伙，她怎么也不想对此事善罢甘休，他一定要把她当作贵妇人对待，不然她就追究到底，去查个水落石出，找出原因来。

在经理看来，他总是在回想这场新的争吵，直到来到办公室，随后又从那里去看嘉莉。这时，另一种爱情、欲望和反感的纠葛盘踞了他的心头，他的思绪就像鹰的翅膀飞了出去，他急不可耐地想和嘉莉单独在一起。总之，如果没有她，这夜晚会是怎样？这白天又会如何呢？她注定是他的人。

对于嘉莉，自从和他分手之后的那天晚上，就总是陶醉在充满感情的梦幻世界里。她听着托罗奥很感兴趣地唠叨着，对有关她的那些话十分留意，对他自鸣得意的话根本没有兴趣，她不爱他。她尽力与他保持距离，因为她心中所想的是她自己的成功。她觉得霍森沃的热情是她自己的成功的辅助，她急切地想知道他会说什么。她也替他难受，这是目睹别人痛苦时轻易就产生的特别的情感。她现在正第一次稍稍地感受到些许微妙的变化，这种变化正把一个人从乞讨者转变成了施舍者。总之，她很快乐。

可是，在第二天早晨的报纸上并未刊登任何关于前一天这一戏剧的报道，再看看报上那日常琐事，昨夜的盛况就暗淡下来。与其说托罗奥是在评论她，不如说是在哄她。他本能地意识到，为了某些理由，他只能重建和她的关系。

"我认为，"第二天早上他在卧房里打扮，准备到市区去时说，"我这个月要把我那笔小生意结束，这之后我们就结婚，我昨天还跟莫舍说起过这件事呢。"

"你不会的。"嘉莉说，她似乎觉得自己有了某种力量，有权利和这推销员说笑了。

"我会的！"他带着比平常更富含感情的声音说，又用乞求的口气说："难道你不记得我跟你说过的话了？"

嘉莉大声地笑起来。

"我自然记得。"她回答说。

托罗奥此时开始怀疑自己的自信。尽管他的洞察力很表面化，他还是发现了所发生的事情里有些因素是他那零碎的分析能力没有办法判断的。嘉莉虽然还和他在一起，却已不再是无所依靠，苦苦哀求了。她的声音里有了一种从来没有的轻松的调子，她已不再用依赖的目光看着他，推销员好像感觉到可能要出些事情。这加深了他对嘉莉的感情，他时常表现出一些体贴的动作，说一些甜言蜜语，就是为了防止发生危机。

一会儿，他走了，嘉莉想去见霍森沃。她急切地化妆，很快结束之后就急忙走下楼去。在街角她与托罗奥擦肩而过，但是两个人都没有看见对方。

推销员把几张要送到公司的文件忘在家里了。他慌忙地跑上楼，冲进房间，却看到只有女仆在里面整理房间。

"喂！"他叫道，一半好像是对他自己说，"嘉莉出去了吗？"

"你太太吗？没错，她在几分钟前出去了。"

"这就怪了，"托罗奥想，"她并未对我说起一个字，也不知道她到哪里去了。"

他在旅行包里到处找，终于找到他想要的东西，然后把它们装进了公文包里。接着，他把注意力放到了身边这位相貌美丽、对他友好的美人儿身上。

"你在做什么？"他微笑着说。

"在整理房间。"她回答，停了下来，然后把一块抹布缠在手上。

"累吗？"

"不算太累。"

"我给你看些东西。"他温和地说，把一张印有某家烟草批发公司的石印小名片从口袋里掏出来。名片上有一位美女，手上持有一把条纹雨伞，当转动名片后面的小圆盘时，伞顶那部分的条纹空隙里就会显现出红色、黄色、蓝色、绿色多种颜色。

"这是不是很神奇？"他说着把名片递给她，而且教她怎样玩，"你从来没见过这样的东西吧？"

"这实在太好玩了！"她回答道。

"你如果喜欢那就送给你吧！"他说。

他总是能弄到这样的小玩意儿，并用于这种场合。

"你的戒指很漂亮。"他说，顺便摸着她戴在拿着名片的手上的一只普通嵌钻戒。

"你也那么认为？"

"是的，"他一面说，一面假装仔细看戒指，一面紧握住她的手指头，"真的很漂亮。"

两个人之间的陌生就这样被打破了，他准备进一步试探一下，于是假装不记得他还抚摸着她的手指。可是，她往后迅速地退了几步，倚在窗台上。

"我好久没有见到你了，"她躲闪开了他试图的亲近，"你一定出门去了。"

"我的确是出门去了。"托罗奥说。

"离开的时间很长吗?"

"是的,很长。"

"你喜欢旅行吗?"

"哦,不是很喜欢,过了一段时间就厌烦了。"

"我也不想去旅行。"姑娘说着,然后转过头去看着窗外。

"你那朋友霍森沃先生怎么啦?"她突然问,心中一下子想起那位经理,总感到以她的想法来说,那是位有些本领的人物。

"他在城里,你怎么一下子想起他来了?"

"哦,没什么,但是从你回来以后,他好像再也没有来过。"

"你怎么会认识他?"

"上个月我通报过他的名字许多次。"

"别乱说了,"推销员说,"我们住到这里以来,他总共不过来了五六次。"

"是吗?"那姑娘笑着说,"那只是你知道的罢了。"

托罗奥把语气放得更为严肃了,不能肯定她是不是在开玩笑。

"别开玩笑了!"他说,"你为什么要笑得那么古怪?"

"哦,没什么。"

"你最近看到过他吗?"

"你回来后就没有见到过。"她大笑着。

"那之前呢?"

"当然有。"

"经常来吗?"

"嗯,差不多天天来吧。"

她是个爱嚼舌头的人,急切地想知道她的话会产生什么后果。

"他来拜访谁?"推销员疑惑地问。

"托罗奥太太。"

他听到这个回答明显愣了一下,然后尽力掩饰自己,让自己看起来就像局外人。

"哦,"他说,"那不算什么。"

"没事。"姑娘俏皮地把头一歪,回答道。

"他是个很好的老朋友。"他接着说,更深地陷入了思索。

他本打算和这姑娘再调会儿情,可是却突然失去了兴趣。听到楼下有人叫她的名字时,他感觉轻松了很多。

"我得走了。"她说着就快速地离开了他。

"回头见。"他说,装出非常不情愿被人打扰的样子。她走了以后,他的感情才全部流露了出来,他根本就不善于掌控自己的感情,这时脸上更是流露出了迷茫与疑惑。嘉莉果真接待了他好几次,而对他什么也没说吗?霍森沃没讲真话吗?女仆那番话究竟是什么意思?他从前就觉得嘉莉的神色有些不对头。他问她霍森沃来拜访过几次时,她怎么看起来那么慌张?天哪,他现在回忆起来了,这件事情是有些蹊跷。

他在一张摇椅上坐下来,一边跷起一条腿,一边紧紧地皱着眉头,想要好好想想,他的头脑在迅速地转动。

不过,嘉莉并没有什么异常的表现呀!天哪,她难道也在欺骗他吗?她从来没有过呀！就是昨天晚上，她对他不是还非常体贴吗？霍森沃也一样，看他们的样子，他完全不敢想象他们是在欺骗他。

他不禁自言自语起来。

"有时候她的行为是有些奇怪，就如同今天早晨，她打扮好了出去，可是没对任何人说。"

他挠了挠头，准备到市区去。他仍旧把眉头皱得紧紧的，他走进过道时，正好又碰上了那个姑娘，她现在正在整理另一户房间。她戴着一顶挡灰尘的白帽子，帽子下面圆圆的面孔显现出可爱的神色。看到她在对着他笑，托罗奥几乎忘记了自己的心事，他亲密地把手搭在她肩膀上，好像只不过是和她打个招呼而已。

"气疯了吗？"她说，想要再扇点火。

"当然没有。"他回答。

"我觉得你快要气疯了呢！"她笑着说。

"不要逗我了，"他紧接着说，"你刚才是说真的？"

"当然是，"她回答，然后又带着一副不在乎的语气说，"他来过好几次，我一直认为你知道呢！"

托罗奥不准备再掩耳盗铃，他不想再继续装得不在乎。

"他在晚上来过吗？"他问。

"偶尔也来，偶尔他们也一起出去。"

"在晚上？"

"是的，不过，你可千万别气坏了。"

"我没有，"他说，"有其他人看到过他吗？"

"当然有。"那姑娘随口说，好像这并不是什么要紧的事。

"这是什么时候的事？"

"你回来之前不久的事。"

推销员紧紧地咬住他的嘴唇。

"什么都别说，好吗？"他说，在这姑娘的手臂上轻轻捏了一下。

"肯定不会，"她回答，"我不会管这种事的。"

"好吧。"他边说着边走开了，心中一边快速地思索着，一边也有些感觉到，自己给这女仆留下了最有风度的印象。

"我一定要找她问清楚，"他很激动地在心里想，觉得自己遭到了不应该的屈辱，"我会知道究竟是怎么回事的，天啊！看她是不是真的是那种人。"

第二十一章　美的诱惑：肉欲的追求

嘉莉来的时候，霍森沃已经急不可待了。他热血翻滚，神情兴奋，急切地想见到昨天晚上深深地打动着他的女人。

"你来了。"他控制着自己的激动说，只感到一股热浪冲上脑门。

"是的。"嘉莉温柔地说。

他们始终向前走着，漫无目的，霍森沃沉浸在她的优雅中，就连她裙子的沙沙声在他听来也如同优美的音乐。

"你高兴吗？"他陶醉地问，心中回忆着她前一天晚上非常动人的表演。

"你呢？"

他看见她还在对他微笑，因此来了精神。

"你演得真的太好了，"他回答，"可以说完美极了。"

嘉莉高兴地笑了。

"那是我很久以来看到的最好的表演之一。"他又接着说。

他又回忆起她前一天晚上的迷人姿态，并且把它与她现在所有的感情合并。

嘉莉陶醉在这个男人给她营造的气氛中，不能自拔。她感到他对她说的任何话都饱含了对她的爱，他丰富的表情和谈吐胜过了任何一切。

"你送给我的那些花实在是美丽极了，"她隔了一会儿，又说："真美丽。"

"你喜欢，我很高兴。"他简单地回答。

他心中总在思考，自己急切想解决的问题就这样被搁置下来了。他急不可待地想把话题转到他的情感上来。现在机会都很成熟，嘉莉就在身边，他想开口对她说，可是他觉得自己还不知道如何开口。

"你昨晚回家没什么意外吧。"他忽然幽幽地说，声音变得像是在自怨自艾。

"挺顺利。"嘉莉随便地说。

他温柔地看了她一会儿，放慢了脚步，又凝神看着她。

她强烈地感觉到他的感情正迎面而来。

"你想过我怎么样吗？"他问。

这句话使嘉莉很迷茫，因为她感应到那感情的大门已经打开，她不明白如何接话才好。

"我不知道。"她小心地回答。

他用力咬住了嘴唇，过了一会儿才松开。他在路边停住，用鞋拨弄着青草。他用温柔、哀怨的眼光盯着她的脸。

"你难道不准备离开他吗？"他急切地说。"我不知道。"嘉莉带着怀疑回答，她这时也在胡思乱想，下不了决心。

实际上，她正处于非常迷茫之中。可是站在她面前的这个男人，是她非常喜欢的，并且对她有很大的影响，差点使自己误以为自己对他一往情深。她拜倒在他炽热的目光下，他温情的态度下，他华丽的衣服下。她能马上看出眼前这个男子十分文雅，富有同情心，并且喜欢她，让人看着都高兴。她无法抵挡他热情洋溢的吸引，情不自禁地与他心心相印。

即使如此，她还是有一些担忧。他都知道些什么？托罗奥都告诉他什么了？她在他眼里是不是有夫之妇？他能和她结婚吗？听着他的话，她心又软了，她的眼睛里闪动着温柔的光芒。可是即使是在这个时候，她还是在思索，托罗奥有没有对他说过他们还没结婚，她根本说不清他有没有提过，托罗奥说话总是不能让人相信。

可是，她并不为霍森沃的爱情感到担心。不管他了解什么，他对她的爱情不含有丝毫埋怨的意思，他显然是真心的。他的爱真诚又热烈，他的话里有股魅力，让人信服。她该如何才好呢？她就这样一直犹豫着，做出一些模糊的回答，为爱情害怕着，漫无目的地胡思乱想，最终感到自己好像漂浮在无边无际的海岛之上。

"你怎么不离开他呢？"他温柔地说，"我会为你做好所有的安排……"

"啊，不要！"嘉莉说。

"不要什么？"他问，"你到底是什么意思？"

她的脸上显现出茫然与痛苦的神情，她在思考为何要提出这个令人悲伤的想法，一想到做情人那种令人难堪的情境，她就像是被人砍了一刀。

他自己也觉得这样开口很难堪。他想先看看这么说的效果，可是他无法掌握。他话中有话地说着，在她面前显然精神饱满，头脑清楚，而且能专心致志地考虑他的计划。

"你要跟我一起离开吗？"他带着更诚恳的态度又一次提了起来。"你明白我的生活里不能离开你，你清楚这一点，不能总这样下去，对吗？"

"我清楚。"嘉莉说。

"我不会说出来的，倘若我有更好的办法，我不会来说服你。看着我，嘉莉。替我想一想。你并不想跟我分开，对吧？"

她摇摇头，看起来在思索。

"那么，为什么不把它彻底处理掉呢？"

"我不知道。"嘉莉茫然地说。

"不清楚！啊，嘉莉！你为什么要这样说？不要再折磨我了，给我讲真心话吧。"

"我就是在说真心话。"嘉莉柔声说。

"你没有，我最亲爱的，告诉我你没有。你要是知道我是多么爱你，你刚才就不会那么说了！好好回忆一下昨天晚上吧！"

他说这番话时的表情非常认真。他的脸和身体保持着高度的沉着，只有他的双眼在不断地转动，里面饱含着能熔化所有的火焰。这双眼睛汇聚了这个人本性中的全部精华。

嘉莉没有说话。

"你怎么能这样呢，我最亲爱的？"他过了一会儿又紧张地问："你爱我，是吗？"

他发自内心的感情如同暴风雨一样激烈地冲她袭来，让她不能抗拒，一时间所有的顾虑顿时烟消云散。

"是的。"她诚实而又满是柔情地答道。

"那么，你回到我身边来，好吗？今晚就来，好吗？"

嘉莉尽管难过，还是摇了摇头。

"我再也不能等下去了，"霍森沃催促说，"如果今晚太仓促，那么星期六来吧。"

"我们什么时候结婚？"她谨慎地问道，在现在这困难的现实中，她已经不记得了——自己曾经希望他把她当作托罗奥太太。

经理非常震惊，心中想到自己的问题要比她的更无法解决。可是这个念头马上就消失了，而他也没有在表面上表现出来。

"你决定。"他平静地说，不想让那烦恼的问题使如今的快乐褪色。

"星期六行吗？"嘉莉问。

他点点头。

"嗯，若是你那时候跟我结婚的话，"她说，"我肯定会去的。"

经理看着她可爱的脸蛋，这么美丽，这么动人，可是却这么难以到手，便做出了惊人的决定，他的热情已经到了不再受理智控制的地步。面对着眼前丰盈的爱，他没有去顾忌什么小麻烦，他会付出任何代价地去做，他不去考虑残酷的真理向他提出的反对，他所有事情都可以答应，然后用命运去解决他的纠葛。他要感受一下天堂的感觉，不论会有何种后果。天哪！他要拥有幸福，即使要他牺牲诚实的美德，要他忘却所有的真理也值得。

嘉莉柔情似水地望着他，他看上去这么让人欢喜，她真想把头依偎在他的肩膀上。

"好吧，"她说，"我到那时会尽力准备好的。"

霍森沃看着她那张带着惊喜和怀疑的动人脸庞，心中觉得他从没见过比这更迷人的东西了。

"我们明天再见，"他高兴地说，"我们得再仔细地讨论一下我们的打算。"

他们并排往前走着，高兴地说着什么，他无法意料到结果竟是这般令人开心。虽然他只是偶尔说上一两句话，却给她留下了很多的欢乐。半个小时又过去了，他才发现这次见面不得不终结了，这世界希望人们遵守它的规律。

"明天见。"他在分手时说，他那勇敢的态度又奇妙地另加了一层快乐的色彩。

"好的。"嘉莉说，兴奋地迈着愉快的步子走了。

这次见面唤起了如此激烈的热情，她相信自己已经完全坠入了爱河。想到她那英俊的情人，她叹了口气。是的，她星期六一定会准备好的，她会去的，他们肯定会幸福的。

第二十二章　战火突起：家庭和肉欲之战

　　霍森沃家庭中的不幸完全是因为嫉妒造成的，这种嫉妒因爱而生，却并不因为爱情的消失而消失。霍森沃太太心里满是嫉妒，只要受到哪怕一丁点事情的刺激，它就能升级为憎恨。尽管说霍森沃在外表上还值得他太太像以前那样去爱他，可是从夫妻关系上来说，他早已不值得了。他已经不尊重她，也不再关怀她，而这一点对于一个女人来说肯定比对一个人犯罪还要残酷。我们自己的兴趣常常决定我们对他人善与恶的标准，霍森沃太太的好恶使她没有正确看待自己丈夫的冷淡态度。由于对她的淡忘，她认为他的言行举止都不怀好意。

　　于是，她满腹怨气，疑神疑鬼。嫉妒使她去注意他在夫妻关系上的不尽职，嫉妒也在此时让她注意到，他还是保持着潇洒的风度与其他人交往。她从他对他自己的外表所表现出的细心发现到了，他对生活的兴趣没有一点的减弱。他的所有行为，都表现出他从嘉莉身上感染到的欢欣之感，都表现出这幸福感在他生活中所唤起的兴趣。霍森沃太太早就意识到了一些，虽然不知道到底是什么，却像动物嗅到了远处的危险一样嗅到了一些细小变化。

　　这种感觉又因为霍森沃这一方面直接的行动而被证实。我们都早已见到他是怎样不耐烦地逃避那些他已厌烦、已得不到满足感的小责任，也已经看到近来他对她不喜欢的责备，这些小争吵确实是由于充满矛盾的气氛所引起的。天空阴霾，一定会降下倾盆大雨来，这是无法避免的。因此，这天早晨，霍森沃太太由于他对她的计划不感兴趣感到非常愤怒，离开餐桌以后，她看到詹希康正在化妆室里慢条斯理地梳着头，可是霍森沃却早就出门去了。

　　"我告诉你别这么晚才下楼吃饭，"她边对詹希康说，边去拿放着钩针编织物的篮子，"饭菜都快凉了，你竟然还没有吃。"

　　她平常的镇定已被痛苦地击碎了，詹希康一定要遭到风暴余波的迫害。

　　"我不饿。"她回答。

　　"那么你怎么不早说出来，好让女仆把东西早点拿走，免得让她等一上午呢？"

　　"她不会在意的。"詹希康冷漠地回答。

　　"她不在乎，我在乎，"她母亲回答，"再说，我不允许你用这种口气对我讲话。你还小，还没有权利对你母亲摆出这种神气的样子。"

　　"哦，妈妈，别生气呀！"詹希康回答，"您今天早上究竟是怎么啦？"

　　"没有什么，我也没有生气。你别认为我在一些事情上对你宽宏大量，你就能让大家等着你，我肯定不允许这样。"

　　"我并没有想着让你们等呀！"詹希康大声地说，被激得从一开始的不在乎转变为尖锐的自我辩解，"我说过了我不饿，我根本不要吃什么早餐。"

　　"注意你对我说话的语气，小姐！我不准许你这样，现在你给我听好了，我不准许你这样。"

　　没等霍森沃太太说完，詹希康就朝门外走去。她一抬头，甩了一下考究的裙子，来表示她满不在乎的态度,她并不打算与她吵架。

这种小吵闹总会发生,主要是由于独立自主和自私自利的天性导致的。小丘詹在牵涉他自己利益的问题上表现得更加敏感和过分,想让大家都发觉到他早已长大成人,理应有成人的各种权利——这种想法对于一个十九岁的年轻人来说是根本没有根据、根本没有道理的。

霍森沃是个权威、情感非常细腻的人,看到自己慢慢处于一个他已无法掌控,也渐渐不熟悉的世界时,他觉得非常气恼。

现今,当一些小事情——比如像提前去沃基肖这样的事情发生的时候,他知道了自己在家中的地位。他现在要被逼迫同去而不是由他带领。他们除了给他脸色看之外,在剥夺他权威的同时还会给人一种令人愤怒的精神上的踩踏,一声嘲笑,一句讽刺,使他再也无以忍受。他因此大动肝火,希望自己能立刻摆脱掉这个家庭。这个家庭对他的苛求如今已是一个最烦恼的负担。

尽管如此,他仍然在表面上保持着主人的模样,尽管他的妻子正在努力抵抗。她给他脸色看,明显的反抗,唯一的理由就是她认为自己有权利这样做。她还没掌握特别的证据能为自己辩护——还未想到既能给她威严又能给她借口的理由。现在她缺少的正是这样的借口,如果有了这种借口就可以让她有据可依。只要能清楚地证明这桩公然的行径,就可以带来一股寒风,把那怀疑的乌云吹成愤怒的雨水。

现在终于让她知道了一点霍森沃行为不轨的信息。他们的邻居——一位英俊的私人医生比勒大夫,在他们家门口正好碰到了她,那是在霍森沃和嘉莉在华盛顿街上一起兜风后的两天,那次兜风他们表露了相互炽热的感情。比勒大夫那时恰好在同一条路上坐车,他认出了霍森沃,可是是在他走过之后才识别出他的。他没有看清楚嘉莉——不确定那是霍森沃太太还是他们的女儿。

"你出去兜风时碰到朋友也不打招呼,是吗?"他似乎开玩笑地对霍森沃太太说。

"我若是看见他们一定会向他们打招呼的,你是在哪儿看到我了吗?"

"在华盛顿街。"他回答,本来认为她会马上想起来,不过她却摇了摇头。

"是的,大概在海内大街的附近,你和你先生在马车上。"

"我想你大概是看错了。"她回答,然后,她想到丈夫在这件事上的角色,心里立刻明白了一些,可是她没有流露在脸上。

"我肯定我看见了你先生,"他接着说,"可我不确定那是不是你,或许那是你女儿。"

"也许是吧。"霍森沃太太随意地说,心里很确定必定不是这么回事,因为詹希康几个星期以来总是在她身旁。她想起什么,想再问一些细节。

"是在下午吧?"她狡黠地问,装出一副她好像知道那件事的样子说。

"是啊,可能是在两三点钟吧。"

"那一定是詹希康。"霍森沃太太确定地说,就像没发生过这件事一样。

医生尽管还有一点怀疑,可是他放下了这件事,至少在他看来,这是不值得再谈下去的。

在那之后的几个小时,包括在几天里,霍森沃太太对这一点消息进行了好几次的思考。她坚信,大夫是真的看到了她丈夫,他在向她解释说忙之后却去玩乐,并且很有可能和别的女人一起兜风。然后，她想到他总是拒绝和她一同出去，拒绝和她去拜访朋友，事实上，他拒绝带她去参加所有可以让她散散心的交际活动。她想着想着就更加生气，曾经有人看到他和那个叫作哈哥的朋友在一起看戏，现在又有人看见他在兜风，而他很可能找到其他理由。可能还有一些她从未听说过的事情，否则的话，他最近怎么会这么忙，会这样冷淡。在最近的这六个星期里，他没来由地爱发脾气——不管家里情况怎样，总是找理由出去——到底是为什么？

她带着更微妙的感情想起来，他现在注视她时，眼睛里根本找不到以前那种满意与赞美的光芒。很显然，除了其他事情之外，他还发觉她已经老了，无趣了。或许他看到了她的皱纹。她在衰老，而他还是装扮得风度翩翩、充满活力。寻欢作乐的地方依然会有他的身影，而她——她不敢再往下想了，她只觉得整个处境令人难过，于是也恨死了他。

这件事她当时并没有声张，因为实际上，这些情况还不能够证明什么问题，还不足以去调查。不过是加深了对他的不信任和反感之情，还时常因为怒火勃发而导致一些小小的争执，去沃基肖度假这件事仅仅是这类事件的延续而已。

嘉莉在艾弗里会堂登台出演后的第二天，霍森沃太太和詹希康以及詹希康的一位年轻朋友都去看赛马，这位朋友名叫巴特·泰勒先生，是当地一家家具店老板的儿子。他们去得很早，正好遇到了几位霍森沃的朋友，他们都是麋鹿会会员，他们中的两个人去看了昨天晚上的表演。要是詹希康没有对她朋友的殷切那么有兴趣，没有被他花去如此多时间的话，看戏的话题必定也不会被人提起，詹希康的分心使霍森沃太太有了和几个认识她的人打招呼的机会，她说了几句门面话，可是却越聊越有兴趣。正是一个本来只打算和她随便问声好的人，把这使她非常有兴趣的消息告诉了她。"我知道，"这个人说，他穿着样式很流行的运动衣，挂在肩上的是一副望远镜，"你昨晚没有去看我们的小表演。"

"是吗？"霍森沃太太用探视的口气说，不知道他为什么要用这种语调来提起一场她听都没听过的演出。她正准备问："是什么表演呀？"他立刻又加上一句："我还看见你先生去了。"

她的惊讶马上变成了性质更加微妙的不解。

"是啊，"她小心地说，"好玩吗——他没有跟我多说。"

"很有趣——那实在是我所看过的最出色的业余表演，有个女演员让我们都非常震惊。"

"是啊。"霍森沃太太说。

"你没有去成实在是太可惜了，知道你身体不舒服，我还真为你感到可惜呢！"

"我身体没什么大毛病，"霍森沃太太几乎脱口而出。结果，她压制下了想否认和追问的冲动，基本上是粗暴地说："是的，实在是太可惜了。"

"看来今天来这儿的人一定会很多，是不是？"这位熟人说着换到了别的话题上。

经理太太本来准备再继续问下去，但是没有了机会。她一头雾水，急迫地想思考自己的事情，想弄明白究竟是怎样的骗局，居然让他在她身体健康的时候说她不适。这又是一个不要她一起去而编造了借口的例子，她下决心要了解更多的情况。

"你昨天晚上去看演出了吧？"她坐在包厢里，向另一个跟她打招呼的霍森沃的朋友问。

"去了，难道你没有去吗？"

"没有，"她回答，"我身体不适。"

"你先生也是这样对我说的，"他回答，"是的，演得非常有趣，比我意料的要好得多！"

"去的人很多吗？"

"剧场里挤满了，称得上是麋鹿会的一次盛会。我还看到了很多你的朋友——哈里森太太、巴恩斯太太、柯林斯太太。"

"真是一次难得盛大的聚会。"

"确实是！我太太看得很高兴。"

霍森沃太太紧紧咬住嘴唇。

"哼，"她想，"原来他就是这么干的，跟我的朋友们撒谎说我生病不可能去。"

她想弄明白是什么促使他独自去的，其中肯定有不可告人的秘密，她费力地想找出一条理由来。

当霍森沃晚上回来时，她已经想得很恼火了，急于想要他说明白，并对他报复了。她想知道他这奇怪的举动包含着什么目的。她能够确定这些事情的背后还不止她所听到的，强烈的好奇心早已和不信任以及早晨余下的怒火混杂在了一起。她就是即将要到来的灾难的化身，她在房间里徘徊，眼睛四周的阴影加深，未被驯服的肌肉在她的嘴边显出了冷漠的线条。

可是另一方面，就像我们所想的，经理高兴地回到了家里。他和嘉莉的交谈以及和她达成的共识，使他倍加兴奋，就像一个欢快歌唱的人的心情一样。他为自己沾沾自喜，为自己的成功觉得骄傲，也为嘉莉而高兴。他的全部世界充满了爱心，因此对他太太也没有了怨恨。他想要做到亲切和蔼，从根本上忽略她的存在，生活在他已经完全恢复愉快的气氛中。

所以，当他进来时，他发现家里看起来一切都很顺眼。他在门厅里看到一份晚报，是女仆放在那里而被他太太忘记拿的，饭厅里的餐桌上铺着干净的桌布，上面摆着整洁的餐巾、闪闪发亮的玻璃杯和精致的红花瓷器。厨房的门开着，他几乎可以听到噼啪作响的炉火声，晚餐已安排好了。在后面的院子里，小丘詹正在和那只他最近刚买的狗玩耍；客厅里，詹希康在快乐地弹着钢琴，欢快的圆舞曲声充满了这个舒适家庭的所有角落。人人都像他一样，完全恢复了自己的好心情，把希望寄托在青春和美景上，想要共度欢乐时光。他真希望对周围的人都说句好话，他向摆好的餐桌和闪亮的餐具柜非常迅速地望了一眼，接着上楼坐到卧室舒服的安乐椅上读晚报，从那里可以通过敞开的窗户看见街道。但是，当他走进去时，他看见他妻子在一面梳着头发，一面自己思索着。

他轻轻地走进来，准备说一句好话，随便答应一件事来消除她的余怒，但是霍森沃太太却没有说话。他坐在了大椅子上，动了动身子使自己坐得更舒服一些，接着打开报纸开始读了起来。一会儿，他读到一则非常有意思的报道，高兴地笑了，报道写的是芝加哥队和底特律队之间的一场吸引人的棒球赛。

此时，霍森沃太太正通过面前的镜子看着他。她看到了他那欢快、满意的表情，他那绅士的风度和含笑的情趣，这使她更加恼火。她在想，在表现出了嘲讽、冷淡和轻蔑的态度之后（并且只要她容忍，他还会始终这样），他怎么还能当着她的面做出这种样子来。她在想自己该怎么对他说——需要怎样的压力和语气来郑重说明她的不满，她怎么才能使他把整个事情全部说出，直到自己全然满意。确实，她那锋利的气愤的宝剑，只依靠一缕精神危险地悬在那里。

霍森沃此时读到一则更有意思的报道，说的是一个外地人来到本城，被一个赌场骗子骗了。这篇报道让他更加开心，最后他动了动身子，哈哈地大声笑出来。他想令他太太注意，这样就能把这则报道读给她听。

"哈哈，"他大笑道，像是自言自语一般，"真是太有意思。"

霍森沃太太依然梳着头，完全不理睬他。

他又挪了一下身子，又看另一则消息。到后来，他觉得自己的好心情似乎理应有所释放。朱丽亚或许还在为早晨的事生气，可那是很容易解决的。事实上，错的是她，只是他并不计较。她若是想去沃基肖，马上就能动身，越快越好。他一有机会就要把这告诉她，那么这事情就可以解决了。

"朱丽亚，你知道吗？"他看到另一则消息时总算说话了，"他们最终起诉，不准伊利诺斯中央铁路经过湖滨大道。"他说。

她真不想听，可还是干脆地应了一声"不"。

霍森沃竖起耳朵来，她的声音里有着一种特别的声调，非常刺耳。

"若是他们真起诉了，倒是件好事。"他接着说，一半好像是对自己，一半似乎是对她，虽然他觉得她那头有些不平常。他非常小心地把注意力又放到报纸上，并刻意留意着那些能告诉他将发生什么事情的细小的声响。事实上，若不是心中还在思考着别的事情的话，像霍森沃这样有智慧的人——对这种气氛十分敏感的人，甚至是在自身的思想领域里——是不会看错他太太的，即使她正发着脾气。如果不是嘉莉对他的倾慕使他难以忘怀，她的许诺使他失去了心智，他也不会把这家里看得如此温馨。今晚这家里并不非常明亮、愉快，一切只是他自己的幻觉。如果他保持平常的心情回到家中的话，他可能会容易地处理好这个局面。

他又继续看了一下报纸，然后，他得想个办法来缓解一下局面。很显然，不是一句话就能让她太太恢复正常的。所以，他说："丘詹在院子里的那只狗，如何来的？"

"我不知道。"她还是干脆地说。

他把报纸放在膝盖上，呆呆地望着窗外。他并不准备发脾气，而且想用和蔼的态度问几个问题以达到某种平和的谅解。

"你为什么要为今天早上的事如此不开心？"他终于说，"我们没必要为此而起争执，你知道，若是你们想去沃基肖，你们就去好了。"

"这样一来你就可以在这儿和别的女人鬼混了，是吗？"她大声叫着朝他转过身来，愤怒的脸色中蕴藏着刻薄的嘲讽。

他突然呆在那里，如同被人抽了一记耳光。这时，他那讨好、寻求和解的态度全部消失了，他马上就采取了防卫的态度，考虑着该如何回答。

"你到底什么意思？"他最后认真地说，打起精神来看着眼前这个冷漠、决然的女人，可是她对他不理睬，还是对着镜子继续打扮。

"你当然明白我说的是什么。"她最终说，如同她手里掌握了多少证据——只是不想说出来罢了。

"但是，我不清楚。"他仍然顽固地说，心里却不安地警惕下一步的行动。这个女人最后的态度，使他感到在对峙中没有优势。

她沉默。

"哼！"他把头一歪，无力地说。这是他此生中最怯懦的表现，失去了自信心。

霍森沃太太发现到他的话里底气不足，她如同猛兽一样向他转过身来，要给他又一次彻底的攻击。

"明天早上给我去沃基肖的钱！"她说。

他惊讶地看着她，他还从没有在她的眼睛里见到过这样大的决心——这样冷漠无情的目光。她似乎信心十足，下定决心从他手中抢夺一切掌控权。他感到无论想什么办法都毫无用处了，他只好反击。

"你什么意思？"他跳起来说，"给你！我倒想知道你今晚是怎么了？"

"没什么，"她满脸怒气地说，"我要那笔钱，你先把钱给我然后再装腔作势吧！"

"装腔作势，哼！你这说的是什么话？我一分钱也不会给你，你这些话到底是什么意思？"

"你昨天晚上去哪里了？"她回答，这句话真的很生硬，"你在华盛顿街和哪个女人一块儿兜风？丘詹在戏院里看见你的时候，你究竟和谁在一起？你觉得我就会光坐在家里，相信你那套'太忙啦''没法去'的撒谎的话，忽视你在外边逍遥自在，说什么我不能够去吗？我要让你明白一点，你那老爷派头对我来说已经根本没有用了。你再不能对我、对孩子发号命令，我不会再吃你那一套了！"

"那全是假的。"他说，他已经无路可退，没有别的理由。

"假的吗？"她恶狠狠地说，马上又镇定了下来，"你如果想，可以称它为谎言，但我清楚怎么回事。"

"我确切地告诉你，这是谎言！"他低声说，"几个月来，你总是在到处寻找，想给我找到一些没有理由的罪名，现在你自己感觉找到了，你便以为可以突然抛出来，以便占我的便宜，爬到我头上来，好吧，我确切地告诉你，你休想办到。只要我没有离开这个家，我就是这个家的主人，无论是你还是别人都休想对我施号命令——你知道吗？"

他眼睛里凶光毕露，向她一步步走近。这个女人冷漠、嘲讽、占了上风的眼神中显示了一些气焰，似乎她已是一家之主，他认为自己非常想把她掐死。

她盯着他——神气活现得就如同一个神气的女巫。

"我根本不是在对你发号命令，"她回答，"我仅仅是在告诉你我想要的东西。"

这个回答非常具有杀伤力，使他全然泄了气。他没有准备向她反击；他一点也没有向她要证据。他从她的眼神中看到了一个现实，那便是证据、法律以及所有财产都是在她的名下的。他就像一艘坚固却危险的船，可是却没有了风帆，在海上艰难地颠簸、挣扎。

"我也告诉你，"他最终说，稍稍有点回过神儿来，"你什么也得不到。"

"咱们走着瞧，"她说，"我要拥有我的权利才行。如果你不想与我说，也许你能够和律师谈。"

这场戏太精彩了，起到了原本有的效果。霍森沃失败了。他如今明白，他要对付的并非仅仅是威胁。他觉得自己正面临着一个十分难解决的问题，甚至不知道该说什么好。这一天的欢乐都消失不见了，他感到不安、苦恼、愤怒，他到底该怎么做？

"随便你，"他恶狠狠地说，"我不想和你吵。"说完，他愤恨地离开了。

第二十三章　心灵的创伤：退却

当嘉莉回到家时，她又为自己种种的疑虑和不安而烦扰，这正是因为缺乏判断造成的。她不知道自己那么答应是否是对的，也不明白现在话已出口，自己是否应该遵守诺言。现在霍森沃不在，她又把过程仔细回忆了一遍，发现了和经理热烈地交谈中自己不重视的一些小问题。她处在困窘的境地中——也就是说，她已经说要和他结婚，而自己却还保持着所谓的已婚状态，根本没有时间去办离婚，想到托罗奥过去为她做过的如此多的好事，而她现在居然要对他不告而别，她认为自己正在做一件坏事。并且，她现在有个舒服优越的家，对于一个恐惧世事艰难的人，这是件非常重要的事，人们在背后说她的坏话。"你不能预料未来会怎么样，外面世界太冷酷，有要靠乞讨为生的人，还有命运凄惨的妇女，你永远不会预知会发生什么事情。谨记你饥饿的时候，别放弃你已拥有的一切。"

很奇怪的是，尽管她对霍森沃这般倾心，可他却不能紧紧掌握住她的心思，她虽然倾听着，微笑着，同意着，却缺少最后的决心，这是因为霍森沃缺少一种让人抛弃一切的力量。这种强烈的热情差不多人人一生中都会发生一次，但总是只发生在青春时期，仅对初恋的成功有一些影响。

霍森沃已是中年，虽然还有一股强烈的激情，不过很难说还拥有着青春的火焰。我们已经看到这股激情激烈得能够使嘉莉对他倾心。我们可以说她只是以为自己的真爱来到了，其实根本没有。女人总是这样，这是因为每个女人身上都有一种对爱情的执着，都想要获得受人宠爱的快乐，渴望被人保护、让人同情，希望更好的生活，这是女人的一种本性。这一天性，再加上感情丰富和情不自禁，经常使女人很难拒绝对方，这使她们自认为已经陷入了爱河。她一到家就立刻换了衣服，开始整理房间。在摆放家具这一点上，她从未听从过女仆的建议。那位年轻的姑娘总是把一张摇椅放在角落里，嘉莉却喜欢把它搬出来。今天她全心想着自己的事情，根本没有注意到摇椅放错了地方，她一直忙到托罗奥五点钟下班。推销员激动得脸都绯红，决心必须要彻底弄清她和霍森沃的关系。他喝了几杯酒，给了他勇气。不过，这一整天他心中翻来覆去地想着这个问题，他已经略加厌烦了，只想快点处理算了。他认为不会有多么可怕的后果，可还是徘徊着不知怎样开口合适。他进屋的时候，嘉莉正坐在窗子旁，坐着摇椅看向窗外。

"嘿，"她天真地说，对自己内心的斗争感到非常疲倦了，同时不知道他为何这样匆忙，为何激动得说不出话，"你怎么这么匆忙？"

托罗奥犹豫着，现在当着她的面，却拿不准该用什么办法，他并不太懂外交辞令，也不会说甜言蜜语。

"你什么时候到家的？"他随便地问。

"哦，大约一个小时前吧，你怎么想起要问这个？"

"我上午回家的时候，"他说，"你不在，我想你可能出去了。"

"我是出去了，"嘉莉随意地说，"我出去逛了逛。"

托罗奥吃惊地望着她，虽然他对这种事情是有所反应的，但他还是不知道怎样开口。他就这样盯着她，她终于问：

"你为何这样盯着我看——出了什么事？"

"没什么，"他恼怒地回答，"我正在想东西。"

"正在想什么？"她微笑着反问，不明白他怎么了。

"哦，没什么——没什么事。"

"那么，怎么你脸色这样差？"

托罗奥这时正站在梳妆台边，非常滑稽地盯着她。他已经把帽子和手套放下，正在玩弄着他边上的小化妆品。他实在不想相信，眼前这位漂亮的女人竟然会让他如此伤心，他真希望所有这一切都没发生过。可是，女仆透露给他的消息让他心里很痛苦。他想直接说清楚，却又不懂得该怎么说。

"你今天早上去哪儿了？"他最后只好问。

"怎么啦？我去散了会儿步。"嘉莉不耐烦地说。

"真的吗？"他有些怀疑。

"当然，你为什么要这样问？"

她已经有所发觉，她没想到的事情发生了，他已经多少听到了些风声。她很快采取了更为小心的态度，脸稍稍有点发白。

"我想你也许没有去散步吧？"他话中有话地说，可是没用。

嘉莉的眼睛望着他，然后，她的勇气又回来了。她看出他本人也不敢肯定。女人的直觉使她发现，这并不是什么重大的事。

"你怎么说这种话？"她问，皱起了漂亮的前额，"你今晚实在是太可笑了。"

"我是感到可笑。"他回答。

他们相互看了一会儿，然后托罗奥挑明了他的话题。

"你和霍森沃是什么关系？"他坚定地问。

"我与霍森沃？你是什么意思？"

"我不在家的时候他不是来过很多次吗？"

"很多次，"嘉莉又下意识地重复了一遍，"没有，可是你这话究竟是什么意思？"

"有人说看见你跟他一块儿出去兜风，还说他每天晚上都会到这里。"

"根本没有的事，谣言！"嘉莉回答，"这不是真的，到底是谁告诉你的？"

她的脸开始变红，一直红到了发根，可是由于房间里光线太暗，托罗奥并没有注意她的脸色的变化，嘉莉的矢口否认使他又找到了一些对她的信任。

"嗯，有人告诉我的，"他说，"你的确没有吗？"

"肯定没有，"嘉莉说，"你应该明白他来的次数。"

托罗奥停止了一会儿，思考着。

"我只知道你告诉我的那几次。"他最后说。

他玩弄着表链上的装饰物，嘉莉充满疑惑地看着他。

"嗯，我记得我从来没有告诉过你这样的话。"嘉莉又恢复了勇气，沉着地说。

"我如果是你，"托罗奥不理睬她刚才讲的最后一句话，说，"就不会跟他有任何来往，知道吗，他已经有家室了！"

"谁——谁有家室？"嘉莉惊讶地说。

"谁？霍森沃呀！"托罗奥说，并发现到这句话的结果，觉得自己说中了要害。

"霍森沃！"嘉莉站起来很大声地说，听到刚才那句话后她的脸色马上变了。她混乱地想了想自己，又想了想别的事情。

"谁告诉你的？"她问，竟然忘记了自己这种问法极为不妥当，并且也对自己很不利。

"我知道，我一直都知道。"托罗奥不慌不忙地说。

嘉莉尝试理出一个头绪来，她表面上是一副十分难过的模样，然而她内心的感情确实是汹涌澎湃，这些情感没有一点使人胆怯的成分。

"我还以为我和你说过呢！"他又说。

"不，你并没有，"她说，忽然语气又强硬了许多，"你根本没有说过这样的事情。"

托罗奥吃惊地听她说，这倒是他早前没有想到的。

"我原认为我说过呢！"他喃喃地说。

嘉莉慢慢地朝四周看了一眼，接着走到窗边。

"你不该和他有来往的，"托罗奥以一种被骗的语调说，"我为你做了那么多。"

"你，"嘉莉说，"你——你到底为我干了什么？"

她那小脑袋里矛盾的情感在激荡着——知道真相后的屈辱，霍森沃的负心带来的耻辱，托罗奥的欺骗使她感到的愤怒，还有他对她的嘲弄。她头脑里产生了一个明确的念头：这全部都是他的错，这是毋庸置疑的。他为什么要把霍森沃这个已有家室的男人带到家里来，而并没有跟她说清楚。现在先不用搭理霍森沃的欺骗行为——托罗奥到底为何要这样做？他为何不事先提醒她？而他现在竟然站在那里，做下了这样的错事，还在说什么为她做了这么多。

"你说得真好听！"托罗奥嚷道，并没有发觉到他的话已经点燃了烈火——"我觉得我为你做了许多事。"

"是吗，呃？"她回答，"你骗了我，这就是你做过的事。你把你的老朋友带回家，你还把我当作——哦！"说到这里，她不能够再继续了，双手抱头慢慢坐在地下。

"我不知道这番话跟你有什么关系？"推销员不明白地说。

"是的，"她回答，恢复了理智，咬紧自己的牙齿，"是的，你当然不明白，你明白什么？你为什么不一开始就告知我呢？你让我落到这种地步，太晚了！现在你再冷不防地回来，告诉我这件事，竟然还说你为我做了很多事。"

托罗奥没有想到嘉莉还有这一面。她浑身都激动了起来，泪光在眼里闪烁着，嘴唇抖动着，全身都反照出她所受到的伤害，她浑身都充满了仇恨。

"谁冷不防的啊？"他问，感到自己似乎有点错，但是更认为自己是受到了冤枉。

"就是你，"嘉莉气恼地跺着脚说，"你是个骄傲自大又自私的家伙，你是这样的人。如果你还有丝毫人性的话，你就不会干这样的事情。"

推销员难以相信地睁大了眼睛。

"我并不骄傲自大，"他辩解说，"再说，你跟别的男人一起出去究竟是怎么一回事嘛？"

"别的男人！"嘉莉喊道，"别的男人——亏你还说得出来，我确实和霍森沃出去过，但是那是谁的错误呢？难道不是你带他到这里来的吗？是你自己对他说，他可以来这里找我出去。现在事情竟然到了这个地步，你居然还过来告诉我，说我不应该和他出去，说他已有家室。"

她停在了最后四个字上，双手扭动着。知道霍森沃的欺骗行为，就像一把尖刀一样刺痛了她。

"噢，"她哭泣着，极力努力地忍住了眼泪，"噢，噢！"

"嗯，我真没有想到我不在家的时候，你会跟他出去。"托罗奥坚持说。

"没有料到！"嘉莉说，完全被这个男人的态度激怒了。"自然没有。你只想到那些令你满足的事，你就想着我是你的玩物。那么，我要让你看到你根本做不到，我要和你决裂，你把你的破东西拿走，我什么东西都不想要。"她把他送给她的金项链从脖子上解下来，使劲摔在地上，接着开始在房里乱翻腾，好像要把属于她的东西全都收拾起来。

这样一来，托罗奥不仅越发气恼，并且也更加对此入迷。他呆呆凝望着她，最后说：

"我真不明白你那恼怒是从哪里来的，在这件事上我什么错都没有，在我为你做了那么多事之后，你怎么能做出这样的事来？"

"你究竟为我做了些什么？"嘉莉十分恼怒地说，她把头往后一仰，张大了嘴巴。

"我认为我做得已经够了，"推销员说着朝周围看了一眼，"你所能穿的衣服，我都给你买好了，不是吗？你想去的什么地方，我也都带你去了，我所有的你也都有，并比我还多很多。"

不管怎么说，嘉莉也绝对不是没有良知的人。对她来说，她承认得到了这些好处，她不知道对此如何作答，可是她的怨气并没有因此平息，她觉得推销员已然深深伤害了她。

"这些是我向你要的吗？"她回答。

"哦，是我心甘情愿给的，"托罗奥说，"可你也没有拒绝。"

"你说话的样子好像是我向你要的，"嘉莉冷静地回答，"你站在那里显摆你的善良，你为我做了这，做了那，我不要你的东西，我不要了！你今晚都拿回去，你想怎么处理就怎么处理好了，我在这里一会儿也住不下去了！"

"这倒真有意思！"他说，由于发觉到自己将遭受损失而气愤了，"把东西尽情享用一番，然后骂我一顿，再离开我，这正是女人的招数。我在你一无所有的时候接受了你，然后你遇见别人，哼，我就没有用处了，我早知道事情会是这样。"

考虑到自己得到的待遇，再加上好像无法讨回公道，他真的觉得很伤心。

"不是这样的，"嘉莉说，"我也不和那个人走，你这个人简直卑劣极了，完全不为别人着想。我坦白地告诉你，我讨厌你，我一刻也不愿和你住在一起。你是一个践踏别人尊严的人……"说到这里，她犹豫了一下，没有继续说，"如果不是这样，你是不会这么说的。"

她已经拿起帽子和外套，把外套轻柔地披在她的晚装上，从头的一侧丝带里几缕弯曲的头发散落了下来，垂在她那绯红的脸庞上。她感到愤怒，觉得受到侮辱，觉得伤心绝望，她的眼睛里闪动委屈的眼泪，可是她的眼眶却是干燥的。她焦虑不安，做出抉择并行动，但没有确切的目标，她完全不知道这个难题会在什么时候结束。

"嘿,这样结束倒是非常好,"托罗奥说,"收拾好东西马上走,呃!你胜利了。我打赌,你很早就跟霍森沃勾搭上了,不是这样你也不会这么做。这个旧房子我也不愿意要了。你不用因为我的原因搬出去。你完全可以住在这儿,我不会打扰,但是,我的天,你确实辜负了我!"

"我不愿意和你住一起,"嘉莉说,"就不愿意再与你住在一起!自从住到这里来,你除了自吹自擂,什么也不会做。"

"噢,我从来没有这样过。"他回答。

嘉莉来到了门边。

"你要去哪里?"他说着走过去把她挡住。

"让我出去!"她说。

"你到哪儿去?"他又问了一遍。

他这个人非常具有同情心,看到嘉莉打算要走出去,并且不清楚去哪里,虽然他很难过,但是还是动了恻隐之心。

嘉莉就这样站在了门外。

可是,现在这种环境紧张的程度让她难以忍受,她又拉了一下门,接着失声痛哭起来。

"恢复点理智吧,嘉莉,"托罗奥轻轻地说,"天已经黑了,你打算跑到哪儿去呢?你没什么地方可去,为何不先留在这儿安静下来呢?我不会打扰你的,我也不想继续待在这里了。"

嘉莉已经哭着从门口慢慢走到了窗边,她哭得没法说话。

"请恢复理智吧!"他说,"我不想缠着你,你要想走,什么时候都可以离开,可你为何不好好想一想呢?老天可以证明,我不会妨碍你的。"

他没有听到答复。可是,在他的苦苦哀求下,嘉莉冷静了下来。

"你现在留在这儿吧,我走。"他最后说。

嘉莉带着复杂的情感听着这些。她的思绪毫无逻辑,四处飘荡。她想到这里就激动起来,思索到那里又恼怒起来——思索着自己所受的委屈,来自霍森沃所受到的委屈,来自托罗奥所受的委屈,他们对她的和善和殷勤,想到来自外部世界的威胁,自己曾经在那里受过一次挫折,又想到自己没办法再在这里住下去,由于这里的房间已不属于她——这些想法使她的思绪混乱,而所有这一切加在一起又把她弄得心烦意乱——正如一只没有抛锚的、随意被风吹日晒的小船,除了到处漂泊之外什么都做不了。

"喂。"不久,托罗奥想出了一个新的计划,他来到她的身边,把手放在她身上。

"别碰我!"嘉莉说着躲开了,可是仍然用手帕捂着眼睛。

"现在先不要再想这次吵架了。就这样吧,不管怎样,你先在这里住到月底,到那时你肯定能准确地拿定主意,知道该如何是好了,不是吗?"

嘉莉没有说话。

"你还是这么做的好,"他说,"你现在收拾东西也没有用啊,你没有地方去呀!"

她仍然不说话。

第二十三章 心灵的创伤：退却

"如果你同意这么做，我们现在就不要谈论这件事了，我马上离开。"

嘉莉把毛巾稍稍往下移了一些，看着窗外。

"你不想这么办吗？"他问。

她仍旧没有说话。

"不想吗？"他又问了一遍。

她只是面无表情地望着街道。

"呃！好了，"他说，"告诉我，你想吗？"

"我不清楚。"嘉莉无可奈何地低声回答。

"答应我就这样吧！"他说，"我们不说这事了，这样办是最好的。"

嘉莉听明白了他的话，可是无法理智地回答他。她意识到这个男人很温和，他对她的关心完全没有减少，这使她感到很苦闷。

对托罗奥而言，他有了一个嫉妒情人的心理。他此时的感情特别复杂，既因为受到欺骗感到屈辱，又因为失去嘉莉感到难过，还为自己受到的挫折而感到绝望。他想要尽可能挽回他的利益和权利，而他所认为的权利仅仅是留住嘉莉，让她慢慢认识到自己的错误。

"你不想吗？"他催促道。

"嗯，我要思考一下。"嘉莉说。

虽然答案与刚才一样，可总算是有了一些结果，看来只要他们想办法交流，这场风波大概就可以过去了。嘉莉觉得非常后悔，托罗奥觉得非常痛苦。他假装把一些东西收拾在旅行包里。

这时，嘉莉正无言地望着他，她的脑子里这时有了一些较为理智的想法。的确，他是有错，但是她又做了点什么呢？虽然他只想到自己，可他心肠是不错的，待人温和。在整个争吵过程中，他没说一句低俗的话，可是另一方面，这个霍森沃——确实是个比他更阴险的骗子。他假装对她有着千般的情，万般的爱，却从头到尾欺骗着她。啊，阴险的男人呀！而她竟然爱上了他。她下定决心不再跟他有任何往来了，她也不想再见到霍森沃了。她要写一封信给他，把自己的想法告知他。以后她该怎么办呢？这里有可以住的地方，而且托罗奥正在请求她不要离去。很明显，只要事情都打算好，这里的一切可以像以前一样，这里总归比街道要好。

当她在心里思考这一切的时候，托罗奥在抽屉里找一个衬衫袖扣，他慢吞吞地找着。他感到嘉莉对他还有一种吸引力，他觉得发生的这一切并不是他走出这个房间就能了解的，一定还有考虑的余地，还有办法让她接纳他，承认是她的错，那样他们就可以言归于好，把霍森沃从此拒之门外。天哪！他真看不上这个男人口是心非的卑鄙作为。

"你是否想，"彼此没有说话了一会儿后，他说，"到舞台上去发展一下？"

他想了解她有什么计划。

"我现在还不知道该做什么。"嘉莉说。

"如果你想登上舞台，我能帮你，我在这方面有很多交情不错的朋友。"

她对此没有回答。

"不要没有把握地出去碰运气，这不是办法，让我来帮你吧，"他说，"在这里只靠自己去闯是难以成功的。"

嘉莉就坐在椅子上前后摇晃着思索。

"我不想你去碰那样的硬壁。"

他热情地提起一些别的意见，而嘉莉不过在椅子上摇晃着考虑。

"你为什么不把这件事的经过都告诉我，"他过了一会儿说，"让我们了结它吧！你对霍森沃真的没有什么感情，是吗？"

"你为什么又提到这件事情上来了？"嘉莉问，"都是你的错！"

"不，我没错！"他回答。

"是的，都是你的错，"嘉莉说，"你原来就不该对我撒谎。"

"但是你跟他并没有发生什么了不起的事情，是吗？"托罗奥接着说，急于想听见她明确的否认，以得到心理上的一点安慰。

"我不想谈这件事。"嘉莉说，为和解变成了责问觉得难以忍受。

"现在做出这副样子有什么益处呢，嘉德？"托罗奥坚持说，"你至少可以让我知道我处在何种位置呀！"

"我不想说，"嘉莉说，她认为除了发怒之外没有别的方法，"不管发生了什么事情，全都是你的过错。"

"那么你的确是爱上他了？"托罗奥说，彻底停下了手头的工作，感到心中汹涌澎湃。

"哦，别说了！"嘉莉说。

"哼，我可不要当白痴！"托罗奥叫道，"你若是愿意，可以去和他在一起，可是你再也不能主导我的生命。你要不要告诉我，随你的便，可是我不想再当傻子了。"

他把扔在外面的最后几件东西塞进旅行包里，愤怒地拉上拉链。然后，他一把抓起刚才整理东西时脱下的外套，拿着手套，走到外面去。

"你见鬼去吧，我才不想管呢！"他走到门口时说，"别以为我是白痴。"接着他用力地拉开门，又用力把门关上。

嘉莉看着窗外，对推销员猛烈感情的爆发觉得十分吃惊。他原先脾气那么好，那么温和，她这时根本不敢相信自己的眼睛。她这个人不清楚人的感情变化的源泉，真情实感的火焰是一种奇异的感觉，它如鬼火一样燃烧，向着快乐的仙境前进着；它像熔炉一样喷出炽热的光芒，嫉妒总是那让它燃烧的催化剂。

第二十四章　内战的余火：窗边人影

　　那个晚上，霍森沃在办公室里度过了一夜，把事情处理好后就去旁边旅馆休息。他心情不能沉淀下来，他太太的行为一定会影响他的前途。尽管他还不能确定她所释放的威胁有多么严重，他还是很了解一件事：如果她这种态度继续下去，他将不可能会有安宁的生活。她已经决定了，并且也已经在一场非常重要的战争中击败了他。今后会怎么样呢？他在自己的小办公室里徘徊着，然后又在旅馆的房间里走来走去，思考着，不过没有任何结果。他想不出办法来补救。

　　这时，霍森沃太太已经决定不能眼睁睁看着自己失去优势。虽然她现在事实上已经驯服了他，她下一步就要提出各种各样的条件，如果他同意这些条件，未来她的话将会成为法律。他现在必须及时给她提供钱，否则她就会找他的麻烦。他的任何举动现在都无足轻重，她才不在乎他今后回不回家，家里缺了他的话，所有事情都会进行得更加顺利，她也能够不跟别人商量，任意妄为地行事。她准备马上去请一位律师，这样就能知道她能得到什么样的好处与利益。

　　霍森沃在房间里来回走动，心里却在思考着他的处境："财产都早已在她的名下，"他不停地想着，"这是多么愚笨的一步棋啊！真该死！那实在是蠢极了。"

　　他也想到了他经理的职位："如果她现在就掀起风波，我就会失去这个工作。若是我的名字上了报，他们是不会再让我在这里干的。我的朋友们也会与我断绝交往！"想到她采取种种的行动都会引起大家对他的议论，他恨得咬牙切齿。报纸会怎样写？他所认识的每一个人都会来凑热闹。他就只有不断地解释，最后自己成为大家的话题。然后，哈哥老板就会来找他，后果将不堪设想。

　　他只要想到这里，就头痛欲裂，额头上也是一片汗珠，他想不出一点办法。

　　在这样的思考中，他时而也会闪过那个想法，他回想嘉莉，想到那即将到来的星期六的计划。尽管他的一切事情十分糟糕，但他根本不必为那担心，那是一切困难中唯一令人开心的事情。他可以非常圆满地把它安排好，因为若是有必要的话，嘉莉是能够等的，他要观察一下明天的情况，然后再和她商议。他们将像以前一样见面，他的眼前浮现着她美丽的脸孔和迷人的身姿，心中想着为何生活不那样安排，让他始终拥有和她在一起的愉快，那该是怎样的快乐啊！但他又会想到他妻子的威胁，脸庞上又显现出皱纹，出现汗珠。

　　早晨，他从旅馆回到办公室，看了一下他的信件，但是除了平常往来的信件以外，没有别的。不知道为什么，他觉得应该会有什么信件通知他，所以，他仔细看了任何一个信封，确认没有看到一点可疑的地方后，他才放松了。他在回到办公室以前，一点儿吃东西的欲望都没有，这时他才感到饿了，决定在去公园与嘉莉见面之前，先去太太平洋饭店喝杯咖啡，吃些面包。困难并未减少，也没有变得具体化，对他来说，没有消息就是好消息。如果他有充裕的时间用来思考，也许他能想出一些办法来。肯定会的，这件事情不会发展成灾难，并且他还能找到一条正确的出路。

　　不过，当他到了公园，等了好久，也没等到嘉莉时，他的情绪落到了最低点。

他在他们说好的地点等了将近一个小时，然后站起来，开始焦虑不安地徘徊。是不是那里有什么事耽误了她？是不是他妻子找到了她——当然不可能。他从没将托罗奥放在心上，因此也绝不会想到他会发现什么，也并不会为这个担心。他在考虑之时摆弄着表链上的饰物，然后猜想这算不上什么。她今天早晨走不开，这就是没来信通知他的理由，但他今天会收到一封信的。可能等他回到办公室时，信就早已在他的办公室里，他想要马上去一看究竟。

过了一会儿，他决定不再等了，失望地走到麦迪逊街上去等车。天气好像也要加重他的心情，原本明朗的蓝天此时已布满了朵朵浮云，把太阳遮住了。风向东刮着，等他回到办公室时，已经有了绵绵细雨。

他走进去再次看了一下信件，但是没有嘉莉的来信。让人高兴的是还没有收到他妻子的来信。他感激上天，在他需要时间认真思考之时，他暂时还不用对付这些问题。他又在房间里徘徊，装出平常的神情来，可是背地里却厌恶得无法言喻。

他一点半到烈克托饭店去吃午饭，回来时见到一个信差在等着他，他面带疑惑地望着这个小家伙。

"你这有一封信。"那个信差说。

霍森沃看出了这信纸和他太太的笔迹。他撕开信，面无表情地看起来，信的语气非常正式，措辞全都尖酸刻薄。

"请你赶紧将我要的钱送来，我需要钱做我的事。如果你不想回来，也没关系，可是我一定要拿到钱。请勿推托，马上叫信差带来。"

他看完之后，手中握着信静静站在那里。这封信写得很狂妄，差点气得他背过气去。这也激起了他的愤怒——他有了反抗之感。他的第一个想法就是仅写四个字作回答——"你去见鬼！"但他没有，只是告诉信差没回信。然后他坐在椅子上发呆，思考着他如此做会有什么样的后果。她下一步会如何行动？这该死的泼妇！她难道要逼他低头吗？他很想回家与她马上争论这件事，这么办，她实在是太自以为是了。但是，他的办事效率其后还是占了上风，他想先采取一部分行动。高潮即将来了，她不可能会善罢甘休。他很了解她，知道她如果下定决心做一件事，就必定会一直坚持下去，可能事情会很快交给律师去办理。

"浑蛋！"他咬紧牙齿说，"该死的，要是她再给我制造麻烦，我就让她知道我的厉害。我要让她换个腔调，即使动武也无所谓。"

他从椅子上站起身来，走过去望着外面的街道。连绵的细雨还在下着，行人们把衣领卷起了，翻起了裤脚管，带伞的人都撑起伞了。整个街道看上去就像是一片移动的海洋，货车和大马车排成一线，人们都在赶紧躲雨。可是他根本没有注意到这个景象。他始终在思考着怎么对付他太太，要她对自己换个态度，免得他动粗。

约在四点钟又来了一封短信，上面只写了几句话："如果当天晚上钱没有送到，第二天早晨这件事情就会被告诉罕那和哈哥，而且还会采取一些别的手段讨要这笔钱。"

事情逼得如此紧迫，霍森沃差点大叫起来。是的，他会把钱给她送去的。她要什么都必须给她送过去——他还将回家去和她谈判，而且立刻就去。

他戴上帽子四处找着雨伞。天哪！他一定要把这件事情处理一下。

他雇了一辆马车，在令人厌烦的细雨之中向北区驶去。他一路上在思考着这件事，平静了下来。她究竟知道什么？她又做了什么？可能，她已经发现了嘉莉，谁知道呢——也许可能找到了托罗奥。或者她真的掌握了有利的证据,准备把他拆穿,就像一个男人偷袭另一个男人一样。她一直很狡猾。她如果没有充分的证据,怎么敢去这样侮辱他呢?

他开始后悔起来,要是稍稍做出一些退让——若是把钱送去就没有事了。可能他回家时能够这样做。总之,他要进去看看,他不会和她争论。

当他回到家后,他充分意识到了自己困难的处境,心里又渴望有什么解决的办法能自动跳出,希望自己能找到一条出路。他下了马车,而后踏上台阶,朝大门走去,但心里却紧张得像在打鼓。他掏出钥匙准备插进去,可是里面已经插了一把钥匙。他摇了摇门把手,可是门锁上了。他只能按门铃。没人答复。他又按了一次,这一次按得比上一次重,还是无人答复。他一直用力地按门铃,可是没有一点作用。他只好走下台阶。

台阶下有扇通往厨房方向的门,不过装有防盗用的铁栅栏。他走到那里时,看到这扇门被反锁上了,厨房的窗子也被放下来关严了。这是什么样的情况?他按了门铃,然后等待着。最后,还是没有人出来,他只好转过身回到马车旁。

"他们可能出去了。"他抱歉地对马车夫说,马车夫正把红艳艳的脸藏在油布雨衣里。

"我看到那个窗子里有个姑娘。"马车夫说。

霍森沃看了一下,但那里却没有人了。他失望地爬上了马车,既觉得轻松,又感到不安,可能这就是玩的手段吧!把他拒之门外,让他拿钱。嗬,上帝呀,这确实是高明的一步棋。

第二十五章 内战的余火：六神无主

当霍森沃又回到办公室时，他陷入了从未有过的绝境。他想，他到底干了什么？事情怎么会变成这样，而且居然这么快？他根本不明白这一切是如何发生的。这好像是一场梦，没时间躲闪，就一下子降临到了他的头上。

这个时候，他也总会想到嘉莉。她那里又会有什么难题呢？没给他一封信，也没有一点的消息，此时已是深夜了，而她本来还答应早晨和他见面的。他们还约好明天碰头，一起出去——到哪儿去呢？由于近期这些事情使他手足无措，他还没有就那个问题有什么想法。他努力爱着她，在正常的状态下，会尽力把她追到手的，可现在——现在如何是好呢？她是不是已经觉察到了什么呢？如果她也写信给他，说她得知了一切，说她不想再和他交往呢？而从此时的发展来看，这是极其有可能发生的事情。而另一方面，他也还没有把钱准时送去。

他在酒店光亮的地板上徘徊，两手插在口袋里，紧皱眉头，紧闭着嘴。一枝高级的雪茄给他带来了些许的安慰，可这并非医治他所受痛苦的仙丹妙药。他时常会捏紧拳头，跺跺脚——那是他心绪不安的表现。他整个身心都受到了剧烈地震撼，他在想，人的精神究竟能忍受到什么地步。他几个月来第一次晚上喝下如此多的酒，这是他非常烦恼的表现。

他想了又想，但是他还是没有想出什么办法来——除了把钱送去。两三个小时之内，他的心经过了紧张地斗争。他十分不情愿地拿出一只信封，按照规定的数目把钱放了进去，随后再慢慢把信封好。

他唤来了在店里打零工的哈里。

"你把这送去这里，"他把信封交给他说，"把它转交给霍森沃太太。"

"好的，先生。"勤杂工说。

"如果她不在，就拿回来。"

"知道了，先生。"

"你看到过我太太吗？"为了保险起见，勤杂工转身就要走时，他又问。

"见过的，先生。"

"好吧，快点赶回来。"

"需要回信吗？"

"我看不会有。"

勤杂工很快离开了，经理再一次陷入了深思之中。此时他这桩事已经做了，再去考虑它也没有意义了。他今晚已经被打败了，只能想开些。但是，这样屈服真是难堪啊！他能想象到她在门口见到勤杂工时脸上挂的嘲讽的笑容。她会接过信封，看到自己的胜利。天哪，天哪，这的确是头疼的事！他如果能把信追回来就好了。他焦虑地喘着气，抹去了脸上的汗珠，这真是一件令人害怕的事情。

为了放轻松，他站起身来，加入到几个正在喝酒的朋友的谈话中。他想对周围的事情产生点兴趣，可是做不到，他总会下意识地想到家中，想到那里可能发生的事。他一直在想，勤杂工把信封转交给她时，她会怎么说。

大约过了一小时四十五分钟，那勤杂工回来了。很显然地已经把东西送去了，从他走过来时并没要从口袋里往外掏就可以看出。

"如何？"霍森沃说。

"我已经交给她了。"

"是我的太太吗？"

"是的，先生。"

"她没有回信吗？"

"她说：'来得正好。'"

霍森沃用力地咬着自己的嘴唇。

这件事情依然没有结束。他反复思考着自己的境况，一直到半夜才重回到旅馆。他想着第二天早上又会发生什么令他措手不及的事情，所以完全无法安然入眠。

第二天他又来到办公室查阅了他的邮件，心里又是迷茫又是期望。没有嘉莉的消息，令人有些安慰的是，也没有他太太的来信。

想到自己送了钱去，她也收下了，他的心情还是宽松了一些；既然他已经委屈地把钱送了过去，他对此事的悔恨便减轻了，和好的期望也随之增加了。他坐在办公桌边，想象着在一两个星期内不会再有什么事发生。那么这样，他就有时间考虑了。

这么一打算，他又想到了嘉莉，想到了要把她从托罗奥身边夺走的计划。现在该如何是好呢？他想着这事，想起她不但没有去和他会面，也没有给他写信，他又痛苦起来。他下定决心给她写封信，让西区邮局转交上去，要她解释清楚，也要她出来见他。可是，一想到这封信可能会星期一才能到她手中，他心里便十分烦躁。他必须找到一个更有效率的方法——可是该怎么办才好呢？

他考虑了半个小时，却不打算派人去或自己直接去她家，由于那样太过明显。可是他发觉自己在浪费时间，于是写了一封信，随后又开始了考虑。

时间在飞快地流逝，他和嘉莉见面的这种可能性也愈来愈渺茫。他原来打算着现在可以愉快地帮助嘉莉，让她和他同甘共苦，但是现在已经是下午了，任何事情都还没做。三点钟、四点钟、五点钟、六点钟，仍旧没有来信。这个无可奈何的经理走来走去，沉默地承受着失败的悲哀。他眼睁睁看着星期六过去，星期天到来，自己却仍旧什么事都没干成。整个白天，酒吧不营业，他一个人考虑着，没有了家，失去酒店里的热闹，失去嘉莉，也没有能力改变一切。这是他一生中度过的最失落的一个星期天。

星期一的邮件中，他找到了一封公文式的邮件，让他看了许久。信上写着"麦格烈戈、詹姆斯和海埃法律师事务所"的字样，信的开头十分正式地写道"先生台鉴"以及"敬启"，然后就简单地告诉他，他们受朱丽亚·霍森沃夫人的拜托，负责解决这些有关她的赡养与产权的事情，能否劳驾他前来跟他们见面详谈。

他把这封信小心翼翼地读了好多遍，随后只是摇了摇头。看来他的家庭问题好像才只是刚刚开始。

"哼！"许久，他说出声来，"这让人如何是好。"

接着他把信装起来，放进口袋。

更让他难过的是，嘉莉还是没有信息。他此时已经相信，她一定知道了他是有妻子的人，所以对他的欺骗很恼怒。他现在十分需要她，因此也觉得自己倍加痛苦。他在想，要是她再不给他消息，他就要亲自跑去看她。只要想到如此被人遗弃，他真的觉得非常的伤心。他真心诚意地爱着她，此时却又面临着会失去她的可能，这使她看起来更加宝贵。他一面希望能得到她的消息，一面又带着无穷哀怨的心思挂念着她。不管她是怎么想的，他决不希望失去她。不管发生任何事情，他都要把这个事情解决好，并且要尽快。他要到她那里去，把自己家里所有的难处全都告诉她，他要向她解释他的窘迫，向她说明他如何需要她。自然，她是不会在这种时候抛弃他吧？当然不会。他会恳求她，直到她肯宽恕他。

他忽然想到："如果她不在那里了呢？如果她已经离开了呢？"

他站起身来，坐在那里冥思苦想真的很痛苦。

然而，他站着也没有任何用处。

星期二还是一如既往。他强打精神去找嘉莉，可是快赶到奥格登公寓时，他发现有一个男人在跟踪他，便急忙离开了，他没走近那房子。

这次拜访中有一件令人烦心的意外事。他坐兰道尔夫街的公车返回时，不知不觉来到了他儿子工作的那家公司的对面。他刚看见这地方，心里就感到一阵难以名状的痛苦。正是这地方，他原来来这里看过几次儿子，如今这小子居然没有给他写过一个字。他的儿女好像一个也没有察觉他没有回家。算了，算了，命运简直是捉弄人啊！他返回了办公室，与朋友们悠闲地聊着，好像无聊的闲聊可以使人的痛苦之感减少。

那天晚上，他在烈克托饭店吃过晚饭之后马上回到了办公室。只有在这繁华的酒店里，他才能够排解忧愁。他对很多小事都要询问，跟任何一个人都能说上几句话。在别人离开了以后很长的一段时间，他仍旧坐在他的办公桌旁，直到守夜的人在查看大门有没有锁好时，他才走出办公室。

星期三，他再次收到麦格烈戈、詹姆斯与海埃事务所寄来的一份正式的通知。上面清楚地写着：

尊敬的先生：

我们特此通知你：本事务所受到朱丽亚·霍森沃夫人的委托，将在明日（星期四）下午一点提起起诉，提出离婚及赡养费的要求，届时要是得不到您的回复，我们将认为您不愿做出任何和解，将采取相应措施。

你忠实的某某

"和解！"霍森沃惊讶地叫道，"和解！"他又摇了摇头。

如今一切都已清楚地摆在了他面前，他清楚会有什么样的后果。要是他不去见他们，他们马上就会起诉。如果他去的话，他们提的条件又会让他十分生气。他拆开这封信，与第一封放在一块，随后戴上帽子，到附近逛逛。

第二十六章　使者离去：自找门路

　　托罗奥离开了，嘉莉听着他离去的脚步声，不明白发生了什么事情，她只知道他气愤地走了。她过了许久才开始想他还会不会再回来这个问题——不是等会儿回不回来，而是以后还会不会回来。外面暮色四合，她打量着屋子，心里觉得怪异，这些房间看上去怎么与平常不同。她走到梳妆台边，划着一根火柴，把煤气灯点亮。然后，她又坐到摇椅上，陷入沉思。

　　她过了很久才稍微理清头绪。可是这样一来，她就觉得眼前的情况非常严重，她基本可以算是一个人了。如果托罗奥再也不回来了，如果她再也听不见他的消息了，那么这套装修好看的房子就会保不住，她没有选择，只能搬出去。

　　说句心里话，她倒是从未想过要依靠霍森沃。每次想到他，她心里只剩伤心与后悔。是的，她彻底被人类这种堕落行为而震撼，他会不动声色地欺骗她，她被诱惑到一个新的、更糟糕的境况。可是，她还是常常想起他的音容笑貌。他只有在一件事上的所作所为让人觉得出奇而又可悲，和她对这个男人的一切好感形成鲜明的对比。

　　可是就剩下她一个人，这是她目前最大的心事。怎么办才好呢？她必须出去找工作吗？她是否又要去商业区找找看呢？上舞台——啊，是的！托罗奥说过，她在这方面是不是有可能有机会？她摇着摇椅，胡思乱想着，时间在流逝，夜幕已降临。她没吃什么东西，就只是坐在那儿苦思冥想。

　　可能是在这个时候，她觉得饥饿了，于是走到后边房间的小食品橱边，里面还留着早餐剩下来的一点东西，她看着这些东西，心里有些着急，她把食物看得比什么时候都重要。

　　她一边吃，一边想着自己还有多少存款。她认为这很重要，就立刻去找她的钱包，钱包放在梳妆台上，里面就剩七块钱和一些零钱。想到这点钱是这么的少，她感到非常害怕；可是想到房租已经付到了这个月的月底，她又有些高兴。她又想到，要是她一开始就沦落街头，她会怎么办呢？如今看起来，比起那种情况，现在的局面还是不错的。她至少还有些许时间，可能到最后一切都会好起来的。

　　托罗奥走了，那又怎样呢？他似乎并没深恶痛疾，不过有些生气罢了。他会回来的——肯定会。他把雨伞放在屋角里，他的一条领带也还留在这里，他的薄大衣还被遗忘在了衣橱里。她到处张望着，想知道一些他留下的东西，用这个来安慰自己，可是，唉，她又有了想法。如果他真的回来了，那又该怎么办才好？

　　这还是一个难题，同样让人心烦意乱，她得与他谈话，同他解释。他会要她承认他是正确的。这样就会把全部的秘密都透露出来，就会使她没办法再和他一起生活下去，就算他愿意的话，她也没法想象，要是让他知道了她的错误，她将如何去面对他。

　　星期五，她想起了和霍森沃的约会，可是她非常愤怒、难过，不想去赴约。但是，随着她应当赴约的时间慢慢流逝，她反而清晰地感受到了降临在她身上的灾难。

她紧张，焦虑不安，认为自己应该采取措施，因此，她换上棕色的便装，11点的时候出门，又一次去走访商业区。

十二点钟好像要下雨，一点钟真的下了起来，最后使嘉莉滞留脚步，待在了家里，这场雨也使霍森沃的兴致消失殆尽，使他抑郁了一整天。

第二天是周六，大部分商业区都只营业半天。因为前一天晚上下了雨，树木和青草看起来非常翠绿，这是个天气晴朗、阳光明媚的好日子。麻雀在叽叽喳喳，齐声唱着欢快的歌曲。从不用愁工作以来，嘉莉过了很长一段悠闲自在的生活，所以不想早起。当她看着外面美丽的公园时，她不禁想到，对于那些没有烦恼的人来说，生活总是非常快乐；她多希望现在有人来帮她一把，使她维持现在悠闲的生活。她这样想的时候，根本不是希望托罗奥，她也不想再和霍森沃有任何关系，她只想她有一个心安理得的舒服环境——因为她毕竟还是过得很快活的——至少比目前自己不得不去谋生要更快活。她盯着窗外，为在这样美好的日子里自己却得担心焦虑而悲伤。她只好走到阳光下去寻找活路。她得踏上那些复杂的街道，寻找一份工作，一份肉体不需承担各种各样苦楚的职业。她一直不停地提醒自己只剩下几块钱，并且自己孤立无援。

她赶到商业区时已经快要十一点了，各家商行已经准备关门。她刚开始还没有发现这一点，因为她还为又要闯进这个紧张又冷酷的现实而觉得痛苦难当。她在街上游荡，对自己说一定要找份工作，此时又觉得也许没有必要这样慌张，工作太难找，再说她还能再顶几天。此外，她还不敢确定自己是否真的又将面临着自谋生路的情况。总之，她现在的条件比先前好多了：她知道自己的外貌比从前更漂亮，她的行为举止也与以前宛如两个人，她衣着大方，男人们——那些衣冠楚楚的男人们——这种人以前习惯从擦亮的铜栏杆和堂皇的柜台后冷淡地打量着她，现在却用温柔的目光看着她。在某种程度上，她认为这给她一种力量，一种满足，可是她还无法彻底相信。她只希望能找到合理正当的工作，而不需要任何另外的恩宠。她真的要找一个工作，可是谁也不能靠虚情假意的恩宠来收买她，她下定决心要光明磊落地自己生活。

在那些她觉得应该进去挑战的大门口里，她看到"本店周六下午一点钟歇业"的字样，便感到开心。这样她就有了理由不去求职了。在见到大部分商店都有这种字样并且注意到已经是十二点一刻之后，她便觉得今天再找下去没有任何意义，因此，她搭街车去了林肯公园。公园里还是有可看的东西——花草、动物、池塘，她自我安慰地想着周一她肯定准时起床，出来找工作，并且，也许在星期一之前还会发生别的事情呢！

星期天在同样的疑虑、担忧中度过了，天知道她在心理和精神上又有什么奇怪的念头。这一天每隔半小时，找工作的想法就会像瑟瑟的鞭梢一样敏锐地触动着她，使她觉得应该采取行动，而且必须马上采取行动。有时候，她会观察四周，使自己坚信事情还没有那么坏——她一定会平安地度过这一关的。这时，她便会想起托罗奥提的上舞台的想法，就准备到那方面去找找机会。她决定第二天去试一试，直到找到其他工作为止。

因此，她周一早晨起得很早，打扮得觉得能给人留下一个好印象。她不清楚这一方面的求职是怎样招聘的，只是认为跟戏院有直接关系。只要跟人打听一下戏院的经理在哪里，然后向他求职。如果有什么职位，那就一定可以得到——要是没有，他一定也可以告诉她该怎么做。

　　她以前没有跟这些人打过交道，因此不明白戏剧圈子的荒淫和滑稽。她只知道亨奥先生的职位，可是因为她跟他太太关系亲密，她最不希望遇到这位先生。芝加哥那时有一家戏院很让人喜欢，那便是芝加哥歌剧院，它的经理大卫·A. 亨德森在当地有些名声。嘉莉以前在那里看过一两场精彩的演出，也在那里听过几出别的戏，她非但不认识亨德森，也不明白怎样找他，可是她本能地觉得这地方很合适，因此就在歌剧院的周围徘徊。她鼓起勇气走进了精装的大门，前面是富丽堂皇的大厅，墙上挂着一些最红的明星的宣传照，再过去就是静静的售票处，她不敢再往前走了。这一周有一个叫兰西斯·威尔逊①的先生正在这儿拍戏，那显赫和炫耀的阵势镇住了她，她无法想象这么高档的圈子能够接纳她，想到自己大胆的举动也许会被拒绝，她不禁打了一个寒战。她再次鼓起勇气看看那些十分神奇的画像，然后转身走了出去。她觉得这好像是一次极为成功的逃亡，要是想到那里找到工作，真是太看得起自己了。

　　这一天的求职就由于这一段小经历而结束。她又到别的戏院转了转，可是都没有进去。她悄悄地记下了几家戏院的地址，特别是大歌剧院和麦克维克戏院这两家最有地位的戏院，然后就离开了。她的情绪一下子降了下来，因为她又重新意识到了这些单位是多么伟大，而社会对她的需求正像她所想的那么渺小。

　　那个晚上，亨奥太太来拜访她，一直在闲谈着，一坐就是大半个晚上，弄得嘉莉根本无法去考虑她的困境或者这一天的经历。不过，她还是在睡觉前坐下来思索，心里满是不幸的预兆。托罗奥还是没有来，根本都没有他的消息。她手头那不够多的钱由于吃饭和坐车已经花掉了许多。很明显，她的钱维持不了多久，可是，她还没有找到什么挣钱的门路。

　　这时，她想起了希凡·伯利街上的姐姐，从那天夜里离开后再未见过她；她又回忆起了哥伦比亚城，现在好像已经是回不去了，她不会到那里去找工作。她总是想起霍森沃，可是每当想起他，心中就觉得难过。他竟然故意欺骗她，这是多么残忍啊！星期二，她还是不能下决心，胡思乱想。由于前一天的失败，她没有心情现在出门去求职，但是在心里却讨厌自己前一天的软弱。所以，她又一次去了芝加哥歌剧院，却根本没有勇气走上前去。

　　但是，她最后仍去售票处问了问情况。

　　"您是找剧团经理还是剧院经理？"负责售票的那位衣着精致的人问，他觉得嘉莉长相很漂亮。

　　"我不知道。"嘉莉说，被他一问有些紧张。

　　"总之你今天不能见到剧院经理，"那位年轻人告诉她，"他出差去了。"

　　他看到了她失望的表情，便又说："你找他有事吗？"

　　"我想打听能不能找个工作？"她回答。

　　"那你还是找剧团的经理吧，"他回答，"不过他现在也不在。"

　　"那他何时回来？"嘉莉问，听到这消息心中有些放松了。

　　"哦，十一点到十二点之间你也许能找到他，两点之后他也许也会在这里。"

　　嘉莉道了谢就高兴地走了出去，那位年轻人从那装饰奢华的票房的窗口目送

---

① 兰西斯·威尔逊（1854—1935），美国喜剧、歌剧演员。

着她。

"相貌不错。"他对自己说，然后想到她不耻下问的画面，心里非常高兴。

嘉莉刚走到外面，就发现除了闲逛、等待以外什么事也干不了，只是想到那里并不肯定能找到工作，而她又必须找到工作，她只好去另一家戏院求职，也就是大歌剧院。查尔斯·佛勒蒙①的一个喜剧团正在这里准时上演。嘉莉这一次直接请求见剧团经理，心里想着他很可能要为他的戏寻找几个跑龙套的。她根本不知道这个人权力很小，即使有个空缺，也会从纽约派一个演员来候补的。

"他在楼上办公室里。"管票房的人给她说。

经理办公室里有一些人，其中两个正靠在窗边，另一个人正在与写字台边的人聊天，后者便是经理。嘉莉急忙地环视了一下室内，因为当着这么多人的面提出要求而害怕，其中的两个人，便是靠在窗边的那两个人，正在上上下下地打量着她。

"我肯定不会答应的，"经理正在说，"这是佛勒蒙先生的规定，绝对不能让观众到后台去。不行，不行！"

嘉莉紧张地等待着。虽然屋里有椅子，但是谁也没有示意请她坐下。与经理谈话的那个人失望地离开了。这位大人物正专心致志地看着桌子上的几张报纸，仿佛那是他十分关心的东西。

"你听说今天早晨《先驱报》上关于纳特·古德温②的报道了吗，哈里斯？"

"没有，"被问的人说，"说了什么？"

"说他昨晚在胡利剧院演得非常出色，看一下报纸就知道。"

哈里斯到桌上去找《先驱报》。

"什么事？"经理问嘉莉，显然刚刚才看到她，他以为是来要免费票的。

嘉莉马上鼓起所有的勇气，但这勇气也少得可怜，她觉得自己是个新手，肯定会遭到拒绝的。她对此深信不疑，所以现在只想装出一副来讨教的样子。

"你能告诉我怎样才能登上舞台表演吗？"

这样问可能是求职的最佳办法。至少，坐在椅子上的那位经理对她的容貌是非常感兴趣的，她率直的要求和谦虚的态度打动了他的心。他笑了，房间里其他的人也都跟着笑起来，可是他们立刻把自己的笑意掩藏了起来。

"我不知道，"他回答，斜着眼看着她，"你有舞台表演经验吗？"

"有一点，"嘉莉回答，"我在一些业余演出中担任过配角。"

她觉得应该吹嘘一下自己，让他对自己有兴趣。

"有学过表演吗？"他摆出一副自豪的样子说，要使他的朋友们和嘉莉得到相同的印象。

"没有，先生。"

"那我就不好说了，"他回答，当着嘉莉的面无所顾及地往椅子上一靠，"你怎么会想上舞台表演呢？"

这个家伙的大胆使她觉得害羞，对他那讨好的假笑她仅仅能报以微笑。她说：

"我得赚钱。"

---

① 查尔斯·佛勒蒙（1854—1915），美国经营剧院商业巨头，开设的剧院遍及全美。
② 纳特·古德温（1857—1919），美国喜剧演员。

"噢,"他回答,被她美丽的外表打动了,觉得好像可以趁机与她建立某种关系似的,"这倒是个好理由,是吗?唔,你想要演戏,芝加哥不是一个好地方,你可以去纽约,那里的机会比这里多上好几倍,只怕你很难从这里起步。"

嘉莉温柔地笑了笑,很感激他会放下架子给她提供建议。他看见了她的微笑,但对这个微笑做了略微不同的解读,他认为自己找到了一个可以调情的极好机会。

"请坐!"他一边说,一边从桌子旁拉过一把椅子,并且降低说话的声调,不让房间里的其他两个人听见。那两个家伙相互使了一个古怪的眼色。

"哦,我必须走了,巴尼,"其中一人出去的时候对经理说,"下午见。"

"好吧。"经理回答。

剩下来的那一位拿过一张报纸似乎在看。

"你有没有考虑过你想扮演哪一类角色?"经理轻声问。

"哦,没有,"嘉莉说,"我想刚开始什么角色都能做。"

"我知道了,"他说,"你现在是住在城里吗?"

"是的,先生。"嘉莉回答,不想在这方面多提供什么消息。

经理十分殷切地笑了笑,"你有没有尝试过当歌唱演员?"他摆出一副更加亲切的态度问。

嘉莉开始察觉到他的态度里有点很做作的东西。

"没想过。"她说。

"大部分登上舞台的女孩子,"他接着说,"都是这么开始的,这样可以学到多种不同的经验。"

他以友好、殷勤的目光盯着她。

"这我倒是没想到。"嘉莉说。

"这不是很容易,"他又说,"可是,你知道,机会一定有的。"然后,他好像突然想起什么似的,掏出表来看了看。"我两点钟的时候有个约会,"他说,"我现在必须去吃午饭了,能邀请你去吗?我们可以在那里细细谈谈这件事。"

"啊,不!"嘉莉说,立刻清楚了这个人的动机,"我自己另有约会。"

"那太可惜了,"他说,感到自己把邀请提出得早了,并且知道嘉莉要走了,"改日再来吧,可能我会有些事能帮到你。"

"谢谢你。"她有些惊讶地答了一句就离开了。

"她长得特别漂亮,不是吗?"经理的朋友说,他没能看穿这套小把戏的所有细节。

"是很漂亮,"经理说,想到把戏演败了,心里酸溜溜的,"可她永远都做不了演员,不过是一个花瓶罢了。"这一段小小的经历基本上打消了她想去芝加哥歌剧院见威尔逊剧团经理的念头,可是没过多久,她还是下定决心去尝试一下。这位先生的为人比较正直,到那儿以后,那位经理马上就说没有什么空缺,并且好像认为她这样做是不明智的。

"芝加哥不是初登舞台表演的地方,"他说,"你应该去纽约。"

可是她毫不气馁,又再次到了麦克维克戏院,结果在那里谁都没找到。那里正在上演《老家宅》①,人家告诉她她想要找的人不在。

---

① 演员邓曼·汤普森(1833—1911)自编的名剧,初演于1886年。

这些小小的经历一直让她忙到快四点钟，最后她精疲力竭地往家走。她觉得似乎还应该再到别处去探听一下，可是到目前为止所有的结果的确让人太难过。她坐上街车，四十五分钟后回到了奥格登公寓，可是她决心不下车，而是一直赶到西区邮政分局，因为她曾经在那里收到霍森沃的来信。而现在那里正好有一封，是星期六写来的，她撕开它，带着极其复杂的情感看了起来。信写得充满热情，并对她的失约以及后来的杳无音信很是抱怨，这使她对这个人产生了可怜的感情。他爱着她，这是很明显的，他这个有妇之夫竟然想，并且居然敢这么做，完全是一种罪恶。她觉得自己必须给他一个答复，于是便想给他写信，告诉他她已经知道他有妻室，而且对他的欺骗感到非常恼怒，她要告诉他，他们之间已经毫无关系。

她回到家的时候马上开始动笔，花了很多时间来思量这封信的措辞，这确实是太困难了。

"你不要再要求我向你解释我会失约的缘由，"信的一部分是这么写的，"你怎么可以这样欺骗我？别希望我还会跟你接着交往，我说什么也不会接受。""啊，你怎么能这样做呢？"她满怀悲痛地又写道："你不知道你让我如此的痛苦，你忘了我吧，我们永远也不可能再见面了，永别了！"

第二天早上，她拿着信到街角的邮筒那里，不舍地投了进去，因为她一直拿不定主意，不知道自己这样做是不是正确。然后她跳上街车到了市中心。

百货商店现在正是淡季，可是因为她整齐漂亮的外表，她受到了比一般年轻的女求职者更亲热百倍的接待。问她的问题大体上都一样，她早已十分熟悉。

在"大商场"这样的大公司，西格尔、库珀公司与施莱辛格、迈耶公司，情况也都差不多。回应她的都是目前是淡季，她可以过一些时候再来看看，他们可能会雇用她的。

傍晚，当她筋疲力尽地回到家时发现有人来过——肯定是托罗奥，他的雨伞被拿走了，他的薄大衣也消失不见。她感觉仿佛还少了些什么，只是说不上来，东西并没有都被拿走。

这么看来，他的离开已成定局。她现在该怎么办呢？很显然，再过一两天，她就要像以前那样去面对这世界。她的衣服渐渐会被穿得又破又旧的。她习惯性地将双手合在一起，紧握手指。大颗的泪珠从她的双眼中流出，滚烫地淌过双颊。她现在一个人，确实是孤苦伶仃。

托罗奥的确回来过，不过他的心情和嘉莉猜想的完全不同，他想着能够见到嘉莉，以回来把衣橱里其他的东西拿走为理由，这样在离家之前能够和她和好。

因此，当他到达这里却发现嘉莉不在家时，他非常失落。他东瞧瞧西瞧瞧，希望她没有走远，很快就会回来。他一直竖起耳朵听着，想着能听到她上楼的脚步声。

他边这样做，边打算要是她进来，就装出一副刚进屋就被她看见而尴尬的样子。然后他就解释说他回来拿衣服，看看情况怎么样。

可是，他等呀等，就是没等到嘉莉回来。他刚开始想着她马上就会回来，所以站在衣橱的抽屉那里，后来他开始看着窗外，最后干脆坐到了摇椅上。但是，还是没有嘉莉的影子。他有些急躁起来，点了一支雪茄，在屋里来回徘徊着。最后，他看了一眼窗外，看到乌云正在聚集，他记起了三点钟还有一个约会。他觉得再等下去毫无结果，因此抓起雨伞和薄大衣，想把它们拿走，他想着这样能够吓唬吓唬她，明天他要回来拿另外的东西，他想了解情况到底怎么样。

他离开之时,心里真的为没有见到她而感到遗憾,墙上挂着一张她的小相片,她穿着他第一次给她买的那件小外套,脸上的表情要比现在更热情一些,他确实被这张相片打动了,用难得一见的深情看着相片上的眼睛。

　　"你辜负了我呀,嘉莉!"他说,仿佛她就站在他的跟前。

　　随后他走到门边,又到处看了一下,就离开了。

第二十七章　水深火热：想入非非

霍森沃看到麦格烈戈、詹姆斯和海埃事务所的那份明确的通知之后，烦闷地在街上走着，回来时看见嘉莉那天早上写给他的信，他看到那字迹时非常高兴，急忙把它撕开。

"是的，"他想，"她还爱着我，如果不是这样她肯定就不会给我写信。"

信的内容开始让他有些难过，几分钟后他就知道了。"如果她不喜欢我，她根本就不会写信的。"

对于他心头的微微的沮丧，这真的是一种应付的力量。即使从信的措辞上推测不出什么东西来，他认为自己还是看透了它的本质。

一封措辞这样明确的谴责信竟使他轻松下来，说明他这个人谈不上可悲，这也是人性弱点的体现。他这个人总是对自己十分满意，现在却要从别人那里寻求安慰，而且是用这样的一个方法。感情的绳索真是奇特！把我们都束缚住了。

他迅速地把这件事思考了一遍，脸上重新有了神气。他暂时不去想麦格烈戈、詹姆斯和海埃事务所的来信。啊！他如果能得到嘉莉，或许就能摆脱掉这场纠纷——或许那就无关紧要了。倘若他这一边能成功，就根本不在乎他妻子会采取什么措施。他站起来徘徊着，做着今后和他喜欢的这个美人一块儿生活的白日梦。看来，若是他的生活中有她，他现在即使困难重重也不算什么了。啊！要是他可以得到她该是多么幸福啊！

可是，很快地，刚才的烦恼又全部而来，他想起了明天，想起了那场官司。时间正在悄悄过去，可他还仍未采取什么行动。现在已经是差一刻就五点了，律师们五点钟就会回家，明天他还有整个上午。就在他沉思的时候，剩下的十五分钟也过去了，五点钟已经到了。所以，他准备当天不去找他们，而是把想法都转到了嘉莉的身上。

我们能够看到，这个人无法自圆其说，可他并不为此而担忧。他所有的心思都在想着是否可能去说服嘉莉。那本来就没有一点错，他真心地爱着她。他们一起幸福就是以这一段爱情为基础。托罗奥若是不在，就更好了。

正当他如此开心地思考的时候，他马上想起来明天早晨还没有干净的衬衫可换。他买了衬衫，还买了六条领带，然后去潘奥蒙旅馆。进门之时，他感觉似乎看见托罗奥拿着钥匙上楼去了。千万不能是托罗奥，他马上打消了这种可能性，随后脑子里闪过一个念头，他也许是和嘉莉一起住在这里，也许他们暂时搬了家。他直接去了柜台。

"有位托罗奥先生住在这里吗？"他问旅馆职员。

"我想也许有吧，"职员说，看了看自己的记录本，"是的。"

"真的吗？"霍森沃喊道，努力地掩饰着自己的诧异。"他一个人吗？"他又问。

"是的。"职员说。

霍森沃回过身去，眼睛望向别处，用以掩饰自己的感情。

第二十七章　水深火热：想入非非

"这究竟是怎么回事？"他想，"他们或许是吵架了。"

他快乐地疾步赶到房间，换了衬衫。他在换衣服的时候想着，不管嘉莉是一个人住还是已经搬到了别的地方，他必须要去弄清楚，他决定马上去看看。

"我知道该怎么办，"他想，"我要上门去问问托罗奥先生在不在家。这样就能够清楚他是不是在那里，以及嘉莉现在在哪里。"

他想到这里时，差点要手舞足蹈起来，他决定晚饭后立刻就去。

六点钟从房间下来的时候，他专门留意托罗奥是不是也在场，然后出去吃饭。但是他根本吃不下，他急着去办事。在动身之前，他想最好还是先了解托罗奥在哪里，所以便回到了旅馆。

"托罗奥先生早已出去了吗？"他问旅馆职员。

"没有，"后者回答，"他还在自己的房间里，你要给他送张名片上去？"

"不，我一会儿直接找他。"霍森沃说着走了。

他坐了街车，马上去奥格登公寓，这一次根本没有犹豫地走到了门口，是女仆来开的门。

"托罗奥先生在家吗？"霍森沃轻轻地问。

"他出差了。"那姑娘说，她听到嘉莉是这样对亨奥太太说的。

"可是托罗奥太太在吗？"

"不在，她看戏去了。"

"是吗？"霍森沃说，非常吃惊。随后，他装出一副无所谓的样子问："你知道她去哪家戏院了吗？"

女仆确实是不明白嘉莉去了哪里，可是她讨厌霍森沃，想让他也受点苦头，因此回答说："知道，是汤米戏院。"

"谢谢你。"经理回答，用手碰了一下帽子就立刻离开了。

"我得到那里去看看。"经理朝街车走去的时候心中想着，这次拜访让他非常沮丧，可是他并没有去戏院。在到达市中心之前，他又想了一遍这件事，认为去戏院是没有用处的，虽然他急不可耐地盼望着见到嘉莉，他知道她的身边肯定另外有人，于是不想闯到那里去求情。他可以稍微晚一点去——明天早晨吧，可是明天早晨他还得面对律师。

这次小小的路程浇灭了他高涨的热情。他很快又想起他以前的烦恼，情绪变得越来越低落，赶到酒店时非常想发泄一下。店里有一大群绅士在一块儿聊着天，气氛和谐。一群库克县的政客们也正在店堂的后部坐在红木圆桌旁商量着事情。几个年轻人在酒吧里聊着天，马上他们还要去看戏。酒吧的一头仍旧有一个内向而又高雅的人，有着红红的鼻子，戴着顶破旧的礼帽，正在一个人喝着淡啤酒。霍森沃朝政客们很快地点了一下头，随后去了他的办公室。

约十点钟的时候，他的一位朋友来了店里。这个人是弗兰克·泰因特，当地一位喜好运动和赛马的先生。他看到霍森沃一个人在办公室里，就来到门口。

"你好，丘詹！"他大声叫道。

"你好呀，弗兰克，"霍森沃说，看到他，心里觉得稍稍放松，"请坐。"他示意小办公室里的那张椅子。

"你怎么啦，丘詹？"泰因特问，"你看上去好像不高兴，是因为在赛马场上赌输了钱？"

"我今晚有些不舒服，前天不小心着凉了。"

"那就来点威士忌吧，丘詹，"泰因特说，"这个你该很在行。"

霍森沃笑了一下。

他们还在那里聊天的时候，几位霍森沃的朋友又来了。十一点钟过后不久，戏院散场了，有些演员马上一个接一个到来——其中有几位还是那时的红人。

然后便是美国酒店中经常见到的那种不着边际的社交性谈话，在酒店中，那些想成名的人想沾点声名显赫的人身上的光。如果说霍森沃有什么爱好的话，那就是爱慕名人。他觉得如果说自己属于某一个圈子的话，那必定是名人这个圈子。如果在场的人有几位轻视他，他这个人因为心高气傲是不会特意对他们阿谀奉承的，可是此时他又很精明，自然明白自己所处的地位。只是在今天这样的场合中，当他以绅士的身份露面，能被这些大牌的名人完全没有保留地看成朋友和同僚之时，他就会非常高兴。正是在如此的场合中，他才会"喝上几杯"。气氛很浓的时候，他几乎会放松下来和同僚们一杯接一杯地喝酒，该他结账的时候，他也会坚持执行，就仿佛他像别的人一样也是个外来的顾客。如果说他曾经喝醉过，或者说醉醺醺的状态比之前变得面红耳热、精神倍增的话，那便是在现今这样的人物之间，当他自己还是悠闲谈话的名人之一的时候。就在今晚，尽管他心烦意乱，有人做伴他还是觉得很轻松的。他此时把烦恼抛出脑外，最大限度地享受他们的闲聊。

这些酒下肚马上就有了影响，大家开始不断讲种种故事——那些说不完的、滑稽好玩的故事，是美国男人在这样场合中闲谈的主要内容。

所以一讲就讲到了十二点，到了结束的时候，大家只好走了。霍森沃非常高兴地和他们拥抱告别。或者说他在肉体上感到很愉悦。他已经处于头脑虽然还清醒，却又有好些幻想的状态。他甚至觉得自己的麻烦好像并不太严重。他进入办公室，开始查阅一些账本，并等待着酒吧招待和出纳离开，他们很快就都离开了。

大家都走了之后，经理会查看一下一切是否已安全锁好，这仍是他平常的习惯，又是他身上担负的责任。按规定，店里只能够存放银行关门后进账的现款。出纳会把这些钱锁在保险柜里，保险柜的密码只有出纳和两位老板知道；即使如此，霍森沃每晚仍会谨慎地拉一下存放现金的抽屉和保险箱的把手，确保它们已锁好。然后他会锁上自己的小办公室，点亮保险柜旁边的灯，最后才会离开酒店。

他还从没有发现过什么失误，尤其是今晚，他锁上自己的办公桌之后，出来时也拉了一下保险柜。他使劲一拉，这一次保险柜的门却有所反应，这使他感到有些吃惊。他往里看了一眼，发现装钱的抽屉和白天一样，只是门没有关上。他的第一个反应自然是查看一下抽屉，再关上门。

"我明天得跟梅休说一下这件事。"他想。

梅休在半小时前离店时认为自己已经旋过了柜门上的锁钮，并且已经锁好，他以前从来没有出过一点差错。只是梅休今晚在想着其他的事，他在想着自己的一笔生意。

"我来检查检查。"经理想，拉开了其中一只抽屉，他也不知道自己为何要这么做。这是非常没有必要的行动，如果在其他时候他一定不会这么做的。

他拉开抽屉，就发现里面放着一摞钞票。一千元一扎，就像银行里发出来的一样，他不知道那里到底有多少钱，便停下手来查看。然后他又拉出第二只抽屉，里面存放着今天所有的收入。

"我知道罕那和哈哥是从来不会放这么多的钱的,"他心里在想,"他们肯定是忘记这些钱了。"

他又看了一眼其他抽屉,停下手来。

"数数看。"有个声音在他耳边说道。

他的手伸进第一个抽屉,拿起那打钞票,把它们一扎扎地散下来。这些都是一千元一扎的五十元和一百元的钞票。他知道好像数到了十扎。

"我怎么不把保险柜关上?"他心里想,犹豫着,"我为何会站在这里?"

可是回答他的却是一句非常奇怪的话,"你手里曾经有过整整一万元现款吗?"

啊!经理想起他还从没有过这么多现款,他所有的财产是一点点积攒起来的,可目前全部都在他妻子名下。他的财产总共是四万多块钱,并且最后都会归她所有的。

他想到这些事情时忧郁了一下——随后推进抽屉,关上门,手摸着保险柜的锁钮时竟然停住了,只要慢慢一转这锁钮就会把门锁上,抗拒所有的诱惑,但是他还在踌躇着。最后,他走到窗边把窗帘拉下来。随后又拉了拉他刚刚锁好的房门,他为何要这样鬼鬼祟祟的呢?他回到柜台,靠着手臂考虑了一下。随后他又走过去打开了小办公室的门,打开灯。他再次打开自己办公桌的抽屉,在桌旁坐下来,脑子里全都是奇怪的念头。

"保险柜开着,"一个声音说,"而且还有一点缝隙,锁还没有关上。"

这位经理现在心绪混乱,白天的那些问题又回到了他的脑海里。他想到这里就有一种解决问题的办法,这笔钱就可以解决所有问题。如果他有了这笔钱,又拥有了嘉莉,那会是多好啊!他站起身来,默默地立在那里,望着自己脚上的鞋子。

"这个办法怎么样?"他在心里问,慢慢抬起手来,挠挠耳朵,想找到一个正确的办法。

这位经理一点也不笨,不会盲目地因为一念之差而走入歧途,但是他的情况也太特殊了。喝下去的所有的酒在血管里流淌着,又完全涌上了他的脑袋,酒也帮他了解到了一万块钱的作用。他从这一万块钱里看到了很好的机会,至少他能得到嘉莉——哦,是的,他可以完全摆脱他妻子,还有明天早晨还要去应付的那封信,他也没有去理它的必要。他再次回到保险柜前,把手放在了锁钮上,然后他拉开门,把放着钱的那只抽屉使劲往外拉得特别大。

只要抽屉完全展现在他面前,想不去动它似乎就是不可能的事情。哎!有了这些钱,他不是可以和嘉莉舒服地生活许多年吗?

天哪!怎么回事?他头一次觉得思绪紧张,好像心里揣了一只兔子怦怦直跳。他害怕地向四周看了一眼。一个人影也没有,也没有什么声音。外面的人行道上有一个人拖着脚步慢慢走过。他把钱箱与钱又重新放回到保险柜里,随后虚掩上柜门。

那些良心上从来没有动摇过的人,是不容易去理解一个意志不是那么坚定、在责任和欲望之间踌躇的家伙所处的困难境遇的,除非这个时候能用曲线图将他的心情描绘出来。那些人从来没有听到过心里那幽灵般的钟表的肃穆的声音,没有听到过那些清楚地嘀嗒传出的"你可以""你不可以""你可以""你不可以"的人,是没有权利对此做出评判的。这种内心的矛盾不只是在于那些敏感、思路有条不紊的人。即使是那些迟钝的人,在欲望的驱使下向罪恶走去的时候,心里也会产生一种罪恶感。这种罪恶感的强弱和他犯罪的倾向总是成正比。我们一定要记住,这根本不是什么罪恶感,由于动物在罪恶面前本能地畏惧是算不了罪恶感的。人类仍然最先是被本能引导,这样以后才被理性所控制,就是这种本能唤醒了罪犯——就是这种本能(在不存在有逻辑的思维的情况下)使罪犯感到担心,害怕犯错。

所以,每当第一次冒险干一种从未做过的罪恶时,人的头脑就会不自然地踌躇起来,思想之中就会有节奏滴答滴答地奏出它的欲望与对它的否定。对于那些从来没有这种经验和这种内心矛盾的人,下面的情节是他们所不能理解到的。

当霍森沃把钱重新放回原处时,他又恢复了原来的轻松、大胆的天性。他没被任何人看到,他只有一个人,谁也不会知道他想干什么,他自己能够把这件事处理得很妥当。

可是晚上的醉意还没有退完。随后他额头上全是汗珠,虽然在一阵莫名的恐惧以后他的手还在颤抖,手心里还留着些冷汗。他没有发现时间正在飞逝,他把自己的情况又重复思考了一遍,他的眼睛里还是那堆钱的影子,他的心里也总是惦记着这些钱的作用。他走进自己的小房间,来到门边,又一次走回到保险柜旁。他把手放在锁钮上,然后把它打开。钱就在那里。仅仅只是看一看,当然是没有什么坏处的。

他又拉出抽屉,拿起钞票——这些钞票依然那么光洁,那么整齐,那么便于携带。放在一起只是那么一小包,他已经下定决心带走它们。是的,他会的,他要用它们装满自己的口袋。他看看口袋,发现口袋里装不下。对,用他的手提包装!当然,他有手提包,钱可以装进去,所有的都可以装进去,谁也不会对那只手提包产生怀疑的。他又来到自己的小办公室,把它从屋角的架子上取下来。他拿下来时,回忆起了还是上次他去野餐的时候用过它。他把提包放在桌上,朝保险柜缓缓地走去。不知是什么原因,他不愿在外面的大房间里把钱随意地装进包。

他首先把那些钞票装进提包,接着把当天收进的散票子也都装了进去。他全部都要拿走。他关上空空的抽屉,正要把铁门关上,这时又站在旁边不断地考虑起来。

在这种状态下,思想的摇摆几乎是难以想象的事,可也是绝对真实的事。他想,再考虑一下,计划一下这样做是否最好。可是,他是多么希望得到他的嘉莉,他自己的私事又处在这样一种混乱不堪的状态中,他总是感觉这是最好的解决办法,但他还是下不了决心。他不清楚这样做会给他带来什么后果——也不知道自己什么时候就会为此而悔恨。他从未想过这件事本身是不是正确,在任何情况下,他肯定不会想到这一点。

他把钱都装进手提包以后,心里忽然又有了另外一种想法。他不可以这么做,不可以。考虑一下,这将是怎么样的丑闻呀!警察也将追捕他,这样他得出逃,可往哪里逃呢?啊,做一个逃亡的罪犯是多可怕呀!因此他拉出两只抽屉,把钱又全都放了进去。谁知乱中出错,他竟然把钱放错了抽屉。就在他打算关门的紧急时刻,他记起钱是放错了,所以又把门打开,原来两只抽屉被弄错了。

他立刻把钱拿出来重新装好,可这时刚才的害怕没有了。为何要害怕?

就当他手里拿着钱的时候,锁"咔哒"一声被锁上了。这是他锁的吗?他一把抓到锁钮,使劲拉着,可是已经锁上了。天啊!他现在已经没有选择了,是的。

他发现保险柜确定已经锁上,汗"唰"地一下就从额头上流了下来,并且感觉到自己全身颤抖。他朝周围看了一下,立刻做出了决定,如今已经没时间可以耽搁了。

"要是我把钱放到保险柜的顶上,"他说,"这样就走开,他们还是会调查出是谁干的。我是最后一个锁门的,另外,其他事情还是会发生的。"

他马上变成了一个行动果决的人。

"我必须马上离开这里。"他想。

他慌忙走进他的小房间,把他的薄大衣与帽子拿起来,锁上办公桌,拿起手提包。随后他关掉所有的灯,只留下一盏,开门出来。他努力装出他平常自信的样子,可是很难装出来,他马上就后悔了。

"上帝做证,"他说,"我真想一切都没有发生,天哪,这肯定是个错误。"

他假装镇定地沿街走去,路上见到一个他熟悉的守夜人正在尽力检查门户,便跟他打了个招呼。他感到必须马上离开这座城市,并且要迅速。

"不知道现在是否还有火车?"他想。

他迅速掏出表来看了看,已经是深夜一点半了。

路过第一家药店时,他发现里面有一部长途电话,于是停住了脚。这是家著名的药房,是最早装私人电话间的店铺之一。

"我能借用一下你的电话吗?"他向值夜班的店员问道。

店员点了点头。

"请帮我接一下 1643。"他查到密歇根中央火车站的电话之后,对电话总局说,他非常快就联系到了售票员。

"现在开去底特律的火车都是哪些?"他问。

对方告知了他开车时间。

"那么,今天晚上没有车了吗?"

"没有卧车了。不,有的,"他又说,"三点钟还有一班邮车。"

"好的,"霍森沃说,"这趟车大约什么时候到底特律?"

他在想,要是可以赶到那里,过河进入加拿大,他就可以及时到达蒙特利尔。

听到对方说中午就能达到,他立刻轻松了。

"要等到九点钟保险柜才会被梅休打开,"他想,"他们中午前不要想知道我的动向。"

然后他想到了嘉莉,如果他想得到她,那他就不得不马上采取行动。她必须和他一起走,他登上等在附近的一辆马车。

"去奥格登公寓,"他急切地说,"如果你走得快,我就多给你一块钱。"

马车夫把马赶得特别快,霍森沃在路上思考出了一个办法,到了门口,他急忙跑上台阶,按铃叫醒女仆。

"托罗奥太太回来了吗?"他问。

"回来了。"女仆惊讶地说。

"请告诉她马上穿好衣服到门口来,她丈夫受了伤住在医院里,此刻要见她。"

女仆见他那认真的模样,信以为真,急忙跑上楼喊人。

"什么?"嘉莉说,点亮煤气灯,把衣服穿好。

"托罗奥先生受了伤,进了医院,他想要见你,马车在楼下等着。"

嘉莉快速穿上衣服,下了楼,除了需要的东西之外别的什么都没有带。

"托罗奥受了伤了,"霍森沃急忙说,"他现在要见到你,快跟我走。"

嘉莉手足无措,一句话也没多问。

"上车吧。"霍森沃边说边扶她上了车,自己也跳了上去。

车夫把马车转过头来。

"我们要去密歇根中央车站,"他站在那里压低声音,不打算让嘉莉知道,"越快越好!"

第二十八章　亡命逃犯：灵魂受困

马车才走了一小段路，嘉莉就冷静了一些，在夜色中完全清醒了过来。之后她问：

"他怎样啦？伤得很严重吗？有生命危险吗？"

"不是特别严重。"霍森沃严肃地说。他正在为自己的处境感到不安，现在嘉莉已经到手，他一心只想快速平安地逃脱法网。所以除了那些有助于计划完成的话，他不打算多说。

嘉莉倒是还记得自己和霍森沃之间还有一点感情问题未解决，可是这些现在似乎并不是很重要，重要的是赶快结束这特别的午夜之行。

"他在哪里？"

"在南区，非常远，"霍森沃说，"我们必须乘火车去，这样可以快一些。"

嘉莉沉默了，马车往前急速奔驰着。城市夜间古怪的现象分散了她的注意力，她望着一排排快速向后退的街灯，担心地看着那些黑色的、静谧的房子。坐在马车上，有个男人陪伴着看起来是件很好的事。

"他是如何受的伤？"她问，霍森沃明白她的话。他不想多说那些不重要的谎言，可在没有脱离危险之前，他也不想让她觉得不满意。

"我也不太清楚，"他说，"他们就告诉我，要我去找你，带你去那里找到他。他们说没有必要太担心，不过要我一定带你去看望他。"

这个人严肃的表情使嘉莉相信了他的话，她因此不再说话，只在心里猜测着。

霍森沃看了一下时间，让车夫再加快一点速度。对于处在这样尴尬的环境中的人来说，他可以说是十分的沉着冷静。他专心致志地想着必须及时赶上火车，安全离去。嘉莉好像十分温顺，他也在暗自庆幸。

他们准时赶到了火车站。他扶嘉莉下了车，并随手递给车夫一张五块钱的钞票，急忙朝里走去。

"你等在这里不要乱走，"到达候车室时，他对嘉莉说，"我现在去买票。"

"还有到底特律的车吗？"他问售票员。

"再过四分钟就开了。"售票员说。

他立刻买了两张票。

"很远吗？"他急忙赶回时，嘉莉问。

"不是很远，"他说，"我们需要马上上车。"

到门口时，他让她先上车，这样检票时他就挡在她与检票员中间，使她看不到任何东西，然后他赶了上来。

站里有一列很长的火车，是由快车车厢与一两节普通客车车厢组成的。因为这列火车是最近刚加的，旅客很少，所以只有一两个列车员等待在那里，霍森沃他们上了后面的一节普通车厢，才坐下来，外面就隐约传来了"大家上车啦"的喊叫声，火车立刻就开了。

嘉莉开始发觉这样来车站有些奇怪，可是她没能说什么。因为整件事都很意外，她对自己怀疑的事情也就不太在意。

"你还好吗？"霍森沃关心地问，他现在觉得轻松些了。

"很好。"嘉莉说，她心里很乱，居然不知道该采取怎样的态度。她现在还是着急地要赶到托罗奥那里看看到底是怎么一回事。霍森沃看着她，觉察到了这一点，他一点也不为此感到困惑，因为她表现出的同情是她的美德之一。而真正压在他心头的重担是他自己干下的事和现在的仓皇而逃。

"我做这样的事，实在是愚蠢，"他反复地想着，"天哪，真是个绝大的错误！"

在他清醒的时候，他难以相信自己做了这样的事情，他不愿意相信自己是罪犯。他过去读到这样的报道，一直觉得这肯定是件可怕的事，可是现在到了自己头上，他却只能坐在这里，缅怀着过去，而他的未来都决定于加拿大边界，他想快点赶到那里，他回想了一下自己在这一晚干下的事，觉得它们都是这个大错误的组成部分。

"可是，"他想，"我又能够怎么办呢？"

然后，他就下定决心努力做些补救，为此又把整件事情回想了一遍。这一遍又一遍的考虑毫无头绪，只能让人懊恼，结果使他更加烦闷，不清楚该怎样对嘉莉开口说出他的目的。

火车轰隆隆地沿着湖边穿越了车场，慢慢地驶向第二十四街。外面可以清楚地看见分轨闸和信号灯。机车发出短暂的鸣笛声，铃声时时作响，几个手里提着灯的列车员走了过来。他们正在确保把车厢的连接处锁好，并安排好车上别的事情，以便进行长途旅行。

火车很快就开始加速，嘉莉凝视着寂静的街道一条条快速地越过。火车在重要的路口发出几声鸣笛声，以向人警告可能的危险。

"十分远吗？"嘉莉问。

"不很远。"霍森沃说，看到她这样的单纯，他情不自禁微笑起来，他想向她说清楚，恳求得到她的原谅，可是他想等车开出芝加哥很远之后再解释。

半个小时过去了，嘉莉才发觉，不管他要带她去什么地方，那都十分远。

"那个地方在芝加哥吗？"她焦急地问，他们现在早已离开了芝加哥的区域，火车现在已经飞快驶过印第安纳州的州界。

"不是，"他说，"我们要去的地方不在芝加哥的范围。"

他说这句话的语气马上使她焦虑了起来。

她漂亮的前额慢慢皱在了一起。

"难道我们不是去看察朗？"她问。

他明白时机已经到了，反正迟早都要解释的，因此，他用最温柔的态度摇头否定了。

"什么？"嘉莉说，感觉到这次到达的目的地也许与她想象的不一样，她感到迷惑、绝望。

他于是用最和善又最温柔的目光看着她。

"那么，你准备把我带到哪儿去？"她问，她的声音里满是恐慌。

"如果你冷静点，嘉莉，我会告诉你的，我想让你跟我一起去另一座城市。"

"啊！"嘉莉说，声音中稍稍带了一点哭腔，"让我下车！我不愿意跟你离开。"

他的做法让她十分震惊，这是她从来没有经历过的。她如今只有一个想法：下车离开他。如果这飞驶的火车可以停下来，这令人恐惧的诡计就会以失败告终。

她站起来，打算要逃到走道上去，任何离他远的地方都行。她知道自己必须行动起来，霍森沃伸手温柔地拉住了她。

"冷静地坐着，嘉莉，"他说，"安静地坐着！在这里站起来也没有什么好处，你听我把我的计划告诉你，就一会儿。"

她把他的膝盖推开，但他又把她拉了回来。没有人看到这小小的争执，由于车厢里旅客很少，而且即将要睡着了。

"绝对不要，"嘉莉说，可还是被迫屈服了，"把我放开，"她说，"你竟敢……"大滴泪珠从她的眼睛里流出了。

霍森沃先把自己的处境摆到了一边，专心致志地应付眼前的局面。他首先必须先来应付一下这位女士，不然她会给他带来麻烦的，他使出所有的办法要说服她。

"你听我说，嘉莉，"他说，"你不要这样，我并没有打算要伤害你的感情，我不想做什么令你伤心的事情。"

"哦，"嘉莉哭泣着，"哦——哦——哦。"

"好了，好了，"他说，"请你不要哭，你听我说好不好？你听我说出所有的事，好吗？"

她的哭泣使他很惊慌，他可以肯定他说的话她什么都没有听进去。

"你在听吗？"他问。

"不，我不要听，"嘉莉气愤地说，"除非你让我走，要不我就告诉列车员，我不跟你去，你实在是可耻！"更大的抽泣声把她想要说的话打断了。

霍森沃稍稍吃惊地听着。他觉得她有这种情绪还是应该的，可是他又真心期望能够快点把这件事情结束。列车员马上就要查票了，他不想争吵，更不想有什么麻烦，天哪，他怎样才能让她安静下来呢！

"你要等火车在下一站停了才能离开我，"霍森沃说，"我们很快就要到下一站了，你要是打算下车，就在那里下去，我不会阻拦你的。现在我只想你能听我讲一会儿，你听我说，可以吗？"

嘉莉好像并没有在听，她面向车窗，窗外漆黑一片。火车正稳稳地驶过那一块块田野，穿过一片片树林。列车开到荒凉的林地时发出很长的汽笛声，似乎带着哀怨般的意境。

此刻列车员走进车厢，要检查车上几个人的车票。霍森沃见他走过来，就把车票拿给他看。嘉莉即使摆出一副打算采取行动的样子，可没有行动，也没有转过头来。

列车员走了之后，霍森沃松懈了下来。

"你生我的气，是因为我欺骗了你，"霍森沃说，"我不是故意要这样做，嘉莉。我的确不是有意要这样，我是不得已的，从第一次看到你开始，我就爱上你了。"

他绝口不提最后的这次欺骗，似乎要把它置于脑后似的。他要让她确信他的妻子已经不再是他们关系的一个阻碍因素。对于偷钱的那件事，他想忘记得干干净净。

"别和我说话，"嘉莉说，"我恨你！你最好离我远一点。我在下一站就要和你分手。"

她说话的时候，又是激动，又是厌恶，气得浑身发抖。

"好吧，"他说，"不过你先听我说完话可以吗？你过去说过你爱我，你还是应该听我解释吧！我丝毫没有想伤害你的意思，你如果想走，我会给你足够多的钱回去，我就是想告诉你，嘉莉，不论你心中怎么想，你都无法阻止我对你的爱情。"

他深情地看着她，可是没有听到答复。

"你认为我卑劣地欺骗了你，但是我并没有，我不是有意要那样。我与妻子已经彻底没有关系了。她对我再也没有一点点约束，我也不会和她再会面，这就是我今晚在这里的原因，也是我来接你的最重要的理由。"

"你骗我说察朗受了伤，"她生气地说，"你欺骗了我，你从头到尾都在骗我，如今又想逼我和你在一块儿。"

她情绪激动地站起身，要从他身边离开。他让她走开了，见她坐到别的座位上，于是又跟了前去。

"别离开我，嘉莉，"他柔情地说，"让我解释给你听，你如果听我把话全部讲完，就能知道我为什么这么做。我告诉过你，我妻子对我来说不算什么，这么多年来她一直有名无实，要不然我不会和你亲近的。我打算很快与她离婚，永远不再与她有什么关系，一切都已经结束了。我如今只要你一个人，要是我拥有了你，我发誓我不会再去想别的女人。"

嘉莉恼怒地听完了这些话。虽然他做出了所有的一切，这些话听起来还真是很感人的。霍森沃的声音与态度都有些紧张，不可能不产生一些感人的结果。事实上，他心里所想的也正是他嘴上所说的，他真心诚意地期望嘉莉不要伤心，让她如曾经那样再喜欢他，可是她仍然不想和他有什么关系。他有家室，过去骗过她一次，如今又再次地欺骗了她，她感觉这个人十分可怕。可是男人的大胆难免使女人感到有点沉沦，特别是当她感觉到这一切都是出于对她的爱时。

火车的进程大大有助于这个僵局的缓解，飞快旋转的车轮与向后消失的田野，使芝加哥变得更遥远，嘉莉能够意识到她正被带往很远的地方，火车正不断地朝某个遥远的城市飞快前进。她偶尔觉得自己应该大哭大闹一场，那样就会有人来帮助她离开，她偶尔又觉得那样做没有丝毫作用。她孤单无助，不管做什么都一点也没有帮助。此刻，霍森沃正在竭尽全力地想着如何说服她，唤起她对他的同情之心。

"我实在是不得已而为之呀！"

嘉莉一副没有听到他这番话的模样。

"当我察觉到除非你我可以结婚，不然你不会和我在一起的时候，我便决定抛弃一切，带你一起离开。我如今要去另外一个城市，我打算去蒙特利尔居住一段时间，然后要是你跟我一起去的话，你愿意去哪里，我就会陪你去，你要什么，我都会尽力满足你。如果你愿意，我们可以永远住到纽约去。"

"我不想再和你有什么关系，"嘉莉说，"我要下车，这火车要到哪里去？"

"底特律。"霍森沃说。

"啊！"嘉莉说，心里非常痛苦，这样一个确定而且又遥远的目的地好像更加重了她现在的困境。

"你不想和我一起去吗？"他说，好像怕她不愿意去似的。"我只想你和我一起旅行，我不会让任何事情打扰你的。你可以去蒙特利尔与纽约看看，要是不想留下来，你可以再回去。这样比今晚回去要强许多吧？"

嘉莉认为这个建议还算可以，这似乎是可以接受的，虽然她清楚如果她真的想要他去那些地方的话，可能会遭到他的强烈反对。蒙特利尔和纽约，如今她正在向这些新鲜的地方靠近，要是愿意，可以先看看这些地方。她在心里打算着，可是没有在脸上流露出来。

霍森沃觉得她的态度里有了些认可的希望，就加强了热忱的攻势。

"你也考虑一下，"他说，"我放弃了一切，我再也不能回芝加哥了。如果你不跟我一起去的话，我就只能孤单地在异乡流浪了。你不会扔下我吧，嘉莉？"

"你不要再说话了。"她勉强回答。

霍森沃沉默了一会儿。

嘉莉感觉到火车正在减慢速度，她要是想采取行动就必须立刻决定，她焦虑地站起身来。

"别走，嘉莉，"他说，"要是你过去喜欢过我，那就跟我一起重新开始新生活吧！你说什么我都听你的，我会与你结婚，也可以让你回去。你好好考虑一下吧！我如果不爱你，就肯定不会要求你一起去的。听我说，嘉莉，上帝可以保证，我的生活中不能离开你，肯定不能！"

这个男人的请求坚决又热烈，深深引起了嘉莉的同情。他这样热烈地爱着她，没法想象在这个时刻，在他最痛苦的时候失去她。他把她的手紧紧地抓住，十分恳切地握着她的手。

这时，火车也快要停下来了，它正经过边上轨道的几节车厢。车外是一片黑暗和寂静，车窗上的几滴雨水说明外面正在下雨。嘉莉想来想去，又想做出决定，又感觉没有办法下决心。火车正在刹车，她在听着他的恳求，火车向后退了几英尺，整个火车就完全停了下来。

"想想我是多么地爱你，嘉莉，"这位前经理说，"想想你如果走了我又是如何的痛苦。"

她依然在犹豫，怎么也下不了决心。时间一点点地过去，他在苦苦哀求，她还在犹豫。最后，机会马上就要失去了，她觉得在下一站她还是可以下车的。

"我如果想回到芝加哥，你肯让我走吗？"她问，好像她已占据了上风，彻底把她的伴侣征服了。

"那是一定的，"他回答，"你知道我会让你随时离开的。"

嘉莉听着，好像一个暂时获得大赦的人一样。她开始感觉到她已完全得到了这件事发展的主动权。

火车又快速地开动了起来，霍森沃找了个新的话题。

"你累吗？"他问。

"不累。"她回答。

"我去给你找个卧铺好吗？"

她摇了摇头，即使她满心苦恼，即使他非常狡猾，可她还是开始重新感到了她一直喜欢他的一点——体贴入微。

"啊，我想还是要一个吧，"他说，"你会觉得很暖很温馨的。"

她摇了摇头。

"那么，我用大衣给你铺好。"他站起身，叠好他那件薄大衣，给她枕着头。

"好了，"他深情地说，"现在好好休息吧！"因为她的顺从，他很想亲吻她一下，他在她旁边的座位上坐下来，沉思了很久。

"看来又要下大雨了。"他说。

"看上去是有点像。"嘉莉说,听到一阵狂风吹来的雨滴声,她的心情也慢慢恢复了平静,而火车正穿越黑夜,以迅雷不及掩耳之势奔向一个全新的世界。

霍森沃稍稍使嘉莉平静了下来,这虽然使他感到很满足,却也只是非常短暂的安慰。既然她的反感已经消失了,他就可以把所有的时间都用来考虑自己所犯的错误。

他现在的境况非常艰难,因为他不想用偷来的那笔不义之财,不想做贼。这些钱,或者其他什么,都全部弥补不了他这样愚蠢地放弃过去的情况。它无法把他的朋友、名声、房子和家庭,包括他心目中原来爱着的那个嘉莉还给他。他早就永远告别了芝加哥,告别了他舒服稳定的生活状态,他亲自埋葬了自己的尊严、兴奋的聚会和欢快的夜晚。可是这是为了什么呢?他越想越感到自己受不了,于是考虑着要重新恢复自己曾经的生活。他要还回夜间偷来的这些钱财,解释清楚,或许哈哥会理解他,也或许老板们都会原谅他,让他回去。

火车在中午的时候到达了底特律,他感到非常紧张,警察这时一定都在追捕他。他们也许已经通知了各大城市的警察,侦探正在监视他。他回想那些盗用公款的人被捕的案例,一想到这里,他呼吸急促,脸色稍微发白,紧接着他的双手发痒,好像一定要干点什么事。他装出对窗外的景色十分有兴致的样子,但是心里却没有丝毫感觉,他不停地用脚敲着地板。

嘉莉感觉到了他焦急的神态,可是什么都没有说。她完全不知道这是什么情况,也不清楚为什么。

他现在觉得很奇怪,自己为什么没有询问一下这一列火车是否会继续开下去,到蒙特利尔或加拿大别的什么地方。也许这样他能节省一些时间,他跳起来,去找列车员。

"这列火车有开往蒙特利尔的车厢吗?"他问。

"有,是后面那节卧铺车厢。"

他本来打算再问一下,可又觉得那样做不够理智,于是决定到车站再问。

火车一边喷着气,一边叮叮当当地开进了车站。

"我想直接到蒙特利尔是最好的办法,"他对嘉莉说,"下车后我去问问可以换乘什么车。"

事实上他心里特别紧张,却极力装出一副冷静的样子,嘉莉却只用自己那一双大眼睛焦虑地盯着他,她手足无措,没办法决定何去何从。

火车完全停止下来了,霍森沃带着她下了车。他谨慎地扫视着四周,假装是在关切嘉莉,确定没有任何被监视的情况,他才朝售票站走了过去。

"下列开往蒙特利尔去的火车是几点?"他问。

"二十分钟以后出发。"售票站里的人回答。

他买了两张车票和卧铺票之后,马上回到了嘉莉身边。

"我们现在又要上路了。"他说,根本没有注意到嘉莉疲倦的神色。

"如果可以摆脱这一切就好了。"她伤心地呢喃着。

"等我们到达蒙特利尔,你就会觉得好很多的。"他回答。

"我没有带任何东西,"嘉莉说,"连一块手帕都没有。"

"等到了那里,你要什么东西都能买到,亲爱的,"他解释说,"我们能够把裁缝找来。"

这时只听列车员高声说着火车要开了，他们便上了车。列车开动时，他轻松地长叹了一口气。火车马上就到了河边，随后他们就渡河，火车刚开下渡船，他又叹了口气，倚靠在座位上。

"我们很快就到了，"他说，放下心来之后突然想起了嘉莉，"明天早上就能够到达。"

嘉莉根本懒得理他。

"我去看看车上有没有吃的，"他补充说，"我饿了。"

第二十九章　旅行的安慰：漂泊的小船

　　对于根本没有出门旅行过的人来说，只要不是自己熟悉的地方，总显得那么不能预测，让人心驰神往。这是非常让人兴奋的事情，仅仅次于恋爱。这对疲劳、忧虑的人来说是一种安慰，能使他忘记过去，因为它向人们展现了种种的新鲜事和意料之外的遭遇。那些新鲜的事物都很重要，不容忽视，人的头脑只是感官印象的反映，于是就会被这些像潮水一样的新事物所打败。这样，恋人就会被遗忘，悲伤就会被抛弃，死亡此时也会被忽视。在那句经常听到的戏剧性的话"我要离开家了"的背后，蕴藏着无限的情感。嘉莉望着车外飞驰而过的景色，全然忘了自己是在完全不知情的情况下被欺骗而进行这次长途旅行的，也忘记了自己没有带旅行必备的用品。她有时候好像都忘记了霍森沃的存在，只是用非常惊讶的目光望着远处幽静的农舍和村中安静的住宅。她认为这世界很有趣，她的生活才刚刚开始，她根本没感到自己失败了，她并没有绝望过。大城市一直吸引着她，虽然她不知道为什么，可能她能挣脱束缚重新得到自由——谁知道呢？可能她会得到幸福的。正是想到这些，她便不再考虑自己是否做错了。她可以得救，也正是因为她满怀希望。

　　第二天一大早，火车总算驶进了蒙特利尔。他们下了火车，霍森沃为摆脱险境而兴奋，嘉莉则吃惊地打量着这座北方城市新鲜的景象。霍森沃很早之前来过这里，这时他想起了他曾经住过的那家旅馆的名字。他们从车站的正门走出的时候，他听到公共马车夫正在大声叫那家旅馆的名字。

　　"我们到那里去找间房。"他对嘉莉说。

　　在登记处，霍森沃随便地翻看了一下登记簿，这时旅馆职员过来了，他没有太多时间再考虑了。他立刻想起了车窗外看见的那个名字，这个名字还可以，他平静地写下了"C. W. 默多克夫妇"。这是他迫于形势所做的最大的退让，他不能放弃自己名字的缩写字母。

　　他们被领到房间后，嘉莉马上觉得他给她找了间可爱的卧室。

　　"那里还带有一间浴室，"他说，"你收拾好了就可以先洗个澡。"

　　嘉莉走到窗边向外看着，霍森沃照着镜子。他认为自己已经浑身是灰，十分脏。他没有换洗的衬衫，连一把梳子都没有。

　　"我打电话让他们把香皂和毛巾送上来，"他说，"再送一把梳子上来，你可以先梳洗一下，一会儿享用早餐。我先去刮一下脸然后马上回来接你，之后我们就出去给你买些衣服。"

　　他说这番话时脸上洋溢着和善的微笑。

　　"好的。"嘉莉说。

　　她在一张摇椅上坐下来，霍森沃等着服务员，很快服务员过来敲门了。

　　"拿香皂，毛巾，还要一壶冰水。"

　　"是的，先生。"

　　"现在我得出去了。"说着他走向嘉莉，向她伸出手，可是嘉莉没有理他。

"你还在生我的气吗？"他轻声问。

"啊，不。"她冷漠地说。

"你现在真的不爱我了吗？"她没有说话，只是把眼睛转过去紧紧盯着窗口不放。

"难道让你爱我一点点都不行吗？"他恳求着，深情地抓起她的一只手，她想抽走，"你以前说过你爱我。"

"你为什么这样欺骗我？"嘉莉问。

"我也是实在没有其他办法，"他说，"我真的是离不开你了。"

"你没有什么权利强迫我。"她回答，猛然间就击中了他的要害。

"哦，好了，嘉莉，"他回答，"我们已经到了这种地步，太晚了。你能不能试着再爱我一次呢？"

他在她的面前站着，一副无奈的样子。

"让我们重新开始吧，从今天起你做我的妻子吧！"

嘉莉站起来好像要走开，可是他抓住她的手不放。他就在这时伸手一下子抱住了她，她试图反抗着，可是没有任何作用。他紧紧抱住她，他的身上马上升起了一股无法抗拒的欲火，他的感情变得很热烈。

"放开我。"嘉莉被他抱得很紧，不得不这么说。

"你爱不爱我，"他说，"你从现在起做我妻子好吗？"

嘉莉从来没有对他产生过厌恶的感觉。就说刚刚吧，她还在舒服地听着他的真心实话，回想着自己对他的旧情，他是如此英俊，如此大胆。

不过，这种感情现在变成了一种反抗，一种软弱的反抗。这种反抗在她身上坚持了一会儿，但是，因为他紧紧的拥抱，这种反抗又渐渐变弱了。她听到身上有另一个声音一直对她说："紧紧把她拥在怀里的这个男子富有力量，充满激情，他痴痴地爱着她，而且她又需要人照顾。如果她不想投入他的怀抱，不接受他的感情，她还能去别的什么地方呢？而且，他的体力占优势，她的反抗已全部溶化在了他强烈的情潮里。"

嘉莉的反抗更加没用，他捧起她的头，看着她漂亮的眼睛。她永远不会明白，他会有这么大的吸引力。所以，他的一切错误这一刻都被忘得干干净净。

他把她搂得更紧，亲吻着她，她感到再也没有力气反抗。

"那你能和我结婚吗？"她问，却忘了问怎么结婚。

"我们今天就结婚。"他兴奋地说。

这时，服务员来敲门，他只好不情愿地放开她。

"你现在准备好了吗？"他说，"快点准备好。"

"好啊。"她回答。

"我三刻钟后就能回来。"

他开门让服务员走进来的时候，嘉莉满脸通红，心情非常激动地走到旁边去了。

他在楼下的大厅里等待了一会儿，打算找理发店修一下自己的头发。此时，他心情非常高兴，他刚才在嘉莉身上得到的暂时的胜利，似乎已弥补了他过去几天所受的全部痛苦，生活好像又值得去奋斗了。这一次放弃所有牵肠挂肚的日常事务，向新生活迈进，就好像最终还是有幸福在欢迎着他。暴风雨过后是彩虹，在彩虹的那一端也许还有一坛灿灿发光的金子。

当他正准备穿过大厅，走向门旁安着红白条纹圆柱的理发室时，突然听到一个熟悉的声音，并正在向他热情地打招呼，他的心很快紧了一下。

"喂，丘詹，是你呀，老朋友！"那个声音说，"你怎么会出现在这里？"

霍森沃的面前已经来了一个人，他马上想起是他的朋友坎切，一位股票经纪人。

"我来处理一些我的个人事情。"他回答，他的脑子就像电话局的接线盘那样快速转动着，这个人显然还不知道，他还没有看到有此报道的报纸。

"嗯，真没想到可以在这么遥远的地方见到你，"坎切高兴地说，"在这里住吗？"

"是啊。"霍森沃兴奋地说，心中惦记着自己在旅客登记簿上留下的笔迹。

"要住几天呢？"

"不确定，也许只住一两天。"

"这样啊，早饭吃过了吗？"

"已经吃了，"霍森沃随口撒了个谎，"我正准备去修一下脸。"

"不跟我一起去喝一杯吗？"

"一会儿再去吧，"这位前经理说，"我等一下去看你，你也住这儿吗？"

"是啊。"坎切先生说。然后又换了个别的话题，加上一句，"芝加哥最近怎样？"

"和平常一样。"霍森沃热情地微笑着说。

"你太太也一起来了吗？"

"没有。"

"嗯，今天我一定要和你好好谈谈，我现在正准备去吃早餐，修完面过来找我呀！"

"好的，"霍森沃说着马上走了。整场谈话对他而言就像审判一样，每一个单词似乎都要增加多一分的复杂性。这个人唤起了他心中所有的往事，他代表着霍森沃抛弃的一切，芝加哥，他的妻子，那豪华的酒店，这些全部都在这个谈话与问询中。这个人正和他住在一个旅馆，而且还要跟他聊天，而且很显然还打算和他玩个痛快，芝加哥的报纸很快就会送到。当地的报纸那天也会报道这件事情，想到那个人马上就有可能得知他居然是一个撬保险柜的小偷，现在的恐惧大于赢得了嘉莉的信任。他走进理发店的时候几乎都要痛苦地叫出声来。他决定要避开这位朋友，和嘉莉一起，去找另外的更偏远的旅馆。

所以，当他修好面出来的时候，他看到大厅里没有人很高兴。他连忙朝楼梯走去，并且让嘉莉从女士进出口出去，他们要去一个很不引人注意的地方享受早餐。

不过，在大厅的对面另外有一个人却在看着他，这是个普通的爱尔兰人，个子不高，衣着寒酸，脑袋就像是某个选区政客的大脑袋的一个缩小的翻版。这个人先前还是在和旅馆职员说话，可是现在却一直打量着这个前经理不放。

霍森沃感觉到了远远传过来的打量的目光，而且知道了它的含义。他本能地感到这也许是个侦探，自己此刻被人监视。他装作什么东西也没看见的样子，急忙走过大厅，可是心里却很紧张。现在会发生什么？这些人会做些什么呢？他开始回想关于引渡的种种法律条款，他并不是很明白这些法律。也许他会被抓起来，啊，如果嘉莉得知了会怎样？在蒙特利尔他是不能再藏身了，他开始准备离开这里。

他回来时，嘉莉已经洗完了澡，正等着他。她看上去精神焕发，比任何时候都更可爱，不过还有些矜持。自他走了之后，她身上又恢复了些许对他的冷漠之情，爱情并没有重新在她心中燃烧。他感觉到了这一点，所以好像更加烦恼。他不能把她抱在自己的怀里，他也没有试一下，因为她的神情不让他这么做。另外，刚刚在楼下的经历和思绪也让他刚才的好心情消失了。

"你准备好了吗？"他依旧温柔地说。

"好了。"她回答。

"我们去外面吃早饭，楼下这地方我很不满意。"

"好吧。"嘉莉说。

他们来到大街上，只是那个不惹眼的爱尔兰人仍然站在街角望着他们。霍森沃差点无法忽视他意识到了这个家伙。这个家伙眼睛里放肆的神情让人感到厌恶。他们路过他身旁，霍森沃向嘉莉介绍着这座新兴城市，不一会儿，他们又来到另一家旅馆，然后走了进去。

"这城市真独特。"嘉莉说，她感到这座城市有说不出的东西，因为它与芝加哥完全不同。

"这里没有芝加哥那么热闹，"霍森沃说，"你不喜欢这里吗？"

"有点讨厌。"嘉莉说，那座西部大城市早就在她的感情世界中打上了深深的烙印。

"这里不像芝加哥那么有趣。"霍森沃说。

"这里有好玩的东西吗？"嘉莉问，她不清楚为什么要选择到这座城市生活。

"玩的东西不多，"霍森沃回答，"这是一个让人轻松的旅游胜地，周边有很好看的风景。"

嘉莉听着，只是心里仍然有些迷茫。这座城市并不很让她着迷，而且她的处境已经够她苦恼的了，哪里还有心情去游山玩水呢！

"我们不会在这里待很久，"霍森沃说，如今发现她这样不满意，他心里很高兴，"早饭过后，你就去买衣服，我们现在去纽约，你会喜欢那里的。除了芝加哥之外，最热闹的城市就是纽约了。"

实际上，他是准备逃走。他要先看看这些侦探会如何处理，他的芝加哥的老板们会采取何种行动，然后他就逃走，找到更好藏身的纽约。他对纽约很熟悉，了解那座城市满是诱惑与神秘，是重新开始的好地方。

可是，他越想下去，越发现自己现在的处境很不乐观，他知道逃到这里并没有解决问题。公司也许会雇一些侦探来追捕他，可能是平克顿[①]的手下或者是莫尼和博兰的密探，他们可能会在他将要逃离加拿大的时候把他抓回去。那么，他就只能在这里待上几个月，而且是处于如此狼狈的境况。

回到旅馆，霍森沃着急地想看早晨的报纸，只是他又不敢看。他想确认他犯罪的消息是否传来了，因此他告诉嘉莉他等下再上楼，然后就进去找报纸看。附近没有熟悉的面孔，也没有让人怀疑的面孔，可是他还是不想在休息室看报。所以，他快步走到楼上的大客厅，坐在窗户旁边，把报纸详细地看了一遍。关于他的罪行报道得很少，但还是有说到，才那么几小段，混在报道全国各地的杀人、车祸、婚嫁和其他短信息中。他在看报之时，真希望自己看到的都不是真的，他有些悲伤，希

[①] 平克顿（1819—1884），开设平克顿私人侦探公司，为1850年开设的首家私人侦探公司。

望自己能把这些过去都抹去。他在这个遥远而安全的地方多住上一些时间，就越是觉得自己犯下了一个无法弥补的错误，应该有一条更简捷的解决办法，当初他要是知道就好了。

他把报纸放在原处，然后回了房间，觉得这样报纸就永远不会来到嘉莉的手中。

"喂，你现在觉得怎么样？"他问她，她又在看着窗外。

"哦，还好。"她回答。

他走过来，刚准备与她讲话，突然有人敲门。

"可能是我刚才买的东西送来了。"嘉莉说。

霍森沃打开门，门外站着那位他非常怀疑的人。

"你是霍森沃先生，对吧？"后者面带一副很狡猾、很自信的表情说。

"是。"霍森沃沉着地说，对于这种人他知道得很清楚，因此又摆出了一些他以前对这号人惯用的一点也不在乎的神情。这类人在酒店是招待的最低的阶层，他走到门外，关上门。

"那么，你肯定知道我来这里的原因，对吧？"这个人很神秘地说。

"我或许猜得出来。"霍森沃轻声说。

"那么，你还想留下那些钱来？"

"那是我个人的事。"霍森沃板着脸说。

"你知道，这样做是不对的。"侦探冷漠地看着他说。

"听着，伙计，"霍森沃带着官腔说，"你对这个案子根本什么都不知道，我也无法向你解释什么，不管我干什么，都不需要其他人给我出主意，请你原谅。"

"嘿，你如今这样说已是毫无用处，"侦探说，"警察已经完全掌握了你的情况，我们若是愿意，就能给你找来更多麻烦，你在这旅馆登记没用真名，你没有把你太太带来，报界还不清楚你在这里，你还是知趣一些比较好。"

"你想知道些什么？"霍森沃问。

"你有没有打算把钱送回去。"

霍森沃沉默了一下，眼睛盯着地板。

"向你解释是没有用的，"他终于说，"你问我也没用，你知道，我不是傻子，我知道你能办到什么，什么你想办也办不到。若是你愿意的话，可以给我制造很多麻烦，我知道得很清楚，可是那样也无法帮你拿到那些钱。对于我会怎么做，我已经决定了，我已经给罕那和哈哥写了信，所以，我没什么好说的，你就等着听他们的指示吧。"

他在说这话的同时，慢慢离开了门边，沿着走道离开，不想让嘉莉听到。他们这时已经来到了走道的尽头，再走过去就是另一间大客厅。

"你现在还不肯放弃那些钱吗？"侦探问。

这句话从根本上激怒了霍森沃，他突然热血沸腾。他心里有了许多想法，他不是窃贼。他并不想要那些钱，如果他能对罕那和哈哥解释一下，可能就不会有别的问题了。

"听着，"他说，"我跟你谈这些没任何用，我尊重你的权利。不过，我要和知道内幕的人交涉。"

"嘿，你别想带着钱走出加拿大。"侦探说。

"我并不准备离开，"霍森沃说，"等我想要走之时，可能就没有什么人可以阻拦我了。"

他回过身去，那侦探紧紧盯着他，这真是让人无法忍受，可他还是走过去，进了房间。

"是谁呀？"嘉莉问。

"我的一位老朋友。"

整场谈话使霍森沃非常震惊。经历了一周各种各样的担心与焦虑之后，这件事依旧在他身上引起了深深的忧伤和道义上的难过。让他觉得最痛苦的是自己被人当作一名盗贼追捕。他总算看到了社会不公平的本质，这种不公平才仅仅是开始。现在看到的只是一个漫长的，正渐渐积累的悲剧的一点。所有的报纸全都只注意一件事，那就是他偷了钱，至于他是怎么偷的和出于何种原因去偷却不去探讨。没有人知道导致这件事情发生的那些原因，人们不给他解释的机会就给他判定了罪名。

就在这天，当他和嘉莉一起坐在屋里时，他决定把钱送回去。他先写信给罕那和哈哥，把一切事情说清楚，而后再用快递把钱邮寄回去。他们或许会原谅他的，他们或许会允许他回去，他要把刚才说的话变为事实。然后，他就能离开这座陌生的城市。

他用了一个小时来思考如何写这封特殊的信，想找出一条合乎情理的理由来说清楚这件事的经过。他本来打算把他太太的事告诉他们，可是他没有写出来。他决定缩小事情，只解释说他当时与朋友们应酬喝醉了，发现保险柜没有锁好，便将钱取出来，不小心柜门就被锁上了，他对这件事感到非常遗憾，也为此事给他们带来这么多的麻烦而感到抱歉。他愿意尽力把这件事解决了，把钱用快递给他们寄回去，当然只能寄一部分的钱，剩下的部分他一有钱就会寄回去。至于他是不是还有复职的希望，这一点，他仅仅暗示了一下。

他的坐立不安，从他这封信的结构中能够很清楚地知道。他那时已经遗忘了，即使让他回去复职，再在那老地方干下去会是件非常痛苦的事情啊！他忘记了他已用一把利剑斩断了和过去的所有联系，即使真能想出办法与过去再次连接起来，那分离后又重合的裂痕最后还是会存在的。他总是很快忘记一些事——他的妻子、嘉莉、和他对钱的欲望。他现在的处境或者别的什么原因致使他无法清楚地思考。不过，他还是把信寄了出去，想等收到回信后再寄钱。

在等待之时，他悠闲地和嘉莉住在一起，尽情享受其中的乐趣。

中午太阳出来了，金色的阳光驱散了好几天的阴霾，麻雀在枝头嬉戏着，空气中到处是欢歌笑语。霍森沃总是在看着嘉莉，她似乎是他所有烦恼中的一缕阳光。啊！如果她能够全身心地爱他，要是她能用愉快的心情包围他，就像他在芝加哥那小公园里所见到的一样，他会无比幸福啊！那就能弥补任何损失，那就会让他看到自己并没有全部输光，他就会什么都不在意。

"嘉莉，"他说，突然站起身走到她身边，"从今以后我们永远在一起好吗？"

她迷茫地望着他，但他脸上的神情无法抗拒地打动了她，让她心生同情。也许这就是爱情，炽热而且强烈，由于困难和焦虑而变得比过去更为深沉，她不禁笑了起来。

"让我今后变成你生活中的全部吧，"他说，"别再让我痛苦了，我将对你全心全意。我们去纽约，租一套华丽的公寓，我再找一份工作，我们必定会幸福的。你做我的爱人好吗？"

嘉莉很认真地听着。她身上并没有多大的激情，不过事情的发展和他这个人的亲近又使她不禁产生了一点感情。她替他感到很难受，这种难受来源于之前对他的深深的倾慕之情，可能她还从未对他产生过真正的爱情，她若是会分析自己的感情就会知道这一点，如果他那巨大的感情在她身上有了影响，就能消除他们之间的隔膜。

"你不会离开我的，是吗？"他问。

"是的。"她点点头。

他把她搂在怀里，在她嘴上、脸颊上动情地亲吻着。

"可是你一定要和我结婚。"她说。

"我们现在就去领结婚证书。"他说。

"怎么领呢？"她问。

"用一个新名字，"他回答，"我要换一个新名字，重新开始我的生活。此时此刻，我就叫默多克。"

"啊，别用这个名字！"嘉莉说。

"为什么不？"他问。

"我不喜欢它。"

"那么，你说我该用什么名字才好呢？"他问。

"哦，别的什么都行，就是别用这个名字。"

他想了一下，双臂依旧搂着她，然后说："你认为霍朗这个名字怎么样？"

"那倒是还好。"嘉莉说。

"就这样吧，就叫霍朗吧！"他说，"明天早晨我们起来就去领结婚证。"

第二天早晨，一位浸礼会牧师给两人主持了这场婚礼，这是他们所能找到的第一位合适的神职人员。

芝加哥的酒店最终给了答复，是由哈哥先生口授的。他说他对霍森沃这样的行为感到非常惊讶，也为事情闹成这种样子感到可惜。如果能把钱还回去的话，他们也不会控告他，他们对他根本没有恶意，对于让他回去或者恢复曾经的职位，他们还不曾考虑过那样会产生什么样的影响。他们得商讨一下，过些时间再跟他联系，可能过很久呢！

这封信的大概就是要他不要对钱有所指望，他们要的仅仅是钱，不想自找麻烦。霍森沃从中看到了幻想的破灭，他想把钱还给他们所说的那位代理，跟他们有业务往来的一家当地银行的某个代理人，然后就可以前往纽约。他回电说明接受要求，并向那天来旅馆找他的那位代理人详细说明，拿了收据，随后让嘉莉收拾行李。他准备这个行动时，情绪难免有些沮丧，可最后还是恢复了过来。他害怕就算这样他也有可能被抓回去，所以想悄无声息地行动，但这是不容易做到的。他雇人把嘉莉的箱子送到火车站，而后用快件托运去纽约。尽管好像没有人注意他，可他下定决心到晚上才走出旅馆。他非常害怕，害怕在到了边界后的第一站，可能是在纽约火车站，会有一个执法官早已在等待他。

嘉莉当然不知道他的偷窃行为和他的害怕，因此当火车于次日的早晨开进纽约时，她心里非常高兴。火车沿着哈德逊河开向前方，圆形的青山环绕着辽阔的河谷，这美丽的景色让她看得出了神。她以前听说过哈德逊河、哈莱姆河和纽约这座庞大的城市。她现在朝外看着真实的一切，心里全是惊喜。火车在斯布丁·杜佛尔拐向东边，沿着哈莱姆河东岸行驶。霍森沃面带担忧地告诉她，他们已经到达了纽约的边界。按照她在芝加哥所听到的话，她希望能见到一长列一长列的车厢，一大片交叉的铁轨，却发现情况不是想象的那样。看到哈莱姆河上也就几只船和东河里更多的船只，她那年轻的心充满希望地跳动着，她知道这是大海最开始的迹象。接着是一条宽阔的大街，五层楼的砖砌公寓矗立在两旁，最终火车钻进了隧道。

几分钟的黑暗与烟尘过后天空又亮了。列车员喊着："中央车站到了。"霍森沃站起来，拿着自己的小手提包，他心里非常慌张，陪嘉莉等在车门口处，然后下了车。没有人走向他们，只是他朝出口处走去时，还是偷偷地到处看了看。他很紧张，以至于把嘉莉忘得干干净净，嘉莉落在后面，心里责备他怎么只顾他自己。他路过车站大厦的时候，紧张极了，出去以后才慢慢放松下来。他立即来到人行道上，周围除了马车夫外没有一个人向他打招呼。他松了口气，忽然想起嘉莉，便转过身去。

"我还以为你要丢下我不管呢！"她说。

"我在思索我们坐什么车去吉尔赛旅馆。"他回答。

嘉莉正一心一意地看着街头繁忙的景象，根本没有听到他说的话。

"纽约多大？"她问。

"呃，可能有一百多万人吧！"霍森沃说。

他看了看四周，接着叫了一辆马车，叫车的表情与以前完全不同。

这是他多年来第一次发觉必须要好好考虑这些小开销，这真的令人感到痛苦。他决心先找家旅馆住下，然后再去租一套比较好的公寓。他把这个主意告诉了嘉莉，她也说好。

"要是你愿意，我们今天就去找房吧！"他说，突然，他回忆起了在蒙特利尔的经历。住在吉尔赛旅馆，一定会碰到芝加哥的老熟人，他站起来跟车夫说道。

"送我们到大陆旅社。"他说，他知道他的熟人一般不去这家旅馆，然后他坐下来。

"住宅区是在哪儿？"嘉莉问，她并未意识到街道两旁的五层高楼就是住宅。

"到处都是，"霍森沃说，他对纽约非常熟悉，"纽约没有空地，这些全是住宅。"

"要是这样，我会讨厌这里。"嘉莉说，她现在已经渐渐有她自己的看法了。

第三十章　大人物的王国：流亡者的梦想

　　不管霍森沃这样的人在芝加哥混到怎样的地步，到了纽约，很明显只是沧海一粟。芝加哥当时的人口为五十万，还没有出现像阿穆尔、普尔曼、潘奥蒙、菲尔德这样的大家族，百万富翁的人数也不多。有钱人还没有富有到可以淹没全部小康之家的地步。居民们对当地戏剧界、艺术界、社交界和宗教界的名人还没有崇拜到让他们不把那些小康的人放在眼里的地步。在芝加哥，成名的道路也许只有从政和经商两条，而在纽约，成名的道路却有许多条，每条路上都有很多的人在不停地追求，有名气的人也很多。这片大海里已经满是鲸鱼，一条普通的鱼由于太微不足道只能完全躲藏起来。也就是说，霍森沃根本就什么都不是。

　　这种环境还会产生一种更微妙的影响，这种影响尽管人们很少去注意，但是它可以造成人间的悲剧。大人物出现的气氛对小人物产生很恶劣的影响，这种气氛是很轻易并且很快让人感觉到的。走到那华美的住宅前面，在那些华丽的马车，装修考究的店铺、饭馆以及种种娱乐场所中间感受着鲜花、绸缎的迷人香味；享受让人满足的发自内心的笑声和如利剑般的寒光那样闪烁的目光；感受一下像快刀般耀眼的笑容和透着权势与地位的步履，你就会明白有权有势的人创造出的那种气氛。无需争辩，这并不是什么伟大的王国，只是，一旦世界把它看得重要，若是有人在内心深处把它当作应该得到的且值得追求的那个宝贝，那么对于这些人来说，这就是一个高尚的境界。此时，这种境界的氛围就会对人的心灵造成不能挽回的后果，这就像是一种化学试剂，在这里待上一天，就像注入一滴试剂一样，内心的观点、目的和欲望都会发生改变，使之永远染上这一色彩。这一天对于一个根本没有经验的人来说就好像鸦片对于一个毫无烟瘾的人一样，人的心里会出现一种欲望，但是要满足它，结果一定会导致梦想与死亡。啊！尚未实现的梦想啊——啃噬着人心，迷惑着人心，如同无聊的幻想在诱惑着人，等到死亡和毁灭来减弱它们的力量，最后让我们迷茫地回归大自然。

　　像霍森沃这种年龄和性情的人，是不会被年轻人的幻想和无法抑制的欲望所控制的，而且他也没有年轻人如喷泉一般的力量与渴望的心灵。这里的气氛不会在他身上唤起像一个十八岁的少年的欲望，因为没有足够的力量，但若是可以激发，相比较而言显得更为痛苦。他总是会注意到随处可见的富裕与奢侈的各种各样的迹象。他过去来过纽约，清楚它充满了种种骄奢淫逸。事实上，这对他来说是个让人害怕的地方，因为这里聚集了他在世上最想要的一切，比如说金钱、地位和名气。他在罕那和哈哥的酒店任职经理时，跟他喝过酒的很多名流都是来自于这个以自我为中心、人口众多、经济繁华的城市。那些最让人注意的寻欢作乐和奢侈华丽的故事也都在这里和这里的人身上发生。他清楚地知道，他在这一天里不知不觉地与无数的有钱人擦肩而过；他也知道，在这样一个有钱的地方，十万或者五十万块钱仅仅会让人过得稍稍舒服一些罢了，若想自己能够过得时髦、过得奢侈，就必须有越来越多的金钱，故而穷人就毫无立身之地，他清醒地意识到了这一切，因为他远远地离开了朋友，失去了他那丰厚的家产，甚至他的名字，只能从头开始，为地位和安逸的生活而努力。他还没有衰老，可也没有笨到不清楚自己即将衰老。突然间，这一切美丽的衣着、地位与权势被赐予了独特的意义，和他自己痛苦的处境比起来，就显得更加突出。

他的处境的确很艰难。他很快发现，摆脱被捕的恐惧并不是他生存下去的唯一的条件，这一个危险消失了，下一个生存的困境却变得更加难过。那仅有的很少的一千三百多块钱，不过是他以前每年花销的五分之一，现在却要用来支付以后多年的房租、衣物、食品和娱乐，怎么不叫他心情郁闷呢？在纽约最初的几天，他对这个问题思考了很久，而且计划要立刻行动。因此，他查询登载在晨报中的工作机会，自己着手进行调查。

只是在这以前他还是要先安定下来。嘉莉和他按照原定的计划去找一间公寓，在靠近阿姆斯特丹大街的第七十八街上看中了一套公寓。这是一幢五层楼的建筑，他们租的公寓就在三楼。由于街上还没有建满房子，所以向东能够清晰地望见中央公园中绿色的树冠，穿过西面的窗户能够看到宽广的哈德逊河。他们租用了一长排的六个房间以及一个浴室，每月的房租是三十五块钱——比平均水平稍微偏高的房租。嘉莉认为这些房间比芝加哥的要小一些，并说出了自己的想法。

"这间是能找到的最好的了，亲爱的，"霍森沃说，"除非是去寻找那种老式房子，不过那样就没有这些方便的设施了。"

嘉莉接受这个新的居所的原因，是由于它还算新，屋里的设施非常明亮。这种新建筑装有最新款的暖气设备，是个很大的优点。固定的煤气灶、浴室里全天有冷热水供应、升降送货机、传话筒以及传召看门人的铃，这些都让她感到非常高兴，家庭主妇的本性使她对此十分满意。

霍森沃与一家分期付款商店签了合同，让他们把全部公寓设备装修好，首付五十块钱，以后每月付十块。他还让人弄了一块小牌子，写上"G. W. 霍朗"，并把它装在大厅的信箱上。听门房称呼她"霍朗太太"，嘉莉刚开始感觉非常别扭，可是渐渐就习惯了，也把这名字当作了自己的姓氏。

这些家庭琐事解决好，霍森沃去了几家登了广告的公司，渴望在市中心哪家生意较好的酒店里加些股金。在亚当斯街那家宫殿般的酒店工作生活之后，他看不上登了广告的那几家并不华丽的酒店。他花了很多时间走访这些酒店，但它们都不称心，不过与人交谈让他长了很多见识，因为他了解到了坦慕尼堂的影响以及和警察搞好交际关系的重要性。他觉得最赚钱、生意最兴旺的那些酒店都进行种种不合法的营业活动，根本不像罕那和哈哥所设置的酒店。这些酒店的二楼一般设有精致的密室和秘密的酒座，这些附属设施才是最赚钱的工具。他从骄傲的老板们闪耀在胸前的大钻石和裁剪合身的衣服上明白地看出，这里的酒水生意和别处差不多一样，利润非常吸引人。

最后，他在华伦街找到一家酒店的主人，这家酒店看起来办得挺好，酒店的外观很华丽，并且不难改进，店主说生意还好，看上去也确实如此。

"来我们这里的人都是非常有地位的，"他告诉霍森沃，"商人，推销员和职业人士，个个都衣着华丽，无业游民是无法进入到我们这里的。"

霍森沃听着收银机的声音，看来这里营业了很长时间了。

"两个人合资还有其他的利益吗？"他问。

"要是你了解酒水生意的话,自己是能够看得明白的,"店主说,"这是我拥有的两家之一,其他设在纳索街。我自己管不了两家,如果碰到对这一行很了解的人,我本是无所谓把这一家与他合资,让他做经理的。"

"我有着丰富的经验。"霍森沃坦诚地说,但他心里有鬼,没提到罕那哈哥所开的酒店。

"那么,你自己决定吧!霍朗先生。"店主说。

他仅仅退让三分之一的股权和设备的信誉,愿意合伙的人最少要交一千块钱,并且一定得有经营能力。这中间不涉及房产问题,这店主是从一家房地产公司租过来的。

这笔交易倒是很合算,可霍森沃的问题是,在这种地方投入三分之一的股权能不能带来每月一百五十块钱的巨大利润,因为他盘算过,若是想要维持日常开销,想要过得更舒服,最少得有这样的一笔收入。不过,在寻找合适的职位时早就失败过很多次后,这时已经不是犹豫的时候了。现在看起来三分之一的股权只能每月获利一百块钱,如果经营合法,提高业务,多赚一些钱还是可以的。所以,他赞同合伙,付了一千块钱,准备第二天进店。

他一开始得意极了,告诉嘉莉说,他认为自己做了笔不错的交易。不过,随着时间的流逝,出现了让人烦恼的问题。他发现自己的合伙人很讨厌,总是喝得烂醉,大发脾气,这是霍森沃在生意中最不喜欢的,而且,生意也时好时坏。顾客跟他在芝加哥那些人比起来存在着非常大的差异。他只有花更长时间才能认识朋友。这些人来去匆匆,并不追求所谓的友情的快乐。这不是聚会或者休息的地方,时间一天天、一周周地流逝,他没有听到任何在芝加哥每天都听惯了的亲切招呼。

而且,霍森沃还怀念那些名流——那些让人难忘的名人,因为这类人能给普通酒店增光,能带来遥远地方及特定圈子里的信息。一个月已经过去了,他没有看到哪怕一个这样的人。有时,在傍晚还没有下班的时候,他也会从报上得知关于他所认识的那些名流们的消息,这些人和他曾经多次一起喝过酒。他们会去如芝加哥的罕那和哈哥所开的酒店那种的酒店,甚至去住宅区的霍夫曼酒店,但是他明白自己肯定不会在这里见到他们。

还有,生意并不如他想象的那么顺利,收入是比上个月略微有上升,可是他发现自己必须减少家庭开销,这是很让人难堪的。

刚开始,他总是深夜才能回家,但回家见到嘉莉是非常让人欣慰的,他努力在六七点钟之前赶回家和她一起共进晚饭,之后在家里一直待到第二天早晨九点钟,不过这种新鲜感没过多久就削减了,他慢慢觉得他的这种职责是一种负担。

第一个月还没有过完,嘉莉就很坦然地说:"我准备这个星期到市中心去买一件衣服。"

"什么样的衣服?"霍森沃说。

"哦,当然是上街穿的衣服。"

"好啊,"霍森沃虽然笑着说,可是心想,若是她不买的话,他的经济状况也许会更好一些。第二天没有说起这件事,可是第三天早晨他问:

"你想要买的衣服买了吗?"

"还没有。"嘉莉回答。

他停顿了一下,似乎在思考,然后说:

"你可不可以晚几天再买呢？"

"肯定不能，"嘉莉回答，没有发现他的弦外之音，她以前从来没有意识到他会有经济困难，"为什么？"

"你听我说，"霍森沃说，"我这次投资花了许多资金，我认为要不了多久就能都收回来，只是现在手头有点紧张。"

"噢，"嘉莉说，"那当然可以，亲爱的，你为什么不早些告诉我呢？"

"以前没有这个必要。"霍森沃说。

即使嘉莉马上同意了，可是霍森沃说起他的投资的表情，让嘉莉想到了托罗奥和他总说会完成的那些小生意。这种想法可能瞬间流逝，可毕竟开了一个头，她慢慢地对霍森沃有了一点别的想法。

就像小事积累着发生，加在一起的作用就是最后一次大战。嘉莉不愚笨，霍森沃又不是很聪明，再说，两个人住在一起没有花多少时间就会了解彼此。一个人心里的苦闷总是要表现出来的，不论他会不会主动透露，总会流露出来困苦的神情，形成抑郁的情绪，这是无法避免的。霍森沃便是如此，尽管他仍然穿得很体面，可这些衣服还是他在加拿大穿的那些。嘉莉注意到，尽管他自己的衣服不多，可他并没有去购买其他新的衣服。她也发现了，他也不像以前一样提出什么娱乐，从不说起饭菜，好像全心全意都在生意上。他已经不再是芝加哥那个悠闲的霍森沃了，再也不是她印象中的那个大方、富有的霍森沃了。这种改变实在是巨大，很快引起她的注意。

她渐渐开始察觉到事情已经发生了改变。他并没有把心事全部告诉她，他显然有什么事隐瞒她，只是独自一个人计划着。她发现一些琐碎的事都得她开口问他，这种状况对女人来说是不愉快的。伟大的爱情能使这种状况更加合理，有的时候甚至值得称赞，可不会总让人觉得满意的。若是没有了伟大的爱情，人们就会得到一个更加明确、更加让人不喜欢的结果。

对于霍森沃，他正在全心全意地与这新环境中的各种各样的困难作斗争。他很聪明，已经发现自己犯了很大的错误，所以倍加珍惜自己现在这很好的处境，不过，他还是忍不住把现在的状况与以前的相比较——后悔时时刻刻、日日夜夜地啃噬着自己。

另外，自从在纽约很快就碰到了一位老朋友之后，他总是害怕再碰见他们。上次是在百老汇大街，他看见一个熟人正走向他，本想装作不认识，可已经没时间了，相互对望的那一眼看得非常清楚，很显然，两人都认出了对方。所以，这位朋友，来自芝加哥一家批发商行的采购员，不得不停下脚步来。

"你好吗？"他伸出手说，很明显地带着复杂的感情，而且并非真正的热心。

"还好，"霍森沃说，也感到十分狼狈，"你还好吗？"

"还好，我来这里采购些东西，你现在住在这里吗？"

"是的，"霍森沃说，"我在沃伦街开了一家酒店。"

"真的吗？"这位朋友说，"听到这些我好高兴，我会去拜访你的。"

"欢迎你来。"霍森沃说。

"再见。"那个人说，装模作样地一笑就走了。

"他连门牌号码都没有问，"霍森沃想，"他一点也不想来。"他擦了擦湿淋淋的额头，虔诚地祈祷再也不要遇到其他的熟人了。

这些事情影响了他的好脾气。他全心全意地只想经济方面的情况能有所转变。他有嘉莉在身旁，家具费用正在一点点付清。他已经开始在纽约站住脚了，对于嘉莉，他现在能够给的乐趣也只有这么多。或许他还能长期这样假装下去而不暴露出来，最终取得成功，那样所有事情就都会变得好起来的。不过，他这样想的时候，却没想起人性中的弱点，没注意到夫妻生活中的难处。嘉莉还年轻，对于他以及她，变化莫测的心态都会经常出现，两个人随时都可能带着绝对不通的心情坐在同一张饭桌上。这种情况也总是发生在那些看起来最具有规矩的家庭中，这些场合中发生了小摩擦，只有依靠伟大的爱情才可以消除。如果没有伟大的爱情，彼此又都相当计较，那很快就会铸成大问题。

第三十一章　命运的宠儿：百老汇大街的花花世界

这座城市和他自己的处境在改变了霍森沃的同时，也改变了嘉莉，她总是带着一颗极其善良的心接受着命运给她带来的一切。尽管她最开始很不喜欢纽约，她还是很快就对它产生了极大的兴趣。这里舒适的气氛、越来越繁华的大道以及独特的冷漠，给她留下了深刻的印象。她还从未见过她现在住的这种小公寓，它很快就让她产生了兴趣。新买的家具非常漂亮，霍森沃亲自安排的餐具柜光彩夺目。各个房间的家具都很相配，在房子的客厅，也就是前厅，还摆放着一架钢琴，因为嘉莉说她很想学钢琴。又按周雇用了一位女仆，她帮助嘉莉做饭，并在嘉莉的监督下干几乎所有的洗洗涮涮的活儿，嘉莉对于家务的操持能力进步非常快。这是她出生以来第一次感到有了归宿，认为自己在世人的眼中取得了合法的地位。她的想法既愉快又天真。她在很长一段时间里一直为纽约公寓的布局感到困惑，而且为十户人家住在同一幢公寓里却互不认识、彼此冷漠而感到吃惊。她也对港口很多的船，在有雾的时间里，驶过长岛海峡的汽船和渡船鸣出的长长的、低沉的汽笛声感到吃惊，一想到这些声音都来自大海，她便觉得它们好听极了。她总是从西窗口远远看着哈德逊河，盯着左右两边正在快速建起的城市风景。可琢磨的东西很多，足够她欣赏个一年半载也不会感到乏味。

这些景色足以让她思索，够她看上一年都不会感到厌烦。

此外，霍森沃对她的关心是细致入微的。尽管他面对着重重困难，他还从未向嘉莉抱怨过。他还是保有着同样稳重的风度，随意地处理着这种新的局面，为嘉莉在家务方面的癖好和成绩感到十分安慰。每天晚上，他都准时回家吃晚饭，觉得家里小小的餐厅可爱至极。餐厅正是因为比较小才觉得更加华美，非常琳琅满目，餐桌上铺着白色的桌布，上面摆着考究的盘子，点着四盏台灯，每盏灯上都有一个红灯罩。嘉莉和女仆做的牛排和肉块十分好吃，有时还外加一些罐头食品，嘉莉学会了好些饼干的做法，不久就能做出一盘美味可口的小点心了。

第二个月、第三个月以及第四个月就在这种情况中度过了。冬天来临了，他马上便认为还是待在屋里最好，所以就不经常提议出去看戏。霍森沃努力不露声色地应付一切开销，他装作把钱用来做更多的投资，以求以后收获更大。他基本上不给自己买衣物，不过凑合着，也不怎么为嘉莉买什么。第一个冬天就这么平静地过去了。

他们婚后的第二年，霍森沃经营的生意确实增加了收入。他能按月挣到他所预期的一百五十块钱了。但是这时候嘉莉已经有了一些新的想法，而他又结识了几个朋友。嘉莉由于生性懦弱、被动、容忍、不主动进取，所以她也就没有抱怨地接受了这种变化，她对现在的状况似乎是心满意足的。有时，他们会一起去看场戏，在合适的季节里，他们也会去海边和纽约别的地方，不过他们没有认识新的朋友。霍森沃很明显地收敛在她面前那种彬彬有礼的态度，取而代之的是一种近乎随便的亲热感。他们之间并没有什么误会，也没有明显的分歧。事实上，正因为没有钱，没有朋友，他目前的生活既不会有什么嫉妒，更不会让人评价。嘉莉很理解他的奋斗，也并不计较自己缺少了在芝加哥所享受到的娱乐。在纽约这么一个千变万化的城市，她还有个漂亮公寓，这些差不多就足够了。

不过，就像我们上面所说过的，等生意慢慢好转，霍森沃渐渐结识了朋友，而且，他在自己衣服上的开销也有些放开了。他坚信自己的家庭生活对他非常可贵，可同时又觉得有时不回家吃晚饭也是说得过去的。他第一次不回家吃晚饭时，派人送信说自己有事。嘉莉单独吃了饭，希望以后不会发生这样的事。第二次他依然送了口信，可是却是后来才想起来的，第三次他竟完全忘了，只是事后做了说明。但这些事情每次都隔着几个月。

"你到哪儿去了，丘詹？"第一次没回家吃饭后，嘉莉问。

"店里忙得很，"他平静地说，"有一些账目得整理一下。"

"你没有回家真是可惜，"她温柔地说，"我做了很多好吃的。"

第二次他提出一样的理由，可是第三次嘉莉心里就感觉事情有些问题了。

"我无法赶回家，"后来晚上回家时，他说，"因为我太忙了。"

"你就不能给我捎个信儿吗？"嘉莉问。

"我是想这样做的，"他说，"可你知道，等我发觉时，已经太晚了。"

"我还做了如此多好吃的。"嘉莉郁闷地说。

如今，通过对嘉莉的观察，他渐渐发现她的性格根本就是属于家庭妇女型。过去了一年，他却认为她在生活上的主要需求很自然地表现在各种烦琐的家务事上。他得出这个奇怪的结论，却没有想到自己以前在芝加哥看到过她表演，没有认识到在逝去的这一年中，出于自己条件的限制而只能看到她被局限在家里，和他在一起，没有认识到她尚未认识任何朋友。这样的结论只让他为自己有这样一个容易满足的妻子而觉得满足，这种满足又产生了必然的结果，这就是由于他自以为她很满意，他觉得只要提供让她满足的这些东西就可以了。他提供了家具、装修、食物和必备的衣物，而让她高兴，带她出去感受一下流光溢彩的生活这种想法越来越少。他自己喜爱外面的世界，却并没有想到她也会愿意出去。他有一次独自去看了场戏，还有一次他和几位新朋友打了一整晚的牌，他又开始与女人有了秋波传情，又关注了花间柳巷的趣事。由于他的经济状况又开始慢慢好转，他又准备打扮起来到处活动了。不过，所有的这一切要比在芝加哥时习惯的那一套要收敛很多。他竭尽全力躲开那些有可能碰到熟人的娱乐地点。

此时，嘉莉从身边的事情中已经开始发现到了这一点。她却不会为他的行为深感烦恼。她并非真心地爱着他，因此不会嫉妒得恼火。事实上，她真的没有一点的嫉妒，霍森沃也该好好考虑一下，可却为她这种平淡的反应感到快乐。他如果不回家，她好像也不觉得这是什么大不了的事，她认为他应该享有男人普通的乐趣，有人聊天，有地方可去，有朋友谈心。她同意他这样消遣，可她却不想让自己被冷落在一角。上面说过，她到现在为止还没有到被冷落的地步，她的处境看起来还过得去，她只注意到了霍森沃与过去的区别。

他们在七十八街第二年的某个时候，嘉莉家对面的那套公寓空了出来，搬进来一个非常美丽的少妇和她的丈夫，嘉莉很快和这两个人认识了。这完全是由于公寓的结构促成的，因为两家有一处是连着的，那就是升降送货机。这个很实用的升降机把燃料、食品等东西从地下室运上来，然后把垃圾、废物等运下去，是一层楼的两家一块儿用的，两家各有一扇门通往那里。

如果两家的仆人或者主妇同一时间听到门卫的哨声，出来拿报纸，当她们打开各自家升降机的小门的时候，就会面对面地站着。某一天早晨，因为嘉莉的女仆前一夜回家去了，现在没有回来，嘉莉听到门卫的哨声，知道报纸到了，于是自己去取。她走到那里时，那位新邻居也正在拿她的报纸，这是位皮肤稍黑的漂亮女人，年龄大约二十三岁。她穿着睡袍，睡袍外面披了件长款外套，头发随性地披散着，看起来又美丽又善良，嘉莉马上喜欢上了她。新房客仅仅是害羞一笑而已，但这就够了。嘉莉非常想认识她，对方很喜欢嘉莉脸上可爱单纯的表情，心里也萌生了想认识的想法。

"对面搬来的女人真漂亮啊！"嘉莉在早餐桌上对霍森沃说。

"有人搬进来了？"

"是的。"嘉莉说。

"你在哪里看见她的？"

"今天早上在升降送货机那里，她长得很甜美。"

"他们叫什么？"霍森沃问。

"我不知道，"嘉莉说，"门牌上的名字是沃什，他们家还有人钢琴弹得很好，我想肯定是她。"

"唔，在这座城里，你或许永远不知道隔壁住的是什么样的人，是吗？"霍森沃说，显示了纽约人对于邻居通常的看法。

"想想看，"嘉莉说，"我在这幢楼里和另外九个住户住了差不多有一年了，却没有认识一个人。对面搬进来都快有一个多月了，我也是今天早上才看到。"

"还是这样可能会好些，"霍森沃说，"你永远也不可能知道会遇到什么样的人，这些人有些很坏，也是很难交往的。"

"我想也是如此。"嘉莉同意地说。

话题转到了其他事情上，嘉莉便没有再去思考这件事了，直到一两天后，嘉莉在街上，看到沃什太太恰好从对面走过来。沃什太太认出了她，和她随便打了个招呼，嘉莉微微一笑以回报。这就为她们的认识起了个头，要是这天假装没看见，后来也就不会有交往。

嘉莉过了好几个星期都没看到沃什太太，但是可以通过使两家前房分隔开的薄薄的墙，听到沃什太太弹的琴声。她很喜欢她挑的那些轻快的曲子和精彩的演奏。嘉莉可以独自弹一点，而沃什太太能弹奏出这么多的曲目，在她看来，都可以接近伟大的艺术家了。她到现在所看到的和所听到的一切，只是些片段和影子，表明这对夫妇品位高雅，而且家境富裕，因此嘉莉打算如果有机会就会随时和他们增进友谊。

有一天，嘉莉家的门铃响了，在厨房做饭的仆人应声按了一下电钮，打开了一楼总进出口处的大门。嘉莉站在三楼自己家门口，想知道是谁上来找她，出现的竟是沃什太太。

"希望你能够原谅我，"她说，"我刚才出去了一下，没有带大门的钥匙，因此我就按了你家的门铃。"

这幢楼里其他住户没带大门钥匙，而且自己家里也没有人可以帮他们打开大门时，就会按其他住户的门铃，也是大家都习惯用的办法，不过他们也不为此而不好意思。

"没事,"嘉莉说,"你能这样做我很高兴,我有时也是这样做的。"

"今天天气真不错啊!"沃什太太停顿了一下后说。

这样,又经过几次接触,两个人便正式开始了相互的交往,嘉莉觉得年轻的沃什太太是个很友善的伙伴。

嘉莉去她家串了好几次门,她也回访了好几次。两人家的布置都很精致,不过沃什家要稍微华丽一些。

"我想邀请你今天晚上过来认识一下我先生,"沃什太太在她们亲密的友谊刚开始不久就说,"他想要认识你,你会打牌吗?"

"会一点。"嘉莉说。

"我们来打一局牌,若是你先生回来了,也邀请他一起过来玩。"

"他今晚不回来吃饭。"嘉莉说。

"他回来时,我们就来叫他。"

嘉莉接受了,那天晚上她看到了微胖的沃什先生。他比霍森沃年轻几岁,他们看起来美满幸福的夫妻生活,最重要的是因为他的金钱,而并非他的容貌。他刚开始就喜欢上了嘉莉,装出一副亲切的模样,教她玩一种新的牌戏,并跟她说起纽约和纽约的各种各样的娱乐,沃什太太在钢琴上弹了几首乐曲,而后霍森沃来了。

"我很高兴认识你。"嘉莉给他做了介绍后,他对沃什太太说,又显示出了过去让嘉莉神魂颠倒的那种让所有女人爱慕的风度。

"你是不是以为丢了一位太太?"沃什先生在自我介绍时伸出手来开玩笑说。

"我还以为她可能找到了更好的丈夫。"霍森沃说。

这时他把注意力转到了沃什太太身上,刹那间,嘉莉突然又见到了自己这一段时间不自觉地觉得霍森沃身上消失了的东西,那就是他一贯的圆滑与奉承。她也认为自己衣服不够得体,不如沃什太太的那么好。这已不再是些模糊不清的概念,她已完全看清了自己的处境,她觉得自己的生活很狼狈,因此有些闷闷不乐。曾经那抛不开、离不了的悲伤一下子又涌上了心头,满是欲望的嘉莉听到了内心深处在悄悄地提醒她:该考虑考虑自己的前途了。

嘉莉的觉醒并没有很快产生结果,因为她缺乏主动进取的精神,不过,她似乎总是能够置身于动荡的浪潮中,善于随波逐流。霍森沃根本什么都没有察觉到,他没有发现嘉莉所意识到的那种鲜明的对比,他连她眼睛里所包含的淡淡的忧伤与不满也没察觉。更要命的是,她如今感到在家里极其无聊,想找沃什太太陪伴,而沃什太太也是十分喜欢她。

"我们今天下午去看场戏吧!"沃什太太一天早上来到嘉莉家说,她身上还穿着早起时披上的一件质地柔软的淡红色外衣。霍森沃和沃什差不多一个小时前就都各自上班去了。

"好吧,"嘉莉说,从沃什太太的表现可以看出这个女人非常受宠爱并且善于保养。看样子她丈夫很爱她也很疼她,并可以满足她的一切要求。"去看哪部戏呢?"

"嗯,我很想去看奈特·古德温的演出,"沃什太太说,"我觉得他是最有趣的演员,报上说这出戏非常好。"

"我们几时从家里出发呢?"嘉莉问。

"我们一点钟就走,从三十四街沿着百老汇街往南走,"沃什太太说,"这段路走起来相当有意思，他是在麦迪逊广场戏院演出。"

"我非常高兴，"嘉莉说，"一张票多少钱？"

"顶多一块钱。"沃什太太说。

沃什太太很快就走了，一点钟的时候又来了，穿着一件深蓝色的漂亮的上街的衣服，戴了一顶非常高贵华丽的帽子，真的是千娇百媚。嘉莉也把自己打扮得非常漂亮，可是与她相比，不禁惭愧了很多。她身上似乎比嘉莉多了很多精美的小东西，种种精致的小饰物、镶有她姓名缩写字母的华贵的绿色真皮包、图案非常华美的花式手帕等等。嘉莉认为自己需要许多精致的饰物才能赶得上这个女人，并且发觉不管什么人要是望着她俩，光凭衣服就会更加喜欢沃什太太。这种想法令她很不安，事实上根本没必要，由于嘉莉的身材十分苗条而且动人，出落得很标致，使她成为那种非常俊俏的美人。两个人的衣服在质量和新旧上是有些区别，可是这种差别并不是主要问题。但是，这种不太明显的差别却使嘉莉对自己目前的状况感到更加不满。

漫步在百老汇街上，当时也和现在一样，是这座城市非常引人注目的特色之一。在几场戏开演之前或是结束之后，街上总会聚集了一群爱摆弄风骚的美女，并且也聚集了一群爱看女人、欣赏女人的男人。这是一支由美丽脸庞和华贵衣服组成的队伍，分外壮观。妇女们穿戴着最时尚、最华美的帽子、鞋子和手套，三五成群地挽着手臂漫步于那些从十四街到三十四街沿着百老汇排列的华丽商店或者戏院。男人们同样穿着他们能买得起的最流行的服装在引人注目。裁缝可以在这里发现衣服尺寸的信息，鞋匠可以知道鞋子的大小与颜色，帽匠可以看出最近流行哪种款式的帽子。一位穿着考究的人如果刚买了一件新衣服，一定要最先在百老汇街上显摆一下。这个事实千真万确，众所周知，甚至几年之后居然有人发表了一首流行歌来描绘演戏的日子里这种午后繁华的场面和各种景象，歌名叫《他有什么权利来百老汇》①，而且在纽约的音乐厅里非常流行。

嘉莉在纽约住了很久了，却从来没有听说过这种精彩的场面，当有这场面出现的时候，她也没有到百老汇去过。然而，沃什太太对此却非常熟悉，她不仅清楚它的存在，有时还乐在其中，特意去看别人，也让别人来看她，以自己的美貌引起一场轰动，把自己与本城的时髦美人相互比较一番，以免在穿着上会有跟不上的趋势。

她们在三十四街下了车，嘉莉高兴地向前逛着，只是很快就把眼光放到了经过她的身边或者与她同行的许多美女身上。她一下子觉得，沃什太太在英俊男人和漂亮女人肆无忌惮的欣赏的目光下，举止变得有些不安。盯着人看似乎是非常正常、非常合理的事。嘉莉感到有人盯着她，在对她暗送秋波。穿着精致的外衣，戴着贵重的大礼帽，拿着银头手杖的男人们经过她时，总是会注意到她那双敏锐的眼睛。穿着考究衣服的女人姿态优美地走过，遗留下做作的微笑和香水味，嘉莉认为她们中间心地善良的很少，心术不正的很多。最常见的是那些在脸颊和嘴唇上擦脂抹粉、头发上香气四溢、眼睛硕大无光的人。她很吃惊地意识到自己正处于一个时髦的人群中，在一个争奇斗艳的场所成为展览品，沿街有几家珠宝店，橱窗里贵重的物品闪闪发光。皮货店、花店、糖果店、服饰百货店到处皆是，街上车水马龙。华丽商店的门口站着神气十足的门卫，他们巨大的外套上装有铜的腰带和纽扣。踏着棕色

---

① 哈里·狄龙所作，1895 年开始，在纽约风靡一时。

长筒靴，穿着白色的紧身裤和蓝色上衣的马车夫，殷勤地等待着在店里买东西的女主人。整个这条街都向人显示着金钱与地位，嘉莉深深感到自己与此无缘。她不管怎样也装不出沃什太太的姿势和风度，因为沃什太太对自己的美貌十分有信心，嘉莉只相信，很多人一定看出她在两个人中穿得差一些。这的确又刺痛了她的心，她下定决心自己再也不到这里来了，除非能打扮得更加华丽一些。同时，她又渴望着能打扮得和别人一样华丽，体会一下出风头的欢快心情。啊，如果可以穿上这些华丽的衣服，该多么美好啊！

第三十二章　伯提沙撒的宴会：有待应验的预言

　　这次散步在嘉莉身上唤起的百般情感，使她对后来所演的戏中一些伤感的情调非常有共鸣。她们专门去看的那位演员，是以表演轻松喜剧而出名的，在这出戏中又渗入了很多的悲伤情节，来与幽默作对比并调节情绪。我们知道，舞台对嘉莉有着很大的吸引力，她没有遗忘她在芝加哥那次具有非常意义的成功演出。许多漫长的下午，当她只有摇椅和最新的小说做伴的时候，那次演出总会浮现在她心头，充斥在她的头脑中。她每次看戏时，心中都会不由自主地联想到她自己的表演才能，有几场戏使她渴望也能在其中表演，把她处在那种地位所产生的感受酣畅淋漓地表现出来。她几乎每次都会把这些生动的想象带回家，第二天一个人回忆品味。她就这样一半生活在现实中，一半生活在这些幻想中。

　　她极少带着被现实生活打扰的心情去看戏。可是今天，她所见到的漂亮的衣物、愉快的场面和美丽的女人，在她心里悄悄地唱起了一支渴望之歌。啊！那些数不胜数的从她身边走过的女人，她们是谁？那些华丽考究的衣服、色彩鲜艳的纽扣、金银制成的小饰物都从哪里来？这些美人儿都住在哪里？她们都拥有怎样雕刻精致的家具，装潢豪华的墙壁和美丽可爱的挂毯呢？她们那装有金钱所能买到的任何物品的富丽住宅又会是在哪里呢？那些光洁、壮硕的马和富丽豪华的马车又从什么样的马厩来呢？那些衣着精致的车夫又住在哪里呢？啊！高楼大厦、香水、彩灯、那拥有着金银饰物的闺房和那摆满山珍海味的餐桌啊！纽约肯定到处是这样的人家，否则不会有那么多高贵、骄傲、不可一世的人物，总有些温室培育着她们。一想起自己不是其中的一员，她感到心痛，唉，她做了一个好梦，可是这个梦永远也不可能变为现实。她对自己两年来过的贫困的生活感到惊讶，对没有实现原来的期望这一事，自己居然无动于衷。

　　这出戏所编写的情节是在客厅里发生的，盛装华丽的女士和绅士在富丽堂皇的气氛中感受着爱情与嫉妒的折磨。对于许多天天渴望这样的物质生活却又未拥有过的人，戏里的那些妙语总是充满诱惑的，每句话语都显示了在理想的环境中受苦的动人场面。谁不想坐在镀金的椅子中伤心地哭泣呢？谁不想在芳香的挂毯、华丽垫子的家具和穿制服的仆人之中不再受苦受累呢？在这样的环境中哪怕受累都成了一件诱人的事，嘉莉希望能投入其中。她想象着在这样一个世界承受不论何种的苦楚，换句话说，如果实现不了的话，至少能在舞台上那些美好的环境中模拟一番也好。她刚刚看见的一切都深深地打动了她的心，竟然让她感到这出戏美好绝伦。她很快就融入戏中的美好世界里，有些不愿回到现实中来。幕间休息之时，她注意地看着坐在前排和包厢中看戏的那些有钱有势的人物，对纽约潜在的机会有了新的认识。她明白自己还没有认识真正的纽约，这座城市是个欢快的充满欲望的旋涡。

　　走出戏院，百老汇街给她上了具有意义的一课。她一路上所看到的情景又有了另一番变化，达到了最顶峰，这般漂亮、繁华的场面是她从来没有看见过的。这使她对自己的处境有了坚定的想法，如果她的生活里没有这些，她就像是没有存在过，不能说真正感受了生活。她在路过的每一家名贵的商店里都能够看到女人们花钱如流水一样。鲜花、糖果和珠宝好像是这些高贵的女士最感兴趣的东西，而她那少得可怜的零用钱，每月只够她像这样出来玩几次而已。

这天晚上，她那精致的小公寓一下子变成了一个非常普通的地方。那些人不住在这种地方，她以沉默的目光看着仆人准备晚饭。她的头脑里还在回想着戏中的场面，她尤其记得那位美丽的女演员，戏中被人追求并征服她的情人，那位演员的风度翩翩使嘉莉着迷，她的服装很漂亮，她在戏中所受的苦是这么真实，她所表现出来的痛苦，嘉莉都可以感觉到，她坚信自己也能表演得那么好，甚至有些地方她可能演得更出众。因此，她在心中反复念着那些台词。啊，她要是能够演这样一个角色该多好呀！她的生活该多么精彩啊！她也能演得让人感动得泪流满面的。

霍森沃回到家里时，嘉莉正郁闷着。她在摇椅上坐着，边摇边想，不想被别人打断她美好的幻想，所以，她不想讲话，一直保持着沉默。

"你怎么了，嘉莉？"霍森沃过了一会儿发现了她那沉默、带着悲伤的神情。

"没什么，"嘉莉说，"我今晚有些不太舒服。"

"身体还好吧？"他问，向她走来。

"哦，不是，"她说，带着厌恶的口气，"我只是觉得心里不高兴。"

"那好吧，"他说，然后走开去把背心整理了一下，因为刚才稍微弯腰把背心弄皱了，"我还在想今天晚上我们能一起去看戏呢！"

"我不想去，"嘉莉说，因为自己那些美好的幻想被如此击破、驱散而不快乐，"我今天下午已经去看了场戏。"

"哦，是吗？"霍森沃说，"什么戏呀？"

"《一座金矿》①。"

"演得怎么样？"

"挺好。"嘉莉说。

"那么你今晚不准备去了，是吗？"

"我不太想去。"她说。

不过，等她从低落的心情中回到现实中，到饭桌上去吃饭时，她又改变了主意，肚子里装了些东西就会产生奇迹。她又去看戏了，这样又暂时恢复了平静。可是，那让她清醒过来的这一棒却埋下了祸根，尽管她时常能从现在这些不满的想法中走出，这些想法会去了又回来，不停地重复——啊，确实神奇！滴水穿石，石头终究要彻底认输。

这次看戏后没过多久，可能是一个月后，沃什太太又邀请嘉莉晚上和他们一起去看戏，她听到嘉莉说霍森沃也许不回家吃晚饭。

"为什么不跟我们一起去呢？别一个人做饭了，我们先去谢利饭店吃晚饭，然后再去瓦拉克戏院，和我们一块儿去吧！"

"好吧。"嘉莉回答。

她下午三点钟就在打扮，准备五点钟出发去那家有名的饭店，那时它正与德尔尼科饭店竞争社交界青睐的地位。嘉莉这次的打扮受了和漂亮的沃什太太的交往的影响了。她总是在受到沃什太太的影响，要她留心女人服饰各个方面新颖的配饰。

---

① 美国戏剧家布兰德·马修斯与人合写的一部著作。

"你买什么样的帽子？"或者"你有没有看到有椭圆形珠扣的新款手套？"这只是她们一大堆类似谈话中的少数几个例句。

"下次你买鞋的时候，我亲爱的，"沃什太太说，"最好买那种有扣子、厚底、鞋尖有漆皮的，这种鞋是今秋最流行的。"

"我会的。"嘉莉说。

"喂，亲爱的，你有没有看到阿尔特曼公司那些新款罩衫？有几种样式真是漂亮极了。我在那里见到一种样式，我想你穿上一定很漂亮。"

嘉莉非常有兴趣地听着这些，因为这些建议是出于友情，而且不只是漂亮女人们之间平凡的谈话。沃什太太非常喜欢嘉莉稳健善良的性格，因此喜欢把这些最流行的东西全都告诉她。

"你怎么不去买一条斯图亚特公司目前正在销售的漂亮的裙子呢？"她有一天说，"圆筒形的款式，从当今起就会开始流行的，你穿一条深蓝色的会非常漂亮的。"

嘉莉竖直耳朵一字不落地听着，她和霍森沃之间从不说这些事。所以，她开始向霍森沃提要求了，霍森沃没有异议，就只是答应她的要求。他发现了嘉莉身上这种新变化，在听她总是提到沃什太太和她愉快的生活之后，他总算发现了这种变化的根本所在。他此时还不着急表示出任何的反对意见，不过他觉得嘉莉的欲望在渐渐扩大，他很讨厌这一点，但是他以自己的方法疼爱着她，所以就随她去吧！可是，在具体买这些东西的时候总会有些事情使嘉莉感到她的这些要求不是他想接受的。他对她买的东西不感兴趣，嘉莉觉得他已开始忽略自己了，如此一来又出现了一个小小的裂痕。

沃什太太好心的一个后果便是，嘉莉这一次总算穿得令自己有点满意了。她穿上了自己最漂亮的衣服，心满意足地想到，即使她不得不穿上自己最美丽的衣服，但这衣服穿在她身上很相宜、很合身。她看上去像个时髦的二十一岁的女人，沃什太太赞扬了她，让她丰满的双颊泛起了红晕，大眼睛里闪着诱人的光芒。眼看着天快要下雨了，沃什在他妻子的恳求下，雇了一辆马车。

"你先生不去吗？"沃什在自家的客厅碰到嘉莉时问道。

"不去，他说今晚也许不回家吃晚饭。"

"给你先生留个便条好些，让他知道我们在哪儿，也许他会来的。"

"我会的。"嘉莉说，她刚才却是没有想到。

"告诉他，八点之前我们在第五大街和二十八街角上的谢利饭店吃饭，我想他了解那饭店。"

嘉莉衣裙沙沙地走过长廊，戴着手套随便写了张条子。她回来的时候，沃什家来了位新客人。

"霍朗太太，请允许我来给你介绍，这是我的表弟埃蒙斯先生，"沃什太太说，"他会和我们一块儿去，是吗，鲍勃？"

"认识你很高兴。"埃蒙斯非常有风度地说着，并向嘉莉鞠了一躬。

嘉莉马上就看到一个身材十分高大魁梧的形象，她也看到他的胡子刮得很干净，英俊、年轻，仅仅就这样而已。

"埃蒙斯先生要在纽约住上几天，"沃什插进来说，"我们准备带他去逛逛。"

"哦，是吗？"嘉莉说着又看了一眼那位新客人。

"是的,我才从印第安纳波利斯①回来,准备在这里住上一星期左右。"年轻的埃蒙斯说着,在椅子边上坐下,等着沃什太太打扮好。

"我想你或许会觉得纽约很有意思,对吗?"嘉莉说,想说些话来避免可能发生的尴尬。

"纽约真的太大了,一周转不过来。"埃蒙斯高兴地回答。

这个年轻人对人非常友好,完全不装模作样,在嘉莉看来,他正在努力去掉年轻人那最后的一点羞涩。总的来说,他不善言谈,可是却又穿着考究、浑身胆气。嘉莉认为跟他交谈好像并不难。

"行了,我们现在都准备好了,马车就在外面。"

"大家走吧,"沃什太太面带笑容地说,"鲍勃,你可得照顾好霍朗太太。"

"我会的,"鲍勃说,边微笑着,边向嘉莉走近了一些,"你不需要我的专门照顾吧?"他用一种既讨好又试探的口气说。

"但愿不会给你添太多麻烦。"嘉莉说。

他们走下楼来,沃什太太总是叮嘱着,最终大家都上了敞篷马车。

"走吧。"沃什"砰"的一声把车门关上后说,马车马上就要开走了。

"我们去看哪部戏?"埃蒙斯先生问。

"看弗洛伦斯演的《法官道吉特》。"沃什先生回答说。

"哦,他演得非常好,"沃什太太说,"没有人比这个人更幽默了。"

"我看到报纸报道说他演得很好。"埃蒙斯说。

"我很相信,"沃什插话说,"我们一定会很喜欢的。"

埃蒙斯坐在嘉莉的身旁,因此感到自己有义务要照顾她一点。他饶有兴趣地发现她是位十分年轻的太太,长得又很漂亮,但这种兴趣有着起码的尊重。他根本不是那种在漂亮女人后面摇头摆尾奉承的男人。他尊重婚姻,心中只惦记着印第安纳波利斯那些美貌的、已到适婚年龄的姑娘。

"你是纽约人吗?"埃蒙斯问嘉莉。

"哦,不是,我才刚来两年。"

"那你肯定也有足够的时间到各处看了看吧?"

"目前还没有,"嘉莉回答,"我对它与我刚到的时候一样不熟悉。"

"你从西部来吗?"

"是的,我来自威斯康星州。"她回答。

"嗯,这里的多数人都是刚来不久,我听说印第安纳州的许多同行都来到了这里。"

"你是做哪种工作的呢?"嘉莉问。

"我在一家电气公司上班。"这位青年回答说。

嘉莉就这样和他缓缓地谈着,沃什夫妇偶尔也会插上几句话。有几次大家谈得很开心,甚至还带了点打趣的味道。他们就这般连说带笑地到了谢利饭店。

刚才一路走过来的时候,嘉莉已经注意到了热闹非凡的情景。车水马龙,行人非常多,五十九街上的街车载满了人。在五十九街和第五大街的拐角上,普拉扎广场旁边的几家新开的旅店非常豪华,向人们展露着奢华的旅店生活。有钱人聚集在

---

① 印第安纳州首府所在地。

第五大街，到处是马车和穿着礼服的绅士们。在谢利饭店，一位风度翩翩的门丁打开车门扶他们下来，年轻的埃蒙斯扶着嘉莉的手臂，挽着她踏上台阶。他们进入早已挤满了顾客的大厅，然后脱下外套，走进了豪华、灯光明亮、宽敞的餐厅。

嘉莉从来没有见过这样的场面。在纽约住了这么长时间，霍森沃因为资金短缺，不能带她上这样奢华的地方来。这里具有一种难以形容的气氛，使刚来的人相信这里才有真正的幸福生活。可是这地方昂贵的费用，把光顾的客人限制在那些富有的或者喜欢享受的阶层上。嘉莉总是在《世界晨报》和《世界晚报》上得知关于它的消息。她以前看见过关于晚会、盛大舞会、晚宴在谢利饭店举行的通告。某某小姐将在星期三晚上在谢利饭店举办一个生日派对，某某公子将在十六日在谢利饭店设午宴款待亲友。她每天总禁不住要浏览一下社交界活动的常规通知，如此，她对这座神奇的美食宫的豪华与奢侈有了一个更清醒的认识，而她如今终于身在其中了。她踏上那富丽堂皇的台阶时一直由一位身材魁梧的门丁护送着。她发现大厅的门口还守着另外的一个彪形大汉，身穿制服的小伙子走过来招待他们，接过客人的手杖、大衣等等。这就是那个华丽无比的餐厅，一切都装修得金碧辉煌，有钱人坐在这里享用着餐点。啊，沃什太太太幸运了！年轻、漂亮、富有——至少有钱坐马车来这里，并且还能带上她。有钱是如此幸运的事情啊！

沃什领着他们走过一排排锃亮的餐桌，每张餐桌旁围坐着两至六个人。刚见到这种场面的人一定会感受到这里悠然自得、威风凛凛的气氛。白炽灯、灯光在擦得闪亮的玻璃杯上四处反射，壁上闪耀的金饰，交汇成一片灿烂，必须花上一点时间小心观察后才能区分和辨别它们。绅士们白衬衫的衣襟、女士们华美的衣服、钻石、珠宝、美丽的羽毛，任何事物都非常令人瞩目。

嘉莉摆出一副和沃什太太一样的神情走了进去，坐在了侍者领班给她安排好的座位上。她心里很清楚别人为她所做的一切事情，都是花钱买来的。侍者和领班的点头哈腰、献殷勤的小动作，领班为几个人拉出椅子时的风度，挥手让她就坐时的手势，这些本身就要好几块钱呢！

这里充斥着富裕的美国人的那种浪费、不利于健康的大吃大喝，这是世上最文明、最有尊严的人觉得惊讶和不能理解的事。巨大的菜单上写着的菜肴足够供养一个班的学生，旁边列着的价格使合理的开支变得荒谬。汤有好几个品种，每一种都要五毛或者一块钱；牡蛎有几十种烹调方法，半斤就要六毛；主菜、鱼和肉的价格能够让人在一家中等旅馆过上一夜。这张印刷精致的菜单上，一块半或者两块钱差不多是基本的价格。

嘉莉发现了这些，在看菜单的时候，童子鸡的价格让她记起了另一份菜单和那个完全悬殊的场合，那是她第一次和托罗奥一起坐在芝加哥的一家奢华的饭馆里。这种想法就像一支老歌中的一个忧伤的音符一样马上消失了。不过就在这一刹那，她又看到了另一个嘉莉，贫穷、饥饿、绝望，整个芝加哥都是一个拒人于千里之外的冷漠世界，她因为找不到工作只能到处流浪。

墙上画着色彩斑斓的图案，一个个蓝绿色方块周围镶着镀金的华丽框子，四角上饰有精致的花果，可爱的、赤裸的小爱神在上面悠然自在地飞翔。天花板上的彩色图案非常吸引人，正中央是一大圈明灯——圆形的白炽灯泡隐藏在闪耀的棱柱和镀金泥灰卷叶之间。稍稍有些发红的地板打上了蜡，擦得闪光发亮，周围都是镜子，明亮、高大、倾斜地摆着的镜子，相互辉映，重复映出上百成千的身影、面孔和枝形台灯。

　　餐桌本身倒没有特殊之处，但是餐巾上印着的"谢利"字样，银餐具上也有"蒂芬尼"牌号，瓷器上带着"哈维兰"商号名称，而且有红色灯罩的小枝形台灯发出明亮的光芒，当墙壁上的五光十色反射在衣服和脸庞上时，这些餐桌看上去十分引人注目。侍者鞠躬、后退、伸手摆放小物件的举止，又给这里添加了一份尊贵和高雅的气派。他对所有顾客的关切都体贴入微，半弯着腰站在那里，毕恭毕敬地聆听着，双手叉在腰间，说："汤——绿海龟汤，好的——一份，好的。牡蛎——有——半打——好的。芦笋、橄榄——好的。"

　　如果不是沃什一个人帮大家点菜，时常地听取一下大家的意见，那位侍者会对所有人来这一套。嘉莉睁大了眼睛望着餐室里的人。那么，这就是纽约的上层生活，有钱人就是这么打发时间的。她那可怜的小脑袋忍不住觉得整个社交界都是这样。每一位上等女士下午肯定会在百老汇街上的人群中，看戏的时候会现身在戏院，晚上坐马车来餐馆吃饭。到处都是等候的马车和恭敬的车夫，一派奢华耀富的情景，而这都和她没有一点联系。在漫长的两年时间里，她几乎连这种地方都没有来过。

　　沃什在这里非常自得，就像霍森沃曾经一样。他随手地点了汤、牡蛎、烤肉和配菜，还点了几瓶酒，装在柳条篮里，而后放在桌边。

　　埃蒙斯正无聊地望着餐厅里的客人，给嘉莉留下一个有趣的侧影。他的额头很高，鼻子又挺又大，下巴也很漂亮，他的嘴巴长得也很漂亮，既宽阔又匀称，深黑色的头发微微长了一点，朝一边分着。嘉莉觉得他还不成熟，但是他却是个真正的成年人。

　　"你知道吗，"他想了一下，转过身来对嘉莉说，"我偶尔觉得别人这样浪费实在是可耻。"

　　嘉莉看着他，为他这种严肃的态度感到有些惊讶，他心中所想的东西是她从未考虑过的。

　　"是吗？"她非常感兴趣地问。

　　"是的，"他说，"这些东西实在用不着让他们花这么多钱，他们是在显摆，以满足他们自己的虚荣心。"

　　"我不知道，人们这么有钱为什么不该花呢？"沃什太太说。

　　"这又没有什么坏处。"沃什说，他已经点了菜，可是还在翻看着菜单。

　　埃蒙斯把目光又投向了另外的地方，嘉莉便又盯着他的额头。她觉得他有一些她不能理解的想法，而且，他在看向人群时，目光很温柔。

　　"你看坐在那边的那个女人的衣服。"他转向嘉莉说，然后向一个地方点头示意。

　　"哪儿？"嘉莉边说边朝着他说的地方看过去。

　　"就在那边的角落里，那边——你有没有看到她衣服上的胸针？"

　　"这么大呀！"嘉莉说。

　　"是我所见过的最大的一颗宝石。"埃蒙斯说。

　　"是吗？"嘉莉说，她认为自己像是很想附和这位年轻人。此时，或者说之前，就觉得他受到的教育比她多，头脑也比她的要聪明太多。他看上去似乎的确如她所想，嘉莉身上优秀之处在于她能够清楚地明白，这个世界上有些人肯定比别人要更聪明一些。她一生中已经看到过很多让她觉得像学者一样的人。她身边这位很棒的年轻人，看着天真单纯，却仿佛懂得很多她不能理解却又很赞同的事情。她认为要是一个男人能做到这一点是很不错的。

话题转到了当时很畅销的一本书上——E. P. 罗埃写的《塑造一个淑女》。沃什太太读过这本书，沃什也在报上读到过关于这本书的评价。

"一个人只要出版一本书就能掀起一场轰动，"沃什说，"我觉得大家都在谈论这个叫罗埃的家伙。"他说这句话的时候眼睛看了看嘉莉。

"我从来没有听说过他。"嘉莉坦白地说。

"哦，我知道他，"沃什太太说，"他写过很多东西，《塑造一个淑女》写得很好。"

"他没什么了不起的。"埃蒙斯说。

嘉莉把目光转向他，好像他是个满是神奇的预言家似的。

"他的作品差不多和《朵拉·桑》一样糟糕透了。"埃蒙斯最后说。

嘉莉觉得这种不屑只代表他的看法。她曾经读过《朵拉·桑》，虽然觉得那本书写得非常平常，却总以为别人觉得写得很好。此时，这位眉清目秀、头脑聪明、看上去就像学生的青年竟然在讽刺它，觉得它太枯燥，不值得一看。她低下了头，第一次为自己缺乏理解力而觉得苦恼。

可是，埃蒙斯说话的神情里没有一点讥讽与傲慢——他这个人身上根本看不到这些不良行为。嘉莉认为他的话代表着高等人士善良的看法，并且是对的看法，所以很想了解他的想法中还有什么是正确的。他似乎注意到她在听他说话，与他深有同感，所以从这以后他说话多半是对着她说的。

侍者鞠躬向后退，摸摸盘子看是不是很烫，拿起勺子和刀叉，干活儿时的殷勤感能让就餐者对这豪华饭店有美好印象。这时，埃蒙斯正微微侧着身子，有条不紊地把印第安纳波利斯的风光事情告诉她。他真的很聪明，在电学知识上有很深刻的认识。不过，他对别的知识，对不同的人的反应也迅速而积极。红光映照在他的衣服上，让它变成了沙黄色，也让他的眼睛透出粉红色的光泽。当他想向她倾过身来时，嘉莉注意到了这一切，认为自己变得年轻了很多。这个人比她聪明太多，他与别人都不一样，他好像比霍森沃更聪明，比托罗奥明智、高明，他似乎很天真单纯。她觉得他非常可爱，却也感觉到他对她敬而远之。她还未进入到他的生活中，还不曾与他的生活发生一点关系，不过，他现在所谈的这些事情显然让她十分感兴趣。

"我倒是不想发财，"他在吃饭的时候对她说，可口的饭菜使他来了兴致，"不想钱多得像这样去浪费。"

"哦，难道你不想吗？"嘉莉说，这种她从来没见过的态度第一次给她留下了难以忘记的印象。

"不想，"他说，"那样有什么好处呢？人并非有了这种东西才会幸福。"

嘉莉不理解地想着，可是这话从他的口中说出，对她是有不少分量的。

"也许一个人生活是幸福的，"她心中想，"他那么强大。"

沃什夫妇总会打断他们的谈话，所以埃蒙斯这些引人入胜的话只能一点点地说出来。可是，这些话就已经足够了，因为这个青年身上的气质不用言语就能感动嘉莉。他身上或者不如说他所处的世界中有某种东西引诱着她。他让嘉莉联想到了以前她在舞台上看到过的场面，伴随着她不能理解的东西，总会出现种种的忧愁和牺牲。他用自己特有的淡漠的藐视一切的态度,减轻了一些这种生活与她的生活相比较而产生的痛苦。

他们离开饭店时,他又扶着她的手臂,挽着她上了马车,然后他们又上路了,就这样去看戏。

看戏之时,嘉莉感到自己很专心地听他讲话,他所喜欢的戏中的故事情节,正好也是嘉莉认为最好的,那些情节深深地打动了她。

"你认为当演员好不好?"她有一次问。

"好,"他说,"不过要当一个优秀演员,我认为戏剧是伟大的。"

他这一句朴素的赞美竟使嘉莉的心怦怦跳个不停。啊!若是她能当个演员——一个好演员该有多好啊!这个人很聪明——他非常明白事理——他可能赞成当演员。若她是位出色的演员,像他这样的男人就必定会赞美她的。她觉得他这样说话真的太好了,即使这些话与她无关,她不明白自己怎么会有这样的感觉。

戏结束的时候,她才知道他不和他们一起回去。

"啊,你不去了吗?"嘉莉想也没想地说。

"哦,不了,"他说,"我的家就在这里的三十三街。"

嘉莉不能继续说下去了,但是这件事让她感到有点意外。尽管她刚才一直在为一个愉快的夜晚就这样结束而感到惋惜,心中原以为还有半个小时才会散席呢。唉,这半个小时,这些个分分秒秒,这其中包含了多少的不幸与悲伤啊!

她故作冷淡地说了声拜拜,这有什么了不起的呢?但马车里显得很冷清。

她走进家门的时候,心里还留着这份心思。她不知道自己是否还能见到这个人。但这又有何关系呢,可是确实没有什么关系吗?好像不是。

霍森沃已经回家了,他正在酣睡。他的衣服胡乱放着。嘉莉走到卧室门口,看到这画面,又走了出去。她还想静一会儿再进去,她得思考一下,她不想现在就进去。

嘉莉来到餐厅,坐到摇椅上一前一后摇晃着。在她思考之时,她的小手握得紧紧的。透过渴望与矛盾的欲望的这层迷雾,她总算有所觉悟。啊,多少的希望与遗憾,悲伤与痛苦呀!她摇呀摇,有些了解了。

第三十三章　禁城之外：每况愈下

　　这件事情没有马上造成什么严重后果，一般来说，这类事情的后果需要相当长的时间才会瓜熟蒂落。早晨给人带来不同的心情。现在的条件总是为自己说着好话，不断地进行着自我开脱。我们也是偶尔看到事物令人悲伤的一面。心灵也只有在相互比较时，才能看到事物可悲的一面。去掉这些比较，心灵的痛苦也就减轻了。

　　嘉莉在这之后又度过了六个多月平静的生活。她没有见到埃蒙斯，他又一次来拜访了沃什夫妇，不过她只是事后才从那位年轻太太那里得知的。而后他就回西部去了，不管他曾经如何吸引过她，现在这种吸引力都慢慢消逝了。时间太容易让人忘却，但是，这件事在心中留下的深刻影响却并未消失，并且也永远不会消失。她有了一个幻想的念头，能够把男人，特别是身旁的男人与之比较而论。

　　在整个这段时间里——很快两年多了——霍森沃的事业发展还算得上是稳定，旁观者马上就能看出，既无明显的下降，也无明显的盈利。实际上，他心理上已有了明显的变化，已经能非常确切地表明他的未来。这种变化是他从芝加哥离开时中断事业的结果。一个人的财产和物质上的提升，和他本身的成长非常接近。他有时如年轻人向成熟迈进的那样变得更强大、更健康、更明智，有时像其他走向老年那样变得更虚弱、更衰老、动作更迟缓。不可能有其他的第三种现象出现。人一旦到中年，在青春活力停止增长和开始靠近衰老的趋势之间，经常会经历一段时期，此时，这两种过程差不多是完全相衡着，两方面都不会有大的改变。可是，一段时间之后，这种平衡就会走向死亡的边缘。刚开始很迟缓，然后速度中等，最后会以极快的速度走向坟墓。人的财产往往也是如此。要是增加的势头从没停止过，或者从来没有到达过那个平衡的时候，它就不会垮下来，现在的富翁们经常就能靠他们雇用年轻的聪明人的这种能力来逃避财产耗尽。这些年轻人把财产的利益当作是自己的，所以会保持他们的稳定并引导它的发展。如果每个人只听从他自己利益的引导，并且自己过了一段时间后又会变得非常衰老，那么他的财产就会随着他的精力和意志渐渐逝去。他和他的财产最终就会化为宇宙间的一阵烟云，而后消失得无影无踪。

　　那么让我们来看看这两者的不同吧！一笔财产像一个人，是有机体、创业者本人之外，还得吸取其他人的才智和精力。它用薪酬，不仅来引诱年轻人的思想，还和年轻人的能力结合了起来，如此一来，即使在创业者的精力和智慧开始衰退的时候，它还是能够生存下去。它可以通过一个集体，或者一个国家的发展而得到生存下去的能力。它也可以生产那些需求量在日益增加的东西。这样它很快就会从创业者特别的管理中解脱出来，此时它就不再需要多少长远的意见，而只需要专业的指导。创业者的衰退和需求还存在而且可能会增长，这笔财产不管是落到谁的手中都能够维持下去。因此，有些人总看不到自己的能力的衰退。只有在某种情况下，当有人把一笔财产或者成功的状态从他们手中夺走时，人们才会明确地表现出他们以前做事的能力已衰退。霍森沃在这新的环境下渐渐稳定，应该可以看出自己已经不年轻。如果他没有看出来的话，那仅仅是由于他正处在极好的心理状态中，还没有显示出衰退的痕迹，但这些应该会很快被证实。

他本人不喜欢逻辑推理，不会自我反省，也就无法分析思想上和身体上正在发生的改变，可他还是发觉了这种变化带来的压力。他一直把过去的状况与现在的相互比较，这说明这种平衡正在倾向坏的方向，所以产生了一种老是忧郁或者意志消沉的心态。现在已经有实验证明，一直存有压力的头脑会在血液中产生一种叫作破坏的毒素，就仿佛愉快而欢乐的心情能产生出所谓的生长素——这种对人体有益的化学物质。由于悔恨而产生的毒素强烈地攻击着人体，最后会显著地使身体恶化，霍森沃这时正接受着这种打击。

时间一长，这种毒素开始明显对他的情绪造成影响。他的眼睛里不再闪着他在亚当斯街时所独有的那种轻松快乐、精明的光芒，他的步子不再像过去那样敏捷、轻快。他总是在沉思、沉思、再沉思。他的新朋友中没有任何人是社会名流，而是属于较为低级层次的、有些注重肉欲并且较为粗俗的人群。和这些人待在一起时，他不能得到他过去从芝加哥酒店那些上流人群身上所得到的快乐，他只能苦苦思考，还是得不到答案。

慢慢地，他准备和光顾华伦街酒店的朋友打招呼、建立关系、称兄道弟的想法已经消失了。他所放弃的那个王国的重要性也渐渐地清楚起来。他待在那个王国时，并没有认为它有多么美好。好像每个人都能很轻易地去那里，穿上名贵衣服去消费。可是现在他放弃了那个王国，却知道它变得那么遥不可及！他现在再回头看它，就像一个人看一座另外的城市一样。城门口把守着士兵，你不能进去，而城里的人也不想出来看看你是谁。他们在城里快乐得忘记了城外所有的人，而他正好是站在城外的人。

他天天都能从晚报上看到这座城市里的消息。在赴欧洲的旅客名单中，他看到了光临他以前那个酒店的有地位的客人的名字，戏剧栏目中总是会提到他过去熟悉的人最近成功的消息。他知道他们还像以前一样快乐度日，卧车载着他们在全国旅游，报纸用非常幽默的报道欢迎他们，高贵的宾馆大厅和灯火灿烂的餐厅紧紧将他们围在那座城市里。这些人都是他以前认识过、还与之碰过杯的有名气的人，可是他却被人慢慢遗忘了。霍朗先生是谁？华伦街的酒店又算得上什么？呸！

如果有人认为，这样的想法不会出现在如此普通的头脑里——这样的想法只有精神境界达到一定高度的人才会有——那么我要提醒他们，正是由于有更高的精神境界的人才能消除这些想法。有更高的精神境界的人才会有哲学思想和坚忍不拔的高贵精神，这种精神不会让人老是思考这些事，而自寻烦恼。普通人的头脑对与自己物质利益有关的所有事情都十分敏感，不仅敏感而且非常敏感。不懂世间道理的吝啬鬼会为丢失一百块钱而极为痛心。只有完全觉悟的人才会在最后的物质利益被剥夺时坦然一笑。

进入第三年，他的这种念头总算对华伦街的酒店产生了消极影响。顾客比他开业以来的全盛期要稍微少一些。这让他非常气恼，也很担心。最终在某一天晚上，他向嘉莉说明这个月的生意没有上个月好。这是在她提议要买些小东西时做出的答复。她发现，他好几次为自己买衣服时都不征求她的意见。她第一次觉得这是一种计策，也可以说是为了不让她再向他要钱买东西。她的回答非常痛快，可是心里却很不满。他一点也不关心她。她把自己的乐趣寄托在沃什夫妇的身上。但是这时沃什夫妇说他们得离开这里。春天很快就要来临，他们要到北方去。

第三十三章 禁城之外：每况愈下

"啊，是的，"沃什太太对嘉莉说，"我们准备把公寓退了，把物品寄存起来。我们这个夏天都不住在这里，所以空着房子很浪费。我准备等我们回来之后，要住到离市区较近的地方去。"

嘉莉听到这里，心里非常难受。她很喜欢与沃什太太在一起，并且这幢房子里她又不认识别人，她又要开始孤单了。

霍森沃为收入有些减少的担忧和沃什夫妇的突然离去，是一块儿发生的。所以，嘉莉突然既感到自己孤单，又察觉了她丈夫的郁郁不乐。这是件很让人伤心的事。她开始觉得焦躁不安，觉得不快活，甚至想说些怨言，可她所想的那些并非是对霍森沃的，而是对自己的生活。这是什么样的生活呀？太无味了。她拥有什么呢？只是这窄小的公寓罢了。沃什夫妇能够出门旅行，能够做有意义的事，可是她却只能留在这里。她到底为了什么来到这世界上？她想的更多了，然后就流下了无助的眼泪，这种泪水似乎是很正常的，并且也是这世上仅有的安慰。

这种现象又继续了一段时间，这对夫妇过着无聊乏味的生活，接着，情况又变得差了很多。某天晚上，霍森沃想出了一个阻止嘉莉买衣服的好办法，并可以减轻他们这种生活方式给他的压力。他说：

"我可能和萧内西搞不下去了。"

"为什么？"嘉莉说。

"哦，他是个愚笨、贪婪的爱尔兰佬，根本不赞同对酒店做出丝毫的改进，如果酒店不改进，是无法盈利的。"

"你不能说服他吗？"嘉莉说。

"不行，我试过。我看要想改进只有一个办法，就是我自己开一家酒店。"

"你为什么不这样做呢？"嘉莉问。

"唉，目前我所有的钱都卡在那里了。倘若我有可能节约一段时间，我想我就能开一家酒店，为我们赚很多的钱。"

"我们还可以攒下钱来吗？"嘉莉说。

"我们也许得试试，"他建议说，"我在想，要是我们到城区去租一套稍微小一点的公寓，节约地过上一年，我节约下的钱，再加上我这儿投资的钱，就能够开一家上档次的酒店了，然后我们就能随心所欲地生活了。"

"我觉得那样做也好。"嘉莉说，心里总认为事情到了这一步也很糟了，搬到再小一些的公寓去，听起来就像要过穷日子似的。

"十四街再过去，在第六大街附近有许多精美华丽的小公寓。我们可以在那里租一套。"

"你这样说的话，我就去看看。"嘉莉说。

"我想一年内就能摆脱掉这个家伙，"霍森沃说，"按现在的情况来说，这个买卖是根本无利益的。"

"我去瞧瞧吧！"嘉莉说，认为他提出搬家好像是件很严肃认真的事。

这件事的结果是他们总算搬了家。嘉莉心里感到很不愉快，这件事对她的影响实在是比过去任何事情都要严重。她开始彻底把霍森沃看作一个男人，而并非一个情人或者丈夫。虽然她认为自己作为妻子是和他紧紧联系在一起的，而且无论她的命运怎样改变，都是和他有关的，可是她也开始看到他心事重重、沉默无言，不再是一个具有活力、心情欢快的人。她现在从他的眼角和嘴角察觉了一点衰老的迹象，从她的观察来看，还有些其他事情让他露出了真面目。她有些意识到自己犯了一个低级错误。顺便再说一句，她也开始觉得他是强迫她与他私奔的。

新的公寓在十三街上，在第六大街往西半个街区的旁边，仅仅有四间房。他们在七十八街六个房间里的家具把这个小房子塞得满满的，并且还有几件物品寄存了起来。嘉莉根本不喜欢这里的环境。这里没有花草树木，向外也看不到河。街道两旁全是建筑，这些公寓虽然才建成三年，可是建得太简陋，已破旧得如同是建了十五年的样子。这里有着十二户人家，虽然还比较体面，可比不上沃什夫妇，钱多的人自然住的地方要大一些。

嘉莉在这里非但没人做伴，而且也没有雇用女仆。她把家里布置得非常温馨，却无法把它弄得让自己喜欢。霍森沃想到他们一定得改变境况，内心也非常不快活，可是他坚持说这是不能控制的事。他只能在表面上竭力掩饰，随它去了。

他尝试着向嘉莉表明没有为现在地经济状况担忧的必要，并且该为自己庆幸，因为一年过后，节省了很多钱，他就可以多带她上戏院，吃更可口的饭菜，这只是短期的状况。他已经变得只想一人独处，如此一来就有机会思考一番。这沉思的毛病正开始慢慢侵蚀他，只有报纸和他自己的思想才让他感兴趣。爱情的喜悦已经逝去了，现在的问题是生存，在普通的生活状况中尽最大的能力享受生活。

下坡的路是没有立脚点和平衡点的。他的处境和他的精神状态使他和合作伙伴之间的隔阂越来越大。最后，那家伙开始希望霍森沃能撤出去。事情恰好也凑巧，土地所有人的一笔地产交易非常成功地为事情做了铺垫，避开了双方产生矛盾。

"你看到了吗？"有一天早晨萧内西对霍森沃说，手中拿着一张《先驱报》的房地产栏。

"没有，有事？"霍森沃说，低头去找那段新闻报告。

"这块土地被它的主人卖掉了。"

"不会吧？"霍森沃说。

他拿起报纸，看到了那则通告：奥古斯特·韦勒先生已于昨日以五万七千块钱的价格，将华伦街和哈德逊街拐角处一块 25×75 英尺的地皮转卖了 J. F. 斯劳逊先生。

"我们的租期到什么时候？"霍森沃边想着边问，"明年 2 月，是吗？"

"是的。"萧内西说。

"报上没有说买主想拿这块地皮作何用。"霍森沃说着又低头看报。

"我觉得我们很快就会知道的。"萧内西说。

这话说得很对。和酒店相连的那块土地也是斯劳逊先生的，他打算建一幢现代化高档次的办公大楼。现在的房屋要拆除，新大楼需要约一年半才能建好。

一切事情都是一点点发展起来的，霍森沃开始考虑酒店的发展前途。有一天，他和合作伙伴聊起了这件事。

"你认为在这附近某个地方再开一家值不值得？"

"那是没用的，"萧内西说，"这一带我们没有别的街角了。"

"你觉得换个地方就不能赚钱，对吗？"

"我真的不想再试了。"那一位说。

这即将到来的变化对霍森沃来说显得非常严重。散伙就说明他要失去那一千块钱，而他在这段时间里是根本没办法节省下一千块钱的。他心里非常清楚，萧内西仅仅是对合伙感到厌倦，他很有可能等这里建成后自己一个人租下街角的房子。他又忍不住担忧起来，只好去找可以合作的新的关系，而且意识到，如果不找到另一条路，经济的窘境也就离他不远了。如此一来，他就没心思去享受这新家和嘉莉给他带来的快乐，最终沮丧的情绪腐蚀了这个家庭。

此时，他尽最大的能力抽时间四处寻找，但是机会很少。而且，他已经不具有当初到纽约时那迷人的风采。愁苦的情绪早就使他的双眼蒙上了一层阴影，给人阴郁的感觉，他手头又没有一千三百块钱来作为交谈的资本。时间差不多过去了一个月，他还未能取得一点进展，而萧内西则明确地表示斯劳逊不想延长目前的租期。

"我想这酒店生意马上就要结束了。"他假装关切的样子说。

"那就让它结束吧！"霍森沃冷漠地说，他不想让对方发现他内心的想法，不管这些想法是什么，他绝对不能使对方得意。

过了一两天，他觉得自己只能把一切真实的情况告诉嘉莉。

他说："我想那里的生意似乎比预想的还要糟糕。"

"怎么会呢？"嘉莉吃惊地问。

"嗯，那地皮已经被房子的业主卖了，而新业主又不准备再租给我们，生意也许很快就要泡汤了。"

"还能在别的地方开始干吗？"

"那也不行，萧内西不这么认为。"

"你会丢掉投资的钱吗？"

"是的。"霍森沃说，脸上表现出伤心的表情。

"啊，这真是无比的糟糕了！"嘉莉说。

"这是个陷阱，"霍森沃说，"就是这样子，他们必定会在那里另外开一家的。"

嘉莉望着他，从他整个的表情发现了事情的严重性，非常严重。

"你觉得能再找到个地方吗？"她怯懦地说。

霍森沃想了一会儿，再吹嘘说他有钱、有投资是没有别的好处的了，她如今可以清楚地知道他破产了。

"我不知道，"他严肃地说，"我想我也许会尝试一下。"

第三十四章　石磨的碾动：第一道糠屑

嘉莉只要在心里弄清楚了事情的真相，就会和霍森沃一样，经常思考现在的生活处境。她花了好几天的时间才完全意识到，她丈夫的生意很快就要完蛋了，而且那意味着又要像普通人一样去遭受贫困，死命挣扎奋斗。她回想起了以前在芝加哥的遭遇，回想起了哈斯夫妇和他们的公寓，心里很长时间不能平静，那真的太糟糕了，任何贫穷都是糟糕的。她已惧怕贫穷，她渴望自己能马上找到一条出路。她最近与沃什夫妇的往来，使她根本无法再心满意足地看待自己目前的处境。那对夫妇给了她好多机会，让她见识了这座城市里上层生活的诱惑景象，使她无法忘记，欲望频浮。她已经学会了如何打扮，到何种地方去享乐，却没有足够的资金去做到这两点。她的眼睛和头脑里现在满是这些永远存在的现实的东西，她自己的处境越是紧迫，另一种景象也就越显得更为吸引人。现在贫困就要完全俘获她，就要把另一个世界推到不可触碰的天上，让她只能像乞丐那样伸手苦苦恳求。

埃蒙斯给她的生活带来理想的同时失望也残留了下来。他人已经走了，不过他的那些话却仍然缠绕在她的心头：金钱不代表一切，世界上还有很多她并不了解的东西，演戏是好的，她所读的文学作品却非常浅显。他这个人很刚强，而且洁身自好，比霍森沃和托罗奥要强很多、好很多，她只有一个不太清楚的概念，但是这种差别却让她痛心，这是她所不想正视的。

霍森沃在华伦街酒店的最后几个月里，总是抽时间出去转转，依照报纸上的广告去找合适的职业。这是非常令人沮丧的事，因为他老是在要求自己一定要尽快找到事情做，否则只能靠他节省下来的那几百块钱继续生活，如此一来他就没有钱去投资了，就要从今以后做别人的雇员。

他发现所有登广告的酒店，要么出价太高，要么太寒碜，让他无法投股进去。何况，冬季马上就要来临，报纸上正在报道各种萧条的情况，四处都有一种时势艰难的气氛，至少，他是如此认为的。由于他自己充满忧愁，别人的烦恼也就变得显而易见。他在翻看晨报时，如果是公司倒闭、家庭挨饿、路人可能因为饥饿而流浪倒毙街头的消息，没有一桩能逃出他的眼睛。《世界报》有一次登载了一条让人震惊的报道说："纽约今年冬天可能会有八万人失业。"这消息如同刀子一样刺痛了他的心。或许，这里还有自己。

"八万人，"他想，"这是多么可怕的数字啊！"

奇怪的是，当他为自己的前途满是烦恼的时候，他的思绪偶尔也会飞到他的妻子和家庭上。在最初的三年中，他试图努力回避这些思绪。他非常恨她，若是没有她，也许自己会生活得很好，让她去吧，他会生活得非常快乐的。不过，现在他过得并不称心，便开始想她在做什么，他的孩子们过得怎样。他可以想象到他们住在那舒适的房子里，用着他的钱财，过得和以前一样舒适。

"天哪，全都被他们霸占了，实在是毫不知耻，"他有好几次心中都这样愤怒地想，"我可没干什么坏事啊！"

他现在想起过去，分析他偷钱的情形，开始自我安慰地给自己辩白。他究竟干了什么？为什么要这样把他排挤出去？一件接一件的事给他如此多的困难，他悠闲自在的生活好像还是昨天的事，而现在却被剥夺了一切。

"她不应该拿我那么多钱财，这是用不着怀疑的。我并没有干什么很大的坏事，要是大家能知道这一点就好了。"

他不想说出事实。这只是他为自己在精神上所找的安慰，毕竟他是一位正直的人。

在华伦街酒店关闭前五星期的某天下午，他走出酒店去浏览登在《先驱报》上的酒店。有一家位于戈尔德街，他去看了看，可是一见那简陋的情况，他就没有进去。另外一家坐落在波维廉街，他知道这条街上有很多装修精美的酒店。这家酒店靠近格兰德街，里面的装修非常富丽奢华。他和店主就有关投资的问题讨论了整整四十五分钟，这位店主说他的身体状况欠佳，所以想找人合伙。

"那么，买这里一半的股份要多少钱？"霍森沃问，心里清楚自己最多只拿得出七百块钱。

"三千块。"店主说。

霍森沃大吃一惊，张大了嘴。

"现金吗？"他问。

"现金。"

他努力装出一副思考的表情，好像他确实想要买一样，可他的眼神却显示了踌躇和不自信。他最后说再想一下，就离开了。店主也有些察觉到了他的状况。

"我觉得他并不想买，"他心中想，"他说话的表情不太对。"

那天下午天空阴霾，非常冷，冬日刺骨的寒风正在呼啸着。他又去了东区六十九街旁边的一个地方，到达那里时已是五点钟了，天色正在慢慢暗下来。这里的店主是位很随和的德国人。

"是你登的这个广告吗？"霍森沃问，他很不喜欢这地方的装修。

"哦，那是老早以前的事了，"那个德国人说，"我目前不卖了。"

"是这样？"霍森沃说。

"是的，没那种事了，事情早就已经过去了。"

"好吧。"霍森沃说着转过身走开了。

那位德国人没有管他，让他很羞怒。

"这个疯子，"他想，"从前的事干吗还要登广告！"

他回到十三街去，情绪低落到了极点。公寓里只亮着厨房的灯，嘉莉正在做晚饭。他划了根火柴点亮煤气灯，随后坐在餐厅里，没有和她说话，他目前没有这个心思。她走到门口，向里面看了一下。

"是你吗？"她说，又回到了厨房。

"是我。"他说，依旧低头看着他买的晚报。

嘉莉看出他有点不对。他忧郁的时候样子非常难看，他的眼角留着岁月的皱纹，他皮肤本来就比较黑，忧郁使他看上去微微带了一些凶气，就显得非常不讨人喜欢。

嘉莉把桌子摆好，端上了饭菜。

"晚饭做好了。"她边说边走过他的身边去拿东西。

他沉默，又看报纸。她走进来，坐在自己的座位上，感到非常难堪尴尬。

"你不吃饭吗?"她问。

他放下报纸走向这里,除了"请把什么什么递给我"以外,差不多一直不说话。

"今天天气实在太糟了,是吧?"一会儿,嘉莉壮着胆子说。

"是的。"他说。

他一心吃着饭。

"你依然认为酒店一定要关门吗?"嘉莉说,壮着胆子聊起了他们不知商量了多少遍的话题。

"必定要关门了。"他说,生硬的语气微微缓和了一些。

这句答话让嘉莉生气了,她自己已经因为这件事不高兴了一天。

"你不必要那样说话。"她说。

"噢!"他大叫了一声,把椅子从餐桌旁向后一推,好像还要说什么,但是没有说,然后他拿起报纸。嘉莉起身离开座位,强忍住自己的不快。他清楚地知道已经伤害了她。

"别走,"看到她向厨房走去,他说,"吃完你的饭吧!"

她沉默,走了过去。

他又看了一会儿报纸,然后站起身,穿上大衣。

"我到市区去,嘉莉,"他边说边向外走去,"我今晚心情很差。"

她没有回答。

"请原谅,"他说,"明天就会好很多的。"

他看着她,但她不理会他,只管洗着碗。

"再见!"他最后说,走了。

这是落魄的处境在他们之间第一次造成了强烈影响,第一次的争吵。不过,随着关门的那一天将要来临,忧虑已经成了时刻都有的东西。霍森沃忍不住流露出自己对这件事的情绪。嘉莉不禁担忧起自己将漂泊到何处去了。结果,他们比以前更少沟通,可这倒并非是因为霍森沃对嘉莉有什么不满,而是因为嘉莉在躲避他,他也看到了这一点。他不喜欢的是她竟会对他生这么大的气,哪怕连再见都不愿意说一声,她竟然会保持沉默,不去想办法安慰他一下。他觉得平心静气的交谈几乎成了一项痛苦的任务,然后,他又讨厌地发现嘉莉的态度使情况更加恶化,交谈变得非常困难。

歇业的那一天总是到来了,等到这一天真正来临时,霍森沃因为在心理上早已准备好了,要承受霹雳的雷声和狂风暴雨,因此很欣慰地看到这只是普通、平淡的一天。阳光普照,气温也很高。他出去吃早饭时,觉得这一天事实上不像他所想的那么可怕。

"嘿,"他对嘉莉说,"今天是我的末日。"

嘉莉对他的玩笑笑了一笑。

霍森沃有些放松地看着报纸,他好像卸掉了一身重担。

"我到市区去一下,"早饭后,他说,"之后我再去看看工作,明天我要用全部的时间来寻找工作。这件事结束后,我想可能会找到事做的。"

他笑着走出家门,来到酒店。萧内西已经在那里。他们都说好了,要按股份来分摊。不过,当他在店里起先呆了几个小时,又出去了三个小时,再回到店里时,他已经失去了刚刚的热情。虽然他非常讨厌这个酒店，现在它关闭了，他还是感到十分可惜。他真不让想事情这样结束。

萧内西摆出一副公事公办的样子。

"行啊，"他在五点钟时说，"我们就把这些零钱平均分了吧！"

然后他们就平分了钱，店里的设施已经被卖了，钱也分完了。

"再见了。"霍森沃在离别时说，努力在最后装得和气一些。

"再见。"萧内西说，根本没有再看他一眼。

华伦街的生意这样一来就结束了。

嘉莉在家里做了一顿可口的晚餐，不过霍森沃在搭马车回家后，表情凝重，心事重重，无精打采。

"情况怎样？"嘉莉试探说。

"全完了。"他边回答边脱掉大衣。

她望着他，心里非常想知道他目前的经济状况，他们吃饭时只简单聊了几句。

"你还有钱到其他地方去入股吗？"嘉莉问。

"没有，"他说，"我得另找份工作，存点钱。"

"你要是能找到事做就好了。"嘉莉在担忧和希望的驱动下怯生生地说。

"我想我会找到的。"他沉思着说。

在以后的几天里，他每天清晨准时穿上外衣，赶紧出去。出门的时候，他一直在安慰自己，想着手中还有七百块钱，还能找到可以挣钱的生意。他知道酿酒厂总是控制着赊账的酒店，所以想去酿酒厂，让他们帮忙。然后，他又想到自己又会花费掉几百块钱，如果那样就会连每月的开支都难以维持。

"不行，"他在头脑清醒的时候说，"我不能够这样做，我要找个别的工作，攒起钱。"

想找份工作的想法，从他一开始思索自己究竟想干什么事的时候起，就总是很混乱。去哪个地方当经理吗？他到何处去找一个这种职位呢？报纸上并未刊登过招聘经理的报道。他明白得很，这样的职位是靠时间和金钱才能够得到的。他的钱不够，无法让他得到像这样的一个职位。

不过，他依然怀着希望出门去寻找，他的衣着很体面，并且长相不错，可如此一来的麻烦就是给人造成了一种错误的认识，见到他的人马上就会觉得像他这样年纪、身体健康而又衣冠楚楚的人，必定是有钱的。他并非是在寻找工作，而是一个生活优越的公司老板，是一般人能指望从他手中得到赏钱的人。现在他四十三岁，养尊处优地生活惯了，因此行动是很难的。这么多年来，他早就不习惯进行这种行动了。过了一天，不管他到哪里去几乎总是搭街车，他依旧觉得腿酸肩痛，两脚沉重。只是上车下车，如果时间长了，也会发生这种后果的。

他很清楚实际上看外表别人比他有钱。这一事实现在显然让他感到心痛，也极大地阻碍了他去寻找维持生计的工作。他并不想让自己的外貌变得低俗一些，只是很羞愧地提出不相称的要求，露出马脚。所以，他踌躇着，不知道该怎么办才好。

他准备去当一名宾馆的职员，可立刻又想到自己没有这方面的经验，并且至关重要的是，他在这一行中根本没有熟人也没有朋友。他虽然结识好几个城市的宾馆老板，包括纽约的，不过这些人知道他与罕那和哈哥的情况，他无法向他们求职。他又考虑到另外的行业，想到他知道的那些大厦和大商行、五金器材、杂货批发、保险公司等等，但他都没有工作经验。

如何才能讨到一份工作真是件令人烦恼的事。难道一定得要他亲自登门去请求，等在办公室的外头，然后看上去仪表堂堂、华丽富裕的样子，却张口说他在寻找一份工作吗？他痛苦而费劲地做着思想斗争。不，他不能够那样做。

他积极地四处奔走，一路在想着，由于天气很冷，他就进了一家旅馆。他对旅馆的情况非常熟悉，知道每个看起来体面的人都能够在休息室找张椅子休息。这是百老汇中央宾馆，那时是纽约最著名的宾馆之一。在这里找张椅子休息，对他而言是件十分痛苦的事。想想看，他竟然会落到这种地步。他以前听说过，在宾馆里到处闲逛的人经常被称为"暖座者"，他在优越的日子里也这样叫过那些人。他总以为那样做好像很难堪、很惨淡，不过现在他自己就在一家旅馆的休息室，根本不顾可能会遇到熟人，在这里避避寒、歇歇脚。人最害怕的也许就是以前辉煌而此刻落魄。

"我不能够这样做，"他心里想，"清晨也不先想好该去哪里就跑出来，这是一点好处都没有的，我要先想好去何处，然后再去寻找。"

他想也许酒吧招待的位置偶尔还是能够找到的，可是他从未考虑过。酒吧招待？他是以前当过经理的人啊！

坐在宾馆的休息室里也会变得非常无聊，任何思想都在不停地侵蚀他，所以他在四点钟就回家去了。进入家门的时候，他想做出一副严肃的样子，却又演技不好。餐厅里的摇椅是很舒适的。他拿着几张刚买的报纸轻松地坐了下来，然后开始看报。

嘉莉穿过餐厅打算去做晚饭时说：

"今天有个人来收房租了。"

"哦，是吗？"霍森沃说。

他想起今天是2月2号，收房租的人总是二号来，他稍稍皱起了眉头。他把手伸进口袋去拿钱包，第一次感受到没有收入却要付出的滋味。他就像一个病人看着可能救命的药草一样看着厚厚的一打钞票，然后他数出二十八块钱。

"给你。"当嘉莉再次穿过餐厅的时候，他对她说。

他把头埋在报纸上看了起来。啊，完全休息了，用不着走路，没有烦恼，多好啊！他读着各样活动的精彩报道，忘记了自己的苦恼。有一个年轻漂亮的女人，如果你相信报上的插图的话，布鲁克林正在与她那富有的、肥胖的糖果商丈夫喊着离婚；另一则消息全都说明了一艘船在斯泰腾岛的公主湾外冰雪中沉没的全部过程；还有一个很长的栏目详细地介绍了戏剧界现在的活动，正在上演的戏剧，登台的演员阵容和戏院经理的布告；范妮·达文波特才刚在第五大街登台上演，戴利正在上演《李尔王》；他看到范德比尔特一家和他们的朋友们提前到佛罗里达州去过冬；肯塔基州的山区发生了恐怖枪战。他就在这么温暖的房间里，坐在取暖炉旁的摇椅上一前一后摇晃着，一边等着吃晚饭，一边看着报纸，看呀看，看呀看，忘记了一切。

第三十五章　自暴自弃：满面愁容

　　第二天清早，他翻看着种种报纸，详细地看完了一长串广告，微微做了一些记录。然后，他又开始极不情愿地翻看招聘男雇员的栏目。他拥有的时间仅仅是一天——要找工作又很长的一天，而这只是他开始寻找的第一步。他浏览了一下那长长的栏目，看到大多数招聘的都是面包师、厨师、改衣工、排字工、车夫等等，只找到两样让他有兴趣的工作。一个是一家家具批发商行招聘出纳员，另一个是一家威士忌酒厂招聘推销员。他还没想过去当推销员，便立刻决定去看看情况。

　　这家公司名叫阿尔斯贝利公司，主营威士忌酒。由于他的外表，他很快就被请去见经理了。

　　"早上好，先生。"经理说，本来以为自己接待的是一位外地的客人。

　　"早上好，"霍森沃说，"我看见你们的招聘广告，你们需要一名推销员。"

　　"噢，"那个人说，显然刚流露出省悟的神情，"是的，是的，是我登的。"

　　"我想来看一下，"霍森沃摆出一副有风度的样子说，"我在这方面略有经验。"

　　"哦，是吗？"那个人说，"你都有何种经验？"

　　"是这样，我以前经营过几家酒店。而以前，我还在华伦街上拥有些股份。"

　　"我明白了。"那个人说。

　　霍森沃沉默了，等着他发表意见。

　　"我们真的需要一名推销员，"这个人说，"我们正在考查几个人的申请，但是我不知道你会不会对此感兴趣。我们每个月仅仅出一百块钱的工资，最好能雇个年轻人。"

　　"知道了，"霍森沃说，"哦，我现在的状况已不允许我挑三拣四。如果这个位置还空着，我很乐意接受。"

　　这个人很不喜欢他说的"状况不能让我挑三拣四"的话。他想雇一个不挑剔、也不老想攀高枝的人，尤其是不想雇一个老人。他想雇一个年轻、乐观、能愿意为不高的薪水而主动卖力的人。霍森沃一点也不讨他喜欢，因为他比他的雇主们还要神气。

　　"哦，"他回答说，"我们会考虑你的申请，我们还要等几天才能做出最终决定，也许你可以把推荐信给我们送来。"

　　"好的。"霍森沃说。

　　他点头说了声再见转身便走了。他走到街角，注意到一家家具公司的地址，发现它在西二十三街，便往那里走去。可是，那地方很小，只不过是家中等店铺，坐在里面的人无事可做，工资好像也很低。他从门口走过，往里面看了一眼，决定不进去了。

　　"大概他们需要一个姑娘，每周工资十块钱。"他说。

　　一点钟的时候他想着该吃点东西，便去了道龙饭店。他坐在那里想着还有其他什么地方可以去看一下。他很累了，外面狂风肆虐，天更加阴暗了，就像他的心情一样。不远处，穿过麦迪逊广场公园，第五大街旅馆矗立在那里，俯视着底下繁忙的景象。他决定到那家宾馆的休息室去休息一会儿，那里非常温暖，并且很明亮，可能会很舒服。他在百老汇中央宾馆还从未碰到过熟人，在这里也许也遇不到。他在大窗户旁找了一张红丝绒长沙发，坐下来想了想，从这里可以看见百老汇大街繁盛的情景。在这里，他的处境好像还不那么差。他安静地坐在这里，望着窗外，钱包里装着的几百块钱还可以给他带来些许安慰。他可以或多或少忘掉一些在街上行走的困倦和累人的寻找。但是，这不过是从一个严重的处境逃到一个不是很严重的处境罢了。他的心情依然沉重，无精打采。时间过得非常慢。一个小时此时居然是这么的漫长。他就全指望观察别人并在心里对他们评头论足来打发时间，有时看着进出的真正住在这家宾馆里的人，有时又看着外面沿百老汇大街行走的那些春风得意的行人，这些人的服装和神气都透露出他们的春风得意。这好像是他来到纽约之后，头一次有充足的时间来悠闲地观赏这个景色。他现在因为被逼而没有事情干，所以很想知道别人的生活。他所看到的小伙子是那样的快乐啊！女人们是如此的精致啊！他们都身着华贵的衣服，都有自己的目的地。他看到华丽漂亮的姑娘们流露出卖弄风骚的目光，啊，跟这种姑娘交往要花多少钱——他对这些已很不熟悉了。他之前跟这样的姑娘交往是很久以前的事了。

外面的钟显示已四点，虽然早了点，他还是决定回家去。

这回家去的念头还伴随着另一个想法，那就是如果回家太早，嘉莉就会认为他在家坐的时间过多。他希望自己可以晚点回家，可他的时间怎么消磨呢？家里也是他认为舒适的地方。他可以坐在摇椅上看报。这种忙碌、分心、引起联想的场面就被挡在了外面。他可以看看报纸。因此，他就回了家。嘉莉自己一个人在家看书。门窗都没开，所以公寓里看来很阴暗。

"这样你的眼睛会被弄坏的。"他对她说。

他脱掉大衣，觉得应该把这一天的经历告诉嘉莉一下。

"我到一家酒类批发公司去问了一下，"他说，"可能会当推销员。"

"那样也挺好。"嘉莉说。

"确实是不错。"他回答。

他现在总是向街角的那个人买份《世界晚报》和《太阳报》。但是他有时候没有零钱，报摊的那位意大利人就提议说他可以每周付钱。所以，他现在仅仅路过那里时拿上报纸就走，无须浪费时间。

嘉莉想到该做晚饭了。霍森沃把椅子拉到取暖炉旁，点亮煤气灯，和前一天晚上一样，他的烦恼消失在那些他特别爱看的新闻里。

第二天状况更糟，由于他想不出该去哪里。他看报看到上午十点，却没有看到一份他能做的工作。他知道自己不得不出去，心里却是非常不情愿。到哪儿去，到哪儿去呢？

"记得把这周的家用留给我。"嘉莉装作无事地说。

他们以前约定，他每周留给嘉莉十二块钱，让她用于家庭日常花费。听到她这样一说，他叹了口气掏出钱包，他又感到情况的糟糕，因为他现在拿出了钱，却没有其他的经济来源。

"上帝啊，"他心中想，"不能像现在这样继续下去了。"

他却什么也没有对嘉莉说。她能够感到自己的要求使他不高兴，要他拿钱补贴家用，马上就会变成一件不愉快的事。

"不过，我能有什么办法？"她想，"唉，为什么要我来操心呢？"

霍森沃出门走到百老汇大街，他想找个地方。可是很快，他就来到三十一街的格兰德宾馆，他清楚这里有一个舒适的休息室，穿过了二十个街区，他感到有些寒冷了。

"我一定得去理发室修个面。"他想。

因为，在修完面后，他就心安理得地在那里坐了下去。

可是时间还是相当艰难地过去了，他很早就回了家，并且这种情况持续了好几天，每一次他都悲伤地觉得必须出去寻找，但每一天，厌恶、失望、羞辱又使他到宾馆的休息室去休息。自然，最后也没有任何收获。

后面的三天刮起了大风，他更无法出去。雪从第一天傍晚开始下的，一阵很大的风雪，洁白的雪花又大又软。第二天早上狂风夹着大雪一直在下，报纸上说有暴风雪。从前面的窗子可以看到外面铺着厚厚的一层洁白的雪。

"我想我今天就不出去了。"他在吃早饭时对嘉莉说，"报纸上说天气会很糟。"

"我叫的煤气也还没有送来。"嘉莉说，她买了一罐煤气。

"我去看看。"霍森沃说。这是他第一次主动地要求干家务，可他提出这一点是因为想到自己坐在家里，一定得做点事来弥补，他虽然没有刻意往那方面去想，可潜意识里却发现了这一点。

雪一直在下，城里的交通慢慢地总发生阻塞。各家报纸对暴风雪的详情大肆报道，并用大号字体显现出穷人的痛苦。霍森沃坐在屋角的取暖炉边，浏览报纸。他费劲地不去想自己需要找工作。肆虐的暴风雪，使一切都瘫痪了，他也就没有出去找工作的必要了。他舒舒服服地坐在家里，烘烤着他的双脚。

嘉莉带着焦虑的心情看他悠闲的无所事事。虽然暴风雪非常大，她依然怀疑他是否应该这样悠闲。他把自己的处境看得非常乐观，他太容易满足了。

可是霍森沃看着报纸，并没有留意到嘉莉，她静静地干着自己的家务，沉默地不去打扰他。

第二天依然下着雪，第三天又非常寒冷。霍森沃听了报上的警告，待在家没有出去。现在他也主动要求去干一些别的小事情了，其中一件是外出买肉，另一件是去买食品。他倒是真没有把这些小差使与它们真正的意义连起来考虑过。他觉得自己在家，就得做这些事，不然好像会不安。他觉得自己似乎也不是一点用处都没有，也是，在如此糟糕的天气中，在家里还是挺好的。

可是到了第四天，天放晴了，他在报上看到暴风雪已经走了的消息。可是，街上的泥泞依然存在，他悠闲地坐在家里，天还是很冷，他根本不愿意去想出门的事。

直到中午，他才放下报纸从家里出去。由于气温稍微高了一点，街上到处都是泥泞，非常难走。他坐街车经过十四街，在百老汇大街转车走向南。他印象中珍珠街的一家酒店登过一个小广告，不过当他到达百老汇中央宾馆时，他又改变了主意。

"没有用的。"他想，看到外面的泥泞和积雪。"我没有钱投资，十有八九不会有太大结果。我想还是下车吧！"于是他便下了车，他在宾馆休息室找了个座位，然后坐着等时间飞逝，心中想着他还能干什么。

就在他满意地坐在里面，轻松地任思绪散漫的时候，一个衣着精致的人经过大厅，站住脚，盯着他，好像拿不准自己的想法，然后向他走来。霍森沃发现他是卡吉尔,在芝加哥拥有一个同名的大马厩。霍森沃最后一次见到他还是嘉莉在艾弗里堂登台的那天晚上,他现在马上想起了那一次这个人带着太太和他握手的场面。

霍森沃非常不好意思,他的眼睛里显现了难堪的神情。

"这不是霍森沃吗?"卡吉尔说,霍森沃现在才想起来了,感到很后悔,自己要是立刻就认出他,就能躲开这次见面。

"是的,"霍森沃说,"你过得可好?"

"还不错,"卡吉尔不知道该说什么好,"你住这里吗?"

"哦不,"霍森沃说,"是来赴约的。"

"我还在想你离开了芝加哥后会怎样呢!"

"噢,我现在住在纽约。"霍森沃回答,急忙走开。

"我想,过得还不错吧?"

"挺好的。"

"那样就好。"

他们就这么看着对方,很是尴尬。

"哦,我还有一个约会,我得先走了,再见。"

霍森沃点了点头。

"太倒霉了,"他轻轻地说着,转身向门口走去,"我就知道会遇到这种事情。"

他在街上走了几个街区,看看表才指到一点半,他尽力想着该去哪里或者说该做点什么事情。天气真是太糟糕,他只想待在家里。最终,他的双脚又湿又冷,他又坐上了街车。街车带着他来到了五十九街,这里的情况跟别的地方一样。他在这里下了车,转身沿着第七大街向家走回去,可地上的雪水非常多。到处游荡着又无处可去真是让人难过,简直让人无法忍受,他觉得自己好像感冒了。

他停在了街角,等候着向南去的街车。这天气不宜出门,他得回家去。

嘉莉吃惊地看到他两点多就回来了。

"今天出门太痛苦了。"他就说了这么一句,然后脱掉外衣,换了鞋。

那天晚上,他觉得有些发冷,就吃了些感冒药。他持续发烧到第二天早晨,第二天他就待在家里,嘉莉照顾着他。他一生病就成了一个可怜虫,只穿了一件颜色朴素的浴衣,头发乱乱的不加打理,没有了他平常的风度。他的神情显得非常憔悴,人也看起来非常苍老。嘉莉看到了这样的情景,心里有些不舒服,她以前表现得和善、富有同情心一点,可这个人身上有些地方使她不能与他亲近。

傍晚的时候,他在昏淡的灯光下显得非常难看,她让他去休息。

"你一个人睡好些,"她说,"你会感到好一点的,我这就去给你铺床。"

"好吧。"他说。

她在做这些事情时,心情跌落到了谷底。

"这是什么样的生活呀!这是什么样的生活呀!"她心中反复地想。

有一次,是在白天,他坐在取暖炉边,把身子蜷成一团看报纸,她路过房间时看到他,忍不住皱起了眉头。她在很不暖和的前房里,靠在窗边悄悄哭了起来。难道这就是她想要的生活吗?关在这么小的房子里,和一个没有工作、游手好闲、不思上进又对她不加关心的人生活在一起吗?她现在于他而言不过是一个仆人,其他的根本算不上什么。一切爱情都不存在了,没有快乐,只剩下痛苦。她想从他那里得到一切,却没有丝毫的回报。一连两个星期了,他无事可做,也没有找到工作。

他如果得了重病,他们该如何是好呢?她用手掩住脸,更加难过,又哭了起来。

她这样一哭,眼睛就肿了。等到她点好灯铺床,铺好床后又叫他进来时,他发现到了这一点。

"你是怎么回事?"他问,就这么盯着她的脸。他的声音很嘶哑,头发蓬乱的脑袋又给这声音添加了一些可怕的成分。

"没什么。"嘉莉有气无力地说。

"你怎么哭了?"他说。

"我没有哭。"她回答。

他知道这眼泪并非因为对他的爱而流。

"你别哭,"他说着上了床,"事情总是会好转起来的。"

过了一两天,他的病好了,但恶劣的天气还是没有结束,他只能待在家里,他每天只好通过看报纸来消磨时间。之后他又硬着头皮出去了几次,重复着上述举动,可是在碰到了另一个老朋友之后,他认为坐在宾馆的休息室里也不是那么舒坦。

刚开始他每天都早早地回家,到最后干脆不再装模作样地出去了,冬天并非找工作的季节。

可是老待在家里,他又发觉到了一个新的爱好,那就是他对家务更加喜欢。他总是在家里,当然就发现了嘉莉干家务的方法。她在整理家务和管理钱财方面太差劲了,他头一次注意到她在这方面的缺陷。自然,这是在他觉得她按时索要开销成了一个极重的负担之后才发觉到的。他坐在家里,感到每个星期好像过得飞快。每到星期二嘉莉就问他要钱。

"你觉得我们过得很节俭吗?"有一个星期二早上他问。

"我早已尽力了。"嘉莉说。

他那时没再多说,可是到了第二天却说:

"你去过那边的甘瑟沃尔特市场没有?"

"我不知道有这么个市场。"嘉莉说。

"那里有个大市场,大家都说那里的东西便宜得多。"

嘉莉对这个提示根本不关心,她对这些事一点也不感兴趣。

"你买一磅肉得花多少钱?"他有一天问。

"哦,价格不一样,"嘉莉说,"牛腰肉每磅要两毛二。"

"这太贵了。"他回答。

他又这样问了其他东西的价格,这慢慢成了他的一种爱好,他问清了所有物品的价格,就记在心上。

他做家务的能力也有所提高,这当然是从小事情上开始的。有一天早上,嘉莉拿起帽子准备出去,被他拦住了。

"你准备去哪里,嘉莉?"他问。

"去面包店。"她回答。

"我去买吧。"他说。

她同意了,他就去了。每日下午他都去街角买报纸。

"有什么要我买的吗?"他会问。

她开始渐渐地差遣起他来,可是如此一来,她也失去了每周的十二块钱。

"今天你一定得给我钱了。"差不多就在这个时候,有一个星期二,她说。

"这次需要多少?"他问。

她很明白这句话所表达的意思。

"五块钱吧,"她回答,"我还欠煤店的钱呢!"

正是在这一天,他说:

"我了解街角那个意大利人的煤气罐仅仅卖两毛五,我去他那儿买。"

嘉莉没在意地听着。

"好吧。"她说。

到后来,事情发展为:

"丘詹,今天一定得买点煤了。"或者,"你得买点肉来做晚饭。"

他会问她想要的,然后去购买。

这样一来,生活的贫困让他变得小气起来。

"我就买了半斤牛肉,"某一天下午他拿着报纸回到家说,"我们好像一直吃得不多。"

这些悲伤的小事让嘉莉难过得心都快碎了。这使她的日子变得非常无趣,也使她的心受到煎熬。她在想着这一切的改变,唉,多么大的变化!他一整天一整天地坐在这里,浏览着他的报纸。这世界好像对他失去了诱惑力,他不想去奋斗。天气好时,他偶尔会出去一下,在上午十一点到下午四点之间出门四五个小时。她更加瞧不起他,可也没有其他办法。

因为找不到出路,霍森沃完全处在一种麻木不仁的状态中。每个月他那仅有的小小的积蓄都需要付出,他现在只剩下了五百块钱,他把它紧紧地抱在怀里,似乎觉得他好像能够把赤贫无限延长地拖下去。可是坐在家里,他就打算穿几件旧衣服,开始他只是在天气不好的时候偶尔穿一下。最初这样做的时候,他解释道:"今天天气真差,我在家就穿这些衣服就可以了。"

最后,这些衣服就一直穿了下去。

他过去总是习惯于花一毛五分钱修一下面,再给一毛钱的小费。手头刚开始紧张的时候,他先是把小费减为五分钱,到后来直接不给了。最终他到一家一毛钱的理发店去试了一下,发现面修得挺好,就总是到那里,再后来,他把每天一次的修面改成两天一次,又改为三天一次,直到最后改为一周一次。每到星期六,他的样子都没法让人看下去。

当然,随着他失去的自尊心,嘉莉也不再尊重他。她不知道这个人到底是怎么啦。他还有一些积蓄,还有一套体面的衣服,打扮起来可能还有些风度。她还记得自己在芝加哥艰难地逃脱贫困,也从未忘记自己从来没有停止过的奋斗,他却从不奋斗,他连报纸上的广告都不想去看了。

她终于大声地说出了自己的看法。

"你怎么在牛肉上放这么多黄油?"某一天傍晚,他站在厨房里问她。

"肯定是要做得好吃些啦。"她回答。

"现在黄油却很贵。"他指出。

"若是你有工作,就不会算计这些了。"她回答。

他听到这句话就没有再继续说下去,回房去看报了,可是这句反问的话使他心里有些痛。这是她第一次说话伤人。

也正是在这个晚上,嘉莉看了会儿书之后,到前房去睡下了,这是很异常的。

等到霍森沃睡觉时，他像以前一样不点灯就上了床睡觉。他到这个时候才发觉嘉莉不在床上。

"这真奇怪，"他说，"可能她还在看书吧！"

他没加太多考虑就睡着了。到了第二天，嘉莉仍不在他身边，这件事情就这样没有结局。

夜幕降临，聊天的氛围浓重了一些，嘉莉说："今晚我准备一个人睡，我有点不舒服。"

"好。"霍森沃说。

第三天晚上，嘉莉不再说明什么就到前房去睡了。

这对霍森沃是个沉重的打击，可是他一直没提此事。

"好吧，"他心中想，忍不住皱起眉头，"让她独自睡吧。"

第三十六章　残酷的衰落：虚幻的机会

沃什夫妇过了圣诞节就再次回到了纽约，他们没有忘记嘉莉。但他们，或者更具体地说是沃什太太，却从未来拜访她，理由很简单，嘉莉没有把地址告诉她。嘉莉的性格就是如此，当她还住在七十八街的时候，她始终和沃什太太保持着通信来往，可是被迫搬到十三街之后，由于她害怕沃什太太会把这当作家境衰落的表现，就没有告诉她地址。没有其他更好的办法，她只好悲伤地完全放弃了与这位好朋友互通信件的权利。沃什太太对这奇怪的沉默有所怀疑，想着嘉莉一定离开了纽约，最后认为她失踪了，所以不再去想她。因此，当她去十四街买东西而偶遇到嘉莉的时候，她突然大吃一惊。嘉莉也是去那里买东西的。

"啊，霍朗太太，"沃什太太说，把嘉莉从头到脚打量了一下，"你去哪里了？你怎么不来看我？我还总想你去哪里了呢！真的，我——"

"我很高兴见到你，"嘉莉说，心里又是高兴又是难堪，碰到沃什太太真是相当不碰巧了，"哦，我就住在这附近，我经常想去拜访你。你现在住在哪里？"

"住在五十八街，"沃什太太说。"就在第七十街向北——二百一十八号。你怎么不来找我呢？"

"我会去的，"嘉莉说，"我真的非常想去，我明白我应该去拜访你。真抱歉，但是你知道……"

"你的门牌号呢？"沃什太太说，

"十三街，"嘉莉很不情愿地说，"西一百一十二号。"

"哦，"沃什太太说，"那儿离我这儿也近对吗？"

"是啊，"嘉莉说，"有空你一定要来拜访我哟！"

"你真是挺好的，"沃什太太笑着说，此时看到了嘉莉的衣着有了一些变化，"地址也变了，"她心中想，"他们一定状况不佳。"

她还是很喜欢嘉莉，决定帮她一把。

"跟我一起进来一下吧！"她大声说着走进一家商场。

嘉莉回到家时，霍森沃在家里如同平时一样看着报纸，他好像对自己的现状丝毫也不关心，他的胡子至少有四天没有刮了。

"唉，"嘉莉想，"要是她来这里看见他会如何呢？"

她非常痛苦地摇摇头，她对现状好像再也无法忍受了。

她很无奈，在吃晚饭的时候问："那家批发公司有没有一点消息？"

"没有，"他说，"他们想要有经验的。"

嘉莉觉得说不下去了，就换了个话题。

"我今天下午和沃什太太碰到了。"她停了一会儿说。

"是吗？"他回答。

"他们现在又来到纽约了，"嘉莉补充说，"她打扮得依旧漂亮。"

"嗯，她先生有钱，她就可以那样装扮自己，"霍森沃说，"他有份很不错的工作。"

霍森沃在埋头看报，他没有发现嘉莉看向他的充满了困惑与不满还夹杂着蔑视的目光。

"她说哪天有空要到这里来拜访我们。"

"她可是隔了很长的时间才想起这些，不是吗？"霍森沃略加讽刺地说。

他不喜欢那个女人花钱如流水的一面。

"哦，我不清楚，"嘉莉说，为这个男人的态度觉得恼怒，"可是我不想她来。"

"她太会享受了，"霍森沃意味深长地说，"她花钱的速度总是比挣钱快。"

"沃什先生好像并不怎么觉得吃力呀！"

"他现在也许不，"霍森沃很清楚她话里的意思，可他执着地回答，"不过他的日子还长着呢，谁也不能想到会发生多大变化，他也可能会像别的人一样垮下来的。"

这个男人的态度中夹杂着一些嫉妒的味道，以前的一切早已消失殆尽。他的眼睛好像是在斜视着那些幸运的人们，等着他们失败。他自己的现状根本不在其中，好像不值得考虑。

这是他从前太过自信和太过独立自主的后果。他待在家里，看到别人的成就，有时会产生这种不被管制、不愿服输的心理。一旦他忘记了在街上到处奔走的疲惫和找工作的狼狈，他有时就会昂首挺胸，好像在说：

"我还是可以有所成就的，我依旧没有完全完蛋。只要我去努力，就能找到很多工作。"

当他处于这种心情的时候，他也会打扮起来，出去修个面，戴上手套，精神焕发地出门去。他其实没有什么特定的目的地，他的出门也像晴雨表一样没有标准，他仅仅认为应该出门去干点事情。可能这个时候，生活已经让他越来越没有目的地了。

情况依旧，他的钱也花掉了不少。他知道城里有几家玩扑克牌的场所，在市区的酒店和市政大厅那里也有几个认识的人。去那里看看他们，和他们友善地交谈几句，可以调节一下生活的单调。

他以前打得一手好牌。在几次应酬中，他以前赢过一百多块钱，在那时这点钱仅仅是给打牌助助兴罢了——不是重要大事。现在，在这样天气晴朗的天气里，他就很想玩一玩。

"我也许能赢上一两百块钱，我对此也非常熟悉。"

事实上，他是在思索了很多次之后才下决心付诸行动的。

他第一次去的那个打扑克的地方在他常去的一家酒店的楼上，位于西街，在一个渡口附近，他以前去过那里。他走进去的时候已经有好几局牌正在玩了。他看了一会儿，发现就每次发牌前下的赌注来看，赌局输赢的数目是很可观的。

"给我发一份牌。"他在重新开始洗牌的时候说。他拉出一张凳子坐下，严肃盯着他的牌。那些打牌的人静静地盯着他，虽然不那么明显，可是也想要探询。

他刚开始牌运很差，他拿到一副杂牌，既没有顺子，又没有对子。

"我不跟。"他说。

由于这样一手牌，他心服口服地输掉了他下的赌注。然后又打下去，他的手气慢慢好了起来，最后走的时候赢了几块钱。

第二天下午他又来了，准备玩玩，也想要赢点钱。这一次，他拿到一副三张同点数的牌，又接着打下去，结果输了。因为桌子对面一个爱斗的爱尔兰青年拿了一手比他还好的牌，这个青年是赌场当地的坦慕尼堂地区的一个政治食客。这个人坚持的态度让霍森沃非常吃惊。他平静而又冷静地下着赌注，即使是吓唬人的话，也是很高明的手段。霍森沃有些产生了疑惑，可是他要，或者说也是想要，维持冷静的态度，他以前就是凭借这一手来欺骗那些赌徒的，由于那些人好像只观察想法和心情，而不留意对方外貌的迹象，不管这些迹象是多么微妙。他无法控制心中紧张的想法，认为这个人有一手好牌，会坚持到底，何况，如果他始终跟下去的话，会把最后一块钱都输给别人做赌注的。可他依然想多赢一点钱，他手中的牌真的太好了。为什么不再加五块钱呢？

"我加你三块。"那位青年说。

"我加五块。"霍森沃一边说一边掏出筹码来。

"我再加一倍。"那个青年说，推出一小堆红筹码。

"再多给我一点筹码。"霍森沃拿出一张钞票，对负责牌场的管理员说。

年轻对手的脸上显现了讽刺的冷笑。拿来筹码之后，霍森沃又加了上来。

"我再加五块。"那个青年说。

霍森沃的额头上挂满了汗珠。他此时已经陷得非常深了，对他来说，是极其深了。他已经押上了整整六十块钱。他也不是恐惧，可是一想到会损失这么多的钱，他心里打起了退堂鼓。他只好放弃了，不再坚信手中的是好牌。

"摊牌吧。"他说。

"红桃顺子。"年轻人说，把一副同花的大牌亮了出来。

霍森沃的手马上软了下来。

"我还以为会赢你呢！"他疲惫地说。

那个青年收起筹码，霍森沃就想要离开了，可在楼梯里停住脚，数了数自己剩下的钱。

"三百四十块。"他说。

这次输的钱，加上平时的开支，他剩下的钱真的很少了。

回到家后，他决定不再玩牌。

嘉莉回想到沃什太太说要来拜访，又和善地提出了一些看法。这一次是说霍森沃的外表。这一天，他回家后又换上了坐在家里穿的旧衣服。

"你为何总是穿那些旧衣服？"嘉莉问。

"在家里穿好衣服做什么呢？"他反问。

"我觉得你那样看起来感觉会好一些。"她又说，"可能有人会来拜访我们。"

"谁？"他说。

"嗯，沃什太太。"嘉莉回答。

"她不必来看我。"他沉着脸说。

他没有自尊心，这般冷漠，使嘉莉简直快要烦他了。

"哼，"她想，"他就坐在那里，说什么'我不需要她来看我'。我觉得他应该为自己感到惭愧。"

这件事情最后真正难过的是沃什太太真的来了，她是买东西时顺路来的。她穿过这简陋的走道，敲响了嘉莉家的门。让她后来感到既伤心又难受的是，嘉莉不在家。霍森沃觉得是嘉莉在敲门，就打开门。他这一次真的是大吃一惊。

"啊！"他结巴地说，"你好！"

"你好！"沃什太太说，差点不敢相信自己的眼睛，她立刻感觉到了他惊慌失措的样子，他不知道是否要请她进屋。

"你太太在家吗？"她问。

"不在家，"他说，"嘉莉出去了，你不进来坐坐吗？她一会儿就回来。"

"不，不了。"沃什太太说，发现事情已经发生了本质的变化。"我真的没有空，我仅仅是想上来看看，没有空坐。请转告你太太，让她一定来看我。"

"我会的。"霍森沃说完后退了一步，听到她要走，心里非常轻松。他又觉得自己非常不好意思，后来无力地又起双手，坐在椅子上思索。

嘉莉从另一个方向回家来，好像看到沃什太太在向远处离去。她睁大眼睛看着，可是没看清楚。

"刚刚有人来过我们家吗？"她问霍森沃。

"有，"他紧张地说，"沃什太太。"

"她看到你了吗？"她问，表现出很失望的样子。

这句话就像鞭子一样抽打在霍森沃身上，使他很不高兴。

"她如果长眼睛就会看见的，那是我开的门！"

"啊！"嘉莉把手神经质地握成一个拳头，"她都说了些什么？"

"什么都没说，"他回答，"她没时间坐。"

"你就这个态度吗？"嘉莉说，把她长久以来的克制忘完了。

"那又怎样？"他说，来了气，"我之前没有接到她要来的通知，不是吗？"

"你知道她会来的，"嘉莉说，"我跟你说过，她说过会来的。我跟你说过好几遍了，别穿这些衣服，我觉得太难看了！"

"你闭嘴！"他说着，"这又有什么关系呢？再说，你又没有资格和她来往，他们太有钱了。"

"谁说我准备和他们来往了？"嘉莉生气地说。

"嗯，瞧你这副样子，为我的衣服生气。你认为我似乎犯了……"

嘉莉打断他的话。

"就是这样子，"她说，"即使我想跟他们来往也办不到——那么这是谁造成的？你能够悠闲地坐在这里，说我可能和什么人来往，你怎么不出去找工作？"

这真的是晴天霹雳。

"这跟你有什么关系？"他站起来，恶狠狠地说，"我难道没付房租吗？这家具……"

"是的，你确实付房租了，"嘉莉说，"你说话的口气好像这世界上除了这套公寓能够坐在里面之外，再也不要别的东西？整整三个月了，你除了坐在这里碍事，还干了什么？我倒是很想知道你干吗要和我结婚！"

"我哪有和你结婚？"他咆哮着说。

"那我倒想知道，你在蒙特利尔都干了些什么？"她问道。

"我没和你结婚，"他回答，"你早该把这个念头忘掉，你说得好像你不知道似的。"

嘉莉睁大了眼睛，盯了他一会儿，她始终认为他们的婚姻是合法、有约束的。

"那你欺骗我是为了什么?"她非常生气地问,"你逼迫我跟你私奔究竟是为了什么?"

她哭着说。

"逼迫?"他噘着嘴说,"我根本没有逼迫你。"

"啊!"嘉莉再也无法忍受,哭着转身跑到了前房。

霍森沃既激动又生气。这不管对他的思想还是道德都是个相当大的震动,他擦去额头上的汗珠,望了望周围,然后穿好衣服。嘉莉那里没有丝毫动静,她听他在穿衣服就停止了哭泣。她一开始有点害怕自己会身无分文地被他丢弃!倒不是因为怕失去他,尽管他可能不再回来了。她听到他打开了衣橱盖,取出帽子。然后,关上了餐厅的门,她知道他走了。

沉默了一会儿,她总算擦干眼泪站起来,望向窗外。霍森沃正从公寓里走出,沿着街缓慢地朝第六大街的方向走着。

霍森沃顺着十三街向前走,路过十四街到了联合广场。

"找份工作,"他心想,"找份工作,她让我出来找份工作。"

他在努力回避自己内心的谴责,因为她是对的。

"总而言之,全是因为沃什太太的到来,"他想,"她站在那里看着我,我知道她在想些什么。"

他回忆起了住在七十八街时见过她的那几次。她一直打扮得很漂亮,而他在她的面前,也总摆出一副高高在上的神气。可现在,居然让她看到自己这副模样,他伤心地皱起了眉头。

"真见鬼!"他在一个小时之内这样说了差不多有十几次。

他离开家的时候恰好是四点过一刻,嘉莉在哭,晚饭当然是吃不成了。

"真是倒了大霉!"他说,在心里自我安慰,"我实际上没有那么糟——我还没有真正完蛋。"

他望了望广场四周,看到莫顿饭店,下决心到那里吃晚饭,他想买一份报纸,舒舒服服地坐在那里。

于是他走进莫顿饭店华丽的餐厅,这是那时纽约最繁华的旅社之一,他坐上一把有坐垫的椅子,翻看起报纸来。他根本不去考虑,他那越来越少的钱实际上并不允许他这样浪费,饥饿使他就像吸吗啡上了瘾的人一样,已经习惯了舒服的生活。任何事情,倘若能减少他精神上的痛苦,只要能满足他对安逸生活的渴求,他就会去做的。不管明天怎样,他没有再想下去,就好像不愿意想别的灾祸一样,好像要忘记无法逃避的死亡一样,他试着把即将就会身无分文的结局忘得干干净净,不过他现在真的很快就会没有一分钱了。

衣着精致的客人们在厚地毯上到处走动着,这使他回忆起了往日的生活。有一位饭店的客人,是个年轻的姑娘,正在一间凹室里弹奏钢琴,让他感到非常高兴。他装作平静地坐在那里看报纸,人们都把他看成是一位不为吃穿发愁的商人,他也就确实平静了下来。

这顿饭花了他一块五毛钱。八点钟的时候,他吃完了饭,然后,看到客人们一个个逐渐离开,外面享乐的人更加多了,他不清楚自己可以去哪里,此时嘉莉还未睡。不,他今天晚上不能回家。他要在外面装作什么事都没有发生过一样度过一晚。

他买了一支雪茄走到外面的街角,看到和他一样的人——掮客、赌马的人、演员也正在四处闲逛。他站在那里，回想起了自己在芝加哥的夜晚，这使他发散思维想到了扑克。

"那一天我打得不太好，"他想，说的是他输了六十块钱的那一天，"我不能放弃，我其实是可以把那个家伙镇住的，我当时状态不好，所以才吃了亏。"

然后，他就研究起那次打牌的种种可能性，想到起先如果再吓唬对方一下，他有可能会赢的。

"以我这样富于经验的老手，可以弄出些名堂来的。我今晚一定要再去试试手气。"

他的眼前显现出一大堆赌注的幻影。若是他真的赢了一两百块钱，那不是太好了吗？他结识的许多赌徒都是因为这个过着很好的生活。

"他们的钱跟我现在的差不多。"他想。

因此，他走向旁边一个打扑克牌的场所。他在这段时间里不记得自己了，实际上他已经不再是曾经的那个霍森沃——只是一个内心非常矛盾、受到幻影诱惑的人。

这个玩扑克的地方与上次那个几乎相同，不过它是一家上等酒店的后室。霍森沃看了一会儿，随后就加入了一个好玩的牌局。像之前一样，他一开始打得相当好，赢了几次就忘形了，输了几次之后变得更加投入，下定决心打到底，最后完全被这迷人的牌局镇住了。他陶醉于冒险，大胆地凭一副小牌想唬住别人，用这个办法来赢一些钱。让他满意的是靠着自己的冒险，他渐渐成功了。

在这种得意忘形的心情中，他慢慢觉得自己的运气又回来了，谁也没有玩得这么好过。所以他又拿了一副中等的牌，想依靠它来开大注。可那些观察非常仔细的人已经差不多看透了他的心思。

"我要用三张同点数的牌和这个家伙玩到底。"其中一个赌徒心想。

于是就开始下注。

"我加十块。"

"好的。"

"要再加十块。"

"好的。"

"还要再加十块。"

"太好了。"

慢慢地，霍森沃加到了七十五块钱。对面那个人有些紧张起来。他想可能这个家伙（霍森沃）真的有一副好牌呢！

"摊出来牌。"他说。

霍森沃把牌摊出来，他傻眼了，他的七十五块钱就这样给了别人，这让他不敢相信的事实弄得他不想活了。

"我们再来一盘。"他沉着地说。

"行。"那个人说。

有几个赌徒走了，可是有几个旁观的人轮换了他们。时间在流逝，很快到了十二点。霍森沃仍然在打下去，既没有大赢，也没有大输。后来他觉得累了，在最后一盘中输掉了二十块钱，他心里很难受。

一直到第二天清晨一点一刻，他才从那个地方离开。凉风呼啸的大街上行人很少，仿佛在讽刺他的处境。他慢慢地朝西走去，并不去想他和嘉莉的伤痕。他上楼走进了自己的房间，装作什么也没有发生过。他心中一直想着输钱的事。他坐在床边，数了数自己的钱。除去家里日常的开支，他只剩一百九十块钱和一些零钱了。他放好钱，准备睡觉。

"我真不知道自己是怎么回事。"他说。

清晨到了，嘉莉没有说话，弄得他觉得似乎又得出去。他伤害了她，却又无法跟她和好。他现在已走投无路，所以有一两天就这样出去，感觉像个绅士一样，也可以说像他理想中的绅士一样生活，但这是必须要花钱的。他躲在外面又悄悄花掉了三十块钱，先不说这个，主要是他立刻就身心疲惫，然后，他又有了贫困、痛苦的感觉。

"房东今天来了。"三天后的一个清晨，嘉莉面无表情地对他说。

"是吗？"

"今天是2日。"嘉莉回答。

霍森沃有些悲伤，接着，很不情愿地掏出了钱包。

"房租好像太贵了。"他说。

他差不多只剩下最后一百块钱了。

第三十七章　如梦初醒：另谋出路

　　不用解释是怎样只剩下最后的五十块钱。原来的那七百块钱，被他一折腾，现在只维持到了 6 月份，早在即将只剩下最后那一百块钱时，他就知道灾难要临头了。
　　某一天，他说要买肉，"我真不明白，我们的生活好像要花好多钱。"
　　嘉莉说，"依我看，我们或许用得并不多。"
　　"我快没钱了，"他说，"怎么花的我自己都不知道。"
　　"那剩下的七百块钱呢？"嘉莉问。
　　"仅仅只剩下最后一百块钱了。"
　　他看上去很不开心，让她觉得恐惧，她认为自己没有任何着落，这种感受始终困扰着她。
　　"我说，丘詹，"她高声说，"为什么不出去碰碰运气呢？好运可能在等着你呢！"
　　"我试过了，"他说，"但不能强行让人家给你一个职位吧？"
　　她无精打采地盯着他，说："那么，你怎么打算的呢？一百块钱撑不了多久的。"
　　"我不知道，"他说，"只能先找到事做，然后再做打算吧！"
　　这样让嘉莉感到很不是滋味。她一直思考这个问题。她以前经常把舞台当作通向她梦寐以求的黄金世界的通道。就像在芝加哥一样，现在这也成了她苦难中的最后一点希望。若是他不快点找到工作，也许她只好再次一个人出去闯了。
　　她打算着怎样才能找到一份工作，她在芝加哥的遭遇说明了她的办法不对头。她对自己说："肯定会有人乐意听听你的情况，让你试一试，然后给你一个职位的。"
　　过了一两天，他们围着早餐桌聊着天，她谈论到了戏剧，说她听说了萨拉·伯恩哈特来美国演出的消息，霍森沃也听说了。
　　"丘詹，人们都是怎样登上舞台的？"她最后充满好奇地问。
　　他说："我不知道，必定是通过剧院代理人吧！"
　　嘉莉低下头用力地喝着咖啡。
　　"是通过职业介绍给人找工作的吗？"
　　"是的，我想可能是的。"他回答。
　　突然，她问的这些问题引起了他的注意。
　　"你依然想当演员，是吗？"他问。
　　"不，"她回答，"我只是好奇而已。"
　　他也不大清楚为什么，可他是不同意这个念头的。在这三年的经历中，他不再认为嘉莉会在那一行有什么好的前程。她真的是太单纯、太缺乏主见了。他对这个工作的想法是，它包含着一些某种更为浮夸的东西。若是她要登上舞台，她会掉进一些图谋不轨的经理所设的骗局里，变得和那帮人一样。而他所指的那帮人，他是非常了解的。嘉莉是个漂亮的女孩，她会过得不错，可是他今后要如何是好呢？

"若我是你的话，就不会有这种念头。这不是你想要的。"

嘉莉认为这句话里多少含有一些看不起她的意思。

"你说过我在芝加哥演得很好。"她反驳说。

"你演得很好，"他回答，知道自己产生了反感，"但是芝加哥与纽约不一样。"

嘉莉沉默了，这句话伤了她的心。

"如果你能成为一位名角，"他接着说，"那么演戏是很不错的。可是，不是名角的人分文不值，得花非常长的时间才能出名。"

"啊，这我可不知道。"嘉莉说，忍不住有一点激动了。

他那时认为自己能猜到这件事的结果。现在，他已经差不多到了山穷水尽的地步，她却不顾他的面子想去演戏，而后抛弃他。很奇怪的是，他从不往好处去想她的智力，这是因为他不明白伟大感情的本质。他一直就不清楚，一个人能够在感情上十分伟大，在智力上却不行。艾弗里堂的遭遇对他来说是很遥远的往事，他不想回想，也不值得他谨记在心。他和这个女人同居太久了。

"哦，我知道。"他回答，"若我是你，我就不会去动那个念头，对于女人来说，这肯定不是什么好职业。"

"总比挨饿好吧，"嘉莉说，"如果你不让我干这一行，你为何自己不去找工作呢？"

这句话没有能回复的答案，他早已习惯了这种牢骚。

"哦，别再说了。"他回答。

这次谈话的结果使她暗暗下了决心去试一试。这跟他根本无关。她可不想因为他而被拖入贫困，或者是更差的生活。她能够演戏，她能够找事做，然后找到出路。他到那时还有什么话可说？她早就已梦想着自己在百老汇某个好戏里谋得一个角色，每天晚上能到自己的化妆室去化妆。然后，她会在十一点钟从戏院走开，看到等人的马车排成长长的一排。她是不是明星都没事，只要她能进去，挣上一份较高的薪水，穿上她漂亮的衣服，有钱花，爱去哪儿就去哪儿，这将是多么令人快乐啊！她一整天都在心里重复想着这个情景，霍森沃贫困的处境使这个场面越来越生动。

奇怪的是，霍森沃也有了这个念头。他手中的钱更少了，可是还得继续生活吧！为什么不能让嘉莉帮他一下，一直到他找到工作呢？某一天他进屋之时，心里怀着一些这样的准备。

"我今天碰到了 B. 德烈克，"他说，"他想秋天在这开一家旅馆，他说那时可以给我一个职位。"

"他是什么人？"嘉莉问。

"他就是在芝加哥开太平洋大旅社的那个人。"

"哦。"嘉莉说。

"我也许一年能挣一千四百块钱。"

"那就太好了。"她随便地附和着说。

"如果我能熬过今年的夏天，"然后他说，"我想一切都会变好的，何况我又收到了不少朋友的来信。"

嘉莉彻底地相信了这个美丽的说法。她非常希望他能熬过这个夏天，他看起来非常无助。

"你现在还剩下多少钱?"她问。

"只有五十块钱了。"

"哦,天哪!"她叫了起来,"我们该怎么办才好呢?二十天过后又该付房租了。"

霍森沃用手托着头,无助地看着地板。

"也许你能够在演戏这一行里找份工作。"他温和地说。

"或许我可以。"嘉莉说,如今终于有人赞成这个主意了。

"我现在做任何工作都行,"他看到她露出了笑容,就鼓起勇气说,"我能够找到活儿干的。"

有一天早上,在他出门之后,她整理了一下东西,找出衣橱里最漂亮的衣服,打扮得漂漂亮亮地朝百老汇大街走去。她对这条大街不是非常熟,在她的眼里,这里奇妙地聚集了一切伟大与令人骄傲的东西。这里有非常多戏院——那些代理处肯定也就在这附近。

她决定去麦迪逊广场戏院,问人家怎样才能找到剧团代理人。这似乎是个合理的办法,所以,当到达那家戏院时,她问了票房的职员。

"哦,"他说着,向外一看,"剧团代理人,我不知道,但是,你能够在《剪报》上找到他们,他们通常在那上面登广告。"

"那是一种报纸吗?"嘉莉问。

"是的,"那职员说,带着奇怪的表情,想着她怎么连这么平常的事情都不清楚。"你在报摊上就能买到。"他看到向他打听的人这么的漂亮,便又讨好地补充上一句。

嘉莉马上去买了一份《剪报》,站在报摊旁边立刻翻看起来,想找到那些代理人。这却是件不容易的事情。所以,她把报纸带回家,看看通过细心地查阅是否能找到那些人的消息。她住在十三街,离这个地方有点远,可她走了回去,手里拿着这份宝贵的报纸,因为浪费了时间而觉得后悔。

霍森沃早就已经回到了家里,现在坐在他的老位子上。

"你去哪里了?"他问。

"我准备去找几个剧团经理。"

他明显有点踌躇,不知道该不该问她有没有找到。她开始翻看起报纸,这吸引了他的注意。

"你拿的是什么?"他问。

"《剪报》,那个人说能够在这上面找到他们的地址。"

"你一直跑到百老汇才知道这一点吗?我能够告诉你。"

"那你怎么不早说呢?"她头也不抬地问。

"你根本没问过我。"他回答。

她无目的地在众多的栏目中寻找着。这个男人的漠不关心让她有些心神不宁。他所干的事情,只是加重了她所面临的生活的困难,她忍不住在心里自怨自艾,泪水在她的眼睛里翻滚着,但没有落下来。霍森沃发现了。

"还是我帮你找吧。"

她让他去翻找,自己走进前房,恢复了平静。她立刻又回来了。他拿了一支铅笔,正在一张信封上写东西。

"我找到了三个。"他说。

嘉莉接过来，看了一下，一个是伯穆德兹夫人，一个是马库斯·詹克斯，还有一个是佩西·韦尔，她仅仅停了一会儿，就走向门口。

"我最好马上就去。"她头也没回地说。

霍森沃眼睁睁地看她走了出去，心里稍微感到愧疚不安，这是男子气概越来越丧失的一种表现。他坐了很久，就再也不想坐下去了。他站起身，戴上了帽子。

"我觉得我也该出去。"他心想着，就走了出去，他不知道要到什么地方去，只是觉得自己应该出去。

嘉莉起先去找了伯穆德兹夫人，因为她住的地方离得最近。这是用老式住宅改装的办公室，伯穆德兹夫人的办公室由本来的后房和与过道相连的卧房合并而成，门上面写着"闲人莫入"。

嘉莉走进来时，发现里面闲坐着几个男人，既不说话，也没有做事。

当她正在等待着众人注意她的时候，直通过道的卧室门开了，走进来两位很像男人的妇女，都穿着紧身衣服，戴着白衣领和袖口。在她们后面跟着的是一位四十五岁左右的微胖的女人，浅色的头发，目光温和，看起来心地善良。至少，她面带笑容。

"请记住那件事。"一个男子气的女人粗声粗气地说。

"当然会的，"胖女人说，"我想一下，"她又说道，"2月份的第一个星期你会在哪里？"

"也许是在匹兹堡。"那个女人说。

"我会给你写信的。"

"可以。"对方说着，两个人一起走了出去。

这位胖女人的脸马上就流露出了非常清醒、精明的表情。她转回身，用温柔的目光盯着嘉莉。

"喂，"她说，"姑娘，你有事吗？"

"请问你是伯穆德兹夫人吗？"

"是的。"

"嗯，"嘉莉说，不知道怎么开口，"你可以帮人找演戏的机会吗？"

"是的。"

"那么，你能不能也给我找一个？"

"你之前有舞台经验吗？"

"有一点点。"嘉莉说。

"那么你有跟谁一起演过戏的经历呢？"

"哦，不是非常有名气的人，"嘉莉说，"只客串一下，在……"

"哦，我知道了。"这个女人打断了她的话。

"不过，我不知道现在什么地方缺人。"

嘉莉显示出了失望的神色。

"你只有在纽约登过舞台才行，"温和的伯穆德兹夫人最终说道，"不过，我们还是会记下你的名字。"

嘉莉就站在那儿，只能看着那个女人走进办公室。

"告诉我你的地址吧！"柜台后面的姑娘插话说。

"丘詹·霍朗太太。"嘉莉一边说着,一边走到她写字的地方。那个姑娘详细地记下了她的住址,然后就让她回去。

她在詹克斯先生的办公室里碰到了相同的情况,唯一不同的是,他在最后说:"若是你以前在当地某家戏院演出,或者有一张印有你名字的节目单,我可能会想想办法。"

在最后一个地方,那个家伙问:

"你准备找什么样的工作?"

"能说得具体一些吗?"嘉莉说。

"哦,你是想演喜剧,还是准备演杂剧,或者当歌队队员?"

"哦,我希望在一部戏里出演一个角色。"嘉莉说。

"那么,"这个男人说,"你得付出代价才可以。"

"需要多少钱?"嘉莉说,她根本没有意料到这个。

"嗯,那就得看你自己了。"他狡黠地回答。

嘉莉不理解地望着他。她不明白该怎么问下去。

"若是我付钱,你们就能够给我角色吗?"

"要是我们找不到,就会把钱退给你。"

"哦!"她说。

这位代理人感到自己正在和一个没经验的人打交道,所以就继续说下去。

"至少你得先付五十块钱,如果少于这个数字,是不会有哪个代理为你奔跑的。"

嘉莉懂得了。

"谢谢!"她说,"我再考虑考虑吧!"

当她往外走的时候,又想了一下这一点。

"需要多少时间能够给我找到一个角色呢?"她问。

"哦,这可就不好说了,"那个人说,"也许一个星期后能找到,或者一个月后,若是找到我们认为你能干的事,我们就会马上通知你。"

"我知道了。"嘉莉说,然后,她装出兴奋的样子离开了。

这位代理人看了一会儿她的背影,接着对自己说:"这些女人个个都急切地想登上舞台,真可笑。"

对于这个人提出的五十块钱,嘉莉想了很久。"也许,他们会拿了我的钱却不给我找工作。"她想,自己还有一些珠宝——一个钻石戒指和别针,还有几个别的东西,她可以把这些东西当了换五十块钱。

霍森沃比她早回到家,他没有想到她找工作会找这么久。

"嘿,"他说,失去了勇气去打探有什么消息。

"没找到工作,"嘉莉边说边摘下手套,"他们都需要先付了钱才会给你找份工作。"

"他们想要多少钱?"霍森沃问。

"五十块钱。"

"他们不要其他的东西,是吗?"

"哦,他们都一样。你即使给了他们钱,他们也不一定就会找个工作给你。"

"若是我就不会花那五十块冤枉钱。"霍森沃说,好像他手里正拿着五十块钱在决定什么似的。

"我不确定，"嘉莉说，"我准备去找几个经理试试看。"

霍森沃听了这句话，已经不再认为这个想法让人恐惧了。他边咬着手指，边坐在摇椅上随意地摇了一会儿。到了这种无可救药的地步，嘉莉出去闯闯好像是理所当然的事，或许他以后会慢慢好起来的。

第三十八章　仙境里的游戏：境外的冷酷世界

　　嘉莉第二天又一次出去找工作。在卡西诺戏院，她觉得歌剧合唱队也像其他的领域一样人满为患，既能够跑龙套又有漂亮姑娘，就像能挥动鹤嘴镐的工人一样有很多。她发现除了传统的容貌和形体的标准外，求职者的其他方面并不重要。她们自己的意愿或对自己能力的想法不太重要。

　　"格烈先生在吗？"她在卡西诺戏院的后台入口处向一个拉长脸的门房问道。

　　"你现在不能见他，他正在忙着呢！"

　　"那请问我什么时候能见到他呢？"

　　"你有约吗？"

　　"没有。"

　　"那你只能直接到他的办公室去找他。"

　　"哦，天哪！"嘉莉喊了起来，"可是他的办公室在哪里？"

　　他给了她门牌号。

　　她知道现在去那里是没有用的。他不会在办公室，在去见他之前这段空闲的时间里，她只能去找其他的事情做。

　　她鼓起勇气去了几个地方，可是事情的结果却全部都不让人满意。戴利先生仅仅见那些提前约过的人。嘉莉不顾阻拦，在阴暗的办公室里等了一个小时，才从那冷漠的道尔尼先生那里知道了这一点。

　　"你得先写信给他，请求他见你。"

　　她只好无奈地走了。

　　在帝国戏院，她见到了一群非常冷漠无情的人。一切都布置得十分华丽，一切都安排得非常细致，一切都显得那么矜持而高不可攀。在蓝心戏院，她走进一个隐藏得很好的楼梯下的小房间，地上有地毯，墙上装着护壁板。这种地方让人感觉一切是那么伟大。这里的每个职员，都因为自己优越的地位流露出骄傲的神情，让这地方有些高不可攀。

　　"啊，现在要表现得非常谦卑——非常非常谦卑。请告诉我们你的要求，说得要快，不要显得紧张，不要露出丝毫的自尊。要是我们一点也不感到为难的话，我们可以看看能为你效什么劳。"

　　这便是蓝心戏院的气氛，也是纽约无论哪一家经理室的共同气氛，这些行业的小主人们真的是他们领域里的王公贵族。

　　嘉莉筋疲力尽地走了出去，为自己所受到的苦痛感到十分难堪。那天晚上，霍森沃倾听了她这无奈、碰壁的求职详情。

　　"我没能找到一个有用的人，一切都是白费工夫。"嘉莉说。

　　霍森沃仅仅看着她。

　　"我想可能得有些朋友才能进得去。"她伤心地说。

　　霍森沃明白这事情很难，但是认为这或许并不太糟。嘉莉已经没有精神，而且情绪沮丧，她现在需要休息休息了。霍森沃坐在他的摇椅上想象着未来，人世的苦难好像不会马上来临，明天又是新的一天。日子就这样一天天地度过。

嘉莉见了一次卡西诺戏院的经理。

"下周一再来吧！"他说，"那时可能会换一些人。"

这是一个身材健壮的家伙，穿着华丽，吃得优良，就像别人察看马肉一样察看女人。嘉莉长相甜美，而且气质优雅，虽然她没有任何经验，但是也可以把她招进来。有一个管事过去说过，歌队的长相差了一点。

下星期一依然有好几天呢！而下个月1日却马上就到，嘉莉感觉到从来没有过的担忧。

"你出去确实是在找工作吗？"有一天早上，她问霍森沃。她自己愁得急了，就想到了这上面。

"当然啦。"他有些恼怒地说，对这叫人尴尬的暗示觉得很不安。

"就现在，"她说，"要是一有活儿我就会去做，马上又要到月初了。"

她看上去似乎绝望了。

霍森沃放下手中的报纸，换上衣服。

他真的是出去找点事做，他想。是的，哪怕去当酒吧服务员他也会愿意的。

他的钱就要用完了，他开始注意到自己的衣服，觉得它们正渐渐变旧，这让他觉得很痛苦。

嘉莉比他晚回来。

"我去问了问几个杂耍剧场的经理，"她随便地说，"他们招的是有节目可演的人。"

"我今天去问了几个开酿酒厂的人，"霍森沃说，"有个人告诉我，他将尽快在两三个星期后给我一个职位。"

看着嘉莉如此焦虑，他总是装装样子给自己的惰性撒谎。

嘉莉星期一又去了卡西诺戏院。

"我说过要你今天来吗？"当她站在经理面前时，经理仔细地打量着她说。

"你说是周一。"嘉莉说，心里感觉很紧张。

"你上过舞台吗？"他又问，差不多是在嚷嚷了。

嘉莉诚实地说自己什么经验都没有。

"这可不行，"他说着又看了她一眼，然后去翻找几张报纸。可是他却在内心里对这位美貌、满脸愁苦的年轻女人很满意，"明天早晨来戏院。"

嘉莉高兴得心都快要跳出来了。

"我会准时到的。"她艰难地说出来，她看得出他想要她，便转身准备走了。

他真的会给她工作吗？啊！好运气，这不是梦吗？

从窗外传来的城市的喧嚣声已经变得非常悦耳动听了。

一个肯定的声音回答了她内心的疑问，一下子打消了她在这一点上的担心。

"要准时到，"那个声音粗鲁地说，"如果迟到就除名。"

嘉莉很快走了，她现在不准备责备霍森沃的懒惰。她得到了一个职位——她有了一个职位，她的耳朵里满是这个悦耳的声音。

她高兴得想立刻告诉霍森沃。可是，当她走在回家的路上时，她对整个事想得较多了一些，她开始认为自己在几个星期里就能找到工作，可他却懒惰了几个月，这真是太不可思议了。

"他居然说找不到工作?"她在心里坦白地想,"要是我能找得到,他也一定能找得到。我找工作不是很难啊!"

她不记得自己年轻、漂亮了。在她高兴的时候,她总是没有想到年龄给人造成的阻碍。

一切顺利的人总是容易得意忘形的。

她无法隐藏自己内心的秘密,她想装出什么事都没有的样子,可是这明显是一眼就能看穿的伪装。

"今天怎样?"他发现她看起来很轻松,就问。

"我总算找到了一个工作。"

"是吗?"他说,轻松地舒了一口气。

"当然。"

"是什么样的工作?"他问,马上感兴趣了,觉得自己似乎也能找到同样的好工作似的,"在歌舞队里。"她回答。

"就是你以前跟我说的卡西诺戏院吗?"

"是的,"她回答,"我明天就得训练。"

嘉莉出于高兴,添油加醋讲了许多。最终,霍森沃说:

"薪水有多少你知道吗?"

"不知道,我没时间问,"嘉莉说,"我想他们每星期给十二块或者十四块吧。"

"我猜也可能只有这么多。"霍森沃说。

那天晚上,由于消除了恐怖的紧张之感,他们在家轻松地吃了一顿美餐。霍森沃出去修了面,回来时顺便买了一块牛腰肉。

"那么明天,"他想,"我也必须出去找一找。"他心中燃起了新的希望,眼里充满期待。

第二天,嘉莉准时去报到,如此一来,当上了一名歌舞演员。她来到了一个空荡的、黑暗的大戏院,还残余着前一天夜里的余香和气味,它那五光十色、带着东方色彩的外表使它非常有名。它的金碧辉煌让她又是敬畏,又是兴奋。但愿这奇妙的场面永远都不消失,她一定努力使自己配得上这里,这里没有懒散,没有贫困,也没有低微。来这里看戏的人都身着华贵的衣服,坐着马车。这里总是快乐奢侈的中心,而她如今就在这里。唉,要是她可以一直留在这里,她的日子会变得非常快乐呀!

"你的名字?"正在指挥排练的经理问她。

"玛黛蒂,"她突然想起了托罗奥在芝加哥给她取的名字,于是说,"嘉莉·玛黛蒂。"

"好的,玛黛蒂小姐,"他说,嘉莉觉得他很和蔼可亲,"你去那边。"

随后,他叫住另一个原本就在歌舞队中的年轻姑娘。

"克拉克小姐,玛黛蒂是你的搭档。"

嘉莉跟着这位年轻姑娘走了过去,然后,排演正式开始了。

嘉莉马上就发现,虽然这个排演很像艾弗里堂的排演,经理的态度却非常严厉。她之前曾为米利斯先生那严厉的态度感到惊讶,但正在指挥目前这场排演的人也一样严肃认真,并且甚至严厉到了粗鲁的地步。随着排练的进行,他非常爱挑人毛病,还更加提高了嗓门儿。很明显，他非常瞧不起这些姑娘们装出来的尊贵或是天真的样子。

"克拉克，"他这么叫，当然是指克拉克小姐，"你为何不跟上去？"

"四个人站成一排，向右转！向右！我刚说了，向右转！我的天啊，听清楚，向右转！"他说着又提高声音喊出最后几个字。

"梅特兰！梅特兰！"他又一次叫道。

一个惊恐万分、衣着整洁的小姑娘站了出来。嘉莉出于对她的同情，也出于害怕，禁不住浑身颤抖起来。

"是，先生。"梅特兰回答。

"你的耳朵聋了吗？"

"没有，先生。"

"你明白全队向右转是要干什么吗？"

"知道，先生。"

"那么你晕着脑子向左转准备干什么？准备打乱队形吗？"

"我……"

"不管你是什么原因，要听仔细。"

嘉莉既同情她，又害怕会轮到自己而发抖着。

可是又有一个人受到了可怕的责骂。

"停一下！"经理叫道，双手几乎绝望了一样高举着，他的动作相当凶猛。

"艾尔佛丝！"他叫道，"你嘴里在吃什么东西？"

"没什么。"艾尔佛丝说，那时有几个姑娘在笑，另外几个正紧张地站在旁边。

"好吧，你刚刚是在说话吗？"

"没什么，先生。"

"那么，嘴巴别乱动。现在大家重新站好队。"

总算轮到嘉莉了。她太急于按要求做好一切，所以出了问题。

她听到经理在叫什么人。

"梅思，"那个声音叫道，"梅思小姐。"

她四处望了一下，想知道会是谁。身后有个姑娘赶紧推了她一下，可是她并没反应过来。

"你，就是说你！"经理说，"你听力不好吗？"

"啊，"嘉莉说，吓得差点晕过去，怕得满脸通红。

"难道你不是叫梅思吗？"经理问。

"不是的，先生，"嘉莉说，"我叫玛黛蒂。"

"哦，你的脚是怎么回事，你不会跳舞吗？"

"会的，先生。"嘉莉说，她的确掌握了这门艺术。

"那你怎么不跳呢？别无精打采，一副毫无生气的样子，我这里的每个人都是活泼的。"

嘉莉的小脸涨得通红，她的嘴唇有些颤动。

"是，先生。"她说。

自始至终三个小时，就这样在督促、性情暴躁和逼人的气氛中度过了。嘉莉离开的时候，虽然已是疲惫不堪，可是因为心里太高兴，竟然没有感觉到这一点。她

第三十八章　仙境里的游戏：境外的冷酷世界

想快点回家再重新练习一下她的舞步，她要尽可能不做错动作。

她回到家时，霍森沃却没回来。她想着他出去找工作了，这可真是罕见的事。她只吃了一小口饭，便马上接着练习，经济压力可以解决，她被这种希望支撑着——自豪的声音在她耳朵里响起。

霍森沃回来了，心情很不顺畅。她想起还要做晚饭，只好停止练习。这是让她感觉不快的一个因素。她又要工作，又要做家务事。难道真要她一边参加演出，一边料理家务吗？

"等到我演出后，"她想，"我就不做这些事情了，他可以在外面吃饭。"

之后，每一天都有很多烦恼。她觉得待在歌舞队里并不是件美好的事情，并且她也明白自己的薪水为周薪十二块。才过了几天，她第一次看到那些高不可攀、声名显赫的人物——扮演主角的男女演员。她看到他们有特权，被人尊敬，而她默默无闻——的确是默默无闻。

何况家里还有霍森沃，每天都让她操心。他好像找不到什么事情可做，可又时常问她干得怎么样。他总在问她，带着一点好像要靠她的劳动而过活的语气。目前她已经能够养活自己了，发现这一点令她很不耐烦，他总是在依赖她那可怜的十二块钱。

"你干得怎么样？"他亲切地问。

"啊，还可以。"她回答。

"还习惯吗？"

"时间长了就好了。"

然后，他又会继续埋头看他的报纸。

"我刚才买了一点猪油，"一会儿，他又说了一句，"我想你是不是会想做些饼干！"

这个建议让她觉得相当惊讶，而且是在最近事态发展成这种情况之后。她那刚刚到来的经济上的独立，让她有去观察的勇气，她认为自己也许应该说些难听的话。可是她还不敢以以前对待托罗奥的语气去跟这个人说话。这个人的身上有些东西是让她不能不敬畏的，他身上好像积蓄着某种阴暗的力量。

在第一周的排演之后，有一天，她所想到的事情总算来到了桌面上。

"我们得节省一些，"他说，把他买来的一些肉放下，"你得过一个多星期才可以拿到钱吧！"

"是的，"嘉莉说，她那时正在炉子边上翻搅着锅里的东西，"付了房租后我就仅有十三块了。"她又补充道。

"这也许就是命，"她心想，"我得把自己的钱留着当家用了。"

她立刻想到她还准备为自己添些东西的。她需要买些衣服，自己的帽子也该换个好看的。

"要支撑这么一个家庭，十二块钱不够吧！"她想，"我支撑不了，他怎么不出去找些活儿干呢？"

日子过得很快，总算等来了那重要的一夜。奇怪的是，她并没有让霍森沃去看她的演出，他也没有准备要去，那只会浪费钱。她演的是那么微不足道的一个角色。

报纸上早就登出了广告，海报显示在宣传板上。上面写着领衔主演和众多其他演员的名字，可是没有提到嘉莉。

就像在芝加哥一样，等到歌舞队快要上场的时候，她有点紧张了，可是很快就平静了下来。首先考虑到自己扮演的是一个默默无闻的角色，她就不再觉得紧张，反正自己不起眼，所以就无所谓了。很幸运的是，她不用穿紧身衣。有一组十二个姑娘按规定要穿上漂亮的金色短裙，短得仅仅遮到膝盖上面一英寸的地方。嘉莉便是这十二个人中的一个。

她站在舞台上，跟随着其他人做着动作，因此有机会看看观众，看看这出非常受欢迎的戏的首场演出。掌声很大，可是她也不自觉地注意到，一些号称天才的女演员演得是那么的糟糕。

"我可以演得比她们更好。"嘉莉好几次在心里大胆地幻想，平心而论，她是对的。

戏刚结束，她很快换好衣服。舞台监督由于训斥了几个人而放过了她，她便认为自己一定演得还算令人满意。她希望迅速离开，她认识的人很少，而大明星们正在随意聊天。戏院的外面有很多马车和一些衣着精美的花花公子在等待。嘉莉发现自己正处在焦点之下，哪怕她一眨眼睛就能把一个朋友招来，不过她没有那样做。

可是，一个精通此道的年轻人却很快凑了上来。

"你独自回家吗？"他说。

嘉莉只是加快脚步，跳上了第六大街的街车。舞台上的表演还回荡在她的脑中，她没有时间说起别的事。

"你那酿酒厂有开张的消息吗？"她在周末的时候问道，她想通过这个问题激发他采取行动。

"没有，"他回答，"他们还没有完全准备好，可是应该很快就有结果吧。"

她当时没有继续说下去。虽然她很不高兴地拿出自己那辛苦挣来的钱，可又知道没有其他的办法。霍森沃感觉到了压力，狡猾地想向嘉莉求助。他很早就明白她心地非常善良，也知道她有多能忍耐。他准备这样做的时候，心里感到有一点内疚，但是他安慰自己，认为自己真的能找到工作。付房租的日子给他提供了机会。

"嗯，"他数钱的时候说，"这是我最后的一点钱了，我必须得很快找到工作。"

嘉莉斜着眼睛看着他，猜到了他要提出要求。

"要是我再坚持一段时间，我认为会找到工作的，德烈克9月份肯定会在这里开一家宾馆。"

"是吗？"嘉莉说，可是心中却在想仍然有半个多月的时间和空闲。

"你能让我们维持到那时对吗？"他哀求地说，"我承诺过了这一段时间就好了。"

"可以。"嘉莉说，觉得受到了命运的捉弄，非常伤心。

"要是我们省吃俭用的话，是可以过得去的，我会把钱全部都还给你的。"

"哦，我会帮你的。"嘉莉说，感觉自己把他逼到这样屈尊请求的地步，实在是做得太过分了一些，不过她想把自己的收入派点用场的渴望又使她产生了一些厌恶的情绪。

"丘詹，你怎么不先找点别的工作呢？"她说，"这有什么关系呢？可能过了一阵子你就能找到更不错的工作。"

"我什么事情都愿意干，"他说着松了口气，同时在她的责怪下低了头，"就是清扫大街我也想干，反正这里没有人认识我。"

"啊，你倒没必要干那种活。"嘉莉说，看着他这副可怜兮兮的样子觉得心疼，"但是肯定会有其他的事情的。"
　　"我肯定会找到工作的。"他说，像是下定了决心。
　　他因此继续着看他的报纸。

第三十九章　光明与黑暗：分道扬镳

　　霍森沃这个决定使他越来越确定地认为每一天都不是出门的日子。因此，嘉莉和他一起度过了一个月的饱受精神折磨的日子。

　　她渴望新衣服——更不必说她对于饰物的欲望——随着时光的流逝而迅速增长，即使她有了工作可仍然买不起太多的东西。由于自己想要体面的迫切要求，使霍森沃以前请她帮他渡过难关时她所流露出的同情一下子消失得干干净净。她不是因为虚荣心，而是爱打扮的天性在一直提醒她。这个天性一点也没有减退，不过嘉莉想要满足这个渴望，就更加希望霍森沃不要成为她的绊脚石。一个男人，不管他是出于何种的无奈，如果成为一个女人实现自己欲望的绊脚石，就会在她的眼中成为让人讨厌的眼中钉。

　　霍森沃在只有最后剩下的十块钱时，心里掂量了一下，觉得自己还是留一些钱供自己零用好一些，免得连坐车、修面这样的小钱都要依靠嘉莉，所以，当他手里还捏着十块钱的时候，他却宣告自己一分钱也没有了。

　　"我的钱都花光了，"他某天下午对嘉莉说，"我今天早上买了一些煤，现在仅仅有一毛还是一毛五分钱了。"

　　"我钱包里还有些钱。"

　　霍森沃便过去拿钱，开始是说去买几个西红柿。嘉莉没有想到这就是新情况的开端。他拿了一毛五分钱，买了西红柿回来，然后，总是这样杂七杂八地要钱，直到某天清晨嘉莉突然想起来，自己要吃晚饭时才可以回来。

　　"我们的面粉没有了，"她说，"你今天下午去买一点回来吧！还有肝和熏肉。"

　　"我也是这样想的。"霍森沃说。

　　"买半磅或者四分之三磅就够了。"

　　"半磅就够了。"霍森沃说。

　　她想起他没有钱，把五毛钱放在桌上，他假装没有看见。霍森沃因此用一毛三分钱买了三磅半袋的面粉，然后他又买了半磅拌好的肝和熏肉，他付了钱，拿了全部的东西就回家，两袋东西和找回的二毛二分钱被一块放在厨房的桌子上。嘉莉看到了东西，发现零头一分不少。她认为他有求于她的企图只是要口饭吃，心里竟然有些伤心。她觉得对他要求太苛刻应该是不公平的，也许他还能找到什么工作呢！他并没有做过什么坏事。

　　但是，也就在当天晚上，当她进入戏院时，有位穿着漂亮的苏格兰杂色花呢新装的姑娘经过她的身边，一下子吸引了嘉莉的目光。这个姑娘戴着一串美丽的紫罗兰，看起来非常高兴。她从嘉莉身边走过时友好地对她笑了一下，嘉莉用微笑以回报。

　　"衣服真好，"嘉莉想，"如果我能把钱攒下来，也能够穿得这么好的，我一分钱也没有留下来，真是太惨了，我连一双体面的鞋子都没有。"

　　她伸出脚，看了看脚上的鞋子。

第三十九章 光明与黑暗：分道扬镳

"不管怎样，我星期六必须要给自己买双鞋子，管它会发生什么事情。"

歌舞队里有一个很让人喜欢、也很热情的小姑娘和嘉莉成了朋友，她发现嘉莉身上没有一些让人不快的东西。她是一个乐观积极的小姑娘，不懂得社会上那些所谓的道德观念，却对朋友满是诚心，并且乐于帮助别人。歌舞队员是不允许相互攀谈的，可有时也会聊上几句。

"今晚热了点，对吗？"这个姑娘搭讪道，她穿着粉红色的紧身衣，戴着一顶金色的假头盔，手里还持了一面发亮的盾牌。

"真的有点热。"嘉莉说，因为有人跟她说话而感到惊讶。

"我都要热死了。"这个姑娘说。

嘉莉看着她那有着一双蓝色大眼睛的漂亮脸庞，以及她脸上沁着的许多小汗珠。

"这部歌剧里我在台上的表演时间比我以前演过的戏要多。"这个姑娘又说了一句。

"你演过很多的戏吗？"嘉莉为她的经历觉得惊讶，于是问了一句。

"演过挺多，"这姑娘说，"你呢，演过多少部戏？"

"我这是第一次演戏。"

"哦，是吗？我还以为上次在这里演《女王的配偶》时看过你呢！"

"不，"嘉莉说着否认道，"不是我。"

乐队的吹打声和舞台侧厢灯的噼啪声打断了她们的交谈，歌舞队被叫来排好队，就要上场了。她们那天晚上失去了继续进行交谈的机会，不过第二天晚上，当她们打算上台的时候，这个姑娘又走到她的身边。

"听说这台戏下个月要到其他地方去演出。"

"是吗？"嘉莉说。

"是的，你想去吗？"

"我不知道，要是我能去的话，我想我会去。"

"哦，他们会让你去的，我是不去了。他们肯定不会给我多加钱，何况我会把挣到的钱都用在生活费上。我从来不离开纽约，这里演出的机会很多。"

"你总是能找到演戏的工作吗？"

"我很容易找到的，这个月百老汇大街就很快会有一部戏上演。如果这个剧团果真到外地去演出的话，我就到那里去找一份工作。"

"工资都一样吗？"她问。

"是的，有的时候还会多点，这个剧团给的有点少。"

"我拿十二块。"嘉莉说。

"是吗？"这姑娘说，"他们给我十五块钱，而且你的戏比我要多。我若是你的话，早就不做了。他们给你的钱太少，或许他们觉得你不知道底细，你应该挣到十五块钱。"

"哦，不过我没有那么多。"嘉莉说。

"嗯，你想，换个地方你可以挣得多一些，"这姑娘又说，她真的喜欢嘉莉，"你演得很好，经理是知道的。"

实际上，嘉莉在舞台上的表演很吸引人，很有气质，虽然她自己没有发觉到。这主要是因为她不做作的原因。

"你觉得我去百老汇会挣得多一些吗？"

"你肯定能,"那姑娘回答,"到时我们一块儿去吧!我跟她们说。"

嘉莉听到她的话感激极了。她很喜欢这个舞台上的小士兵。她头戴金箔头盔,身着盔甲,显得非常有经验,并且很有信心。

"要是我总能找到工作的话,我的将来就有了保证。"嘉莉想。

可是,到了早晨,零碎的家务向她席卷而来,霍森沃却坐在那里,十足的一个大包袱,这时她的命运就显得更加凄惨、沉重。在霍森沃的仔细盘算之下,他们的伙食花费不算大,或许还有充足的钱付房租,但是其他的什么也不敢买。嘉莉买了鞋子,又买了一些另外的东西,却导致房租的问题变得很难解决。到了离付房租还有约一个星期的时候,嘉莉一下子意识到钱不够用了。

"我想,"她在吃早饭时查看了一下钱包,吃惊地叫道,"我的钱不够付房租了。"

"还有多少钱?"霍森沃问。

"嗯,我只有二十二块钱了,可这周还要花那么多钱。要是我把星期六的工资全部拿来付房租的话,下个星期的钱就会不够花了。你觉得你那位开宾馆的朋友这个月会开张吗?"

"我认为会的,"霍森沃回答,"他说他会很快开张的。"

他们思索了一会儿,随后霍森沃说:

"别慌张,或许食品店老板可以赊账,他那里好像能等的。我们一直在那里买东西,他会让我们拖上一两周再给的。"

"你觉得他会吗?"她问。

"我想他会的。"

因此,霍森沃就在当天看着食品店老板奥斯拉格的眼睛,要了一磅咖啡。然后说:

"能给我记个账,每周到周末时再给你钱吗?"

"自然可以,霍朗先生,"奥斯拉格先生说,"没问题。"

霍森沃在困难的处境中依然有着老练圆滑,就不用多说了。看来这是件容易的事,他拿起包好的咖啡就离开了。一个走向绝望的人混日子的把戏就这样开始了。

房租总算够付了,然后就是给食品店的钱。霍森沃先用自己的十块钱结账,随后到周末时再向嘉莉索要,后来,他下一次又把食品店结账的时间推迟了一天,如此一来,他很快就收回了自己的十块钱,剩下了那点钱,而奥斯拉格却只能到星期四或者星期五才可以收到上个星期六的赊账。

这种纠葛使得嘉莉急迫地想改变一下这样的生活,霍森沃似乎觉得嘉莉没有权利添置东西。他准备把她所有的收入都当作家庭的开支,自己却不打算努力去增加收入。

"他一直说担心,"嘉莉想,"要是他真的很发愁的话,他就不会坐在那里,等着我拿钱了。他应该找些事情做。只要努力去找,谁也不会七个月都找不到事做的。"看到他一直坐在家里,根本没有了以前的风采,嘉莉被迫只好到别处去解闷。每周接了两场白天的演出,那时,霍森沃就自己做点凉菜胡乱吃。另外还有两天,嘉莉从上午十点开始排演,而且一直排到下午一点。现在,除了这些活动之外,嘉莉还去拜访了一两个歌舞队的姑娘,也包括那位戴金色头盔的碧眼女人。她这样做的原因,是因为这使她感到快乐,何况还可以躲开老是闷在家里的丈夫造成的沉闷气氛。那位碧眼女人的名字是奥斯本——劳丽·奥斯本。她的家在十九街，离第四大街很近，这个街区现在已经完全用来建造办公大楼。她在这里拥有一间舒适的小楼，能望到一些小后院，这些院子里种着一些遮荫的树木，看上去十分宜人。

"你家不住在纽约吗？"她某一天问劳丽。

"是在纽约，不过我跟家里人处不好。他们总是要我按他们的想法做事，你也在城里住吗？"

"是啊。"嘉莉说。

"和家里人一块儿住吗？"

嘉莉不好意思说自己已经结婚。她总是谈到要多赚点钱，而且对自己的前途显现得十分担忧，但是现在坦白面对这个问题时，她却又不能把自己的情况告诉劳丽。

"我是跟亲戚住在一起。"她回答。

奥斯本小姐觉得嘉莉像自己一样，时间可以由自己支配。她老是要嘉莉多坐一会儿，总是建议到外面逛一逛，到后来嘉莉把吃午饭的时间忘记了。霍森沃发现了这一点，可是没有勇气与她争吵。她有几次回家很晚，离上班差不多只剩下一个小时，只能随便做点饭，吃完就去戏院。

"你们下午也有排演吗？"霍森沃有一次问，很明智地掩饰住了对她的不满。

"不，我在寻找另外的工作。"嘉莉说。

事实上她确实是在找，可现在只是把找工作当作一个搪塞的理由。奥斯本小姐和她去了立刻要在百老汇戏院上演新歌剧的那位经理的办公室，然后就径直去了奥斯本小姐的房间，三点钟之后就一直待在那里。

嘉莉觉得这个问题干涉了她的自由，她没有发现自己已经得到了一些自由。不过新近的行动，最新的自由是不能抹杀的。

霍森沃把这一切看得非常明白。他这种人相当精明，可他又很爱面子，不想流露出丝毫异议。看到嘉莉越来越离开他的生活，他以一种让人几乎无法理解的冷漠，宁愿听之任之，就如同他情愿看着机会从他身边溜走一样。不过，他还是很守旧，以一种温和、恼人而无力的方式表达着不满，但是这种方式只能加深他们之间的裂痕。

他们之间的裂痕很快更大了，因为剧团的经理在舞台侧面布景的时候，看着歌舞队在灯光明亮的舞台上表演一些让人目不暇接的规定动作时，对歌舞队队长说：

"右边第四个姑娘是哪个——就是在那一边转身来的那一位？"

"哦！"歌舞队队长回答说，"那是玛黛蒂小姐。"

"她长得真漂亮，为什么不让她站到头排呢？"

"我会的。"队长说。

"就这样吧，她站在那里要比现在这个强。"

"好的，我立刻办。"队长说。

第二天晚上，嘉莉被叫了出来，就好像她做错事似的。

"今天晚上你领队。"队长说。

"是，先生。"嘉莉说。

"加油，"他加上一句，"我们要演得有活力一些。"

"好的，先生。"嘉莉回答。

嘉莉一开始为这变动感到惊讶，以为先前的领队病了，不过当她发觉那位姑娘站在队伍里,眼睛里明显表现出不高兴的神情时,她开始认为自己更好一些。

她习惯于带着感情地把头侧向一边,表现得极其有活力。现在站在队前,她的这种姿势更显得迷人。

"这个姑娘懂得怎么表现自己。"经理在另一个晚上说,他感到自己有必要和她谈一下。如果不是他自己以前规定不能跟歌舞队的队员说话的话,他早就过去找她了。

"把这个姑娘安排在白衣队的最前面。"他向歌舞队的队长要求道。

白衣队大约有二十个姑娘,都穿着雪白的法兰绒衣服,上面还镶着银色和蓝色的滚边。白衣队的领队也穿着白色的衣服,只是服装尤其夺目、最是漂亮,上面带有肩章和一条银色的腰带,一边还挂着一把短剑。嘉莉试着穿了一下这身服装,很快就上台了,为自己这新的荣誉觉得非常骄傲。她发觉自己现在的工资由十二块变成了十八块。

霍森沃对此毫不知情。

"我不能把全部的钱交给他,"嘉莉想,"我已经够好的了,我得给自己买些衣服。"

事实上她已经在第二个月时这么做了,根本没有考虑会发生怎样的后果,付房租的日子越来越近,问题就慢慢多了起来,在附近商店里的赊账拖得越来越多。但是她目前想在自己身上多花点钱。

她最开始准备买一件仿男式衬衣,不过在选看衬衫的时候,她发觉自己的钱能买的东西真的太少——要是所有的工资都归她用,那能买多少东西呀!她想象着把十八块钱全部都用来买衣服和自己喜欢的东西,却忘记了自己单独生活也得付房租和生活费。

她总算是买了些东西,不仅用完了十二块钱之外的那一部分,而且还动用了那十二块钱。她知道自己做得太过分了,不过女人喜欢好看衣服的天性占了上风。第二天霍森沃对她说:

"我们这周已经欠了食品店五块四毛钱。"

"是吗?"嘉莉说着微微皱起了眉头。

她查看了一下自己的钱包,准备掏出钱来。

"我就只剩八块两毛钱了。"

"而且我们还欠送牛奶的人六毛钱。"霍森沃又说了一句。

"是的,以及欠煤店的钱。"嘉莉说。

霍森沃沉默了。他已经发现了她买的新东西,而且认为她已不做家务,一到下午就急急地出去,等到很晚才回来,他感觉要出问题了,她马上开口说话。

"我不知该不该说,"她说,"我不能负担全部的费用,我挣的钱不够。"

这是明显的挑战,霍森沃没办法只能应战,他费劲地维持着冷静。

"我并不想由你把全部都包下来,"他说,"我只是想说让你在我找到工作前这样。"

"哦,是的,"嘉莉回答,"总这样说,可我挣的钱不够家里开销,我不知道该怎么办才好。"

"嘿,难道我没去找!"他嚷了起来,"但总也找不到,你要我如何是好呢?"

"你并没有努力去找,"嘉莉说,"你看看我,不是找到了吗?"

"哦，我努力找过，"他说，气愤得差点要骂人了，"你不要在我面前显摆你的成功，我只是让你帮我一下，等我找到工作。我还没有绝望，我会慢慢好起来的。"

他想把话讲得肯定一些，但是他的声音有些发颤。

嘉莉的怒气顿时消失得无影无踪了，她感觉很抱歉。

"好吧，"她说，"钱放在这儿，"随后把钱一股脑儿倒在桌子上。"我的钱不够付全部的账，不过要是他们能等到星期六的话，我会有钱的。"

"你把钱收起来吧，"霍森沃伤心地说，"我只要够付食品店的钱就行了。"

她把钱收好，赶紧开始做晚饭，她觉得自己刚才非常过分，好像应该做些补偿。

不一会儿，他俩又都恢复了以前的想法。

"她不会只挣那些的，"霍森沃想，"她说她仅仅有十二块钱，但十二块钱不能买如此多东西，不管了，让她把钱收起来好了。我总是会再找到事做的，那时候就让她惭愧去。"

这即使是他一时的气话，却足以表明了事情的发展。

"我不管，"嘉莉想，"他该出去干点活儿，让我养着他是没有道理的，我可不想这样。"

嘉莉这些天结识了几个人，都是奥斯本小姐的朋友，看着是那种悠闲的乐天派。他们有一天来叫奥斯本小姐下午出去游玩，嘉莉那时正好在场。

"跟我们同去吧。"劳丽说。

"不，我去不了了。"嘉莉说。

"你有事吗？"

"我得在五点钟之前赶回家。"嘉莉说。

"为什么呢？"

"哦，是因为吃晚饭。"

"他们会请我们吃晚饭的。"劳丽说。

"啊，不行，"嘉莉说，"我去不了，我确实去不了。"

"哦，去吧。这些小伙子都很好，我们会送你回去的，我们仅仅是在中央公园转一转。"

嘉莉想了一下，最终同意了。

"好吧，但是我一定得四点半回去。"她说。

这句话劳丽根本没放在心上。

在和托罗奥及霍森沃相识以来，她对那些疯癫的年轻人谁也看不上。她觉得自己年纪比他们大一点。他们的一些恭维话听起来非常好笑，可她的心理年龄还年轻，年轻人对她还有诱惑力。

"哦，我们一会儿回来，玛黛蒂小姐，"有一个小伙子鞠了一躬说，"我们不会浪费你太多的时间，你觉得呢？"

"啊，这我就不知道了。"嘉莉笑着说。

他们出去兜风时，她四处张望，留意着漂亮的衣服，小伙子们谈论着那些在年轻人圈子里被认为幽默好笑的笑话和无趣的妙语。嘉莉看到公园里聚在一起的马车，从五十九街的入口处，绕过艺术博物馆，一直排到一百一十街和第七大街转角的拐弯处。她的眼睛再次被这宏伟的场面、名贵的服装、闪光的鞍鞯、神气的马匹吸引住了。她更加为自己的贫穷感到难过，不过她现在不去想霍森沃，也就认为能够减少一些自己的苦恼。

　　霍森沃在家里等到天都黑了。

　　"我想她不会回来了。"他冷漠地说。

　　"她有了工作就会忘掉我的。"他想。

　　嘉莉也发现了自己的疏忽，不过是在五点一刻才明白过来的，而这时他们的敞篷马车在远远的第七大街，离哈莱姆河挺远。

　　"现在几点钟了？"她问，"我得回去了。"

　　"五点一刻。"她的同伴们说，看了一下手上的那只好看、没有表盖的怀表。

　　"啊，天哪！"嘉莉惊讶地叫了一声，然后又叹了口气，靠在车背上，"晚了，没办法，"她说，"时间真是太晚了！"

　　"肯定是太晚了，"那个小伙子说，他这时在想象着丰盛的晚餐，和该说些怎样的恭维话才能在演出结束后可以与她重聚。他已经无可抑制地喜欢上了嘉莉，"我们去德尔莫尼科饭店吃点晚饭好吗，奥林？"

　　"太好了！"奥林高兴地说。

　　嘉莉想了想霍森沃，她还没有过不打声招呼就不回去吃晚饭的经历。

　　他们坐马车赶回去，六点一刻才吃饭。结果这个场面让嘉莉难过地想起了以前的情景。她回想起了沃什太太，在霍森沃为她开过一次门之后就再没来过，还有埃蒙斯——罗伯特·埃蒙斯。

　　回想起这个人，嘉莉的思绪就不动了。这个人的形象太清楚了。她这时能在脑海里看到他那漂亮的前额、乌黑的头发和高高挺挺的鼻子。他喜欢看的书比她看的要多很多，他所喜欢的人比她所认识的要更广泛。他的理想在她的心中引起共鸣并熊熊燃烧着。

　　"做一个有名的女演员也不错。"她的耳边又清楚地响起了他的话。

　　但她算是怎样的演员呢？

　　"你在想什么，玛黛蒂小姐？"和她一起的朋友问她，"让我来猜一猜。"

　　"啊，不，"嘉莉说，"别。"

　　她摇头不再去想以前的事，开始吃饭。她差不多已忘掉了这些事，开始活泼起来。可是，当提到演出后再出来约会的时候，她没有同意。

　　"不，"她说，"我不能，我已经有了约会。"

　　"哦，求你了，玛黛蒂小姐！"这个青年哀求说。

　　"不行，"嘉莉说，"真的不行，请你谅解。"

　　青年脸上显得很沮丧。

　　"别放弃，老伙计，"他朋友悄悄说，"我们会坚持到底的，她可能会改变主意的。"

第四十章　公开的分歧：最后的求职

不过，嘉莉并未去参加演出之后的享乐。她想着先说不回家吃晚饭的事情，就急急地往家赶。霍森沃已经睡了，但是当她经过他的房间走向自己的床时，他醒过来看了一眼。

"是你吗？"他问。

"是我。"她回答。

第二天早上吃早饭时，她觉得应该说点什么。

"昨天晚上我没有准时回家。"她说。

"哦，嘉莉，"他回答，"不用说这些，我不在意，你也没必要告诉我。"

"我真的来不及嘛！"嘉莉说，满脸通红。随即，她又发现他脸上的表情就像在说"我知道"，就高声嚷了起来，"哦，好吧。我不在乎！"

此后，她对这个家更加不放在心上。他们或许已经没有了可以谈论的共同话题。她总是等到他开口才会把钱拿出来应付开支，他更加不想开口。他只好把付肉店和面包店的钱的时间一再地往后推。他在奥斯拉格的食品店里赊了十六块钱，储存了一些必备的食品，这样他们就能够一段时间不买这些东西了。之后，他又去了另一家食品店。至于肉店和那些商店，他也用相同的方法。嘉莉没有直接从他那里听到这些事。他只开口要他认为能得到的东西，却深陷入了另一种局面。

9月就在这种情况中过去了。

"你朋友德烈克先生不开宾馆了吗？"嘉莉好几次都在问。

"准备开，不过要等到10月份。"

这让嘉莉感到非常厌恶。"竟然有这样的人！"她一直在心里想。她出去看朋友的次数和时间越来越多。她把其他的钱大部分花在了衣服上，可是这个数目也不很大。她现在参加演出的这个歌剧已经公布，在四个星期后就得到外地去演出，在她采取行动之前，所有的海报栏和报纸上都早已登出了"喜歌剧杰作最后两星期演出……"等等的消息。

"我不想去外地演出。"奥斯本小姐说。

嘉莉和她一起到另一个剧团的经理那里应聘。

"你们以前上过舞台吗？"这是他问的一个问题。

"我们剧团正在卡西诺戏院演出。"

"噢，是吗？"他说。

这次求职让她签了每周二十块钱报酬的合同。嘉莉很高兴，她渐渐觉得自己在这世界上有了地位。俗话说，是金子总会发光的。

在她的情况发生了变化之后，她便觉得家里的氛围不能忍受。家里只有贫困和烦恼，至少看上去是这样，因为它变成了一种负担，她只是想着逃离那里。可是，她依旧睡在那里，还做了很多家务活，整理房子。这个家最终变成了霍森沃总是坐着的地方，他就这么坐在摇椅上，浸泡在悲哀的命运中，直到10月过去，寒冬即将来临。

嘉莉做得越来越出色,他明白这一点。她的衣服如今已经有了明显的变化,或者可以说是精美了。他看着她一直忙碌着,有的时候也在心中梦想着她出名的样子。由于吃得少,他瘦了一些,他也没有吃东西的欲望。他的衣服也很旧,像是穷人穿的。别再和他谈什么可笑的找工作,他不知道自己每天在等待什么。

可是,这些麻烦最终堆积了起来。债主的追逼、嘉莉的冷漠、家里的寂静,还有冬天的来临,全部的事堆积成了一场危机。这场危机又由于嘉莉在家时奥斯拉格的亲自上门而爆发。

"我是来催你们还钱的。"奥斯拉格先生说。

嘉莉有些意外。

"多少钱?"她问。

"十六块钱。"他回答。

"啊,怎么这么多?"嘉莉说,"这个数目正确吗?"她转过身来问霍森沃。

"对。"他说。

"我可从来没有听你说过呀!"她的表情好像认为他花了一些不应该花的钱。

"唉,他说得对!"他回答,然后,他走到门边,"现在我根本没有钱。"他温和地说。

"那么你什么时候能给我?"食品店老板问。

"最少也要等到星期六。"霍森沃说。

"嘿!"食品店老板回答,"说得真动听,今天必须要把钱给我!"

嘉莉这时在房间的里面,听到了全部对话,她感到非常难受,霍森沃也很气恼。

"行了,"他说,"现在说这个也没有用,你在周六才能够拿到一些。"

食品店的老板走了。

"我们有钱付吗?"嘉莉问,对这笔欠账太过惊讶,"我没有钱。"

"嗯,也没说必须要你付,"他说,"如果没有,他只能等着。"

"我不明白我们为何欠下这么一大笔债。"嘉莉说。

"嘿,肯定是我们吃掉的!"霍森沃说。

"这就奇怪了。"她回答,还是不太相信。

"你现在站在那里,说这些话又有什么用呢?"他问,"又不是我一个人吃的,照你的语气,就好像我偷了什么似的。"

"反正这确实太多了,"嘉莉说,"我的钱也不够了啊!"

"好吧。"霍森沃说着静静地坐下来,这件事已经太让他心烦了。

嘉莉走了,他坐在那里,决定去干点事。

这时,报纸上登了布鲁克林有轨电车工人很快要罢工的消息和通告。工人们因为工作时间过长、工资过低而不满。如同平常,由于某种不能解释的原因,工人们想等冬天来给雇主施加压力,逼迫雇主解决他们的困难。

霍森沃近来总在关注此事的报道,想着接下来的交通大堵塞。罢工在和嘉莉争吵的前几天就已经发动了,这是一个非常寒冷的下午,一切都好像被阴霾笼罩起来,很快要下雪了,各家报纸都登出所有线路上的工人们已经开始罢工。

霍森沃出于无事可做,心中又总在考虑着关于今年冬天就业机会很少的各种预测,想着金融市场让人恐慌的局面,所以饶有兴趣地看了看罢工的报道。他看到了罢工司机和售票员提出的要求，说他们之前一直只得到每天两块钱的工资，可在之前一年多的时间里，资方聘用了"临时工"，如此一来不仅使他们工作的机会下降了一半，而且还把他们工作的时间延长到了十个、十二个甚至十四个小时。这些"临时工"是在最忙的时候或者上下班高峰期被叫来开一次车的。每次开车的报酬只是两毛五分，闲暇时候或者高峰期过去，他们就无事可做。最悲惨的是，谁也不知道他何时有车开。他只能在早晨就来到车场，无论天气好还是坏，得等到他有车开的时候。等待很长的时间，平常也仅仅有开两次车的机会——三个多小时的活儿，和五毛钱的报酬。等待的时间是不给他钱的。

　　工人们抱怨，说这种制度渐渐地流行起来，不会多久，七千名雇员中仅仅有很少的几个人能确保每天两块钱的稳定工作，他们想要减少工作时间，提高工资。他们希望资方马上接受这些条件，可是被电车公司拒绝了。

　　霍森沃一开始很同情这些工人的遭遇——真正的问题是他能否就这样同情他们，因为他的行为也许与他的看法相矛盾。报上的所有消息他差不多都看，最先引起他注意的是《世界报》报道罢工消息那醒目的大标题。他又看了一遍，了解了罢工所涉及的几家公司的名称，以及罢工工人有多少。

　　"他们选择在这种天气里罢工，真是太傻了，"他心里想，"不过，我倒是想他们能赢。"

　　第二天的报道还有另外的消息。《世界报》上写着："布鲁克林区居民徒步上班。""过桥的电车线被劳工骑士团堵住了。""约有七千名工人参加了罢工。"

　　霍森沃看着这则报道，心中暗自想着事情的结果，他这个人非常相信公司的力量。

　　"他们会输的。"他说，"他们没有钱，警察会保护公司的，人们还是需要坐车的呀！"

　　他倒并不站在电车公司这一方，可是这些公司非常有权力，他们都掌握着产业和公共事业。

　　"这些工人们会输的。"他想，他在另外的新闻中，发现了一家公司所写的通告，上面说：

大西洋大街电车公司特别通知

　　本公司给那些被逼罢工的忠实职工一个重新上岗的机会，如果他们于一月十六日（星期三）中午十二点之前提出申请，这些工人将依照申请收到的顺序，被雇用（并保证安全），依次被派以车次和职位，逾期不来者将被视为自动离职，其所有空缺将由合格新职工补上。

　　总经理：本杰明·诺顿

　　他还在招聘广告中看到下面的一个通知：

　　招聘——五十名能驾驶威斯汀豪斯机车的司机，在布鲁克林区开邮车。保证安全。

他尤其注意到了两处"保证安全"的字样,这在他的眼里体现出了公司不容忽视的威力。

"国民警卫队倒是站在他们这一边,"他想,"工人们毫无办法。"

就在他脑子里想这些的时候,他和奥斯拉格以及嘉莉之间发生了争执。虽然以前也有许多事情让他懊恼,但是这一次的事好像真的是糟透了。她还从未怀疑他偷过什么——大体上可以这么说。这样大数目的欠账总会发生的,她却抱着怀疑的态度。他总是在尽力把家庭开支减到最少的程度。他一直在瞒着肉店老板和面包店老板,为了不向她开口,他差不多什么也不吃。

"这些浑蛋,"他说,"我一定能找到工作的。"

他认为自己现在的确必须找点事做,在听到了此话之后,再坐在家里就说不过去了,否则,过一段时间,他就只能什么都要瞧人脸色了。

他站起身,看着窗外那昏暗的街道。他就那么站着,心里突然想到要去布鲁克林。

"为何不去呢?"他心想,"所有人都能在那里找到工作,干一天就能够挣两块钱。"

"如果出事呢?"有一个声音说,"你可能会受伤的。"

"不会出事的,"他回答,"警察会保护我的。"

"可是你不会开车呀!"那个声音说。

"那我就问一问其他的职位,"他回答,"我或许可以售票。"

"他们目前最需要的是司机。"那个声音又回答。"我知道他们很缺人。"他回答。

心里把这个问题来来回回地争论了几个小时,觉得这是一定能挣到钱的差使,他并不急于马上采取行动。翌日早晨,他穿上最精致的衣服,可是衣服已经很破旧了。他慢慢行动起来,用一张报纸包了一些面包和肉。嘉莉望着他,对他这奇怪的举动产生了兴趣。

"你去哪里?"她问。

"去布鲁克林,"他回答,看到她还未消疑惑的目光,只好又加上一句,"我想在那里可能会找到工作。"

"是电车公司吗?"嘉莉有些惊讶。

"是的。"他回答。

"你真的不害怕吗?"她问。

"有什么好怕的?"他回答,"有警察在呢!"

"报上说昨天累计有四个人受了伤。"

"是的,"他回答,"可报纸上不会都是这样的新闻的。"

看来他已经打定了主意,看起来有些可怜,嘉莉觉得很难过。她好像又见到了曾经那个霍森沃的形象——有了过去那么一点精明、令人快乐的力量的影子。外面的天空全是大块大块的乌云,夹杂着一片片的雪花。

"在这种天气里去那里!"嘉莉想。

今天他比她早出门,真是太让人惊讶了。霍森沃朝东走到十四街和第六大街的拐弯处,在那里坐上了一辆公共马车。他从报上看到,有几十个人之前去蒙塔古街和克林顿街拐角处的布鲁克林市立电车大厦的办公室尝试着申请,全都被雇用了,

第四十章　公开的分歧：最后的求职

他准备去那里。他拉长着脸，悄悄地搭坐公共马车，向办公室走去。路很远，没有电车，天又很寒冷，可他还是坚持过去了。刚到布鲁克林，他便了解并觉察到罢工正在进行。从人们的态度中可以看出这一点。有好几条线路的轨道上没有一辆车行驶。一小群、一小群的工人聚集在几条街角和附近的酒店里。在车场和公共电车办公室的旁边，情况更是如此。有一些敞篷车驶过他的身边，上面安了一些平凡的木椅子，刻着"弗拉特布什"或者"展望公司，车费一毛"的广告。他看见了漠然甚至有些阴暗的面孔，工人们正在发动一些小规模进攻。

当他走进办公室之时，他看到身边站了几个工人，还有警察。再远一点的街角上还有其他一些工人在望着这边，他想着这些就是罢工者。这里的房子都非常小，街道也十分破旧。与纽约相比，布鲁克林当然看起来寒酸、贫困。

他在警察和早已在那里的工人们的注视下，来到这一小群人中间。有一个警察叫住了他。

"你在找什么？"

"我想看看能否找到工作。"

"顺着那些台阶就可以看到办公室。"这位警察说。他依旧面无表情，但是在他的内心深处，他同情罢工者，讨厌这些公司。在心底里，他也认为警察有维持秩序的作用，他从未想过警察真正的社会意义是什么。这当然也不是他这种人去想的事。这两种感情在他身上混杂着，相互斗争，让他维持着中立的态度。他会像保护自己一样去保护这个人，可这只是例行公事罢了。脱下他的制服，他很快就会流露出他的善恶。

霍森沃登上一道布满灰尘的台阶，来到一个十分灰暗的小办公室，办公室里面有一道栏杆、一张长办公桌和几个职员。

"有事吗，先生？"一个中年人在长办公桌后抬头看着他说。

"你们需要人吗？"霍森沃问。

"你会开车吗？"

"不，我不会。"霍森沃说。

他根本不为自己的处境感到难堪，他知道这些人需要工人。若是这个人不雇他，其他人也会雇的。至于这个人是不是会雇用他，可以随他的便。

"哦，我们当然想雇到更有经验的人，"这个人说，看到霍森沃无所谓地微笑了一下，他停顿了一下，接着说，"不过，我认为你能学会的。你叫什么名字？"

"霍朗。"霍森沃说。

这个人在一张小卡片上写了几个词。"把这个拿给车场的工头，他会教你开车的。"

霍森沃沿着台阶来到了外面，在警察盯着的眼光下走到了指定的方向。

"又是一个准备尝试的。"警察基利对警察梅西说。

"我想他肯定会吃尽苦头。"后者轻轻说。

他们曾经也遭遇过罢工。

第四十一章 罢工

霍森沃来找工作的这个车场人手十分少,似乎只有三个人在管事。周围有好几个新手,一个个带着难堪的饥饿相,他们想表现出活泼、主动,可是这个地方笼罩着一种压抑的气氛,大多数人都觉得非常尴尬,没人说话。

霍森沃经过车场,来到后面一个空旷之地,这里有好多的铁轨和环行车道,还停着五六辆电车,每辆车上都有一名教练坐在那儿,操纵杆旁各有一名学员。其他的很多学员正在车场的一个后门那里等着。

霍森沃静静地看着这一幕,默默地等待着。他四处看了一会儿,可是这些人并不比那些车子更让他感兴趣。不过,这些人个个都让人讨厌。有几个人很结实,有一两个人却非常瘦弱,更有几个人瘦到皮包骨头,面黄肌瘦,看起来好像得了一场大病似的。

"你听报道了吗?他们启用了国民警卫队。"霍森沃突然听到有一个人这么说。

"哦,他们会这样做的,"另一个人回答,"他们总是这样做。"

"你觉得我们会遇到麻烦吗?"又有一个人说,霍森沃没看清是谁。

"可能不多。"

"上次开车出去的那个苏格兰人跟我说,"另一个声音插进来,"他的耳朵被他们用砖头打中了。"

说这句话的同时,是一阵焦虑的骚动。

"报上说,第五大街线路上有一个人惨了,"另一个慢慢地说,"他们打破了车玻璃,他被拖到了街上,他们在警察到时才及时被阻止。"

"是啊,不过今天的警察比过去要多得多。"又有个人说。

霍森沃听着这些话,心里没有反应。他感到这些人似乎很害怕。他们激烈地论述着——用这些话来安抚自己的情绪。他就仅仅看着车场,沉默地等待着。

有两个人站得离他很近,可是站在他身后。他们很喜欢聊天,他只好听着他们的谈话。

"你是电车工人吗?"其中一人问。

"我?不!我以前在一家造纸厂干活儿。"

"我在纽瓦克找了工作,一直做到去年10月份。"另一个人说。他很想与人交谈。

他俩说了几句,声音渐渐低了下去。然后,交谈声又很快大了起来。

"我并不讨厌这些人罢工,"一个说,"实际上他们完全有权利罢工,但是天哪,我一定得找点工作做吧!"

"我也一样,"另一个说,"如果没有丢掉纽瓦克的工作,我是不会来这里的,何况还有生命危险。"

"这些天生活真艰难哪!是吗?"头一个人说,"穷人也无奈,天知道,没人会在你饿死时帮助你。"

"你说得很对，"第二个人说，"我失去了那份工作，因为那个工厂倒闭了。"

霍森沃对他们的谈话内容微微留心了一下。不知是何种原因，他觉得自己比这两个人的情况要好一些，日子过得也要相对好一些。他觉得他们无知、低俗，是被人任意宰割的羔羊。

"这些可怜虫。"他想，显出曾经成功时的神态。

当他还在听着这些无聊的谈论的时候，轮到他了。

"下一个。"一个教练喊道。

"下一个是你。"站在他身边的人推了他一下说。

他走过去，爬上了驾驶台。教练似乎觉得没有多说什么的必要了。

"这个是操纵杆，"他说着伸手把车顶上的电闸拉住，"接通或者关掉电源就受这东西的影响。要是想倒车，就把它转到这里来。若是想往前开，就把它转到这边。或者想切断电源，就把它放在中间。"

听到如此简单的操作方法，霍森沃笑了起来。

"这个操纵杆是用来控制车速的，在这里，"他正说时用手指着，"速度就成了每小时四英里。这里是八英里。开到最大速度时，每小时可能是十四英里。"

霍森沃冷静地看着他。他以前曾经见过电车司机开车，几乎全都了解他们是如何开的，所以觉得自己多加练习就能开好。

教练又说了一些细节，最后说："我们现在把车开回去。"

车子轰隆隆地回到了车场，霍森沃面无表情地站在教练身边。

"开始启动时要先开一会儿，然后再加速。大多数司机都犯的一个错误，就是他们总是让它一下子就开足马力，这是非常危险的，马达会受磨损，你以后还是别这样做了。"

"我知道了。"霍森沃说。

那个人的话非常多，他在一边等了又等。

"这次你来操作。"他终于说。

我们的这位前经理的手放在了操纵杆上，自以为只是轻轻地把它推了一下。可是，这车比他认为的要更容易发动，车子弹了一下迅速地向前驶去，把他往后抛得差点顶到车门上。他羞愧地站起身来，教练踩了刹车把车稳住。

"启动的时候要小心。"他仅仅就说了这么一句。

但是，霍森沃却发觉操纵刹车和控制车速并不像他所想的那样简单。他有一两次差点要冲到后面的栅栏上去，幸好教练提示他，并帮助他控制了局面。教练对他非常有耐心，但脸上却没有笑容。

"你必须学会同一时间用两只手的窍门，"他说，"这要多练一些时间。"

到了一点钟，他还在车上练着，开始觉得肚子饿了。天已下起了雪，他感到很冷。老在这不长的轨道上一遍又一遍地开着车，他有些厌烦了。

他们开着车来到轨道的终点，随后两个人都下了车。霍森沃在车棚里随意坐了下来，拿出干巴巴的面包津津有味地吃着。在这里吃饭根本没有讲究，他干咽着面包，看了看周围，心里在想，这一行实在是太单调、太无聊。这一行怎么看都令人不快，更令人不爽。这倒不是因为他高人一等，而是因为这活儿确实太劳累。他想，任何人都会觉得这太辛苦了。

吃完饭后，他又像刚才那样站着，等着轮到他。

教练准备用一下午的时间练习，或者说让他和其他人一起增加些时间多练习。到后来等待浪费了太多的时间。

最终，天暗了，肚子又饿了，他不知道如何度过这一夜。现在是五点半了，他已经很饿了。如果回家的话，他只能在寒冷天气里走路、坐车两个半小时。何况，他必须在第二天早上七点钟来报到；他就一定得一大早起来，而那是非常难受的。再说，嘉莉只给了他一块一毛五分，在他决定来这里前，这些钱是打算用来付清这个星期的煤炭费的。

"他们这里肯定有什么地方能够过夜，"他想，"从纽瓦克来的那个人住在何处呢？"

最后，他觉得应该去打探一下。还有一个年轻人在寒风中倚靠着一扇门，好像是在等待着机会。这个人从年龄上来说还是个孩子——大概二十一岁，可是因为贫穷，身子看起来瘦长，像根竹竿。若是能过上一点好日子，这个小伙子就能够长得壮实一点。

"如果有人没有钱，他们怎么安排呢？"霍森沃小心地问。

这个孩子转过脸来，面带警惕望着问话的人。

"你是说吃饭吗？"他回答说。

"是啊，还有睡觉，我今晚可能回不了纽约了。"

"我想，如果你去问工头的话，他会给你安排的，至少他给我找了个地方了。"

"是吗？"

"是的，我只告诉他我根本没有钱了。嘿，我没法回家，我住的地方离这儿太远。"

霍森沃听后，只是清了清嗓子表示感谢。

"我知道这个楼上有地方可以睡，可是不知道现在是什么情况。应该是很糟的。今天中午他才给了我一张餐票。我知道饭可不怎么样。"

霍森沃苦着脸对他笑了笑，小伙子却大笑了几声。

"这很可笑是吗？"他问，自己想得到愉快的回答。

"并不可笑。"霍森沃回答。

"如果我是你，就会马上去找他，"小伙子主动说，"他很快就走了。"

霍森沃听取了这个意见。

"能给我找个今晚过夜的地方吗？"他问，"要是回纽约的话，我害怕……"

"楼上还有些床铺，"那个人打断了他的话，"你若是想睡就上去睡吧。"

"好的。"他同意了。

他本来还打算要一张餐票，可是这么久没有找到合适的机会，所以就只能当晚自己掏钱吃算了。

"明早我就跟他要。"

他在旁边一家便宜的饭馆吃了饭，可是因为寒冷孤单，就马上去找刚才说到的楼上的房间。天黑后公司不准备发车，警方是这样建议的。

这好像是个夜班工人的休息室。里面可能有九张简易床，两三张木椅子，一个装肥皂的箱子，一只圆圆的小火炉，火还在熊熊燃烧着。虽然他来得非常早，可是另外一个人到得比他还要早，此人这时正坐在火炉边烤手。

霍森沃走了进去，也把自己的手伸向火。这次的遭遇是这样的艰辛，早已让他无法忍受，可他还是决定要坚持下去。他认为自己是可以再坚持一会儿的。

"这天真是冷啊！"先来的人说。

"对啊！是很冷。"

接下来是一阵长久的静默。

"这不大像个休息的地方，对吗？"那个人说。

"那总比空旷的什么都没有要好。"霍森沃回答。

接着又是一阵无语。

"我看我还是到床上去吧。"那个人说。

他站起身，走到一张简易床边，穿着衣服，就这么躺到床上，拉起一条又脏又旧的被子，把自己蜷进去。这一情景让霍森沃觉得恶心，于是他不去看它，一直盯着炉火思考着其他事。不一会儿，他无法忍受，要去睡了，他选了一张简易床，脱了鞋子。

就在他脱鞋的时候，那位让他来这里的小伙子进来了，见到霍森沃，想表示一下友好。

"这些东西总比没有好。"他四处看了看说。

霍森沃觉得这不是对他说的，所以也没理他。他认为这表示那个小伙子觉得满意，故没有搭腔。那小伙子想着他情绪不好，就轻轻吹着口哨。但当他看到已经睡着了一个人时，就没有再吹了，一阵沉默。

霍森沃忍受着恶劣的条件想躺得舒服些，于是和衣躺到了床上，拉下脏兮兮的被子，不让它盖住自己的头，他到底还是抵不住今天的疲倦，很快睡着了。被子变得舒服起来，他完全忘记了被子的肮脏，沉沉地睡着了。

第二天早晨，有人在寒冷的房间里徘徊着，把他从美梦中吵醒了。他做梦回到了芝加哥他自己舒服干净的家。詹希康正在准备要去什么地方，他总是和她谈论此事。她还清楚地留在他的脑海中，所以被这房间里鲜明的对比搞得十分吃惊。他抬起头，冰冷的现实让他很快清醒了过来。

"我看我还是起来比较好。"他说。

他在寒冷中系好鞋带，站起来，活动了一下即将僵硬的身子。他的衣服皱巴巴的，头发也很凌乱。

"真该死！"他戴帽子时在心里说。

楼下又开始吵闹了起来。

他来到一个水管边上，下面有以前饮马用的木槽，他没带毛巾，手帕也很脏。他用凉水打湿了自己的眼睛，就全当作是洗了脸。然后他去找工头，看到他已在车场上了。

"你吃过早饭了吗？"那个人问。

"没有。"霍森沃回答。

"先去吃吧！得等一会儿车子才会排到你呢。"

霍森沃迟疑了一下。

"你能给我一张餐票吗？"他鼓起勇气说。

"给你。"那个人说完扔给他一张。

早饭是煎牛肉和咖啡，他像昨天晚上一样随意地吃了下去，随后就回到车场。

"这儿，"他走进去时，工头向着他招了一下手说，"等会儿你把这辆车开出去。"

霍森沃在昏暗的车棚里爬上驾驶台，等着出车的提示。他心里非常紧张，可是开车出去在他看来是个解脱，只要不在车棚，干什么事情都行。

罢工的第四天，情况越来越糟糕。罢工工人在他们的领导和报纸的劝导下，开始是用和平的方式作斗争的。迄今为止，还没有发生严重的暴力事件。虽然车辆遇到了阻拦，与开车的工人们也起了争议。他们劝服了有些公司，丢弃了车辆，并打破了几扇车窗玻璃，也有几个人被讽刺和辱骂，可是，事实上司机们重伤的事例只有五六起。这些群众行动不是罢工领导们所提倡的。

可是，整天无事可做，再加上看到公司在警察的保护下一帆风顺的样子，罢工工人们还是愤怒了。他们看到自己的行为没有丝毫效果，于是罢工工人们便心怀气愤，这也使他们产生了不顾后果的想法。他们知道，和平的方式只会让各个公司快速地恢复一切车辆的正常运行，那些挑战的人就会受到处罚。和平的方式对每个公司没有什么影响。

他们突然狂怒了起来，于是暴风骤雨持续了一周之久。他们攻击电车，围攻工作人员，与警察发生冲突，甚至开枪，到后来街头斗殴和暴力事件一直发生，城里全是国民警卫。

霍森沃根本不知道发生了什么变化。

"把车开出去。"工头向他使劲一挥手，大声叫道。一个新售票员爬上车，在他身后按了两下铃，让他开车。霍森沃转动起操纵杆，从大门开出了车，来到了车棚前的街上。两个身材魁梧的警察从这儿上了车，站在他驾驶台的两边。

听着车场大门旁响起一声锣响，售票员又按了两下铃，霍森沃就赶紧启动了操纵杆。

两个警察静静地望着周围。

"今天清晨真冷啊！"左边的这一位说，话里有浓厚的爱尔兰口音。

"我昨天已经发现了，"另一个说，"我可不愿意干这一行。"

"我也是。"

两个人谁都没看到霍森沃似的，他在寒风里想着工头的示范动作，他差点要冻僵了。

"开得稳一些，"工头对他说过，"见到真的想搭车的人再停车，可别见到人多就停下来。"

两位警察停了一会儿，没说话。

"上一辆车上的人肯定顺利通过了，"左边的警察说，"到处都看不到他的车。"

"谁在那辆车上？"第二个警察问，当然指的是车上的警察。

"谢弗和瑞安。"

然后又是一阵沉默，电车稳当地开向前方。这一段路上建筑物很少。霍森沃也没有见到什么人，整个情况在他看来还算可以。他想，如果不这么冷的话，他肯定会开得很好。

他没有想到前面居然会出现一段弯路，猛然从刚才不错的感觉中惊醒了过来。他切断电流，把刹车用力扳了一下，可是还没有来得及避免突然的急转弯。这让他猛烈地颠了一下，他想要说句道歉的话，可是没说出来。

"转弯的时候，你一定要小心点儿。"左边的警察带着亲切的语气说。

"说得对。"霍森沃惭愧地表示同意。

"这条线路上有好几个弯道。"右边的警察说。

转过弯后，居民慢慢增多，前面可以看到一两个行人，一个拎着装牛奶的洋铁桶男孩，从一个大门里出来了，霍森沃第一次听到了不友好的招呼。

"工贼！"他大声叫着，"工贼！"

霍森沃听到了，可是努力不去理会。他明白自己会听到种种叫骂声的，而且可能还会听到更多。

在前面的一个转弯处的轨道边上有一个人站着，挥着手让电车停下。

"别管他，"一个警察说，"他有阴谋的。"

霍森沃服从了命令。到了转弯处，他才明白这样做是高明的。那个人一发现他们不准备理他，就挥了拳头过来。

"喂！你这个胆小鬼！"他叫喊着。

站在转弯处的几个人对着快速而过的电车辱骂着、嘲笑着。

霍森沃稍稍有点害怕，实际的情况比他所预想的要糟一些。

此时，他看到前面的路轨上有一堆东西。

"这里有些不对劲。"一个警察说。

"看来会费事一些。"另一个说。

霍森沃把车开近了，停了下来，他还没有完全把车停下，一群人马上包围了上来。这些人中有几个是曾经的司机和售票员，另一些是他们的朋友和同情者。

"朋友，下车吧，"其中一个人带着温和的语气说，"你不能带走别人嘴里的面包，是吧？"

霍森沃脸色发白地握着刹车和操纵杆，不知道该如何是好。

"靠后站，"一个警察从驾驶台的栏杆探出头大声叫喊着，"赶快把东西拿走，给人家一个工作的机会。"

"听着，朋友，"他们的头儿不理警察，对霍森沃说，"我们和你一样，也全是工人。如果你是一个在职的司机，受到过和我们同样的待遇，你就不希望有人来把你的位置抢走了，是吗？你也不希望有人夺去你应有的权利和机会，对吗？"

"赶紧关上发动机！"另一个警察大声地催促道。"都赶紧让开！"他翻过栏杆，来到了人群前，推开了他们，另一位警察也马上下车站到了他的身边。

"快靠后站！"他们喊着，"滚开，你们究竟想干什么？滚开！"

人群就像是一小群蜜蜂一样散开。

"别推我，"有一个罢工者硬硬地说，"我可没干什么。"

"赶紧滚开！"这个警察喊着，挥起警棍，"再不走我就给你的头来一下！"

"可恶！"另一个罢工者吼道，一边使劲推，一边高声骂了几句。

一个警察的警棍很快打在了他的额头上。他立刻眼冒金星，双腿打战，举起双手，跟跟跄跄地退了回去。为了反击，一记快拳马上抢在了这个警察的脖子上。

这位警察气愤极了，四处冲撞，发了疯一般挥动着警棍打人。他的同伴对着这愤怒的人群高声大骂，连忙去帮着他。罢工者们便退了回去，没有造成大的伤害，他们现在站在人行道上嘲笑着。

"售票员在哪儿？"一个警察叫着，看到了那家伙，他心怀恐惧地走到前面，站在了霍森沃的身边。霍森沃呆呆地站在那里，看着这一切，与其说他害怕，不如说是吃惊。

"你怎么不下来把这些石头从路轨上搬开？"警察问，"难道你准备一天都待在这里吗？"

霍森沃怀着紧张又害怕的心情，和那同样恐惧的售票员一块儿跳下来，仿佛在叫他似的。

"快点搬。"另一个警察说。

两位警察头冒热气，简直快发疯的样子。霍森沃和售票员一起把石头一块一块地搬走，渐渐地身子就暖和了起来。

"哼，你们这几个卑鄙工贼！"人群在叫喊着，"你们这些胆小鬼，抢人家的饭碗，是吗？只会抢穷人，是吗？你们这些工贼！我们一定不会放过你们的，走着瞧吧！"

这些话不只是出自一个人之口，很多句同类的话混乱地说着。

"干吧，你们这些坏蛋！"一个声音叫喊道，"干这下流的工作吧，你们这些吸血鬼，不让穷人抬头的——你们这些狗娘养的！"

"希望上帝把你们饿死！"一个爱尔兰老太太打开附近的一扇窗子，探出头来骂道。

"还有你！"她和一个警察相视了一下，又说，"你这个千刀万剐的杀人强盗！居然打我儿子的头，你这失去心肝的杀人魔鬼！啊！你……"

可是警察根本不理。

"下地狱去吧，你这老妖婆！"他边低声诅咒着，边向四周看分散的人群。

搬掉石头后，霍森沃在持续的辱骂声中再次站到了自己的位置上。两位警察上了车站站在他的两旁，售票员拉响了铃，此时，大小石块从窗子和车门猛然扔了进来。有一块差点擦伤霍森沃的头皮，还有一块则打碎了后面的车窗。

"硬闯冲过去。"一个警察喊着，自己抓住了操纵杆。

霍森沃听从他的话，车子迅速开了起来，只听到了后面的石头的撞击声和咒骂声。

"那个可恶的人打中了我的脖子，"一个警察说，"不过，我也狠狠地给了他一棍。"

"我想有几个肯定被我打出了血。"另一个说。

"我认识那个骂我浑蛋的大个子，"第一个警察说，"我早晚会让他尝到苦头的。"

"我就知道到那里会有麻烦。"第二个警察说。

霍森沃现在感觉不再冷了，情绪也非常激动，两眼紧紧盯着前方。这对他来说是不一样的经历。虽然他曾在报纸上读到过这些，可是身处其中感觉完全不同，从精神上说他倒不是胆小鬼，他吃了如此多的苦，勇气被全部激发出来，他下定决心要坚持到底。他没准备去纽约或者他的公寓，现在这趟车已经完全占据了他的思想。

他们此时开进了布鲁克林的商业中心，人们的眼睛不停地紧紧盯着车上那些破碎的窗子和衣着普通的霍森沃。经常传来"工贼"的叫骂声和别的辱骂，还好没有人群来攻击电车。到了市中心的终点站，一个警察下车去打电话给警察局，诉说了他们所碰到的麻烦。

"那里有一群人，"他说，"还在那里等着我们，派些人去赶走他们比较好。"

第四十一章 罢工

电车开回去时还算平静,虽然有人大声叫骂,用愤怒的眼神盯着他们,扔石头,可是无人袭击。霍森沃远远地看到车场时,终于松了一口气。

"嗯,"他心想,"我总算平安地过来了。"

车子开进车场,他觉得能够稍稍休息一会儿,但是他又被叫去开车了。这时车上的警察换了,他有了些许信心,把车子迅速地开过那些平常的街道,心中比起刚才不怎么紧张。但是由于天气寒冷,车又开得很快,他冷得无法忍受,他的着装不适合这种工作。他浑身颤抖着,跺着脚,一直拍打着手臂,就像他过去看到别的售票员所做的那样,不过他没有怨言。这工作包含了新鲜感和危险性,在某种程度上减轻了他被迫来到这里所感到的反感和痛苦,可是还不能够抵消他的凄惨和心酸。他想,这真的不是人过的日子,自己怎么会堕落到这种地步呢?

让他继续下去的唯一想法,就是嘉莉对他的侮辱。他还没有无能到要听她那些侮辱的情况,他想,他还是能干点事情——哪怕是干这一行干一阵子,情况也会好起来的,他就能攒下点钱。

就在他这么胡乱考虑的时候,一个男孩掷来一块烂泥,打中了他的手臂。这一下使他非常痛,他马上气愤起来,早晨以来他还从未被这样激怒过。

"小浑蛋!"他大声咒骂道。

"打痛了吗?"一个警察问。

"没有。"他答。

在一个街角,因为有一个转弯,他放慢了车子的速度,有一个罢工司机站在人行道上,向他喊叫着:

"朋友,你想在上面做一个懦夫吗?别忘了,我们是在为更好的报酬而斗争,没有别的企图,我们要保存家庭。"这个人有些和气。

霍森沃假装没有看见他,他像以前一样两眼紧盯着前方,用力开过去。那个人的声音里带着能感动人的东西。

一天就这样过去了。他开了三次车,不再像上面所描述的那样艰难。他吃的食物撑不住这样的活儿,寒冷侵袭了他的身体。只要到达一个终点,他都得停下车来使身子暖和起来,可是他还是痛苦得想呻吟了。车场有一个人出于同情,把一顶厚帽子和一副羊皮手套借给他,这让他非常感激,因为这些正是他十分需要的。

那天下午当第三趟车来的时候,车走到一半,来了一群人,他们用一根电线杆阻挡了电车的路。

"把那东西从路轨上弄走!"两位警察喊叫着。

"嘿!"人群高声喊着,"你们自己弄吧!"

两位警察下了车,霍森沃准备跟着下来。

"你待在那儿,"一个警察大声说,"别让人把你的车开跑。"就在这嘈杂声中,他听到身旁有人在说话。

"下来吧,朋友,别做个懦夫,别和穷人对着干,让公司去做吧!"

他看到还是在街角朝他说话的那个人,他依然像前面一样装作没听见。

"下来吧,"那家伙又说了一遍,"我想你并不想跟我们作对!"这个司机非常理性,并且相当狡猾。

不知从何处又来了一个警察,来帮助其他两名警察,还有人跑去打电话请求派来更多的警察。霍森沃四处看了看,虽然决心没被动摇,可是实际上还是有些害怕的。

此时有个人揪住了他的上衣。

"赶快下来！"他叫着，使劲一拉，准备把霍森沃从栏杆上面拉下来。

"放开我！"霍森沃气愤地说。

"我来教训教训你——你这工贼！"一个年轻的爱尔兰人大声说着跳上电车，对着霍森沃，挥拳打去。霍森沃赶紧低头，肩膀上挨了那一拳，很痛。

"赶紧走开！"一个警察边喊边跑过来帮他，而且还加上几句习惯性的咒骂。

霍森沃反应过来了，脸色惨白，双手发抖。这时，他的状况有点严重起来。人群都在抬头望着他，嘲笑他。一个小女孩向他做鬼脸。

"呀，呀，呀！"她叫着。耶稣受难之时，人群也是这样发出嘘声和讥笑声的。

就在他有些坚持不下去的时候，过来了一辆巡逻车，从车上下来了非常多的警察。没多久他们就把路面收拾干净，可以行驶了。

"赶紧开车，快点！"警察说，他再次上路了。

最后，在电车返回的途中，离车场约有一二英里的地方，碰上了一群更恶劣的暴民。这是一个看上去非常贫困的街区，他想赶快从这里开过去，可是路轨又被阻住了。离这里还有五六个街区，他就只能无奈地看到罢工工人们在搬着什么来阻挡路轨。

"他们又来了！"一个警察大声叫道。

"这次我得给他们些教训。"第二个警察说，他早已无法忍受了。车子快到那里时，霍森沃全身都觉得不舒服。人群如同过去几次一样开始咒骂，不过他们这次学聪明了，只扔东西而不靠近。有一两扇车窗被打碎了，霍森沃幸运地躲过了一块石头。

两个警察都跳下车跑向人群，可是人群却朝电车包围过来。这些人中有一个女人，可能还只是个小姑娘，手里拿着一根粗棍子。她非常愤怒，向霍森沃挥棍打去，可是让他躲了过去。在她的发动下，她的同伴们一个接一个地跳上车，想把霍森沃拉下来，他尚未说话就被打倒了。

"放开我！"他说，不禁倒了下去。

"哼，你这个吸血鬼！"他听见有人叫喊着。一阵殴打像雨点般落到了他的身上，他喘不过气来。然后仿佛有两个人想把他拖走，他费力地想要脱身。

"好了，"一个声音说，"你安全了，赶紧站起来吧！"

抓他的手早就松开了，他总算清醒了过来。这时，他才看到是那两个警察。他认为自己快要累得昏过去。他的下巴带着黏糊糊的东西，他用手去摸——低头一看，居然是红红的血。

"他们把我打伤了。"他说，连忙去掏手绢。

"好啦，好啦，"一个警察说，"只是擦破了点皮。"

他的头脑此时有些清醒了，向四周看了看。他正站在一家小商店里，他们暂时把他留在这里。他站在那里擦拭着下巴，可以看见外面的电车和情绪激动的人群，那里有一辆巡逻车，还有另外的一辆车。

他走过去看了看外面，那是一辆救护车，现在正在倒车。

他看到警察费劲地冲了几次，逮捕了几个人。

"如果你还想把车开回去的话，就赶紧走吧！"一个警察打开车门，向里面看看说。

他走出时心里有些踌躇起来，他感到很冷，很害怕。

"那个售票员去哪里了？"他问。

"哦，他现在不在这里。"这个警察说。

霍森沃回到车边，恐惧地跳了上去，就在他跳上车的时候，不知道是谁开了一枪。仿佛有什么东西打中了他的肩膀。

"是谁开的枪？"他听到一个警察大声叫道，"快说，是谁干的？"两个人都扔下他，向一幢建筑物跑去，他愣了一下，随后下了车。

"天啊，"他喊道，声音微弱，"我真的受不了啦！"

他精神紧张地走到街角，连忙地顺着一条小街走去。

"呵！"他松了一口气说。

旁边，一个小姑娘在看着他。

"你逃走的话会比较好。"她冲着他的背影叫道。

他冒着大风雪回到家，黄昏之时就到了渡口。船舱里坐了几个闲来无事的家伙，好奇地看着他。他脑袋里还嗡嗡地响，觉得稍微有些发晕。河面上那些闪耀的灯光衬着这白色的风雪形成了美景，他无心去欣赏。他拖着身子艰难地一直走到家。刚进家门，发现家里确实暖和，嘉莉现在不在家。桌上有她留下的几张晚报。他把煤气灯点亮，坐下身来，然后他又站起身，脱掉衣服检查他的肩膀。还好不过是擦破点皮罢了。他简单地洗漱了一下，然后，吃了点东西，吃饱之后，在他那舒服的摇椅上坐了下来，这是一种无以言说的解脱。

他用手摸着下巴，一时忘记了报纸。

"是啊，"他不久后说，又恢复了他原本的性情，"那里的活儿可真难干啊！"

随后，他回过头，看到了报纸，他把《世界报》拿起来，感叹了一声。

"罢工在布鲁克林蔓延，"他看到，"城里到处都发生了骚乱。"

他把报纸拿好些，舒舒服服地看下去，这时他全心地看着这些消息。

第四十二章　春意融融：人去楼空

　　那些以为霍森沃布鲁克林之行是错误决定的人，肯定会感觉到他努力后又失败这一打击对他的消极影响，嘉莉却没有领悟。因为他对此事基本上闭口不谈，所以她觉得他遇到的只是普通的暴力行为。遇到这么一点事立即就不干了，真可谓是不求上进，这说明他实际上不想工作。

　　她这时在扮演一群东方美女中的一个。在演出的喜剧的第二幕中，她和许多的美女出演国王的嫔妃，宫廷大臣让这群美女列队从新登基的国王面前走过，炫耀他的这群后宫宝贝。她们中谁都没有台词。但是，就在霍森沃睡在电车车场楼上的那晚，扮演主角的那位喜剧明星突然非常想开开玩笑，所以高声说了一句：

　　"喂，你是谁呀？"赢得了全场的欢笑。

　　在他面前施礼的正是嘉莉。在他看来，实际上谁都一样，他并不渴望会有回答，而且如果回答错误是会挨骂的。可是，嘉莉的经验和自信使她有了勇气，她又施了优雅的一礼，答道：

　　"我是您忠实的仆人。"

　　这句话非常不起眼，可她说话的语气却吸引了观众，他们对站在这年轻姑娘面前并装出一副恶毒样子的国王哈哈大笑，这位喜剧明星听到笑声也非常欢喜。

　　"我还认为你叫史密斯呢！"他回答，想换取观众更热烈的笑声。

　　嘉莉说完这句话，为自己的大胆行为害怕起来。在剧团里所有的演员都被提醒过，妄自加台词或者"动作"就会被罚或者加以更恶劣的处分。她不知道怎么办才好。

　　就在她等待再次上场时，那位喜剧明星下场时从她身边走过，认出她后停住了脚。

　　"今后你就说这句台词吧，"他说，看到她好像很聪明，"但是，别再加其他台词了。"

　　"谢谢你。"嘉莉毕恭毕敬地说。等他走了之后，她才发现自己在剧烈地打战。

　　"看，你的运气真好，"歌舞队另一个姑娘叫道，"我们中间其他的人都没有台词。"

　　这件事的价值是无法忽略的，剧团里每个人都发觉她已经开始渐露锋芒。第二天晚上，这句台词又同样为她博得掌声时，她发自内心地高兴。她快乐地回家，知道这件事很快就会有好的结果。可是，霍森沃的出现把她内心里的欢喜驱走了，随后出现的就是要终结这种悲惨境况的热切渴望。

　　第二天，她问了一下他这一次找工作的经历。

　　"只有在警察护送下，他们才能平安地出车。他们目前不需要人——最迟要等到下个星期。"

　　下个星期来了，嘉莉看到他丝毫没有变化，霍森沃好像比过去任何时候都还沉默。他看着她早晨出去排演或者干其他的事，冷静到了极点。他每天做的就仅仅是看报、看报。有几次，他感到自己盯着一则消息，脑子却在想着其他的事情。他第一次明显地感到自己这样走神时，是他回忆起自己曾经参加过的马车俱乐部的一次欢乐的晚会，他之前是那个俱乐部的会员。他坐在那里，眼睛紧紧盯着地板，思绪万千，他慢慢以为自己听到了再熟悉不过的声音和杯盏的叮当声。

"你太棒了，霍森沃。"他的好朋友沃克说。他又站在那里，衣衫精致，心情轻松，由于讲了一个好故事而被大家要求再讲一个。

他突然抬起头，房间里是这样的寂静，好像有鬼一般。他清楚地听到钟表走动的嘀嗒声，几乎怀疑自己是在做梦。但是，报纸还在他手中，他所盯的那条新闻就在他的眼前，使他失去了刚才是在做梦的念头。可是，这件事还是很奇怪。不过，这种情况一再发生的时候，好像就不再奇怪了。

食品店、肉店、面包店和煤店的老板们——以前赊卖过东西给他的那些人，一起上门来了。他客气地接待每个人，借口越来越信手拈来。最后，他的胆子更大了，甚至装作不在家或者就直接挥手把他们打发走。

"我这里根本没钱，"他说，"我若是有钱，肯定会付给他们的。"

奥斯本小姐，嘉莉那位扮演小兵的朋友，发现她有了些成功，差点变成了她的贴身丫鬟。小奥斯本自己根本不会有什么大的成就，她清楚地知道这一点，本能地决心要用温暖的小脚爪抓住嘉莉不放。

"啊，你会成功的，"她总是如此赞美嘉莉，"你演得太棒了。"

嘉莉虽然胆子很小，能力却非常强。别人对她如此的信赖使她感到自己一定要走红，若是要走红，她就应该胆大一些。这个世界所教给她的经验对她非常有利，男人一句无关的话不再让她失去理智。她已经明白，男人们是会变化的，肯定也会失败，直接的讨好对她已不起作用了。若是想打动她，就只能有一种优越于他人的优势——一种善良的优势——正如埃蒙斯那样的天才所显露出来的优势。

"我不喜欢团里的男演员，"她某一天告诉劳丽，"他们都非常骄傲。"

"难道你不认为巴克烈先生人很好吗？"劳丽问，她自己之前有一两次得到过那个人的微笑。

"哦，只有他还算不错，"嘉莉回答，"可是他对人不真诚，有点虚情假意了。"

劳丽用下面的方法第一次想要了解嘉莉。

"你住的那里需要付房租吗？"

"当然要付啦！"嘉莉回答，"怎么了？"

"我发现了一个挺好的地方，房间很漂亮，带有浴室，并且很便宜。可是我一个人住太大了，两个人住正好，房租两个人一个星期才六块钱。"

"在哪儿？"嘉莉说。

"在十七街。"

"嗯，我还没决定是否要搬家。"嘉莉说，心里却在思量那三块钱的房租。她在想，如果她能养活自己，她就可以给自己省下十七块钱了。

这件事开始她没有考虑，一直等到霍森沃去布鲁克林找工作回来，也是她那句台词又取得成功之后，她才开始认真考虑。这时，她认为自己一定得解脱，她准备离开霍森沃，让他自己管自己的事，但是他已经养成了奇怪的习性，让她害怕他会反对她离开。他也许会去剧院找她，然后就那样缠住她不放。她并不完全肯定他会那样做，可是有这种可能性。她明白，不管他以什么方式抛头露面，对她来说都是件难堪的事，她觉得非常不安。

她被挑选演一个比较重要的角色，结果促进了事情的发展。这是因为有一位原本在戏中扮演一个端庄情人的女演员离开了剧团，嘉莉就被选来取代她。

"他们付给你多少钱？"奥斯本小姐听到这个好消息后问。

"这个我还没有问他。"嘉莉说。

"那就去问问，天哪，你要是不问，什么东西也别想得到。不管怎么说，一定要跟他们说一定得给你四十块钱不可。"

"啊，不！"嘉莉说。

"一定要！"劳丽嚷了起来，"必须得问他们一下！"

嘉莉在这种鼓励之下退了一步，但是这个问题一直等到经理告诉她这个角色需要些什么服装时才说出来。

"你们给我多少钱？"她问。

"每周三十五块。"他回答。

嘉莉非常惊喜，竟然忘了提出要四十块钱。她高兴得忘记了一切，差点要拥抱劳丽，而劳丽一得知这消息就扑向她。

"这还不是你应当挣的数，"劳丽说，"尤其是你还得自己买服装呢！"

嘉莉想起这件事害怕了。去哪里弄钱呢？她手头没有攒下的钱来应付这样的特殊情况，付房租的日子又快要到了。

"我不想付房租了，"她说，想起了自己的最急迫的需要，"我又不总待在家里，这次我不付钱了，我准备搬家。"

在这重要关头，奥斯本小姐又说出了那个意见，并且比上一次更加有诚意。

"我们一起住吧？"她恳求道，"我这儿有最漂亮的房间，如此一来你几乎不用花什么钱。"

"我很愿意。"嘉莉坦率地说。

"啊，那就搬吧，"劳丽说，"我们会生活得很快乐的。"

嘉莉想了一下。

"我认为我会搬的，"她说，随后又补充一句，"但是在那之前我必须先去看看。"

心中总算下了决定，付房租的日子更加近了，戏装又一定要马上买不可，她迅速地把霍森沃没精神的样子当作了理由。他比过去更颓废，更加消沉了。

看到付房租的日子慢慢来临，他想出一个办法。债主的追索已经让他无法支持，只好出了这个主意。二十八块钱的房租真的太贵了。"她的负担确实太重了，"他想，"我们可以找一个更便宜的地方。"

他心里萌生了这个念头，就在早饭时说了出来。

"你是不是认为这里的房租有点贵了？"他问。

"我实在是觉得太贵！"嘉莉说，不明白他的想法。

"我在想是不是可以找一个小一点的地方，"他提议说，"我们不需要四间房。"

他若是认真观察的话，就会看到她在想着他打算和她待在一起后脸上所表现出的不自然的神情。他并不认为让她降低生活标准有什么大不了的。

"哦，我无法确定。"她回答，变得谨慎小心。

"这附近肯定能找到两间房的公寓，那也够我们住的了。"

她心里非常厌恶。"肯定不,"她想,搬家的钱谁出呢?想象一下,和他一起住在两间房里,她决心马上把钱花在服装上,免得发生不愉快的事情。她当天就买了服装。如此就只剩下了一个选择。

"劳丽,"她去拜见朋友时说,"我准备搬过来。"

"哦,太好了!"劳丽叫了起来。

"能现在搬吗?"她问,说的是那房间。

"当然可以!"劳丽叫道。

她们去看了房间,嘉莉并未把钱都花光,还留下了十块钱——可以支付房租和生活费。她那略多的工资是在十几天后才能开始——十七天后才能够到她手中。她和这位朋友分别付了三块钱。

"我现在的钱只够用到周末。"她说出了所有的心里话。

"哦,我还有些钱,"劳丽说,"你若是需要,我还有二十五块钱。"

"谢谢,"嘉莉说,"我认为我能应付得了。"

她们决定两天后搬家,也就是星期五。这件事情总算办好了,嘉莉心里却感到有些不踏实。她认为自己在这件事情上就像一个贼似的。她每天看着霍森沃,尽管很不喜欢他的态度,可是还是很同情他。

在她下定决心搬出去的那晚,她看着他,觉得他好像并不那么懒惰,也并非那么无用,不过是时机未到而已。他的双眼失去了神采,脸上起了皱纹,手上的肉松松垮垮的,她觉得他的头上也有了白发。当她看着他的时候,他在椅子上一前一后地摇晃着,悠闲地读着报纸,完全没有发觉大祸临头。

她知道一切将要结束时,心里却变得害怕起来。

"你去买几个桃子罐头来,好吗?"她对霍森沃说,把一张两块钱的钞票给他。

"好的。"他说,吃惊地望着钱。

"然后看看能否买点好芦笋,"她又说,"我准备用来做晚饭。"

霍森沃站起来,拿着钱,穿上大衣,拿了帽子。嘉莉发现这大衣和帽子都已很破了,看起来非常寒酸。尽管这一点之前就很明显,但是现在却更加打动了她。可能他也是无意再做什么。他在芝加哥就做得非常好呀!她回忆起了他与她在公园里约会时他那体面的仪表。那时候他是如此充满生气,如此高贵。难道这全部都是他的错吗?

他回来了,把找的零钱和食品都放在桌上。

"你留着吧,"她说,"我们还得买其他的东西。"

"不用,"他尚有自尊地说,"你收着吧。"

"哦,你还是留着吧,"她回答,心里有些焦虑,"我们还要买其他的东西呢。"

他感到不解,不明白自己在她的眼睛里已经变成了一个让人同情的人物。她费了好大劲才把自己控制住,不让声音里表现出丝毫不同。

事实上,嘉莉在任何事情上的态度都会这样。她偶尔回忆起她与托罗奥分手的情景,觉得自己对不住他,非常后悔。她祈祷自己永远别再碰到他,却又总是为自己的行为觉得自责。这并非是说她对最后的分手还有其他的选择。当霍森沃负了伤的时候,她依然满怀着同情,很愿意去看他。这世界肯定有些残忍的东西,她又无法按照逻辑来推理出究竟残忍在哪里,于是只能凭感觉得出结论,认为托罗奥永远不会知道霍森沃的计划,并且只会认为她的行为是她冷酷的心的决定,所以她觉得惭愧。这并非说她对他难以忘怀，她仅仅是不想让每一个待她好的人觉得痛苦。

她没有想到这些感情会困扰她。霍森沃感觉到了她的好心肠，把她想得温和了一些。"无论怎么想，嘉莉总是心地善良的。"他想。

她那天下午到奥斯本小姐那里时，发现这位小姐正一边收拾东西，一边哼歌。

"你今天怎么不跟我一起搬过去？"她问。

"哦，今天不行，"嘉莉说，"我星期五就会去那里的。"

她们聊了一会儿，嘉莉总是想找一个合适的时机说出她心里的一个打算。她最后说：

"你能够把你的那二十五块钱借给我吗？"

"当然可以。"劳丽说着马上去拿钱包。

"我准备再买点东西。"嘉莉说。

"哦，别客气，就拿去用吧！"这小姑娘非常高兴地说，很乐意为她效劳。

除了去食品店或者报摊之外，霍森沃已经有好几天没有出门了。因为寒冷的天气使他烦极了。星期五，天总算晴了，也有些暖和。这是表示着春天马上到来的美好日子，是阴霾的冬天在表明温暖的天气和美丽的风景还没有把大地抛弃。蔚蓝色的天空中高高挂着金色的太阳，洒下和煦的阳光。麻雀的叫声明白地提醒人们，户外的任何东西都十分美好。嘉莉把前面的窗子打开，感觉到南风正在拂过。

"今天的天气真好。"她说。

"是吗？"霍森沃说。

他吃过早饭，专门换了衣服。

"你中午会回来吃饭吗？"嘉莉担心地问。

"不。"他说。

他到了街上，沿着第七大街向北信步走去，随意地把哈莱姆河当作他的最后一站。他以前去找那些酿酒厂的时候，曾经在那里见到过一些船，他想看看那一带开发得如何了。

他穿过五十九街，沿着中央公园的西边走到七十八街。他在这里回忆了以前的邻居，便拐过去看了看这里新建的高楼大厦，这里早就有了非常大的改变。以前的那些空旷的地方已经被房屋占满。他往回走，然后沿着公园一路来到一百一十街，而后又拐进第七大街，一点钟时总算到达了美丽的河边。

他看到河流弯弯曲曲地流淌着，发光的河面右边是高低起伏的河岸，左边是树木覆盖的高地。这种春的气息让他感受到这河流的美丽。他背着双手站在那里，对着河流看了一会儿。然后，他转过身，沿河向东边走去，迷茫地想寻找他曾见过的船只。直到四点钟，黄昏将要来临，天气很凉时，他才准备往回走。他肚子有些饿了，真想在温暖的家里美美地吃上一顿。

当他五点半回到公寓时，房间没有灯。他知道嘉莉不在家，不仅仅是因为窗里没有透出灯光，而且晚报还夹在门缝里。他拿钥匙打开门，走了进去，屋里黑漆漆的。他点亮煤气灯，坐了下来，准备等嘉莉一会儿回来做晚饭。他看报一直看到六点钟，然后站起来给自己弄点吃的。

此时，他发现房间里有些变化。发生了什么事？他向四周看了看，感觉好像少了些东西，然后，他看到他刚才坐下的地方有个信封。这已经再明白不过了，他甚至觉得都没有看信的必要。

第四十二章　春意融融：人去楼空

他伸手把它拿过来时身上有一丝凉意。信封在他手里发出很响的沙沙声。信纸里面是柔软的绿色钞票。

"亲爱的丘詹,"他读道,另一个手拿着钱,"我走了,我不会回来了。我无法继续住在这里,我付不起房租。如果我可以的话,是很想帮助你的,可是要我维持我们俩的生活,而且还要付房租,我真的没有办法。我要用我少得可怜的收入买衣服。我把二十块钱留下,我现在只有这么多,你能够任意处理家具,我什么也不要,嘉莉。"

他放下信,沉静地看着周围。这时,他明白少了什么了。那只作为摆设的小钟,那是她的,现在已经不在壁炉架上了。他点亮煤气灯,来到前房——他的卧室、会客室。五斗橱上已经没有了那些银制的小摆设和瓷器;桌上那些花边桌布也没有了;他把衣橱打开——里面她的衣服全消失了;他把抽屉打开——她的东西都没有了,除了她的物品之外,其他的东西全都还在。

他在会客室站住了,愣了一下,不清楚在等待什么。屋里的氛围更加压抑。今晚的小公寓似乎出奇地荒凉。他全然忘记了饥饿,忘记了这该是吃晚饭的时候,好像已经是深夜了。

他突然发现钱还在他手中。正如她所说的,总共二十块钱。他回到卧室,让那些灯继续亮着,感到公寓里冷冰冰的。

"我必须离开这里。"他想。

然后,他突然感到了极度的孤独。

"她不要我了,"他重复地念道,"她不要我了。"

这里以前是那么舒适,他曾经度过那么多温馨的日子,现在变成了往日旧梦。他面对着各种各样寒冷彻骨的东西,他就这么坐在椅子上,失去了思考的能力。

然后,一种此前没有的柔情和自我怜悯的感情涌上了他的心头。

"她其实没有必要出走,"他说,"我一定能找到工作的。"

他在椅子上坐了很久没有动弹,然后又自言自语:

"我难道不是早就试过了吗?"

直到半夜,他还呆呆地坐在椅子上,眼睛始终看着地板。

第四十三章 赞誉的海洋：黑暗中的眼睛

嘉莉在她舒适的房间里住了下来，心中想着霍森沃对她的出走会有什么样的反应。她赶紧收拾了一下就向戏院走去，本来想会在戏院门口看到他。却发现他没在那里，她马上消除了恐惧的心理，因此对他便有了比较好的想法，她一直等到戏演完准备走出去的时候才又回想起他，而且有点怕他会在那里。日子一天天地就这样过去了，她没有得到任何消息，害怕他会来纠缠的念头也就慢慢淡忘了。很快的，除了有时想起来以外，她完全摆脱了当时在公寓里的不愉快。

奇怪的是，工作很快就能把一个人完完全全吸引住。嘉莉听着小劳丽的闲言碎语，对戏剧界的情况有了更多的认识。她清楚了都有何种的报纸，明白了什么报纸刊登关于女演员之类的报道。她开始留心报上的消息，不仅看她在其中出演这种小角色的歌剧的报道，还看别的。慢慢的，她心中产生了要上报的渴望。她想自己能像其他人一样出名，由于她总是贪婪地读着所有的对她这一行里那些名人的恭维和挑剔的评价。她满心渴望的那个出人头地的世界完完全全把她吸引住了。

约在这时，许多报纸和杂志掀起了一股用舞台和美人做插图的狂潮。无论哪家报纸，包括是星期天版的报纸，都开始增加了有插图的大幅戏剧版面，选登了几个戏剧名角的半身和全身照片，周围还加上带着艺术性的花边。杂志，至少会有一两家新创刊的杂志，有时也会登出一些美人的照片，并总是登出一些不同剧目的剧照。嘉莉越来越喜欢看这种报纸，什么时候才会登出她那出歌剧的剧照呢？什么时候才会有家报纸觉得她的照片值得刊登呢？

就在她开始出演新角色前的那个周日，她看了看戏剧版，想知道是否有什么小消息，要是报上只字未提，也在意料之中，可是在几则比较醒目的消息后面，有一则非常简短的报道。嘉莉带着激动的心情看着这则报道。

马上就要在百老汇戏院上演的《阿布都尔的妻妾》一剧中，乡下姑娘卡蒂莎的角色，向来由伊内兹·卡鲁扮演，今后将由歌舞队中最聪明漂亮的队员嘉莉·玛黛蒂扮演。

嘉莉高兴极了。啊，这真的是太好了！总算上报了！期盼了这么久，这是第一次上报，实在是太让人高兴了！他们还夸赞她聪明漂亮。她无法抑制内心的喜悦，大声笑了起来。她不知道劳丽得知了这个消息没有。

"我明晚要演的那个角色在报上登了。"嘉莉告诉她的朋友说。

"啊，真的太好了！是真的吗？"劳丽嚷着跑向她，"太棒了，"她边看报边说，"你若是演得好，今后还会接着登的。我的照片有一次还在《世界报》登过呢！"

"是吗？"嘉莉问。

"当然了——嗯，登过的，"这个小姑娘说，"照片四周还加了花边。"

嘉莉哈哈地笑起来。

"我的照片还从来没有登过呢！"

"会登的，"劳丽说，"等着吧！你如今比大多数登上照片的人都演得好。"

这句话说得嘉莉激动不已。劳丽表现出来的鼓励和赞美使嘉莉快要爱上她了。这些话对嘉莉非常有帮助——也正是她最想要的。

当她演完后，报上复而登出了她演出成功的消息，她为此感到很高兴。她开始觉得自己正受世人的注目。

她第一周领到三十五块钱的时候，感觉这好像是巨大的财富。只付三块钱的房租，简直不能想象。还给劳丽二十五块钱后，她还剩下七块钱，加上先前剩下的四块钱，这时她就有了十一块钱。五块钱用来付她必须添置的衣服的分期付款。第二周她更高兴，现在只要付三块钱的房租和五块钱的衣服费，剩下的她都花在了吃和喜欢的饰品上了。

"我认为你最好为夏天攒一些钱，"劳丽告诉她，"我们可能5月份暂停演出。"
"我的确是准备存的。"嘉莉说。

每星期三十五块钱的稳定收入，对于一个在过去几年中经历了微薄的零用钱的辛苦的人来说，是会起到腐败作用的。嘉莉看着自己的钱包越来越鼓，里面装满了好些大面额的绿色钞票。因为没有人需要她养活，她有多余的钱去做她想做的事。四周很快就有了朋友，她结识了一些劳丽那一伙的人，歌剧团里的男演员们不需要作介绍就认识她了，其中有一个人还迷恋上了她。他有几次陪她走回家。

"我们停一下，去吃点宵夜吧？"有一天午夜，他提议说。
"好的。"嘉莉说。

这满目玫瑰色彩的饭店里坐满了深夜还在外面约会的情侣，她感到自己正在挑这个男人的毛病。他很虚伪，他的话题总是离不了衣服和物质。吃过点心后，他非常优雅地一笑。

"现在回家，是吗？"他说。
"是的。"她回答，露出心领神会的神气。

"她并不像外表上所显现的那样毫无经验。"这位情人思索着，从此对她更加尊重和热情。

她难免受到劳丽爱好的影响，和她一起到处游玩。白天她们一起坐马车四处兜风，晚上演完戏后一块吃宵夜，下午打扮得很高贵，一起在百老汇大街上散步，她正进入大都市这欢乐的气氛中。

最后，有一家周刊登出了她的照片。这出乎她的意料，她因此激动得无法说话。"嘉莉·玛黛蒂小姐，"上面简洁地写着，"《阿布都尔的妻妾》剧团中的当红演员之一。"她在劳丽的提议下，让摄影师拍了几张照片。杂志社从中选取了一张。她想上街去买几份周刊，但又想起自己没有什么朋友可以送。很显然，这世界上只有劳丽对此感兴趣。

在大城市，人与人的关系是很冷漠的。嘉莉很快就发觉光有一点点钱是毫无用处的。有钱有势的世界还像从前一样离她无比遥远。接近她的人仅仅是为了和她寻欢作乐，而不是有什么真诚的友谊。任何人好像都在寻求自己的乐趣，丝毫不顾可能会给他人带来怎样的后果。这就是她从霍森沃和托罗奥那里所学到的东西。

4月份，她知道这出歌剧可能只演到5月中旬或5月底，根据观众的人数来定。下个演季他们将准备做巡回演出。她不知道自己是不是一起去。奥斯本小姐因为工资不高，又如同过去一样在本地另找个演出的机会。

"卡西诺戏院夏季要搬一台戏上台，"她到处打听情况后宣布说，"我们一起到那里去试一试吧!"

"我非常愿意。"嘉莉说。

她们很快就赶了过去，可被告知要等一些时间才能申请。申请的日子是5月16日，而这时，她们自己的演出在5月5日停止了。

"那些下个演季想外出巡回演出的人，"经理说，"这个星期就得签合同。"

"你别签，"劳丽劝她，"我是不准备去的。"

"我知道，"嘉莉说，"但是我也许找不到别的事。"

"嗯，不管怎样我是不会去的，"这小姑娘说，她有捧场的人可以帮她的忙，"我有一次去过，可什么都没有得到。"

嘉莉仔细考虑了一下，她从来没有出去演出的经验。

"我们能够找到适合的，"劳丽又说，"我从来都是这样过来的。"

因此，嘉莉没有签合同。

夏天准备在卡西诺戏院上演滑稽剧的经理从未听说过嘉莉，可是报纸对她的几次宣传，刊登的照片，以及印有她名字的节目单，对他略微有了些影响。他给了她一个不带台词的角色，每周三十块钱。

"就像我跟你说过的，"劳丽说，"离开纽约对你丝毫没有好处。你如果离开，大家就会把你彻底忘掉。"

这时，由于嘉莉长得非常漂亮，那些准备在星期天报纸上为这出戏作预告的编辑们，选了嘉莉的照片和其他人的一起用于宣传的插图。因为她容貌出众，他们把她放在显眼的位置，并且还加上了花边，嘉莉很高兴。可是经理方面似乎还没有看出什么来。至少比起以前，她并未受到更多的重视。此时她的角色几乎也微不足道，只是一个在每个场景中站在那里，没有台词的小教友。剧作家原本是打算如果有合适的演员，这个角色是可以好好培养一下的，可是目前，由于随意地派给了嘉莉，他甚至想把这个角色删掉。

"别抱怨，老伙计，"经理说，"第一周如果不成功，我们就删掉它。"

嘉莉对这种打算根本一无所知。她不喜欢排演这个角色，觉得自己没有受到重用。彩排的时候，她心里很是难过。

"效果不错，"剧作家说，经理发觉到嘉莉忧郁的神情给她这个角色造成的特别效果，"让她在斯巴克斯跳舞时眉头皱得更紧一些。"

嘉莉自己根本不知道，可是她的两眼之间显现出隐隐约约的一些皱纹，她的嘴巴抑郁地嘟着。

"把眉头皱得再紧一点，玛黛蒂小姐。"舞台监督说。

嘉莉觉得他在责骂她，立即展开眉头。

"不，皱起眉头，"他说，"就像刚才那样。"

嘉莉惊讶地望着他。

"就是如此，"他说，"斯巴克斯跳舞的时候，你要把眉头皱紧，我想看看效果如何。"

做到这点很容易，嘉莉照他的话做了。这效果非常奇妙，连经理也受到感染了。

"真的是太好了，"他说，"若是她全场戏都这样，我想会很受欢迎的。"

他走到嘉莉的身边说："你就始终把眉头皱着，紧一些，装出委屈的样子来，如此一来会使这个角色非常有趣。"

第四十三章　赞誉的海洋：黑暗中的眼睛

首演的晚上，嘉莉觉得这个角色似乎完全不重要。那些兴高采烈的观众们在第一幕里根本就没有看到她。她把眉头接连地皱了又皱，可是没用。观众的眼睛都只盯着明星们的精彩表演。

在第二幕里，观众早已厌烦生硬的台词，目光在舞台上来回游荡时瞧见了她。她穿着灰色的服装站在那里，非常可爱，非常恬静，却又露出愁眉苦脸的样子。观众们突然都觉得她只是暂时不高兴，可是她脸上的表情不是故意装出来的，根本不好笑。当她继续皱着眉头，偶尔看着主角们时，观众开始笑了。前排的那些优雅的绅士们开始觉得她真的是一个可爱的小东西。他们想要用亲吻去抚平她皱着的眉，所有的男人都为她痴迷，她演得真的太好了。

最后，就在那位作为主角的喜剧演员在舞台中央放声歌唱的时候，才发觉到在不该笑的地方却传来了咯咯的笑声。随后便由几声变成了一阵阵的笑声。在原本应该博得满堂喝彩的时候，掌声却是不大。是哪个地方出了差错？肯定出了什么问题。

他偶尔下场时注意到了嘉莉。她就那么自己站在舞台上皱着眉头，看着她的观众们都在笑，有的几乎是哈哈大笑。

"天哪，我无法忍受，"这个演员非常生气地想，"我坚决不能让人破坏我的戏。要么我演出时她不这么做，要么就让他们另请高明。"

"噢，没事的，"经理听到他的抗议时解释说，"是我们让她那么干的，你别去理会她。"

"可她把我的戏搞砸了。"

"不，她没有，"经理安慰他说，"这仅仅是增加一点幽默。"

"是吗？是这样吗？"这位喜剧大明星大声叫了起来，"她完全毁了我的戏，我不能容忍这样。"

"我们等戏演完后再讨论，等明天再说吧，我们再想想看。"

可是下一幕决定了该如何去做了，嘉莉成了戏中的主要角色。观众们发觉，越是仔细打量她，越能感受到她让人喜欢。嘉莉在舞台上创造的氛围，使戏中其他的角色全都没有了光彩。经理和全团人员都认为她获得了成功。

日报的剧评家们为她的成功起了催化剂的作用。那些长篇的报道大加赞美这出滑稽剧的演出质量，并多次提到嘉莉，剧中具有感染力的笑料被更频繁地强调。

"玛黛蒂小姐在卡西诺戏院的舞台上上演了一段极其精彩的性格角色片段，是该戏院历史上的第一次。"《太阳报》那位地位尊贵的剧评家说："这是一段既不哗众取宠也不矫揉造作的喜剧演出，就像美酒一样让人回味。因为玛黛蒂小姐出场的次数并不很多，很明显这个角色原本不是很重要的，不过观众的反应却与人们原来料想的相反，他们做出了自己的选择。这位教友会的小会员刚一上场就得到了观众的喜欢，非常容易地就获得了观众的兴趣和掌声。千变万化的命运实在是难以琢磨。"

《世界晚报》的评论家常常提出一些轰动全城的时髦话，最终提议道："如果想快乐，就请看嘉莉皱眉头。"

对嘉莉而言，这是根本没想到的效果。就在那天早晨的时候，她收到了经理的祝贺信。

"你像风暴般席卷了全城，"他写道，"这真的是太好了，我为我们高兴。"

此时，剧作家也送来了贺信。

那个晚上,当她来到戏院时,经理非常殷勤地招呼她。

"史蒂文斯先生,"他说,说的是那位剧作家,"正在写一首小曲子,他准备让你下个星期演唱。"

"啊,可是我不会唱歌。"嘉莉回答。

"很容易的,很容易,"他说,"一定适合你。"

"好吧,那我试试看。"嘉莉带着感激说。

"化妆前能不能请你到票房来一下?"经理补充说,"我有件小事情想和你商量一下。"

"我可以来。"

经理在票房里拿出一张纸。

"现在,"他说,"我们要使薪水与你的身份相符了,依照你在这里的合同约定,在接下来的三个月里周薪只有三十块钱。把工资改为……比如说,每周一百五十块,而且将合同延长为一年,你觉得怎么样?"

"哦,很好。"嘉莉说,有点不敢相信。

"那就请你在这儿签上你的名字。"

嘉莉看了一眼,是份新写的合同,除了工资的数字和合同期之外,与前一份的内容差不多都一样。她高兴得发抖,在那里签上了自己的名字。

"每周一百五十块!"她独自轻轻地说。她总算清醒——哪一个百万富翁不是这样呢?人在清醒的时候是很难理解大笔钱财的意义的。虽然这不过是几个闪光耀眼的字眼,其中却包含着无限的可能性。

在布里克街的一家低等旅馆里,心情不佳的霍森沃读到了报道嘉莉成功的那则戏剧报道,一开始没有想到那是什么人。然后,他突然想起嘉莉,又把这个消息看了一遍。

"我想那必定是她。"他说。

然后,他看了看这阴暗、破烂的旅馆休息室。

"我想她是交了好运,"他想,脑海里又浮现出昔日那金碧辉煌、豪华的世界,还有那些装饰、灯火、马车和鲜花。她现在已经脱离了悲惨的命运,到了梦想的地方。她好像变成了高高在上的人物——就如同他过去所认识的名流一样。

"好吧,让她快乐去吧!"他说,"我不会去纠缠她的。"

这是用一颗没有破碎的自尊心所做出的一个艰难的决定。

第四十四章　此间并非仙境：黄金难买幸福

当嘉莉来到后台的时候，她突然发现她的化妆室一夜之间已经换了个地方。

"您以后就用这个房间，玛黛蒂小姐。"一个后台勤杂工解释道。

她不再需要爬上几层楼梯和另一个演员合用一间。现在的化妆室宽敞明亮，里面配备了楼上那些普通演员所不能享受到的各种设备。她费力地吸了口气，觉得很高兴。如果说她的感受是精神上的，还不如说是身体上的。事实上，她根本就没有在想什么，她的身心在起着最突出的作用。

渐渐地，人们对她的尊敬和祝贺，使得她在精神上对自己的处境感到非常满意。人们没有再随便命令她，而是非常客气地说话。当她穿着那身早已穿过几遍的服装上场的时候，同台的别的演员都非常地嫉妒她。那些以前自认为跟她差不多甚至比她还要高一等的人，现在都温和地笑脸相迎，仿佛在说："我们一直都是好朋友。"唯一一个总是不理睬她的人就是那位喜剧明星，因为他所扮演的角色受到了如此深的伤害。或者说，他不会亲吻那只打过他一巴掌的手。

嘉莉演着这个不屈于权势的角色，慢慢懂得了她所得到的掌声的意义，并由此感到幸福。同伴们在舞台侧厢对她打招呼时，她也只是淡淡一笑。她感到有些不好意思——可能觉得受之有愧，她天生不会骄傲自得，她心中也从来不会要故意装作矜持或者摆架子——摆出出众的神态。她演完戏就和劳丽一起坐戏院的马车回家。

接下来一周里，成功的成果被送到了她的面前，并且接连不断。她那丰厚的工资还没到手，但是没有关系，这个世界好像已经确定她前途光明。她开始收到种种的来信和名片。一位她从未听说的韦肖思先生，用尽方法找到了她的住处，很有礼貌地鞠着躬走了进来。

"请原谅我的冒昧打扰，"他说，"我想请问你最近是不是考虑过换个住处？"

"我现在还从未想过。"嘉莉回答。

"嗯，我是惠灵顿饭店的职员——也就是第七大街上那座新饭店。你也许在报纸上读过它的消息。"

嘉莉想起了这是一家最奢华的旅馆之一，她听说这家旅馆有个非常精致的餐厅。

"的确如此，"韦肖思先生看到她知道这家旅馆，然后接着说下去，"我们现在有一些很高雅的套房，若是你还没有想好在哪个地方度过夏天的话，希望你能去看看，我们的套房一切设备都十分完备——有冷热水，独用浴室，每层楼都设有特殊的楼面服务，还有电梯等等。你也知道我们餐厅的条件。"

嘉莉静静地看着他。她认为他是不是把她当成百万富翁了。

"请问你们的房价是多少？"她问。

"嗯，我私底下来找你所说的就是这件事情，我们规定的房价是每天三块至五十块钱。"

"天啊，"嘉莉打断他的话，"房费实在太贵了。"

"我知道你会这样想的！"韦肖思先生高声说，停了一下，"请听我的解释，我说了那是我们标准的房价。不过，我们饭店也和别的旅店一样有特别房价。或许你还不知道，你的名气对我们是有价值的。"

"哦。"嘉莉不禁叫了一声，一下就清楚了他的意思。

"是的。每家饭店都一定要依靠顾客的名气。像你这样的著名演员，"他又礼貌地鞠了一躬，把嘉莉搞得满脸通红，"可以激起人们对旅馆的注意，或许你可能不相信你能吸引顾客。"

"哦，是的。"嘉莉不知该怎么回答，试着在脑子里把这奇怪的建议理出个头绪来。

"现在，"韦肖思先生随后说，轻轻晃着他的圆顶礼帽，一只擦得锃亮的鞋子在地板上随意拍打着，"如果可以，我想安排一下，让你到惠灵顿饭店去住。你完全不用去管那些房费。事实上，我们不用商量这事。多少都行，住一个夏天——只要给点表示就可以了——你觉得能出多少就多少。"

他不等嘉莉把他的话打断，继续说。

"你可以今天或明天来，越快越好，我们能够让你随便挑选我们店里漂亮、明亮、临街的最奢华的房间。"

"你真的是太好了，"嘉莉说，被这个捐客的殷勤感动了，"我想去看看。但是，我依旧会照常付费，我不想让……"

"你根本不用为这操心，"韦肖思先生打断她的话，"我们随时会安排得让你满意。如果你觉得一天三块钱行的话，我们也会觉得可以的。你只要在周末或者月底方便的时候把这笔钱交给财务，他就给你开一张收据，那上面写着这些房间已按标准价格收讫。"

说话的人停顿了。

"你先参观一下房间可以吗？"他又说。

"我倒是非常愿意去，"嘉莉说，"可是我今早要排戏。"

"我并不是要你立刻去，"他回答，"任何时候都可以。今天下午可以吗？"

"可以。"嘉莉说。

她突然想起了劳丽，她那时恰好出去了。

"有一个人和我住在一起，"她补充说，"我们一定要在一起。我差点把这一点忘了。"

"哦，没事的，"韦肖思先生温和地说，"你和谁住在一起都无关。我已经说过，所有的都按你的意思安排。"

他鞠了躬，向门口退去。

"那么，我们在四点钟等待您的大驾，好吗？"

"好啊，我会准时到。"嘉莉说。

"我会在那里带你看看房间的。"韦肖思先生说完就走开了。

嘉莉在排演的时候把这件事说给了劳丽。

"这是真的吗？"劳丽叫道，想到威灵顿饭店里住着一些名气很大的人，"太好了。哦，真的是太棒了！妙极了。那便是那天晚上我们吃饭的地方。没忘记吧？"

"我记得。"嘉莉说。

"哦，那里实在是太好了。"

"我们一定要去那里了。"嘉莉在天色渐暗的时候说。

韦肖思先生领嘉莉和劳丽看的是会客厅那层楼的一个套房，三间房，外加浴室。屋内被漆成巧克力色和深红色，地毯和窗帘的颜色也非常搭配。两间温暖整洁的卧房，里面摆放了涂着白珐琅的铜床，白色椅子的边棱上包着缎带，还有相互搭配的五斗橱。第三间是会客室，里面有一架钢琴，一盏华丽的琴灯，灯罩的式样非常流行，一张写字台，几张舒适的大摇椅，几个矮书架在墙边放着，还有一个装满小摆设的镀金古玩橱。墙上挂着名贵的画，柔软的土耳其靠垫随意地放在长沙发上，地板上摆着几只外罩棕色长毛绒的脚凳，配有这些设施的房间通常的价格是每周100块钱。

"啊，太漂亮了！"劳丽大声叫着，在房里来回走动。

"是很舒适。"嘉莉说，她正在拉窗帘，看着下面车水马龙的百老汇大街。

浴室也很漂亮，贴着白色的瓷砖，有一只镶着蓝边的石头大浴缸，而且还有一些镀镍的小装饰。这个浴室明亮、宽敞，墙上还有一面镶花边的镜子，白炽灯被装饰在了三个地方。

"你觉得这些行吗？"韦肖思先生说。

"啊，非常满意！"嘉莉回答。

"那么，你随时都可以搬进来，都已经弄好了，服务员会在门口把钥匙给你的。"

嘉莉见到铺着精美地毯的精心装修的大厅，大理石装饰的休息室和闪耀夺目的接待室。这正是她从小梦想到达的地方。

"我认为我们还是尽快地搬进来，你觉得呢？"她想起十七街那朴素的房间，便对劳丽说。

"哦，当然好啊！"后者说。

第二天，她的箱子就被放进了新居。

星期三演完戏后，正换衣服时，有人敲响了她的门。

嘉莉看到杂役递给她的名片，吃了一惊。

"告诉她我马上就出来，"她温柔地说，接着她看了看名片又说，"沃什太太。"

"嗨，你这个小家伙！"当她看到嘉莉走过现在空空的舞台向她走来时，她大声叫道，"究竟发生了什么？"

嘉莉快乐地笑了。她朋友的态度中不带一丝的尴尬，你会觉得她这么久不联系完全是偶然的事。

"我不大清楚。"嘉莉回答，虽然刚开始看到这位长相漂亮而且心地善良的年轻太太时心里有些焦虑，但她现在正慢慢地变得热情起来。

"嗯，知道吗，我是在星期天的报纸上看到你的，但是你的名字把我弄糊涂了。我猜那肯定是你，或者就是一个长得跟你十分相像的人，所有我就对自己说，到那里瞧瞧吧。我从生下来还从未这样吃惊过，总之，你还好吗？"

"哦，很好，"嘉莉回答，"你最近可好？"

"很好，你如今红了。天哪！各家报纸都在评论你。我还以为你会把眼睛看到天上去。今天下午我都差点不敢来这里找你。"

"啊，别乱说，"嘉莉红着脸说，"你知道我是很高兴见到你的。"

"哦，好了，总算是找到你了。现在去我家吃晚饭如何？你住在哪里？"

"住在惠灵顿饭店。"嘉莉说，话音里流露出了几分骄傲。

"哦，真的吗？"对方叫道，这个名字在她身上起到了预料中的作用。

沃什太太很知趣地闭口不提霍森沃——即使她很自然地想到了他。无疑，嘉莉早就抛弃了他，这一点她还是清楚的。

"啊，今天晚上不行，"嘉莉说，"我没空，我一定要在七点半钟赶回这里。你跟我去吃饭好吗？"

"我非常想去，但是今晚不可以，"沃什太太边说边仔仔细细看着嘉莉美丽的脸蛋。嘉莉现在走红了，在沃什太太的眼里显得更加重要、可爱，"我说过六点钟要按时到家的。"她快速地看了一眼别在胸前的小金表，又说，"我也要走了。告诉我你如果能来，什么时候会来。"

"嗯，你高兴什么时候就什么时候。"嘉莉说。

"那么，就明天吧。我现在住在切尔西旅店。"

"你又搬家了？"嘉莉笑着说。

"是的。你知道，我在一个地方不能待上六个月，我总是要搬家。你记得，五点半。"

"放心，我会记得的。"嘉莉说，看她走了，又向她看了一眼。然后她想到自己现在过得和这个女人一样好——可能比她还更好。沃什太太的关心和殷切让她多少觉得自己才是在屈尊俯就。

今天就像前几天一样，卡西诺戏院的门卫把几封信件交给了她。这是从星期一以来迅速形成的一个现象。有关信的内容，她不看都猜得出，温柔的情书对她来说并不是什么新鲜事，她想起早在哥伦比亚城时，她就收到了第一封情书。从那以后，她当歌舞队员时也收到过很多——全都是一些想请求约会的绅士们所写。劳丽也收到过很多，因此，这些情书就成了她和劳丽一起聊天的笑料，她俩总是拿它们开玩笑。

但是如今，这些信来得却又多又快。有钱的绅士们在写出自己的种种的可爱之处后，会记得加上一句他们有马有车的话。有一封信是这样写的：

我自己拥有百万家产，我能够给你一切奢侈品，所有你需要的都能够得到。我这样说并非显摆钱财，而是因为我爱你，想满足你的所有渴望。因为爱，我给你写了这封信。你能给我半个小时，让我诉说衷肠吗？

和她搬到惠灵顿饭店豪华的房间后收到的那些相比而言，嘉莉住在十七街时收到的那些信看起来更有趣，虽然从未让她开心过。即使在那里她的虚荣心仍没让她对这些信件觉得厌烦。一切的恭维，只要是以新的形式，都能让她感到高兴。但是她非常聪明，能把以前的她和现在的她区别出来，她现在是既有名又有钱财。她以前既听不到奉承的话语也听不到热情的邀请，现在两者就都有了。原因是什么呢？想到男人们会一下子觉得她比过去更有吸引力，她觉得好笑。这至少激起了她冷漠的态度。

"看，"她对劳丽说，"这个男人的话。""如果你能委屈一下给我半个小时，"她低声念道，"真奇怪，男人们真的是太笨了。"

"听他的口气，他好像很有钱。"劳丽说。

第四十四章　此间并非仙境：黄金难买幸福

"他们任何人都这么说。"嘉莉纯真地说。

"你为什么不去见他一下？"劳丽建议说，"听一听他有什么话想说呢。"

"我真的不想，"嘉莉说，"我知道他要说什么，我不想以这种方式见任何人。"

劳丽睁着兴奋的大眼睛看着她。

"他不可能伤害你的，"她回答说，"你也许能够跟他聊得很开心。"

嘉莉摇摇头。

"你真是奇怪！"这位蓝眼睛小士兵说。

运气就这样接连来了。整个这一个星期，虽然她那大部分工资还未拿到手，这个世界似乎都知道她，信任她。她手头什么钱都没有或者至少还没有必要的一笔钱，却能得到与金钱有关的一切奢侈品，那些高级地方不需她开口就对她敞开了大门，这些宫殿般豪华的房间如此奇妙地到了她的手里。沃什太太在切尔西饭店那几个高级的房间，她也能够随意进出。男人们把鲜花和情书送来，还想要把财产献给她。但是她还在幻想着那一百五十块钱，一百五十块钱！这就像是个通往财富之路的大门。一天天的，事情的发展把她搞得晕头转向，她想象着有了这么多钱她的未来会是怎样，这种幻想随着时间的流逝更加强烈。她想象着世上所没有的乐趣——看到地上或海上必定不会出现的欢乐之光。之后，在经过好几次的憧憬之后，她最终第一次拿到了这一百五十块钱的工资。

这些钞票是由三张二十的，六张十块的，和六张五块的组成的，很明显也方便清点。付钱给她的出纳还带着一个微笑和一句恭维话。

"啊，是的，"在她领工资的时候，后者说，"玛黛蒂小姐——一百五十块。这出戏非常成功啊！"

"是的，十分成功。"嘉莉回答。

紧跟在她后面的是团里一个不出名的演员，她听到出纳变了语气。

"多少？"同一个出纳用锐利的声音说。一个像她之前一样的一般演员正等着得到她那微薄的工资。这让她记起很久以前有几个星期在鞋厂从一个高傲的工头手中接过四块五毛周薪时的样子，那差不多可以说如同接受施舍似的。一个拿着工资袋的男人，他的样子就像是一个王子在给一群奴颜婢膝的祈求者恩赐一样。她知道就在这一天，芝加哥那同一座工厂的车间里依然坐满了衣着普通的姑娘，在几长排咔嚓作响的机器旁工作，中午她们会在半个小时里吃简陋的午饭，到星期六她们又会像她在那里时凑在一起，领取少得可怜的薪水，而她们所干的活儿比她现在干的要累上一百倍。啊，现在是如此轻松。这世界是如此美好、光明。她兴奋之余，认为必须回饭店去考虑自己该怎么办。

一个人的需求若是属于精神世界的，金钱很快就会表现出它的无能。嘉莉手中拿着一百五十块钱，却没想出有什么特别想做的事要做。金钱本是实在有形的东西，她看得见、摸得着，兴奋了几天，可是这种状态不久就消失了。她用不着把它拿去付房费。她的衣服让她非常满足。求爱的信件要贡献比她多得多的钱财。再有几天，她又会领到一百五十块钱。情况很清楚，要维持她现在的状况好像并不急需这么多钱。若她想混得更好或者爬得更高，她就一定要有更多的钱——要更多更多。

此时，有一位评论家来采访，要写一篇华而不实的采访报道，这种文章要自始至终显示聪明的见解，展现评论家的聪明，揭示名流的愚蠢，让所有人觉得高兴。他喜欢嘉莉，而且并不忌讳地跟他人公开说，不过他又说她不过是长得漂亮、心地善良并且运气很好而已,这好像刀子一样扎在嘉莉心上。《先驱报》为筹集免费送冰的基金举行了一个招待会,请她和几个名流一同参加,不过不给她报酬。有位年轻的作家写了个剧本,觉得她能出演,就跑来找她。天哪,她根本不能做主。她想到这里就觉得难过。其后,她知道必须把钱存到银行里才能安心,这样过了一阵子,她总算明白,享受无忧无虑的生活的大门还没有向她敞开。

她慢慢地想到这是夏天的关系。除了几部像她当主角的这类戏剧之外,没有别的娱乐活动。第五大街的老板们都把办公室的门锁上出去避暑了,麦迪逊大街的情况也是如此,百老汇大街上到处是游荡的演员,在寻找下一个季节的演出机会。整个城市都静静的,晚上她又一定要去演出。所以,她觉得很无聊。

"我真的不懂,"她有一天坐在一扇能够俯视百老汇大街的窗子边,对劳丽说,"我认为有些无聊。你不这样认为吗?"

"不,"劳丽说,"不常觉得寂寞。因为你哪里都不想去,所以感觉无聊。"

"我没有可以去的地方啊?"嘉莉问。

"哦,有很多呀,"劳丽回答,她回忆自己和那些欢乐的小伙子们轻松快乐的交往,"你讨厌跟其他人出去。"

"我不想跟那些给我写信的人出去,我很清楚他们的为人。"

"你不应该觉得寂寞,"劳丽说,心中想到嘉莉的成功,"很多人宁愿抛弃一切来达到你的地位。"

嘉莉又望着外面走过的人群。

"我不明白。"她说。

慢慢地,她开始为自己无事可做感到厌烦。

第四十五章　穷人的奇特生计

　　霍森沃仅仅只有最后的七十块钱，每天情绪低落地坐在他租赁的下等旅馆里看着报纸，这样的夏去秋来。钱剩的越来越少，他因此也非常着急。一天天地付五毛钱的房费，他逐渐感到压力，就换了一个更不值钱的房间——三毛五分钱一天，以便把钱用的时间更长些。他总是看到有关嘉莉的新闻，《世界报》登了几次她的照片，他在椅子上捡到了一张旧《先驱报》，从中知道了，她最近和别的几个人一起参加了为某项事业而举办的一次公演。他带着非常复杂的心情读着这些报道，每一则报道都让她离他更远。他还在广告牌上看到她一张漂亮的海报，上面是她扮演教友会小教友的模样，端庄又俏皮。他好几次在海报面前停下来，看着海报，情绪复杂地凝视着那张漂亮的面孔。他的衣服破烂不堪，与她当今的样子形成了明显的对比。

　　不知为何，即使他从来没有想到去找嘉莉，可一旦知道她还在卡西诺戏院演戏，他心里就觉得有一种安慰，他并非孤单一个人在这里。这出戏好像成了一个固定节目，一两个月后，他开始想当然的认为戏还在演。他没有发现剧团9月的外出巡演。当他的钱用得仅有最后的二十块时，他搬到了波维廉街一个一天一毛五分的非常简陋的地方居住。他在这里形成了回忆以前的习惯，这个习惯在他身上越来越根深蒂固了。这并非是进入梦乡，而是脑海里一直回忆起他在芝加哥时的全部事情。眼前越是黑暗会让过去越辉煌，而且和过去有关的一切都变得分外突出。

　　他还没有发觉到这种习惯已经把他影响到了何种程度，直到有一天他感觉自己嘴里在说着他以前对一个朋友说过的老话。他们在罕那·哈哥酒店里，他好像正衣冠楚楚地站在他那高雅的小办公室的门口，和萨加·莫里森商讨芝加哥南区某块房产的价值，后者正打算在那里投资。

　　"你想和我一块投资吗？"他听到莫里森说。

　　"我可不能，"他回答，就像他多年前的回答一样，"我的钱现在都用在了别的地方。"

　　嘴唇的蠕动让他清醒过来。他不清楚自己是不是真的说了出来。他第二次发现这种情况时，他当真说了出来。

　　"你为何不跳，你这傻瓜，"他在说，"跳吧。"

　　这是他对一群演员讲的一个英国的幽默故事，甚至在听到声音惊醒时，他依然在微笑。坐在另一边的一个粗鲁的怪老头好像受到了干扰，他夸张地把眼睛张大了。霍森沃站起身，刚才的搞笑故事马上消失得无影无踪，他觉得很惭愧。他准备缓解一下，就到街上去散步。有一天，他在看《世界报》的广告栏时，见到卡西诺戏院在上演一出新戏。他猛然呆住了，发现嘉莉已经走了。他记得就在昨天还见到过一张她的海报，不过那无疑是别人在贴新海报时遗漏的一张。奇怪的是，这一事实让他非常惊讶慌张。他只得承认，自己或多或少还依赖她在城里这一事实。她现在走了，他不清楚为什么自己没发觉这么重要的事情，天知道她什么时候才会回来。他又紧张又害怕，站起身，走进黑暗的卫生间，悄悄数了数他剩下的钱，总共只有十块钱了。

他想知道他周围这些住在寄宿处的其他人都是怎么过活的。他们好像什么事都不干，也许他们靠乞讨生活——对，他们肯定是靠乞讨生活。当初他得意的时候，就曾经给过他们这种人无数的小钱，他也曾看到过别人在街上讨钱。或许，他可以同样地讨点钱。这种想法简直令人觉得恐怖。

坐在寄宿处的破旧屋子里，他最终只有五毛钱了。他一直以来的节衣缩食使他的健康受到非常大的影响。他结实的身体一天天消瘦，所以，衣服穿在身上根本不合身。这时他觉得一定要工作才行，就出去奔走，一天过去了，只有最后的二毛钱——这点钱连明天吃饭都不够了。

他鼓起勇气，走到百老汇大街，向百老汇中央旅社走去。他在离那里一个街区的地方停了下来，踌躇着。一个表情庄重的大个子行李员正站在侧门口，向外张望，霍森沃决定向他求助。他直接走过去，不等对方转过身就站在了他的面前。

"我的朋友，"他说，即使自己在困境中也看得出这个人地位很低，"这个旅社里有没有什么我能够干的事情？"

他趁着行李员看着他时继续说："我失了业，又花光了钱，无论如何也要找些事来养活自己，任何事都可以。我不想说起我的过去，不过如果你能告诉我怎样找到工作，我将非常感激，就算仅仅干几天都可以，我一定要找点事情做。"

那行李员还在看着他，想装作没听到的样子。当他看到霍森沃还打算一直讲下去时，他打断了他。

"这事我不能帮你，你只能到里面去问。"

很奇怪，这一举动竟然使霍森沃打算进一步努力了。

"我还以为你能跟我说呢。"

这个人不耐烦地摇摇头。

这位前经理向里面走了进去，直接走到办公室里办事员的写字台前。旅社的一位经理正好在那里，霍森沃直直地看着他的眼睛。

"你能不能给我个工作，让我干几天？"他说，"我现在的状况使我必须马上找点事做。"

那位悠闲的经理看着他，好像在说，"嗯，我看得出来。"

"我来这里，"霍森沃慌忙地解释说，"因为我得意的时候也曾当过经理。我碰到了某种厄运，但是我来这里不是为了告诉你这个。我一定要找点事做，哪怕就一个星期也行。"

这个人觉得自己从这个求职者的眼睛里看到了一点狂热的光芒。

"你有经营过旅馆之类的经验？"他问。

"我没有经营过旅馆，"霍森沃说，"不过我在芝加哥的罕那·哈哥酒店做了十五年的经理。"

"真的吗？"旅馆经理说，"那你为何离开那里了呢？"

霍森沃的形象与这事实比起来，是十分令人吃惊的。

"嗯，因为我自己干了傻事，现在不谈这些了。我目前一分钱也没有，你也许不相信，我今天没有吃过东西。"

旅社的经理对他的话产生了一些兴趣，实际上他并不清楚该拿这个人怎么办，可是霍森沃的诚实使他认为能帮点忙。

"叫一下奥尔森。"他转回身对办事员说。

一声铃响把一位大厅服务员叫来了,他听到命令走了出去,不一会儿,行李员领班奥尔森出来了。

"奥尔森,"旅馆经理说,"楼下有哪些事可以干的吗?我准备给他一些事情做。"

"这我不太知道,先生,"奥尔森说,"我们人手已经够了。不过要是你愿意,经理,我想我应当能够给他找些事做。"

"那好吧。带他到厨房去,让威尔逊先给他点吃的。"

"是,经理。"奥尔森说。

霍森沃跟着他出去了,一旦走出经理的视线之外,领班的态度就不一样了。

"我不知道到底有什么事情可做。"他说。

霍森沃不言语,他从内心看不起这位搬衣箱的大个子。

"经理要你给这个人一些食物。"他对厨师说。

厨师瞧了一眼霍森沃,看到他的眼睛里流露出一丝敏锐、明智的神色,就说:

"好的,那你就坐着等等吧。"

霍森沃就这样在百老汇中央旅馆里安顿了下来。可是好景不长,因为每家旅馆都有的那种拖地板擦桌椅之类的琐碎活儿,他干起来非常拖拉。因为没有更好的活儿给他,他只好被派去给锅炉工当下手,冲洗厕所,干任何派给他的杂活儿。行李员、厨师、职员,所有人都是他的领导,此外,他的性子也不让人喜欢,他的性格真的是过于孤僻,他们也就不给他好脸色。

可是,他在绝望之中已经是毫无感觉,竟然忍受了这些事,睡在旅馆屋顶的小阁楼上,吃着厨师扔给他的东西,每周只拿几块钱,还打算节省下来。他的身体早就不能承受了。

第二年二月的一天,他被叫到一家大煤炭公司的办公室跑腿。那时才刚下过雪,正在融化,街上泥泞难行。他在路上把鞋子弄湿了,回来后感觉又是头晕又是疲劳。第二天一整天,他觉得身体可能随时垮掉,便只好多坐着,让那些喜欢看到别人精力充沛的人很不高兴。

那天下午,要搬开几个箱子好给新橱具腾出地方来。他被叫去推一辆手推车,碰到一只大箱子,他居然搬不起来。

"你这是怎么了?"行李员领班说,"你无法搬动这些吗?"

他正在费力搬它,可是怎么也搬不动。

"不行。"他浑身疲惫地说。

领班看着他,却见他脸色苍白。

"你没生病吧?"他问。

"我想可能是病了。"霍森沃回答。

"那你去坐一会儿或许会好些。"

他去休息了一会儿,可是很快就变得更为难受。他只好努力地爬回自己的房间,最终在里面待了一整天。

"霍朗那家伙好像生病了。"有一个杂工对晚上值班的办事员说。

"他怎么回事?"

"我也不太清楚,他好像发高烧了。"

旅馆的医生来给他看了病。

"把他送到贝列弗医院去会好些,"他建议说,"他可能得了肺炎。"

他便被他们用车子送到了医院。

三周后,他可算是度过了危险期,可是等真正恢复体力之后能够出院,却是五月一号的事情,所以他被辞退了。

这位以前体格健壮、充满活力的经理,现在在春日里却是一副虚弱无力的样子,看起来比任何人都让人同情,他此前壮实的身体已变得十分虚弱。他的脸消瘦而且惨白,双手没有一点血色,身上肌肉松垮。连衣服等所有加在一起,他的体重也仅有一百三十五磅。有人给了他一些旧衣服——一件还相当新的棕色上衣,一条肥大的裤子,以及一些零钱,并劝告他去申请一下救济。

他又来到了波维廉街,找到了一家寄宿处,想着该去哪里找工作。他马上就要到乞讨的地步了。

"已经没有任何办法了,"他说,"我不会饿死吧。"

他第一次乞讨是在阳光明媚的第二大街。一个衣服华美的男人闲散无事地迈着步子从斯托伊维桑特公园向他走了过来。霍森沃鼓起勇气,侧身迎了上去。

"给我一毛钱好吗?"他直白地说,"我已经到了必须乞讨的地步了。"

那个人连看都没看他,就扔给了他一个一毛的硬币。

"给你。"他说。

"非常感谢。"霍森沃轻声说,但那个人已经走远了。

第一次的得手让他既为自己的行为感到高兴又觉得惭愧,他决定再讨二毛五分钱,因为那就差不多了。他四处走动,打量着路人,但是好久才有合适的人和机会。可是,这次开口却被拒绝。这个结果让他非常难堪,他用了很长时间才缓过来又继续乞讨,这一次他乞讨到了一个五分钱的硬币。他学会了看人脸色,终于又得到了二毛钱,可这情景太让人难堪了。

第二天,他又故技重演,经历了不知多少次的挫折,才讨到了一两个人的施舍。他总算明白,人的面孔是非常有学问的,要是详细研究一下,每个人都能识别出哪张面孔是善哪张是恶。

但是,他不喜欢这样的方式。他看到有个人因为这个而被捕,便害怕自己万一被捕该怎么办。即使如此,他还是依然乞讨,心底里等着好运能够降临。

因此,当他有天早上看到"卡西诺剧团嘉莉·玛黛蒂小姐返回城"的布告时,他觉得很高兴,过去那些天他常常想到她。她现在多有名气啊!她一定有了不少钱。但即使是现在,他也是在处处碰壁后才决心去找她帮助的。他真的是饿坏了,才想起说:

"我去找她,她一定会帮助我的。"

所以,有天下午,他便走向卡西诺戏院,找到了后台的入口处,随后,他就坐在离这里一个街区的布莱思特公园里沉静等待着。"她一定会帮助我的。"他在心里总是这样想着。

从六点半起,他就像一个幽灵一样徘徊在三十九街的入口处,总是扮作一个匆匆走过的行人,但他又害怕会错过他的目标,关键时刻到了,他也有一点紧张,可是,他既累又饿,顾不得心中的羞愧感了。他总算看到演员们一个接着一个到来,心情也更加紧张，到后来差点要承受不住。

有一次，他自以为看见嘉莉来了，于是迎了上去，走近了却发觉是看错了人。"她这时应该来了。"他心中想，有点想要见到她，又害怕她会从另一条路过去，他现在真的是太饿了。

人们接连地从他身边走过，每个人都穿戴整洁——也差不多人人都不想多看他一眼。他看到一辆辆马车经过，绅士们挽着淑女路过——这个戏院和旅馆区晚上的欢乐立即就要开始了。

突然，一辆马车开过来，车夫跳下车去开门。霍森沃还没有过去，两位女士就早已穿过宽阔的人行道，走进了后台的门。他好像看到了嘉莉，可是来得太快，对方气质高雅，而且如此高不可攀，他也不知道是不是她。他又等了一会儿，肚子饿得无法忍受，后来看到后台的门始终没有打开过，而快乐的观众们正陆续到来，他便坚信那肯定就是嘉莉，就转身离开了。

"天哪，"他说，迫切离开这条有钱人正在蜂拥而来的街道，"我只好另想办法弄点吃的东西。"

在那时，每当百老汇大街上演其最有情趣的节目时，就有一个奇怪的人总是站在二十六街和百老汇大街的街角上。在这个时候，各个戏院正准备迎接愉快的观众，处处都闪烁着宣告晚上娱乐活动的灯光招牌。出租马车和私人马车哒哒地飞速驶过，车灯的闪光就像一只只黄色的眼睛一闪而过。人们结伴而行、三五成群地随意混杂，在如潮水一样流过的人流中，欢笑着，嬉戏着。第五大街上有些闲来无事的人——几个悠然自得的富翁；一个身穿华服、手挽太太的绅士；几个到处玩乐的俱乐部成员。近处，那些大饭店（霍夫曼饭店和第五大街饭店）显现出数不清的灯光明亮的窗户，它们的咖啡室和棋艺室里全是有钱的人群。每个地方都是这番夜景，处处都闪耀着寻欢作乐的念头，到处都是一座大城市以千百种不同姿态寻求快乐的热潮。

这个人是从一个退伍军人转变成的传道士，他在忍受了我们这个社会奇特制度的鞭挞和剥削之后，肯定他对上帝的责任就在于帮助和他相同的人。他所选择的帮助方式全然是由他个人决定的。这就是要为所有向他提出请求的无家可归的流浪者提供一张床，虽然他都没有钱为自己提供一个舒适的住处。

他会在周围轻松的氛围中站在他的老地方，他壮硕的身上披着一件大大的斗篷，头上有一顶宽沿帽，等待着通过所有途径知道他这救济事业的申请者。他会单独在那里站上一阵子，就像其他游手好闲的人一样看着这总是诱惑人的场面。这个晚上，一个警察从他身边经过的时候，和善地向他致敬，称他"上尉"。一个以前经常在那里看到他的报童停下来看着他。其他的人都仅仅认为他是一个打扮奇怪的自得其乐的陌生人。

半个小时过去了，来了一些人。在过路的人群中经常可以看到闲荡的人刻意地走了过去。一个慵懒的家伙步行至对面的街角，悄悄地向他这边望着。又一个人沿着第五大街走了过来，来到二十六街的街角，看了一下整个状况，又蹒跚着走了。有一两个一下子就看得出是来自波维廉街贫民区的家伙，顺着麦迪逊广场这一边的第五大街到这里来，但是没敢过去。这位披着斗篷的军人在街角十英尺的短距离内来回徘徊，闲散地吹着口哨。

快要九点钟时，之前的喧哗已经有所消散。旅馆里的气氛不再富有朝气，天也凉了起来。周围来了一些奇怪人物，观望着、窥探着，站在一个想象的圈子外面，似乎不敢走进去——一共有十二个人。很快，天气越发凉了，有个人影向前走去。他从二十六街的昏暗处走出来，走过百老汇大街，踌躇着兜了一个圈子走过等待着的军人。他的行动有些不自然，好像不到最后一刻都不打算暴露任何要停下来的想法。可是，他来到军人的身边，却停了下来。

上尉认出了他，可是并没有特意打招呼。新来的这一位略微点了点头，低声说了几句，仿佛一个在乞求恩赐的人一样。对方仅仅做个手势让他走到人行道边上去站着。

"站过去。"他说。

这样就打破了尴尬。即便当军人又开始庄重地在那短距离上来回走动时，别的人也都拖着脚步走上前。他们并没有与他们的头领打招呼，而是来到第一个人身边，说了几句话。

"很冷吗？"

"我很高兴冬天快要过去了。"

"看来似乎要下雨了。"

这群人增加到了十个。其中有一两个相互认识的人在交谈着。另一些人则站在几英尺之外，不想挤在这群人当中，但又不想被漏掉。他们一言不发，迷茫地不知道看着什么，双脚移动着。

他们本应该很快交谈起来，但是军人不让他们发出声音。他点了一下人数，感觉足够了就走过去。

"你们都是要床位是吗？"

他们都移动了一下脚步，谨慎地同意。

"请排好队，我看能不能为你们做些什么。"

他们就渐渐地排成了参差不齐的一行。这时，人们能够看到较为明显的那些主要特点。队伍里有个家伙装了假肢。这些人耷拉着帽子，这些帽子连放在黑斯特街的地下室旧货店里都不够格。裤子也全都是歪歪斜斜的，裤脚已经磨损，上衣也已破旧并且褪了色。在店铺灯光的照射下，有些人的脸非常干枯、苍白，其他一些人则脸长红疮，脸颊和眼睛下有明显的浮肿。有一两个非常瘦，让人联想到铁路工人。有几个围观的人被这看起来是在聚会的团体吸引着走到近处，接着围观的人很快多起来，于是就有了你推我挤的一大群。队伍里有些人忍不住说话了。

"安静！"上尉大声喊道，"好了，先生们，这些人没地方睡觉。如果你们给我一毛二分钱，我就能够为一个人安排一个床铺。"

没有人回复。

"伙计们，我们只能等到有人愿意出钱。一毛二分钱对你们来说是很少的。"

"我这有一毛五分！"一个年轻人说，递给他，"我只有这么多。"

"好的，我现在已经有一毛五分了。你从队伍中走出来。"上尉抓住一个人的肩膀，把他拉到旁边，让他单独站在那里。

他走回原来的地方接着讲话。

"我还有三分钱。这些人总得有个睡觉的地方，还有，"他数着，"一，二，三，四，五，六，七，八，九，十，十一，十二个人。如果有九分钱就可以给下一个人一张床铺，让他快乐地睡上一晚。我自己会跟他们去安排这件事。哪一位愿意给我九分钱？"

一个在围观的中年人,把五分钱递过来。

"我现在有八分钱了,再多四分钱就可以给这个人一张床铺了,请给些钱吧,先生。我们今晚速度太慢,你们都有舒服的床铺,这些人却没有任何东西。"

"给你。"一个围观者说,施舍给他一些硬币。

"这些,"上尉望着那些硬币说,"使两个人有了床铺,还有五分钱给另一个。谁可以再给我七分钱?"

"我这里有。"一个声音喊道。

这个晚上,霍森沃从第六大街走过来穿过二十六街,在向东朝第三大街走的时候看到这一幕。他情绪很是低落,饿得几乎要死过去,无精打采。他怎样才能找到嘉莉呢?戏要到十一点钟才可以演完。她如果坐马车来,也会坐马车走的,他一定在十分艰难的情况下才可以把她拦住。最让人痛苦的是他饥寒交迫,再等一天会好些,因为今晚他无法鼓起勇气再去尝试了。他没地方睡觉,更没有东西吃。

当他来到百老汇大街时,他看到了上尉的那群流浪汉,可想着那也许是什么街头卖艺的人或者江湖术士,就准备走过去。不过,在路过街道朝麦迪逊广场公园走去的时候,他见到那些曾经有铺位的人排成的队伍,从人群里延伸了出来。在周围灯光的照耀下,他看清了那些是跟他相同的人,他在街头和寄宿处曾见过的人物,和他自己一样没有归宿的人,他转过去准备看看发生了什么事。

上尉像刚才那样正在那里简单地说着。听到那句重复的话"这些人一定要有个地方过夜",他一开始觉得很惊讶,然后觉得很感动。他的前面是成队的还没有得到床的不幸者,之后,他看到一个新来的人趁人不注意时悄悄地走过去,站到了队伍的最后,他想要照办,至少这能解决目前的困难。或许在明天,他的日子会好转一些。

他后面的那些人有一种放松的神情,因为他们的床铺现在有了保证。因为无须再担心什么,他听到他们在畅快地交谈,而且有几分感情的交流。

别的几个人冷眼相视,差点像公牛那样瞪眼呆呆望着,这些人有的太迟钝,有的太疲倦,不想说话。

站着十分辛苦。霍森沃越等越疲倦,他认为自己快要坚持不住了,就不住地把双脚交换着,终于该他了。他现在变成了第一个,上尉已经在为他说话。

"一毛二分钱,先生们——只要一毛二分钱就会让这个人有床铺睡觉,让这个不幸的人有个归宿吧。"

霍森沃把想说的话咽了回去,饥饿和疲倦已经让他成了一个胆小鬼。

"钱给你。"一个陌生人边说边把钱放在了上尉的手上。

上尉这时和善地把一只手放在这位前经理的肩上。

"去站到那边的队伍中去。"他说。

刚站到那里,霍森沃就感觉到心情很轻松了。他认为有这样一个好人,这世界可能还不那么糟。别人也和他有一样的感觉。

"上尉真是个好人,是吗?"站在他前面的一个长着苦瓜脸的矮个子家伙说,好像他生来就受着命运的捉弄和摆布。

"是啊。"霍森沃没表情地说。

"嘿,后面还有很多人呢。"更前面的一个人说,把头伸出来看着上尉正在为其后的人呼吁要床铺。

"是啊,今晚一定会有一百多人的。"另一个人说。

"看那马车里的人。"第三个人说。

一辆马车路过时停下来,一位身穿礼服的绅士给上尉递过一张钞票,上尉道了谢然后接过来,又再次来到队伍中。大家都伸长脖子看着那白衬衣胸前闪耀的钻石,目送马车走了很远,围观的人群非常惊讶地看着。

"这些钱肯定够为九个人安排过夜了,"上尉说,数出排在他旁边队伍中的最前面的九个人,"到那边去。现在仅仅剩下七个人了。有没有人能给我一毛二分钱?"

钱来得有点慢。此时,围观的人群也没有几个人。除了偶尔驶过一辆出租马车或者经过一个行人外,第五大街早就没有多少人了。百老汇大街上的行人也非常少。只是时不时有个人走过,看到这一小群人,抛出一个硬币,然后扬长而去。

上尉依旧坚持站在那里。他一直清楚地讲着那几句话,似乎非常自信他不会失败。

"来吧,我不能整个晚上都站在这里,这些人又累又冷,谁能给我四分钱?"

有时他什么也不说。这时只要有人递给他一毛二分钱,他就点出一个人去另一边排队。随后,他又像之前那样来回踱着步,眼睛盯着地上。

当戏院散场时,时钟敲了十一下。半小时又过去了,最后只有两个人。

"来吧!"他向几个好奇的围观者说道,"只要再有一毛八分钱,我们大家就可以睡觉了。再有一毛八分,我有六分钱了,请给我钱吧。一定要记住,我今晚还要回到布鲁克林去呢。可我一定要先把这些人带去,把床铺给他们安排好。谁能够给我一毛八分钱!"

没有人回答,他来回徘徊,眼睛盯着地上有一会儿,偶尔温和地说:"一毛八分钱。"看来这笔小数目比其他钱来得慢,好像要推迟那期待的目标。霍森沃站在这长长的队伍里,勉强打起精神,好不让自己呻吟出来。他已经太过疲惫了。

最终,一个披着歌剧斗篷、身穿沙沙作响的美丽裙子的女士在男伴的陪伴下,沿着第五大街走了过来。霍森沃没有精神地注视着她,不禁想起过去的自己。

正是在他如此发愣的时候,她转过身来看着这群奇怪的人,让他的男伴走过来。他很有风度地手持一张钞票走过来。

"给你。"他说。

"太感谢了,"上尉说,向最后两个人转转身,"我们现在还有其他的一点钱可以给明晚用。"最后他又加了一句。

所以,他把最后两个人排进队伍中,然后向队伍前面走去,边走边数。

"一共一百三十七个,"他高声说道,"好了,伙计们,把队排好,向右转,我们很快就到了,别着急。"

他喊着"齐步走"的口令,让这支队伍慵懒地向前走着。这支队伍路过的时候,夜半时分,行人和散步的人都转过头来观望着。在那么多的街角,正在聊天的警察们冷漠地望着他们,向他们的领队点一下头,他们以前见过他。他们疲惫地沿第三大街一路走到八街,那里有个寄宿处,可是已经关门了。不过,这里知道他们要来。

他们站在黑暗中等着领队去协商。接着门"哐"的一声被打开了,有人喊着"不要着急",让他们都进去了。

前门有人在安排房间,如此一来就不会因为拿钥匙而耽误时间。霍森沃费了好大劲爬上吱吱作响的楼梯,回头看来,上尉正在看着大家,他那份博爱关怀备至,要等到最后一位被安排好了才放心。最后,他裹紧斗篷,融进了黑暗的夜色中。

"我再也无法忍受了,"霍森沃说,他在分给他的那间黑漆漆的小房间里的破旧床铺上躺下了,两条腿疼得非常厉害,"再不吃些东西我就会饿死的。"

第四十六章　愁上添愁

自从巡演回来后,嘉莉就总是在纽约演出。有一天晚上,就在她卸完妆刚想要回家时,突然听到一阵嘈杂的声音从后台的门后传来,期间掺杂着一个她熟悉的声音。

"我想见玛黛蒂小姐。"

"那你得先把名片送上。"

"哦,好吧。给——"

他递过去五毛钱,嘉莉听到几下敲门声,而后就把门打开了。

"居然真的是你,"托罗奥说,"我真的没有弄错,当我看见台上的人之后,我就知道是你了,你还好吗?"

嘉莉下意识地后退了一步,她没料到会出现一段令人尴尬的谈话。

"你不与我握手吗?哦,你真漂亮。没事,仅仅是握握手而已。"

嘉莉伸出手,脸上带着笑容,那是由于这个男人的热情而不得不展露的。他是老了一些,但是各方面都没太多变化,衣着打扮还是和从前一样。

"我给门口那个人塞了点钱,我知道一定是你,我说,这台戏你们演得太好看了,你那角色演得很好,我明白你很会演戏。今晚我正好经过这里,就想过来看一下。我看到节目单上有你名字,可直到等你上台后才确定是你。我是突然想起来的,那不是你在芝加哥用的名字吗?"

"原来如此。"嘉莉温和地说,她现在已被这个男人的热情感染了。

"我见到那角色就知道是你。总而言之,你最近可好?"

"哦,很好。"嘉莉边说边在她的化妆室里徘徊。托罗奥此时的到访使她茫然不知所措,她问道:"你还好吗?"

"我非常好。现在住在纽约。"

"是吗?"嘉莉说。

"是的,我被调来管理这分公司已有六个月了。"

"那真是太好了!"

"那么,你是何时开始踏上舞台的?"托罗奥问。

"大约三年前。"嘉莉说。

"是真的吗?哦,天哪,我却是刚听说的呀,从一开始我就知道你会成功的。我总是说你能演戏,是不是?"

嘉莉笑了。

"是啊,你是说过。"她说。

"唉,你真是太漂亮,"他感慨道,"像你这种变化这么大的人,我还是第一回看到。你好像长高了一些?"

"我?哦,可能有一点吧。"

他盯着她的衣着,然后转向她的头发,她的头上戴着漂亮的帽子,更加彰显她的可爱和活泼，最后再次望着她的眼睛，她却害怕正视他。很明显，托罗奥想要马上恢复他们昔日的交情。"嗯，"看到她在收拾钱包、手帕之类的东西，准备走了，他就说，"我能有幸请你吃饭吗？我还有个朋友在外面等我。"

"哦，不行，"嘉莉拒绝了，"今晚不行，明天早上我还有事。"

"啊，不用管明天的事了，走吧。我能够把我的朋友支走。我非常想和你好好聊聊。"

"不，不，"嘉莉说，"我没空，你不要再说了，我也没有半夜吃东西的习惯。"

"那么，我们就聊一会儿吧。"

"现在不行，"她摇头说，"我们改天再说吧！"

听到这样的话，他的脸上掠过一丝感伤，他好像已经感觉到了什么。善良的本性使得嘉莉认为她不应该拒绝这位曾帮助过她的人。"你明天到我下塌的饭店里来吧，"她说，想要弥补自己的过错，"我们就一起吃饭吧。"

"那太好了，"托罗奥兴奋地说，"你现在住在哪里？"

"就在瓦尔多夫饭店。"她回答，那是那时一所名气很大的旅馆。

"我应该什么时间过去？"

"嗯，那就定在下午三点吧。"嘉莉爽快地说。

第二天，托罗奥来了，但是嘉莉不觉得这次约会会让自己感到高兴。但是，当嘉莉看到他依然风度翩翩，态度亲切友好时，她对这顿饭的疑虑便一扫而空。他还是和从前一样的爱说话。

"他们这里很气派，是不是？"这是嘉莉在会客室看到他时，他说的第一句话。

"是啊，这里的派头是很大。"嘉莉说。

这个一直很自我的人，立刻就说到了他自己的情况。

"不用多久我就能有自己的公司了，"他说，"我现在已经筹集到了二十万块钱。"

嘉莉只好默默地听着。

"我说，"在互相说了很多他们关心的情况后，托罗奥问道，"为什么没见到霍森沃呢？"嘉莉的脸下意识地微微红了一下。

"我觉得他还在纽约吧，"她说，"我们很久没有见面了。"

托罗奥想了一会儿，他一直不知道这个前经理是不是关键人物。现在他知道不是了，便又放心了。他想一定是嘉莉抛弃了霍森沃。

"我想，一个能做出那种事的人，肯定是不明智的。"他说。

"什么样的事情？"嘉莉问道，她完全不清楚他在说什么。

"哦，你明白的。"托罗奥挥挥手，他好像确定她知道。

"可是我并不知道，"她说，"你指的是什么事？"

"就是他从芝加哥离开前所做的事。"

"我确实不知道你在说什么。"嘉莉，难道他会无礼地提起霍森沃和她一起私奔的事吗？

"哦嗬！"托罗奥的脸上有着不信的表情，"你真的不知道他离开的时候偷了酒店一万块钱吗？"

"真的吗？"嘉莉惊讶地说，"你是说他偷了钱？"

"怎么，"托罗奥说，他被弄糊涂了，"难道你不知道吗？"

"哦，不，"嘉莉说，"我真的不知道。"

"嗯，真是奇怪，"托罗奥疑惑地说，"他偷了钱，你竟然不知道。所有的报纸都报道了这件事。"

"你刚刚说他偷了多少钱？"嘉莉说。

"一万块。不过，听说他把大部分钱都寄了回去。"

嘉莉茫然地望着华丽的地板发呆，他以前的作为让她重新看到了生活的痛苦。现在想来，有很多事可以说明这一点，她也猜想他偷钱是为了她，她对他没有产生一点憎恶感，反而带有同情。可怜的人——在这种阴影下生活这么多年真是太可怕了。

托罗奥在吃饭的时候非常轻松，心情非常好，也不像刚才那样紧张了，他觉得自己又获得了嘉莉像往昔一般的关怀。他开始想象即使她高高在上，自己依然获得了往昔的欢乐。这多么让人欣慰啊！她集美丽、优雅于一身，又是那么的出名。在他看来，最能吸引他追求的，便是在舞台上和瓦尔多夫饭店里的嘉莉了。

"还记得在艾弗里堂那天晚上吗？"他问。

嘉莉想到那般情景就笑了。

"我从那时起就认为你演得比别人出彩，嘉莉，"他说着把一只胳膊肘支在桌上，深表遗憾地说，"我总是认为我们会相处得很好呢。"

"你不能说这样的话。"嘉莉语气冰冷地说。

"你不想让我告诉你……"

"不，"她果断地回答，而后起身，"我想我该回剧院了，以后有时间再说吧。"

"哦，请再等一下吧，"托罗奥恳求道，"时间还早呢。"

"不。"嘉莉不带任何感情地说。

带着万分的不舍，托罗奥起身离开了这灯火辉煌的餐桌，跟在她后面。他们一起走到电梯旁，托罗奥站着，说："我们下次什么时候见面？"

"哦，可能要过段时间吧，"嘉莉说，"我不会在这个夏季外出，再见！"

电梯的门正好在这时打开了。

"再见！"托罗奥说。在沙沙的裙子声中，嘉莉走进了电梯。

然后托罗奥沮丧地走过门厅，他认为现在的她如此的高不可攀，他开始觉得自己受到冷淡的待遇了，而嘉莉却有别的想法。

就在今天晚上，她从等在卡西诺剧院的霍森沃身边走过，却并未发现他。

"我们进来的时候，你看到外面那个相貌可怜的人了吗？"劳丽在后台问她。

"没有。"嘉莉说。

"他好像好些天没有吃饭了，还看着我们笑。"

"这太可怜了，不是吗？"嘉莉同情地说。

第二天，她走向戏院的时候，和霍森沃打了个照面。他在那儿等着，看起来特别的憔悴，他下定决心，必须找到她，哪怕是捎话进去。最开始，她没有认出这个衣衫褴褛、皮肤松垮的家伙。他们离得如此近，他像是一个极度饥饿的人，这让她感到非常害怕。

"嘉莉，"他轻轻地说，"我们能聊聊吗？"

她转过身去，马上就认出了霍森沃。她心中以前对他产生的反感，现在也尽数消失了。可是，她没有忘记托罗奥说他偷钱的事。

"啊，丘詹，"她说，"你怎么了？"

"我生病了，"他回答，"我刚出院。看在上帝的面子，你能借我些钱吗？"

"当然，"嘉莉说，她的嘴唇都在颤抖，她努力使自己镇定下来，"但是你怎么变成这样了？"

她把钱包里全部的钞票都拿了出来——一张五块的，两张两块的。

"我说我生病了。"他大声说，好像对她这种过分的同情心生反感，他并不想得到这样的怜悯。

"给你，"她说，"我身上也仅有这么多了。"

"好吧，"他轻声说，"当我借你的。"

嘉莉看着他，路上的行人在看着他们，这让她和霍森沃都有种无形的压力。

"你怎么不告诉我？你身上发生了什么事情？"她问他，可是他不知道该说什么，"你住在哪儿？""哦，就在波维廉街，"他回答，"我跟你说这些也没用的，我现在已经好了。"

他好像有些讨厌她善意的询问，命运对待她是如此的好。

"你进去吧，"他说，"谢谢你，我不会再来打扰你了。"

她还想再说话，可他已转过身，拖着身子向东走去了。

一连几天，这个幽灵般的形象总是压在她心头，后来才慢慢消失。托罗奥后来也来过几回，但是她不想见他，他的殷勤真的是挑错了对象。

"告诉那位先生，就说我不在。"她对饭店服务员说。

她这孤独、内向的性格真是有点古怪，竟然使她在公众的眼睛里成了一个焦点人物。她是这么的娴静、矜持。

此后不久，剧团经理决定到伦敦去演出。再在这里演一个夏季是不可能的。

"你愿意去征服伦敦吗？"经理某一天下午问她。

"怕是我会被伦敦征服的。"嘉莉说。

"我想我们6月动身。"他回答。

嘉莉为这次重要的外出演出安排而忙碌着，几乎忘记了霍森沃。霍森沃和托罗奥都是在她走了之后才听说的。杜洛埃来拜访过一次，听到消息大叫了起来。然后，他站在门厅里，咬着胡子尖，他终于得出了结论——过去的日子已经一去不复返了。

"她也没什么了不起的。"可是在内心深处，他又不想相信这是真的。

霍森沃用一些稀奇古怪的方法度过了漫长的夏天和秋天，一开始是在一家舞厅找了个类似看门人的小工作，到后来又乞讨，向那些特别的慈善组织寻求帮助，其中的一些机构是他在饥饿的驱使下无意间碰上的。嘉莉一直到深冬才回来出演一部新戏，但他对此事却完全不知道。接连几个星期，他在城里流浪着，乞讨着，而有关她的演出的灯光招牌则每晚都在那条拥挤的娱乐大街上闪闪发亮。杜洛埃倒是看见了招牌，但是却没敢进去。

可沃什太太却注意到了。

"明天晚上你一定要来和我们吃饭，"她先是说了一些表示欢迎的话，又渐进地把种种消息都告诉了嘉莉，最后才说，"我们早点吃饭。"

"给你们添麻烦了，"嘉莉说，"你们太客气了，我真的不用那么早就去戏院。"

"哦，没什么的，"沃什太太说，"一定要来噢。"

她走到门外准备告辞时，突然又说：

"我不记得告诉你我的表弟鲍伯来到纽约了。"

"是吗?"嘉莉说。

"是的。他在伍斯特街办了一个研究室。他也会来吃饭的。"

"我在一张报纸上曾看到有关他的报道。"她说,想起了在伦敦时看到的一张纽约的报纸,上面那篇带插图的特写曾经让她特别地注意。

"哦,是的,他现在有点名气了,"沃什太太说,"他做得非常好。"

"那的确是令人高兴。"嘉莉说。

为了这顿晚饭,她作了精心的打扮,差不多是无意识地为自己加上了一些小点缀,让自己显得更端庄、美丽。评论家们在讨论她扮演的教友会小会员时特地强调的那些化妆效果,她在这次全部用上了。在化妆室的经验已经让她懂得使用化妆品的价值、珠宝的作用和一朵玫瑰插在哪个地方会增添妩媚等等。当她的马车到达时,她的美丽已经起到了最佳的效果。

"你真的十分漂亮。"劳丽说,她如今更像个侍女而不是演员,因为嘉莉对她已经变得十分重要。

嘉莉开心地一笑,露出整齐的牙齿,当是回应。今晚能听到这样的话她真的非常高兴。

沃什太太在外面等待着欢迎她。"你记得鲍伯,是吗?"她说,和嘉莉一起从门厅走进房间。

埃蒙斯这时正站在那里,身材挺拔,衣服整洁。他特地为这个场合穿了一身礼服,白色的衬衣使他的脸看起来黝黑、刚毅。

"嘿,你好!"嘉莉说,向他开心地一笑。

"很好,"他说,"我认为我不需要问你的情况了。我在报上经常看到你的消息。"

"哦,是吗?"嘉莉说,"嗯,我也知道你最近在忙什么。我在伦敦时都从报上看见了。"

"是的,我知道,"埃蒙斯说,"我不想让他们报道那些事。这是不……"

"你又来了,鲍伯,"沃什太太插嘴说,"这就是明星的风范。"

埃蒙斯笑了。他紧紧地看着嘉莉。她像以前一样,似乎在饶有兴趣地等着听他讲话。

"我一直没有时间去看你,"他在她身旁坐下后说,"我在纽约待的时间不会很长。"

"哦,我也刚回来不久。"嘉莉回答,可突然想到他俩的兴趣相去甚远。他们的友谊没有达到让他来看望她的地步。可她却为他精心地装扮。

"不过,我想今晚要去看的,如果这对你有什么影响的话。"他笑了笑,觉得这句话很幽默。

"嗯,"嘉莉说,故意地不去想他的话,"我不明白。你可能不喜欢这出戏。这只是一种喜剧罢了。"

"哦,我不会注意戏院演什么戏,"他坦白地说,"我只是去看你的。"

"啊,"嘉莉说,心中不禁感到很高兴,"也许你不喜欢我此时所做的事情。"

他看着她,如同在望着一朵鲜花。

"那好吧,"他回答,"我今后再也不去了。"

可是，埃蒙斯非常机智。他自己能清楚地意识到这一点，因此可以谦虚地表现自己，这种谦虚与一个有思想的人是一致的。并且，比起他们第一次见面，他稍微严肃了一点。

"你们俩现在必须入席了，"沃什太太打断他们的话，"我还得告诉你一点，"她补充说，用手指着他，"不要把名人霸占了，听见了吗？"

"你可曾听见？"埃蒙斯转身对嘉莉再次说了一遍，"可别霸占我。"

他们三个都笑了起来。

除了嘉莉和埃蒙斯，餐桌上还有别的客人，因此都是随便谈一些空泛的话题，但是埃蒙斯是个有独立看法的人，一般不注意社会习俗。实际上，如果没有人提醒他的话，他会把这些礼节彻底忘掉。这时，嘉莉或许是在场的人中最受欢迎的一个。她对他既有同情又有关怀，这些也是他完全发挥自己思想所得到的东西。他的头脑处于最好状态时是善于思考的，完全超过她的想象，但是说来也怪，他却能够和她交谈。她让他感到也许她能听懂他的话。而他也尽可能地把自己的想法表达清楚。如此一来，他们之间的关系就比他们自己认为的更为密切了。

"我总是在看你说过的那些书。"有一次她说，那时他们俩在单独聊天。

他转过头看着她，她的目光里展现出一种完成任务的幸福感，可是他说："什么书呀？"

他已经不记得这件事，让她感到颇为失望。

"《萨拉西内斯卡》，"她回答，"《外省来的大人物》和《卡斯特桥市长》。"

"哦，是的，"他打断她的话，"你爱看巴尔扎克的作品吗？"

"哦，我认为挺好的呀。可是，我也喜欢《卡斯特桥市长》，其他书也一样。"她回答。

"我认为你会喜欢的。"他了解她的天性，便肯定地说。

"为什么？"她问。

"嗯，"他说，"你的性格较为内向，而哈代全部的小说也都略为压抑。"

"我？"嘉莉问。

"并非十分忧郁，"他补充说，"还有另一个词——抑郁症。我可以判断你生性比较孤僻。"

嘉莉就这么望着他，沉默。

"我想想看，"沃什太太插嘴说，"哈代是《德伯家的苔丝》的作者吧？"

"是啊。"埃蒙斯说。

"嗯，我觉得那本书不怎么样。太悲惨了。"

嘉莉把目光移回到埃蒙斯身上，等着他的回答。

"如果是感受到生活忧伤的人，就会有同样感觉的。"他反驳道。

"说得对！"嘉莉赞许地想。

"哦，我不太清楚，"沃什太太回答，对这直白的回答有些惊讶，"我想我还是感受到了一些吧。"

"不会太多。"埃蒙斯笑着说。

就这样，很久没有人来插入他们的谈话。

"我认为你会喜欢《高老头》的，"他向着嘉莉转过身去说，"如果你还没有看过的话。那也是巴尔扎克所写的小说。"

"我还没看过。"嘉莉说。

"那么,去看看吧,"他在思考让她读一些能提高自己的书。任何这般迫切希望提高自己的人都应当得到帮助。她的头脑有些简单,应该能够领会很多东西,"把巴尔扎克的书都读一遍,它们对你会有帮助的。"

嘉莉说了一下《外省的大人物》中吕西安·德·于邦弗烈①让人觉得非常的失败。

"是的,"他回答,"如果一个人不清楚自己的目标,他是不会成功的。他仅仅在爱情和事业上失败,但这并不代表全部。巴尔扎克把这些事情看得过于重了。他走出巴黎时,精神上并未有他来到法国时匮乏。事实上,他没想到自己的富有。爱情上的失败不算什么。"

"哦,你认为是这样吗?"嘉莉认真地问。

"不是。如果一个人在精神上失败了,他就彻底完了。我认为巴尔扎克相信人们的幸福基于财产和地位。很多人也都如此认为。他们看了看周围,看到快乐的美好景色消逝就摇头悲叹。他们不明白要是拥有这种欢乐,就会失去其他的东西。这个世界上每个角落都有值得向往的东西,可惜的是我们一次只能拥有一个。大部分人先占了一个,却又去追求其他的,结果把第一个长久地搁在了一边。"

嘉莉盯着他,可他却没有再看她。他好像在分析她的境况。她确实是这样,而且她总是这样做。

"只要你坚信,你的幸福应该取决于你自己,"他继续说着,"在我小时候,只要看到别的男孩穿得比我好,跟女孩相处得高兴时我就觉得伤心,可长大后我知道了,所有人都无法如愿以偿。"

"没有任何人可以吗?"她问。

"是的。"他说。

嘉莉若有所思地把眼睛转向别处。

"总而言之,"他继续说,"你只要有能力,就努力培养它。在培养的过程中,你会得到从未有过的满足感。世人的欢呼其实没有事情的结果来得严重,你获得了补偿和满足,如果你在得到这结果之前没有成为自私或者贪婪的人的话。"

"啊,我不知道。"嘉莉说,想起了自己这么短时间内的奋斗,觉得自己整个生活似乎都是一片混乱,而她现在所得到的根本不能说是对过往的补偿。

这一瞬间,他好像不用说话就感触到了她的心理。

"可你不必觉得压抑,"他望着她说,"你是这么年轻。"

"我并没有感到压抑,"她回答,"我也不知道这是什么。我以前以为自己是在干着自己希望干的事,可是我现在——"

他们互相对视,埃蒙斯第一次感受到同情心的冲击,深切并又强烈。

"你自始至终还是没有演过真正的喜剧,是吗?"过了一会儿,他才想起她对那种戏剧艺术形式的热爱之感。他总是觉得迷茫,她还未曾演过真正的喜剧。

"是的,"她回答,带着一丝恐惧,"我还没演过,但是很想尝试。"

"你应该演,"他若有所思地说,似乎她现在已取得的地位不值一提,"你拥有

---

① 吕西安·德·于邦弗烈,巴尔扎克《人间喜剧》中的一人物记者,开始很有抱负,后来发现成功之路困难重重,最后意志消沉,萎靡下去。

那种能在感人的正喜剧中真正发挥出来的个性。"

这时,他紧盯着她——似乎是在看她的脸庞。她那双带着同情的大眼睛和嘟着的嘴巴感动了他。

"你真的是这样认为吗?"

"是的,"他说,"我的确是这样认为的。我认为你自己可能没感觉到,但你的嘴巴和眼睛使你很适合演正喜剧。"

嘉莉为自己受到这样重视的看待而非常快乐。在这里听到的赞扬的话语敏锐、强烈并且富有分析性。这正是她一直以来希望得到的东西。他对她分析得很透彻,包括她身上具有的值得培养的品质。

"这种特征主要体现在你的眼睛和嘴巴里,"他接着说,"我还记得最初看到你的时候,从你的嘴巴能感到似乎你就要哭了。"

"真是奇怪。"嘉莉说,心里很高兴。她的眼睛里闪耀着不能控制的光芒。

"其后我便注意到那其实是嘴巴的形状罢了,今晚我又看到了这一点。你眼睛里有悲哀的影子。怕是你自己也没意识到这点。"

她转过脸去看着别处,希望自己的感情能和脸上的表情保持一致。

"我自己没有什么感觉。"她回答。

"这就是我觉得你能演好某个富有同情心的角色的理由。"他接着说,"你生来的外貌比大部分人的精心打扮更能打动观众的心。"

他打住话题,笑了起来——然后把眼睛看向了别处。嘉莉发觉他说话时很谨慎。他的话语包含思想,并不是无意间说出来的。她感激得非常想亲吻他的手。

这个时候其他人插话了,他们继续吃饭,直到结束,不过这并没有减少埃蒙斯所唤起的激情。在客厅里有人在弹琴,其他的人成双成对地互相低声聊起天来。嘉莉和埃蒙斯坐在了一起,因为他发现她与自己十分谈得来。

"嗯,"他随意地说,算是开场白,"你想怎么做呢?"

"我不知道,"她回答,"我总会觉得有些力不从心。"

他对于她的认真很是吃惊。这让他沉入了对理想、对美好的东西的思索中。这时有人正在唱的那首歌的歌词也证明了这一点。

"嗯,"他说,认为她看上去非常讨人喜欢,而且还依然聚精会神地听他说话,"可能你过得太舒服了。这偶尔会扼杀一个人的雄心。很多人失败就是因为他们的成功来得太快。"

"我相信你只要努力就肯定会成功,从你脸上的表情看得出来。这世界总会竭力表现自己的希望与忧伤,并找到发泄的途径。因为它总是在寻找表达的途径,所以任何能把这些东西表达出来的人都能赢得它的欢心。这就是为什么我们会有伟大的音乐家,伟大的画家,伟大的演员和作家。他们能够把这人世的忧伤和希望准确表达出来,因此世人就起来高呼他们的名字。所有的努力都是如此。画家、作家或者歌唱家的伟大并非由于这些人本身,而是由于这世界想要画出、描绘出、雕刻出、歌唱出或者表达出这些东西。你我不过是中介物,有些事物可以通过我们表现出来。我们现在的任务就是把自己变成现成的媒介物。"

他停下来看了看嘉莉,可仅仅用理性的目光望着她。她的眼睛凝望着他的面孔,嘴唇微微张开。她神采飞扬、仪态万方——现在嘉莉里外都是完美的,因为她的头脑现在已经觉醒了。

"你和我,"埃蒙斯说,"我们是什么?我们从哪里来,又要到哪里去?明天你可能会离开人世,不会留下一点痕迹,我可能要在风里雨里到处寻找,可是找不到你的踪影。你现在只是某种未知事物的中介物。你正好有演戏的能力,就不能将这种能力看作是骄傲自满的借口。你没有付出任何东西就得到了它。可是你现在既然有这种能力,就应该做出些事业来。"

他再次停了下来。

"我该做什么呢?"嘉莉说。

"我们都应该根据自己的兴趣去做,"埃蒙斯说,"你肯定要帮助这世界显现它自己。我只能说你应该转到戏剧里去。你这么富有同情心,声音又这么悦耳——理所应当让别人发现到它们的价值。只要你能把它们用来表达你心中的某些感情,你就可以拥有它们。你只有发挥它的作用时才能让它更有价值。铭记这一点。否则你的眼睛就会丧失那富有同情的神情,你的嘴巴就可能改变形状,你表演的能力就将消失不见。你可能认为或许不会这样,但这一定会的。大自然是这样安排的。你倘若变得自私自利、奢侈豪华,就必定会失去这些同情和希望,然后你就只能眼睁睁看它们失去踪影。如果你的脸上和艺术中没有表露的话,你是没有办法保持温柔与同情,以及愿意为他人服务的心情的。如果你想干出丰功伟绩,那就只能好好干,为大多数人服务。"

他又停了下来。嘉莉紧紧望着他的眼睛。她的玉手交叉着放在膝盖上,漂亮的嘴唇可爱地微微张开。

"哦,"一见她这样全神贯注,他说,"我并不是想要教训你什么。"

"啊,"她说,"你不知道这些语句多么有意思。你让我觉得我仿佛什么都不会做似的。"

"哦,你一定做过,"他说,"只要是有成就的人,都努力干过一些事。有时人们似乎轻而易举就能获得成功,如果是这样的话,那是因为他们天生就拥有这个世界对名人所要求的东西,否则他们就不会成功。"

嘉莉沉默。她在思索解决的办法。不是金钱——他不需要金钱。也不是漂亮的衣物——他也不需要华而不实的衣物,更不是掌声,而是贡献给他人的工作的高尚品德。说来也怪,他的这些话在她认为是十分正确的。她之前没有见过这样的人。从长相的标准看来,他不是很英俊。大多数戏剧界的人士会认为他另类。不过,她已经不喜欢戏剧界的人士。连托罗奥不都被她拒绝了吗?她想到这些人就觉得头疼。

"我说,"沃什太太说,"你们俩的辩论快到结尾了吗?"

"我们可不是在辩论,"埃蒙斯回答,"对吧?"

"当然不是。"嘉莉认真地说。

"那好,现在让嘉莉和我说说话吧。"她回答。因此,埃蒙斯就被搁置在了一边,一直等到嘉莉穿好大衣与他告别。

"嗯,"他说,"我也许还会见到你的。"他已经镇静了,又显出了拘谨而疏远的态度。

"好,我也很想能和你再见面。"她摆出矜持的态度说。

她站在他面前,他静静地看着她。她突然又加上一句:

"我认为今晚我会很紧张的。"

"为什么?"他问,对她说的话有一种敏锐的感觉。

"哦，我不知道，"她说着把眼睑垂下了，"晚安。"

他同情地看着她。沃什太太说她丈夫失踪的那些话，和她对某些女演员的道德品质的观点，他都忘得干干净净。在这个女人身上的一些地方让人很有兴趣，她单纯善良——既不追求金钱，又不追求赞美。他跟随她走到门口——十分欣赏她的美丽。

"晚安。"他说，眼睛紧紧看着她。

嘉莉回头望了一下，眼睛里流露出了无法控制的感情，可她立即垂下眼睑掩饰住了。她总会觉得孤独，感到自己十分像只身奋战的动物，在绝望的挣扎当中，觉得好像一个像他这样的男人是总也不愿意接近她的。她所有的情感现在都被搞得一片混乱。她又已变成了原来那个满是悲伤、幻想、不满足的嘉莉。

嘉莉！啊！嘉莉！你一直全心地满怀希望。你可知道他眼睛里的光芒只不过是暂时出现？明天它就会消逝，明天它便会离你越来越远，但它已然引导你，诱惑你，一直到你丧失思想，不会再心痛。

第四十七章　穷途末路：风中竖琴

　　霍森沃总是去找那些救济机构。有一家是天主教慈善会修道院的传教所，在十五街——一排红砖砌的家庭住宅，前面有一只普通的筹款木箱挂在门上，箱子上面贴着给每日中午来求助的人免费提供午餐的告示。这个告示写得非常普通，却足以代表着十分广泛的慈善事业。纽约的救济机构和慈善团体不仅大，并且数量多，生活条件比较好的人一般不注意这些。可是一个全心注意这些的人，仔细观察之后就会发觉它们的数量增加了很多倍。除非有些人十分关心这种事情，否则就算他在第六大街和十五街站上几个中午，也不能发现在那繁忙的大街上拥挤的人群中每隔几秒钟就会有一个沧桑不堪、行动不便的家伙出现，一副憔悴的神色，一身破旧不堪的衣服，可这事实是真正存在的，并且天气越是寒冷，这现象越是容易看到。由于那传教所地方狭小，缺少做饭的地方，一次仅仅能够安排二十五到三十个人吃饭，因此这些人只能在外面排好队，依照秩序进去。这成了当天一大特色，但是，数年来天天如此，人们也就习以为然、不足为奇了。这些人在酷寒的天气里要像畜生一样耐心地等上几个小时才能够被放进去，没人管他们。他们吃完后立即就走，在这之中有些人整个冬天每天准时来这里。

　　在发放食物之时，门口总会站着一位身材高大、脸色和蔼的妇女，数着放进去的人数。这些人按严格的次序向前走，仿佛一个哑巴队伍似的。凡是寒冷的日子里，总能在这里见到这条队伍。在呼啸的寒风中，那拍手跺脚的场面非常惊人，他们的手和五官好像都严重冻伤了。要是在太阳下仔仔细细观察这些人，就会知道他们基本上属于相同的类型。他们属于一个另类的阶层，在天气温和时，他们就坐在公园的长椅上，夏夜里就在上面睡。他们偶尔光顾波维廉街和东区那些破烂的街道，在这样的地方，总能看到破旧的衣衫和枯黄的面容。他们这些人在冰天雪地的天气里就待在寄宿处的起居室，或者就拥挤到东区南部一些街上六点钟才开门的破旧住处。营养不良的食物、不固定的休息时间和吃饭时狼吞虎咽严重影响了他们的健康。他们这些人都脸色苍白、皮肤松垮、眼眶深陷、胸脯平坦，眼睛里闪出漠然呆滞的目光，反而嘴唇红得非常不自然。他们没有整洁的面容，鞋子的皮面早就破裂，脚趾和后跟露了出来。像他们这样的人没有固定的住所，只要有人潮就会冲上来一个，就如同海浪把浮木掀起到风暴袭击的海滩上一样。

　　差不多1/4个世纪以来，在纽约还有另外一个地方，有一位经营餐馆的弗莱希曼，他在百老汇大街和九街的交叉处有一家餐馆。差不多二十五年时间里，他给每天夜晚来他餐馆后门乞讨的人一个面包。这二十五年中，每天晚上都有大约三百人在规定时间里排队走过门口，心怀感激地从放在门外的一只大箱子里拿走一个面包，然后又消失在夜幕中。从开始到现在，这些人在性质和数量上一点也没有变化。那些每天看到这支小队伍的人，会发觉有两三个是经常见到的面孔，其中有两个人差不多在十五年里天天都来，约有四十个人是常客，队伍中其他的人便是陌生人。在经济危机和生活困难的时期，人数也几乎没有超过三百，就是很少有失业的经济繁盛期，人数也不会少于三百。不论是春夏还是秋冬，不论是风雨交加还是风清月明，不论时局是好是坏，总有这么多人在午夜时分神色凄凉地来到弗莱希曼的面包箱前。

在这个寒冷的冬季，霍森沃成了以上两个慈善机构的常客。有一天天气太冷了，在街上行乞非常艰难，他一直等到中午才慢慢去找给穷人的这种施舍。这天上午刚刚十一点钟，就有很多像他一样的人从第六大街蹒跚而来，风把他们单薄的衣服刮得噼啪作响。他们想第一批上去，所以来得十分早。可是还要等上一个小时，开始时，他们隔着一段距离来回走着，可是看见别人也来了，便靠近些以阻止别人插队。霍森沃从西面的第七大街走过来加入了这群人，在离门很近的地方停下来，比其他人更靠近门口。那些比他先来却站在较远地方的人们开始走近以表明他们是先到的。看到别人对他这一举动的抵抗，他不满地望了望队伍，然后走了出来，来到了队尾。恢复秩序后，兽性的本能反而也就轻松了。

"中午该到了吧？"有个人鼓足勇气说。

"是啊，"另一个说，"我已经等了将近一个小时了。"

"这天气实在是太冷了！"

他们急不可耐地看着大门，因为所有的人都要从那里进去。一个食品店的店员用车子拉了几篮子食物搬进去了。这引起了一阵关于食品店和各种食品的价格的讨论。

"我知道肉价涨了。"一个人说。

"如果发动战争，就会给这个国家带来许多帮助。"

队伍一直在扩大，已经增加到了五十多个人，很明显，那些排在队前的人在庆幸自己不用像排在队尾的人那样等很长时间。一直有人伸出头来看看后面的队伍。

"站得离门远近没什么大碍，只要你是第一批的二十五个人就足够了，"站在前排二十五个人中的一个人说，"大家都会一块儿进去。"

"哼！"霍森沃忽然哼了一声，他是被其他人硬挤出来的。

"这个办法不错，"另一个人说，"如果它一实行就可以维持秩序了。"

很长时间都没有人说话，面色憔悴的人们慢慢地挪动着双脚，踮起脚尖张望着。门可算是开了，那位慈祥的老人探出头来。她只是以眼神示意队伍慢慢地向前走，陆陆续续地进去，一直到进入二十五个人，然后她伸出一只有力的手臂，队伍便停了下来，台阶上有六个人站着，这位前经理就是其中一个。他们只是等着，抱怨困苦的命运。最后他被放了进去，吃完之后就马上走，可是心里却为吃这顿饭要先吃苦而悲伤起来。

约有两星期之后的一天晚上，已经十一点钟了，他耐心地等着深夜的施舍面包。这一天他过得十分不幸。不过他现在对自己的命运总算有了一点乐观的看法。如果饿了想吃点东西，他仍然可以来这里。十二点将至，有人把一只装着面包的大箱子推出门，十二点整，一个胖乎乎的圆脸德国人站到箱子旁，大喊一声"准备"，整个队伍立刻向前挪，大家都按照次序拿上面包，然后就都回去了。这一天晚上，这位前经理边走边吃，沿着黑暗的街道步行，然后睡觉。

等到1月份，他全然认定自己一生的戏已经演完了。生命本来一直像是一种珍贵的东西，但是现在，长时间的饥寒交迫和体力疲惫已经让人世的美景变得十分无味并且很难发现。有好几次，当命运对他很是刻薄的时候，他就想自杀，但是天气渐变，或者意外得到几毛钱，他又会改变这种态度，又会再过上一阵。他无论多难都要找一些丢在地上的旧报纸，看看能否找到嘉莉的消息，可是这个夏天和秋天都让他十分失望。然后，他发觉眼睛开始疼了起来，而且迅速加剧，后来他已经不敢在他常去的寄宿处的昏暗的卧室里看报了，这时他知道了，环境和食物的恶劣使得他身体的各个器官迅速衰弱。他仅剩下的娱乐便是在他有钱能找到一个可以睡觉的地方时，在那里短时间地打盹儿。

他慢慢发现，身着这身破旧的衣服，再加上憔悴的容貌，他已经被视为了老牌游民和乞丐。他被警察驱赶，餐馆和寄宿处的掌柜一等他吃过饭、住过宿，就马上把他赶出去，行人们都挥着拳头把他轰走。他感觉到讨东西越来越不容易了。

最终，他明白自己该结束这一切境况了。这是在他乞讨总是被拒之门外而得出的结论。

"先生，施舍我一点吧，"他向最后一个人说，"看在上帝的份上，施舍我一点吧。我真的快要饿死了。"

"去，走开，"这个人说，他自己碰巧也是一个平民百姓，"你这一无是处的家伙，我没什么可以施舍你的。"

霍森沃把他那冻得通红发肿的双手插进口袋里，他的眼泪流了出来。

"是啊，"他说，"我现在是一无是处。我以前也是不错的，我也有过钱。可这一切都要结束了。"他心中萌发了死的念头，于是向波维廉街走去。曾经有人在那里开煤气自杀。他怎么就不能这样呢？他想起一家旅店，里面有很多带煤气喷嘴的密闭的小房间，仿佛专门为他要干的事提前准备的，而且一天只需要一毛五分钱。但他很快又意识到自己没有这一毛五分钱。

他在路上见到了一个悠闲自在的绅士，刚从一家高级理发店修了面出来。

"你能施舍我一点钱吗？"他鼓起勇气走向这个人。

这位绅士上下打量了他一下，伸手想要去摸一个一毛的硬币，但是在他的口袋里就只有二毛五分的硬币。

"给，"他说，递过来一个硬币把他打发走，"快走吧。"

霍森沃继续走他的路，心里盘算着。看到这发光的大硬币，他感到有点高兴。他觉得自己肚子饿了，只花一毛钱，就能够弄到一些吃的。一想到此，死的念头就马上被放到了一边。只有在一分钱也弄不到而受到羞辱的时候，死也许才是唯一的选择。

冬天已经走过了一半，最冷的日子很快就来到了。第一天寒风呼啸，第二天大雪纷飞。这一天很不幸，直到天黑，他才乞讨到一毛钱，只能填饱肚子。因为他早晨到处走，现在觉得非常累，他拖着那湿透的鞋，慢慢地走在人行道上。一件老旧的大衣被翻上去勉强保护着他那通红的耳朵，破旧的圆礼帽被压得低低的，只有两只眼睛露在外面。

"看情形我还是到百老汇街去吧。"他心想。

当他来到四十二街时，灯箱招牌早就把夜色映得一片辉煌。人们正匆匆回家吃晚饭。透过明亮的窗子，能够看到豪华餐馆的任何一个角落里都坐着寻欢作乐的男男女女，街上满是马车和电车。

以他现在的境况，肯定是不该到这里来的，这种对比着实太鲜明了，连他自己都不由自主地回忆起过去的好日子。

"没有用的，"他想，"我已经完了，我只有死去才可以解脱。"

第四十七章　穷途末路：风中竖琴

他那穷困潦倒的样子是那么古怪，人们都回过头来看着他，有几个警察的目光一直尾随着他，以阻止他向人乞讨。

有一次他随便站在了那里，眼睛望向一家金碧辉煌的饭店的窗子，这家饭店的门口闪烁着电光招牌，透过整块的大玻璃窗能够看见红金相间的装潢、棕榈树、干净的餐巾和闪光的玻璃器皿，甚至是那悠闲的人群。虽然他神情恍惚，可他的饥饿感依旧很强烈，能感觉到食物的重要性。他突然愣愣地站在了那里，磨破的裤管在雪水里泡着，他呆呆地向里面望着。

"吃，"他反复呢喃地说，"是的，他们都能够吃饭。"

然后，他的声音低了下去，脑子里的幻想都消失了。

"这种天气确实是太冷了，"他说，"冷得可怕。"

在百老汇大街和三十九街的交汇处，白炽灯正耀眼地闪着嘉莉的名字。"嘉莉·玛黛蒂，"上面还写着，"卡西诺剧团。"黏糊糊的、被积雪堆满的人行道在这闪耀的灯光下看起来有些光滑，吸引了霍森沃的目光。他抬眼一看，在一个镶嵌着金边大海的板报上，有一张逼真的嘉莉漂亮的印刷画像，和真人一般大小。

霍森沃沉迷地望着她看了一会儿，吸着鼻子，耸起一只肩膀，好像身上有什么地方发痒似的，可是他现在饿得就要晕过去了。

"是你呀，"他对着她说，"我根本就配不上你了，对吗？嘿！"

他在那里徘徊，想把事情想清楚，但他现在已经想不清楚了。

"她有很多的钱，"他喃喃地说，心中想着钱，"让她给我一些。"

他于是向侧门走去。而后，他忘记了刚才想去做什么，便停下了，把手深深地往口袋里插，想要暖和一下。猛然，他想了起来。后台门！就是这儿！

他走到后台入口处，准备进去。

"喂，"看门人看着他说。见他不动，就走过来粗鲁地推开他，"快走开，臭乞丐！"他说。

"我要见玛黛蒂小姐。"他说。

"你想见玛黛蒂小姐，嘿，"对方说，被这个画面弄得快要把眼泪都笑出来了，"快滚开。"他又推了他一下。霍森沃没有一丝反抗的力气。

"我想见玛黛蒂小姐，"他就在被推出去的时候还在解释，"我不是坏人，我……"

那个人在关上门之前又用力推了他一下。这一推，让霍森沃脚下一滑，跌倒在雪地上。他摔疼了，恢复了一些之前有过的那种下意识的羞耻之感。他开始大喊着，咒骂着。

"该死的浑蛋！"他说，"该死的狗东西！"他擦去破旧的大衣上的泥巴。"我——我过去可是用过你这样的仆人。"

这时，他心中升起了对嘉莉的极度的厌恶——只是忽然间的厌恶，很快这件事就被他忘完了。

"她必须给我吃的，"他说，"她应当给我吃的。"

他无可奈何地转身又走进百老汇大街踩着雪水向前走，一边乞求着、叫喊着，渐渐地迷失了思想，仿佛一个人在衰老、头脑混沌时常出现的幻觉一样。

过了几天，在一个十分寒冷的傍晚，他在心里明确地做出了那个决定。没到下午四点钟，深沉的夜色就早早地降临了。天空中飘着大雪，寒风把拍打在脸上的细小雪花刮成了一道道长长的细线。百老汇大街的行人都穿着长外套，打着伞在十小心地走着，在波维廉街，行人都用衣领和帽子保护着耳朵艰难地走着。在前面的那条大街上，商人正在步向舒服的旅馆，在后面那条街上，冒着严寒办事的人快步走过黑暗的店铺，店铺里面早就点上了灯。电车也早早地把灯亮起来了，车轮上尽是雪浆，不见了平日的轧轧声。整个城市在这迅速飘落的雪花中沉入安静。

这个时候，嘉莉正坐在瓦尔多夫饭店舒适的房间里，读着埃蒙斯给她推荐的《高老头》。这本书有震撼人心的影响力，埃蒙斯的推荐更引起了她强烈的兴趣，她几乎完全领会了其中那撼动人心的意义。她第一回觉得自己以前读的那些书总的说来是多么的没有趣味，多么的低俗。不过，她看书看累了，打了个哈欠走到窗边，看着外面那不断地向第五街驶来的马车。

"天气真是糟糕。"她对劳丽说。

"确实太差了，"劳丽来到她身边说，"但是我想雪下得再大一点，那样的话就可以去滑雪。"

"哦，天哪，"嘉莉说，她还没有把高老头所遇到的痛苦忘记，"你就全然想着这个，你不可怜在今晚无处可住的人吗？"

"我当然可怜他们，"劳丽说，"可是我也没有办法呀，我无能为力呀。"

嘉莉笑了。

"我想你就算有钱也不会关心他们的。"她回答。

"我会的，"劳丽说，"可是在我贫困的时候，也不曾有人帮助过我啊。"

"这天气确实太糟了。"嘉莉说，看着这冬天的风雪。

"你看那边的那个人，"劳丽笑着说，她看到有一个人跌倒了，"人在摔倒之时看上去实在可怜，不是吗？"

"我们今晚也许要坐马车了。"嘉莉随口说。

察尔斯·托罗奥先生刚回到帝王饭店的休息室，把雪从一件十分精致的长外套上掸掉。糟糕的天气让他很早就回到了饭店，也让他急切地想找一些快乐来忘掉外面的风雪和人生的苦恼。对他来说，吃上一顿美味的晚餐，有一位年轻姑娘相伴，再到戏院去度过一个晚上就很快乐了。

"喂，你好，哈里，"他对一位闲散地坐在休息室一张舒适的椅子上的人说，"你最近可好？"

"哦，马马虎虎。"对方回答道。

"天气实在是差劲，不是吗？"

"是啊，也算吧，"对方说，"我正坐在这里，思考今晚去哪里呢。"

"跟我一起，"托罗奥说，"我可以把你推荐给一位非常美丽的姑娘。"

"是谁呀？"对方问。

"哦，在四十街那里的两个年轻姑娘。我们能快乐地玩一玩。我刚刚正找你呢。"

"去请她们出来吃晚饭怎么样？"

"太好啦，"托罗奥说，"稍等，我上楼换件衣服就下来。"

"好的，我在理发室等你，"对方说，"我得修一下面。"

"好的。"托罗奥说，踩着吱吱作响的发亮皮鞋走向电梯。这位老花蝴蝶飞起来还像以前一样轻盈。

这一晚，一列连厢卧车正顶着风雪以每小时四十英里的速度向纽约开来，车厢里还有三个之前的人物。

"第一次通报，餐车的晚餐准备好了。"卧车车厢的服务员身着夹克衫，围着白色的围裙，一边大声叫着，一边匆匆穿过走道。

"我不想再玩了。"三个人中最年轻的那位傲慢的黑发美人说，把一手纸牌推开了。

"我们去吃饭好吗？"她丈夫问，一身漂亮的衣服为他增添很多看点。

"哦，等一会儿，"她回答，"我现在只是不想再打牌了。"

"詹希康，"她母亲说，人们从她身上能够看出衣服是如何改变人的年龄的，俗语说得好"人靠衣装马靠鞍"，"把领带上的别针压一压，它简直快掉出来了。"

詹希康听了她的话，并顺手理了理自己的秀发，接着看了一下镶着宝石的精致小表。她丈夫望着她，虽然她很傲慢也很淡漠，然而她却是一个标准的美人。

"唉，我们很快就不会遭受这种天气了，"他说，"还有两星期就能够到罗马。"

霍森沃太太舒服地坐在角落里，笑了。做一位富有的年轻人的岳母实在是很让人高兴了——她以前曾亲自了解过他的经济状况。

"要是天气总这样，"詹希康说，"你觉得船还会准时开吗？"

"哦，肯定会的，"她丈夫回答，"天气好坏实际上并没有多大关系。"

过道上走来了一位金发的银行家之子，同样来自芝加哥，早就注意到这位傲慢的美人了。于是现在他一点也不忌讳地看着她，她也发觉了这一点，却装出一副毫不在乎的样子，把她的美丽的脸蛋扭到了别处，一点也没有已婚之妇的庄重。不过这样一来满足了她的虚荣心。

这时，霍森沃站在波维廉街附近一条后街上的一幢四层楼房的前面，楼房那浅黄色的表面已经被烟尘和雪水冲刷得变了模样。他在一群相当惹人注意的人当中——早已是一大群，而且还在渐渐增多。

一开始只来了两三个人，站在关紧的木头门外，跺着脚来让自己暖和一些。他们头上有褪了色的圆顶礼帽，上面全是补丁。雪水把他那件不合神采的大衣打得全然湿透了，沉甸甸地吊在身上，衣领竖着上翻。他们的裤子大得像是布袋，裤脚已经破得不能再穿，在湿透的大鞋子上方摇荡着。裤子上全是破洞，几乎就成了烂布条。他们并非急切地要进去，而是可怜巴巴地挪动着身子，把手深深地插入口袋里，斜着眼睛看着人群，也看着街灯一盏接着一盏亮起来。时间一分一秒地过去，人也聚得越来越多，其中既有胡子灰白、眼睛凹陷的老头，也有年纪较轻但病得瘦巴巴的人，还有一些中年人。他们个个都骨瘦如柴。在这厚厚的人堆里，有一张脸苍白得像是流干了的血的小牛肉；另一张脸红得如同红砖；有几个曲背的，瘦削的肩膀弯成了圆形；有几个装着假腿；还有几个身材单薄得衣服直在身上晃荡。这里看到的是大耳朵、肿鼻子、厚嘴唇，特别是充血的红眼睛。在整个这群人中没有一张正常、健康的脸，也没有腰杆挺直的身躯，更没有坦荡荡的目光。

在风雪的折磨之中，他们相互推挤着。有的人的手腕因为没有大衣或者口袋保护而冻得通红，有些人的耳朵纵然被一些像帽子的东西遮住了一点，还是变得僵硬而红肿。他们在雪地上晃动着身子，以那两条腿为中心不停地改变着姿势，以求这样来取暖，全身一起在摆动着。

门口的人越聚越多，于是呈现一片嘈杂声。这并不是什么聊天，而且也不是针对哪个人的闲言碎语，里面夹杂着脏话和俗语。

"他妈的，真想他们能够快一点。"

"看那警察在看着我们。"

"就好像天还不够冷似的。"

"还真不如待在辛辛监狱①里。"

这时一阵更冷的风刮过来，他们挤得比之前更紧了。这是一个慢慢移动、你推我挤的人群，没有丝毫情绪，这说白了就是一种忍受，没有机智的谈话或者亲密的友谊会把其中的苦难减轻。

一辆马车叮叮当当地敲着铃声从这儿经过，里面斜靠着一个人，有一个靠近门的人看到了他。

"看那个坐车的家伙。"

"他才不冷！"

"喂！喂！喂！"另一个大声叫起来，马车早走远了，听不到声音了。

夜幕降临了。人行道上拥挤的人群着急地往家赶。男女工人迈着来去匆匆的脚步从旁边经过。横跨市区的电车渐渐多起来。煤气灯把外面照得一片明亮，所有的窗户都透出黄色的灯光。这群人依旧聚在门口，纹丝不动。

"他们真的不想开门了吗？"一个嘶哑的声音问了一句。

这一问似乎重新唤起了人们对这扇关闭的大门的注意，因此众人的眼睛都看向那个方向。他们就好像不会说话的畜生那样看着那里，如狗一般用爪子拨弄着、哀鸣着，紧紧看着门上那球形把手。他们挪了挪身子，眨了眨眼睛，时不时低声地诅咒上几句，或者低声地商议一番。可是他们还是在等待，飘舞的雪花和刺骨的寒风像刀一样刮在他们身上。雪花缓缓堆积在破旧的帽子和耸起的肩膀上，聚成很小的一堆，或许是堆成了弯弯的曲线，但没有人把它掸掉。在人群的中间，被水蒸气融化了的雪水，顺着帽檐滴到鼻子上，可是人们却无法用手去擦拭。而那些不能挤到中间的人，身上的积雪并未融化，霍森沃挤不进中间去，就在雪中低头站着，身子蜷成一团。

从窗里透出的灯光，给门外面的人们带来了希望，于是他们兴奋地发出喃喃声。总算听到了门闩打开的声音，一阵脚步声传来，外面又是一阵喧闹。门打开了，有人大声喊："后面的别挤！"又混乱了一会儿，大家又像野兽般沉默不语，这就说明了他们的性质。而后人群在屋里仿佛漂浮的木头一样分散开来，尽数消失。从冰冷的墙壁中间涌进了一群寒冷、消瘦、满腹牢骚的家伙。已经六点钟了，任何一个急着赶回家的人，脸上显露的，都是对晚饭的期待。但是，这里没有晚饭——有的只是一张冷冰冰的床。

他放下一毛五分钱，拖着沉重的脚步，朝自己的房间踱去。

这房间很阴暗，里面孤零零的摆放着一张硬板床，上面全是灰尘，只有一个小小的煤气灯，却足已为这黑暗的房间提供亮光。

"咳"，他清了清喉咙，转身锁上门。

他开始缓缓地揭开自己的衣服，脱下了自己的大衣和背心，用它们堵住门上的缝隙。那顶潮湿破旧的帽子被轻轻地放在桌上。最后，他脱下鞋子，躺在床上。

他好像又考虑了一会儿，然后吹熄了煤气灯，一个人静静地站在黑暗之中，没

---

① 纽约州立监狱，位于奥斯宁城。

有人能够看到他。他并没有沉浸在回忆里,踌躇了一会儿,他又拿出了煤气灯,但是并没有点着它,煤气灯散发的气味充斥着这房间,他仍然站立着,完全笼罩在这月色中。当他闻到浓烈的煤气味时,他又改变了主意,摸索着上了床。

"一切都是无用的。"他一边喃喃说着,一边伸直身体,沉沉地睡去。

这时嘉莉已经达到了那初看上去像是人生的目的,或者至少是部分地达到了,如人们所能获取的最初欲望的满足。她可以四处炫耀她的服饰、马车、家具和银行存款。她也有世俗所谓的朋友——那些含笑拜倒在她的功名之下的人们。这些都是她过去曾经梦寐以求的东西。有掌声,也有名声。这些在过去遥不可及、至关重要的东西,现在却变得微不足道、无足轻重了。她还有她那种类型的美貌,可她却感到寂寞。没有事做的时候,她就坐在摇椅里低吟着,梦想着。

世上本来就有着富于理智和富于感情的两种人——善于推理的头脑和善于感受的心灵。前者造就了活动家——将军和政治家;后者造就了诗人和梦想家——所有的艺术家。

就像风中的竖琴,后一类人对幻想的一呼一吸都会作出反应,用自己的喜怒哀乐表达着在追求理想中的失败与成功。

人们还不理解梦想家,正如他们不理解理想一样。在梦想家看来,世上的法律和伦理都过于苛刻。他总是倾听着美的声音,努力要捕捉它那在远方一闪而过的翅膀。他注视着,想追上去,奔走得累坏了双脚。嘉莉就是这样注视着,追求着,一边摇着摇椅、哼着曲子。

必须记住,这里没有理智的作用。当她第一次看见芝加哥时,她发觉这个城市有着她平生所见过的最多的可爱之处,于是,只因为受到感情的驱使,她就本能地投向它的怀抱。衣着华丽、环境优雅,人们似乎都很心满意足。因此,她就向这些东西靠近。芝加哥和纽约;杜洛埃和霍森沃;服装世界和舞台世界——这些只是偶然的巧合而已。她所渴望的并不是它们,而是它们所代表的东西。可时间证明它们并没有真正代表她想要的东西。

啊,这人生的纠葛!我们至今还是那么地看不清楚。这里有一个嘉莉,起初是贫穷的、单纯的、多情的。她对人生每一种最可爱的东西都会产生欲望,可是却发现自己像是被摈在了墙外。法律说:"你可以向往任何可爱的东西,但是不以正道便不得接近。"习俗说:"不凭着诚实的工作,就不能改善你的处境。"倘若诚实的工作无利可图而且难以忍受;倘若这是只会使人灰心,却永远达不到美的漫长路程;倘若追求美的努力使人疲倦得放弃了受人称赞的道路,而采取能够迅速实现梦想的但遭人鄙视的途径时,谁还会责怪她呢?往往不是恶,而是向善的愿望,引导人们误入歧途。往往不是恶,而是善,迷惑那些缺少理智、多愁善感的人。

嘉莉身居荣华富贵之中,但并不幸福。正如在杜洛埃照顾她的时候她所想的那样,她曾经以为"现在我已经跻身于最好的环境里了"。又正如在霍森沃似乎给她提供了更好的前途的时候她所想的那样,她曾经以为"现在我可是幸福了"。但是,不管你愿不愿意同流合污,世人都我行我素,因此,她现在觉得自己寂寞孤单。她对贫困无依的人总是慷慨解囊。

她在百老汇大街上散步时,已不再留意从她身边走过的人物的翩翩风度。假如他们更多地具有在远处闪光的那份宁静和美好,那样才值得羡慕。

杜洛埃放弃了自己的要求,不再露面了。霍森沃的死,她根本就不知道。一只每星期从二十七街码头慢慢驶出的黑船，把他的和许多其他的无名尸体一起载到了保得坟场，这两个家伙和她之间的有趣故事，就这样结束了。他们对她的生活的影响，单就她的欲望性质而言，是显而易见的。一度她曾认为他们两个都代表着人世最大的成功。他们是最美好的境界的代表人物——有头衔的幸福和宁静的使者，手里的证书闪闪发亮。一旦他们所代表的世界不能再诱惑她，迫使两者的名誉扫地也是理所当然的事。即使霍森沃以其原有的潇洒容貌和辉煌事业再次出现的话，现在他也不能令她着迷了。

她已经知道，在他的世界里，就像在她自己眼前的处境里一样，没有幸福可言。

她现在独自坐在那里，从她身上可以看到一个只善于感受而不善于推理的人在追求美的过程中，是怎样误入歧途的。

虽然她的幻想常常破灭，但她还在期待着那美好的日子，到那时她的梦想就会变成现实。艾姆斯给她指出了前进的一步，但是在此基础上还要步步前进。若是要实现梦想，她还要迈出更多的步子。这将永远是对那愉快的光辉的追求，追求那照亮了远处山峰的光辉。

啊，嘉莉呀，嘉莉！啊，人心盲目的追求！向前，向前，它催促着，美走到哪里，它就追到哪里。无论是静悄悄的原野上寂寞的羊铃声，还是田园乡村中美的闪耀，还是过路人眼中的灵光一现，人心都会明白，并且作出反应，追上前去。只有等到走酸了双脚，仿佛没有了希望，才会产生心痛和焦虑。那么要知道，你既不会嫌多，也不会知足的。坐在你的摇椅里，靠在你的窗户边梦想，你将独自渴望着。坐在你的摇椅里，靠在你的窗户边，你将梦想着，你永远不会感受到幸福。